Leonie van Vinkle
Sheherazade

D1673166

Leonie van Vinkle

Sheherazade

Roman

FISCHER & FISCHER
MEDIEN AG

Die Handlung dieses Romans sowie die darin vorkommenden Personen sind frei erfunden; eventuelle Ähnlichkeiten mit realen Begebenheiten und tatsächlich lebenden oder bereits verstorbenen Personen wären rein zufällig.

Die Deutsche Bibliothek – CIP-Einheitsaufnahme
Ein Titeldatensatz für diese Publikation ist bei
Der Deutschen Bibliothek erhältlich

© 2002 by FISCHER & FISCHER
MEDIEN Aktiengesellschaft
Orber Str. 30, D-60386 Frankfurt/Main
Alle Rechte vorbehalten
Schriftart: Palatino 10°
Herstellung: M. Hashemzadeh / NL
Printed in Germany
ISBN 3-935895-35-6

Inhaltsverzeichnis

I. Teil

Ich werde hier und heute ein Märchen erzählen. Es ist ein Märchen, nicht mehr und nicht weniger. Nichts davon ist je geschehen und soweit ich weiß, wird auch nichts davon je geschehen. Alle Personen und Plätze, Länder und Gegebenheiten sind frei erfunden. Aber vielleicht steckt ja doch ein Körnchen Wahrheit in dem, was ich zu erzählen habe. So genau wird es wohl niemand herausfinden. Es ist ein bißchen wie in dem Märchen von Sheherazade, die ihr Leben rettete, indem sie den Sultan eine ganze Nacht lang unterhielt.

Ich muß vorwegschicken, daß ich Norddeutsche bin und daher gesegnet mit einem gesunden Mißtrauen allem und jedem gegenüber, der nicht wie ich reinstes Hochdeutsch mit einem leichten hamburgischen Einschlag sprach. Ich begegnete Menschen, die Akzente oder Dialekte sprachen, mit äußerster Vorsicht – jeder Norddeutsche wird mich hier verstehen. Natürlich suhlte ich mich mit wachsender Begeisterung in meinen Vorurteilen, die ich auch nicht hergab, selbst als sich herausstellte, daß mein PC-Betreuer Pole ist, meine Freundin eine irische Mutter hatte und der zauberhafte Mann einer weiteren Freundin Türke ist. Lassen Sie mich an dieser Stelle noch gestehen, daß mein Vater von Sizilien stammt, ich also schon mal rein optisch nicht dem typischen Bild einer Norddeutschen entsprach. Und dennoch: Ich kann wortkarg sein wie die Küstenbewohner, mein Wort werde ich immer halten, und ein Freund ist ein Freund, komme, was da wolle.

Ich bevorzugte keinen bestimmten Typus Mann, er sollte nach Möglichkeit größer sein als ich und ehrlich, viel mehr verlangte ich nicht. Natürlich hätte ich nichts Ernsthaftes gegen einen nordischen Wikingergott einzuwenden gehabt, groß, blond und blauäugig und so gebräunt, daß man genau sehen konnte: Der Mann verbringt sein Leben nicht im Büro. Leider liefen nicht eben viele dieser Exemplare frei herum. Mir hatte sich jedenfalls noch keines in den Weg gestellt.

Die Schwärmereien meiner Freundinnen, die bei den Glutaugen Antonio Banderas' weiche Knie bekamen, teilte ich ebensowenig wie die Sehnsucht nach einem Scheich, einem Harem oder sonstwas Außergewöhnlichem. Ich will damit eigentlich nur zum Ausdruck bringen, daß die ganze Geschichte, in die ich geriet, nicht vorhersehbar war, nicht gewünscht und nicht gewollt. Es ist einfach so geschehen.

Als Norddeutsche bin ich die Unbilden unseres Wetters natürlich gewohnt, und oft genoß ich Spaziergänge im rauhen Wind an der See. Ich mochte unsere Jahreszeiten und wäre niemals auf den Gedanken gekommen, in einem Land zu leben, in dem es immer warm war. Aber wenn der zweite Sommer in Folge verregnet ist – keine Seltenheit – und wenn seit Wochen und Monaten tiefe graue Wolken die Erde schier erdrücken wollen, dann vergeht sogar mir die Lust auf Norddeutschland und auf die Küste und ganz besonders auf die Jahreszeiten. Ich war also absolut nicht abgeneigt, als Sophie, meine Freundin – die mit der irischen Mutter –, mich fragte, ob ich nicht mit ihr kommen wollte, Urlaub machen, irgendwo, wo es warm und sonnig war. Im Mittelmeerraum zum Beispiel. Oder auf den Kanarischen Inseln. Oder sonstwo. Hauptsache, wir würden die Sonne mal wieder sehen. Und flirten, fügte sie hinzu, frisch geschieden und mächtig froh darüber. Ihr holder Gatte – oder vielmehr Exgatte – hatte sie mit einer horrenden Abfindung in die Wüste geschickt – bildlich gesprochen –, um seine von ihm schwangere Teilhaberin heiraten zu können. Und ich dachte, so etwas passiert nur in schlechten Filmen oder Büchern.

Wir stürmten also das ortsansässige Reisebüro und ergatterten recht kurzfristig ein frei gewordenes Doppelzimmer in einem Club auf einer bezaubernden Insel vor der afrikanischen Küste im Mittelmeer. Wie bereits erwähnt – sämtliche eventuell auftretenden Ähnlichkeiten sind rein zufällig.

Ich war mit meinen Eltern immer viel gereist, meinen Vater zog es oft in seine Heimat, wobei wir eigentlich immer auf dem italienischen Festland blieben, nie nach Sizilien fuhren, und meine Mutter war ein ausgesprochener Ägypten-Fan. Ich selber bin zwar nie mit dem Rucksack in der Welt umhergereist, hatte aber diverse Reisen zu den unterschiedlichsten Zielen unternommen. So leicht war ich nicht zu beeindrucken. (Lassen Sie mich an dieser Stelle nochmals auf die norddeutsche Vorsicht verweisen). Und dennoch war es diesmal irgendwie anders: Ich trat aus dem Düsenriesen auf das sonnenüberflutete Rollfeld, atmete die heiße staubige Luft, sog gierig die verheißungsvollen Düfte ein, die darin mitschwangen, und fühlte mich, als sei ich nach Hause gekommen. Es war ein ganz einfaches, ja simples Gefühl: Ich war nach Hause gekommen. Es gab für mich keinen Zweifel, ich fühlte mich von Anfang an wohl, es war mir nicht zu warm, der Wüstenwind verhieß Wohlbefinden, Wärme, ja, Abenteuer. Das Flughafengebäude war von einer Bougainvillea überwuchert, wie ich sie in dieser Größe und Pracht noch nicht gesehen hatte, Hibiskushecken mit protzig flammenden Blüten und Palmen, die von einer grauen Staubschicht überzogen waren und sich dem Wind beugten.

Sophie hatte für derartige Nebensächlichkeiten keinen Blick übrig, sie hielt ihren überdimensionalen Strohhut fest, um ihre empfindliche Haut zu schützen, und fluchte über den heißen Wind, der eben diese austrocknen und ihr Falten bescheren würde. Ich wies sie auf eine alte Frau hin und prophezeite ihr, nach diesen zwei Wochen Urlaub würde sie genauso aussehen, verhutzelt und runzelig, was ihr einen empörten Aufschrei entlockte und mir einen Hieb mit dem Kosmetikkoffer einbrachte.

Allerdings beruhigte sie sich schnell – ich hatte nichts anderes erwartet –, als sie in die Nähe der Paßkontrolle kam. Hinter den hohen Schaltern saßen Männer, eben jene glutäugige Spezies, die die meisten Frauen in Verzückung versetzten, von der auch Sophie nicht verschont blieb. Ich werde nie verstehen, wie jemand nach drei Stunden Flug, die Wartezeit vor einem Charterflug mal ganz großzügig nicht mitgerechnet, und einem Temperaturunterschied von rund 40 Grad Celsius so frisch und erholt aussehen kann, wie Sophie es tat. Die langen roten Haare zu einem artigen Zopf geflochten, der weit über den zartgrünen Rücken des – natürlich – faltenfreien Kleides hing. Die Wimperntusche nicht verschmiert, die Lippen frisch geschminkt. Ich bin mir nicht sicher, ob das Kleid ihrer Augenfarbe angepaßt war oder eher umgekehrt, sie sah jedenfalls hinreißend aus. Fand der Araber auch. Herrgott, wenn ich solche Wimpern wie dieser Mann gehabt hätte – ich wäre nie wieder über mein Aussehen verzagt. (Um es an dieser Stelle klarzustellen: Mein Aussehen gibt mir keinen Grund, zu verzagen. Ich neige nur manchmal zu Übertreibungen.)

Sie lächelte lieb und flirtete hemmungslos, ohne allerdings die Grenzen zu verletzen. Diese Grenzen waren fließend und wurden je nach Bedarf von Sophie selber festgelegt, allerdings hatte sie schon einen gewissen Ehrenkodex, den ich nie ganz begriff. Ich wußte bloß, daß meine Freundin uns noch nie in eine unrettbare Situation manövriert hatte und daß ich ihr vertraute, und das reichte mir. Ich trat hinter ihr an den Tresen und reichte meinen Paß hinüber und wurde von einem ebenso glühenden Blick empfangen, der eben noch Sophie gegolten hatte. Vorsichtig lächelte ich in diese ebenholzschwarzen Augen und löste ein Funkeln aus. Wie sympathisch.

Der Club war alles, was ich mir gewünscht und vorgestellt hatte und noch viel mehr. Ich könnte mich in unendlichen Beschreibungen ergehen, um die Schönheit der Anlage zu beschreiben. Tatsächlich rannte ich zwei Tage lang nur mit offenen Augen und halboffenem Mund durch die Gegend und versuchte, all die Eindrücke irgendwie zu verarbeiten, die sich mir boten. Die überwältigende Blütenpracht. Die niedrigen Häuser, die alle im maurischen Stil gehalten waren und nur wenige Wohneinheiten beinhalteten. Die gekachelten Verzierungen in den Räumen. Und die Kuppel. Ich hatte eine eigene Kuppel ... es war nicht zu glauben. Wir betraten unser Zimmer, und während Sophie sich auf das Bett fallen ließ, blieb ich mitten im Raum stehen, der sich weit nach oben wölbte in eine gemauerte Kuppel mit einem Durchmesser von fünf Metern und einer geschätzten Höhe von drei Metern. Es war überwältigend. Ich öffnete die Glastür und die verschnörkelte Fliegentür und atmete tief diese Luft ein, heiße Wüstenluft, durchsetzt mit Blütenduft und einem Hauch von Meer, das ich in der Ferne donnern hörte. Während Sophie sich ächzend mit ihrem Koffer – dem ersten – abmühte, riß ich nur meinen Bikini hervor und verkündete, ich würde schwimmen gehen. Sophie seufzte und murmelte etwas von meinem Sportwahn, was ich natürlich geflissentlich überhörte. Solange ich Sophie ihrem Kleiderwahn überließ und sie mich meinem Sportwahn, kamen wir immer gut zurecht miteinander, seit vielen Jahren schon. Ich werde an anderer Stelle, später, von Sophie und mir, von unserer Freundschaft berichten. Die Zeit wird auch kommen. Aber erst mal will ich versuchen, meine ersten Eindrücke von diesem Land und den Menschen, vom Club, dem Strand, dem Meer zu schildern. Ich zog ein krachrotes T-Shirtkleid über meinen Bikini, band meine langen schwarzen Haare hoch – ich war viel zu faul, sie zu flechten, meist steckte ich einige Haarnadeln hinein und hoffte, das ganze Gebilde würde irgendwie halten –, schnappte ein Strandtuch und rannte los. Übermütig und glücklich. Zog meine Espandrillos aus und spürte das heiße Pflaster des Weges unter meinen Füßen. Bohrte meine Zehen in den heißen Sand – es war noch vormittags, wie mochte der Sand sich erst um die Mittagszeit anfühlen? – und joggte los. Pures Glück. Das Meer lag vor mir, sanftes Türkis, klares Grün, gischtgekrönte Wellenkämme. Weißer Sand, ein wenig dunkler unten am Meeressaum. Das Wasser wurde zum Horizont hin dunkler, bis es mit dem Himmel verschmolz. Der Strand war sauber, keine Steine, keine Scherben, nur kleine Muscheln, hübsch gedrechselte Häuser, die unten am Flutsaum angespült worden waren. Ich ließ mein Handtuch liegen, zog mein Kleid über den Kopf und ging ins Meer, das sanft abfiel. Salzwasser brandete an mir hoch, einen Moment lang erschreckend kalt auf meiner erhitzten Haut, dann glitt ich ganz hinein, ließ mich treiben, ließ mich umfangen von dieser reinen, klaren Kühle. Ich war 33 Jahre alt, beruflich erfolgreich, unbemannt – freiwillig – und wunschlos glücklich. Wer konnte das schon von sich behaupten?

Wir gingen den Urlaub nach Sophies Art an: Zum Abendessen war legere Abendgarderobe erwünscht, und kichernd wie die Schulmädchen halfen wir uns gegenseitig, die Reißverschlüsse der Kleider zu schließen, für die wir uns nach diversen Anproben entschieden hatten. Ich habe keine Ahnung, wo Sophie diese ganze Kleidung versteckt hatte – höchstwahrscheinlich in einem der drei Koffer, die sie mitgeschleppt hatte –, und ich wäre nie auf die Idee gekommen, es ihr gleichzutun, aber ich profitierte davon. Sie hatte für das immense Übergewicht Fracht zahlen müssen, ich trug eines ihrer Kleider. Sie schritt gar königlich durch den Speisesaal, lächelte und flirtete, ich blieb meist hinter ihr, lächelte und beobachtete. Es war bequem für mich: Sophie lernte Menschen kennen und zog mich mit, sie fand die interessanten Gesprächspartner, sie flirtete, stand im Mittelpunkt, und ich brauchte mich nur einklinken und abwarten. Es war spannend. Von Zeit zu Zeit, wenn es um Sport oder Musik ging, zog ich an ihr vorbei, gab die richtigen Antworten, war der bessere Gesprächspartner. Ich war etwas ernster als sie, ich hatte Karriere gemacht, meinen Geist genutzt, mich weitergebildet, gearbeitet. Sie hatte reich geheiratet und den nötigen Schliff und die Umgangsformen erlernt, Smalltalk und Schmeicheleien, Kleidung und Schmuck. Sie wußte alles mögliche über Halbedelsteine und Edelsteine, über Speisen und Getränke, war eine perfekte Gastgeberin. Ich beneidete sie nicht, um nichts. Ich hätte nicht mit ihr tauschen wollen, auch wenn ich auf den ersten Blick etwas schwerfälliger wirken mochte als sie. Ich war eben eine Nordländerin, und wir brauchen länger, um warm zu werden. Ich schämte mich dessen nicht.

Wir fanden gleich am ersten Abend Anschluß an eine größere Gruppe, einige davon waren Einzelreisende, drei Pärchen, ein Tennistrainer, der auf der Anlage arbeitete, und zwei weitere Animateure. Es war eine Nacht wie aus dem Bilderbuch, nein, wie aus Tausendundeiner Nacht. Über uns wölbte sich ein makelloser Sternenhimmel, der sanfte Wind rauschte in den Palmen, ein betörender Duft nach Blüten lag in der Luft. Ich trank den Vin ordinaire, ein fruchtiger, halbtrockener Rosé und lauschte mit halbem Ohr den Gesprächen, hörte ihr Lachen über dem Raunen des Windes, dazwischen das sanfte Plätschern des Pools, der kleine, empörte Wellen warf. Meine Sinne waren geschärft, wie so oft, wenn ich Wein trank. Es war noch immer warm, und der Duft der Wüste hing in der Luft, irgendwo meinte ich, ein Pferd wiehern zu hören. Ich richtete mich auf und konzentrierte mich, warf dem netten Tennistrainer ein rasches Lächeln zu und lauschte erneut auf die so fremden, aber verlockenden Geräusche dieser Nacht. Es war gar nicht so abwegig, in dem Prospekt hatte gestanden, der Club würde Pferde vermieten. Vielleicht hatte ich also wirklich ein Wiehern gehört. Das Geräusch wiederholte sich und ich sank zurück, einen Moment überwältigt vor Glück. So tiefe Emotionen sind nicht fremd für mich, ich kann fast bodenlos glücklich sein. Mein Vater begann dann, italienische Opernarien zu schmettern, und behauptete, das sei der Italiener in ihm. Tatsächlich versuchte er, damit zu überspielen, daß ihm die Tränen der Rührung in den Augen standen. Es hat Jahre gebraucht, eh ich meinen Vater so weit durchschaut hatte. Aber später dachte ich: Wenn mein Vater so glücklich und so emotional sein kann, kann ich es mir auch leisten, selbst in dieser kalten harten Geschäftswelt, in der ich lebe und selbst als Nordländerin. Als Ausrede konnte ich ja immer den Italiener in mir verwenden. »Die Pferde stehen direkt hinter den Tennisplätzen«, sagte Sven, »wenn du magst, zeige ich dir morgen die Ranch.« Ich lächelte ihn an, erfreut, daß er meine Reaktion bemerkt hatte. »Gerne. Haben die viele Pferde?« Er hob die Schultern und war ein wenig verlegen. »Ich habe mich nie darum gekümmert. Pferde sind gefährlich: Vorn beißen sie, hinten treten sie, und in der Mitte fällt man runter.« Ich nickte mitfühlend. »Ich komme mir auch oft vor wie der Drachentöter höchstpersönlich.« Er schmunzelte. »Zum Glück speien sie kein Feuer«, fügte ich hinzu und hob mein Glas, um ihm zuzuprosten. Ein sympathischer junger Mann. »Morgen ist doch auch die Präsentation«, sagte Maike, die Trainerin, »da werden auch die Leute von der Ranch vorgestellt.« Sie hatte eine angenehm rauhe Stimme, die ein wenig kiekste, wenn sie laut wurde, gerade so, als habe sie Luft zwischen den Stimmbändern. Eine der alleinreisenden Frauen beugte sich vor. »Was sind das für Leute?« Sie fragte nicht nach den Pferden. Sie fragte nach den Leuten. Erwartete sie Cowboys? Gauchos? Ich warf ihr einen Blick zu. Eine attraktive Mittdreißigerin, bayerischer Dialekt, kurze dunkle Haare, die ihren Kopf wie ein glänzender Helm umspielten. »Naja, die Männer halt, die da arbeiten«, sagte Maike, und es klang desinteressiert. Die Bayerin saß noch immer vorgeneigt und ich begriff plötzlich: Beduinen. Schlagartig fiel mir ein Photo ein, das einen Tuareg zeigte: Das traditionelle blaue Gewand so um den Kopf gewunden, daß nur die dunklen Augen freigelassen waren, die funkelnd auf den Betrachter gerichtet waren. Es mochte durchaus eine reizvolle Vorstellung sein. Die Bayerin erwiderte meinen Blick jetzt offen und herausfordernd. Ich lächelte unverbindlich. Mir waren Pferde erheblich lieber als Beduinen oder Tuaregs oder Gauchos oder sonstwas für Männer. Aber na gut: Jedem das Seine.

Ich begann zu gähnen, der Wein und der Flug und die klimatische

Umstellung begannen jetzt ihren Tribut zu fordern. Sophie sah mich an und nickte kaum merklich, auch für sie, die die Mitte der Dreißiger bereits überschritten hatte, wurde es langsam Zeit, sich um ihren Schönheitsschlaf zu kümmern. Es gab wenig, vor dem Sophie noch mehr Angst hatte, als Falten zu bekommen. Höchstens noch, Fett anzusetzen. Was bei ihrer ausgeprägten Abneigung gegen Sport manchmal nicht ganz einfach auf einen Nenner zu bringen war. Aber dafür hatte sie ja mich. Sie behauptete an guten Tagen, ich hätte in einem meiner vorherigen Leben ein Sklavenschiff befehligt, und es gab Zeiten, da war ich geneigt, ihr zuzustimmen. An schlechten Tagen behauptete sie noch ganz andere Sachen. Aber das gehört nicht hierher.

Verträumt ging ich neben Sophie über die noch warmen Wege zu unserer Unterkunft. Die Grillen – oder waren es Zikaden? – veranstalteten einen Höllenkrach, es roch nach Sommer und die Luft war seidenweich. Irgendwo tief in mir begann sich eine Sehnsucht auszubreiten, die fast schmerzhaft war. Ich wußte bloß nicht, wonach ich mich sehnte. Sophie war ebenfalls ruhig, eine Eigenschaft, die ich äußerst zu schätzen wußte. Sie redete nicht immer, es gab Zeiten, in denen ich mit ihr schweigen konnte und ihr trotzdem – oder gerade deswegen? – nah war. Ich hatte einen Schwips und war sehr glücklich, und gleichzeitig spürte ich, wie meine Kehle eng wurde. Vielleicht war das auch der Italiener in mir. Vielleicht fuhr mein Vater deswegen einmal im Jahr nach Hause. Einfach, weil er da beheimatet war. Weil die Sehnsucht ihn nach Hause trieb, zurück an den Ort, in die Landschaft, in die er gehörte. Zu all den Düften und Gerüchen, die wir – seine Familie – nie so zu schätzen gelernt hatten wie er. Die Mahlzeiten, die er uns kochte nach Rezepten von seiner Mutter. Seine konzentrierte Miene, wenn er den Nudelteig mit einem feinen Küchenmesser in schmale Streifen schnitt und in kochendes Salzwasser kippte. Die Polentarauten, mit Butter und Salbei übergossen. Und den Rotwein in den Korbflaschen. Die italienischen Arien und seine funkelnden Augen. All das war für ihn ein Stück Heimat im kalten grauen Norddeutschland. Und wir haben es nie bemerkt, haben ihn nie für ernst genommen.

Ich mußte ziemlich angetrunken sein, wenn mir solche Gedanken kamen.

Wie so oft, wenn ich abends etwas zu viel getrunken hatte, wachte ich in aller Herrgottsfrühe wieder auf, war entsetzlich munter und gut gelaunt. Ich sprang aus dem Bett und öffnete die schweren dunklen Vorhänge ein kleines Stück, gerade genug, um den klaren blauen Himmel sehen zu können, die Palmen und die Dächer der umliegenden Häuser mit Kuppeln und Zinnen. Sophie gab ein unwilliges Brummen von sich und wälzte sich auf die andere Seite, ich konnte nur den Wust roter Haare von ihr erkennen. Leise verschwand ich im Bad, flitzte einmal unterm Wasserhahn durch, putzte die Zähne und zog meinen guten schwarzen Speedo-Badeanzug an. Er saß wie angegossen und verrutschte auch nach Startsprüngen nicht, sehr angenehm. Der Morgen war noch frisch und jung und kühl und so voller Verheißung, daß sich mir wieder die Eingeweide zusammenkrümmten. Ich atmete tief ein und überlegte, was so Besonderes hier war, was mich so sehr faszinierte, so sehr beglückte. Ich wußte es nicht. Der Wind raschelte in den Palmen, zwei hübsch gezeichnete graue Vögel, die schwarze Augenbinden zu tragen schienen, stritten sich erbittert, ihre hellen Stimmen klangen scharf in der frischen Luft, ihre flinken Flugmanöver ließen mich einen Moment verharren und schmunzelnd zusehen. Ein mattgrüner Frosch hüpfte vor mir über den Weg, und erstaunt fragte ich mich, was der Bursche hier in der Wüste zu suchen hatte. Die feuerroten Blüten der Hibiskushecke hingen schwer unter der Last der Wassertropfen, die vom morgendlichen Sprengen hängengeblieben waren, ein filigranes, wunderschönes Spinnennetz glitzerte im Licht, die Bewohnerin war ebenfalls filigran und recht hübsch gezeichnet, allerdings zählen Spinnen nicht zu meinen erklärten Lieblingstieren.

Hier wäre jetzt eine Anekdote über meine Mutter einzufügen, die nicht nur erklärter Ägypten-Fan ist, sondern auch eine Vorliebe für Spinnen und Schlangen und Skorpione und ähnliches Getier hatte: Mein Vater saß seit Jahr und Tag in der gleichen Sofaecke, es war seine Lieblingsecke, und sorgfältig entfernte er alle Kissen und allen Zierat aus seinem Umkreis. Das Sofa war durchgesessen an der Stelle, mein Vater ist 1,90 m groß und nicht unbedingt zierlich, und meine Mutter ärgerte sich seit Jahr und Tag darüber.

Als sie sich eine neue Couchgarnitur kauften, beschloß meine Mutter, energischer zu werden: Sie erstand bei einer ihrer Reisen einen Hirschhornkäfer, eine Gottesanbeterin und eine Tarantel, alle sorgfältig präpariert und hinter Glas gesperrt, und hängte diese über der Sofaecke meines Vaters auf. Zeigte ihm Abends entzückt und begeistert, was für schöne Tiere sie gefunden hatte, und ignorierte sein entsetztes Gesicht. Mein Vater gehört zu der Generation, in der die Männer noch echte Helden sind, und niemals würde er zugeben, daß er eine Heidenangst vor allem hatte, was da krabbelte und mehr als vier Beine aufwies, aber er machte von Stund an einen großen Bogen um seine Lieblingsecke. Einige Tage später war die Tarantel verschwunden, und keine noch so intensive Suchaktion meiner Mutter brachte sie je wieder zum Vorschein.

Vater guckte unschuldig und zuckte die Schultern, natürlich hatte er das Tier nicht weggenommen, niemals würde er so etwas machen, er würde eine Tarantel nicht mal hinter Glas anfassen. Sie knurrte und grummelte etwas, aber die Spinne blieb verschwunden, und Vater wechselte die Couchecken ab und zu.

Der Swimmingpool hatte fast olympische Ausmaße und ich hechtete mit einem flachen Köpfer in das glasklare kühle Wasser und begann zu schwimmen. Schnell fand ich meinen Rhythmus, ich war eine gute Schwimmerin, einige Jahre war ich für einen Hamburger Verein geschwommen, sogar an kleineren Wettbewerben hatte ich teilgenommen. Bahn um Bahn schwamm ich, das Wasser gischte und perlte um mich herum, ich spürte, wie meine Muskeln sich lockerten und sich dann der geforderten Anstrengung anpaßten, wie mein Kreislauf in Wallung kam, wie mir warm wurde. Ich genoß es aus ganzem Herzen, mich anzustrengen. Um diese Zeit hatte ich den Pool für mich ganz alleine, brauchte niemandem auszuweichen, brauchte keine Rücksicht zu nehmen. Einfach nur schwimmen, frei sein, genießen. Schließlich, eine halbe Stunde später, kletterte ich aus dem Pool, nahm meine Badekappe ab und schüttelte die Haare frei. Ein einsamer Mann, der den Pool reinigen sollte, zollte mir nickend, aber schweigend Respekt, ich lächelte und trocknete mich ab, bedankte mich bei ihm, daß er mich hatte schwimmen lassen, und ging zurück zur Wohnung, ein wenig schwer atmend, aber mit lockerer Muskulatur. Hoffentlich würde ich bald Farbe bekommen, irgendwie fühlte ich mich entsetzlich blaß.

Sophie saß konzentriert vorm Spiegel und steckte ihre schönen roten Haare zu einer Krone auf, indem sie die geflochtenen Zöpfe um den Kopf wand und feststeckte. Sie sah sehr ätherisch und schön aus, wie ich fand. Sie grinste mir verschwörerisch zu und zwinkerte. »Na, du Wahnsinnige, schon Frühsport getrieben?« Ich nickte und striff den Badeanzug ab. Sie musterte mich aufmerksam. »Weißt du, eigentlich hast du die besseren Voraussetzungen. Dir wird man in 20 Jahren nicht ansehen, daß du schon dreimal beim Schönheitschirurgen warst, um noch einigermaßen attraktiv zu sein.« »Ich hab' auch nicht vor, zum Chirurgen zu gehen. Nicht, wenn es sich vermeiden läßt.« Sie stand auf und sah prüfend an sich herunter. »Meine Brust beginnt den Gesetzen der Schwerkraft zu unterliegen und mein Hintern auch«, stellte sie mitleidlos fest. »Wird meine auch irgendwann«, sagte ich und es klang gleichgültig. »Ja, irgendwann. Das meine ich ja gerade.« Sie holte tief Luft und streckte den Rücken durch, strich das Kleid glatt und lächelte. »Aber für knappe 40 sehe ich nicht schlecht aus, oder?« »Nein«, sagte ich ehrlich, »ich mag dich leiden. Und die Mehrheit der Männer auch, falls du das jetzt hören wolltest.«

»Wollte ich.« Sie grinste übermütig und setzte sich wieder hin, während ich unter der Dusche verschwand. »Benutz die Haarkur, die da liegt!« rief sie. »Denk daran, was Sonne, Wind und Wasser deinem Haar antun. Soll ich dich frisieren?« »Nach dem Frühstück«, rief ich zurück, bemüht, das Rauschen des Wassers zu übertönen. Ich wäre jetzt lieber allein gewesen. Seit Jahren schon lebte ich allein und empfand es als äußerst angenehm, es war nicht immer leicht, dann mit einem anderen Menschen auf so engem Raum zusammenzuleben, selbst wenn es sich um die beste Freundin handelte.

Nach dem Frühstück hockten wir uns mit der Clique von gestern abend an den Pool, tranken kalten Fruchtsaft, lachten und redeten und applaudierten der Teampräsentation. Sie hatten sich wirklich viel Mühe gegeben, zu jedem Trainer, der aufmarschierte, wurde ein anderes Lied gespielt, die Teams wurden durch den stellvertretenden Clubchef vorgestellt und mit Gejohle aus den eigenen Reihen angespornt. Wir applaudierten und feuerten lautstark an, fielen natürlich auf, die meisten anderen Gäste benahmen sich zurückhaltender, aber auf so Kleinigkeiten hatte Sophie noch nie Rücksicht genommen. Ihre Begeisterung war ansteckend, ihr Lachen perlte, die Augen funkelten vergnügt unter dem riesigen Sonnenhut. Der Tennistrainer von gestern abend winkte noch mal zu uns rüber und deutete eine Verbeugung an. Und dann erklang die Titelmelodie der alten »Bonanza«– Serie aus den riesigen Boxen, und ich hörte Hufschläge, schneller Galopp, und dann wurde eines der schönsten Pferde, was ich je gesehen hatte, knapp vor dem Pool gebremst. Es wölbte den kräftigen Hals und bäumte sich hoch auf, die Hufe schlugen in die Luft, die Sonne spielte auf lackschwarzem Fell, die flatternde Mähne verdeckte einen Moment den Reiter, der Schweif peitschte. Einen Augenblick lang erstarrten Pferd und Reiter zu einem vollendeten Standbild, dann grüßte der Reiter, und das Tier begann auf der Stelle zu tänzeln, zu schnauben, bog den Hals, sperrte das Maul auf, weiße Schaumflocken flogen, während es schnaubte und seitwärts steppte. Ich war verzaubert. Fast ein wenig fassungslos angesichts solcher Schönheit. Ich hatte in Büchern gelesen, daß es solche Pferde gab, ich hatte die abenteuerlichen Geschichten von Blitz, dem schwarzen Hengst, verschlungen, aber nicht damit gerechnet, daß ich jemals vor so einem Tier stehen würde. Der Reiter winkte ein letztes Mal und gab die Zügel ein wenig nach, es reichte aus, um das Pferd auf der Stelle angaloppieren zu lassen und in einem Galopp, der nicht schneller war als Schrittempo, das Gelände zu verlassen.

Ich saß wie erstarrt und sah diesem Pferd hinterher, und ich wußte, wie und wo ich meinen Urlaub verbringen würde. Sollte Sophie flirten soviel sie wollte, ich würde zur Ranch gehen und mich nach Preisen und Zeiten erkundigen. Ich würde reiten.

Nachdem die Präsentation vorbei war, hatten die einzelnen Sportarten ihre eigenen Stände aufgebaut, an denen man sich informieren konnte. Ich winkte Sophie kurz zu und ging zu dem Beduinenzelt herüber, welches man morgens auf dem Rasen aufgebaut hatte. Es wunderte mich nicht wirklich, daß die Bayerin schon vor mir da war, ein kurzes Wickelröckchen und ein noch kürzeres Top, das den schwellenden Busen gerade so verhüllte. Sie konnte es sich von der Figur her leisten, da gab es nichts. Aber ein etwas unbehagliches Gefühl hatte ich doch: Wir befanden uns in einem mohammedanischen Land, und es war sicher nicht angebracht, so leicht geschürzt und in so offensichtlicher Weise sich den Männern zu nähern. Vielleicht war das nur wieder meine norddeutsche Vorsicht, ich wußte es nicht. Ich hatte nicht vor, derart zu kokettieren. Ich flirtete gerne, bitte, man möge mich nicht mißverstehen, und vor dem Tennistrainer würde ich ohne weiteres kokettieren, aber er war Europäer, der unsere Sitten und Gebräuche kannte und mein Verhalten einschätzen und interpretieren konnte. Ich mißtraute diesen Männern nicht, ich dachte nur, man sollte doch die Sitten des Gastlandes achten. Deswegen brauchte ich mich als Frau nicht zu verschleiern, das meinte ich nicht. Ich meinte die Grenzen, die Sophie so flink und fließend ziehen konnte. Die wollte ich einhalten.

Vorsichtig näherte ich mich den beiden Pferden, die da standen, der Rappe und ein Brauner, beide in Prunkzaumzeug mit roten Troddeln, mit kunstvoll gearbeiteten Sätteln und roten Decken darunter. Der Schwarze wandte mir den Kopf zu, beschnupperte höflich meine dargebotene Hand und gab sich dann wieder recht desinteressiert. Ein Mann hielt ihn am Zaum, er lächelte mich an, sagte aber nichts. Ich lächelte zurück und fuhr mit der flachen Hand über den weißen Stern auf der Stirn des Pferdes, das den Schädel senkte und sich mit sichtlichem Wohlbehagen streicheln ließ. Ich atmete den Duft des großen warmen Tieres und strich über den seidigen lackschwarzen Hals und murmelte mit ihm, aufmerksam hielt er die Ohren gespitzt und warf dann den Kopf. Die braune Hand des Mannes legte sich auf den Nasenrücken, das Pferd senkte den Kopf und verharrte einen Moment im Schutz dieser Hand, dann begann es zu tänzeln, leichtfüßig, elegant.

Eine warme Hand legte sich auf meinen Oberarm und umfaßte ihn unangenehm fest. Sofort spannte ich mich an, und der neben mir stehende Mann lachte.»Madame …«, dunkle Augen, ein wenig mandelförmig, fast schwarz. Lange gebogene Wimpern. Bei näherem Hinsehen bemerkte ich, daß er fast noch ein Kind war, 20 vielleicht, wenn überhaupt.»Laß sofort meinen Arm los«, sagte ich leise und betonte jedes Wort. Verblüfft ließ er die Hand sinken, die Augen verdunkelten sich und ich spürte instinktiv, daß ich mir nicht gerade einen Freund geschaffen hatte. Es war gleichgültig.

Er fing sich schnell und wurde professionell.»Möchtest du reiten, Madame?«»Ja.« Mit einer übertriebenen Geste bat er mich näher an das Beduinenzelt heran, vor dem eine Tafel stand, auf der die einzelnen Tarife und Ausritte angeschlagen waren. Das meiste davon klang für mich äußerst verlockend, auch die Preise bewegten sich in einem angemessenen Rahmen.»Du mußt dich einen Abend vorher anmelden«, raunte das Kind neben mir und ich spürte seine körperliche Nähe, roch seinen sauberen Atem. Ich wich nicht aus. »Okay.« »Kannst du reiten?« »Ein bißchen.« Ich wußte ja nicht, was er unter »reiten können« verstehen würde. Für die meisten Pferde, auf denen ich bisher gesessen hatte, hatten meine Reitkünste ausgereicht, aber würden sie auch für diese Pferde reichen? »Es sind alles Hengste«, sagte er, noch immer so leise und mit diesem seltsamen vertraulichen Unterton. Ich lüpfte eine Augenbraue und erwiderte völlig ungerührt diesen tiefen, bedeutungsvollen Blick. Der Mann, der den Schwarzen gehalten hatte, war mir sympathischer gewesen, der hatte nichts gesagt und mich nicht berührt. »Dann werde ich heute abend zur Ranch kommen und mich anmelden für einen Ausritt morgen früh am Strand«, sagte ich höflich und so kalt, wie es mir möglich war. Die Kälte in meiner Stimme war bei meinen Geschäftspartnern gefürchtet oder zumindest berüchtigt. Auch er schien sie wahrzunehmen, denn endlich wich er einen Schritt zurück. »Madame ...« Ich ging. Sah mich weder nach den Pferden noch nach ihm oder dem Beduinenzelt um. Da hatten sich doch meine Vorurteile bestätigt: Was hätte der Bengel denn angefaßt, wenn ich so leicht geschürzt neben ihm gestanden hätte? Kurz bevor ich den Pool wieder erreichte, hörte ich eine Frau hell auflachen, ein Lachen, das sogar in meinen Ohren unmißverständlich klang. Eigentlich brauchte ich mich doch nicht zu wundern, es war doch zu verstehen, daß die Araber dachten, sie könnten sich alles herausnehmen. Wie viele Touristinnen mochten herkommen, um die Männer zu reiten, weniger die Pferde?

Es war nicht mein Problem und ich sah mich auch nicht genötigt, mich damit auseinanderzusetzen. Statt dessen nahm ich an einer Stunde Aerobic teil und anschließend an der Wassergymnastik im Pool und legte mich noch einen Moment in die Sonne, vorsichtig nur, um nicht zu verbrennen. Sophie verbrachte den Nachmittag auf dem Zimmer, sie fürchtete um ihre empfindliche Haut, und wohl auch zu Recht, sie hatte die helle, sommersprossige Haut einer echten Rothaarigen.

Abends ging ich dann an den Tennisplätzen vorbei zur Ranch. Selbst wenn mir niemand gesagt hätte, wo ich sie finde – der Geruch war einfach unverkennbar. Die Pferde standen angepflockt weit voneinander entfernt, die Seile ließen ihnen einen Radius von ca. zwei Metern, um sich zu bewegen oder sich zu wälzen. Sie hoben die Köpfe, als meine Schritte über den Kies knirschten, die Ohren spielten, dann ließ einer nach dem anderen den Kopf wieder hängen und döste weiter. Hinten, am Ende des Geländes, stand ein provisorisches Büro im Schatten eines Unterstandes. Zwei Männer saßen auf der Bank, ein dritter stand im tiefen Schatten an der Wand des Unterstandes, und alle starrten mir völlig ungeniert entgegen. Ich hoffte, ich würde in dem tiefen Sand, der den Kies ablöste, nicht unbedingt stolpern, als ein Grauschimmel vor mir den Kopf hob, prüfend die Luft einsog und mir dann entgegenschritt. Überrascht blieb ich stehen, bis das Tier das Ende des Radius erreicht hatte und noch immer mit gespitzten Ohren auf mich wartete. Dann erst näherte ich mich ihm, sofort hatte ich die gaffenden Männer vergessen, meine Befürchtung zu stolpern war ad acta gelegt worden, überhaupt dachte ich an nichts anderes als an die graue Schnauze, die sich behutsam auf meine Hand senkte, die samtweichen Nüstern, die vorsichtig meinen Unterarm entlangstrichen. Ich kraulte seine Stirn und war entzückt, als das Pferd den Kopf senkte und sich gegen meine Hand preßte. Die dunklen Augen waren warm und irgendwie offen, vertrauensvoll. Es war ein schönes Tier, bei Gott. Relativ klein und mit Sicherheit kein reiner Araber, er war rundlicher als die etwas überschlank wirkenden arabischen Pferde, das graue Fell makellos, die üppige Mähne etwas dunkler, der Schweif ebenfalls. Unter der Mähne war sein Fell ganz warm, er schnaubte leise und schien in meinen Taschen nach Leckereien zu suchen, aber als ich die Hand etwas schneller bewegte, zuckte sein Schädel nervös hoch. Er wußte also genau, daß es das nicht durfte. Vorsichtig klopfte ich den gewölbten Hals, das seidige Fell, und ging dann weiter auf die Männer zu.

Der Ruhige lächelte, senkte dann aber den Kopf. Ein etwas Älterer lächelte mir entgegen, er wirkte sehr gepflegt und europäisch, war ausgesprochen höflich und erklärte mir, wie diese Ausritte vonstatten gingen und was zu beachten war. Der Junge stand an der Wand und musterte mich ununterbrochen. Wenn er gehofft hatte, er könnte mich damit verwirren, hatte er sich getäuscht. Der graue Hengst hieß Yasmin, erklärte der Ältere, aber leider sei er für morgen schon vergeben. Wenn ich etwas reiten konnte, würde man mir ein schönes Pferd aussuchen, ein wunderbares Tier. Ich lächelte höflich, erwiderte, daß ich mich freute und blieb auf dem Rückweg noch einmal bei Yasmin stehen, um ihm die Stirn zu kraulen. Ich würde morgen um halb sechs aufstehen, damit ich um kurz vor sechs Uhr bei der Ranch sein konnte, wir würden von sechs bis acht reiten, später wurde es zu heiß. Ich freute mich. In meinem Magen tummelten sich Schmetterlinge, ich war noch nie an einem Strand entlang geritten und stellte es mir mächtig spannend vor, so als würden die Mädchenträume wahr werden.

An diesem Abend trank ich weniger und verzichtete sogar auf den Besuch im Nightclub. Sophie akzeptierte es mit einem Schulterzucken, der Tennistrainer war etwas enttäuschter, hatte aber ganz zweifellos genug mit den ihn umgebenden Damen zu tun, die unbedingt ihr Spiel vom Vormittag noch mal besprechen wollten oder ihre Fehler oder aber die mißglückte Rückhand. Ob er es morgen nicht vielleicht noch mal zeigen könnte…? Es wäre so viel leichter gewesen, als er noch direkt hinter ihr gestanden hatte. Er nickte und lächelte und versprühte geduldigen Charme. Zum erstenmal kam mir der Gedanke, daß Animateur vielleicht doch nicht der Traumberuf schlechthin war.

Ich lag im Bett und konnte nicht einschlafen, in meinem Kopf wieherten schwarze Pferde, bäumten sich und tänzelten, durch die geöffnete Balkontür drang Musik herein, und die Zikaden hatten ihr schrilles Konzert wieder angestimmt. Es war zu warm unter der Bettdecke und zu kalt darüber. Ich wälzte mich von einer Seite auf die andere und war frustriert, ich kannte es nicht, nicht einschlafen zu können. Irgendwann bemerkte ich, daß Sophie ins Zimmer kam, und dann schlug auch schon der Weckruf des Telefons an. Müde schlich ich am Swimmingpool entlang. Der Mann von gestern morgen grüßte. »Nicht schwimmen heute morgen?« fragte er. Ich schüttelte den Kopf. »Heute nicht.« »Du gehen zu den Pferden, ja?« Ich nickte und schlurfte weiter, er winkte und reinigte den Pool. Herrgott, was hatte ich gestern bloß gemacht, daß ich heute derart müde war? Wenn ich wenigstens so unsolide gewesen wäre, wie meine Müdigkeit vermuten ließ. Aber nein, schlaflos hatte ich mich im Bett gewälzt. Wie albern. Wie äußerst lästig. Sophie hatte etwas gemurmelt, als sie ins Bett kam: Hüte dich vor ihren Augen … sie versprechen dir den Himmel auf Erden …

Wie poetisch. Was sie damit wohl gemeint hatte?

Ich war tief in Gedanken versunken, als ich auf den Kies der Ranch einbog, und hätte um ein Haar einen der Männer umgerannt. Es war der Nette, der Ruhige, der sich jetzt einigermaßen hastig aufrichtete und mich anlächelte. Ich entschuldigte mich und erklärte, ich sei noch so müde, keine Ahnung, wieviel er davon verstand, aber da meine Mimik und Gestik von jeher schon recht ausgeprägt waren, hatte ich gute Chancen, meine Verfassung auch einem Araber klarzumachen. Er schmunzelte, also schien er zu verstehen, und ich mußte über meine eigenen Grimassen lachen. Der Morgen begann so langsam, angenehme Seiten zu entwickeln. Die Bayerin saß schon auf dem Rand des trockenen Brunnens, der auf gleicher Höhe wie das kleine Büro stand und betrachtete die Pferde und die Männer, die mit Satteln und Zäumen beschäftigt waren. Ich ging auf Yasmin zu, vorsichtig, nicht sicher, ob seine freundliche Begrüßung von gestern vielleicht doch nur ein Zufall gewesen war. Er hob den Kopf und schnaubte, schüttelte die üppige Mähne und machte drei Schritte auf mich zu. Das Zaumzeug klirrte leise. Ich ließ ihn an meiner

Hand schnuppern und kraulte dann die Stirn, murmelte leise wichtige Sachen in seine nach allen Seiten spielenden Ohren und genoß es, wie sich der Pferdeschädel gegen meine Hand stemmte.

»Madame…«»Guten Morgen«, sagte ich und drehte mich nach dem Jungen um. Er trug ein Tuch nach Piratenart um den Kopf gebunden und die offiziellen Trikots der Trainer des Clubs. »Guten Morgen«, säuselte er, »du nimmst Belel, der Schwarze da.« Ich schluckte trocken und sah einen winzigen Moment Triumph in seinen Augen. »Du kannst Blackie sagen, hört er auch hin.«

»Belel, ja?«»Ja.« Jetzt grinste er ganz offen. »Oder du bist vielleicht nicht gut genug…?« Ich dachte an den Tanz, den der Schwarze gestern am Pool aufgeführt hatte, und holte tief Luft. »Wir werden sehen«, beschied ich den Jungen, »wie heißt du eigentlich?«»Mehdi. Und du? Was ist dein Name?«»Elena.« Ich sagte es fast widerwillig. Wie albern, ließ ich mich etwa doch von diesem hochmütigen Jungen in eine Ecke drängen? »Elena …« flüsterte er und seine Augen verengten sich, »schöner Name … schöne Frau …« Ich hörte den Akzent gerne, mit dem er sprach, nicht aber den Unterton, der in seinen Worten mitschwang. Ich ging zu dem Schwarzen, der mich mit Nichtachtung strafte, mit dem Kopf warf und verärgert die Ohren anlegte. Na gut, dachte ich, dann bist du eben nicht mein Freund. Hauptsache, du benimmst dich unterm Sattel anständig. Fast widerwillig senkte sich der schwarze Schädel, beroch meine Hand. Der ruhige Mann stand neben mir und gurtete nach, wechselte dann die Seite und hielt für mich den Bügel gegen. »Danke«, sagte ich und lächelte ihm zu, während ich mich vorsichtig im Sattel zurechtsetzte. Er nickte und beobachtete, wie ich die Zügel aufnahm, trat dann zurück und bedeutete mir, das Pferd von einer Palme fernzuhalten, deren Rinde schon arg angefressen war. Ich nickte und nahm die Zügel etwas fester, um Belel zu zeigen, daß ich nun auf ihm saß und das Kommando übernahm. Er schüttelte unwillig den

Kopf, tänzelte und machte Anstalten, sich aufzubäumen. Ich verlagerte mein Gewicht nach vorn und drückte ihn mit Hilfe des Zügels herunter. Er tänzelte und schnaubte und ich hatte alle Hände voll zu tun, um ihm klarzumachen, daß all das Theater, das er gerade aufführte, mich nicht beeindruckte und daß es ihm auch nichts nützen würde. So konnte ich nicht darauf achten, wie die anderen Reiter in den Sattel kamen und ob die anderen Pferde ebensolche Allüren an den Tag legten wie Belel. Mehdi kam zu mir und nahm die Zügel. »Du gehst vorne«, sagte er und rief einige heisere Worte. »Ich weiß den Weg nicht«, protestierte ich, aber er hörte nicht hin. Belel setzte sich an die Spitze, und ich vertraute darauf, daß das Pferd den Weg schon kennen würde, im allgemeinen war es bei Verleihpferden so. Seitwärts tänzelnd steppte Belel vom Hof und irgendwie hatte ich das Gefühl, es sei seine ureigene Gangart, ich konnte spüren, daß er auf meine Hilfen reagierte, langsamer wurde oder schneller, ein wenig seitlich auswich und all das, ohne auch nur einmal sein Schnauben und Tänzeln zu unterbrechen. Na gut. Von mir aus. Sah bestimmt mächtig elegant aus. Wir ritten hinten um den Club herum, vorbei an den offenen Türen der Küche, aus denen schon verlockende Düfte drangen, und kamen durch eine schmale Gasse direkt auf den Strand. Das blaue Band, daß das Volleyballfeld anzeigte, flatterte ein wenig im Morgenwind, und Belel nahm es als willkommenen Anlaß zu scheuen, sich zu bäumen, seitwärts zu tänzeln, einen Sprung nach vorne zu machen. Ich saß immer noch auf ihm und hatte nicht vor, dies zu ändern. Hinter mir klangen Hufschläge auf, ein Pferd im kurzen Galopp, Mehdi schrie irgend etwas, ein Brauner schoß an Belel und mir vorbei, Belel machte einem Derwisch alle Ehre und kam doch nicht weg. Ich hatte die Oberschenkel unnachgiebig am Sattel und die Beine lang am Pferdekörper und fühlte mich gar nicht mal so unwohl, es war eigentlich ganz spannend, was dieses Tier sich noch alles einfallen lassen würde, um endlich am Strand entlanggrasen zu dürfen. Sei es nun mit oder ohne Reiter. Die Pferde hinter mir waren ebenfalls unruhig, noch eines löste sich aus der Gruppe und raste an mir vorbei, und ich dachte, das war kein gelungener Auftakt für einen Ausritt. Dann gelang es mir aber endlich, Belel zum Weitergehen zu ermutigen, ihn davon zu überzeugen, daß dieses blaue Band ihn vermutlich nicht fressen würde, was bedeutete, daß er in kurzem Galopp mit weit offenem Maul zum Meer runter steppte. Ich sah den Schaum vor seinem Maul und wünschte, es gäbe einen anderen Weg als diese pure Kraft, um ihn daran zu hindern, einfach loszurasen. Unterdessen war es Mehdi gelungen, die beiden anderen Pferde zurückzuholen, sein hübsches Gesicht war finster, streng stellte er eine Reihenfolge her und befahl den Reitern, nicht zu überholen und Abstand zu halten. »Das sind Hengste«, sagte er laut und energisch, »sie vertragen sich nicht immer und du kannst nicht überholen einen Hengst.« Er hatte nicht unrecht. Allerdings verstand ich nicht, warum er Anfänger auf die temperamentvollen und zweifellos kostbaren Tiere setzte. Aber vielleicht hatte er sich das auch nicht ausgesucht.

Er ritt neben mir an der Spitze, sein finsterer Blick glitt an mir herunter, musterte Belel, das schäumende Maul, dann wandte er sich um und betrachtete die Gruppe hinter uns, die unruhigen Pferde, die teilweise verängstigten Reiter. »Morgen wir reiten mit zwei Lehrern«, knurrte er. Ich antwortete nicht. Er sah mich wieder an. »Gut«, nickte er widerwillig und gerade weil ich den Widerwillen so deutlich spürte, freute mich das Kompliment ungemein. »Danke«, sagte ich ehrlich.

Belel hatte sich etwas beruhigt, jetzt, da das andere Pferd neben ihm ging, unternehmungslustig tanzte er am Meeressaum entlang. Mehdi musterte mich immer noch, ich empfand den Blick als lauernd, aber vielleicht dachte er auch nur nach, vielleicht war er nicht so hinterhältig, wie ich ihn einschätzte.

»Willst du galoppieren?« fragte er und deutete mit dem Kinn am Strand entlang. Ich nickte. Belel nickte ebenfalls. Mehdi saß quer im Sattel. »Siehst du die Haus da hinten? Bei den Palmen?« »Ja.« »Bis dahin. Dann mußt du auf uns warten. Paß auf, er zieht nach rechts.« Ich nickte und lockerte die Zügel etwas, gerade genug, um meine schmerzenden Hände zu entlasten. Belel erstarrte einen Moment, als könne er sein Glück nicht fassen, dann setzte er sich schier auf die Hinterhand und explodierte in einem Wirbel aus Muskeln und Kraft unter mir. Sein Antritt war so gewaltig, daß mir einen Moment die Luft wegblieb, ich stellte mich in die Bügel und brachte mein Gewicht nach vorne, klammerte die Oberschenkel fest an den Sattel und gab mit den Händen nach. Ich hatte die Zügel ganz kurz und die Hände dadurch fast auf Höhe seines Genicks. Und dieses Pferd lief, als sei es dafür geschaffen worden. Es war einer dieser ganz seltenen Momente, in denen sich zwei Willen zusammentun und genau das gleiche wollen: Laufen. Frei sein. Der Wind und die peitschende Mähne trieben mir die Tränen in die Augen, vielleicht waren es auch Tränen des Glücks, ich spürte diesen gewaltigen Körper unter mir, das Arbeiten der Muskeln, die pure Lust am Laufen, ich hörte das dumpfe Trommeln seiner Hufe über den Strand, und ich ließ mich tragen, guckte durch seine gespitzten Ohren auf den Strand vor uns, um frühe Jogger oder Spaziergänger rechtzeitig sehen zu können oder Hindernisse, die im Weg waren. Ich spürte, wie er unter mir gelöster wurde, nicht mehr so hektisch und verbissen lief, wie der flache, rasende Galopp sich langsam wieder aufrichtete, runder wurde. Vor uns tauchte ein kleiner Priel auf, und ich zupfte am Zügel, um ihn aufmerksam zu machen. Ich spürte, wie er sich versammelte, seinen Rhythmus änderte und mit einem gewaltigen Satz den schmalen Wasserlauf überquerte.

Viel zu schnell kam die halbverfallene Hütte näher, schon konnte ich die Einzelheiten der Palmen ausmachen. Ich setzte mich wieder in den Sattel und begann, ihn auszubremsen. Es war einfacher, als ich gedacht hatte, er hatte sich ausgetobt und fiel tatsächlich in einen manierlichen Schritt. Hin und wieder schnaubte er, daß die Schaumflocken nur so flogen, aber im großen und ganzen war er wesentlich umgänglicher als vorhin. Ich ließ ihn im Schritt über den Strand gehen, drehte Volten und ging den anderen ein

Stück entgegen. Jetzt verstanden wir uns, das schwarze Pferd und ich.

»Alles klar?« knurrte Mehdi und ich nickte nur. Belel war noch immer munter, steppte aber nicht mehr seitlich und kämpfte nicht ununterbrochen gegen den Zügel an. Sein Hals war schweißnaß und dort, wo der Zügel über das Fell schabte, standen ebenfalls weiße Flocken.

Wir schwenkten ein und ritten über Land, und Belel ging unbeirrt und munter vorweg. Mehdi hielt sich viel hinten bei der Bayerin auf, ich hörte ihr Lachen und seinen eigentümlichen Sprachrhythmus. Belel erschrak vor einem aufwehenden Stück Plastik und nahm es als Anlaß, mal wieder ein wenig zu tänzeln und sich aufzuspielen, aber ich hatte ihn durchschaut. Ich zupfte nur ein wenig am Zügel und setzte mich schwer in den Sattel und murmelte beruhigende Worte. Auch wenn er sicher kein Deutsch verstand, würde er meine Stimmlage schon zu deuten wissen.

Mehdi schloß wieder zu mir auf, kurz bevor wir eine Straße passieren mußten. »Möchtest du morgen lieber Yasmin reiten?« fragte er, »ist sanfter. Nicht so viel Feuer ...« Täuschte ich mich oder hörte ich schon wieder einen gehässigen Unterton in seiner Stimme? »Ist mir egal. Ich bin sicher, alle deine Pferde sind gut.« Ich meinte es ehrlich und er musterte mich verblüfft. »Ja, alle gut, sehr gut.« Natürlich, das war eine Frage der Ehre für ihn, was sollte er auch sonst sagen? »Du wirst mir schon das richtige Pferd geben«, setzte ich noch hinzu, »außerdem weiß ich noch gar nicht, ob ich morgen wieder reite.« Er grinste. »Du bestimmt morgen reiten.« Damit wandte er sich ab, um die Gruppe zu sammeln und die Straße zu überqueren.

Der Ausritt dauerte zwei Stunden, und ich hatte am Schluß das Gefühl, als wäre ich am ganzen Körper wund und zerschlagen. Die Galoppade am Strand hatte meinem schwarzen Teufel natürlich Appetit auf mehr gemacht, und je länger wir unterwegs waren, desto mehr kämpfte er wieder gegen den Zügel, galoppierte im Schritt, steppte seitlich und schlug mit dem Kopf. Ich war müde, meine Finger brannten ebenso wie die Innenseiten der Schenkel, ich war hungrig und durstig und glücklich, erfüllt von einem intensiven, tiefen Glücksgefühl.

Kurz bevor wir auf das Gelände des Clubs zurückkehrten, passierte dann doch noch etwas, was mich überforderte. Ein freilaufendes Pferd kam quer über das brachliegende Gelände zwischen dem Club und der Straße gefegt, wieherte schrill und hielt direkt auf Belel zu. Belel erstarrte und wurde steif, wölbte den Hals, richtete sich auf und begann zu zittern.

Ich erkannte dieses Zittern nur unschwer als pure Mordlust und glitt aus dem Sattel. Schrie das fremde Pferd an und versuchte, Belel zum Weitergehen zu bewegen. Nichts nützte. Er ignorierte mich. Sein Schweif peitschte in höchster Erregung die Luft, und ich war mir jäh bewußt, wie klein und leicht und hilflos so ein Mensch doch war. Aber ich war auch nicht bereit, Belel loszulassen. Der Moment der Angst, der Unsicherheit, dehnte sich endlos, das fremde Pferd war mit zuckenden Nüstern näher gekommen, Belel begann, um mich herum zu tanzen, setzte sich auf die Hinterhand und schlug mit den Hufen. Wütend warf er den Kopf und wieherte schrill, ein Schrei fast, wild, ein Wüstenpferd, ein Hengst, der es mir erlaubt hatte, auf ihm zu sitzen, mehr nicht. Ein Tier, das sich nicht wirklich beherrschen ließ. Ein freies, wildes Pferd, das bereit war, seinen Artgenossen, der sich auf seinem Terrain befand, zu bekämpfen. Mir brach jetzt der Schweiß aus, ich ruckte energisch an seinem Gebiß, erzielte damit jedoch keinerlei Erfolg.

Gerade als ich dachte, jetzt würden die beiden Pferde aufeinander losgehen, war der Mann neben mir. Seine braune Hand griff nach Belels Zaum, die andere legte sich auf die Nase des Pferdes. Mehdi sprengte heran und noch einer der Männer der Ranch, gemeinsam verscheuchten sie das fremde Pferd, während der Mann mich ansah.

Bist du okay? »Ja«, sagte ich automatisch. Bist du gestürzt? »Nein, ich bin abgestiegen. Erschien mir gescheiter.« Er hatte braune Augen, leuchtende braune Augen, die mit einer merkwürdigen Intensität auf mich gerichtet waren. Hast du Schmerzen? »Überall«, lachte ich und zeigte ihm meine geschundenen Hände. Er lächelte ebenfalls. Möchtest du wieder aufsitzen? Ich schoß ihm einen zweifelnden Blick zu. Du solltest. Ich nickte. Er hielt Belel an und ich schwang mich in den Sattel. Er schickte das Pferd mit einer Handbewegung weg. »Danke«, sagte ich und drehte mich noch einmal zu ihm um. Er lächelte und neigte den Kopf mit einer anmutigen Bewegung. Ich setzte mich wieder zurecht und zügelte Belel dann abrupt. Der Mann hatte nicht ein Wort zu mir gesagt. Nicht ein einziges Wort. Ungläubig wandte ich mich wieder zu ihm um. Auf welcher Ebene hatte diese Unterhaltung da eben stattgefunden? Hatte ich einfach nur seine Mimik und Gestik interpretiert? Was war da geschehen?

Er hob den Kopf und deutete mit dem Kinn zum Hof, und ich nickte und lenkte Belel auf die Ranch. Mit zitternden Knien glitt ich aus dem Sattel und begann, das Pferd zu versorgen. Mehdi tauchte neben mir auf. »Alles klar?« Ich nickte.

»Morgen lieber Yasmin, ja?« »Mehdi, es ist mir egal. Ich werde dir heute Abend sagen, ob ich morgen überhaupt wieder reite.« »Heute Abend …? Sehr spät … vielleicht mußt du dann doch Belel reiten …« »Dann reite ich eben Belel.« Wir funkelten uns an und keiner wich auch nur einen Deut zurück. Der Stumme tauchte neben mir auf und löste den Sattelgurt. »Danke«, sagte ich noch mal, und er nickte, eh er den Sattel von dem glänzenden schwarzen Rücken zog.

Ich klopfte Belel den Hals und hängte seinen Zaum zu den anderen, dann schloß ich mich der Bayerin an, die auf mich gewartet hatte. Jetzt war ich wirklich erschlagen. Was für ein Morgen …

Zum Glück ging der Tag nicht so weiter, das hätte ich wohl auch nicht ausgehalten. Ich duschte noch vor dem Frühstück, während

Sophie versuchte, die Spuren einer anstrengenden Nacht mittels Make-up zu tilgen. Sie war außergewöhnlich wortkarg, was die Vorgänge der Nacht anging, ich bemerkte es wohl, fragte aber nicht nach. Es gab viel zu überlegen – warum hatte ich den stummen Mann so gut verstanden, daß es mir erst viel später auffiel, daß er gar nicht redete? Warum konnte Mehdi mich nicht leiden? Wie verhinderte ich, daß die Blasen an meinen Händen aufplatzten? Und welches Pferd würde ich morgen reiten? Ich gestehe, ich genoß es, mir über solche absoluten Nebensächlichkeiten Gedanken zu machen. Es war doch viel erholsamer, als über zentimeterdicken Akten oder Vertragswerken zu grübeln.

Sophie saß schweigsam und ein wenig blaß beim Frühstück, und ich fragte mich jetzt doch ernsthaft, was da wohl geschehen war. »Sophie, was hast du letzte Nacht eigentlich zu mir gesagt?«»Ich weiß nicht …?«»Es klang wie: Vertrau nie ihren Augen … Aber wessen Augen? Und warum nicht?«»Ohh … ich weiß nicht mehr. Ich kann mich nicht erinnern«»Warst du sturztrunken?«»Ein bißchen.« Nachdenklich butterte sie ein Hörnchen. Ich war bei meinem Pfannkuchen angelangt, dick mit Käse belegt. Sie warf mir einen zweifelnden Blick zu, den ich ignorierte. Nach dem Frühstück würde ich erst mal schwimmen gehen, dann zum Aerobic und mich dann sonnen. Dann war es schon Mittag und Abend, und die Zeit verging so schnell, und ich hatte immer noch nicht Bescheid gesagt, ob ich morgen denn nun reiten wollte oder nicht, aber es war irgendwie auch nicht wichtig, ich hatte Urlaub und würde mich von nichts und niemandem unter Druck setzen lassen.

Wir saßen abends mit einem netten älteren Ehepaar am Tisch, wenig später gesellte Sven, der Tennistrainer, sich zu uns. Sichtlich erleichtert nahm er an unseren Gesprächen teil, und ich nahm mir vor, ihn noch zu fragen, was die Damen denn alles von ihm gewollt hätten. Er war ein hübscher Mann, ich konnte es nicht leugnen. Einen Moment zog ich in Erwägung, Tennisstunden zu nehmen, anstatt mich von Mehdi anbellen zu lassen. Etwas weiter entfernt saß die Bayerin, sie tuschelte emsig mit einer anderen Frau, sah zu mir rüber, grüßte aber nicht. Dann eben nicht. Es war laut im Speisesaal und ich konnte meine Gedanken schweifen lassen, Sophie war in Gespräche vertieft, ich bekam nicht alles mit, ich hatte auch kein Interesse daran. Und so beobachtete ich, wie ein Mann den Raum betrat, sich rasch umsah und Sophie musterte, die sich ihrerseits aufrichtete, rote Wangen bekam und hektisch glitzernde Augen. Sie erhob sich, strich das Kleid über den Hüften glatt und schwebte – oh, ich übertreibe nicht –, sie schwebte aus dem Speisesaal, eng an dem hochgewachsenen Mann vorbei, ein Einheimischer, wie sich anhand der Haar- und Augenfarbe nur unschwer erkennen ließ, der sie unter gesenkten Lidern musterte. Interessant. Ich mußte sie unbedingt darauf ansprechen.

Zunächst allerdings begaben wir uns in das clubeigene Theater und staunten über die Kunststücke eines Magiers. Er war wirklich gut, das konnte man nicht anders sagen. Flink und fingerfertig, witzig und originell. Wir applaudierten, bis die Handflächen brannten. Sven neigte sich mir zu. »Laß uns noch in den Nightclub gehen, tanzen, ja?« »Gerne«, lächelte ich. Sophie kam ebenfalls mit.

Wir tanzten und lachten bis in die frühen Morgenstunden, und Sven bereute es zutiefst, sich mit uns eingelassen zu haben – jedenfalls beteuerte er es, er sah aber nicht sehr reuevoll aus. Eher angetrunken und müde. Aber das war wiederum nicht unser Problem, nicht wir mußten morgen den ganzen Tag Unterricht geben und uns mit Touristen abmühen.

Sophies geheimnisvoller Verehrer war auch erschienen, hatte sich am allgemeinen Teil des Abends beteiligt und war dann gegangen, ohne sich zu verabschieden. Wenig später – Sekunden später, um genau zu sein – rannte Sophie hinterher. Heroisch wartete ich ab, ob sie zurückkommen würde, was erstaunlich schnell der Fall war. So recht einen Reim konnte ich mir nicht darauf machen.

Außerdem glaube ich, war ich die einzige, die dieses Intermezzo überhaupt wahrgenommen hatte. Ich würde sie fragen, wenn sich die Gelegenheit ergab. Wenn mein weinseliger Schädel wieder in der Lage war, klar und nüchtern zu denken und Fakten zusammenzupuzzlen. Gut Ding will Weile haben. Und heute abend würde ich nicht mal das kleine Einmaleins fehlerfrei beherrschen.

So ganz unschuldig war Sven daran nicht, er war ein guter Tänzer und hatte fröhliche blaue Augen, eine gute Figur, viel Humor und einen verdammt sinnlichen Mund, den zu küssen ich mich bisher geweigert hatte. Aus taktischen Gründen, ich geb's ja zu. Ich wollte nicht eine dieser Frauen sein, die ihm schamlos hinterherliefen.

Unschwer zu erraten, daß ich am folgenden Morgen nicht zum Reiten ging. Es waren nicht meine schmerzenden Finger, die mich abhielten, auch nicht so sehr mein schmerzender Schädel, der auf die gestrige Orgie einigermaßen nachtragend reagierte. Es war vielmehr die Verachtung, mit der Mehdi mich behandelte. Ich konnte damit nicht gut umgehen. Ich hatte ihm nichts getan und erwartete eigentlich, daß man sich mir gegenüber ebenso höflich verhielt, wie ich es tat. Zwei Tage hielt ich die Abstinenz durch, lauschte abends in der kurzen, stillen Dämmerung auf das Wiehern der Pferde, auf die Unruhe, die entstand, wenn sie gefüttert wurden, lauschte der hereinbrechenden Nacht entgegen und wünschte, ich könnte ewig hier verharren. Es ist schwer, meine Gefühle zu beschreiben. Ich arbeitete gerne, wirklich, und wie schon erklärt: Ich bin eine Nordländerin mit Leib und Seele. Meinem italienischen Vater zum Trotz. Ich mochte Regen und Schnee und Graupelschauer, ich fuhr einmal im Jahr zum Skilaufen und joggte bei jedem Wetter, aber was ich hier erlebte, war etwas anderes. Es lag nicht am Wetter. Nicht nur. Es war die Luft, die Landschaft – obwohl ich nicht wirklich auch nur einen Zipfel meines Gastlandes gesehen hatte, außer dem Strand und ein Stück des Binnenlandes, das da müllübersät und karg vor mir gelegen hatte. Es war eine Mischung aus all dem. Aus den Geräuschen und Gerüchen, aus den Menschen, die so freundlich waren, so gerne lachten. Natürlich, sie lebten von den Touristen. Und dennoch: Es war eine Freundlichkeit, die von Herzen zu kommen schien. Genauso wie Mehdis Gehässigkeit von Herzen kam.

Ich werde jetzt nicht weiter versuchen, meine Gefühle zu beschreiben, es reicht, wenn man weiß, daß mir manchmal, während ich auf dem Balkon stand und die reine Luft einatmete, die von Blütenduft durchsetzt war, die Kehle eng wurde. Ich hatte eine schreckliche Sehnsucht, etwas ähnliches wie Heimweh und konnte damit nur schwer fertig werden.

Am Abend des dritten Tages ging ich rüber zur Ranch. Es war die Stunde der Dämmerung, nach dem Duschen, aber vor dem Abendessen, schon umgezogen und sogar etwas parfümiert, eine leichte Sommerhose und eine Bluse tragend. Mehdi war nicht da, und ein wenig beschämt registrierte ich meine Erleichterung darüber. Statt dessen hockte der europäisch wirkende Mann auf dem hölzernen Stuhl vor dem Schreibtisch, der so merkwürdig deplaziert vor dem Schuppen stand, und lächelte mir entgegen. Sein Blick glitt an mir herunter, und sein Lächeln vertiefte sich, ohne anzüglich zu werden. Es war ein einziges Kompliment und ich faßte es als solches auf.
»Willst du reiten?« fragte er und ich nickte. »Morgen früh oder heute abend noch?« Ein wenig belustigt sah ich an mir herunter. »Wohl doch eher morgen früh.« »Dann trage ich dich ein.« »Ich würde gerne Yasmin reiten, wenn es möglich ist«, bat ich, und er nickte. »Kein Problem. Yasmin ist ein gutes Pferd. Und er mag dich.« Ich erwiderte sein Schmunzeln und drehte mich zu dem Grauen um, der mich wieder so zutraulich begrüßt hatte.
Wenige Schritte hinter mir stand der Stumme und sah mich an.
Ich prallte fast ein wenig zurück unter der Intensität des Blickes, fing mich aber sofort. Er senkte den Kopf und wandte sich ab, scheinbar erschrockener als ich.

Ich atmete aus und spürte mein Herz hoch oben im Hals klopfen. Wie albern, der Mann hatte nichts Bedrohliches an sich. Es war eher ... nein, das konnte nicht sein, ich meine, er ist Araber, oder? ... aber es war ein Blick voller Leidenschaft. Nicht Gier, sondern Leidenschaft. Aber ich hatte noch nie gehört ... ach, so ein Blödsinn, meine Phantasie ging mit mir durch, ich war eine Touristin, eine von Tausenden, die das ganze Jahr über die Ranch und den Club bevölkerten.

»Bis morgen also«, winkte ich und kraulte noch zum Abschied Yasmins dargebotene Stirn.

Nach dem Abendessen – die mir eigene Rücksichtnahme verbietet es, von den angebotenen Köstlichkeiten zu schreiben, die sich im Speisesaal türmten – setzten wir uns an die Bar, Sophie trank kurz hintereinander zwei Gin Tonics, während ich mich mit einem Glas einheimischen Weins begnügte. Ich machte mir zu der Zeit bereits ernsthaft Gedanken um meine Freundin. Nicht nur, daß ihr Alkoholkonsum äußerst ungewöhnlich war, ihr ganzes Verhalten verwirrte und verunsicherte mich zutiefst. Ich dachte immer, wir hatten wenig Geheimnisse voreinander, aber zur Zeit hatte sie eindeutig eins. Wenn sie ein Verhältnis mit einem der Männer angefangen hatte, war das ihre Sache, ich bin bestimmt kein Mensch, der andere be- oder verurteilt. Aber könnte sie dann nicht glücklich und ausgelassen sein? Kichernd? Überschwenglich? Warum entdeckte ich so oft ein fast gequältes Verhalten? Und warum redete sie nicht mir? Nicht mal andeutungsweise? Ich mußte unbedingt mit ihr reden. Irgendwann eine ruhige Minute finden und vertraulich mit ihr raunzen. Eine ruhige Minute zu finden war allerdings an sich schon ein schwieriges Unterfangen, ich gebe es zu. Wir waren schon wieder umzingelt von Menschen, die wir kennengelernt hatten, lachten und redeten bunt durcheinander, flirteten unverbindlich, und ich vergaß, auf Untertöne oder -strömungen zu achten. Dennoch entging mir nicht, daß sich die Bayerin zu uns gesellt hatte, aufreizend wie immer, mit ihrer

Freundin. Sie flüsterten meistens, und ich konzentrierte mich –
pure Neugier, ich gestehe –, um Teile ihres Gespräches zu belau-
schen. Es ging um die Jungs auf der Ranch, und ich glaube, es
ging um den Stummen, dessen Namen ich nicht wußte. Wie auch,
keiner hatte ihn vorgestellt. Er war der Mann im Schatten. Ein
Frösteln überlief mich, als mir die Bedeutung meiner Gedanken
zu Bewußtsein kam.

Der Mann im Schatten ... konnte er nicht reden oder auch nicht
hören? Wenn er nicht hören konnte, wußte er nicht, wie das Meer
klang, das sich mit ewigem Rhythmus auf den Strand warf. Er
wußte nicht, wie das Donnern der Hufe klang, wenn sie auf den
Sand trommelten. Er wußte nicht, wie eine menschliche Stimme
klang. Hatte nie Musik gehört. Nie einen Vogel, nie das Wiehern
eines Pferdes. Ich runzelte die Stirn und versuchte, die Gedanken
zu verscheuchen, während ich den beiden Frauen weiter zuhörte. Noch etwas, was er nicht konnte. Sie redeten über die Jungs,
sie kicherten, aber viel verstehen konnte ich nicht. Mein Bayrisch
war nicht so gut. Als Sophie aufstand und mir kurz zugrinste,
war mein Interesse an den beiden Frauen auch schlagartig erlo-
schen. Ich verkniff es mir wieder heroisch, ihr nachzusehen oder
nachzugehen. Sie war meine Freundin, nicht meine Gefangene.
Komisch war es dennoch.

Eine gute Stunde später war sie wieder da, heiter und gelöst,
beschwingt. Glänzende Augen, schwingende Hüften, frisch geschminkt. Einen furchtbaren Moment lang dachte ich an Ha-
schisch, Wasserpfeifen, LSD, Marihuana oder sonstwas Schreckliches. Meine Phantasie war wirklich kaum zu schlagen. Ich
gähnte demonstrativ und reckte mich ein wenig, bevor ich allen
in der Runde eine gute Nacht wünschte. Sophie glitt ebenfalls
vom Hocker und bummelte gemächlich neben mir über die stillen, verlassenen Wege. Die Zikaden probierten gerade aus, wer
denn wohl die lauteste von ihnen war, rechts in dem filigranen
Flieder raschelte etwas, eine Fledermaus schoß in elegantem
Zickzackkurs über den nachtschwarzen Himmel, einen Moment

lang zu sehen, als sie sich über dem angeleuchteten Clubhaus befand. Ich seufzte tief, teils aus Entzücken, teils um möglichst viel von der köstlichen Luft einzuatmen. Sophie wandte den Kopf. »Es ist wohl an der Zeit, dir zu erzählen, was hier vor sich geht, oder?« Ich schwieg einen Moment. »Wenn du es willst.« Sie verharrte in der Bewegung. »Erzähl nicht, du seist nicht neugierig«, spottete sie leise. »Ich platze vor Neugier und mache mir ernsthaft Gedanken. Aber du mußt es schon erzählen wollen. Ich bin dir nicht böse, wenn du nicht reden willst, das wollte ich damit sagen.« Sie hakte mich unter und preßte meinen Arm fest an sich. »Wir werden uns auf den Balkon setzen und gemütlich eine rauchen, und dann erzähle ich, okay? Bestimmt finde ich auch irgendwo noch eine Flasche Wein.« »Woher willst du Wein bekommen? Um diese Zeit?« Jetzt tendierte ich ernsthaft zum Rauschgift. Sie lachte leise. »Wir werden eine Flasche Wein haben, das verspreche ich.«

Nun gut. Von mir aus.

Ich muß an dieser Stelle bemerken, daß ich eigentlich nicht rauche. Manchmal, wenn die Situation es erforderte, empfand ich das Rauchen allerdings als angenehm oder sogar als erforderlich. Diese Situation schien genau in die beschriebene Kategorie zu gehören.

Ich schloß die Tür zu unserem Zimmer auf und blieb wie angewurzelt stehen. Sophie stolperte gegen meinen Rücken und keuchte auf, kicherte dann entzückt. Okay, vielleicht hatten wir jetzt einen kollektiven Rausch. Soll es ja alles schon gegeben haben.

Unser Bett war über und über mit Blütenblättern bedeckt.

Ein Rausch der Farben. Irgendwer hatte hier einen ganzen Garten geplündert, um dieses Kunstwerk zu schaffen. Bunte, seidige Blütenblätter überall. Ein betörender Duft hing in der Luft, der nicht allein von den Blüten stammen konnte. Als habe jemand die Wäsche parfümiert.

»Und wo sollen wir schlafen?« krächzte ich und sackte auf die gekachelte Bank. Sprang umgehend wieder hoch, als die kalten

Fliesen meine teilweise entblößte Haut berührten, und suchte nach einem Kissen. Hockte mich wieder hin und beschloß, mit dem Trinken aufzuhören, so gut mir der Wein auch schmecken mochte. Starrte auf das Bett, das sich wie ein Traum darbot. Tausendundeine Nacht. Scheherazade. Ein Haremsgemach. Irgend etwas ging hier vor, dem ich nicht folgen konnte.

Sophie entkorkte derweil geschickt eine Flasche Wein, die unter dem gekachelten Tisch an der Wand gestanden hatte, und goß die rote schimmernde Flüssigkeit in unsere Zahnputzgläser.

»Du mußt zugeben, das ist jetzt nicht ganz stilecht«, sagte ich trocken und prostete ihr zu. Sie lachte entzückt, tief unten in der Kehle, und ließ ihr Glas leise an meins klirren.

»Hast du eigene Zigaretten oder willst du meine mitrauchen?«

Ich rümpfte angewidert die Nase. Wenn ich schon mal rauchte, dann doch bitte meine eigenen, nicht die mentholhaltigen, die sie bevorzugte. Gruselig.

»Ich hab'eigene. Für den Notfall«, sagte ich und durchwühlte meinen Rucksack, den ich als Handgepäck mitgenommen hatte, »aber laß uns bitte auf den Balkon gehen, damit wir das unvergleichliche Aroma dieses Raumes nicht zerstören …«

Sogar dieser Kommentar war geeignet, ihr ein Lachen zu entlocken. Mit einem letzten Blick auf das Bett – die Blüten lagen noch immer da – folgte ich Sophie und den Weingläsern auf den Balkon, wir rückten die Stühle so zurecht, daß wir unsere Füße auf die gemauerte Brüstung setzen konnten, und ich gestehe, ich genoß diese erste Zigarette außerordentlich. Über uns zog sich das Band der Milchstraße über den Himmel, funkelten Myriaden von Sternen, protzten wie Diamanten auf schwarzem Samt mit ihrer unvergleichlichen Schönheit. Der warme Wind, der aus der Wüste heranstrich, brachte Tausende von Düften mit, verheißungsvoll und sehnsuchterweckend. Die Palmen beugten sich und raschelten leise, ein feines Wispern. Der Chor der Zikaden hatte aufgegeben, die Stille war berauschend.

»Okay«, sagte ich und drückte die Zigarette aus, um sofort eine neue aus der Packung zu angeln, »jetzt bin ich bereit. Wenn du noch viel länger wartest mit deiner Beichte, werde ich nicht mehr fähig sein, sie dir abzunehmen.« Ich hob mein Glas und sie ihres, wir tranken einen großen Schluck, ich entzündete tatsächlich den Glimmstengel und wartete dann ab.

»Ich weiß nicht so recht, womit ich anfangen soll …« ihre Stimme klang unsicher und zitterte etwas, ein leichtes Lachen schwang mit. »Vielleicht bei einer Million Blütenblätter auf deinem Bett …?« schlug ich vor. Ihr Lächeln war so glücklich, so strahlend, daß es mich bezauberte und irgendwie wehrlos machte. Egal, was da kommen würde, ich würde ihr zur Seite stehen.

»Naja, ich hab'da jemanden kennengelernt …« Pause. »Auf den Gedanken wäre ich nun nicht gekommen«, spottete ich, als mir die Pause zu lange dauerte. Sie ignorierte meinen Einwurf. »Einen Einheimischen. Einen Araber.«»Ja«, spottete ich sanft, »ein Europäer hätte dich nicht in Blüten erstickt.«»O Herrgott, Elli. Bitte.«»Schon gut. Nenn mich nicht Elli.«»Hör auf, so unqualifizierte Kommentare von dir zu geben.«»Okay. Gleichstand. Könntest du jetzt bitte weitererzählen?!« Sie seufzte theatralisch und rauchte jetzt ebenfalls. »Vielleicht sollte ich einfach direkt zur Sache kommen …« Ich sackte in mir zusammen. »Das wäre eine echte Maßnahme.« Sie kicherte wieder, hoch und atemlos. »Ich werde hierbleiben«, sagte sie dann, und ich verschluckte mich prompt an dem Rauch der Zigarette.

»Du wirst WAS??!!«

Liebe Sophie, sag, daß ich träume. Sag, daß ich sturztrunken bin. Sag, daß das alles irgendwie nicht wahr ist. Mach, daß es vergeht. Sie betrachtete angelegentlich ihre lackierten Fußnägel. »Ich werde hierbleiben«, wiederholte sie und es klang jetzt ziemlich gelassen und sicher. »Okay, okay … Du meinst also, ich bin weder betrunken, noch habe ich einen Hörfehler …?« Sie nickte. Ich überlegte kurz, ob ich einen Husten- oder doch lieber gleich einen Erstickungsanfall bekommen sollte und verkniff mir beides. »Sophie, was ist passiert? Ich komm da irgendwie nicht mit.«

»So schwer ist es gar nicht. Du kennst den stellvertretenden Clubchef?« »Ja.« Natürlich kannte ich den. Glutaugen, lange, dichte Wimpern und eher kräftig, nicht so zartgliedrig wie viele Araber. Der Mann, der sie im Speisesaal in höchste Verzückung versetzt hatte. Der Mann, dem die Augen aller anwesenden Frauen folgten, wenn er sich zeigte. Ja, ich wußte, von wem sie sprach.

»Nun, wir haben uns ineinander verliebt. Ziemlich heftig, wenn ich das mal so sagen darf.« Du darfst Sophie, du darfst.

»Du dich in ihn und er sich in dich?« fragte ich – nicht so sehr intelligent diese Fragestellung, ich weiß. Sie bemerkte es nicht mal. »Er ist ein wundervoller Mann. Wir haben so viele Gemeinsamkeiten … Er ist in Europa erzogen worden, Paris und London, und ist absolut aufgeschlossen und gar nicht so arabisch oder … Du weißt schon: Ein Macho. Er ist feinfühlig und romantisch und klug und ein hinreißender Liebhaber … und ich bin so verliebt wie noch nie in meinem Leben.«

»Ääähh…ja…«, sagte ich, überwältigend in meinem ureigenen Charme, hob die Weinflasche und plierte hinein, »und das weißt du alles nach einer Woche…?«

»Ich wußte es nach der ersten Nacht.« »Du warst garnicht eine ganze Nacht fort«, protestierte ich kleinlich. Sie seufzte. »Nun, wie auch immer. Ich bin mir so sicher wie noch nie. Er ist der Mann, mit dem ich leben möchte. Und er lebt und arbeitet hier, also werde ich hierbleiben.«

Anscheinend weigerte sich mein Hirn, welches normalerweise recht zuverlässig funktionierte, all diese Neuigkeiten zu verarbeiten oder auch nur ernsthaft in Betracht zu ziehen. Mein Glas war schon wieder leer, und in der Spiegelung der Glastür konnte ich sehen, daß auf unserem Bett ein Meer von Blütenblättern lag. Irgend etwas stimmte hier nicht.

»Sophie, wie stellst du dir das vor?« So ähnlich hatte meine Mutter sich auch immer angehört, wenn ich mir etwas in den Kopf gesetzt hatte, was sie für undurchführbar hielt.

Sie schwenkte ihr Glas und blies Rauch in die klare Nachtluft. Ich

rauchte auch schon wieder, seltsam. Morgen früh – nein, nachher
– würde ich entsetzlich verkatert sein, irgend jemand würde mich
aufs Pferd heben müssen. O Gott, der bloße Gedanke an einen
Ausritt bereitete mir Kopfschmerzen.
»Es ist alles gar nicht so wild, ich hab es gut durchdacht. Meine
Wohnung ist bezahlt, die brauche ich nur zu vermieten – ein befri-
steter Mietvertrag ist da am sinnvollsten. Verpflichtungen habe
nicht, weder finanzielle noch familiäre, und einen Job brauche ich
auch nicht zu kündigen. Verstehst du, es ist ein einziges großes
Abenteuer und egal was passiert – der Preis wird nicht zu hoch
sein. Ich kann jederzeit wieder zurück.«
Stöhnend faßte ich mir an den Kopf.»Die werden dich doch gar-
nicht so lange im Land lassen.«»Auf jeden Fall ein dreiviertel
Jahr. Und dann sehen wir weiter.« Ich war völlig erschlagen. Kein
Argument schien mir ausreichend, um diesen Wahnsinnsplan zu
kommentieren.
»Du bist verrückt«, stöhnte ich verzweifelt.
Sie sah mich ernst an.»Ich hatte eigentlich gehofft, du als meine
Freundin würdest dich mit mir freuen und nicht so einen Affen-
aufstand machen. Ich dachte, du würdest positiv denken.«»Oh
Sophie, ich gönne dir dein Glück von ganzem Herzen. Ich mach
mir bloß Sorgen. Ich denke immer an schreiende Schlagzeilen:
Deutsche im Orient entführt! Schöne rothaarige Ex-Millionärsgat-
tin im Harem verschollen! Verstehst du? Ich bin außer mir vor
Sorge und Angst und bin betrunken und ratlos.« Unverhofft beugte sie sich zu mir und schlang einen Arm um meine Schultern.
»Du wirst mich nicht im Stich lassen, nicht wahr?«»Nein, werde
ich nicht. Aber ins Bett gehen werde ich jetzt. Ich muß diesen
Schreck überschlafen.«
Es dauerte aber doch noch etwas, bevor ich mein Vorhaben in die
Tat umsetzen konnte, zunächst fegten wir die Blütenblätter zusammen und befüllten damit sämtliche Gefäße, derer wir habhaft
werden konnten, dann fuhr mein Bett mit mir Karussell, bis ich
ein Bein herausstellte, und fast ununterbrochen redete Sophie,

malte sich ihre Zukunft in einem sonnigen Land in glühenden Farben aus, verbunden in ewiger tiefer Liebe zu einem Mann, den sie seit einer Woche kannte. Oh Gott ... Warum passierte mir eigentlich so etwas? Warum konnte ich nicht einfach einen netten Urlaub verbringen und nach Hause fahren, um irgendwann vielleicht wiederzukommen? Aber im nachhinein erschien es so, als habe dieses Land seit Beginn die Hände nach mir ausgestreckt, mich eingeladen, mich verlockt.

Ich hatte wirre Träume, als ich endlich eingeschlafen war, und war völlig am Ende, als der Weckruf des Telefons in mein Bewußtsein vordrang.

Yasmin kam mir auch heute morgen entgegen, ich wußte nicht genau, was dieses Pferd in mir sah, aber es war auch egal. Fast alles war heute egal. Ich war davon ausgegangen, daß ich schlecht geträumt hatte, daß meine Welt sich beruhigt hatte und daß einzig das Telefon störend war. Dann fiel mein Blick auf die Blütenblätter, die in Gläsern überall im Zimmer standen, und ich wußte, daß nichts in Ordnung war. Daß ich mich doch wieder den Unbilden stellen mußte, ohne zu wissen, was nun noch auf mich zukommen mochte.

Zunächst allerdings kam dieses Pferd auf mich zu, was mich fast zum Weinen brachte. Ich war echt angeschlagen nach dieser Nacht und einfach dankbar für diese Sympathiebezeugung des Tieres, das jetzt abwartete, bis ich meine Hand auf seine Stirn legte und es kraulte.

Es waren schon Reiter anwesend, die meisten sahen ebenso müde und verquollen aus wie ich – vielleicht sah man mir meinen Kater nicht allzu deutlich an – einige unterhielten sich bereits, während ich auf meinem Fisherman rumlutschte und Alkohol und Zigaretten und meine Freundin zum Teufel wünschte. Die Bayerin konnte ich nicht erspähen, auch Mehdi war nicht zu sehen, was ich nicht bedauerte. Das fehlte mir heute noch: Bösartige Kommentare von diesem überheblichen Kind. Ich grüßte in die Runde und hockte mich mit auf den Brunnenrand, wo einige Frauen mir bereitwillig Platz machten.

Mehdi erschien und begann, die Pferde zu verteilen. Ich vermutete, daß er mich absichtlich übersah, ignorierte es aber. Es war kühl und klar heute morgen, eigentlich ein wunderschöner Tag. Ein leichter Schauer überlief mich. Was würde ich tun, wenn ich die Möglichkeit hätte, hier bleiben zu können? Würde ich nach Hause zurückgehen? Ja, entschied ich ganz energisch, ja, genau das würde ich. Ich würde zu meinen zentimeterdicken Akten und Vertragswerken zurückkehren, zu meiner Sicherheit, zu meinem Leben, das ich mir in jahrelanger mühevoller Kleinarbeit aufgebaut hatte. Ich nestelte an meiner Sonnenbrille, durchsuchte meine Taschen und förderte noch einen Fisherman zutage. Der Stumme winkte mir zu, mühsam erhob ich mich vom Rand des Brunnens und trottete zu ihm. Er sah mir entgegen, ich konnte spüren, wie er meine Verfassung abschätzte. Nicht wertend, sondern einfach prüfend.

Müde? fragte er, indem er die Hände zusammenlegte und eine Handfläche unter die Wange drückte. Ich nickte. »Und traurig und verwirrt und verkatert und überhaupt ...« Seine leuchtend braunen Augen waren aufmerksam auf mich gerichtet, er verstand nicht alles, was ich sagte, was ich meinte, wie auch, aber er begriff, daß es mir nicht so gut ging. Ich sah das Verstehen in seinem Blick, der warm und verständnisvoll und aufmerksam war. Ich spürte es in seinem Schmunzeln, als er fragte, ob sich mein Schädel drehte. Manchmal waren es verblüffend einfache Gesten, die er benutzte, so einfach, daß an deren Bedeutung überhaupt kein Zweifel aufkommen konnte.

Beschämt senkte ich den Kopf. Was mußte der Mann bloß von uns bescheuerten Touristen denken? Er wandte sich ab und ging zu Yasmin, eine Geste, die mich aufforderte, zu folgen, seine Augen, erwartungsvoll, als er mir die Zügel gab. Zögernd ergriff ich die Lederriemen, streichelte das Pferd, kontrollierte den Sattelgurt und spürte, wie der Klumpen in meinem Magen sich auflöste, wie meine Sorgen und Gedanken langsam schrumpften. Als ich aufsah, stand er mir gegenüber und verfolgte über den Sattel hinweg jede Regung meines Gesichts mit höchster Aufmerksamkeit. Ich lächelte ihm zu, als ich seinem Blick begegnete, und nickte als Bestätigung, daß ich bereit sei. Er hielt den Bügel gegen und ich schwang mich in den Sattel. Bemerkte, wie er Haltung und Hände kurz kontrollierte, mir dann zunickte und mir bedeutete, ich solle mich entspannen. Vorsichtig sein mit dem Pferd. Ich nickte und setzte meine verspiegelte Sonnenbrille wieder auf. Ich mußte sie automatisch auf den Kopf geschoben haben. Komisch. Eine instinktive Geste, um ihm zu ermöglichen, meine Augen zu sehen. Er las viel in den Augen, davon war ich überzeugt.

Heute ging ein anderes Pferd an der Spitze, nicht Belel. Ich wartete die Reihe der Reiter ab, der Mann drehte sich zu mir um, wollte wissen, ob alles okay sei, ich bejahte und bedeutete ihm, daß ich einfach abwarten und am Schluß reiten würde. Zumindest solange Mehdi nichts anderes bestimmte, setzte ich in Gedanken hinzu. Yasmin wartete ruhig ab, und als ich die Zügel nachgab und die Beine leicht schloß, fiel er in munteren Schritt, um die Gruppe einzuholen. Kein Bäumen, kein Tänzeln, kein Seitwärtssteppen. Einfach nur ein munterer Schritt mit emsig nickendem Kopf, aufmerksam nach allen Seiten spähend, spielende Ohren. Ich klopfte dankbar den warmen Hals, das weiche, seidige Fell und zauste ein bißchen in seiner Mähne. Mehdi kam zu mir nach hinten. »Alles klar?«»Guten Morgen. Ja, alles klar.« Auch er kontrollierte kurz meine Haltung, nickte dann und sprengte wieder nach vorne. Blieb hier und da stehen, um mit den Reitern zu reden – meist waren es Reiterinnen – und auch zu flirten, er zappelte auf seinem Pferd umher und hangelte sich zu den Frauen herüber, um sie zu berühren, ihre Schultern zu tätscheln oder ihre Hände zu halten. Ich war ein wenig verblüfft darüber, daß sein Verhalten den Frauen so gut zu gefallen schien. Allerdings war das auch die Erklärung, warum er so aggressiv auf mich reagiert hatte: Ich war wohl eine der wenigen, die seinem Charme gegenüber völlig unempfänglich waren. Komischerweise schmerzte mein Kopf nicht halb so arg, wie ich befürchtet hatte. Und jetzt, in der klaren Morgenluft, verflüchtigten sich sogar all die Sorgen verblüffend schnell, die ich mir gestern noch gemacht hatte. Ich meine, im Grunde kann es nicht mein Problem sein, wenn meine Freundin sich in den Kopf setzt, hier zu bleiben. Sie hatte ja recht: Finanziell war sie abgesichert, sie lieferte sich nicht auf Gedeih und Verderb aus. Oder machte ich jetzt einen Gedankenfehler? Wenn sie verschleppt wurde, nützte es ihr gar nichts, ob sie in Deutschland eine Eigentumswohnung und Vermögen hatte.

Yasmin machte einen kleinen Satz, um vor einer Welle wegzuspringen, und brachte mich damit wieder in die Gegenwart. Hinter mir hörte ich rasende Galoppsprünge, Yasmin hörte sie auch, aufgeregt warf er den Kopf und versuchte, dem Zügel zu entkommen, drehte das Hinterteil und ging quer zum Wassersaum. Ich ließ ihn. Dieses Pferd war so ungleich leichter zu kontrollieren als Belel, bei dem alles sofort geahndet werden mußte, daß ich ihm diese Sondereinlage gönnte. Der Stumme sprengte heran auf einem fast blauen Araber, ich hatte diese Fellfärbung wohl schon auf Photos gesehen, aber noch nie in natura. Zum ersten Mal sah ich ihn lachen, als er den Hengst neben mir zügelte, lautlos, aber fröhlich, schneeweiße Zähne in dem dunklen Gesicht, eine kleinen Narbe über der linken Augenbraue. »Ein schönes Pferd«, sagte ich anerkennend, und er nickte. Bedeutete mir mit Händen und Körpersprache, daß es wertvoll war, edel und äußerst temperamentvoll. »Ja, da sieht man.« Wieder lachte er, dann sprengte er nach vorne, um mit Mehdi zu reden. Die beiden verstanden sich wirklich, sie benutzten minimale Gesten und wurden sich schnell einig. Wer weiß, wie lange sie schon zusammen arbeiteten. An der Spitze entstand jetzt Unruhe, ich sah den blauen Hengst angaloppieren, so schnell, daß er flach über den Sand raste. Der Fuchs, der Tete ging, wurde unruhig und begann seitlich zu galoppieren, dann gab seine Reiterin den Kopf frei, und er raste hinter dem blauen Hengst her. Einer nach dem anderen galoppierte jetzt an, Mehdi verhinderte, daß die Hengste gleichzeitig losliefen und sich ein Wettrennen lieferten, und der Stumme bremste sie wieder aus. Yasmin wurde unruhig, je mehr Pferde vor ihm weggaloppierten. Er tänzelte jetzt und verlagerte sein Gewicht auf die Hinterhand, versuchte, dem Zügel zu entkommen, und bäumte sich halbherzig auf. Ich drehte ihn und ließ ihn aufs Meer gucken, ließ ihn seitwärts steppen, aber eben nicht loslaufen, bis ich hörte, wie Mehdi »Yasmin!« schrie. Dann erst wandte ich ihn in Laufrichtung. Er erstarrte wie Belel Tage zuvor mit hocherhobenem Kopf, als könne er sein Glück nicht fassen, dann spürte ich, wie er sein Gewicht auf die Hinterhand verlagerte und sich nach vorne warf, und einen Moment später waren wir unterwegs. Im Gegensatz zu Belel war es eine Erholung, dieses Pferd zu reiten. Selbst als ich ihm den Kopf ganz frei gab und er über den Strand raste, so schnell er nur konnte, um die anderen wieder einzuholen, war es nicht der rasende aggressive Rhythmus, den Belel innehatte. Ich ließ mich tragen, gab leise, schnalzende Laute von mir und spähte durch seine Ohren nach vorne, während ich spürte, daß ich diesem Pferd vertraute.

Der Stumme hob die Hand und ich begann zu bremsen, setzte mich wieder schwer in den Sattel und nahm die Zügel auf. Yasmin wurde langsamer, legte drei oder vier gekonnte kleine Bocksprünge ein, bevor er zufrieden schnaubend in Schritt fiel und ich klopfte seinen warmen Hals. Der Stumme lächelte. War es gut? Ich schob meine Brille hoch und strahlte ihn an. »Sehr gut.« Beugte mich wieder vor und tätschelte nochmals den grauen Hals.

Der Ausritt war insgesamt sehr schön. Es war ein Wind aufgekommen, der die erhitzten Pferde und auch uns Menschen kühlte und der die am Wegesrand liegenden Plastikplanen aufhob und rumwirbelte. Das sorgte immer wieder für unfreiwillige Luftsprünge der Pferde, die der Meinung waren, sie gehörten in die Nahrungskette von Plastikplanen, und für Schrecken unter den Reitern. Mehdi ritt Hand in Hand mit einer sehr blonden, sehr jungen Frau, die ihm sichtlich verliebte Blicke zuwarf. Der

Stumme patrouillierte die Gruppe entlang, lächelte und gestikulierte, bekam aber selten Antwort. Ich runzelte die Stirn. Es war doch gar nicht schwer, ihn zu verstehen und seine nette Art zu erwidern. Seine Hände bewegten sich flink durch die Luft, seine Augen leuchteten, er war sympathisch. Anders konnte ich es nicht sagen. Ganz anders als dieser hochmütige Mehdi. Aber ich bemerkte, wie sie seinen Augen auswichen, wie sie seine Fragen nicht hören wollten, wie das Ungewohnte sie hemmte, bremste. Rassige Araber mit dunklen Augen waren ja gut und schön, aber sie mußten doch bitte Deutsch sprechen und charmant sein. O Herrgott, seit wann war ich so ausgesprochen bösartig? Vielleicht lag es an meinem verkaterten Schädel. Aber je länger ich seine Bemühungen verfolgte und die Ablehnung spürte, desto mehr erboste es mich.

Das Land war staubig, auf einer ausgedörrten Wiese – auf der kaum mehr als drei Strohhalme standen – lagen zwei Dromedare und bewegten die Kiefer, während ihre hochmütigen Augen unserer Gruppe folgten. Einige Kinder kam uns entgegen, die Mädchen trugen alle pinkfarbene Kittelchen über ihren bunten, aber staubigen Kleidern. Viele hielten sich an den Händen, während sie sich an den Wegrand drückten, um unsere Pferde vorbeizulassen. Ein kleiner Junge winkte uns zu, und ich winkte zurück, lächelte und freute mich. Die Gruppe ritt weiter, unberührt von den Kindern und dem Land. Der blaue Hengst stand tänzelnd am Wegesrand, der Mann musterte mich. Ein Hauch von Traurigkeit striff mich, obwohl er lächelte. Es war nicht sein strahlendes Lächeln, es war eine merkwürdige, stille Anerkennung. Ich verstand es nicht. Schob meine Brille hoch und machte eine kleine, fragende Handbewegung. Er deutete auf die Kinder und winkte im Schutz seines weiten Hemdes.

»Oh … aber sie haben mir doch auch zugewunken. Ich hab' nur geantwortet.« Er zeigte auf die Gruppe. Und die? Es hat keiner gewunken. Ich hob die Schultern.»Vielleicht haben die es nicht gesehen.« Und auf seinen fragenden Blick hin legte ich Daumen und Zeigefinger zu einem Kreis und vor die Augen und deutete dann noch einmal mit einer Verneinung auf die Gruppe. Er verneinte, gab dann aber sofort auf. Ich konnte es verstehen: Er lebte von Touristen. Ich hätte gerne weiter mit ihm gesprochen – kann man das überhaupt so nennen? Sprach ich denn mit ihm? Nun ja, zumindest verständigten wir uns, auf welcher Ebene auch immer, aber er verweigerte den Blickkontakt. Eine ebenso einfache wie wirksame Methode, den Kontakt zu unterbinden. Seine Körperhaltung drückte so etwas wie Niedergeschlagenheit aus. Ich versuchte nicht weiter, ihn auf mich aufmerksam zu machen, ich wollte nicht, daß Mehdi bemerkte, wie wir kommunizierten. Ich wollte nicht, daß er vielleicht dem Stummen sogar Vorhaltungen machte oder daß er Nachteile in Kauf nehmen mußte. Was für ein Urlaub ...

Ich löste gerade den Sattelgurt, als er neben mir auftauchte. Obwohl er sich so lautlos bewegte und oft so unverhofft erschien, erschrak ich niemals. Sein Auftreten war sanft und ruhig. Er hielt mir einen halben Apfel hin und wies mit dem Kinn auf das Pferd. Ich nahm den Apfel, und er löste den Gurt und nahm den Sattel ab. Einen Moment beobachtete ich die schlanken braunen Finger, dann nahm ich Yasmin den Zaum ab und hielt ihm den Apfel hin. Zutraulich senkte sich der graue Schädel über meine Hand, behutsam nahm er den Apfel, warf dann den Kopf und drängte nach mehr. Ich zauste seinen Pony und kraulte die Stirn, zupfte ein wenig an den erwartungsvoll gespitzten Ohren und trat dann zurück, damit er sich im hellen warmen Sand wälzen konnte, ein unschätzbares Vergnügen.

Irgendwo hinter mir jauchzte eine Kinderstimme, und als ich mich umdrehte, lief ein vielleicht fünfjähriger Junge durch den tiefen Sand auf uns zu. Der Stumme bemerkte meinen Blick und wandte sich ebenfalls um, dann hockte er sich hin und wartete, bis der Junge ihn erreicht hatte und sich ohne Rücksicht und mit

Bis der Göttergatte seine Teilhaberin schwängerte. Wobei die Geschichte an sich auch schon wieder etwas verworren war: Sophie und Edgar hatten keine Kinder, Sophie schwor Stein und Bein, sie habe nicht verhütet, und ihr Arzt beschwor, sie sei absolut gesund und durchaus in der Lage, Kinder zu bekommen. Wir waren also davon ausgegangen, daß Edgar zeugungsunfähig gewesen war.

Edgar selber hatte sich nie daraufhin untersuchen lassen, er stammte aus einer hochwohlgeborenen Familie mit einem ellenlangen Stammbaum, und so etwas wie Zeugungsunfähigkeit hatte es noch nie gegeben. Und nun war seine Teilhaberin schwanger und Edgar somit ein Held, natürlich hatte Sophie die Schuld an der jahrelangen Kinderlosigkeit.

Seltsam war, daß man die Teilhaberin immer mal mit einem jungen Mann ausgehen sah, er begleitete sie auch auf Vernissagen und Ausstellungen und Auktionen, meist sogar ganz offiziell. Natürlich ließ ich nie eine Andeutung in diese Richtung fallen, aber Sophie war weder blind noch dumm – obwohl ich letzteres manchmal anzweifelte angesichts ihrer Ehe und ihrer derzeitigen Verliebtheit – und bemerkte sehr wohl, daß der sie betrügende Göttergatte wahrscheinlich ebenfalls betrogen wurde.

»Ich gönne es ihm«, sagte sie desinteressiert und reichte die Scheidung ein, spielte so überzeugend die leidende, betrogene Ehefrau, daß sie innerhalb von zwei Monaten 15 Kilo abnahm, sehr elfenhaft wirkte und ihren Rechtsanwalt zu Höchstleistungen anspornte. Sie bekam horrend viel Geld zugesprochen und die Wohnung, gab eine Riesenparty und entsorgte augenzwinkernd das Buch »Fasten – aber richtig«. Für diesen Coup bewunderte ich sie rückhaltlos. Sie hatte Edgar genau da getroffen, wo es ihn am meisten schmerzte: Beim Geld.

Und so lauschte ich also ihren Ausführungen über ihre Zukunft und ihre Wünsche mit halbem Ohr und hing meinen eigenen Gedanken nach. Irgendwann bemerkte sie, daß sie seit Stunden monologisierte und unterbrach sich. Verhaspelte sich. Ihre Wangen waren hektisch rot, und ich wußte, daß der geliebte Fehti nicht eine einzige schlechte Eigenschaft haben konnte. Ach, in Wirklichkeit gönnte ich ihr natürlich dieses Glück von Herzen. Ich befürchtete nur, es würde so ähnlich ablaufen wie nach ihrer ersten Märchenhochzeit.

Bis zum Ende unseres Urlaubes würden wir zusammen in dem Zimmer wohnen, dann wollte Sophie eine kleine Wohnung auf dem Clubgelände beziehen, die sie gemietet hatte. Wir sahen uns die Wohnung gemeinsam an, und ich gestehe, mich packte der blanke Neid. Sie war wirklich klein, aber wunderschön geschnitten und einfach eingerichtet. Sophie erging sich in weiteren Phantasien, zeigte mir, wo sie was hinstellen wollte, was sie noch alles kaufen wollte, und versprach mir, daß die Wohnung aussehen würde wie die Räuberhöhle Ali Babas, wenn ich sie besuchen käme. »Und du wirst mich doch besuchen, oder?« fragte sie plötzlich alarmiert und wirbelte zu mir herum. Ich bejahte schweigend. Natürlich würde ich sie besuchen kommen. »Ich würde es nicht aushalten so ohne Freunde, ohne eine Verbindung zu meinem alten Leben.« »Bist du dir denn sicher, daß du es überhaupt aushalten wirst?« fragte ich ein letztes Mal. Sie nickte und lächelte verträumt. »Ich bin so glücklich, es schmerzt schon manchmal.« Ich atmete tief durch. »Nun gut. Mehr wollte ich nicht hören.« Sie nahm mich in den Arm. »Du bist eine wahre Freundin. Ich danke dir.« »Aber doch nicht dafür«, sagte ich und fühlte mich etwas unbehaglich. Ich ließ sie wirklich nur ungern hier zurück, sie erschien mir plötzlich so schutzlos. Sie wich einen Schritt zurück. »Hör mal, mir ist da gerade etwas eingefallen: Ich wollte meine Wohnung vermieten, damit sie nicht leer steht, aber es wäre doch viel besser, wenn du einziehst. Du brauchst nur die laufenden Kosten zu tragen und dich um meine Pflanzen zu kümmern. So etwas wie Housekeeping, verstehst du?« Fassungslos starrte ich sie an. Sophie besaß eine sehr große, sehr schöne Altbauwohnung mit Dachterrasse nach Südosten und einem kleinen Balkon nach Westen. Mit Teppichen, in die man seine Zehen bohren konnte und bis zu den Knöcheln versank. Mit sehr teuren und alten Möbeln und wunderschönen Stores.

»Das kann alles irgendwie nicht dein Ernst sein«, krächzte ich.

»Aber ja doch. Überleg doch mal: Ich müßte meine Wohnung sonst an völlig fremde Menschen vermieten, bei denen ich nicht wüßte, wie die mit meinen Möbeln umgehen. Das ist mir ja ein Greuel.« »Aber du könntest sehr viel Miete kassieren.« wandte ich ein. »Und komm dann nach Hause und muß sehen, daß der schöne Ahornschrank zerkratzt ist und auf meinem Perser Rotweinflecken sind ... Bei dir weiß ich, daß du gut mit den Sachen umgehst. Und du wolltest doch eigentlich schon längst mal nach einer Wohnung geguckt haben. Einer mit Balkon, stimmt's? Du hattest mal so etwas erwähnt.« Ja, es stimmte alles und entbehrte nicht einer gewissen Logik. »Außerdem«, führte sie weiter aus, »weiß ich dann wenigstens, daß ich jederzeit nach Hause kommen kann. Ich brauch'mich nicht an die Fristen eines Mietvertrages zu halten, sondern kann mich einfach bei dir einquartieren. Es sei denn, du hast dann bereits sechs schreiende Kinder. Dann würde ich doch lieber in ein Hotel ziehen.«

»Die Gefahr besteht nicht unbedingt«, murmelte ich und wußte nicht, was ich noch sagen sollte. Sie wirbelte wie ein kleines Kind um ihre eigene Achse und klatschte in die Hände. »Siehst du«, triumphierte sie, »das ganze Unternehmen steht unter einem glücklichen Stern. Alles fügt sich nahtlos zusammen.« »Äääähh ... ja«, sagte ich geistreich und überlegte bereits, wohin ich meine eigenen Möbel bringen sollte. Aber in Wirklichkeit gab es nur einen Schrank und eine Kommode, die mir etwas bedeuteten, beide Möbelstücke hatte ich gebraucht gekauft und selber aufgearbeitet, und für die würde ich in der großen Wohnung Platz finden. Außerdem lag sie noch günstiger an meinem Arbeitsplatz, und ich würde viel Geld sparen, wenn ich keine Miete zu zahlen brauchte. »Und für das Geld, das du sparst, kommst du dann jeden Urlaub hierher und besuchst mich«, frohlockte sie. Ich nickte zustimmend, viel sagen konnte ich nicht mehr. Herrgott, mein Leben schlug Purzelbäume zur Zeit.

Wundert es irgend jemanden, daß wir an diesem Abend schon wieder mit Wein anstießen, bis ich das Gefühl hatte, die Milchstraße würde sich am Himmel drehen?

»Was sagt Fethi eigentlich zu deinem übermäßigen Alkoholkonsum?« fragte ich und hörte meine Stimme etwas verschwommen. Sie kicherte. »Er findet es reizend, weil ich dann SEHR aufregende Sachen mit ihm anstelle ...« Okay, schon gut, war eine dumme Frage. Noch genauer wollte ich es denn auch gar nicht wissen.

Irgendwie lief mir der Rest des Urlaubes zwischen den Fingern weg. Es gab einiges zu klären und einzurichten, ganz schrecklich viel zu besprechen und noch mehr zu träumen und zu kichern und zu planen. Ich ritt noch zweimal mit aus, aber es war nie wieder so überwältigend schön wie die ersten beiden Ritte. Der Stumme ritt nicht mit, er ging mit gesenktem Kopf auf der Ranch umher und vermied jeden Kontakt, und ich überlegte, was da wohl vorgefallen war, hatte aber genug mit mir selber zu tun, um mich darum wirklich zu kümmern. Die Bayerin stolzierte zu fast jeder Mahlzeit in Reitkleidung im Speisesaal umher, sie grüßte immer noch nicht, was ich nicht verstand, was mich aber auch nicht interessierte. Bei meinem letzten Morgenritt hielt Mehdi Händchen mit ihr, das blonde Mädchen war nicht dabei. Ich ignorierte sowohl Mehdi als auch die merkwürdigen Umstände und versuchte, mich ganz auf das Pferd zu konzentrieren. Yasmin ritt ich nicht wieder, Mehdi teilte mir andere Pferde zu, was mich auch wieder ärgerte, er sah genau, daß Yasmin mich begrüßte, sobald ich den Hof betrat. Wenn er sich eine Dreistigkeit mir gegenüber herausnehmen würde, würde ich mich über ihn beschweren, erst bei seinem Boß, zur Not aber auch beim Clubchef höchstpersönlich. Ich zahlte viel Geld, um zu reiten, und war nicht bereit, mich derart abkanzeln zu lassen.

Ein letztes Mal klopfte ich zum Abschied den grauen Hals und tätschelte den mir zugeneigten Kopf, bevor ich mich endgültig zum gehen wandte. Und fast gegen den Stummen prallte. Erschrocken atmete ich ein, rasch und laut. Er wich einen Schritt zurück. Gehst du? fragte er, indem er mit den Fingern durch die Luft lief. Ich nickte. Er deutete ein startendes Flugzeug an. Ich nickte wieder. Wann? Ich deutete auf meine Uhr und ließ meinen Zeigefinger viermal über das Zifferblatt wandern. Er nickte verstehend und runzelte die Stirn und den Moment nutzte Yasmin, um seinen Schädel doch noch mal an mir zu schuppern. Ich stolperte eine Schritt nach vorne und er fing mich auf, reichte mir eine Hand, eine warme, feste Hand, nach der ich griff. Einen Moment lang verschränkten sich unsere Hände, meine sehr hell gegen seine dunkle Haut, er griff fester und ließ mich dann los. Trat einen Schritt zurück, nickte grüßend und wandte sich ab. Ich spürte noch immer den Druck seiner warmen Hand und blieb verwirrt stehen, sah ihm aber nicht nach. Er hätte es nicht gewollt. Klasse, ich war in der Lage, die Gedanken eines taubstummen Arabers zu lesen. Vielleicht sollte ich demnächst im Zirkus auftreten. Müde und mit hängenden Schultern schlurfte ich zurück, eine letzte Mahlzeit, dann hieß es Abschied nehmen. Nie hätte ich gedacht, daß mir der Abschied von einem Urlaubsland mal so schwer fallen würde. Aber ich ließ viel zurück: Meine beste Freundin, viele wirklich nette Leute und dieses Gefühl, ich sei nach Hause gekommen. Die Pferde und die Ausritte, die Landschaft, das Meer und die Wüstenluft. Die Düfte und die kleinen Tiere, die den Club bevölkerten, die Vögel, die sich so leidenschaftlich um ihr Terrain gestritten hatten, die Zikaden und die merkwürdigen Frösche, die tatsächlich hier, am Rande der Wüste, lebten.

Ich ließ so viel zurück, daß ich mir ein wenig verloren vorkam. Und als Sophie mich zum Abschied umarmte, brach ich tatsächlich in Tränen aus. Nicht sehr damenhaft. Ich versprach, jede Woche zu schreiben oder zu telefonieren, solange sie noch keinen eigenen privaten Computeranschluß hatte. Später würden wir via E-Mail in Verbindung bleiben. Ich versprach, auf ihre Wohnung achtzugeben und ihre Pflanzen zu gießen und sie umgehend über wichtige Neuigkeiten zu informieren. Ich versprach das Blaue vom Himmel herunter. Meine Wimperntusche verlief. Sophies nicht. Vielleicht sollte ich doch mehr Geld für Kosmetik ausgeben und mir endlich wasserfeste Wimperntusche kaufen. Bevor ich das nächste Mal einen so herzzerreißenden Abschied feierte, würde ich es ganz bestimmt machen.

Und dann saß ich im Bus und winkte und winkte und heulte und schniefte, und mir war schlecht vor lauter Aufregung, und ich wünschte mich ganz weit weg von meinem eigenen Elend.
Was ich wenige Stunden später auch war. Jedenfalls weit weg von Sophie und allem, was ich gemocht hatte. Und sehr weit weg von dem stummen Mann, der ruhig und sehr aufrecht im Tor der Ranch gestanden hatte, würdevoll wie der Tuareg auf dem Photo. Er hatte nicht gegrüßt, nicht gewunken, nicht genickt. Er hatte nur den Bus angestarrt, und als sich unsere Blicke trafen, wußte ich, daß er zum Abschiednehmen gekommen war. Was meiner Verfassung natürlich nicht eben zuträglich war.

II. Teil

Es dauerte einige Tage, aber dann hatte ich mich weitestgehend beruhigt. Manchmal ertappte ich mich dabei, daß ich mitten in einer geschäftlichen Besprechung mit den Gedanken ganz weit abschweifte und mich zurücksehnte nach dem heißen Wüstenwind, und manchmal malte ich Palmen auf die Ränder meiner Akten. Wenn ich einen guten Tag hatte, sogar mal einen Tuareg. Ich glaube, es schmälerte die Qualität meiner Arbeit nicht, denn es kamen keine Reklamationen. Die erste Zeit telefonierten Sophie und ich wirklich sehr oft, aber dann wurde es weniger. Natürlich. Mein Leben verlief jetzt ganz anders als das ihrige. Ich hatte von ihrem Angebot Gebrauch gemacht und war in ihre Wohnung umgezogen, in der ich mich ein bißchen wie die Queen höchstpersönlich fühlte. Sophie klang nach wie vor so sehr glücklich am Telefon, nach drei Monaten sprach sie von Heirat, weil das die einzige Möglichkeit war, dauerhaft im Land zu bleiben, was mich natürlich umgehend auf den Plan rief. Sie konnte nicht ernsthaft in Erwägung ziehen, einen arabischen Mann zu heiraten. Nicht wirklich.

Immer wieder bat sie mich, sie zu besuchen, es sei so herrlich, gerade jetzt, wo Norddeutschland in Regenfluten versank. Gerne, so gerne wäre ich der Einladung gefolgt, aber gerade als ich beschlossen hatte, jetzt Urlaub zu nehmen, kam ein Großkunde, und ich hockte wieder über einem Vertragswerk, das einen das Gruseln lehren konnte.

Gleich nachdem ich aus dem Urlaub zurückgekehrt war, hatte ich begonnen, mir einen guten Reitstall zu suchen, in dem ich regelmäßig Unterricht nahm, anstatt nur gelegentlich mal zu reiten. Ich wollte, wenn ich das nächste Mal auf einem Berberhengst saß, eine bessere Figur machen. Es dauerte gar nicht lange, und der Stall nahm einen festen Platz in meinem Leben ein. Ich mochte die Reitlehrerin sehr gerne und die meisten der dort reitenden Frauen – Männer waren rar gesät – und genoß ihr Vertrauen, was ich spätestens daran merkte, als sie mir eines Abends einen Araberwallach zum Reiten gab, ein Privatpferd. Ich hatte schon ab und zu mal Privatpferde geritten, weil der Stall nur drei Ausbildungspferde besaß, und mich auch in dem Bewußtsein gesonnt, aber dieser Wallach war etwas Besonderes. Ich merkte es, als ich nach dem Halfterstrick griff, den Anka mir hinhielt. Die großen sanften braunen Augen musterten mich einen Moment, dann senkte er vorsichtig den Kopf, um an meiner Hand zu schnuppern. Ich hielt still. Sehr langsam und bedächtig fuhr seine samtene Schnauze über meinen Arm, meine Brust, meine Haare, um sich dann wieder auf meine Hand zu senken. Es war eine Begrüßung, fast wie Yasmin mich begrüßt hatte, und bei dem Gedanken an den Hengst schnürte sich mir die Kehle zusammen. Ich mußte unbedingt Sophie besuchen.

Anka beobachtete Sheik-el-Sharim und mich genau und es schien ihr zu gefallen. Ich führte ihn zum Stallgebäude und band ihn fest, redete mit ihm, während ich ihn putzte, und wurde durch aufmerksames beobachten belohnt, durch spielende Ohren und sanftes Schnauben. Er war überhaupt ein außerordentlich sanftes Pferd. Beim Auskratzen der Hufe hob er das Bein so schnell an, daß ich fast getreten wurde, und als ich seinen Hals kraulte, legte er sich mit seinem Gewicht gegen meine Hand. Seine ganzen Bewegungen waren ruhig und ausgeglichen, und ich brauchte nur den Zügel zu berühren, da folgte er mir schon willig. Sehr angenehm.

Das Aufsteigen war dann allerdings schon nicht mehr so außerordentlich angenehm. Er war nicht der Meinung, daß er stehenzubleiben hatte. Ich schon. Er ging einen Schritt, ich zupfte am Zügel, er hob den Kopf und riß die Augen panisch auf. Ich redete mit ihm, griff nach dem Sattelhorn, er ging einen Schritt, ich zupfte am Zügel. Er ging zur Seite. Ich stellte mich dicht an ihn heran, ließ die Zügel ganz lang und redete mit ihm. Er spitzte die Ohren und sah sich höchst interessiert in der Reithalle um. Ich setzte einen Fuß in den Bügel, er blieb stehen. Erleichtert schwang ich mich in den Sattel, woraufhin er sofort losging, was auch wieder nicht nach meiner Mütze war. Aber als ich die Zügel aufnahm, riß er sofort wieder den Kopf hoch, als habe er Angst, der Zügel könne ihn verletzen. Ich setzte mich also schwer in den Sattel und drückte die Fersen nach unten, und sofort stand dieses bildschöne Tier. Guck mal an. Die ganze Stunde verbrachte ich mit Experimenten dieser Art. Die Zügel wurden zum Lenken überhaupt nicht benötigt, Sharim war so gut geritten, daß er auf den leisesten Schenkeldruck reagierte. Der Nachteil daran war, daß er auch auf jede unwillkürliche Gewichtsverlagerung reagierte. Durch dieses Pferd bemerkte ich erst, wie unruhig ich noch im Sattel saß.

Anka nickte mir nach der Stunde ermutigend zu. Einer der Männer sagte:» Naßgeschwitzt sieht er ja nicht gerade aus ...«und bevor ich reagieren konnte, erwiderte Anka:»Elena tastet sich an die Pferde ran, weißt du. Bei einer solchen Reiterin kann man es riskieren, Sharim zu geben. Das geht schließlich nicht mit jedem...« Der Mann schluckte und sagte nichts weiter, während Sharim elegant an meiner Hand aus der Halle tänzelte. Wir waren fast die ganze Stunde im Schritt gegangen, ich hatte geübt, ihn zu versammeln, ohne ihn durch die Zügeleinwirkung zu stören, wir hatten Vor- und Rückhandwendungen gemacht – was rede ich: Wir haben sie getanzt! – und sind Volten und Schlangenlinien gegangen, wobei ich teilweise bewußt ganz auf die Zügel verzichtet hatte und Sharim ausschließlich über das Gewicht gelenkt hatte. Es war eine wirklich spannende Stunde gewesen.

Während ich ihn absattelte und den schönen Kopf mit dem geschwungenen Nasenrücken sah und die sanften dunklen Augen, war mir, als würde der Stumme neben mir stehen. Vorsichtig ließ ich den Gurt los, darauf achtend, daß er nicht an die empfindlichen Pferdebeine schlug und sah mich automatisch um. Aber ich war noch immer in dem Stall in Norddeutschland, auch wenn ich ein arabisches Pferd ritt. Und es stand niemand neben mir, der einen Apfel für das Pferd hatte. Niemand, der mit einer Handbewegung fragte, ob alles in Ordnung sei. Und dennoch hatte ich einen Moment das Gefühl, als sei er bei mir, als lächelte er.

Im Januar, nach einem hektischen Jahresabschluß und Tausenden von Überstunden, weil der Vertrag und dieser erst recht, ach, und jene Akte! ... unbedingt noch vor dem 1.1. fertig und zum Abschluß gebracht werden mußten, nahm ich endlich Urlaub. Ich hatte noch alten Jahresurlaub und eben die Tausenden von Überstunden, und ich buchte einen Flug und flog zu Sophie. Sie hatte beim letzten Telefonat gesagt, sie habe auch nicht gerade bestes Sommerwetter, aber besser als in Norddeutschland sei es allemal. Ich packte einige warme Pullover mit ein und zwei Jeans und bestieg das Flugzeug mit einer merkwürdigen Mischung aus Vorfreude und dunkler Ahnung.
Vielleicht war die enorme Arbeitsbelastung der letzten Wochen an meiner düsteren Stimmung schuld. Ich hatte so viel und so lange gearbeitet, daß ich nicht mal mehr Zeit gehabt hatte, mein schwer verdientes Geld auch auszugeben. Und das ist immer ein schlechtes Zeichen. Dünn war ich geworden, selbst für meine Verhältnisse, und ich war wegen des vielen Sports eigentlich immer sehr schlank. Und blaß. Ich war nicht dazu gekommen, mich mittels Sonnenbank vorzubräunen.

Der Landeanflug war grauenhaft. Ehrlich. Ich kann es nicht anders beschreiben. Ich bin schon recht oft geflogen, aber so etwas habe ich noch nicht erlebt. Das Flugzeug sackte einige Male so tief durch, daß mir der Magen hüpfte und kurz unterm Kinn erst zur Ruhe kam. Ich war froh, daß ich angeschnallt war, denn dann begann der Vogel auch noch, über die Seiten zu rollen, und mein Gleichgewichtssinn kreischte höchste Alarmstufe. Lästig, wirklich sehr lästig. Und ich begab mich in meinem unendlichen Leichtsinn auch noch in Achterbahnen und ähnliches. Nie wieder. So vergnügungssüchtig war ich denn doch wieder nicht. Ich hatte nicht wirklich Angst, aber ich verabscheute das Gefühl der Hilflosigkeit. Ich mochte es nicht haben, daß meine Sinne verrückt spielten, weil es keinen Fixpunkt gab. Ich fand es nicht witzig, daß das braune Land unter mir in Wellenbewegungen auf mich zukam. Um mich herum hörte ich jetzt die ersten Würgegeräusche, dann Schlimmeres. Ich hoffte nur, es würde niemand die Frechheit besitzen und auf meinen Schoß spucken. Jetzt konnte ich die ersten Palmen sehen, die sich im Wind, im Sturm bogen, und einen Schleier, der über dem Land lag. Scirocco. Sandsturm. Daher die Turbulenzen. Ich war bitter enttäuscht. Warum flog man stundenlang, nur um dann wieder in einen Sturm zu geraten? Automatisch ging ich davon aus, daß es kalt draußen sein würde. Als Nordländerin geht man davon aus. Wir sackten noch mal durch, und ich konnte schon die graue Betonpiste ausmachen, dann setzte der Jet hart auf, und die Turbinen heulten bei der Schubumkehr auf. Die Leute an Bord – jedenfalls die, die nicht spuckten – applaudierten frenetisch. Ich enthielt mich derartiger Bekundungen. Mir applaudierte schließlich auch niemand, nur weil ich meinen Job erledigte.

Zu meiner Überraschung fegte ein warmer Wind über das Flugfeld. Es war warm hier. Trotz des Sturmes oder sogar wegen des Sturmes, der den Duft nach Wüste mit sich trug wie ein Versprechen. Ich verharrte einen Moment auf dem Flugfeld, um die heiße staubige Luft zu atmen, was mir nicht eben gut bekam, und beeilte mich dann, in das Flughafengebäude zu kommen.

Sophie erwartete mich gleich hinter dem Zoll. Sie sah unglaublich jung, gesund und strahlend aus. Es sollte einer fast vierzigjährigen Frau verboten werden, so gut auszusehen. Immerhin war sie älter als ich, warum wirkte sie dann nicht so? Und dann war ich bei ihr und roch ihr Parfüm und umschlang sie, und wir lachten und weinten – ich hatte an die wasserfeste Wimperntusche gedacht! – und redeten gleichzeitig und all die Monate ohne sie waren jetzt erst mal Vergangenheit. Ich glaube, ich war in den letzten zwanzig Jahren noch nie so lange von ihr getrennt gewesen. Sie drückte mir die Papageienblume in die Hand und bedeutete gleichzeitig einem jungen Mann, sich um mein Gepäck zu kümmern. Einen Moment standen wir uns gegenüber, hielten uns an den Händen und sahen uns an, aber da war nichts, was sich wirklich geändert hätte. Es war Sophie, die da stand, Sophie, die lachte und der noch immer Tränen über die Wangen liefen. Deren Haare unter der gnadenlosen Sonne etwas ausgeblichen waren. Sophie, die Angst vor Falten und Sommersprossen hatte. Meine Sophie.

Der junge Mann begrüßte mich höflich und trug mein Gepäck zu dem bereitstehenden Geländewagen, während Sophie und ich uns durch den Sturm kämpften.

»Wenn du denkst, das hier ist ein Sandsturm, hättest du das letzte Wochenende erleben sollen«, schrie sie, »wir hatten einen Scirocco, so etwas hab'ich mein ganzes Leben noch nicht gesehen. Ich möchte bei Gott nicht draußen in der Wüste sein, wenn so ein Sturm losbricht.« Ich auch nicht, ganz sicher nicht. Der Jeep wurde gebeutelt und ich war wirklich froh, als wir die schützenden Mauern des Clubs endlich erreichten.

»Die Ranch ist verlassen«, sagte ich verblüfft und wandte mich um, um noch einen Blick auf das leere, verlassene Areal zu werfen. »Aber ja. Im Winter sind die Pferde nicht hier. Sie stehen einige Kilometer weiter im Binnenland und erholen sich von den Scharen der Touris, die im Sommer wieder ihre Rücken und Mäuler quälen.« »Oh…« Ich war enttäuscht. Ich hatte gehofft, wieder reiten zu können, am Meer entlang auf den ungebärdigen Tieren. Ich hatte gehofft … aber nein, natürlich nicht. Ich hatte den ganzen Winter nicht an die Männer gedacht. Auch nicht an den Stummen. Jedenfalls nicht oft. Sophie tätschelte meine Hand.

»Es ist im Winter hier etwas beschaulicher. Die meisten sind schon älter und spielen Tennis oder Golf. Tennislehrer sind drei hier, aber nicht Sven. Der ist zurückgekehrt, wird aber wohl zum Saisonbeginn wieder hier sein. Du wirst mit mir vorlieb nehmen müssen.« Ich griff nach ihren schmalen Fingern. »Es wird mir nicht schwerfallen. Irgendwie hab ich dich tatsächlich vermißt.« Sie lachte hell und schüttelte die rote Mähne. »Wir haben uns so viel zu erzählen ... ich weiß gar nicht, wo ich anfangen soll.«

Sie zeigte mir mein Zimmer, ein schöner Raum, wieder mit einer Kuppel, »... darauf hab'ich bestanden, ich wußte doch, wie gut sie dir gefallen hat ...« und während ich mein Zeug weitestgehend auspackte und dann unter die Dusche ging, saß sie auf dem Bett, trank Sekt und redete. Es war schon immer so bei uns gewesen: Sophie war diejenige, die das Eis brach, Sophie machte die ersten Schritte. Erst wenn sie eine Atempause brauchte, fiel ihr ein, daß ich auch etwas erlebt hatte, etwas zu erzählen hatte. Dann aber hörte sie wirklich zu. Diesmal fiel mir nichts ein, was ich zu erzählen hatte. Ich dachte immer nur an die leere Ranch und fühlte ein schales Gefühl der Enttäuschung, eine vage Traurigkeit.

Wir aßen im großen Saal zu Abend, und Fethi setzte sich zu uns. Es war das erste Mal, daß ich ihn entspannt sah und daß ich auch die beiden zusammen erlebte. Und ich gestehe: In dem Moment, als sich seine leuchtenden dunklen Augen auf Sophie richteten, sie umfingen mit einem Blick, der so viel Liebe und Wärme und Zuneigung ausdrückte, in dem Moment wußte ich, warum sie hiergeblieben war. Begriff ich, warum sie jünger und strahlender und glücklicher aussah als ich.

Oh Sophie, ich freue mich so für dich. Ich gönne dir dein Glück von ganzem Herzen.

Wir hatten ein fröhliches Mahl, redeten sehr viel, zu meiner Überraschung sprach Sophie französisch mit den Kellnern, die noch flinker waren als im letzten Jahr, noch emsiger, noch beflissener.

»Zweiter Chef ...«, flüsterte Sophie mir mit einem bedeutungsvollen Zwinkern zu, und ich nickte verstehend. Den ganzen
Abend hatte ich ein unwirkliches Gefühl. So, als würde all das
nicht wirklich mir passieren. Als wäre ich Zuschauer in meinem
eigenen Theaterstück, als betrachtete ich mich bei einer Statisten-
rolle. Ich hätte auch nicht sagen könne, worüber wir im einzelnen
redeten. Es war schrecklich viel, so viele Neuigkeiten, die ausgetauscht werden mußten.
Ich war schon wieder sturztrunken, als ich mitten in der Nacht zu
meinem Zimmer wankte.
Nur um Mißverständnissen vorzubeugen: Ich trank normalerweise wirklich herzlich wenig. Wahrscheinlich reagierte ich deswegen auch so empfindlich auf Alkohol.
Ich hockte mich auf den niedrigen Stuhl auf meinem Balkon und
holte die Zigaretten aus dem Rucksack, auch ein Laster, dem ich
nur in Ausnahmesituationen frönte. War dies denn eine? Ja, entschied ich, war es. Während ich den blauen Rauch verfolgte, der
Richtung Sternenhimmel aufstieg, stiegen mir schon wieder die
Tränen in die Augen. Von diesen heftigen Emotionen war ich die
ganze Zeit verschont geblieben. Hingen sie nun mit Sophie zusammen oder mit diesem Land? Die Luft war trocken und staubig
und warm, Sandpartikel schwebten träge, der Wind war eingeschlafen. Es wird Regen geben in der Nacht, hatte Fethi prophe-
zeit und Sophie, nach seiner Hand greifend: Hoffentlich, dann ist
die Luft morgen so wunderbar klar. Ich hoffte es auch, denn zur
Zeit konnte ich keine Sterne ausmachen, und das lag nicht an meinem Zustand. Die Zikaden waren noch da, aber wesentlich be-
scheidener als im Sommer.
Die Pferde waren nicht da. Ich ertappte mich dabei, auf die vertrauten Geräusche zu lauschen, auf das Schnauben und Wiehern.
Schade.
Erst jetzt, da ich Zwiesprache mit dem verhangenen Himmel
hielt, fiel die Anspannung des Tages von mir ab, begann ich, mich
wirklich zu entspannen. Jetzt fiel mir auch ein, was ich Sophie die

ganze Zeit schon erzählen wollte: Edgar war nicht Vater des Kindes. Seine Teilhaberin hatte den jungen Mann geehelicht, der lockere zehn Jahre jünger war als sie und Vater ihres Kindes. Und Edgar stand alleine vor den Trümmern seines Lebens. Es wäre vermutlich alles nicht so schlimm gewesen, wenn sich seine Teilhaberin nicht aus dem gemeinsamen Geschäft zurückgezogen hätte, um nur noch Hausfrau und Mutter zu sein und ihr Kapital ebenfalls mit abzog. Ich hatte sehr genau die Zeitungsmeldungen verfolgt und wußte, wie hart Edgar um das Überleben seines Geschäftes gekämpft hatte. Aber es hätte mich auch nicht bekümmert, wenn er Konkurs hätte anmelden müssen. Was er übrigens nicht tat.

Noch während ich die vergangenen Monate Revue passieren ließ – die zum Glück nicht nur aus Edgar und Zeitungen bestanden hatten, fuhr der erste Blitz über den schwarzen Himmel, erhellte die Szene gespenstisch und ließ einen intensiven Geruch nach Ozon zurück. Gleich darauf rollte ein gewaltiger Donnerschlag heran, der das Gebäude erzittern ließ und wenig später rauschte der Regen wie ein Vorhang herab, silbrig glitzernd. Ich angelte mir eine weitere Zigarette und betrachtete das Naturschauspiel. Ich war zu Hause. Komisch. Wieso war ich mir eigentlich so sicher?

In dieser Nacht schlief ich tief und traumlos trotz der tobenden Naturgewalten um mich herum und erwachte wie immer recht früh. Die Luft war kühl und klar und frisch, wie Seide. Tropfen hingen an Blüten und Blättern, einige der Hibisken waren zerschlagen und ließen traurig die Köpfe hängen, die Palmen hingegen erstrahlten wie frisch geputzt, blank und stolz und frei. Ich nahm mein Schwimmzeug und ging zum Pool, der unberührt im Licht des frühen Morgens funkelte.

Als ich nach fünfhundert anstrengenden Metern am Beckenrand anschlug, saß Sophie auf einer der Liegen und betrachtete mich amüsiert.

»Es hat sich also wirklich nichts geändert«, stellte sie fest und wickelte sich eine Strähne um den Finger. Ich lachte. »Nein, wirklich nicht. Was soll sich auch innerhalb eines halben Jahres ändern?« Sie stand auf und reichte mir mein Handtuch. »Es hätte sich viel ändern können. Ich hatte immer Angst, daß du es nicht verstehst und dich abwendest.« »Quatsch. Ich meine, deine Entscheidung ist doch nicht von meinem Wohlwollen abhängig.« »Natürlich nicht. Aber es wäre schwer für mich gewesen, so ganz ohne Freunde dazustehen.« »Sophie, du hast so viele Freunde, wie kannst du nur so etwas denken?« »Ich hatte viele Freunde«, sagte sie. Ich erstarrte in der Bewegung, ihre Stimme hatte düster und fremd geklungen.

»Wie meinst du das?« »Wie ich es gesagt habe.« »Du meinst, es haben sich einige Leute nicht mehr gemeldet?« »Ich meine, daß mir tatsächlich einige wohlmeinende Freunde ganz einfach die Freundschaft gekündigt haben. Sie waren der Meinung, man könne sich nicht mit einer Frau sehen lassen, die mit einem Kanaken zusammenlebt. Die ein ganzes Leben in Frieden und Wohlstand aufgibt, um bei Halbwilden zu sein.«

Ich starrte sie noch immer an, dann begann ich zu lachen, weil mir einfach keine andere Reaktion möglich schien. Ich war betroffen und erschüttert, aber im Grunde ist so ein Verhalten dumm und lächerlich, viel zu albern, um sich davon erschüttern zu lassen. »Sophie, auf die Freunde kannst du doch wohl getrost verzichten, oder? Das ist einfach lächerlich. Wer hat so etwas zu dir gesagt?« Sie winkte ab. »Ist jetzt nicht mehr wichtig. Aber tatsächlich sind von denen, die am Anfang noch alles mögliche versprochen hatten, nur zwei Menschen übriggeblieben: Paul und du.«

»Das ist nicht eben viel«, gab ich zu und hüllte mich in das Handtuch ein. Paul war ihr großer Bruder, ein sympathischer, wenn auch etwas schwerfälliger Mann. Nicht vom Geist, aber vom Körper her. Sie wandte sich ab. »Du glaubst gar nicht, wie weh es getan hat. Ich dachte wirklich, ich hätte mehr Freunde auf dieser Welt als so manch anderer und mußte dann feststellen, daß sie alle nur so lange zu mir hielten, wie ich etwas darstellte, einen gewissen Status hatte, Mercedes fuhr und in ihr Leben paßte. Mit ihnen Tennis spielte und auf Partys ging und bei den geschäftlichen Beziehungen mitmischte. Verstehst du, es ging im Grund allein darum: Wer ist zu was nütze? Das hat mich fertiggemacht. Diese Erkenntnis.« Ich senkte den Kopf und überdachte das eben Gehörte. »Kann ich verstehen«, sagte ich dann leise und suchte nach meinen Schuhen. Ich wußte nicht, was ich noch hätte sagen sollen. Gemeinsam trotteten wir auf das Haus zu, sozusagen Schulter an Schulter.

»Dabei bin ich so glücklich«, fuhr sie fort, »ich meine, wirklich glücklich. Fethi ist der beste Mann, den ich je kennengelernt habe. Er ist zärtlich und rücksichtsvoll und ich meine nicht nur als Liebhaber. Verstehst du, er bespricht sogar berufliche Probleme mit mir und welcher Mann macht das schon? Kein Deutscher und erst recht kein Araber. Er ist wundervoll. Er ist alles, was ich je wollte.« »Du spricht sogar Französisch«, sagte ich und sie nickte. »Es ist die offizielle Landessprache. Die Behördensprache. Viele der Angestellten sprechen entweder Arabisch oder Französisch. Und Arabisch zu lernen erschien mir dann doch zu schwer ...« Das verstand ich allerdings nur zu gut. »Mein Schulfranzösisch ist schon recht eingerostet«, gab ich zu. »Wenn du länger hier bleiben würdest, würdest du schnell wieder reinkommen in die Sprache«, sagte sie und ließ den Satz als Frage ausklingen. Ich ging nicht darauf ein. Was hätte ich auch sagen sollen? Ich konnte nicht bleiben, ich hatte einen Beruf und Verpflichtungen und ein vollständiges Leben in good old germany. Ein für mich sehr angenehmes Leben.

»Soll ich deine Haare machen?« fragte sie, als ich nichts weiter sagte, und ich freute mich. Es war eine so vertraute Frage, wie oft schon hatte sie meine wilde Mähne gekämmt und frisiert, aufgesteckt und mit Kämmen oder Clips oder Spangen verziert. »Gerne«, sagte ich daher dankbar. »Aber erst nach dem Frühstück.« Jetzt war es an ihr, zu lachen. Wie oft hatten wir dieses Gespräch schon geführt.

69

Nach diesem ersten – oder besser: Zweiten Tag hatten wir uns wiedergefunden. Das war wohl der verkehrte Ausdruck, wir hatten uns ja nie verloren, aber nach diesem Tag waren wir wieder die Freundinnen, die wir seit mehr als zwanzig Jahren waren. Die Freundinnen, die sich kannten, in- und auswendig. Und dennoch fragte ich nie nach den Männern auf der Ranch. Ich weiß nicht genau, warum. Ich dachte jetzt, wo ich hier war, öfter an den stummen Mann, auch an den garstigen Mehdi und erst recht an die Pferde. Aber nie sprach ich Sophie darauf an. Ich vermute, ich wollte gar nicht hören, was sie zu sagen hatte. Und ich wollte nicht, daß irgend jemand, nicht mal Sophie, von meinem Interesse wußte.

Wir unternahmen viel, noch war es nicht zu heiß, um auf die Märkte zu fahren und einzukaufen, hauptsächlich aber zu gucken. Ich fühlte mich zuerst gar nicht wohl, die Händler waren aufdringlich uns Ausländern gegenüber, versuchten, uns in die Verkaufsstände zu ziehen, redeten uns in allen möglichen Sprachen an, die meisten sahen aber sofort, daß wir Deutsche waren. Mir war es nicht geheuer, so bedrängt zu werden, der nahe Körperkontakt.

»Guck sie nur einfach nicht an«, riet Sophie, »sag nein und guck sie nicht an. Bleib nicht stehen. Wenn du stehen bleibst, signalisierst du Interesse, und dann versuchen sie, zu verkaufen. Es ist eben doch anders als bei uns.« Ja, das war es in der Tat. Aber auch faszinierend, die vielen verschiedenen Gerüche, die heiseren Stimmen der Marktschreier, die Stoffe, die in Hülle und Fülle angeboten wurden, verschwenderische Pracht, viele mit Gold- und Silberstickereien, alle schreiend bunt.

Ein weiterer Händler bot Drusen an, wunderschöne aufgeschnittene Amethysten und Steine, die ich nicht kannte, in denen aber das Katzengold hell und verlockend glitzerte. »Das ist fast geschenkt«, flüsterte ich Sophie zu, »was meinst du, was man für einen Amethyst in dieser Größe zu Hause zahlen würde.« »Dann kauf dir doch einen«, wisperte sie zurück, aber ich scheute mich davor, meine Börse in diesem Gewimmel vorzuziehen, zu groß war die Angst vor Taschendieben. Wunderschön auch die Auswahl an getöpferten Sachen, Schalen und Krüge und Aschenbecher und Windlichter, liebevoll bemalt und glasiert, kräftige bunte Farben, die in der hellen Sonne freundlich glänzten. »So eine Obstschale würde sich sehr hübsch auf der Anrichte machen«, sagte ich gedankenverloren und Sophie lachte. »Herrgott, kauf dir doch, was du willst. Die Händler freuen sich, du freust dich … Warum nicht?«»Weil ich Angst habe, man entreißt mir das Portemonnaie. Weil ich es gruselig finde, erst handeln zu müssen. Weil ich nicht noch mehr bedrängt werden will. Reicht das jetzt fürs erste?« Sie lächelte und näherte sich einem Stand, grüßte den Händler und zeigte dann auf einer der Obstschalen. »Sophie, was tust du?« flüsterte ich und hielt mich wohlweislich hinter ihr. Oh, ich elender alter Feigling.

Sie ließ sich überhaupt nicht irritieren, und komischerweise bedrängte der Händler sie auch nicht so, wie ich bedrängt wurde. Er versuchte nicht, sie am Arm zu fassen, und er drängte sie nicht in seinen Stand hinein. Scheinbar desinteressiert und ebenso ruhig wie sie ließ er sich auf das Feilschen ein, nannte Preise und wartete ab, beteuerte, daß er ein armer Mann sei und daß Sophie ihn an den Rand des Ruins trieb, was Sophie hingegen nicht sehr beeindruckte. Nach einer angemessenen Frist und vielem hin und her bekam sie die wunderschön blau lasierte tönerne Schale und ein fein gearbeitetes Windlicht noch dazu, und der Händler schickte viele gute Wünsche hinter uns her.

»Wow«, sagte ich, »das hast du gut gemacht. Ich kann nicht gut feilschen und handeln.«»Das mußt du hier. Das war eines der ersten Dinge, die ich gelernt habe: Handeln. Die denken sonst, du hättest was zu verschenken. Sie halten uns sowieso für unermeßlich reich.«

»Vielleicht sind wir das auch, gemessen an ihren Vorgaben«, sagte ich leise, und Sophie sah mich ernst an. »Du hast nicht ganz

71

unrecht. Es sind in der Hauptsache gute, freundliche Menschen und vor allem sehr arme. Von dem, was im Club jeden Tag entsorgt wird, was man nicht mehr verwerten kann, könnte man mehrere Familien ernähren.«»Warum tut man es dann nicht?« Sie schwieg und hob dann die Schultern.»Ich weiß es nicht. Ich werde Fethi mal darauf ansprechen. Er wird wissen, was zu tun ist.«»Er wird da sicher schon mal drüber nachgedacht haben.« »Vielleicht.« Sie prüfte Orangen, die in einer Pyramide aufgeschichtet auf einem Pritschenwagen lagerten und zum Verkauf angeboten wurden.»Wir werden heiraten, weißt du.« Ich nickte. »Das dachte ich mir. Warum auch nicht.« Sie lächelte, und irgendwas in diesem Lächeln machte mich stutzig.»Okay, erzähl ruhig. Ich bin bereit, jede Nachricht zur Kenntnis zu nehmen.«»Sicher?« Sie neckte mich. Sie machte nur Spaß. Es konnte nicht sein, daß sie noch irgend etwas ausgeheckt hatte, ich glaubte es nicht. Ich meine, es war schlimm genug, wenn die beste Freundin plötzlich so weit weg lebte und einen arabischen Mann heiraten wollte. Aber was auch immer sie noch verborgen hielt, es war ungleich schlimmer. Versonnen griff sie nach einer Orange und rollte sie in der Hand, bevor sie sie zurücklegte. Es gab so viele Nahrungsmittel im Club, daß wir beim besten Willen nicht auf dem Markt einzukaufen brauchten.

»Wir werden sehr bald heiraten. Und du mußt zu meiner Hochzeit schon wiederkommen. Ich brauch' dich«»Klar. Ehrensache. Ich werde dich nicht allein und fern der Heimat heiraten lassen. Sophie, was verschweigst du mir?«»Oh nein, nichts! Wie kommst du nur darauf?«»Hmmmm …«, ich sah sie an, unter den Wimpern hervor, mit erhobenen Augenbrauen. Sie begann, nach den Autoschlüsseln zu suchen.»Sophie …?«»Wo hab' ich nur die Schlüssel hingelegt? Hast du vielleicht …?« Und plötzlich wußte ich es. Ich wußte es einfach. Blieb mitten im Gewühl des Marktes stehen und versuchte, mich davon zu überzeugen, daß ich mich irrte. Sie blieb jetzt ebenfalls stehen und drehte sich zu mir um. Und an ihrem Blick sah ich, daß sie wußte, daß ich wußte.

»Elli …«, sagte sie tastend, flehend. Ich griff nach ihrer Hand, die sie mir entgegenstreckte, blind, als müßte ich sie aus dem Wasser ziehen. »Ist es wahr?« fragte ich und sie nickte. Preßte die Lippen zusammen und ließ mich nicht aus den Augen. Ich trat näher zu ihr. »Bist du glücklich?« Jetzt glänzten helle Tränen in ihren schönen Augen. »Mehr als ich sagen könnte«, flüsterte sie, und dann lag sie plötzlich in meinen Armen, und ein wilder Schluchzer schüttelte sie. »Warum weinst du dann?« fragte ich und fühlte mich merkwürdig hilflos und unzulänglich. Sie lachte, noch immer unter Tränen. »WEIL ich so glücklich bin. Weil wir uns so sehr auf dieses Kind freuen. Fethi und ich, wir beide. Oh Gott …« Ich hielt eine hemmungslos schluchzende Sophie im Arm und wußte nicht so recht, wie mir geschah. Schließlich hatte ich den genialen Einfall, nach einem Taschentuch zu kramen und es ihr zu reichen. Sie schneuzte sich heftig und nicht sehr ladylike und griff dann noch einmal nach meinem Arm.

»Meinst du nicht, daß es lächerlich ist? Ich bin fast vierzig …« »Ja und? Ich meine, selbst wenn du schon vierzig wärest … wo ist das Problem? Doch bestimmt nicht, daß du dich lächerlich machen könntest, oder? Wie ist die ärztliche Versorgung, daran sollten wir denken.«

Sie schluckte und räusperte sich. »Die ist schon okay. Ich meine, ich bin bei einem französischen Arzt, der mir bis jetzt sehr gut gefällt. Er praktiziert in einem Krankenhaus, die Versorgung ist auf alle Fälle gewährleistet.« »Na. Das ist doch die Hauptsache, oder?« »Eigentlich schon.« Wir waren beim Jeep angekommen und Sophie wandte sich noch mal um, bevor sie die Tür aufschloß. »Weißt du, für mich war es ein Schock. Ich hab' nie damit gerechnet, ich hab' ja nicht mal darüber nachgedacht. Ich meine, ich habe seit Jahrzehnten nicht verhütet und Edgar war angeblich gesund und ich dachte…das heißt, ich dachte eben nicht … also … Naja. Das schlimmste war der Morgen, an dem sich der Teststreifen blau verfärbte, nachdem ich zwei Wochen lang gespuckt hatte wie ein Reiher und es mir einfach nicht mehr erklären konn-

te. Diese ganzen Überlegungen, die da auf mich einstürmten. Ich würde das Land verlassen müssen, ich würde Fethi verlassen müssen, mein ganzes Leben brach zusammen, aber niemals würde ich dieses Kind hergeben. Ich wußte gar nicht, was ich zuerst machen oder denken sollte. Und als ich Fethi dann sah und er mich anguckte und sofort wissen wollte, was geschehen sei, da habe ich natürlich geheult wie ein Schloßhund. Ich wollte ihn nicht verlieren, ich war so dumm, wieso hatte ich nicht verhütet? Und ich machte mir die übelsten Vorwürfe, weißt du, ich war natürlich davon ausgegangen, daß er kein Kind wollte. Er ist ein dynamischer Manager und überhaupt ... ich war so dumm ...«
»Wieso sollte er kein Kind haben wollen?« fragte ich und runzelte die Stirn. »Laß das, das gibt Falten«, sagte sie automatisch, und ich fauchte ein wenig. Sie lächelte. »Genau das hat er auch gefragt, als ich endlich den Mut hatte, ihm alles zu erzählen. Er verstand überhaupt nicht, worüber ich mir so Sorgen und Gedanken gemacht hatte. Für ihn war die Welt in Ordnung, er war Manns genug, ein Kind zu zeugen, und nun wollte er dieses Kind, und er will mich, und wir werden heiraten ...« Erschöpft brach sie ab, noch immer glänzten ihre Augen verdächtig.
»Aber das ist doch wunderbar.« Ich fühlte mich noch immer ein wenig hilflos, aber gleichzeitig begann ich mich unendlich zu freuen. Anscheinend brauchte mein Hirn eine gewisse Zeit, um diese Neuigkeiten zu verarbeiten, aber so langsam sickerten sie durch und erfüllten mich mit einer tiefen Freude.
»Sophie«, sagte ich schließlich, als wir auf das Gelände des Clubs einbogen und ich lange genug auf diesen Neuigkeiten rumgedacht hatte, »Sophie, eigentlich ist das alles wundervoll. Langsam komme ich mir vor wie in `Aladin und die Wunderlampe'. Als würde ein freundlicher Geist all unsere Wünsche erfüllen. Es ist doch unglaublich, oder?«
Sie lächelte, die etwas verschwollenen Augen unter einer Sonnenbrille verborgen. »Es ist wundervoll. Und jetzt werden wir den Flaschengeist bitten, deine Wünsche zu erfüllen, was meinst du?«

»Dann hätte er nichts zu tun. Ich bin zur Zeit wunschlos glücklich.« Und es war mein voller Ernst. Ich war wirklich wunschlos glücklich. Klar, wenn jemand gekommen wäre, um mir ein Pferd zu schenken und gleichzeitig die Tierarztkosten zu übernehmen, hätte ich nicht abgelehnt. Aber eigentlich wollte ich nichts weiter vom Leben als das, was ich zur Zeit hatte. Ich lebte in Frieden mit mir und meiner Welt.

Wenige Abende später kam sie noch mal auf das Thema zu sprechen. Ich zersäbelte gerade mit gutem Appetit ein großes Stück Fleisch, das als Rind deklariert war und von dem ich hoffte, es wäre kein Pferdefleisch, und stopfte große Mengen grünen Salat in mich hinein, als sie unverhofft fragte:»Gibt es eigentlich wirklich keinen Mann in deinem Leben?« Ich schluckte und spülte einen ordentlichen Schluck Rose hinterher, um dann verneinend den Kopf zu schütteln.»Ganz so kann man es natürlich nicht sehen«, räumte ich dann ein,»es gibt schon Männer in meinem Leben, eigentlich – wenn ich es ernsthaft überdenke, – gibt es sogar eine ganze Menge Männer, die da so durch mein Leben toben. Einer, der regelmäßig mit mir ins Kino geht, weil seine Freundin kaum etwas so sehr verabscheut wie Sex und Actionfilme ...«»... meinst du Sex oder Sexfilme?« unterbrach Sophie kichernd, und ich tat, als müßte ich nachdenken.»Sex, vermute ich. Aber so genau habe ich nicht danach gefragt.« Sie kicherte noch immer.»Außerdem gibt es einen, der mich zu sämtlichen Weinproben und -festen im Einzugsgebiet schleppt. Das Einzugsgebiet reicht bis nach Trier runter«, fügte ich noch mit düsterer Stimme hinzu, und sie schüttelte sich jetzt vor Lachen.»Und? Die beiden kenne ich ja schon, die sind nicht wirklich neu. Ich bin erst ein halbes Jahr hier im sonnigen Süden.«»Ach so ... ja ... hmm ... kam mir viel länger vor. Naja, im Reitstall gibt es, glaube ich, auch einige Männer und in der Firma auch. Jedenfalls laufen da Gestalten rum, die Krawatten und Hosenanzüge tragen.«»Ist das dein gesamtes gesellschaftliches Leben?« fragte sie und beugte sich vor, um mich anzusehen. »Aber ja. Das reicht doch, oder etwa nicht? Ich meine, ich verbringe die meiste Zeit sowieso in der Firma und den Rest beim Sport oder im Stall. Was soll denn da noch an gesellschaftlichem Leben stattfinden?« »Das ist nicht eben üppig«, sagte sie leise. Ich stand auf.

»Sophie, es reicht mir wirklich. Ich bin ein ziemlich glücklicher Mensch. Du hattest ein üppiges gesellschaftliches Leben, und schau dir an, was davon geblieben ist.« »Ich wollte dich nicht verletzen,« beteuerte sie eilig, und ich schüttelte den Kopf. »Hast du auch nicht. Ich suche Nachtisch.« Immerhin hatte ich am Nachmittag drei Stunden Tennis gespielt und war entsprechend hungrig. Und ich wollte nicht noch dünner werden. Der Tennislehrer war nicht so nett wie Sven, nicht so erfrischend offen, hatte nicht diesen verschmitzten Humor, aber dafür viel Charme. Nicht den Charme, den ich schätzte, sondern eher einen öligen, zu dick aufgetragenen. Aber vielleicht legte man sich den zu, wenn man seit Jahren als Animateur arbeitete, als Tennistrainer, der sich hauptsächlich um die Belange der Damen zu kümmern hatte. Es war mir auch nicht wichtig, sein Charme rann an mir runter wie an einer Ölhaut, und ich genoß es, ihm ein Match zu liefern. Er hätte es viel eher beenden können, Tennis gehörte nicht wirklich zu meinen Stärken – selbst ich konnte nicht alles können – aber auch er schien seinen Spaß zu haben, mal nicht eine ältere Dame mit Engelsgeduld behandeln zu müssen.

Als ich zurückkam, stocherte sie noch immer in dem Salat vor sich. Ich ahnte, daß ihr Verhör noch nicht abgeschlossen war, und tatsächlich fing sie umgehend wieder an, in meiner Seele zu stochern. Vielleicht haben Freundinnen das so an sich, erst recht, wenn sie selber mächtig verliebt sind und dann auch noch Mutter wurden.

»Sehnst du dich nicht manchmal nach einer Schulter, an der du einschlafen kannst?« fragte sie und sah mich nachdenklich an. »Nein.« »Nach Liebe? Wärme? Geborgenheit? Sex? Nach einem Mann? Nach der reinen physischen Präsenz eines Mannes?«

»Auch auf die Gefahr hin, dich zu enttäuschen: Nein. Ich bin nicht einsam, und es gibt einfach niemanden, nach dem ich mich sehne. Wenn ich Sex haben will, habe ich durchaus die Möglichkeit, ihn mir zu holen, ich gehöre nicht zum alten Eisen, und ich scheine auch immer noch attraktiv zu sein, meine Chancen sind gegeben.«»Oh Gott, das wollte ich auch gar nicht in Abrede stellen ! Nein ... es ist nur so, daß ich dich gerne glücklich sehen würde.« Jetzt reichte es mir.»Sophie, wie oft soll ich dir denn noch versichern, daß ich wirklich glücklich bin? Warum muß unbedingt ein Partner zum Glück gehören? Kannst du mich denn nicht bitte so akzeptieren, wie ich nun mal bin? Ich vermisse nichts und niemanden – außer dich manches Mal, aber es gibt Telefone, Computer und Flugzeuge. Ich liebe mein Leben, so wie es ist. Es ist ein verdammt gutes Leben. Ein Mann würde Unordnung hineinbringen, würde mich Zeit, Geld und Nerven kosten, würde meine Freiheit, meine Aktivitäten beschränken, vorm Fernseher hocken und Fußball gucken und Bier trinken oder arbeitslos werden oder eifersüchtig. Es gibt nichts, aber auch gar nichts, was mich daran reizt, eine feste Bindung einzugehen.«

Sie war lange Zeit still nach meinen ungewöhnlichen Ausbruch, starrte auf das Tischtuch und seufzte.»Entschuldige«, sagte sie schließlich leise,»es tut mir leid. Ich weiß ja ... es tut mir leid. Es ist nur, weil ich doch so glücklich bin mit Fethi. Ich dachte ... ach, vergiß es. Hast du dir schon überlegt, was du zur Hochzeit anziehen willst?«»Das war jetzt ein sehr geschickter Themenwechsel«, konstatierte ich mit hochgezogenen Brauen. Sie preßte die Lippen zusammen.»Ich weiß noch nicht mal genau, wann ihr heiraten wollt. Sag es mir lieber jetzt schon, damit ich Urlaub einreichen kann.«»Im April.«»Sophie, hallo! Ich bin nicht böse, ich wollte das nur geklärt haben. Du weißt genau, daß ich mich nicht nach einer Partnerschaft verzehre.« Sie nickte.»Ich wollte dir auch nicht zu nahe treten. Außerdem wäre es für mich ein echter Nachteil, wenn du plötzlichen einen Mann hättest und mich vielleicht nicht mehr besuchen kommen könntest.«»Siehst du.« Ich lehnte mich zurück, schaufelte den Rest Quark mit Früchten in mich hinein und beendete das Thema endgültig.

Überflüssig, zu erwähnen, daß ich Urlaub einreichte, kaum daß ich wieder in der Firma war. Mein Chef war nicht eben erbaut, ich ließ mich jedoch nicht irritieren. Meine Freundin heiratete in der Fremde, und ich würde um nichts in der Welt dieses Fest versäumen. Dieses Mal fiel es mir noch schwerer, mich wieder in den Alltagstrott einzupassen. Das Wetter war entsetzlich, Schneeregen und Graupelschauer, vereiste Fahrbahnen, grauer Himmel, der die Stadt zu erdrücken drohte. Nirgendwo ein Lichtstrahl, keine Verheißung auf den nahenden Frühling. Naja, war für Ende Januar vielleicht auch zu viel verlangt. Und trotzdem ... es störte mich ganz erheblich. Ich trug lange Unterhosen beim Reiten und fror trotzdem bis aufs Mark durch, hatte steife blaue Hände und war frustriert. Manchmal dachte ich, auch Sheik-el-Sharim konnte dieses Wetter nicht leiden, er ging unlustig und mir schien, als fröre er auch, wobei ich nicht wußte, ob Pferde überhaupt frieren konnten. Er stand den ganzen Tag in seiner Box, war eingedeckt und deswegen kurzhaarig, sein fuchsfarbenes Fell glänzte, und es tat mir leid, ihm die wärmende Decke abnehmen zu müssen. Dennoch wurden wir langsam ein richtig gutes Team. Er war hochsensibel, die Zügel benutzte ich nur, um ihn zu versammeln, sämtliche Richtungsangaben liefen über Gewicht und Schenkel. Ich hatte manchmal den Eindruck, als bemühe er sich, alles richtig zu machen. Schwierig war es, ihn in einem gleichmäßigen Trab zu halten. Sein Trab war unruhig, er stieß den Reiter arg, und sobald ich anfing, unruhig zu sitzen, wurde er von meinem Gewicht irritiert, legte an Geschwindigkeit zu oder fiel plötzlich in Schritt. An manchen Tagen hätte ich heulen mögen, weil es mir nicht gelang, ruhig mit diesem Pferd Runde um Runde zu traben. Anka tröstete mich zwar, indem sie auf die Fortschritte hinwies, die wir schon gemacht hatten, aber nicht immer waren ihre Bemühungen von Erfolg gekrönt.

Dennoch genoß ich die Abende im Stall und die Gesellschaft der Menschen und Tiere dort. Es tobten immer einige fröhliche Hunde umher, und im Gegensatz zu so manchen Ställen war die Stimmung gut, es herrschte kein Kleiderzwang und nicht Neid und Mißgunst. Irgendwann lernte ich sogar die Besitzerin von Sharim kennen, eine pummelige junge Frau, die uns mit kummervoller Miene zuschaute. Im nachhinein war ich heilfroh, daß ich zu dem Zeitpunkt noch nicht gewußt hatte, daß sie seine Besitzerin war, ich wäre sonst wirklich gehemmt gewesen. So aber nahm ich die Gestalt nur am Rande wahr und ihren kummervollen Blick auch nur deswegen, weil ich Sharim ziemlich genau auf ihrer Höhe dazu überredete, rückwärts zu gehen. Rückwärts richten gehörte nicht zu seinen Lieblingsbeschäftigungen, und ich mußte höllisch aufpassen, daß er sich nicht einfach mit einer Hinterhandwendung aus dem Staub machte. Das war gar nicht so leicht, aber schließlich ging er doch rückwärts, und ich ließ ihn einen Moment ausruhen und lobte ihn.

Sie sprach mich schließlich nach der Stunde an, als ich Sharim absattelte. »Ihr beiden kommt gut zurecht, was?« Ich nickte und lächelte sie an. »Er ist ein tolles Pferd, ich mag ihn.« Wie zur Bestätigung sah er mich mit seinen sanften Augen an und senkte den Kopf, damit ich sein Zaumzeug abnahm. Sie trat näher, er ignorierte sie. »Ich weiß«, sagte sie leise, »er gehört mir.« Verblüfft starrte ich sie an. »Das wußte ich nicht.« »Ich hab ihn zum Geburtstag letztes Jahr bekommen. Und nun weiß ich nicht, ob ich ihn behalten kann.« »Warum?« »Das liebe Geld …«, Sie seufzte. Ich schluckte trocken, dann brachte ich den schweren Sattel erst mal in die Kammer und holte den Hufkratzer.

Wie immer hob er die Hufe so schnell, das ich ein Stück zurückwich. »Warum nimmst du nicht eine Reitbeteiligung? Dann würdest du zumindest etwas Geld bekommen. Es muß doch schrecklich sein, sich von einem Pferd trennen zu müssen.« »Es gibt nicht viele, die mit ihm zurechtkommen. Er ist gut ausgebildet, aber schrecklich sensibel. Naja, du weißt es ja.« Ich richtete mich auf und sah sie an. »Ich komme mit ihm zurecht, und ich mag ihn wirklich gerne. Denk mal darüber nach. Wenn du Interesse hast, sagst du mir einfach Bescheid.« Sie nickte und lächelte. »Danke.« Keine Ursache, dachte ich und stellte fest, daß ich dieses Pferd nicht hergeben wollte. Das besagte Pferd fuhr mit samtweicher Schnauze langsam über meinen Rücken und schnaubte leise, als ich die samtenen Nüstern berührte. Komisch, daß er seine Besitzerin nicht begrüßt hatte.

Sophie ging es gut, wir telefonierten regelmäßig, sie lachte sehr viel und beklagte sich andauernd, sie würde dick werden und verlangte von mir, ich möge mir ein Sportprogramm ausdenken, damit sie nach der Entbindung so schnell wie möglich wieder schlank werden würde. Ich tat so, als wäre es völlig unmöglich, wieder die alte Figur zu erlangen, und foppte sie ausgiebig mit ihrer Faulheit, versprach aber, mir ernsthaft Gedanken zu machen. Ich war eben doch zu gut für diese Welt. Je öfter wir telefonierten und je näher der April kam, desto mehr freute ich mich.
Ich konnte es kaum erwarten, zurückzukehren in die Wärme, zu all den Menschen, die ich liebgewonnen hatte, sei es Sophie oder Fethi oder auch einige der dort arbeitenden Kellner und Trainer und Animateure. Meine Kladden waren immer öfter von Palmen und Hibisken gesäumt, und einmal bekam ich sogar einen Rüffel von meinem Chef, weil ich auf einer der häufigen Konferenzen dagesessen und geträumt hatte. Natürlich gelobte ich Besserung, aber es fiel mir schwer, mich zu konzentrieren. Ich hatte mir für die Hochzeit ein für meine Verhältnisse extravagantes Kleid geleistet, mächtig schick fühlte ich mich darin, sehr elegant und sehr erwachsen. Es war bodenlang und aus königsblauer Seide, der Ausschnitt war mit Silberstickerei eingefaßt, die Taille eng gegürtet durch eine Schärpe, der weit fallende Rock hoch geschlitzt. Und es hatte lange Ärmel, die vom Ellbogen ab weit ausschwangen. Ich leistete mir lange, auffallende silberne Ohrgehänge und ein silbernes Halsband und ging zum Friseur, damit mir die

Friseurin eine ausgefallene Frisur stecken konnte, die ich auch alleine bewältigen konnte. Sogar zur Sonnenbank ging ich, denn all das Silber hätte schlecht zu winterblasser Haut gepaßt. Am liebsten hätte ich alles stehen- und liegengelassen und wäre einfach losgeflogen. Aber natürlich hielt mich die jahrelange eiserne Disziplin davon ab, unvernünftig zu werden.

Im März leistete ich mir einen Ausrutscher: Ich ging mit Mark zu einer Weinprobe, die derart fröhlich und ausgelassen war, daß ich versackte. Der Wein war gut und süffig, die Leute interessant – was keinesfalls immer der Fall war –, und wir fanden kein Ende. Im Laufe des Abends kamen Mark und ich uns näher, als ich je vermutete hatte und ich fand es keineswegs unangenehm, obwohl ich wußte, daß er verheiratet war. Es gehören immer zwei zu einer Affäre, und ich sah keinen Grund, mir Gedanken über seine Ehe zu machen, ich meine, es war SEINE Ehe, nicht meine. Ich hatte gerade so für mich beschlossen, daß ich diese Nacht wohl nicht alleine verbringen würde, als das Gespräch auf Urlaub kam. Jeder hatte eine Anekdote beizusteuern, die Männer hatten natürlich alle schon haarsträubende Abenteuer erlebt, sie waren Helden, ganze Kerle, und nutzten die Gelegenheit, sich als solche zu präsentieren. Die Frauen lachten kreischend und taten das ihrige, um die Männer anzufeuern, und als ich an der Reihe war, lächelte ich nur und erzählte, ich würde zu meiner Freundin fliegen, die jetzt im April heiraten würde. Wohin ich denn fliegen würde. Ich nannte das Land und fügte hinzu, daß meine Freundin einen Einheimischen heiraten würde und daß ich mich schon sehr auf diese Feier freute. Einen Moment herrschte Stille, dann fragte Mark nach:»Heiratet sie wirklich einen Kaffer …?!«
Ich starrte ihn an und konnte nicht glauben, was ich gehört hatte.
»Ja«, sagte ich dann kalt,»tatsächlich. Sie hat zwar erst drei Kinder von ihm, aber da das vierte unterwegs ist, wird er sie jetzt doch heiraten. Sie ist dann die dritte Nebenfrau. Aber DU weißt ja, wie das ist bei den Kaffern …« Stille. Dann Gejohle und Gelächter und

der allgemeine Ansturm. JEDER wußte, wie es war bei den Kaffern. Und jeder hatte etwas dazu zu sagen.

Ich ging. Schnappte mir meine elegante Jacke, winkte den Kellner herbei und sagte zuckersüß: »Meine Rechnung bezahlt der Herr dort.« Nickte in die Runde und ging. Es reichte mir. Jeder dieser Damen und Herren, die sich da vergnügt hatten, war auf seinen Urlaubsreisen in fremde, ferne und exotische Länder gekommen. Jedenfalls dem Erzählen nach. Was hatten die denn gelernt? Daß die Einheimischen dazu geboren waren, uns Europäer zu bedienen? Was war das bloß für eine menschenverachtende Einstellung? Hatte einer von denen mal darüber nachgedacht, daß sie auf ihren Reisen Ausländer waren? Fremde? Hatte einer von denen sich jemals Gedanken darüber gemacht, wie die Kulturen aussahen? Daß sie sich in ihrer plumpen Selbstgefälligkeit lächerlich machten? Ganz sicher nicht. Ganz, ganz sicher nicht. Ihr Geld machte sie unantastbar, blind, egozentrisch und selbstgefällig. Es schüttelte mich vor Wut und Abscheu, während ich eine Taxe heranpfiff und mich beglückwünschte, daß ich auch diese Nacht alleine in meinem kuscheligen Bett verbringen konnte.

Ich ging nie wieder mit Mark aus. Es war mir einfach zu albern.

Endlich war der Tag meiner Abreise gekommen, innerlich vor Freude zitternd stand ich am Flughafen, mein Gepäck war schon eingecheckt, ich trank die x-te Tasse Kaffee und rannte zum hundertstenmal zur Toilette. Nicht mal die unruhigen Kinder und die teilweise wirklich unhöflichen Passagiere konnten meine Freude trüben. Wenige Stunden nur noch, dann war ich in der Sonne, atmete Wüstenluft, sah Sophie wieder und Fethi und die Pferde. Ja, die Pferde. Jetzt, im April, würde die Ranch wieder belebt sein. Ich würde reiten und schwimmen und Tennis spielen und mit Sophie reden und einfach ganz viel Spaß haben. Nette Leute kennenlernen, abends in der Wärme sitzen und reden, trinken, es mir gutgehen lassen.

Der Flug verlief diesmal ruhig, auch die Landung. Die Palmen, die sich bei meiner letzten Ankunft im Sturm gebogen hatten, standen still und majestätisch – naja – aus der Höhe waren sie majestätisch. Kam man näher heran, waren sie oft windzerzaust und staubig und doch eher etwas kümmerlich. Aber ich beschloß, über diese Kleinigkeiten großzügig hinwegzusehen.

Sophie holte mich nicht ab. Verwirrt lief ich durch das Flughafengebäude und suchte sie, bei unserem letzten Telefonat hatte sie noch versprochen, mich abzuholen. Endlich gelang es einem jungen Mann, mich einzufangen, er begrüßte mich strahlend, und ich erkannte in ihm den Fahrer wieder, der Sophie und mich so manches Mal durch die Gegend kutschiert hatte. Er bedauerte, daß Madame Sophie nicht selber kommen konnte, es sei ihr nicht so wohl, sie hätten eine ungewöhnlich warme Woche gehabt und Madame mußte ruhen. Ich mußte ein ziemlich erschrockenes Gesicht gemacht haben, denn er beeilte sich, mich zu beruhigen. Nein, nein, so schlimm wäre es nicht, Madame und dem Baby ginge es soweit gut, nur eben etwas müde. Beruhigt ließ ich mir bei meinem Gepäck helfen, sprang auf den Vordersitz des Jeeps und genoß die Fahrt an der Küste entlang. Blinzelte in das helle Sonnenlicht und genoß die wärmenden Strahlen. Das Meer war helltürkis, glitzernd und verheißungsvoll, und ich war so glücklich, wieder hier zu sein, daß ich nicht die richtigen Worte finden konnte. So schwieg ich und lächelte, hielt eine Hand aus dem Fenster in den warmen Fahrtwind und dachte darüber nach, wie glücklich ich doch war. Wenn es mir möglich gewesen wäre, hätte ich mich selber beneidet.

Wir fuhren auf das Gelände des Clubs, und das erste, was ich sah, waren die Pferde. Ich richtete mich auf, um besser sehen zu können, und atmete tief ein. Dann bremste der Jeep auch schon vor dem Portal, und hier endlich stand Sophie, meine Sophie, gar nicht mehr so schlank und elfengleich, dafür aber breit grinsend, strahlend, der Strohhut beschattete ihre Augen, und sie winkte überschwenglich. Ich sprang aus dem Wagen und lief auf sie zu, bremste meinen Schwung aber jäh ab. Sophie hatte einen Bauch.

Ich meine, sie hatte eine richtige Kugel vor sich. Sie folgte meinem Blick, sah an sich runter, hob die Schultern und grinste wieder, diesmal ein wenig schief. »Das ist so, wenn man Anfang des siebten Monats ist …« Ihre Stimme klang dünn und verloren, und ich breitete die Arme aus, einfach, weil ich nicht wagte, ihr näher zu kommen und sie zu umarmen, ich war mir nicht sicher, ob man angesichts eines solchen Bauches nicht etwas verkehrt machen konnte mit einer zu festen Umarmung.

Sophie war sich anscheinend sicher, denn sie flog in meinen Arm und hielt mich, lachte und freute sich, sie roch nach dem vertrauten Parfüm und ein wenig nach Schweiß, irgendwie ein bißchen anders als sonst. Wahrscheinlich waren das die Hormone. Egal. Einen Moment waren wir tatsächlich verlegen, wie wir da so standen in der warmen Sonne, dann trat sie einen Schritt zurück. »Komm doch erst mal rein. Ich freu'mich so, daß du da bist.« Ich folgte ihr, der Fahrer war mit meinem Gepäck schon in der weitläufigen Anlage verschwunden. »Ich hoffe, es ist dir recht, daß du bei mir in der Wohnung untergebracht bist. Sie hat keine Kuppel, aber ansonsten alles, was das Herz begehrt.« »Natürlich ist es mir recht«, beruhigte ich sie.

»Ich werde oft nicht da sein, inoffiziell wohne ich bei Fethi, offiziell erst nach der Hochzeit. Verrückt, was?« »Ja. Aber wenn es euch nicht stört …« Ich hob die Schultern und winkte einem der Kellner zu, der mich erkannt hatte.

»Doch, ein wenig schon. Aber das ist auch der einzige Nachteil, den es gibt.« Ich musterte sie scharf von der Seite, konnte aber nichts Verdächtiges feststellen. Sie bemerkte meinem Blick und lachte hell auf. »Nein, ich meine das schon durchaus ernst. Du wirst Fethi ja erleben. Ich konnte mir überhaupt nicht vorstellen, daß es einen Mann gibt, der so einen Aufstand um seine schwangere Frau macht. Aber du wirst es ja sehen. Ich bin das Kostbarste, was er hat, und er läßt es mich spüren. Er ist wundervoll.« Ich berührte vorsichtig ihren Arm, und sie blieb stehen, stemmte eine Hand ins Kreuz und lachte wieder. »Weißt du, ich habe mir ganz fest vorgenommen, NIEMALS diese Geste zu machen, sollte ich je schwanger werden. Ich habe es immer gehaßt, wenn die Frauen ihre Hand in den Rücken stemmten und schwerfällig aus dem Sessel kamen. Aber jetzt mache ich es doch. Und kann es trotzdem nicht leiden.«»Es stört doch niemanden«, sagte ich. »Mich.«

»Ach Sophie ... doch nicht solche Kleinigkeiten. Sei froh, daß es dir und dem Kind so gut geht.« Sie krauste die Nase.»Ich muß viel liegen. Es ist wohl doch nicht so ganz einfach, mit fast vierzig das erste Kind zu bekommen.«

»Es gibt Schlimmeres, als viel zu liegen«, wandte ich ein,»stell dir vor, du müßtest als Verkäuferin den ganzen Tag stehen. Oder in einem dieser engen Cafés bedienen, bis du nicht mehr über deinen Bauch wegsehen kannst. Das wäre alles viel schlimmer.« Sie grinste mich an.»Oder ich wäre in dem verregneten Norddeutschland und müßte einen Mann versorgen, der sich bedienen läßt, der nörgelt, Bier trinkt und die Sportschau guckt. Und der arbeitslos ist!«»Und Schießer-Feinripp trägt!« kajohlte ich. Bierbäuche, gehüllt in Schießer-Feinripp, waren von jeher so ziemlich das Schlimmste, was wir uns vorstellen konnten. Wir standen mitten auf dem sonnenwarmen Weg und krümmten uns vor Lachen, kreischten immer neue Vorstellungen hervor, was Sophie hätte alles passieren können, und verstiegen uns ganz arg.

Schließlich wischte sie sich die Lachtränen ab und hakte mich ein. »Komm bloß mit, bevor hier irgend jemand den Arzt ruft«, gluckste sie, und wir wankten den Weg entlang, vorbei an den blühenden Hibiskushecken und dem filigranen Flieder, der betäubend duftete.

»Es ist so schön, wieder hier zu sein«, sagte ich voller Dankbarkeit,»ich fühle mich so wohl hier. Vielleicht kann ich irgend etwas helfen, du weißt schon, eine kleine Aufgabe übernehmen, dafür, daß ich umsonst hier wohnen kann.«»Natürlich«, kam die prompte Antwort,»das war doch sowieso geplant. Du mußt mich die

zwei Wochen unterhalten. Du glaubst gar nicht, wie ausgehungert ich bin nach Neuigkeiten und vor allem nach weiblicher Gesellschaft. Oder besser: Nach nicht arabischer weiblicher Gesellschaft. Fethis Schwester ist auch oft hier, sie versucht, mir die arabische Schrift beizubringen, und verrät mir allerhand Hausmittel, die die Schwangerschaft günstig beeinflussen sollen, aber ich bin da nicht so sehr zugänglich. Sie selber hat drei wohlgeratene Kinder und ist wohl eine gute Beraterin, aber trotzdem ... sie ist wesentlich jünger. Oder war es zumindest, als sie ihr erstes Kind bekam.«»Oh, ich werde nicht von deiner Seite weichen«, versicherte ich und sie kicherte.»Naja, so ab und zu schon. Ich möchte dich natürlich nicht vom Sport abhalten oder gar von den Pferden. Und so ab und zu werde ich eine Stunde mit meinem Mann verbringen. Ach herrje, ich bin so aufgeregt. Die Hochzeit wird DAS Ereignis schlechthin sein und ich bin so unförmig. Warum kann ich nicht eine schöne, anmutige Braut sein, eine Prinzessin aus dem Märchen, aus Aladin oder Ali Baba oder sonstwoher? Nein, ich bin eine aufgequollenen Ungläubige. Und guck dir mein Haar an: Strohig und nicht frisiert, und überhaupt ist das alles ziemlich entsetzlich.«
Ich breitete die Arme aus und legte den Kopf in den Nacken, der Sonne zugewandt.»Es ist alles wundervoll und du hörst jetzt auf zu nörgeln. Du wirst die schönste Braut sein, die man zwischen Europa und Afrika je gesehen hat.« Unverhofft kicherte sie wieder.»Ja klar. Zwischen Europa und Afrika liegt das Mittelmeer ...« Ich grinste ebenfalls. Es war gut, sie als Freundin zu haben.
»Glaube mir«, sagte ich,»wir machen das schon.« Einen Moment verharrte sie, dann sagte sie mit großem Ernst:»Jetzt, wo du hier bist, fange ich auch an, daran zu glauben.«

Ich überdachte ihre Worte, während ich unter der Dusche stand und den Reisestaub abspülte. Vielleicht war es ja nicht so ganz einfach, als Fremde in einem fremden Land zu leben, so sehr man den Mann auch liebte, dessentwegen man geblieben war. Heimat ist Heimat. Und wieder fiel mir mein Vater ein und dessen Sehnsucht nach Italien, nach italienischem Essen und italienischer Musik. Nein, ich wollte nicht mit ihr tauschen, ich wollte nicht entwurzelt werden. Aber es gab durchaus Momente, in denen ich mich fragte, wo meine Wurzeln denn nun lagen. Bis letztes Jahr wäre ich nie auf die Idee gekommen, etwas anderes als Norddeutschland zu sagen, und das auch mit voller Überzeugung. Heute dachte ich etwas anders darüber. Ich war mir einfach unsicher geworden. Wahrscheinlich ist es meinem Vater auch immer so gegangen: Seine Wurzeln lagen in Italien, aber sein Zuhause war Deutschland und seine Familie. Und ich? Hatte ich ein Zuhause? Wo war meine Heimat? Ich hatte keine Familie, außer meinen Eltern, und keine wirklich engen Bindungen an Deutschland. Stirnrunzelnd drehte ich das Wasser ab und angelte nach dem Handtuch. Seltsame Gedanken für einen so hellen, strahlenden Sommertag.

Sophie hatte sich auf die Couch gelegt, die Beine auf ein Polster. Sie waren wirklich ziemlich angeschwollen, und Sophie beeilte sich, sie vor meinen Blicken zu verbergen. »Soll ich dir die Haare machen?« fragte sie im Aufrichten, und ich reichte ihr wortlos die Bürste und einen Stielkamm, während ich mir einen Stuhl heranzog und mich ihren kundigen Händen überließ.

Es ging ihr wohl wirklich gut, so viel hatte ich an meinem ersten Tag in Erfahrung bringen können. Sie vermißte nur ihre Freundinnen und den großen Bekanntenkreis, die Möglichkeit, einfach mal so ins Kino oder ins Theater gehen zu können, auf eine Vernissage oder in ein Konzert.
Das kulturelle Angebot einer Großstadt eben. Nun, das hatte sie vorher gewußt, ich würgte ihre diesbezüglichen Klagen im Keim ab und forderte sie auf, statt dessen bei den Aufführungen mitzuhelfen, die die Mitarbeiter des Clubs einstudierten. Aufführungen, wie zum Beispiel stark gekürzte Theaterstücke oder Musicals.

Letztes Jahr hatte ich den Tanz der Vampire in einer gekürzten Fassung gesehen und eine weitere Aufführung, die die Trainer und Animateure nach einem Video einstudiert hatten. Sie versprach, darüber nachzudenken und kurz bevor sie zu Fethi ging, drehte sie sich noch einmal um und sagte:» Es ist wirklich gut, daß du hier bist. Du setzt mir den Kopf gerade und rückst die Dinge wieder in die richtige Perspektive.« Ich zwinkerte. Natürlich tat ich das, ich sollte schließlich nicht das ganze Jahr hier leben. Für mich war es ein leichtes, die Dinge mit Abstand und aus der Differenz zu sehen und zu beurteilen.

Der nächste Morgen dämmerte mit unvergleichlicher Schönheit auf. Ja, ich gestehe: In der Dämmerung stand ich bereits auf der Terrasse der kleinen Wohnung und starrte hinaus. Ich wußte nicht, was mich geweckt hatte, und es schien auch nicht wichtig. Der Himmel wurde zunächst perlgrau, bevor sich im Osten ein rosa Schimmer zeigte, der heller und intensiver wurde, bevor er zu einem matten Orange und dann zu einem hellen Gelb wurde. Und dann schob sich die Sonne über eines der Kuppeldächer und tauchte die Anlage in goldenes Licht. Es wurde merklich wärmer, die Tropfen verdunsteten, feine Schlieren vor der Sonne lösten sich auf, der Himmel wurde blau, zunächst hell, dann immer dunkler. Mein Herz schlug schmerzhaft hoch oben in der Kehle. Was für ein wunderschöner Anblick. Und dann erst der Duft, der in der Luft hing ... nach Wüste und Sonne und Blüten. Irgendwie unverwechselbar.
Ich cremte mich gründlich ein und setzte den Sonnenhut auf, den Sophie mir zur Ankunft geschenkt hatte. Wie praktisch: Ich brauchte meine Haare nur nachlässig hochzustecken, der Hut würde sie festhalten. Aber Frühstücken mit Hut würde nicht so elegant sein, nicht wirklich jedenfalls, also nahm ich ihn wieder ab und machte mir die Mühe, mich zu frisieren. Ich sah frisiert besser aus, ich gebe es zu. Wenn es bloß nicht immer so mühsam gewesen wäre ...

Nach dem Frühstück – welches nicht ganz so üppig ausfiel wie sonst, ich war schließlich auch nicht schwimmen gewesen heute morgen – setzte ich mich an den Pool, um die Teampräsentation zu beobachten. Anschließend würde ich Sophie besuchen und mit ihr reden und die Unterhalterin spielen. Aber es kam anders: Ich hatte kaum Platz genommen, als Sophie sich durch die Menschen drängte, charmant lächelnd, glücklich, gutaussehend. Sie wechselte hier ein paar Worte und dort, lachte und flirtete, warf ihrem Mann ein Kußhändchen zu und winkte dem Küchenchef. Sie war in Form, ich sah es an ihren Bewegungen, an ihrem Strahlen.

»Morgens geht es mir fast immer gut«, raunte sie, während sie neben mir Platz nahm, »da ist es noch kühler, und ich bin nicht so aufgequollen.« »Ich glaube, es geht dir sowieso immer gut«, raunte ich zurück, »du denkst nur, du bist dick geworden und deswegen leidest du. Herrgott Sophie, du bist schwanger und nicht fett!«

»Es ist erschütternd, wie gut du mich kennst«, sagte sie und runzelte die Stirn. »Laß das, das gibt Falten«, warnte ich und schaffte es, ganz ernst bei diesem Ausspruch zu bleiben, der mir natürlich einen Rippenstoß einbrachte.

Viel bekam ich von der Präsentation nicht mit. War es denn wirklich erst ein knappes Jahr her, daß wir hier gesessen hatten und so aufgedreht waren und gepfiffen und geklatscht hatten? Aber als die bekannte Bonanza-Melodie erklang und ich das Trommeln der Hufe hörte, lief ein Schauer über meinen Rücken und stellten sich die feinen Härchen auf den Armen auf. Adrenalin jagte durch meine Adern, und Schmetterlinge tobten in meinem Magen. Ich richtete mich auf und starrte auf die Stelle zwischen den Hecken, wo das Pferd auftauchen mußte. Es war nicht Belel, der erschien, es war ein feinnerviger Brauner, den ich nicht kannte, ein wunderschönes Tier, sehr schlank, aber perfekt im Körperbau – jedenfalls für mein Empfinden. Er war hochbeinig und hatte vier weiße Fesseln, einen schön geformten, großen, regelmäßigen weißen

Stern auf der Stirn und eine dichte schwarze Mähne, die weit über den Hals hing. Der Schweif, ebenfalls dick und schwarz, war hoch angesetzt und schleppte fast über die Erde. Ich holte tief Luft. »Was für ein Pferd«, flüsterte ich und Sophie grinste. »Laß das nicht deinen Scheich hören ...« »Wen?« fragte ich verblüfft. »Na, deinen Scheich oder wie das Pferd gerade hieß.« »Oh ... du meinst Sheik-el-Sharim.« Ich war zerstreut. Der Braune bäumte sich und lieferte die Show, die von ihm erwartet wurde. Auf seinem Rücken saß der stumme Mann in arabischer Tracht und sah sehr stolz und würdevoll aus, und mein Herz wurde weit. Dann grüßte er und wendete den Braunen, der elegant und hochbeinig über den schmalen Weg steppte. Ich konnte hören, wie sich seine Sprünge beschleunigten, kaum daß er außer Sichtweite war.

Sophie hatte nach der Präsentation gesellschaftliche Pflichten zu erfüllen, wie sie es scherzhaft nannte, und ich machte mich umgehend auf den Weg zu dem aufgebauten Beduinenzelt. Der Braune kam als erstes in Sicht, und ich blieb einen Moment stehen, um ihn einfach nur anzusehen. Ich hatte selten ein so vollendet schönes Pferd gesehen. Auf der anderen Seite stand Belel, blauschwarz in der Sonne glänzend, unruhig mit dem Kopf werfend. Beide Pferde trugen Schmuckzaumzeug, wie auch schon letztes Jahr, rote Troddeln, die zart schwangen bei jeder Bewegung. Ich mußte ein wenig schmunzeln. Hätte ich bei mir zu Hause, in meinem Reitstall, ein Pferd so aufgezäumt, hätten die anderen Reiter mich mit tödlicher Sicherheit gefragt, ob ich noch zu retten sei. Es hätte bestenfalls lächerlich gewirkt, sogar bei Sharim. Hier aber unterstrich es die Schönheit der Tiere, es wirkte wie Schmuck, und sie benahmen sich, als wüßten sie es.

Ich trat näher, und der Braune wandte sich mir zu. Ein reinrassiger Araber, ich hatte keine Zweifel. Er hatte die gleiche Kopfform wie Sharim, die gleichen großen sanften Augen, die breite Stirn, die kleinen Nüstern. Er wölbte den Hals auf und senkte die Nüstern auf meine Hand, sehr behutsam, tastend. Ich sah die braune Hand, die seinen Zügel hielt. Einen Moment ließ ich das Tier gewähren, dann trat ich zurück.

Der Stumme sah mich ohne Überraschung an. Ich kenne dich, sagte er, indem er einen Finger unter das Auge legte und dann auf mich deutete. Ich nickte. Ich dich auch. Er hatte leuchtende braune Augen. Ich schob meine Sonnenbrille auf den Kopf, stieß gegen den Hut, fegte ihn herunter und war verwirrt, spürte, wie meine Wangen sich färbten. Ein junger Mann reichte mir den Hut mit einer angedeuteten kleinen Verbeugung. Hellblonde Haare, die in Wirbeln vom Kopf abstanden. »Danke«, sagte ich und war noch verwirrter. »Dafür nicht«, schmunzelte er, »schöne Pferde, nicht wahr?« »Ja. Wunderschön.« Ich wandte mich wieder dem Braunen zu, der im Gegensatz zu Belel ruhig an der Hand des Mannes stand.

»Er ist wunderschön«, wiederholte ich und hielt die Brille in der Hand, während ich gestikulierte, in der Hoffnung, er möge mich verstehen. Er verstand mich. Ein Lächeln, das ihn von innen leuchten ließ, breitete sich über sein Gesicht, er wandte sich dem Pferd zu und strich über den gebeugten Nacken. Dann fragte er, ob ich auch wieder reiten wolle. Ich nickte. Er grinste und deutete auf Belel. Es lag eine Frage in der Handbewegung und ich erwiderte dieses schon fast übermütige Grinsen. »Wenn es sein muß auch Belel, glaube mir ...« Er deutete auf den Braunen. Oder vielleicht diesen hier? »Nein«, sagte ich entschieden und trat sogar einen Schritt zurück. Er lachte. Lautlos, aber nicht minder fröhlich. Es hatte Vorteile, einen italienischen Vater zu haben. Meine Mimik und Gestik mußte so deutlich sein, daß es ihm leichtfiel, mich zu verstehen.

»Ich melde mich an für morgen früh«, sagte ich und deutete zum Zelt. Er nickte und wandte sich einer jungen Frau zu, die vor dem Braunen stehengeblieben war. Ich ging zum Beduinenzelt. Zu meiner Enttäuschung – nein, das ist nicht das richtige Wort, ich war nicht enttäuscht, eher ein bißchen genervt, grinste Mehdi mir entgegen. »Ah ... Madame ... wieder hier? Hat dir gut gefallen letztes Jahr, was?«»Sehr gut«, sagte ich und hörte selber, wie meine Stimme tief unten in der Kehle knurrte. Er lachte und schob sich näher.»Willst du reiten?«»Sicher.«»Morgen früh? Gleich am Strand entlang. Ich gebe dir Belel, er ist ausgeruht und frisch ...«»Gerne«, sagte ich und grinste wölfisch,»ich habe ihn letztes Jahr auch gerne geritten.« Mehdi lächelte. Er war wirklich bösartig, ich war mir jetzt ganz sicher.»Vielleicht du lieber reiten Yasmin. Ist besser.«»Vielleicht sollte ich erst mal deinen Chef begrüßen,« sagte ich höflich,»er hat bestimmt auch eine gute Idee.« Einen Moment lang funkelten mich die harten, fast schwarzen Augen an, dann trat er zurück.»Ich werde dich eintragen für morgen. Welche Zimmernummer hast du?«»Gar keine. Ich wohne in der Wohnung von Sophie.«»Dann mußt du mir deinen Namen sagen, Madame.«»Elena«, sagte ich zuckersüß und ärgerte mich gleichzeitig, daß ich mich immer wieder von diesem Kind provozieren ließ. Er lächelte, ein bißchen teuflisch, wie mir schien.»Schöner Name ... schöne Frau ...« das letzte so leise, daß die Umstehenden es nicht hörten und erst recht nicht sein Chef, der so europäisch wirkende Mann.

Ich fletschte die Zähne in seine Richtung und erlebte zum ersten Mal, wie er auflachte. Er stand da und lachte und dann legte er eine Hand auf meine Schulter und drückte sie sanft, aber ohne daß es aufdringlich wirkte. Verblüfft sah ich ihn an.

»Wir uns gut verstehen. Ich werde sorgen dafür.« Noch immer lachend trug er eine Zahl in den Kalender ein, die ich nicht entziffern konnte, von der ich aber annahm, daß es das Synonym für Sophies Wohnung war. Verblüfft ob dieses Sinneswandels trat ich in das grelle Sonnenlicht heraus. Der Stumme hielt stoisch den Braunen am Zügel und lächelte den Touristen zu, die ihn staunend umkreisten. Ich grüßte zu ihm herüber, und er neigte den Kopf. Erst sehr viel später begriff ich, daß die Menschen ihn gerade deswegen bestaunten: Er strahlte die Würde aus, die einem Sohn der Wüste zustand. Sie fürchteten ihn ein wenig, weil er anders war und weil sie es instinktiv begriffen. Viele bemerkten nicht einmal, daß er taubstumm war. Sie sahen seine Andersartigkeit und mieden ihn, musterten ihn aus der Ferne und glaubten, so mußten die stolzen Krieger der Wüste gewesen sein. Aber wie gesagt: Ich begriff es erst sehr viel später.

Der Blonde mit den Wirbeln im Haar hatte auf mich gewartet und schloß sich jetzt mir an. »Ich reite morgen früh auch mit«, sagte er, und ich nickte. »Danke, daß du meinen Hut gerettet hast. Ich hatte ihn vergessen.« »Oh, kein Problem. Vielleicht ergibt sich die Gelegenheit, und ich kann dich selber mal retten, wer weiß?« »Wovor denn?« Er lachte. »Mal sehen: Als da wären Bären oder Wölfe, Magier oder Hexen, Gefahren aller Art ... und dann eile ich herbei, zücke mein Schwert, lasse es auf das Haupt der Medusa niederfallen und helfe dir auf meinen edlen weißen Hengst.« Ich war stehengeblieben und musterte ihn ungläubig. »Du hast eine blühende Phantasie. Ich dachte immer, so etwas gibt es bei Männern nicht.« »Ah bah ... es gibt ja auch Frauen, die denken können«, versetzte er und ich kicherte. Die Retourkutsche hatte ich mir verdient. Einträchtig gingen wir über das Gelände, ich suchte nach Sophie, die noch immer plaudernd bei den Gästen stand, und winkte Fethi zu, der sich durch das Gedränge zu mir schob.

»Wie schön, dich begrüßen zu dürfen«, sagte er galant und neigte sich kurz über meine Hand. Ich lächelte entzückt, ich mochte galante Männer. »Ich freue mich auch, wieder hier zu sein«, versicherte ich ehrlich. Er sah mich an. »Es ist wichtig für Sophie. Sicher wird sie sich jetzt besser fühlen.« Ich hielt seinem Blick stand und versuchte, die für mich wichtigen Informationen aus diesem Satz herauszufiltern. »Es geht ihr gut, soweit ich es beurteilen kann«, sagte ich ruhig und versuchte, ihm mit meinem Blick Ruhe und Zuversicht zu vermitteln. Er lächelte. »Ich sehe dich beim Abendessen.« »Spätestens.« Ich erwiderte sein Lächeln und beobachtete, wie er auf Sophie zuging, sie kurz berührte, ihr zulächelte und dann weitereilte. Sie sah ihm hinterher mit verklärtem Blick.

»Du kennst den Clubchef?«»Er ist der Stellvertreter. Aber ja, ich kenne ihn. Warum auch nicht?«

»Wollen wir noch etwas weitergehen? Da hinten zum Wassersportstand?«»Nein, danke. Ich möchte jetzt lieber zu meiner Freundin. Sie ist schwanger, weißt du und, schwangere Frauen …«»Oh ja, ich verstehe. Na, dann sehen wir uns sicher später.« »Ganz sicher.« Aber eigentlich war es mir völlig egal.

Sophie ruhte nach dem Mittag, und ich nutzte die Zeit, um im Meer zu schwimmen, ich bolzte mit einer Kraft und Wildheit durchs Wasser, die mich selber ein wenig erschreckte. Als ob ich überschüssige Energie loswerden wollte. Naja, vielleicht war dem auch so. Immer wieder sah ich die lichtbraunen Augen vor mir, sein Lachen und die Art, wie er sich verständigte. Wie aufmerksam er war. Wie stolz auf dieses schöne Pferd. Ich versuchte, das Bild aus dem Kopf zu bekommen und mich statt dessen auf etwas anderes zu konzentrieren, auf Sophie oder den Blonden oder die bevorstehende Hochzeit oder sonstwas. Lächerlich.

Nachmittags machten Sophie und ich einen langen Spaziergang am Strand, ein leichter Wind wehte vom Meer und trug ein Versprechen heran, das ich nicht entschlüsseln konnte. Wir redeten viel, Wichtiges und Unwichtiges, wir lachten, und ich spritzte Sophie mit Meerwasser naß, sammelte Muscheln und spürte, wie die Sonne meinen Rücken wärmte. Der Sand war warm, und ich überlegte, ob wir wohl morgen früh hier entlangreiten würden, und wurde ganz zappelig vor lauter Vorfreude.

Ärgerlich war – wenigstens ein bißchen, auch wenn es schon fast peinlich ist, es zuzugeben – ärgerlich war, daß ich mit Sophie kein Saufgelage mehr starten konnte. Die werdende Mutter trank natürlich keinen Alkohol. War ja auch gut und richtig, aber zu zweit haben die Gelage doch schon Spaß gemacht. So trank ich also sittsam ein oder zwei Glas Wein zum Abendessen und ein drittes hinterher, und dann spürte ich, wie bleierne Müdigkeit meine Glieder besetzte. Es war ein langer Tag gewesen und die klimatische Umstellung bemerkte ich auch sehr wohl, und so verabschiedete ich mich ziemlich rechtzeitig. Saß noch einen Moment – um genau zu sein: Eine Zigarettenlänge – auf der Terrasse, betrachtete die Sterne und lauschte der Musik, die aus der Poolbar zu mir drang.

Der Chor der Zikaden übertönte die Musik allerdings mühelos, und ich mußte grinsen, saß auf der Terrasse und schmunzelte still vor mich hin, blies blauen Rauch gen Milchstraße und dachte, ich führte ein wirklich beneidenswertes Leben.

Als am nächsten Morgen um halb sechs das telefonische Weckzeichen erklang, fand ich mich nicht mehr ganz so beneidenswert. Und als ich in den Spiegel sah, erst recht nicht mehr. Ich wusch mich und beobachtete mißtrauisch, ob die Schwellungen im Gesicht langsam zurückgingen, putzte meine Zähne und überlegte, ob die wirklich so weiß waren, wie sie gerade aussahen, entwirrte meine Haare und versuchte, mit Hilfe einer Bürste und diverser Haarnadeln zumindest etwas ähnliches wie eine Frisur zu zaubern. Es war genauso sinnlos wie jeden Morgen. Einzelne Strähnen lösten sich und umtanzten mein Gesicht mit den hohen Wangenknochen und den dunklen Augen, ein Vermächtnis meines Vaters, ebenso wie die schwarzen – sie waren eben nicht blauschwarz, sondern nur schwarz – Haare und die Naturlocken.

Ich zog seufzend die schwarze Jeans an – die mit den außen liegenden doppelten Nähten! – und striff ein kirschrotes Poloshirt über, dann band ich zur Sicherheit noch eine schwarze Wolljacke um die Hüften. Es war kühl morgens, und kaum, daß ich die Wohnung verlassen hatte, schlüpfte ich auch schon in die Wolljacke hinein. Bbbbbrrrrr.

Auf der Ranch herrschte Betrieb, ich hörte die vertrauten Geräusche beim Näherkommen: Prusten und Schnauben, ein Wiehern, Stimmen und Gelächter. Langsam näherte ich mich, meine Hände waren schweißfeucht. Auf dem trockenen Brunnen saßen zwei Frauen, eine Farbige und eine Blonde, drei weitere standen an der Seite, eine feste Gruppe bildend. Der Blonde war noch nicht da, dafür aber ein kleiner Mann mit Brille, der irgendwie verschreckt wirkte. Ich grüßte in die Runde und hockte mich zu den Frauen auf dem Brunnen. Die Männer waren noch mit Satteln und Zäumen beschäftigt, aber Mehdi begann schon, die Pferde zu verteilen. Ich machte mich wieder auf eine längere Wartezeit gefaßt, aber er kam schnell zu mir.»Belel«, sagte er und berührte kurz meine Schulter. Ich zog die Augenbrauen hoch, antwortete aber nichts. Glitt vom Brunnenrand und trat zu Belel, der die Ohren anlegte und unwillig den Kopf schüttelte.»Glaub mir, mein Lieber, ich hätte auch gerne ein anderes Pferd geritten«, murmelte ich in seine mißmutig nach hinten gelegten Ohren. Der Stumme tauchte neben mir auf, lächelte kurz und gurtete nach. Ich streichelte Belel, während er um das Pferd herumging und den Bügel gegenhielt. Vorsichtig, um dem Pferd nicht in den Rücken zu fallen, saß ich auf. Er trat einen Schritt zurück und musterte mich, dann griff er wieder nach dem Bügel. Gehorsam zog ich meinen Fuß zurück und sagte:»Zwei Loch bitte.« Dann erst fiel mir ein, daß er mich ja nicht hören konnte, und ich hielt zwei Finger hoch, die er jedoch nicht sah. Ich beobachtete, wie seine flinken braunen Hände den Riemen zwei Loch länger stellten und wunderte mich ein wenig, während ich auf der anderen Seite den Bügelriemen ebenfalls verlängern wollte. Vielleicht konnte er ja doch Gedanken lesen. Deutsche Gedanken, ich brauchte nicht mal auf arabisch zu denken. Wie praktisch. Er nahm mir den Riemen aus der Hand und verstellte den Bügel, trat zurück und lächelte mich an. Okay?»Ja. Wunderbar. Danke.« Er nickte und wandte sich ab.

»Belel!« rief Mehdi,»du gehst vor!« Diesmal tat ich, wie geheißen, ohne zu zögern oder nachzufragen. Belel führte das übliche Theater auf, aber ich hatte sehr viel mehr Praxis als letztes Jahr und ließ ihm nicht viele Möglichkeiten, Unsinn zu machen. Als

Mehdi uns einholte und sich an die Spitze setzte, wandte ich den schwarzen Hengst und ließ die Gruppe der Reiter passieren. Es gefiel mir besser, am Schluß zu reiten. Belel war da nicht ganz meiner Meinung, hatte aber wenig Chancen, es kundzutun. Ich bemerkte, daß es eine relativ kleine Gruppe war, die beiden Frauen, die mit mir am Brunnen gesessen hatten, waren nicht dabei. Der Mann klammerte sich verzweifelt am Sattel fest und fragte, während sein Pferd ihn an mir vorbeitrug:»Was mache ich, wenn ich runterfalle?« Ich hob die Schultern.»Steigst du wieder auf.« Er schoß mir einen wirklich verzweifelten Blick zu, und ich bekam fast so etwas wie Mitleid.»Du wirst schon nicht fallen. Entspann dich einfach ein bißchen, dann ist das reiten leichter.« Der Blonde ritt am Schluß, noch hinter dem ängstlichen Mann, und grinste vergnügt und sah sowieso unverschämt munter und ausgeruht aus.»Wo warst du gestern abend?« fragte er und entblößte eine Reihe makellos weißer Zähne, viel zu gleichmäßig, um echt zu sein.»Im Club«, sagte ich harmlos und winkte ihn an mir vorbei.»Ich habe dich gesucht«, sagte er,»ich dachte, wir würden zusammen etwas trinken.«»Heute abend vielleicht«, vertröstete ich ihn,»mal sehen, wie es meiner Freundin geht. Derentwegen bin ich schließlich hier.«»Die Schwangere?«»Ja.« »Was macht sie hier, wenn sie schwanger ist und es ihr nicht gutgeht?«»Sie lebt hier. Sie heiratet Fethi, den stellvertretenden Clubchef. Wenn du Glück hast, erlebst du die Hochzeit noch mit.« »Echt?« Er schien fasziniert,»wann denn?«»In drei Tagen.«»Wie kommst du denn zu einer arabischen Freundin?«»Sie ist Deutsche. Wir sind schon seit über zwanzig Jahren befreundet.«»Und heiratet einen Araber? Oh wow … die hat aber Mut. Weiß sie, worauf sie sich da einläßt?« Meine Geduld war schon wieder erschöpft, es ging recht schnell bei diesem Thema.»Das wird sie wohl, sie ist erwachsen und mündig und ganz sicher nicht dumm.«»Hey, entschuldige. Ich wollte dir nicht zu nahe treten. Es ist aber doch ungewöhnlich, oder?«»Keine Ahnung. Es ist mir auch völlig egal, was du darüber denkst.« Wahrscheinlich wäre

Diplomatin nicht gerade der optimale Beruf für mich gewesen. So genau wußte ich auch nicht, warum ich so gereizt auf das Thema reagierte, eigentlich viel zu gereizt. Gerade so, als würde man einen freiliegenden Nerv treffen.

Ich schwenkte mit dem tänzelnden und seitwärts steppenden Belel hinter die Gruppe und zupfte energisch am Zügel, um ihn zu beruhigen. Es war das gleiche Theater wie letztes Jahr. Nur daß die Pferde die erste Woche überhaupt unterwegs waren nach dem Winterlager und entsprechend ausgeruht und übermütig waren. Ich sehnte mich nach einem Galopp, nach einer Möglichkeit, daß Belel laufen konnte, daß er sich austoben konnte – und ich mich mit ihm. Er warf den Kopf, schnaubte und begann jetzt schon zu schwitzen. Dann ging er seitwärts, und in dem Moment hörte ich die trommelnden Hufschläge eines galoppierenden Pferdes hinter uns. Während ich mich bemühte, Belel zu zügeln, preschte der Stumme heran auf dem braunen Araberhengst. Ich freute mich plötzlich unbändig, ihn zu sehen, und ich glaube, er sah es mir an, denn er erwiderte mein Lächeln, bevor er nach vorne zu Mehdi ritt und mit ihm redete. Belel steppte wieder und schäumte jetzt, wo das andere Pferd an ihm vorbeigaloppiert war und er nicht mitdurfte. Mehdi kam nach hinten und musterte Belel und mich. »Hast du geritten im Winter?« fragte er, und ich nickte. »Ich lerne Westernreiten.« Er lachte wie ein Kind. »Mit den Hüten und mit Kühen und so?« Ich nickte wieder. »Und mit Westernsätteln, die vorne ein Horn haben, an dem man sich zur Not festhalten kann.« »Ich kann sehen, daß du geübt hast«, bemerkte er, »willst du galoppieren? »Ja, gerne.« Er sah sich um. »Aber hier geht nicht … du kennst das Land nicht.« Quer auf dem Sattel sitzend musterte er mich ernsthaft. »Kannst du mir nicht den anderen Mann mitgeben? Er kann doch vorwegreiten.« »Mein Cousin«, sagte Mehdi nachdenklich und winkte mir, ihm zu folgen. Der Stumme sah uns mißtrauisch entgegen, seine Augen waren verengt, und ich fragte mich, was ich wohl falsch gemacht hatte. Mit einigen Gesten bedeutete Mehdi, was er sich dachte, und der Stumme schoß wieder einen so undefinierbaren Blick zu mir, bevor er mir mit einer Handbewegung bedeutete, ihm zu folgen. Ich verstand es nicht. Was war verkehrt gelaufen? Warum musterte er mich so mißtrauisch? Glaubte er, ich wolle ihn fressen? Oder vergewaltigen? Mich ihm unsittlich nähern?

Und dann fiel mir ein, wie meine Gestik, die unwillkürlich war, auf ihn gewirkt haben mußte, als ich den Westernsattel und das Sattelhorn beschrieb. O mein Gott, wie peinlich. Mir schoß brennende Röte in die Wangen, und unwillkürlich setzte ich mich aufrecht im Sattel hin.

Wie entsetzlich. So etwas passiert auch nur mir.

Die beiden Männer gestikulierten noch mal, sie verwendeten knappe Gesten, die mir verrieten, wie sehr sie aufeinander eingespielt waren, dann bedeutete der Stumme mir, ihm zu folgen. Ich brachte Belel an den anderen Pferden vorbei und hinter den Braunen – natürlich mit dem gebührenden Abstand. An der nächsten Weggabelung bogen wir ab, und er bedeutete mir, neben ihn zu kommen, alles mit ernstem Gesicht und ohne das Lächeln, welches ich so gerne mochte. Aber ich hatte keine Möglichkeit, dieses hochnotpeinliche Mißverständnis aus dem Weg zu räumen, und so mied ich einfach seinen Blick, behielt meine Sonnenbrille auf und war völlig verunsichert. Er kanterte den Braunen in einen ruhigen Galopp, Belel schoß ungestüm hinterher, er hob die Hand, ich möge ruhiger werden, nicht überholen, ich bedeutete diese Wünsche Belel, der sie äußerst unwillig zur Kenntnis nahm. Aber ich behielt die Kontrolle. Eisern. Mochten mir auch noch so sehr die Hände schmerzen, mochte ich noch so beschämt sein, ich ließ Belel nicht an dem Braunen vorbei.

Der Mann sah mich an, er sah meinen Körper an, meinen Sitz mit fast klinischer Neugier, dann sah er mir in die Augen und nickte. Gut, sagte er. Kein Lächeln. Er verschärfte das Tempo, und ich hatte keine Zeit mehr, mir Gedanken zu machen, warum er nicht lächelte, wie ich es ihm erklären konnte, warum mir sein Lächeln so viel bedeutete. Ich focht einen wilden Kampf mit Belel, dem die Schaumflocken aus dem Maul flogen und der jetzt alles daransetzte, den Braunen zu überholen und als Sieger durchs Ziel zu gehen. Die Pferde flogen nebeneinander über den harten Boden, ich hörte das Trommeln der Hufe, das Schnauben und den schnellen Atem, ich spürte die Hitze des großen Tieres, den unbedingten Siegeswillen und gab ihm etwas Zügel nach. Er reagierte sofort, schob sich vor, die Galoppsprünge waren weit und raumgreifend, der Kopf hoch erhoben, ich konnte durch seine gespitzten Ohren sehen. Der Mann sah mich an, bemerkte, daß es mein Wille war, Belel vorschnellen zu lassen, und gab selber etwas Zügel nach. Der Braune schloß auf, Belel spannte sich an und wurde noch schneller, jetzt flogen Schaumflocken von seinem Maul auf meine Hose.

Der Mann lächelte und hob die Hand und zügelte den Braunen. Ich tat es ihm gleich, und obwohl Belel aufgeregt war und tänzelte, kostete es mich nicht mehr so viel Kraft, ihn im Zaum zu halten. Okay? fragte er und ich nickte. Nahm meine Brille ab, sah ihn an und lächelte. Ehrlich gesagt, ich glaube, meine Ohrläppchen bekamen Besuch, so breit war mein Grinsen. Und endlich, endlich bekam ich die Antwort, auf die ich gehofft hatte, ohne daß es mir bewußt gewesen wäre. Er lächelte ebenfalls. Saß ganz entspannt auf dem nervösen Braunen und strahlte mich an. Fragte noch mal: Okay?, und ich reckte meinen Daumen in die Höhe und lachte und fühlte mich gut, so gut. Er wurde wieder ernst und bedeutete mir, ich würde gut sitzen. (Einen Moment lang keimte die vage Hoffnung auf, er würde meinen, ich hätte einen niedlichen Hintern, aber das war es nicht. Er meinte, ich würde gut sitzen, hätte das Pferd gut im Griff. Seine Gesten waren eindeutig.)
»Ich bin im Winter viel geritten«, sagte ich und wußte nicht, ob er verstehen würde. Er deutete auf Belel, und instinktiv verneinte ich. Dann tat ich, als würde ich mir einen Patronengurt umbinden, einen Hut aufsetzen und ein Lasso schwingen, welches ich um das Sattelhorn befestigte. Gleichzeitig machte ich ein wild entschlossenes Gesicht.

Und er verstand. Ich sah es in seinen Augen. Ich sah das Verstehen und das Kombinieren mit der Geste, und ich sah sein Lachen, frei und jung und vor allem wieder ohne Arg.

Ich war enttäuscht, als wir im rechten Winkel wieder auf die Gruppe stießen und als der Blonde mich fragte, ob es schön gewesen wäre, nickte ich nur. Ich wollte nicht mit dem Blonden reden, auch wenn er einem Wikinger schon recht nah kam. Belel zerrte nach wie vor am Zügel und schüttelte den Kopf und versuchte freizukommen und meine Hände schmerzten und meine Schenkel langsam auch. Und dennoch: Es war wunderschön. Das Land war still und friedlich in der Morgensonne, hinter mir hörte ich die gleichmäßigen Hufschläge des Braunen, und eigentlich war das alles, was ich im Moment wollte.

Der Stumme schloß auf und wies auf ein Minarett hin, ich konnte die Lautsprecher am Turm sehen. Er legte die Hände wie einen Trichter vor den Mund und deutete nach oben. Ich nickte. Dort wurden die Gebete ausgerufen. Hörte er es? War er nur stumm? Oder hatte man es ihm erzählt? Er zeigte auf die Kinder, die vor dem Minarett standen und uns musterten, sie sahen so artig aus in ihren rosa Kittelchen, ich winkte, einige winkten zurück, der Mann lächelte. Er hob die rechte Hand und schrieb damit in die Luft, dann deutete er auf die Kinder. Eine Schule also. Und gleichzeitig, fast hätte ich es übersehen, zeigte er auf sich und verneinte. Es war eine so kleine Geste, eine so mutlose, enttäuschte, daß ich mir nicht sicher war, ob ich sie richtig interpretiert hatte. Er hatte nicht schreiben gelernt, wollte er das damit sagen? Ich sah ihn an, und er erwiderte meinen Blick, wandte sich aber gleich wieder ab, hastig fast, als dürfe er mich nicht ansehen. Dann deutete er plötzlich nach links, und automatisch schob ich meine Brille hoch, um zu gucken, um ihn sehen zu können, um ihm meine Augen zu zeigen. Er deutete etwas Kleines in der hohlen Hand an, etwas Weiches, Niedliches. Ich verdrehte mir schier den Hals, während ich gleichzeitig Belel am Weglaufen hinderte. Das

Pferd war einfach nur anstrengend. Und dann sah ich Zicklein, zwei Stück, ganz klein noch, eng bei ihrer Mutter, die einen schweren rosa Euter hatte.

»Ich sehe sie«, sagte ich aufgeregt, und er drehte sich zu mir um, musterte mich, und mein Strahlen reflektierte auf seinem Gesicht. Er hatte mir eine Freude gemacht. »Zwei Stück«, freute ich mich und hielt zwei Finger hoch, damit er verstand, was ich meinte. Er schüttelte den Kopf und zeigte drei Finger. »Wo?« Das dritte Zicklein konnte ich beim besten Willen nicht sehen. Er zügelte den Braunen und winkte mich näher heran, zeigte auf die Ziege und hielt drei Finger hoch. Angestrengt starrte ich in das schattige Halbdunkel des Stalles. »Ja, jetzt seh'ich es! Du hast recht, es sind drei!« Belel steppte seitwärts und fiel in Galopp, wobei er sich fast auf der Stelle bewegte. Meine Aufregung teilte sich ihm wohl mit. Der Mann sah mich an und nickte beifällig, auch wenn sein Lächeln einfach nur freundlich war, so lag doch ein Kompliment in der Neigung des Kopfes.

»Danke«, sagte ich und lächelte und krauste die Nase. Er begriff, daß ich das Kompliment verstanden hatte, und senkte den Kopf, dann wies er mit dem Kinn auf die bereits entfernten Reiter. Ich nickte und gab Belel etwas Zügel nach, sofort verlängerte er seine Galoppsprünge und schloß rasch auf.

Der Blonde wandte den Kopf, als er uns kommen hörte. »Was ist denn mit ihm?« fragte er und wies auf meinen neuen Freund, »kann er nicht reden? Oder ist er ein bißchen seltsam?« Der Ton war so abfällig wie die Handbewegung, und ich preßte die Lippen zusammen. Drehte mich um und sah den Araber an, der meinem Blick auswich. Er hatte also auch die Geste gesehen. Natürlich, er sah so etwas. Er hatte gelernt, die Körpersprache, die vielen kleinen Signale zu entschlüsseln. Ich schob meine Brille auf den Kopf und merkte, wie sich mein Kreuz durchdrückte, scheinbar ohne mein Zutun. »Er ist taubstumm, nicht seltsam.« »Ihr scheint euch aber gut zu verstehen.« Ich lächelte. Ja, wir verstanden uns tatsächlich. »Stimmt«, sagte ich trocken und ließ die

Brille wieder auf den Nasenrücken fallen. Drehte mich zu dem Araber um und grinste breit. Zügelte Belel und wartete, bis er aufgeschlossen hatte. Er sah mich von der Seite an, unsicher, aber nicht mehr elend oder verschämt. Ich hob die Hand, die Handfläche ihm zugekehrt. »Gib mir fünf«, sagte ich, und einen Moment später klatschte seine Hand gegen meine, und sein hartes, schönes Gesicht drückte ebensoviel Stolz aus wie seine Haltung. Es war ein Pakt, den wir besiegelten, nur war es mir damals noch nicht so bewußt.

Ich war ziemlich zerschunden, als ich nach dem zweistündigen Ritt von Belels Rücken glitt. Belel nicht. Ihm war nicht mal anzumerken, daß er gerade zwei Stunden getänzelt und gestampft und galoppiert war. Herrgott, was für ein Pferd. Der Stumme tauchte neben mir auf, löste den Sattelgurt und nahm Belel den Zaum ab. »Ich kann das auch selber machen«, sagte ich, und er fragte nach. Ich nahm ihm das Zaumzeug ab, und er blieb stehen, nicht wissend, was nun erwartet wurde.

»Wohin damit?« Er deutete an die Wand hinter dem kleinen Büro, und ich trug den Zaum hin und hängte ihn auf. Er schmunzelte und schob mir das Buch zu, in dem die Anmeldungen für den nächsten Tag standen.

»Ich weiß noch nicht ...«, zögerte ich und rieb meine schmerzenden Schenkel. Er nickte, nahm aber das Buch nicht weg. »Morgen ist Markttag, nicht wahr? Ist es schön auf dem Markt?« Ich glaube nicht, daß er die Frage auch nur ansatzweise verstand, aber so ganz sicher war ich mir nie. Er verstand so viel, konnte so vieles aus den Gesten entnehmen, den Rest überließ er seiner Intuition. Jetzt nickte er und wartete ab. Schob das Buch noch mal zu mir und grinste plötzlich. »Du versuchst gerade, mich zu überreden«, lachte ich und war ein wenig überrumpelt. Irgendwie rechnet man wohl nicht damit, daß ein taubstummer Mann durchaus seine Methoden hat, seinen Willen zu bekunden. Wie albern. Wie naiv und unlogisch. Wie vorurteilsbehaftet. Das war mal wieder nicht durchdacht. Er war ein Mann, warum sollte er sich nicht äußern. Zumal unsere Unterhaltungen ihm ja wirklich Spaß zu bereiten schienen. Ich schob die Brille wieder hoch und sah ihn an, sah in diese leuchtenden braunen Augen und schmunzelte, lachte, freute mich mit ihm, wenn ich auch nicht genau wußte, worüber. »Okay, du hast gewonnen, ich komme mit.« Er hob die flache Hand, und ich klatschte dagegen, und unsere Hände umfaßten sich, hielten sich, einen Moment nur, er hatte ganz warme, trockene Hände, angenehme Hände, dann glitten sie wieder auseinander, und ich sah ihn nicht an. Aber ich lächelte noch immer, als ich meinen Namen in das Buch eintrug für den mehrstündigen Ritt morgen zum Markt. Und als ich die Ranch verließ, wußte ich, daß er mir nachsah, obwohl ich mich nicht nach ihm umsah.

»Hey, du träumst«, sagte der blonde Wikinger, und ich musterte ihn etwas verwirrt. »Ich bin müde und hungrig und habe immensen Kaffeedurst.« Er lachte. »Das trifft sich gut, ich nämlich auch. Wollen wir unten am Meer frühstücken oder im großen Saal?« »Äääh … meine Freundin wartet auf mich, ich frühstücke immer mit ihr. Sie hat mich eingeladen, hier zu sein, weißt du, und ich sehe sie eben nur noch ein paar mal im Jahr.« Diesmal war er verstimmt, ich bemerkte es wohl, hatte aber nicht so recht Lust, darauf einzugehen. »Naja, vielleicht sehen wir uns ja beim Sport. Beachvolleyball oder so.« »Ja, vielleicht. Und sonst beim Reiten.« »Oder heute abend im Nightclub?« »Ja. Da ganz bestimmt.« Ich lächelte und verspürte plötzlich richtig Lust zum Tanzen, zum Lachen, Musik zu hören. Er nickte mir zu und ging frühstücken, während ich über eine Wiese lief, um noch rasch zu duschen. Sophie wartete in ihrer Wohnung auf mich. »Du stinkst ganz erbärmlich«, zog sie mich auf und ich ging auf sie zu, um sie zu umarmen. Quietschend wich sie ein Stück zurück. »Was ist los? Wieso weigerst du dich? Ich denke, ich bin deine Freundin.« »Oooohh … geh duschen, ja? Ich glaube nicht, daß ich ein Pferd als Freundin habe.« »Du bist kleinlich«, kicherte ich und zog mich rasch aus. An den Innenseiten meiner Ober- und Unterschenkel prangten häßliche rote Flecke. Sophie runzelte die Stirn. »Ich hoffe, du willst nicht in einem Minirock auf meiner Hochzeit erscheinen.« »Doch, dachte ich eigentlich. Ich meine, was könnte angebrachter sein auf einer Hochzeit mit einem Araber. Damit die Familie gleich weiß, mit was für zwielichtigen Gestalten du verkehrst.« »Das wissen sie, seit sie dich kennen.« »Ist mein letzter Striptease denn nicht so gut angekommen?« Sie lachte. Hielt sich den doch schon recht ansehnlichen Bauch und lachte. Sank auf die Couch mit dem geblümten Bezug und wischte sich die Lachtränen aus den Augenwinkeln. »Stell dir das mal bildlich vor: Du tanzt auf einem Tisch bei meinem Junggesellenabschied, pfeifst unanständige Lieder und ziehst dich aus ...« Keuchend schnappte sie nach Luft. »Was ist daran so lächerlich?« fragte ich pikiert und ging ins Bad. »Ich bin für fast 34 gut in Schuß.« »Im Gegensatz zu mir«, sagte Sophie, schlagartig ernst werdend, »mal ehrlich: Sehe ich nicht schrecklich aus?« »Mal ehrlich: Du siehst ziemlich schwanger aus.« Schnell stellte ich die Dusche an, ich mochte es nicht hören, wie sie sich über ihren anschwellenden Bauch beklagte. Immerhin hatte sie ein ganzes Baby darin. Allerdings: Ich beneidete sie nicht. Nicht um den dicken Bauch und erst recht nicht um das Baby, um Nächte ohne Schlaf und ewige Verantwortung für ein anderes Leben.

Die Tage waren jetzt doch schon recht warm, es war ein Genuß für die Sinne, in der Sonne am Strand zu liegen oder im Meer zu schwimmen, kaltes Salzwasser auf der Haut, eine wärmende Sonne im Gesicht. Oder in der Anlage umherzustreifen, den warmen Wind zu spüren, fast ein streichelnder Hauch und den Duft der schweren Blüten wahrzunehmen. Ich liebte es. Ich genoß es aus ganzem Herzen. Hatte ich immer gedacht, ich wäre eine eingefleischte Nordländerin, so langsam kamen mir Zweifel. Es war ja nicht nur, daß ich Urlaub hatte, entspannt und glücklich war, es war dieses Land, der Geruch des Landes, das Rascheln des Windes in den Palmen, das ewig gischtende Meer. Morgens, wenn die

Sonne noch hinter Schleiern verborgen war, war es kalt und grau mit weißen Gischtfahnen. Im Laufe des Tages wurde es blau, ein tiefes, dunkles Blau, in welchem die Untiefen in einem kristallenen Türkis schimmerten.

Sophie litt unter der Hitze. Morgens saß sie noch fröhlich und entspannt mit mir am Frühstückstisch, mittags zog sie sich in ihre Gemächer zurück, um zu ruhen und die Füße hochzulegen, aber auch nachmittags und abends wirkte sie angestrengt. Ich machte ihr natürlich keinen Vorwurf, ich wußte nicht, wie man sich fühlte, wenn man schwanger war. Der üppige Bauch war nicht das Schlimmste, sie hatte so viel Wasser im Körper, daß ihre Fußknöchel schon manchmal grotesk geschwollen wirkten, und das machte sie wahnsinnig. Daß sie insgesamt so aufgequollen war.

Ich glaube, meine schöne Freundin hatte immer die Frauen aus der Fernsehwerbung im Kopf, die zwar einen Bauch hatten, ansonsten aber wunderschön und schlank geblieben waren. Sie fürchtete sich schon immer davor, dick zu werden, und jetzt war sie es. Ihre größte Angst war, daß Fethi sie nicht mehr schön finden könnte. Der aber sah es genau anders: Seine Frau bekam ein Baby von ihm, und er platzte schier vor Stolz. Als er von der Schwangerschaft erfahren hatte, hatte er ihr ein Brillantcollier geschenkt, wie ich es nur aus der Werbung kannte, und auch jetzt trug er sie auf Händen, las ihr jeden Wunsch von den Augen ab und benahm sich wie ein verliebter Pennäler. Sie war dankbar, aber ihre tiefsitzenden Ängste konnte er nicht verdrängen.

Ich blieb den ganzen Vormittag mit Sophie zusammen. Es ist schon komisch, was Frauen sich alles zu erzählen hatten. Ich meine, es war nicht so, daß wir lasen oder Scrabble spielten, nein, wir redeten miteinander. Über Gott und die Welt. Heute hauptsächlich über mein nichtexistentes Liebesleben. Das heißt, sie redete. Sie versuchte, mir einen der Männer schmackhaft zu machen, die sich in unserem Dunstkreis tummelten, ich hörte zu, spottete über sie und ihre Verkupplungsversuche und überlegte, daß es im Paradies – wenn es denn eins gäbe – genauso sein müßte wie heute hier. Das Rauschen der Palmen, lachende Menschen, kreischende Kinder, ein glasklarer Swimmingpool, eine wärmende Sonne, Hibiskushecken und blühender Flieder.

Zu Mittag aßen wir noch im Speisesaal, ich aß Joghurt und Obst und noch mehr Obst, relativ untypisch für mich und meine sonstigen Eßgewohnheiten, aber irgendwie hatte ich nicht wirklich Hunger. Sophie befürchtete, ich könnte krank werden, aber ich fühlte mich prächtig.

Der Wikinger erspähte uns und setzte sich zu uns, Sophie nahm sofort Witterung auf, ich konnte es sehen. Sie war wirklich wie ein Jagdhund, sie hob die hübsche kleine Nase, und ihre Augen begannen zu blitzen, und sie strahlte Charme und Wärme aus und tat alles mögliche, um meine Vorzüge zu betonen. Gerade als ich überlegte, ihr jetzt wirklich vors Schienbein zu treten, lenkte sie ab und erzählte nette kleine Anekdoten über den Club und das wunderbare Leben dort. Ich schoß ihr einen Blick zu, der bedeutete: Dein Glück auch, und sie quittierte ihn mit einem hellen, fröhlichen Lachen.

Der Wikinger hieß Lars, war 32 Jahre alt, unverheiratet und Programmierer von Beruf. So, so. Ich hörte den beiden zu und schälte noch eine Orange. Die frischen Datteln waren auch ganz vorzüglich.

Und wenn es bei uns in Deutschland solche Grapefruits geben würde, würde ich mich vermutlich davon ernähren. Plötzlich wurde mir bewußt, daß Lars mit mir sprach. Ich lächelte und sah auf. Keine Ahnung, was er von mir wollte. Sophie trat mich unter dem Tisch. Verdammt. Was fand sie so toll an diesem Mann? Na gut, er konnte Konversation machen und hatte Phantasie, war höflich und charmant, aber all das interessierte mich nicht besonders. Warum nur war sie der Meinung, ich bräuchte unbedingt einen Mann? Ich war doch seit Jahren schon ohne sehr glücklich. Oh, manchmal waren Konventionen sehr lästig.

Immerhin verabredeten wir uns definitv für heute abend im Nightclub. Sophie verzichtete mit bedauerndem Lächeln, sie fühlte sich in ihrem Zustand einer Diskothek einfach nicht gewachsen. Er drückte äußerst charmant und gekonnt sein Bedauern aus, und ich dachte bei mir, daß er beruflich bestimmt Erfolg hatte, er wirkte sehr selbstsicher, wie ein Mann, der es gewohnt war, sich unter Menschen zu bewegen.

Ich verbrachte einen äußerst angenehmen Nachmittag am und im Meer, ging abends zum Sport und absolvierte eine Stunde Aerobic und eine Stunde BBP, schwitzte wie verrückt und fühlte mich rumdum gut. Manchmal schmerzte mein linker Knöchel, aber ich ignorierte es weitestgehend, ich konnte mir einfach nicht vorstellen, warum er schmerzen sollte, ich war nicht umgeknickt und hatte mich nicht gestoßen. Als ich vorm Abendessen wieder duschte, betrachtete ich den Knöchel. Das heißt, ich wollte ihn betrachten. Aber als ich meine Socken auszog, war der Grund für den Schmerz augenblicklich klar: Auf der Vorderseite prangte ein prachtvolles Hämatom. Eine Beule sogar, grünblau schillernd. Verblüfft hielt ich inne, aber dann fiel mir ein, wie ich am Morgen auf Belel durch den Steigbügel gerutscht war, als er eine seiner zirkusreifen Sondereinlagen gab. Ich hatte gemerkt, daß es schmerzte, mußte aber erst mal Belel wieder unter Kontrolle bringen, bevor ich mich mit meinem Fuß befaßt hatte. Das war das Ergebnis meiner Bemühungen. So was aber auch. Ich überlegte kurz, hatte aber keine Salbe mit, die ich hätte auf meinen Knöchel schmieren können. Naja gut, Künstlerpech. Vom Tanzen würde es mich jedenfalls nicht abhalten und vom Reiten auch nicht. Das Leben war herrlich.

Ich tanzte in dieser Nacht fast bis zum Umfallen. So war es eigentlich nicht geplant gewesen, aber die Musik war so gut, daß ich einfach nicht widerstehen konnte. Außerdem lernte ich eine sehr nette Frau kennen. Eigentlich – um jetzt ganz genau zu sein – hatte ich sie heute morgen beim Reiten schon gesehen, aber nicht mit ihr gesprochen. Wir holten das jetzt nach, nachdem wir zu »Smoke on the water« gemeinsam auf der kleinen Tanzfläche gestanden hatten und unsere Köpfe schüttelten, daß die Haare nur so flogen. Nach dem Song grinsten wir uns an, es war eine gemeinsame Erinnerung an eine ferne Zeit, als man noch nach Hardrockmusik so getanzt hatte, als wir noch in dem Alter waren, wo wir uns jeden Freitag und Samstag für die Disko aufbrezelten. Es lag so viel Verständnis in diesem Blick, daß wir lachen mußten.

Den Rest der Nacht verbrachten wir mit einer Clique von Leuten, tanzend und trinkend, lachend und redend, und als man uns endlich aus dem Nightclub rauskehrte, überlegten wir uns ernsthaft, ob es sich noch lohnte, ins Bett zu gehen. Natalie und ich mußten in absehbarer Zeit schon wieder los, wir wollten beide mit zum Markt reiten. Aber ein bißchen Schlaf ist besser als gar keiner, außerdem wollten wir erst um neun Uhr los, nicht um sechs, wie zu einem Strandritt, also fiel ich doch noch ins Bett, einerseits müde bis zum Umfallen, andererseits total aufgedreht. Lars hatte mehr als einen Annäherungsversuch gestartet, aber ich war ihm recht geschickt ausgewichen und hatte dem Alkohol die Schuld gegeben. Wenn er sich weiterhin so verhielt, würde ich wohl mal Klartext reden müssen, aber ich hatte einfach keine Lust gehabt, den schönen Abend zu verderben.

Wie verabredet klopfte Natalie so rechtzeitig an meine Tür, daß wir vor dem Ausritt noch frühstücken konnten. Der Speisesaal war relativ leer zu dieser frühen Stunde, und selbst ich verspürte noch keinen mächtigen Hunger. Angesichts einer durchtanzten Nacht und der zu erwartenden Anstrengung des Rittes zwang ich mich jedoch dazu, ein Brötchen zu essen, Joghurt und Obst und diverse Tassen Kaffee in mich zu schütten, wobei ich die Gefahr, unterwegs aufs Töpfchen zu müssen, tapfer ignorierte. Es würde zur Not schon einen Busch am Wegesrand geben, der mir Schutz gewährte. Wir waren beide müde und redeten nicht viel, aber ich begann, mich schon wieder zu freuen, obwohl die Verlockung, einfach im Bett zu bleiben, doch relativ stark gewesen war. Auf dem Weg zur Ranch erzählte ich ihr von meinem blitzblauen und geschwollenen Knöchel, und sie grinste. »So schlimm? Hat man gestern beim Tanzen gar nicht gemerkt.« Ich erwiderte ihr Grinsen. »Es gibt Momente, die sind einfach nicht geeignet für Schmerzen und der gestrige Abend war so einer«, erklärte ich würdevoll. Sie war kein Mensch, der kicherte, sie grinste wortlos. Ich blieb vor Yasmin stehen, der prompt auf mich zukam und sich streicheln ließ, während ich ihm einige Nettigkeiten in die gespitzten Ohren flüsterte. Er war schon gesattelt und gezäumt, und ich hoffte, ihn heute reiten zu dürfen, ich mochte den grauen Hengst gerne, und es schien auf Gegenseitigkeit zu beruhen.

Einige der angemeldeten Reiter waren schon da, alles Frauen. Ich grüßte in die Runde und stellte dann meinen geschundenen Fuß auf den Rand des trockenen Brunnens, zog meine Hose hoch und rollte den Strumpf herunter. Natalie pfiff leise. »Wow … das ist ja wirklich eine ordentliche Beule.« Ich nickte düster. »Belel.« Der Knöchel sah wirklich übel aus. Der Bluterguß schillerte dunkelblau und war arg angeschwollen, tat aber seltsamerweise nicht besonders weh. Dann fiel mir ein, daß Mehdi mich sehen könnte und mich dann garantiert aufziehen würde, und ich wollte gerade den Socken wieder hochziehen, als der Stumme zu uns kam. Mit fast kindlich anmutender Neugier musterte er meinen entblößten Knöchel, dann preßte er die Lippen zusammen und schüttelte eine Hand. Das tut weh, ja? »Nicht sehr«, wiegelte ich ab und zeigte eine kleine Spanne mit den Fingern an. »Ein bißchen.« Er nickte verstehend und beugte sich tiefer über den Knöchel. Natalie wandte sich ab, um zu Emir zu gehen. Er legte eine Hand auf meinen geschundenen Knöchel und strich vorsichtig über die Beule, dabei sehr aufmerksam mein Gesicht musternd. »Es ist okay, wirklich«, sagte ich und nickte ihm zu. Seine warmen Hände ließen meine Haut prickeln. Mir wurde warm. Er richtete sich wieder auf und verschwand, während ich Hose und Socken richtete, damit heute bloß nichts scheuerte. Einen Moment später war er mit Lederchaps wieder da, halbe, die nur um die Unterschenkel gewickelt wurden. Etwas ratlos betrachtete ich die Lederstutzen, ich war mir absolut nicht sicher, wie man sie anbrachte. Er machte kurzen Prozeß, schob meinen Fuß hinein und schloß das Klettband um die Waden. »Danke«, sagte ich und lächelte ihn an. Er nickte und erwiderte das Lächeln, und ich spürte die Hitze in meinen Wangen, während ich mich beeilte, den zweiten Lederstutzen anzubringen. Geduldig stand er neben mir und betrachtete meine Bemühungen, dann bedeutete er mir, ihm zu folgen.

Zu meiner großen Freude brachte er mich zu Yasmin, der freundlich schnaubend den Kopf hob. Der Stumme nickte, als habe er es erwartet, und zog den Sattelgurt nach. Ich wollte mich schon wieder bei ihm bedanken, aber irgend etwas hielt mich davon ab. Er stand beim Gurten dicht neben mir, und ich nahm zum ersten Mal seit langem die körperliche Nähe eines Mannes bewußt wahr. Bisher hatte ich seine Aufmerksamkeit als etwas Normales angesehen, als Freundlichkeit einer Touristin gegenüber, aber so langsam bemerkte ich, daß er sich nicht generell so verhielt. Hätte ich gestern noch denken können, seine Sorge galt Belel, so war heute klar, daß seine Sorge durchaus auch mir galt.

Aber dann rief ich mich zur Ordnung. Er war Araber und lebte von Touristen, und ich nahm keinen besonderen Platz in seinem Dasein ein.

Er wechselte die Seite und hielt den Steigbügel, damit ich aufsitzen konnte.

»Kommst du mit?« fragte ich plötzlich, die Frage war gestellt, bevor ich mich besonnen hatte. Er sah mich fragend an, und ich verlegte mich aufs Gestikulieren. Er lächelte und nickte, und mir wurde bewußt, wie sehr ich mich darauf gefreut hatte, wieder mit ihm zu reiten. Wie schön es gewesen war, daß er die Zicklein entdeckt und mir gezeigt hatte. Die Kinder vor der Schule. Das Minarett. Wie seine Augen leuchten konnten.

Okay, ich war in der Regel äußerst ehrlich, auch und erst recht mir selber gegenüber, aber jetzt war es an der Zeit, mich zur Ordnung zu rufen, und genau das tat ich auch. Ich ritt in der Mitte der

111

Gruppe, hinter einer kichernden Blondine, die mit Mehdi schäkerte, murmelte ab und zu mit Yasmin und versuchte, mich auf die Schönheit der kargen Landschaft zu konzentrieren.

Es gelang mir nicht. Natalie ritt am Schluß, sie würde nicht ständig kichern und reden, und sie warf auch nicht kokett die Haare über die Schultern. Also wartete ich auf eine Gelegenheit, auf eine Bucht am Wegesrand, dann scherte ich aus und ließ die Gruppe passieren, bevor ich hinter Natalie wieder einscherte. Mit Yasmin war das alles kein Problem, er tänzelte zwar, als die anderen Pferde ihn überholten, aber ich mußte nicht wirklich Kraft aufwenden, um ihn festzuhalten.

»Gefällt es dir da vorne nicht?« fragte sie, mit dem schönen Rotfuchs kämpfend, der unbedingt Yasmin ans Leder wollte. »Zuviel Parfüm in der Luft«, sagte ich und wackelte mit den Augenbrauen. Sie verstand. »Wir werden bestimmt noch einiges zu sehen bekommen«, sagte sie mit einem durchaus bösartig zu nennenden Unterton. Ich nickte, wohl wissend, daß sie es nicht sehen konnte, da ich hinter ihr ritt, aber es schien auch nicht so wichtig, wir verstanden uns auch so. Ich war ein bißchen unruhig, weil der Stumme nicht auftauchte, normalerweise war er schneller bei uns. Aber es sollten heute zwei Kutschen mit zum Markt kommen, die mußten fertig gemacht und auf den Weg gebracht werden, es waren Kinder dabei, sehr kleine sogar, und ihre besorgten und aufgeregten Eltern, und so etwas braucht halt Zeit. Vielleicht hatte ich ihn aber auch falsch verstanden. Oder er mich. Vielleicht hatte er mir das Buch nicht hingeschoben, um mit mir zusammen zu reiten, sondern um Geschäfte zu machen. Und aus dem gleichen Grund saß ich auch auf Yasmin: Damit ich wiederkäme. Damit ich mein Geld auf der Ranch ließ. Ich konnte es ihm nicht mal übelnehmen, er lebte von den Touristen, den Reitern. Im letzten Moment duckte ich mich unter einem Ast durch, den ich fast übersehen hätte, so war ich in Gedanken versunken. Yasmin schüttelte unwillig den Kopf, und ich tätschelte den grauen Hals. Wir kamen an der Kreuzung vorbei, an der wir gestern ausgeschert waren, damit wir galoppieren konnten. Sehnsüchtig sah ich den staubigen Weg entlang, und dann hörte ich tatsächlich die rasenden Hufschläge. Manchmal war es wirklich wie im Märchen. Der Geist aus der Flasche, erschienen wie gerufen. Ich wandte mich im Sattel um und sah den blauen Hengst heransprengen. Mittlerweile wußte ich sogar, warum das Pferd im Licht manchmal blau schimmerte, ich hatte Anka, meine Reitlehrerin gefragt. Das silbergraue Fell ließ die dunkle Haut durchschimmern, wenn das Tier zu schwitzen begann, und dadurch wirkte die Fellfarbe blau. Es war ein wunderschönes Pferd, schmal und hochbeinig, mit dunkler Mähne und Schweif und einem feinen Kopf. Der hoch angesetzte Schweif und der gebogene Hals, der hoch getragene Kopf und die geblähten Nüstern ließen ihn erscheinen wie eines der Pferde aus »Caravans«, edel und wild, heimisch in der Wüste.

Der Stumme saß mit einer beneidenswerten Sicherheit völlig entspannt auf dem nervösen Tier, das heftig mit dem Kopf schlug, als es langsamer werden sollte, sich bäumte und vor seinem eigenen Schatten sprang. Er lächelte mich an, während er die Kapriolen parierte, sein schönes, hartes Gesicht war heiter und gelöst. Warum reitest du hinten? fragte er und es brauchte zwei Anläufe, bevor ich ihn verstanden hatte. Dann zuckte ich die Schultern und deutete an, daß es mir gefiele. Um nichts in der Welt hätte ich zugegeben, daß ich seinetwegen hinten ritt, daß ich auf ihn gewartet hatte. Er lachte und zeigte dann, daß das Pferd verrückt sei. »Das sehe ich«, knurrte ich düster und runzelte die Brauen, während ich die beiden musterte. Ich selber saß auf dem relativ gelassenen Yasmin – wobei die Bedeutung des Wortes »gelassen« auf einem Berberhengst eine andere Dimension erhielt – und fühlte mich rundum wohl. Er grinste, schlenkerte ein bißchen mit den Beinen und ließ seine Blicke über das Land schweifen. Ich konnte nicht anders, ich mußte ihn angucken. Es machte mir Spaß, wie dieser Mann sich freute. Er strahlte etwas so Unverfälschtes aus. Er sah mich an und hob die Hand und deutete auf das links neben uns liegende freie Feld, auf dem Dromedare lagerten. Er hielt eine Hand hinter sein Ohr und deutete wieder auf die Dromedare. Ich nickte. »Ja, der Bursche ist ganz schön laut.« Eines der Tiere röhrte. Er nickte als Bestätigung, und dann, bevor ich so recht begriff, war passierte, stellte er sich auf den Rücken des blauen Hengstes, beschattete mit einer Hand die Augen und preschte plötzlich los, querfeldein. Fassungslos sah ich ihm nach. Das war nicht witzig. Was, wenn er stürzte? Was, wenn ihm etwas passierte? Was, wenn der blaue Hengst justament Kapriolen machte? Ich schloß die Augen. Einen Moment nur. Dann hörte ich Natalie: »Guck mal, sieht das nicht klasse aus?« Und die vor mir reitenden Frauen, wie sie raunten und murmelten und ihn bewunderten. Ich wußte, wie gut ihm die Bewunderung tun würde, könnte er sie doch nur hören. Aber ich glaube, er sah es. An den Blicken, an den Gesten. Er sah so viel mehr als unsereins.

Und ich gönnte es ihm. Aus ganzem Herzen. Ich freute mich, daß sie ihm applaudierten, daß er dem dreisten Mehdi die Show gestohlen hatte.

Aber als er wenig später das Pferd neben mir zügelte – jetzt wieder sitzend – und äußerst erfreut, ja, fast schon selbstgefällig grinste, fuhr ich ihn an: »Du bist verrückt!« und untermalte es mit den entsprechenden Gesten. Sein Grinsen vertiefte sich noch. Das Pferd? Ich verneinte und zeigte unmißverständlich auf ihn. »Du! Du bist verrückt! Dich auf ein solches Pferd zu stellen. Was wäre, wenn du gestürzt wärest?«

Er verneinte. Er würde nicht stürzen. Er könne die Zügel auch mit den Zähnen halten und wäre immer noch der Herr. Ich riß die Augen auf. »Echt?« Und er machte Anstalten, es mir zu beweisen. Schöne Zähne hatte er, makellos und weiß in dem dunklen Gesicht. »Nein, nein«, sagte ich hastig und hob eine Hand, um ihn zu stoppen, »ich glaube dir.«

Er ließ mich nicht aus den Augen. Du hast dir Sorgen gemacht. »Natürlich«, fauchte ich und verließ mich völlig auf die mir angeborene mediterrane Gestik, »du hättest stürzen können!« Und ein glückliches Strahlen überzog sein Gesicht.

Männer.

Es wurde rasch wärmer, als die Sonne höher stieg, der Weg war staubig, und ich hatte schon jetzt einen trockenen Mund. Ab und zu zuckte Yasmin, ich spürte, wie er versuchte, ein Tier abzuschütteln, wahrscheinlich hatte er einen Laufkäfer unter dem Bauch. Ich hangelte mich an der Seite des Tieres runter, so weit es meine bescheidenen Reitkünste zuließen, und strich über seinen seitlichen Bauch, in der Hoffnung, das Tier zu entfernen. Der Stumme grinste angesichts meiner Kunststücke, und ich guckte ihn hocherhobenen Hauptes an, ich fand mich ziemlich heldenhaft. Er schien jede Regung wahrzunehmen, es war, als würden wir auf einer mir bisher unbekannten Ebene miteinander kommunizieren, er las aus meinem Gesicht und meinen Gesten und ging darauf ein, und er machte es mir leicht, ihn zu verstehen. Er hatte flinke Hände und beredte Augen, und wir hatten viel Spaß auf diesem Ritt. Er hielt den Zweig einer Palme so lange fest, bis ich aus dem Gefahrenbereich war. Er wies mich auf die Dornen eines Busches hin und hieß mich, den Kopf meines Pferdes zu schützen. Und natürlich meinen eigenen, wie er grinsend hinzusetzte. »Schelm«, knurrte ich und wurde von einem merkwürdigen Blick aus hellbraunen Augen belohnt. Ich ließ meine Brille auf die Nase zurückrutschen und zwang meine Mundwinkel, ein wenig Abstand von den Ohrläppchen zu halten.

Von Zeit zu Zeit ritt er nach vorne, um mit Mehdi zu reden und zu gucken, ob alles in Ordnung war, kehrte aber immer wieder zurück. Ich nahm es einfach zur Kenntnis. Manchmal blieb er auch auf Höhe von Natalie und redete mit ihr, sie hatte ebenfalls wenig Verständigungsschwierigkeiten. Er war ernster, wenn er mit ihr redete, lachte und scherzte nicht ganz so viel, war überlegter. Ich bemerkte durchaus, wie er versuchte, mit allen Reitern ins Gespräch zu kommen, Ratschläge zu geben, Tips, aber selten eine Reaktion oder eine Antwort erhielt. Die meisten verstanden ihn nicht oder wollten ihn nicht verstehen. Berührungsängste, dachte ich bei mir.

Kurz bevor wir den Markt erreichten, trafen wir auf die beiden Kutschen, die einen sehr viel kürzeren Weg genommen haben mußten, wir waren nämlich teilweise ein recht flottes Tempo geritten. Der Stumme gesellte sich zu den Kutschen, redete mit dem Fahrer, ein ganz junger Mann noch, der sehr schüchtern wirkte und immer von unten nach oben guckte, was mich wiederum irritierte. Aber er war -soweit ich wußte – sehr nett. Jetzt lachten und gestikulierten die beiden Männer, und eine Unbeschwertheit schwang bei ihrer Unterhaltung mit, daß ich mir plötzlich sehr alt und merkwürdig steif und erwachsen und ernst vorkam.

Der Stumme scherzte und schäkerte mit einem kleinen Jungen, der auf dem Sitz der Kutsche stand und ihn fasziniert betrachtete, dann lachte und winkte und schließlich die Arme nach ihm ausstreckte. Die Mutter umklammerte den kleinen Körper und war sichtlich beunruhigt, während der Mann den Hengst näher an die Kutsche heranzwang und einen Arm ausstreckte. Der kleine Junge griff sofort nach dem braunen Arm, die Mutter schrie nach dem Kutscher, der verwirrt reagierte und die Pferde zügelte, was unsere geordnete Reihe wiederum verwirrte. Nervös begannen die Pferde zu tänzeln, Emir vor mir scheute und bäumte sich auf, Yasmin reagierte ebenfalls, aber eher mit Temperament und Übermut als mit echter Panik oder Wut auf einen der anderen Hengste. Ich beruhigte ihn schnell und wünschte mir gleichzeitig, ich könnte die panische Mutter beruhigen. Der Kleine, der gar nicht bemerkte, daß er die Ursache der Unruhe war, machte Anstalten, die Kutschenwand hochzuklettern. Ich sah die Augen des Stummen leuchten, als er sich vorbeugte, die Muskeln und Sehnen auf seinem Arm traten deutlich hervor, als er der Mutter das Kind aus den Armen hob und vor sich in den Sattel setzte. Einen Moment konnte ich sehen, wie das Kind sich an den braunen Arm klammerte, dann aber den Kopf wandte und den Mann hinter sich mit stummen Entzücken anschaute und sich fester an ihn drückte. Die Hände fanden in der dunklen Mähne des Pferdes Halt, und er grinste breit und ein wenig frech, als sie an der Kutsche mit seiner Mutter vorbeiritten. Er war völlig unbefangen, zeigte dem Mann dieses oder jenes, plapperte, fragte und wagte es sogar, mit einer Hand die Mähne loszulassen, um den Hals zu streicheln. Ich sah, wie der Mann den Kopf neigte, um das Kind anzusehen, ich sah sein blauschwarzes Haar neben dem blonden Schopf des Jungen, sah das Strahlen in dem Gesicht des Kindes und das Glück in den Augen des Mannes, der alles um sich herum vergessen hatte, der nur noch dieses Kind sah, mit ihm redete und lachte.

Ich wünschte, jemand würde mich einmal so angucken. Ich wünschte, ich wäre in der Lage, dieses Strahlen in den Augen hervorzurufen. Ich wünschte, der schwarze Schopf würde sich so mir zuneigen, mit dieser Ausschließlichkeit.

Ich tauchte aus meiner Versunkenheit erst wieder auf, als Yasmin unwillig zu tänzeln begann. Emir war ihm zu nahe gekommen, und ich wollte den Abstand wiederherstellen, aber Natalie hielt mich zurück. »Ist es nicht verblüffend?« fragte sie, und auch sie ließ den Mann auf dem blauen Hengst nicht aus den Augen, »wieso verstehen die Kinder ihn? Die beiden haben überhaupt keine Schwierigkeiten.« »Die Mutter dafür aber um so mehr«, bemerkte ich trocken und wies mit dem Kinn auf die blonde Frau, die nicht einen Blick von ihrem Sohn wandte, der sie wiederum mit absoluter Nichtachtung strafte, viel zuviel gab es zu sehen, zu entdecken. »Nein, mal im Ernst: Kinder lernen zuerst die nonverbale Konversation, bevor sie sprechen lernen und sich damit ausdrücken. Sie verlassen sich die ersten Jahre ihres Lebens völlig darauf, was Mimik und Gestik des anderen aussagen. Das haben wir Erwachsenen schon wieder vergessen. Diese Art der nonverbalen Konversation wird von uns verdrängt, wir brauchen sie im Alltag einfach nicht mehr oft, wir kommunizieren über Telefon und Computer.«»Woher weißt du das?«»Ich hab'darüber gelesen.«

Sie nickte.»Ist ja irgendwie auch einleuchtend.«

Es fiel mir schwer, nicht auf den Mann und das Kind zu blicken, wobei ich noch erwähnen muß, daß mir Kinder noch gleichgültiger als Männer waren. Es war das Glück, das er ausstrahlte, was mich so faszinierte. Einmal wandte er den Kopf, und bevor ich ausweichen konnte, trafen sich unsere Blicke. Ich habe nicht verstanden, was er mir sagen wollte, aber es tat weh. Einen schrecklichen Moment lang spürte ich sein schmerzhaftes Glück über diesen einen Augenblick, über dieses Gefühl, das die Zuneigung des Jungen in ihm auslöste, dann lächelte ich mühsam und spürte, wie meine Augen begannen zu brennen.

Wir ließen die Pferde auf einem trockenen Stück Land zurück. Die Männer halfen uns, die Tiere anzubinden. Besorgt betrachtete ich eine herausragende tote Wurzel, die den empfindlichen Beinen Yasmins so nahe war, und konnte mich nicht entschließen, ihn so stehen zu lassen. Der Stumme erschien neben mir, berührte vorsichtig meinen Arm und hieß mich mitkommen. Ich schüttelte besorgt den Kopf, griff nach der Wurzel und deutete auf Yasmins Beine. Er schüttelte den Kopf. Ich habe ihn angebunden, es kann nichts passieren.

Er könnte sich verletzen, wandte ich ein, wobei ich meinen Gesten mehr Nachdruck verlieh.

Nein, ganz sicher nicht.

Eine Hand unter meinem Ellenbogen. Komm mit. Ich warf einen letzten Blick auf Yasmin und folgte ihm dann. Er ließ mich los, und erstaunt hob ich den Kopf, seine Berührung erschien mir so vertraut, daß ich es erst bemerkte, als er mich losließ.

Ich passe auf ihn auf, versicherte er, und ich glaubte ihm.

Wir versammelten uns mit allen Touristen in dem Café auf dem Marktplatz, tranken Kaffee und Wasser und die Hartgesottenen sogar Feigenschnaps. Natalie trank Kaffee aus kleinen Gläsern, sie behauptete, es sei so etwas ähnliches wie türkischer Mokka und würde Tote wieder aufwecken, ich begnügte mich mit Wasser. Nur Mehdi saß bei uns, er flirtete offen und unverschämt mit der Blonden, die sichtlich beeindruckt und entzückt war und mächtig viel kicherte. Als er mir einmal die Hand auf die Schulter legte, schüttelte ich sie wieder ab, mir waren seine Berührungen nicht angenehm. Er nahm es relativ gleichgültig hin, und ich hoffte, er würde jetzt, wo er die Blonde becirct hatte, nicht so feindselig auf mich reagieren. Nicht, daß es mir besonders wichtig war, aber ich schätzte diese Feindseligkeiten nicht.

»Ihr habt zwei Stunden Zeit«, verkündete Mehdi, »dann treffen wir uns bei den Pferden wieder. Ihr könnt viel kaufen, viele gute Sachen für Touristen hier.« Du kleiner Mistkerl, dachte ich angesichts seiner seltsamen Betonung, verkniff mir aber jeglichen Kommentar.

Der Markt war voll, und es war warm, und die Händler waren mir lästig. Staub hing in der Luft, und ich wünschte mich weit weg und fragte mich, welcher Teufel mir wohl diesen Ausflug ins Öhrchen geflüstert hatte. Zu allem Überfluß begann sich natürlich meine Blase bemerkbar zu machen, klar, nach den Bechern voll Kaffee und Wasser, die ich schon in mich reingeschüttet hatte. Ich hatte nicht wirklich Lust, mit einer Horde kichernder Frauen an jedem Stand stehenzubleiben und mich von den Händlern begaffen und anfassen zu lassen Als wir bei den Gemüsehändlern ankamen, erstand ich zehn Orangen und zehn Äpfel, sagte Natalie Bescheid und verkrümelte mich. Ich wollte zurück zu den Pferden, mich einen Moment in den Schatten setzen und ausruhen. Und vielleicht einen entsprechenden Busch finden.

Erstaunt und enttäuscht registrierte ich, daß die Pferde und Kutschen allein und unbewacht auf dem Areal standen. Ich hatte gedacht, die Männer wären dort. Na gut, ich hatte gehofft, den Stummen zu treffen. Statt dessen hockte ich mich alleine in den Schatten, zerteilte einen Apfel und gab ihn Yasmin, was das Pferd umgehend aus seinem seligen Schlummer riß. Begeistert schnob er mir in den Nacken und begann, behutsam am Kragen des Poloshirts zu zupfen. Ich zerteilte noch einen Apfel und wurde als Dank angeschubst. Noch während ich überlegte, eine Orange zu schälen und damit klebrige Finger zu riskieren, tauchte er neben mir auf, flink und leise und sichtlich besorgt.

Was machst du hier? Ich hob die Schultern, legte den Kopf in den Nacken und sah zu ihm auf.

Bist du müde? Nein. Er hockte sich vor mich hin, die Augen forschten in meinem Gesicht, ich nahm die Sonnenbrille ab, um ihn zu beruhigen. Einen Moment noch sah er mich an, dann schien er tatsächlich beruhigt.

Ich schob den Beutel mit den Orangen zu ihm. Er zögerte. Ich nahm den Apfelbeutel und legte ihn ihm zu Füßen. Er lächelte. Ich nahm eine Orange und drückte sie ihm in die Hand. Ein knappes Nicken: Danke. Mit flinken Fingern begann er, die Frucht zu schälen, teilte sie und gab mir die Hälfte ab. Der Kutschenfahrer kam auf das Areal, sah uns und zögerte. Der Mann hob die Hand und winkte ihm zu, und der Umhang öffnete sich ein wenig. Vor seiner Brust hing an einer roten Kordel ein Button, auf dem unschwer das Logo des Clubs zu erkennen war und darunter sein Name. Ich hob eine Hand, und er verharrte sofort, abwartend, was ich vorhatte. Ich griff nach dem Button.

»Farouk«, las ich laut, »jetzt weiß ich endlich deinen Namen.« Und einen Moment lang lag meine Hand auf dem harten Knochen seines Brustbeines, spürte ich seine Wärme, seinen Herzschlag.

»Farouk ...« Er sah mich an, und in seinen lichtbraunen Augen entdeckte ich etwas, was ich umgehend negierte, was ich nicht sehen und nicht wissen wollte, obwohl es zweifellos vorhanden war.

Farouk.

Der Kutschenfahrer kam näher, ein wenig zögernd, wie es schien. Ich lächelte ihm entgegen, ein Lächeln sprach Bände, ich wußte es wohl. Mit einem freundlichen Gesicht sprach man die Menschen hier an, sie reagierten sofort, es schien ihrem Naturell zu entsprechen. Er hockte sich zu uns, und ich schob ihm auch die Früchte zu. Ich wußte nicht, was sie verdienten, ich tat es nicht, um anzugeben, um meinen Reichtum – denn zweifellos hielten sie uns Touristen für reich – zur Schau zu stellen, ich teilte, weil es Spaß machte, mit ihnen zu teilen. Und weil Farouk mit mir teilte. Weil er soviel Freude am Leben, soviel Liebe zu seinen Pferden und den Tieren und dem Land mit mir teilte. Der Kutschenfahrer war sehr jung, ein Kind fast noch, und ein wenig schüchtern, aber es dauerte nicht lange, und wir unterhielten uns. Der zweite Kutschenfahrer kam auch an, um sich zu uns zu gesellen. Stockte am Anfang die Kommunikation auch oft noch, weil ich eine Ausländerin war, eine Touristin, so änderte sich das Verhalten der Männer bald, sie bezogen mich mit ein, wir lachten viel und gestikulierten, und Farouk beteiligte sich so lebhaft an der Unterhaltung, wie ich ihn selten erlebt hatte. Es war für mich schön zu erleben, daß er hier, im vertrauten Kreis, durchaus anerkannt wurde, ja, um Rat gefragt wurde. Komischerweise schienen die beiden Kutschenfahrer auch nicht wirklich wahrzunehmen, daß er nicht sprach, sie kannten es nicht anders und konnten wie ich seine Gestik interpretieren, es fiel ihnen nicht schwer. Yasmin ging es ebenfalls gut, er stieß von Zeit zu Zeit mit seinem Schädel gegen meinen Rücken und bekam einen Apfelschnitz oder ein begütigendes Wort oder wurde gestreichelt.

Momo, der ganz junge Fahrer, ging zur Kutsche, um Wasser zu holen, der andere folgte ihm rasch, etwas erzählend. Farouk wandte sich mir zu, er lächelte und war gelöst. Geht es dir gut? fragte er und ich nickte. Deine Hände? Erstaunt sah ich auf. »Meine Hände sind in Ordnung«, sagte ich und wies sie vor, nicht verstehend, was er bezweckte.

Er nahm meine Hände in seine und betrachtete sie aufmerksam, als suche er nach Blasen oder Scheuerstellen. Verwirrt musterte ich sein Gesicht. Die gesenkten Wimpern bildeten einen perfekten Halbkreis auf den Wangen, die hohen Jochbögen, die fein gezeichneten Lippen. Er strich über meine Handflächen, und ich zuckte ein wenig. Er sah auf, nicht sicher, ob das Zucken Ablehnung war, und ich zog vorsichtshalber meine Hände zurück. So viele Fragen in den schönen Augen, die ich nie beantworten würde. Die Erinnerung an sein hartes Brustbein, an die Wärme unter dem Shirt. Ich senkte den Kopf, ich wollte seinem Blick nicht begegnen, ich wußte, daß er in mir las wie in einem offenen Buch. Er ließ meine Hände los. Ich preßte die Lippen zusammen und wünschte verzweifelt, mir würde irgend etwas einfallen, um die Situation zu entspannen. Aber vielleicht empfand auch nur ich diese Spannung, vielleicht hatte er gar keine Hintergedanken, vielleicht war ich auch nur eine dieser verrückten Touristinnen, die sich einbildeten ... oh Gott ... Er lächelte. Seine Hände machten eine beruhigende Geste, ähnlich hätte er bei einem nervösen Pferd reagiert. Ich sah ihn an und lächelte und wünschte, ich würde nicht so seltsam reagieren. Aber in seinen Augen war nur Verständnis und Güte, so albern es sich auch anhört.

Als die Kutschenfahrer zurückkehrten, hatte ich mich schon wieder beruhigt, mit mir selber geschimpft und mich zu Disziplin und Ordnung gerufen, die ich sonst so mühelos beherrschte. Wir saßen noch zusammen, bis die Reiter und auch Mehdi so nach und nach eintrafen und es Zeit wurde, die Pferde und Kutschen wieder fertig zu machen.

Ich nahm das Obst und drückte es Farouk in die Arme. Er nahm es an sich und wandte sich ab, um es in eine der Kutschen zu legen. Ich hielt ihn zurück. »Es ist für dich«, sagte ich. Er zögerte angesichts der Eindringlichkeit meiner Gesten. Ich berührte die Früchte und zeigte auf ihn. »Du wirst das Obst behalten, ich schenke es dir.« Zögernd sah er auf die Früchte, dann auf mich. Ich nickte. Er deutete auf sich, und ich nickte noch einmal. Er neigte den Kopf. Danke.

Als ich den Sattelgurt nachzog und die dunkle Mähne zauste, stand er schon wieder neben mir. Alles okay?, und ich nickte. Mehdi musterte uns mißtrauisch, aber ich lächelte verbindlich und wandte mich ab. Sollte er doch denken, was er wollte.

Es dauerte einige Zeit, eh die Pferde und die Kutschen wieder auf dem Weg waren. Natalie zeigte mir noch ihre Einkäufe, sie hatte einen Aschenbecher und ein Windlicht und eine große, wunderschön lasierte Obstschale gekauft und war froh, alles in den Kutschen verstauen zu können. Ich gab ihr Recht, die Dinge waren wirklich schön, und wenn ich gewußt hätte, was ich damit sollte, hätte ich mir sicher auch noch was gekauft. Mehdi kam zu mir und nahm Yasmin am Zügel. »Du reitest vorne«, bestimmte er, und ich widersprach ihm nicht. Sobald wir auf dem Weg waren, würde ich wieder nach hinten gehen. »Hast du nichts gekauft? Ist extra für reiche Touristen, der Markt. Können etwas tun für unser armes Land.« Ich sah in seine harten dunklen Augen. »Siehst du, deswegen konnte ich nichts kaufen: Ich bin nicht reich.« Er verzog das Gesicht, und ich war mir sicher, daß sich seine Abneigung nicht auf mich beschränkte, sondern daß sie Touristen im allgemeinen umfaßte. Die Gründe kannte ich nicht, und sie interessierten mich auch nicht. Er war ein harter kleiner Bursche, durchaus attraktiv und würde mit Sicherheit immer wieder auf die Füße fallen, er war der Typ Mann, der sich durchzusetzen wußte. Jetzt, gegen Mittag, war es wirklich heiß geworden, und ich war froh, daß ich mir die Pause im Schatten und die vielen Orangen gegönnt hatte. Natalie ritt vor mir, sie unterhielt sich lebhaft mit Farouk, lachte und scherzte mit ihm, und es tat mir gut, zu sehen, wie er auflebte, wenn jemand auf ihn einging, sich die Mühe machte, ihn zu verstehen. Ich schwöre, es war Zufall, daß ich die beiden musterte, wie sie vor mir ritten, Farouk halb seitlich. Ich versuchte nicht, ihr Gespräch zu verstehen, es interessierte mich nicht, es reichte mir, sein Lachen zu sehen und ihr fröhliches, ihm zugewandtes Gesicht.

Meine Gedanken schweiften ab, auf Yasmin konnte ich es mir leisten, die Flora und Fauna zu betrachten, die vereinzelten Häuser und die wenigen Tiere, die nach spärlichen Halmen suchten. Mein Blick striff den blauen Hengst, der zwischen den Hinterbacken schäumte und blieb an Farouk hängen.

Er trug eine weiche, weite, helle Hose und der blaue Umhang war seitlich verrutscht, sein Slip zeichnete sich ab und der wundervolle Schwung, mit dem der Po in den Oberschenkel überging. Der lange Muskel des Oberschenkels arbeitete deutlich sichtbar, und ich konnte einfach nicht meinen Blick abwenden. Wenn ich hätte zeichnen können, er wäre ein wunderschönes Motiv gewesen. Aber ich konnte nicht zeichnen, und er war nicht nur ein Motiv. Er war ein Mann, und ich bemerkte es bewußt, wie ich auch die Eleganz bewußt wahrnahm, mit der er auf dem Pferd saß. Er bestand nicht nur aus lichtbraunen Augen und Händen, die so flink zu gestikulieren wußten. Er war ein Mann.

Rasch konzentrierte ich mich wieder auf Yasmin. Meine Phantasie ging ganz entschieden zu weit.

Und dennoch: Einmal hatte ich den Gedanken zugelassen, und schon bestürmten mich die Bilder. Er würde einen glatten Körper haben, kaum behaart. Schön geschwungene Brust- und Schultermuskulatur. Einen fein gezeichneten Bauch. Und man würde die Hüftbeuger sehen können, die die Scham begrenzten. Ich schluckte. Das durfte nicht wahr sein: Da war ein Mann einmal nett zu mir, und schon erging ich mich in sexuellen Phantasien.

Yasmin scheute heftig, brach nach links aus und bäumte sich auf. Erschrocken und beschämt preßte ich die Schenkel an den Sattel, verlagerte mein Gewicht und zügelte ihn. Ich wußte nicht, ob er sich wirklich erschrocken hatte oder ob ich einen Fehler gemacht hatte. Ich redete beruhigend auf ihn ein, und einen Moment stand er ganz still, bevor er sich zum Weitergehen überreden ließ.

Farouk war sofort an meiner Seite. Alles okay? Ich schluckte und nickte und war froh über meine verspiegelte Brille. Er war beunruhigt, ich merkte es sehr wohl. Alles in Ordnung, zeigte ich an. Er sah mich an, und es gab vieles, was er wissen wollte, aber diesmal verweigerte ich den Kontakt. Ich lächelte nichtssagend und tätschelte den grauen Hals, entschuldigte mich stillschweigend bei dem Tier.

»Hallo?!« sagte Sophie, »jemand zu Hause?«

Wir saßen in dem vor Leben schier überquellenden Speisesaal und genossen unser gemeinsames Mittagessen. Ich schrak aus meinen Gedanken auf und lächelte zerstreut und entschuldigend. »Was hast du gesagt?« »Du hörst mir nicht zu«, beschwerte sie sich. »Ach ... ich hab gerade nachgedacht.« »Das habe ich gemerkt. Laß mich raten: Lars, 32 Jahre alt, ein blonder Wikinger, nicht verheiratet.«

Verständnislos musterte ich meine schöne Freundin. »Wovon redest du?« Sie setzte sich auf und verengte die Augen. »Du hast nicht an den gutaussehenden, breitschultrigen Mann gedacht, der dir seit Tagen hinterherläuft? Und ich dachte, daß du deswegen nichts ißt.« »Mir läuft jemand hinterher?« Sie seufzte gequält. »Im übrigen esse ich sehr wohl«, fügte ich noch hinzu und starrte auf die zerfetzte Grapefruit, die auf meinem Teller lag. »Du ißt Joghurt und Obst und Obst und Joghurt. Dabei gibt es heute sogar Steaks. Und Lasagne, dein Lieblingsessen. Und diverse Salate, nach denen du dir sonst alle zehn Finger geleckt hast. Daraus schließe ich messerscharf, daß du verliebt bist. Und wenn nicht in den Wikinger, in wen denn sonst?« Ich verneinte. »Ich bin nicht verliebt, weder in diesen Wikinger noch in sonstwen. Es ist einfach zu warm um zu essen.« »Es war dir noch nie zu warm zum Essen. Du hast in den paar Tagen schon abgenommen, ich kann es sehen.« »Quatsch.« Das war eine heimliche Befürchtung von mir: Ich wollte nicht noch dünner werden.

»Aber ja. In dem Maße, in dem ich aufquelle, wirst du dünner. Guck dich doch mal an, man sieht jeden Knochen in deiner Hand und auch die Rippen auf deinem Dekolleté fangen an, sich abzuzeichnen.« Unwillkürlich tastete ich über mein Dekolleté, welches sich aber nicht anders anfühlte als noch vor ein paar Tagen. »Sophie, das stimmt einfach nicht«, sagte ich unbehaglich, und ein schwacher Verdacht striff mich: War es ein wenig Neid, der sie so sprechen, so reagieren ließ? Ich wußte, wie sehr sie unter dem Gewicht litt, das sie mit rumschleppte. »Nimm wenigstens noch

Nachtisch«, verlangte sie, aber ich schüttelte den Kopf.»Oder wirst du krank? Fühlst du dich nicht gut?«»Doch, ich fühle mich sehr gut. Mir ist nicht übel, und ich habe auch keinen Durchfall. Es ist mir einfach zu warm. Außerdem habe ich auf dem Ausritt etwas gegessen.«»Warst du mit zum Markt?« Ich nickte.»Und? Hat es dir besser gefallen als damals mit mir?«»Herrgott, Sophie, was ist los mit dir?« platzte ich heraus,»so kenne ich dich gar nicht. Gefällt es dir nicht, daß ich reite? Was gefällt dir nicht? Was ist LOS?« Beschämt senkte sie den Kopf.»Tut mir leid.« Ich wartete ab. Sie sah auf, musterte die Tischdekoration mit ungeheurem Interesse, spielte mit dem Salzfaß, dann mit ihrem Besteck. Sah sich um, ob auch niemand zuhörte und neigte sich dichter zu mir. »Ich fühle mich entsetzlich«, sagte sie leise,»einfach schrecklich.« Vor meinem geistigen Auge tauchten umgehend Schreckensbilder auf von Frühgeburten, vorzeitigen Wehen, Blut, Schmerzen.

»Sophie, was ist passiert?«»Eigentlich gar nichts«, behauptete sie hastig, als sie meine Besorgnis bemerkte,»ich fühle mich nur so aufgepumpt und nichtsnutzig. So völlig überflüssig. Ich hab' gedacht, als werdende Mutter laufe ich den ganzen Tag mit einem glückseligen Strahlen durch die Welt, bin unantastbar und fühle mich nur gut. Aber so ist das nicht.« Ich sah sie an, nicht sicher, wie ich reagieren sollte. Sie war so glücklich gewesen, hatte sich so sehr auf das Kind gefreut. Was war passiert? Sie seufzte.»Ich fühle mich nicht glücklich, und ich freue mich nicht darauf, Mutter zu werden. Ich will mein altes Leben wiederhaben, ich will unbeschwert mit Fethi zusammensein können, das Leben genießen, tanzen bis in den Morgengrauen. Wer weiß, wann ich wieder tanzen gehen kann. Und ob ich je wieder tanzen gehen will. Wenn ich mich jetzt angucke, halte ich es für absolut ausgeschlossen. Fett und unförmig, aufgeschwemmt. Wieso guckt Fethi mich überhaupt noch an? Es laufen so viele gutaussehende junge Frauen hier herum.« Verzweifelt stützte sie den Kopf in die Hände und verbarg ihr Gesicht.

»Ich verstehe dich nicht«, sagte ich etwas unbeholfen.»Du bist doch wunderschön. Wenn Fethi eine andere Frau hätte haben wollen, hätte er sich doch nicht so sehr in dich verliebt. Dann hätte er das Kind nicht anerkannt und nicht haben wollen. Dann hätte er dir nicht umgehend einen Heiratsantrag gemacht. Du bist etwas ganz Besonderes, und das weiß er. Du bist intelligent und schön und warmherzig, lebensfroh und charmant. Du bist genau die richtige Frau für ihn. Und er liebt dich, ich meine, das sieht ein Blinder auf zehn Meter Entfernung. Du hast dich so sehr auf dieses Kind gefreut, es kann doch wohl nicht allein daran liegen, daß du einen dicken Bauch bekommst, daß du dich so hängen läßt. Was steckt wirklich dahinter?«»Ich bin HÄßLICH«, begehrte sie auf.

»Naja, wenn du mit einem Gesicht wie drei Tage Regenwetter rumläufst, ist da ein Körnchen Wahrheit dran«, sagte ich so unbeeindruckt wie möglich, »warum kommst du nicht heute nachmittag mit mir an den Strand, wir kapern uns zwei Liegen im Schatten, und du bekommst etwas Farbe. Dann legen wir deine Beine hoch und machen von mir aus heute abend auch kalte Wickel. Und dann wirst du dir etwas mächtig Hübsches anziehen und ausgehen. Mit mir oder mit Fethi oder mit uns beiden, wie auch immer. Aber du wirst mal wieder aus deinem Schneckenhaus kommen und aufhören, dich selber zu bemitleiden. Ich weiß sowieso nicht, wie du dich so weit da reinsteigern konntest. So einen Blödsinn habe ich von dir ja noch nie gehört.« Es war für meine Verhältnisse eine immens lange Rede, aber sie zeigte umgehend Wirkung. Ihre Augen blitzten, als sie sich aufrichtete und mich ansah.

»Ich ergehe mich keineswegs in Selbstmitleid. Du weißt ja gar nicht, wie das ist, so fett und unförmig in dieser Hitze rumzulaufen.«»Nein«, gab ich zu, »und es interessiert mich auch nicht besonders. Freu dich schon mal auf das Sportprogramm, das ich für dich ausarbeiten werde. Du wirst innerhalb kürzester Zeit wieder deine alte Figur haben, ich schwöre es.« Sie sah zwar skeptisch aus, widersprach aber nicht mehr. Und sie kam nach dem Mittag mit mir an den Strand, lümmelte sich auf einer der Liegen und betrachtete interessiert ihre Umgebung. Es dauerte gar nicht lange, da begann sie, in altvertrauter Manier über die Menschen, die sich tummelten, zu lästern. Schließlich stellte sie sogar zufrieden fest: »Ich bin zwar schwanger, aber eine wirklich schlechte Figur habe ich nicht.« Ich seufzte theatralisch. »Fein, daß du das auch schon merkst.« Sie kicherte und bedrohte mich mit der Flasche mit Sonnenöl. »Was hast du eigentlich gestern abend gemacht?« fragte sie dann. »Gestern abend? Die ganze letzte Nacht, meinst du wohl.« Sie richtete sich auf. »Die ganze letzte Nacht? Also doch der Wikinger … Erzähl schon: Was habe ich versäumt?« »Eigentlich gar nichts …« Ich neckte sie noch etwas, um sie auf die Folter zu spannen, bevor ich mit meinem höchst übertriebenen Bericht über die Vorkommnisse im Nightclub begann. »Ach, ich wäre gerne dabeigewesen«, seufzte sie und reckte sich ausgiebig. »Nächstes Mal«, tröstete ich sie, »wir besorgen uns einen Babysitter und starten eine wilde Fete, genau wie in unseren besten Zeiten.« Sie richtete sich auf und musterte mich über den Rand ihrer Sonnenbrille. »Du wirst also wiederkommen?« »Natürlich«, sagte ich erschrocken, »oder willst du mich nicht hier haben?« »Doch, doch, natürlich. Ich hatte befürchtet, du würdest nicht wieder kommen wollen. Weil ich doch nicht gerade eine anregende Gesellschafterin bin.« »Sophie, ich wäre todunglücklich, wenn ich nicht wieder kommen dürfte. Du bist doch seit zwanzig Jahren meine Freundin, sollte sich das jetzt ändern? Eine so lange Zeit wischt man doch nicht einfach weg. Außerdem freue ich mich auf dein Baby.« Sie seufzte. »Dann ist ja gut.« Einen Moment schwieg sie, betrachtete ihre lackierten Zehennägel, dann kam sie wieder auf das ursprüngliche Thema zurück: »Du hast mir immer noch nicht erzählt, an was du gedacht hast und warum du nicht richtig ißt.« Ich verneinte. »Es gibt nichts zu erzählen. Ich war einfach in Gedanken, nichts Besonderes. Und es war mir zu warm zum Essen. Außerdem hatte ich auf dem Markt etwas gegessen.« Niemals hätte ich zugegeben, um was meine

Gedanken kreisen. Auch nicht Sophie gegenüber. Denn selbst wenn sie sich in einen Araber verliebt hatte, so vermutete ich doch, daß sie es nicht gutheißen würde, daß sich meine Gedanken um einen taubstummen Araber drehten. Außerdem wußte ich selber nicht so genau, warum ich immer wieder an ihn dachte. In nüchternen Momenten war ich fest überzeugt, daß ich mir seine Aufmerksamkeit einbildete. Wahrscheinlich sorgte er sich um das Pferd. Oder um sonstwas. Immerhin hatte er ja auch Verantwortung für uns Touristen.

»Sei bloß vorsichtig«, sagte Sophie träge, » du kannst nicht einfach auf diesen Märkten etwas kaufen und essen.«»Es waren Orangen. Ich dachte, da kann mir nichts passieren.«»Nein«, stimmte sie zu,»Orangen sind in Ordnung.«

Wir schwiegen so lange, daß ich anfing, einzudösen, die lange Nacht mit dem wenigen Schlaf und der anstrengende Ritt in der Hitze forderten nunmehr ihren Tribut.

»Ich hatte mir meine Hochzeit irgendwie anders vorgestellt«, sagte sie dann plötzlich.»Es ist irgendwie ziemlich peinlich, mit einem dicken Bauch vor den Schwiegereltern zu stehen.«»Meinst du nicht, daß es ziemlich unwichtig ist?«»Nicht in einem so religiösen Land.«»Doch, Sophie. Wenn es so wichtig wäre, wie du denkst, würden deine Schwiegereltern der Hochzeit fernbleiben. Würde Safina dich nicht besuchen und dir Ratschläge geben. Denk an Fethi und daran, wie glücklich er ist. Der Rest ist egal.« »Du hast leicht reden. Du liebst keinen Araber, du tanzt nicht auf dem Seil, bewegst dich nicht zwischen den Welten.«

»Nein«, gab ich einsilbig zu und verscheuchte umgehend unliebsame Gedanken. Nein, ich liebte keinen Araber. Ich war frei. Ich kehrte wieder nach Deutschland, nach Norddeutschland zurück, völlig unberührt. Kehrte zu meinem eigentlichen Leben zurück. Es würden keine Spuren bleiben.

Oh Herrgott, mach, daß ich es glauben kann.

Wir feierten an diesem Abend wieder im Nightclub und es ging wieder bis in die frühen Morgenstunden, und ich beschloß, nicht zum Reiten zu gehen. Ich war sowieso nicht angemeldet, und auch wenn ich wirklich Lust hatte, am Strand entlang zu galoppieren, so schien es mir doch ratsam, meine überhitzte Phantasie etwas zu kühlen. Lars, der Wikinger, versuchte tatsächlich, mit mir anzubändeln, ich hatte gehofft, ich könnte mich elegant aus der Affäre ziehen, mußte aber doch energischer werden. Er nahm es mir nicht übel. Nicht, daß es mich besonders berührt hätte, aber so war es doch angenehmer, er war ein netter Mann, und ich lachte gerne mit ihm und konnte wunderbar reden, er hatte viel Humor und eine blühende Phantasie. Aber ich war nicht verliebt, und ich hatte keine Lust auf einen One-Night-Stand oder einen Urlaubsflirt. Ich wollte auch nicht weiter darüber nachdenken. Wir hatten viel Spaß, auch Natalie war wieder dabei und noch so einige andere nette Leute, wir tanzten, lachten und tranken bis in den frühen Morgen, und als der Club dichtmachte, lagerten wir noch am Swimmingpool mit einer ganzen Gruppe, unter anderem auch die Honigblonde von heute morgen. Eigentlich wollten wir nur eine letzte Zigarette rauchen, aber dann kam irgend jemand auf die Idee, man könne doch schwimmen gehen. Eine Frau lachte kreischend, ein anderer machte laut »psssst!« was ein neuerliches Lachen zur Folge hatte, und dann fingen die ersten an, sich auszuziehen. Ich lehnte mich zurück und betrachtete das Chaos amüsiert und auch ein wenig ernüchtert. Die Blonde zog sich aus, sie war ziemlich angetrunken, und ich überlegte, ob es überhaupt zu vertreten sei, sie schwimmen zu lassen. Was, wenn ihr etwas passieren würde? Aber es war nicht mein Problem, ich war noch nicht so alt, daß ich Verantwortung für ein paar Verrückte übernehmen wollte. Natalie sah mich an und schüttelte leicht den Kopf, ich verneinte ebenfalls. Feiern war prima, aber das hier ging mir auch zu weit. Wir zogen uns langsam und unauffällig zurück, ich sah allerdings noch, daß die Blonde eine wirklich tolle Figur hatte, die sich Lars aufdrängte, der wiederum nicht abgeneigt schien. Warum auch? Sie hatte genau die üppigen Brüste, die ich immer gerne gehabt hätte. Allerdings hatte sie auch üppige Hüften, die ich nun wiederum nicht zu schätzen wußte. »Rauchen wir noch eine«, sagte Natalie, und ich nickte. »Komm mit, wir setzen uns auf meine Terrasse.« Ich hatte noch eine Flasche Wein in der Kühlung und öffnete sie, ein Schlummertrunk sozusagen. Das war der Vorteil, wenn man privat wohnte. Natalie würde keinen Wein zur Verfügung haben. Es war eine wunderschöne, friedliche Nacht, eine ganze Zeit saßen wir schweigend zusammen, dann fragte sie, ob ich Farouk schon länger kennen würde. »Nein«, sagte ich und war jäh alarmiert, »warum?« »Ich dachte. Ihr versteht euch so gut.« »Ich finde, er ist leicht zu verstehen. Du unterhältst dich doch auch mit ihm.« Sie sah mich an, merkwürdig ernst und prüfend. »Ich will dir nicht zu nahe treten, wirklich nicht.« »Nein, hatte ich auch nicht gedacht.« »Ich glaube, er mag dich sehr gerne.« »Wie kommst du darauf?« Ich runzelte die Stirn. Sie kippelte entspannt mit dem Stuhl und betrachtete die Sterne, die über uns funkelten. »Er ist immer in deiner Nähe. Er lacht und redet und … ich weiß nicht, er BEMÜHT sich um dich. Hast du es denn noch nie bemerkt?« »Ich dachte, das macht er mit allen«, sagte ich leise. »Vielleicht«, sagte sie leichthin, »wie gesagt: Ich will dir nicht zu nahe treten. Ich hab meinen Freund kurz vor unserer Hochzeit an eine andere Frau verloren und habe seitdem ein unheimliches Gespür für so zwischenmenschliche Töne. Aber mag auch sein, daß ich mich täusche.« »Ich glaube schon.« Sie nickte schweigend, und ich wagte einen Vorstoß: »Wie kam denn das?« »Mit der geplatzten Hochzeit?« »Hmm.« »Ach, im Grunde die alte Geschichte: Wir waren schon seit Jahren zusammen, ich mächtig verliebt, noch immer, wir hatten einen Termin festgelegt, und dann hat er sie kennengelernt, und plötzlich ging alles ganz schnell. Ich hab'runde 25 Kilo zugelegt – die ich bis heute noch nicht ganz wieder los bin – und bin für ein halbes Jahr nach Australien gegangen, ich habe Familie da. Dann bin ich nach Frankfurt gezogen, also weit weg von allen Erinnerungen und habe mir ein neues Leben aufgebaut.« Ich schwieg einen Moment und war eigenartig berührt von der trockenen, sachlichen Art, wie sie erzählte. Kein Selbstmitleid. Sie berichtete einfach nur, was ihr geschehen war.»Und jetzt?« fragte ich dann nach.»Ich habe einen guten Job, ich bin Einkäuferin für eine Möbelkette, verdiene gutes Geld und hab'einen Australier kennengelernt. Meine Familie hofft natürlich, daß ich nun mit ihm nach Australien komme, aber ich kann mich von Deutschland nicht so recht losreißen. Außerdem ist er verheiratet ...«»Oh ... das ist nicht so prickelnd.« Sie lächelte ein wenig abwesend und trank den Rest des Weines.»Ich komm'schon klar. Hör mal, wegen Farouk: Ich denke, er hat es verdient, ein bißchen glücklich zu sein.«»Das denke ich auch, ganz zweifellos. Aber was hab'ich damit zu tun?«»Ich weiß nicht so genau ... Ach, es geht mich ja auch nichts an.« Sie stand auf.»Danke für den Wein und das Zuhören. Es tut gut, mal einen Menschen zu treffen, der nicht immer nur von sich selber reden will, sondern der auch zuhören kann. Vielleicht geht es Farouk ja ähnlich. Ich vermute, er hat keinen leichten Stand. Die arabische Welt ist anders als unsere, er wird hier nicht viel zählen, ein Mann, der nicht hören und nicht sprechen kann.«»Er ist beliebt«, wandte ich ein,»wenn wir über Land reiten, bleibt er oft irgendwo stehen, redet mit den Männern, staubt eine Zigarette ab und lacht und scheint glücklich. Sie akzeptieren ihn.«»Aber er wird niemals eine Frau oder Familie haben.«»Meinst du?«»Ich glaube schon. Es ist hier anders als bei uns, auch wenn sich das Land schon sehr geöffnet hat. Glaubst du, er kann lesen oder schreiben?«»Nein, ich glaube nicht.« »Sicher nicht. Er hat im Grunde nur ganz viel Glück, daß er hier im Club Arbeit hat. Und daß es ab und zu einen Menschen wie dich gibt.«

»Danke«, sagte ich verblüfft. Sie winkte ab und ging zur Tür, etwas unsicher.»Morgen lassen wir den Strandritt ausfallen, oder?« Ich nickte.»Gute Nacht.«»Gute Nacht.« Ich sah ihr lange nach, wie sie in die Dunkelheit ging. Seltsam, wie einsam Menschen waren, obwohl sie sich immer in Gesellschaft befanden. War ich es auch?

Sophie ging es tatsächlich besser, sie ließ sich von dem Masseur regelmäßig eine Lymphdrainage machen, um das Wasser aus den Beinen zu bekommen und wurde immer hektischer, je näher die Hochzeit rückte. Es waren nur noch wenige Tage, und sie war wirklich nervös und aufgeregt und nichts, was ich sagte, vermochte sie zu beruhigen. Zwei Tage später beschloß ich, wieder frühmorgens einen Strandritt zu machen. So oft würde ich nicht mehr Gelegenheit dazu haben. Ich hoffte, Natalie würde auch kommen, aber sie hatte es den Abend vorher noch nicht genau sagen können. So trottete ich also allein den Weg entlang, es war schon am frühen Morgen so warm, daß ich keine Jacke brauchte, und so trug ich einfach nur die lange Hose und ein königsblaues Shirt. Ich war müde und entspannt und sehr glücklich, ich freute mich auf die Pferde und ... ja, auf Farouk. Warum sollte ich mir in die eigene Tasche lügen? Ich freute mich auf das Strahlen in seinen Augen und auf die vielen Kleinigkeiten, die er mir zeigen würde. Hoffentlich. Erstaunt wandte ich mich um, als jemand leise meinen Namen rief, und sah Lars auf mich zukommen. »Morgen«, grinste er und wischte sich über die blonden Stoppeln, die sein Kinn zierten. »Morgen. Was machst du in aller Herrgottsfrühe schon hier?« »Ich vermute, ich habe das gleiche Ziel wie du.« »Na dann ...« Einträchtig gingen wir über die Wege, vorbei an Gärtnern, die das üppige Grün bewässerten und freundlich grüßten. Ich sog tief die würzige Luft ein. Jetzt konnte ich auch schon die Pferde riechen, hörte das Stampfen, Schnauben, all die vertrauten Geräusche, die Pferde eben so von sich geben. Der Kies knirschte unter unseren Sohlen, als wir auf die Ranch einbogen, Yasmin hob den Kopf und prustete und kam mir entgegen, ich kraulte und tätschelte ihn und wandte mich wieder Lars zu, der auf mich gewartet hatte. Im Abwenden begegnete ich dabei Farouks Blick, einen wilden, wütenden Augenblick sahen wir uns an, aber bevor ich reagieren konnte, hatte er sich abgewandt und war verschwunden. Erschrocken holte ich Luft. Was war geschehen?

Wir bekamen die Pferde zugeteilt, Mehdi hatte scheinbar gute Laune, denn ich durfte mir Yasmin nehmen. Während ich mit ihm redete und den Sattelgurt nachzog, sah ich mich nach Farouk um, der aber ziemlich weit entfernt bei einem Fuchs stand und der Reiterin in den Sattel half. Betroffen beobachtete ich die schlanke Gestalt. Ich war es einfach nicht gewohnt, daß er mich so ignorierte, und ich war mir keiner Schuld bewußt. Vorsichtig schwang ich mich in den Sattel, es war keiner da, der den Bügel gegengehalten hätte, und ich trug auch keine Chaps. Ich war zu verwirrt, um Mehdi danach zu fragen. Wir ritten vom Hof, und als ich mich umsah, machte Farouk keine Anstalten, uns zu folgen. Aber er bemerkte, daß ich mich nach ihm umsah, unsere Blicke trafen sich, bevor er sich abwandte, so deutlich seine Mißachtung ausdrückend, daß ich betroffen war. Mist, verdammter.

Aber egal, ich würde Spaß an diesem Ritt haben.

Das blaue Band vom Volleyballfeld flatterte wieder, aber anders als Belel war Yasmin nicht der Ansicht, zur Nahrungskette von blauen Bändern zu gehören. Ich fühlte mich elend, und meine Wangen brannten trotz des sanften Windes, der vom Meer heranwehte. Zusammengesunken hockte ich auf dem Grauen und ließ mich tragen, redete mit ihm und betrachtete das ewige Spiel der Wellen, die auf den Strand schlugen. Vor mir eine Reihe von Pferden, eifrig mit den Köpfen nickend. Und hinter mir rasende Galoppsprünge. Moment mal. Galoppsprünge? Ich wandte mich um. Da kam er, auf dem schönen braunen Hengst, sein Umhang flatterte, die Mähne des Tieres auch. Ohne mich auch nur eines Blickes zu würdigen, preschte er bis zur Spitze vor, was eine enorme Unruhe unter den Pferden auslöste und Mehdi dazu veranlaßte, mit ihm zu schimpfen, seine erregten Gesten sah ich bis hinten.

Meine nachlässig aufgesteckten Haare lösten sich, ich merkte, wie einige Strähnen zu flattern begannen. Der Braune wurde jetzt angehalten und tänzelte nervös im Sand, während die anderen an ihm vorbeizogen. Stolz und gerade saß Farouk auf seinem Pferd, hochmütig und verschlossen das schöne Gesicht. Mehdi gab vorne das Kommando zum Galopp, und Farouk hob eine Hand, um mich zurückzuhalten. Es war eine derart herrische Geste, daß ich unwillkürlich gehorchte. Nervös beobachtete Yasmin, wie seine Kumpels über den Strand liefen, schneller wurden, den Abstand vergrößerten. Er stampfte, tänzelte, begann, sich gegen den Zügel zu wehren, bäumte sich auf. Ich drehte ihn schließlich in die andere Richtung und ließ ihn quer zum Wassersaum steppen. Farouk saß immer noch gerade und unbeweglich auf dem tanzenden Braunen. »Nun gut«, sagte ich schließlich grimmig, »du hast deinen Spaß gehabt. Ich werde jetzt da hinterhergaloppieren.« Er deutete meine Gestik wohl richtig, denn er brachte den Braunen neben Yasmin und hob eine Hand. Als er sie fallen ließ, gab ich Yasmin den Kopf frei und stieß ihm meine Hacken in den Leib. Er schoß los mit einer solchen Urgewalt, daß ich automatisch nach der Mähne griff. Aber ich brauchte mich nicht festzuhalten, ich brauchte mich nur anzupassen. Der graue Hengst setzte alles daran, so schnell wie möglich zum Rest der Gruppe zu gelangen. Und als sich der Braune dichter an uns heranschob, wurden seine Galoppsprünge noch flacher, der Rhythmus noch schneller, die Mähne peitschte mir ins Gesicht, das Tempo nahm mir den Atem, meine Augen begannen zu tränen. Aber um nichts in der Welt hätte ich das Pferd zurückgehalten. Der Braune schob sich scheinbar mühelos an uns vorbei, und dann zog Farouk herüber, so daß er genau vor mir galoppierte und die wirbelnden Hufe des Pferdes mich mit Sand und Wassertropfen vollspritzten. »Du verdammter Mistkerl!« schrie ich, und Yasmin legte die Ohren an und verlängerte noch mal seine Sprünge. Fast hätte ich den Priel zu spät gesehen, ich bemerkte ihn erst, als sich der Rhythmus des Galopps änderte und Farouk sich erschrocken im Sattel umdrehte. Ich preßte die Schenkel an Yasmin und trieb ihn an, und er machte einen Riesensatz über das Wasser, ohne an Tempo zu verlieren. Jetzt erst wurde Farouk langsamer. Ich war wütend. Meine Wut stand seiner in keinster Weise nach. Mochte er auch Araber sein, in meinen Adern floß sizilianisches Blut, und mir war heiß vor Wut. Er wandte sich nach mir um, betroffen, erschrocken, vielleicht sogar Abbitte leistend, und ich fauchte ihn an. Riß mein Shirt hoch, entblößte ganz bewußt meinen Bauch und ignorierte völlig die Möglichkeit, daß auch mein BH hervorblitzen könnte. Ich wischte mit dem T-Shirt über mein Gesicht, spuckte Gift und Galle und Sandkörner und schimpfte und fluchte.

Er starrte auf meinen Bauch und sah mich dann an, und ich ließ das Shirt fallen. »Was zur Hölle sollte das?« Seine Augen flackerten. »Ich will eine Antwort!« Du hast noch Sand im Gesicht. Und in den Haaren. Wieder hob ich mein Shirt, und ich tat es ganz bewußt, wischte mir über das Gesicht, fühlte Sand über meine Haut reiben, zwischen meinen Zähnen knirschen. Wieder blieb sein Blick auf meinem braunen Bauch haften. Ich wußte, daß meine Bauchmuskeln arbeiteten, ich war wütend und atmete heftig. Es tut mir leid, sagte er. »Warum?« verlangte ich zu wissen, »was sollte das?« Jetzt bist du sauber. »Es interessiert mich gar nicht. Was sollte das eben? Warum bist du böse?« Er verstand mich nicht. Fast war ich geneigt, zu sagen, er wollte mich nicht verstehen. Ich wandte mich ab und folgte den anderen. Einige hatten sich im Sattel umgedreht, um uns zu beobachten, und Lars lachte. »Du hast einen wirklich sexy Bauch, kann man nicht anders sagen.« »Oh, sei du ruhig«, schimpfte ich, »heute morgen ist ja wohl alle Welt ein bißchen verrückt.« Aber er lachte nur noch lauter. Als sich die allgemeine Aufmerksamkeit wieder anderen Dingen zugewandt hatte, ritt Farouk neben mich. »Was willst du?« knurrte ich. Entschuldige, bedeutete er. Ich sah ihn an und tat, als würde ich es mir überlegen. »Warum?« fragte ich dann noch einmal. Seine Augen flackerten, als er den Kopf schüttelte. Ich zuckte die Schultern und wandte mich ab. Er blieb neben mir, jetzt sichtlich erschüttert und – wie mir schien – auch ein wenig blaß. Ich hätte gerne zu ihm rübergelangt und ihn irgendwie berührt, ich hätte gerne seine Qual beendet, denn daß die irgendwie mit mir zusammenhing, war mir schon klar nach dem wütenden Blick heute morgen und dem wilden Rennen.

Mehdi kam nach hinten, und seine Miene verhieß nichts Gutes. Zu Recht schimpfte er mit mir, was mir eigentlich einfiel, Yasmin derart zu hetzen, wie ich auf die Idee kommen würde, Wettrennen wären zur Gästebelustigung da, und ob ich überhaupt an das Pferd gedacht hätte? Ich schwieg und senkte den Kopf. Farouk mischte sich ein und bekam auch sein Fett weg. »Laß ihn in Ruhe, Mehdi«, sagte ich. »Du hast völlig recht, mit mir zu schimpfen, ich habe nicht nachgedacht, es war dumm und unüberlegt, aber laß Farouk in Ruhe. Er hat nur versucht, mich auszubremsen.« Abrupt verstummte Mehdi und musterte mich. »Du mußt nicht denken, daß ich dumm bin«, zischte er. Ich seufzte und wünschte mich ganz weit weg. »Ich weiß, daß du nicht dumm bist. Wie viele verschiedene Sprachen sprichst du? Vier? Oder sogar fünf? Ich gerade mal zwei und eine dritte ein bißchen. Außerdem übernimmst du jeden Tag sehr viel Verantwortung für uns Reiter und für die Pferde. Du kannst nicht dumm sein, Mehdi, auch wenn du dich manchmal so aufführst.« Verblüfft betrachtete er mich, wirkte aber nicht mehr so feindselig. »Ich bitte dich nur, Farouk in Ruhe zu lassen. Es war meine Schuld.«

Farouk gestikulierte heftig, aber ich ignorierte ihn ebenso wie Mehdi, der mich musterte. »Ich weiß nicht, was hier passiert, aber es ehrt dich, daß du ihn schützen willst. Er braucht keinen Schutz und ganz sicher nicht von einer Frau.« »Ich weiß.« Ich wich seinem Blick nicht aus, ich hatte nichts zu verbergen. Er wandte sich ab, beschied Farouk mit einer kurzen, knappen Geste und ritt in leichtem Trab wieder an die Spitze der Gruppe.

Ich betrachtete angelegentlich die Landschaft, Farouk ritt neben mir, merkwürdig still und zusammengesunken. Ab und zu striff mich sein Blick, kummervoll, unsicher, aber ich sah ihn nicht an. Ich wußte nicht, was heute morgen geschehen war, und sah keine

Veranlassung, mich auf eine gefühlsmäßige Achterbahnfahrt ein-
zulassen. Und genau das löste er in mir aus: Es ging mir gut, wenn
er lachte, ich machte mir Sorgen, wenn er ernst war oder so kummervoll blickte, mein Herz schlug hoch oben im Hals, als er so
stolz und aufrecht auf seinem Pferd gesessen hatte. Aber das war
ich nicht. Ich war mein eigenen Herr, ich litt nicht mit einem
Fremden, nicht mit einem Mann. Was könnte uns denn schon ver-
binden, mal realistisch betrachtet? Wir stammten aus verschiedenen Kulturen, wir kannten einander nicht, wir kannten unsere
Lebensumstände nicht, und wir teilten nichts, außer die Liebe zu
Pferden. Ich machte mich komplett lächerlich.

Viel zu spät kam ich auf die Idee, daß seine Gedanken den meinen nicht unähnlich waren. Daß auch er befürchtete, sich komplett lächerlich zu machen. Ein taubstummer Araber, gemessen
an unseren deutschen Verhältnissen arm, der nichts weiter als
sich selber zu geben hatte und seine Liebe zu dem Land und den
Tieren. Der nicht mal in der Lage war, sich mitzuteilen. Ich begriff
viel zu spät, durch welche Hölle er ging. Vielleicht auch, weil ich
mir nicht wirklich klarmachte, daß er ein ganz normaler Mann
war. Vielleicht, weil ich es nicht für möglich hielt, daß sich jemand
ernsthaft in mich verlieben konnte. Vielleicht, weil ich unsere
Kulturen für viel zu fremd hielt. Vielleicht auch, weil ich dumm,
kurzsichtig und viel zu eingebunden in eine schnelle, hektische
Welt war, als daß ich die Zeichen gesehen und richtig gedeutet
hätte.

Wir galoppierten noch ein ganzes Stück am Strand entlang, bevor
wir ins Binnenland abbogen. Farouk ritt an der Seite, betrachtete
Reiter und Pferde, war in Gedanken ganz woanders, seine Körperhaltung war traurig, nicht mehr stolz, er ließ die Schultern
hängen. Es war nicht mein Problem, rief ich mich zur Ordnung.
Mimosen blühten, und zwischen den Zweigen der Akazien hingen Spinnen, deren Netze im Sonnenlicht glitzerten, als der letzte
Tau wegtrocknete. Die Palmen raschelten trocken. Ich zog den
Kopf ein und legte mein Gesicht an den warmen, duftenden Hals

von Yasmin, um nicht von einem zurückschnellenden Palmenwedel getroffen zu werden. Wie tröstlich die Nähe und die Wärme des Tieres war. Den nächsten tiefhängenden Wedel hielt Farouk fest, bis ich ihn passiert hatte. Ich sah ihn an.

Ich beschütze dich, bedeutete er. Ich zog eine Augenbraue hoch. Deswegen also ein wildes, verwegenes Rennen am Strand entlang, ja? Deswegen warst du der Meinung, mich mit Sand und Dreck und Wasser bespritzen zu müssen, ja? Aus lauter Schutz ...

Er senkte den Kopf. Ich betrachtete die schlanke Gestalt nachdenklich, die flinken braunen Hände, die so ruhig und hilflos die Zügel hielten, die Venen, die hervortraten, die Sehnen und Muskeln auf dem Unterarm.

Ich streckte eine Hand aus, ich tat es, bevor ich über die Geste nachdenken konnte, die Handfläche nach oben gedreht. Er reagierte sofort, drängte den Braunen näher an Yasmin heran und berührte meine Hand, kurz nur, als wage er nicht, nach ihr zu greifen. »Erzähl«, forderte ich ihn auf. Er sah auf, vergewisserte sich, daß keine Feindseligkeit zu erwarten war. Er war beschämt, ich konnte es so deutlich sehen, viel deutlicher, als hätte er gesagt: Das ist mir peinlich. Seine Körpersprache, seine Mimik waren so leicht zu interpretieren. Erzähl es mir, forderte ich noch einmal. Er begann, zu gestikulieren, schnell, als wolle er es hinter sich haben. Er deutete auf Lars, dann auf mich, er habe uns gesehen, wir sind zusammen auf die Ranch gekommen. Ihr seid befreundet, ja? Er benutzte für die letzte Frage eine Geste, die ich nicht eindeutig interpretieren konnte, verschränkte Hände, ineinandergehakt. Ich wußte nicht, ob es einen Unterschied gab zwischen dem Begriff »befreundet sein« und »miteinander schlafen«, und ich wollte keinerlei Mißverständnisse aufkommen lassen. Ich betrachtete ihn aufmerksam, schob meine Brille auf den Kopf, damit er meine Regungen verfolgen konnte. Er war so beschämt, als er es mir erzählte, daß ich ziemlich viel getan hätte, um ihm die Last von den Schultern zu nehmen.

Ich berührte meine Lippen mit den Fingerspitzen und deutete auf

Lars und verneinte ganz entschieden. Wir haben uns nicht geküßt. Ich fragte nicht, was es ihn überhaupt anginge. Ich führte meine Hand mit einer entschiedenen Geste waagerecht, und er verstand. Lächelte vorsichtig.

»Witzbold«, knurrte ich, erwiderte sein Lächeln aber, wenn auch genauso vorsichtig. Er wollte noch etwas sagen, aber ich verstand die Zusammenhänge nicht so ganz, und schließlich legte er eine Hand aufs Herz und die andere schüttelte er. Noch mal Glück gehabt ... Allerdings, mein Lieber, dachte ich.

Ich würde in Zukunft einfach vorsichtiger sein müssen. Keine Orangen mehr mit ihm teilen, kein gemeinsames Lachen, keine Gemeinsamkeiten. So etwas kam dabei raus. Besitzansprüche. Ich hatte selber schuld, ganz eindeutig. Energisch schob ich meine Brille auf die Nase – das fehlte noch, daß ich Blinzelfalten bekam, nur weil er meine Augen sehen wollte – und sah geradeaus, um eventuellen Palmwedeln rechtzeitig ausweichen zu können.

Aber ich hatte die Rechnung ohne den Wirt gemacht. Farouk war erleichtert, daß alles so glimpflich abgegangen war, daß er nicht von meiner Seite wich. Einmal schnalzte er, und Yasmin spitzte die Ohren. Er hört mich, sagte er hocherfreut, und ich nickte. »Ich kann dich auch hören«, und legte eine Hand hinter mein Ohr und nickte bestätigend. Er sah mich an. Du verstehst mich mit dem Herzen, bedeutete er, und seine Gesten waren weich und ein bißchen traurig, ebenso wie das kleine Lächeln, das er mir schenkte. Ich wollte es nicht, ich schwöre. Aber ich nickte, als ich mich in seinen schönen braunen Augen verlor, und ich war genauso traurig wie er.

Soviel also zu meinen guten Vorsätzen, nicht mehr auf ihn einzugehen, nichts mehr mit ihm zu teilen.

Sophie betrachtet hochzufrieden meinen üppig beladenen Teller, als ich mich zu ihr an den Frühstückstisch setzte. »Lars ist heute morgen mitgeritten«, stellte sie fest, und es klang ein wenig übermütig. Ich nickte. »Ich habe ihn schon auf dem Weg zur Ranch getroffen.« Die Waffeln waren ausgezeichnet. »Woher weißt du das?« »Ach, hier bleibt doch nichts verborgen. Ich weiß sogar, daß du dir heute morgen ein wildes Rennen geliefert hast mit einem der Männer.« »Ähem ... ja ... also, das war eher ein Zufall. Hat aber mächtig Spaß gemacht.« »Warum hast du denn geschimpft wie ein Rohrspatz?« »Das war ... äähh ... Show, alles Show«, versicherte ich eilig, »ich hatte so viel Sand und Dreck im Gesicht, daß ich einfach schimpfen und fluchen mußte.« Sie nahm es als gegeben hin und wandte sich dringenderen Fragen zu, die sich alle um die bevorstehende Hochzeit drehten. Ich war erleichtert und stürzte mich mit in das Thema. Alles war besser, als über dieses verrückte Rennen zu reden und über meine Hormone, die arg in Aufruhr waren.

Wir überlegten zum x-ten Mal ihre Kleidung, die Frisur, die Musik, die Dekoration, als ob noch irgend etwas zu ändern wäre, als ob nicht alles bereits seit Wochen unverrückbar feststand. Auf der einen Seite hatte ich nicht mehr viel Lust, alles schon wieder durchzukauen, ich für meinen Teil war ganz froh, wenn alles endlich vorbei wäre. Andererseits freute ich mich natürlich mächtig mit Sophie und konnte ihre Aufregung auch verstehen. Es würde mir ja bestimmt nicht besser gehen an ihrer Stelle. Und dennoch – ich war froh, als ich kopfüber in den Swimmingpool tauchen konnte und mit energischen Zügen durchs Wasser zu pflügen begann. Ziemlich braun war ich mittlerweile geworden, aber ich bekam immer schnell Farbe, meine Pigmentierung war entsprechend.

Erfrischt und entspannt legte ich mich auf eine der Liegen, genoß die Wärme der Sonne und lauschte mit halbem Ohr auf die Geräusche und Gespräche um mich herum.

»Hey. Hast du hier noch einen Platz für mich?« Ich blinzelte. »Guten Morgen. Klar, für dich immer.« Natalie breitet ihr Badetuch aus und ließ sich nieder. »Was war denn heute morgen bei euch los?« fragte sie, ohne sich die Mühe zu machen, ihre Neugier zu verbergen.»Wieso?«»Ach, man munkelt von einem wilden Wettrennen und einem Wutanfall deinerseits.«»Tatsächlich? Wenn das so weitergeht, habe ich heute nachmittag jemanden mit einem Messer bedroht oder das Pferd zuschanden geritten.« Sie lachte. Ich mochte ihre Art zu lachen, es klang so natürlich.»Naja, man hört so einiges, nicht wahr?«»Von wem eigentlich? Sophie hat mich auch schon darauf angesprochen.«»Die Blonde war heute morgen mit euch.«»Miß-nackt-im-Pool oder wer?« Jetzt lachte Natalie wirklich lauthals.»Genau die. Und sie erzählt es jedem, der es hören will. Und auch denen, die es nicht hören wollen.« »Oh Shit ... hoffentlich bekommt Farouk keinen Ärger deswegen.«»Darüber machst du dir Gedanken?«»Natürlich. Mir kann doch nichts passieren. Yasmin lebt und hat sich nicht verletzt, ich lebe ... was soll's.«»Was ist denn passiert?«»Ach, nichts besonderes«, wiegelte ich ab,»wir haben uns tatsächlich ein Wettrennen geliefert.« Sie lächelte und schwieg, und ich vermutete, sie machte sich gerade ihre Gedanken, die sie aber netterweise für sich behielt.

»Weißt du, daß es auch Abendritte gibt?«»Naja, ich hab davon gelesen, auf der Anschlagtafel.« Sie kaute auf dem Bügel der Brille.»Sollen mächtig romantisch sein, sagt Marina.«»Wer ist Marina?«»Die Blonde. Miß-nackt-im-Pool.«»Woher weiß die das?«»Sie ist natürlich schon mitgeritten.«»Natürlich...«, bemerkte ich ironisch,»händchenhaltenderweise mit Mehdi.« »Ich glaube, sie ist an Farouk interessiert. Sie schmachtet ganz schön.« Ich schluckte.»Wie schön für ihn. Da bekommt er dann ja endlich, was du dir so für ihn wünschst.« Sie sah auf.»Bist du wirklich so cool?«

»Ja. Absolut.«»Schade. Aber dann wird es dir ja nichts ausmachen ...«»Was?« fragte ich, im höchsten Maße alarmiert. Sie setzte ihre Brille auf und lehnte sich zurück.»Naja, wenn die beiden ...« »Meinst du denn, daß die beiden ...?« Ich hörte selber, wie gepreßt meine Stimme klang. Sie zog die Wangen ein.»Ich denke, es interessiert dich nicht.« Ich atmete aus, ein Schnaufer fast.»Es

interessiert mich«, flüsterte ich, ohne sie anzusehen. Sie grinste.
»Warum so geheimnisvoll?« »Ach Natalie, hör auf. Du weißt,
warum. Wer weiß, was mir unterstellt werden würde, wenn ich
zugäbe, daß ich ihn nett finde. Daß er ein ganz reizender junger
Mann ist?« »Von mir bestimmt nichts«, versicherte sie trocken,
»so, wie er dich anguckt, sieht er mehr in dir als eine nette junge
Frau und ich freue mich darüber.« »Was ist deine Motivation?«
fragte ich und war fast aggressiv. Sie zog die Augenbrauen hoch.
»Nennen wir es einfach Menschenfreundlichkeit. Ich hab'schon
viel Spaß mit dir gehabt und es hat mir gutgetan, daß du mir
zugehört hast. Wenn er an mir interessiert gewesen wäre, hättest
du mir vielleicht auch geholfen. Aber neben diesen schlanken
Arabern wirke ich immer ein bißchen wie ein Dinosaurier, und
ich mache mich nicht gerne lächerlich.« »Du bist kein Dinosaurier,
und das weißt du auch«, widersprach ich. »Natürlich nicht. Aber
stell dir doch mal seine schmalen Hüften neben meinen vor.
Außerdem ist er kleiner als ich. Und vom ganzen Knochenbau
anders, zierlicher. Wie würde das denn aussehen? Wie würde ich
mich dabei fühlen? Ihr beiden paßt schon rein optisch gut zusammen.« »Wie beruhigend ...« Geschlagen sank ich zurück. »Ich
meine es doch nur gut mit dir. Ich will dich nicht verkuppeln oder
so was, aber ich glaube, du magst ihn auch und er dich, und es
wäre schade, wenn ihr euch voneinander entfernen würdet, weil
irgend jemand sich dazwischendrängt.« »Neulich Abend wolltest du mir noch nicht zu nahe treten und heute so etwas.« »Ich
weiß ... Ich bekomme meine Regel und habe meine romantischen
fünf Minuten. Ich will euch nicht verkuppeln, ich will nur nicht,
daß Miß-nackt-im-Pool sich an ihn ranschmeißt. Wer weiß, was
das für Schäden in einer empfindlichen Männerseele hinterläßt.«
»So etwas wie eine empfindliche Männerseele gibt es nicht«, konterte ich, »und außerdem ist er ganz zweifellos erwachsen, ich
kann ihn nicht vor einer Frau oder vor sich selber schützen. Was
ist das überhaupt für ein Gespräch, das wir hier führen?« Zum
ersten Mal hörte ich sie kichern, ein hoher, atemloser Laut. »Ein

143

bißchen beneide ich dich. Ich würde auch gerne von einem Araber so angehimmelt werden.« »Du hast nicht gehascht oder so was?« »Natürlich nicht. Sieh es doch mal von der romantischen Seite.« Aber ich sah nur die flackernden Augen, den Zorn, das Leid, seine Scham. Wenn er sich wirklich in mich verliebt hatte – ein Unding an sich – dann würde er einen hohen Preis dafür zahlen. Das hatte nichts mehr mit Romantik zu tun. Das gab nur Leid, kein Glück, keine Erfüllung. Ein völlig sinnloses Unterfangen.

»Meinst du nicht, daß es etwas klischeebehaftet ist? Eine gutaussehende blonde Frau, die erfreulich wenig Hemmungen hat – jedenfalls sehr viel weniger als wir beiden – wird zum Sündenbock abgestempelt, weil sie vielleicht einmal einem Araber zugelächelt hat.«

Sie winkte ab mit einer nachlässigen Geste. »Du brauchst es ja nicht zu glauben. Und natürlich brauchst du auch nichts zu unternehmen. Guck ruhig zu, wie er benutzt wird. Du fährst ja wieder nach Hause, du bist nur Touristin, dich betrifft es nicht.« »Herrgott, Natalie …« »Was hat der denn damit zu tun?« »Du übertreibst maßlos.« »Ich weiß. Wie gesagt – ich bekomme meine Regel.« Ich war versucht, mich in meinen Schmollwinkel zu setzen. Ich fand wirklich, sie ging ganz entschieden zu weit, wir beiden kannten uns nicht, sie kannte Farouk nicht, und sie hatte kein Recht, uns zu beurteilen. Außerdem war Farouk nun wirklich erwachsen. Wenn ich nicht hier wäre, müßte er auch auf sich aufpassen.

Sie hatte meine Verärgerung wohl gespürt, denn sie wechselte das Thema, erzählte von Australien und ihrer Familie, die dort lebte, von den Menschen, die so ganz anders waren als wir Deutsche, so völlig locker und hilfsbereit. Einen Moment überlegte ich, ob das wieder ein feiner Hinweis war, entschied mich aber dagegen. Wir verbrachten einen angenehmen Nachmittag, beschlossen, abends tanzen zu gehen und den Morgenritt ausfallen zu lassen und statt dessen lieber einen Abendritt mitzumachen. An dem darauffolgenden Tag würde dann endlich die Hochzeit stattfinden. Und dann hatte ich auch nicht mehr viel Zeit, bevor mein Urlaub beendet war und ich nach Hause müßte. Aber den Gedanken schob ich rasch und energisch von mir.

Marina tanzte abends im Nightclub ebenfalls. Sie flirtete ziemlich heftig mit Lars – oder er mit ihr – und warf mir manchmal einen Blick zu. Sie kannte mich vom Reiten, aber sie grüßte nie, auch im Speisesaal nicht. Ich ignorierte ihr Verhalten, es betraf mich ja nicht. Sie verlor ein bißchen das Interesse an Lars, als er allzu freudig auf sie einging und ich nicht reagierte. Ich konnte diese Frau mit klinischer Neugier betrachten und feststellen, daß sie wirklich hübsch war, aber ich fand, sie hatte keine Ausstrahlung. Ich mochte das Exaltierte einfach nicht. Aber sie war hübsch, und sie hatte eine Figur, von der meiner Ansicht nach alle Männer träumen müßten. Wenn Farouk ihren Reizen erlag – sofern all das überhaupt stimmte, was Natalie mir erzählt hatte – konnte ich ihn gut verstehen. Sie lehnte an der Bar, eine Zigarette in der einen Hand, die andere lässig in den Gürtel von Lars gehakt und flüsterte mit ihrer Freundin, einer unscheinbaren, hellblonden Frau. Ich orderte einen Gin Fizz, und sie sah mich über die Schulter ihrer Freundin an. Künstliche Wimpern, schätzte ich und nahm das eisige Glas entgegen. Sie lächelte.»Wie sind die Araber im Bett?« fragte sie leise, und die langen dichten Wimpern senkten sich halb über die Augen. Ich verharrte.»Weißt du es denn immer noch nicht?« flüsterte ich ebenso weich zurück und kam näher. Sie hob das Kinn.»Ich dachte, du würdest vielleicht gerne darüber berichten.«»Nicht wirklich.«»Dann werde ich morgen berichten«, wisperte sie. Ich vermutete, daß sie bekifft war oder auch eine Pille geschluckt hatte.

»Mach das. Viele Grüße an Mehdi.«»Wieso denn Mehdi? Der vögelt alles, was nicht schnell genug auf den Bäumen ist. Nein, ich will den anderen. Und ich bekomme alles, was ich will.«
»Sicher«, sagte ich unbeeindruckt.»Dabei hattest du gehofft, nicht wahr? Hoffen allein reicht nicht aus.« Ich überlegte einen

Moment ernsthaft, was in diesem Schädel vor sich gehen mochte, aber es überstieg meine Vorstellungskraft. »Ich brauche nicht mehr zu hoffen, meine Liebe«, entgegnete ich weich und ließ dabei offen, warum nicht. Dann hob ich mein Glas. »Cin-cin.« Sie reagierte nicht auf die Geste. Die Wimpern flatterten, aber ihr fiel keine Antwort mehr ein. Ich hob die Augenbrauen, lächelte freundlich und ging.

Einen Moment erwog ich, Natalie die Begebenheit zu erzählen, aber dann sah ich davon ab. Es konnte ja sein, daß sie nur auf eine Schwäche von mir wartete. Obwohl ich nicht wußte, was sie gegen mich hatte und ob sich die Attacke tatsächlich gegen mich richtete oder ob ich ihr einfach nur zufällig in die Quere gekommen war. Ich nippte an dem Gin Fizz und schlängelte mich zur Tanzfläche durch, blieb hier und dort stehen, lachte und redete und fühlte mich gut. Ich hatte Bedenken, ja, das gebe ich zu, aber es gab nichts, was ich zur Zeit hätte unternehmen können oder wollen.

Ich erzählte Natalie erst am späten Nachmittag des folgenden Tages von diesem merkwürdigen Gespräch, als wir uns verabredeten, gleich zusammen zur Ranch zu gehen. Sie stand vor mir, recht beeindruckend groß und kräftig und starrte mich an, als könne sie nicht glauben, was sie gerade hörte. »Ich vermute, sie war stoned«, beeilte ich mich noch zu versichern, weil mir diese Anekdote im nachhinein noch ziemlich unglaubwürdig vorkam. »Ist ja spannend«, sagte Natalie fassungslos. »Und? Was hast du unternommen?« »Nichts natürlich. Was hätte ich denn machen sollen? Ich hab ihr viel Glück und viel Spaß gewünscht. Wenn sie gemerkt hätte, daß sie mich trifft, hätte sie doch mit Sicherheit weitergemacht.« »Naja, deine Reaktion war schon ziemlich klasse, das muß ich ja sagen. Jede Wette, daß die total neidisch auf dich ist. Solche Frauen sind oft völlig unsicher, deswegen hat sie auch eine unauffällige Freundin. Damit sie immer sicher ist, im Mittelpunkt zu stehen und die Schöne zu sein.« »Das ist schon wieder höhere Psychologie«, neckte ich sie. Es war mir völlig egal, ob

Marina unsicher war oder sex- oder geltungssüchtig oder was auch immer. Es interessierte mich einfach nicht.

Wir trafen uns auf dem Weg zur Ranch, es war warm, die tiefstehende Sonne schickte weiches, sanftes Licht über das Land, Staub tanzte in der Luft, es roch nach Wüste. Das Meer klatschte nur leise und verhalten auf den Strand, es war windstill. »Oh ... du willst heute abend reiten?« fragte Mehdi, und ich nickte. »Warum nicht?«»Du nimmst Belel«, verfügte er, und ich ahnte, daß es eine Art Strafe war. Widerspruch war bei Mehdi sowieso völlig sinnlos, also ging ich zu dem Schwarzen, der mit dem Kopf warf, daß das Zaumzeug nur so klirrte. »Belel ist schnell«, sagte Mehdi hinter mir und als ich mich umdrehte, stand er dicht bei mir und grinste ein wenig verhalten. »Das ist er, ich weiß ...« »Aber heute kein Rennen, okay?«»Okay.« Er nickte und ging weiter. Ich tätschelte das blauschwarze Fell des Tieres und sah mich verstohlen nach Farouk um, konnte ihn aber nicht sehen. Natalie winkte mir zu und kam einige Schritte näher. »Stell dir vor, ich darf wieder Emir reiten. Mehdi scheint heute so gut gelaunt.«»Ich weiß nicht recht, ich darf mich wieder mit Belel rumquälen.«»Ach, du kommst doch gut mit ihm zurecht. Mir ist er zweimal durchgegangen, als ich ihn ritt. Oh, da ist ja Farouk. Hallo, hallo!« Sie lächelte und winkte, mir schlug das Herz irgendwo oben in der Kehle. Er lächelte und nickte ihr zu, dann kam er zu mir. Zögerte einen Moment, bevor er nach dem Sattelgurt griff. Alles okay? Ich nickte stumm und wagte nicht, ihn anzusehen, er stand dicht bei mir, und meine Phantasie überschlug sich nach altvertrautem Muster. Was wäre, wenn ...? Hatte er? Oder hatte sie? Was war geschehen zwischen den beiden? War überhaupt etwas geschehen? Wenn ja, inwieweit betraf es mich? Er ging um das Pferd herum, um den Bügel zu halten. Ich sah auf und unsere Blicke trafen sich. Bist du traurig? fragte er. Ich verneinte und lächelte. Er hob die Hand. Gib mir fünf. Ich klatschte meine Hand gegen seine, und wieder hielten wir uns einen

Moment fest, bevor unsere Hände auseinanderglitten. Dann stieg ich auf.

Die Pferde waren insgesamt ruhiger als am Morgen, es war, als würde die Wärme auch ihnen zusetzen. Wir gingen im Schritt am Meeressaum entlang, Belel verzichtete auf das übliche Theater, sein Kopf nickte unternehmungslustig, aber er machte keinerlei Anstalten, auszubrechen oder durchzugehen. Dennoch taten mir nach kurzer Zeit schon wieder die Finger weh, was ich natürlich heroisch verschwieg. Als wir ins Binnenland einschwenkten, befürchtete ich einen Moment, Mehdi würde vergessen, uns den Sonnenuntergang am Meer zu zeigen, aber so etwas passierte Mehdi natürlich nicht. Belel zappelte ein wenig, Zuckungen überliefen sein Fell, ich strich an seiner Seite entlang, um eventuell Laufkäfer zu vertreiben. Farouk ritt an meiner Seite, er war ruhiger als sonst, schien aber recht ausgeglichen, nicht besorgt. Eher so, als würde ihm alles gefallen.

Irgend etwas landete in meinen Haaren, und instinktiv schlug ich danach, zauste in meinen Haaren, spürte, daß da etwas war, bekam es aber nicht zu fassen. Farouk drängte den Braunen näher an Belel heran und nickte. Da war ein Tier in meinen Haaren. Das wußte ich selber. Ein bißchen ekelte ich mich, wer weiß, was da in meinem Haar hockte. Farouk hob eine Hand, und ich neigte mich ihm zu. Er beugte sich zu mir herüber und nahm mit leichter Hand das Vieh aus meinen Haaren, hielt die Hand auf und zeigte mir den kleinen Käfer, der die Aufregung nicht wert war. Sein Chitinpanzer schillerte, als sei er mit Benzin übergossen. Eigentlich ein ganz hübsches Kerlchen. Ich pustete auf meine Handfläche, um ihm zu zeigen, er solle den Käfer fliegen lassen. Er hielt mir seine Hand hin. Ich pustete den Käfer herunter. Seine Augen waren auf mich gerichtet, er ließ sich nicht eine Regung entgehen, ein warmes Leuchten stand in ihnen. Ich begegnete ihnen nur kurz, dann senkte ich hastig den Blick. Er lächelte und griff in seine Haare, die für einen Mann relativ lang waren. Da würden sich auch Tiere verfangen. »Das glaube ich«, nickte ich verständnisvoll. Er hielt noch immer die Strähne in der Hand und nickte mir zu. »Was ist?« Er nickte wieder, seine Augen baten um etwas, mein Blutdruck erhöhte sich, meine Pulsfrequenz auch. Zögernd hob ich die Hand und er wies mit Nachdruck auf seine Haare. »Ich soll dich berühren ...?« fragte ich und war verunsichert. Er neigte sich mir entgegen. Ich wollte sein Haar anfassen, meine Hand zitterte etwas, aber das fiel auf dem Pferd zum Glück nicht auf. Mit einer leichten Drehung des Kopfes legte er seine Wange in meine Hand. Ich schluckte und schloß die Augen, nicht fähig, meine Hand zurückzuziehen, nicht fähig, in irgendeiner Weise zu reagieren. Dann strich ich mit dem Daumen ganz leicht über sein Jochbein, eine ganz zarte Berührung seiner Haut. Er öffnete die Augen und sah mich an, und ich konnte ihm nicht ausweichen. Dann zog ich mich langsam zurück, eigentlich nur, weil ich wieder beide Hände für den aufsässigen Belel brauchte. Oh, ich wußte, warum ich immer am Schluß der Gruppe ritt. Das Blut rauschte in meinen Ohren. Wir sahen uns an, und in seinen Augen lag ein neuer Ausdruck, ein leichtes Staunen, vielleicht die Erkenntnis, daß er mir etwas bedeutete. Hatte er das denn erst jetzt bemerkt? Ich senkte rasch den Kopf. Schmetterlinge tobten unversehens durch meinen Magen.

Ich suchte nach einem unverfänglichen Thema, nach einem Scherz, einer Leichtigkeit, und mir fiel doch nichts ein. Unversehens bog Mehdi ab, und Farouk zügelte den Braunen, der Weg wurde schmal, führte durch Agaven hindurch und wand sich entlang von Mauern aus Natursteinen. Ich konnte das Meer rauschen hören. Dann bogen die Pferde um eine letzte Windung des Weges, der unvermutet auf dem Strand endete, völlig übergangslos. Ich zügelte Belel unwillkürlich, die Sonne stand schon tief, das Meer färbte sich rot, ganz zarte hellgraue Wolken schwammen über den orangerot flammenden Himmel, wie mit Tusche hingeworfen. Palmen verneigten sich voller Ehrfurcht und Anmut, und die Sonne sank rasch tiefer. Natalie wandte sich auf Emir um und sah zu mir hin. Ich nickte ihr zu, und sie hob die Hand. »Wunderschön, nicht wahr?« Aber sie kam nicht zu mir. Ich wußte, warum nicht. Farouk stand an meiner Seite. Er sah mich an. Schön? Gefällt es dir? Ich nickte hingerissen, ich liebte Sonnenunter- oder -aufgänge, ich mochte den Farbenrausch und auch die Melancholie, die manchmal mit einem Sonnenuntergang verbunden ist. Sonnenaufgänge stimmen heiter und fröhlich, aber ein Sonnenuntergang beendete immer den Tag und somit auch all die Chancen, die er vielleicht in sich geborgen hatte.

Farouk starrte ebenfalls in die Sonne, und ich hätte gerne gewußt, was in ihm vorging, was er sich dachte, was er fühlte. Ich würde es wohl nie erfahren.

Wir ritten sehr vorsichtig im Dunkeln zurück. In diesen Breitengraden wurde es dunkel, sobald die Sonne im Meer versunken war. Die Pferde waren ruhig, sogar Belel, auch von den Reitern hörte man nicht viel, sie schienen alle mit dem eben Gesehenen vollauf beschäftigt zu sein. Manchmal klirrte ein Zaumzeug, manchmal schnob ein Pferd, manchmal drang ein Murmeln an mein Ohr. Wie mochte es sein, immer in dieser Stille zu leben? Nicht zu hören, was um einen herum vor sich ging? Ob ich damit leben könnte? Ich hegte da so gewisse Zweifel. Aber wahrscheinlich hatte Farouk es nie anders kennengelernt.

Als ich die Tür der kleinen Wohnung aufschloß, kam Sophie mir entgegen. Ich sah auf den ersten Blick, noch bevor sie etwas gesagt hatte, daß sie hysterisch war.

»Wo um alles in der Welt warst du denn?« fragte sie, schwankend zwischen Tränen und Wut.

»Reiten«, sagte ich lakonisch, »ist etwas passiert?« »Es ist sozusagen mein Junggesellenabschied, und du bist nicht da.« »Ich bin doch hier. Laß mich duschen, dann essen wir etwas, und dann feiern wir. Was möchtest du trinken? Milch oder Orangensaft?«

Geschlagen sank sie auf die kleine Bank, über der die Ornamente gefliest waren. »Du hast ja recht, nicht mal feiern kann man mit mir zur Zeit. Aber ich habe gedacht, wir beide unternehmen etwas heute abend.«»Machen wir auch. Wie gesagt: Laß mich duschen, und dann sehen wir weiter.«

Sie folgte mir ins Badezimmer und betrachtete mich kritisch, während ich mich auszog.»Warum siehst du eigentlich so unverschämt gut aus? Ich meine, du bist auch schon Mitte Dreißig.« Ich schleuderte meinen Slip von den Füßen.»Komisch, das gleiche hab ich auch gedacht, als du mir entgegenkamst. Du siehst aus wie das blühende Leben, wunderschön. Aber du benimmst dich nicht so. Aussehen ist nicht alles, Sophie.«»Du bist mir böse, nicht wahr?« fragte sie betroffen.»Nein, ich bin nicht böse. Ich bin irritiert und verunsichert und hilflos, weil ich dich so nicht kenne, weil ich nicht weiß, wie ich mich verhalten soll. Warum bist du nicht einfach wieder Sophie, meine Freundin? Dann wäre alles viel einfacher, glaube ich.« Sie nickte und betrachtete ihre Hände, die auch etwas aufgequollen waren. Ich stellte die Dusche an. Sie sah wieder auf.»Du siehst wirklich gut aus«, sagte sie,»brutzelbraun und irgendwie glücklich. Wir haben die ganze Zeit nicht über dich geredet, nicht wahr? Es ging immer nur um mich, um die Hochzeit, um die Familie, um das Baby und wieder um mich.« Ich nahm reichlich duftendes Duschgel und verzichtete auf eine Antwort. Sie nickte still.»Soll ich dir die Haare richten?« fragte sie dann, und ich sagte:»Ja, gerne ... aber erst nach dem Abendbrot«, und dachte daran, wie oft wir diesen Dialog schon geführt hatten. Sie frisierte mich nach dem Essen sehr sorgfältig und auch liebevoll, ich hatte es vermißt. Sie fragte, was passiert war und wen ich kennengelernt hatte, und ich erzählte von den Nächten im Club und von den Ritten, von Natalie und den Pferden. Wir blieben in der Wohnung heute abend, und ich trank Wein, während ich in die herzzerreißend schöne Nacht hinauslauschte. Manchmal wurde ich derart von Sehnsucht übermannt, daß es mich schier schüttelte. Aber ich hätte nicht exakt benennen können, wonach ich mich so sehnte. Es lagen so viele Versprechen in der Luft, so viele Verheißungen.

»Morgen um diese Zeit bin ich seine angetraute Ehefrau«, sagte

Sophie leise. »Freust du dich?« fragte ich und sah ihr Profil nicken. Dann lachte sie auf. »Vor allem freue ich mich darüber, daß ich dann endlich diese Feierlichkeiten hinter mir habe. Morgen nacht feiert der gesamte Club, und es wird sicher schrecklich anstrengend.« »Du kannst dich doch zurückziehen, wenn es dir zu viel wird. Du bist schwanger und mußt auch an das Baby denken.« »Aber ich bin auch die Frau des Stellvertretenden und muß ein bißchen repräsentativ denken«, gab sie zu bedenken. Plötzlich fragte ich mich, wo ich wohl landen würde, was das Leben für mich noch bereithielt. Ob ich jemals einen Mann kennenlernen würde, der mir so viel bedeutete, daß ich ihn heiraten wollte? Vorstellen konnte ich es mir nicht. Vor allem würde ich nie mein Leben aufgeben können, so wie Sophie es getan hatte. Hoffentlich würde sie es nicht eines Tages bereuen.

Ich lauschte auf die lärmenden Zikaden und atmete die warme Luft, als könne ich das Versprechen einatmen und damit wahr machen. Wenn ich doch bloß wüßte, was mir verhießen wurde.

Sophie zog sich rechtzeitig zurück – »nicht sehr spannend, mein Junggesellenabschied, nicht wahr?« –, um morgen fit und ausgeruht zu sein, sie hatte einen anstrengenden Tag vor sich. Zunächst würden sie ins Binnenland fahren zu den Schwiegereltern, um »richtig« zu heiraten, dann – nach all den rituellen Handlungen, die von ihr erwartet wurden und die sie erwarteten – würde der ganze Troß zurückkommen und hier im Club weiterfeiern. Gleich nach dem Mittag würde der große Speisesaal geschlossen werden, damit die Dekoration angebracht werden konnte. Die Animateure hatten auch unter den Gästen rumgefragt, wer bereit wäre, beim Schmücken und Dekorieren zu helfen, und natürlich hatte ich mich gemeldet. Obmann war eine junge Frau, die sich auch für die Bühnenarbeiten der Theaterstücke verantwortlich zeichnete und ihre Sache sehr gut machte. Es gelang ihr, mit der Dekoration genau den Wandel der Welten darzustellen, das Moderne Europas einzufangen und den Orient als Kontrast daneben zu stellen. Ich war ein bißchen erstaunt und auch ein bißchen stolz, daß ich daran beteiligt war, den Saal so schön herzurichten. Natalie hatte auch mitgeholfen, wir waren schon ziemlich angetrunken, als wir endlich in unsere Zimmer gingen, um uns umzuziehen und herzurichten. Kichernd und prustend schlenderten wir über die Wege, die Gärtner grinsten breit und bedeutungsvoll, als sie grüßten, und wir kicherten und lachten und grüßten zurück.

»Hoffentlich überstehe ich den heutigen Abend ohne größere Peinlichkeiten«, nuschelte ich und blieb stehen, um einen blaßgrünen Frosch passieren zu lassen. »Uns kann nicht viel passieren«, sagte Natalie, »wir stehen nicht unter Beobachtung.« Sie hatte zweifellos recht, aber ich wünschte dennoch, ich hätte vielleicht einen Kir Royal weniger getrunken. Oder mir das letzte Glas Sekt verkniffen. Aber nein, Feste muß man feiern, wie sie fallen.

Etwas Zeit hatte ich noch, ich legte mich eine halbe Stunde hin, bevor ich duschte, und begann, mich herzurichten. Ich befestigte Straßsteinchen in einzelnen Haarsträhnen und steckte die üppige und glänzende Pracht mit ebenfalls straßbesetzten Nadeln auf dem Kopf fest. Das sah schon mal sehr festlich aus. Bei jeder Kopfbewegung glitzerte und funkelte der Straß, und ich fühlte mich tatsächlich ein bißchen wie in 1001 Nacht. Es war ja auch wie im Märchen, meine beste Freundin heiratete einen Araber ... wow ... Einzelne Strähnen zog ich wieder hervor und ließ die Locken lockig und glitzernd über Schultern und Rücken tanzen. Dann legte ich Make-up auf, für meine Verhältnisse ebenfalls recht üppig. Verblüffend, wie groß und dunkel und geheimnisvoll meine Augen mit dem dunklen Lidschatten plötzlich wirkten, wie hoch und ausgeprägt meine Wangenknochen waren. Ich mochte mich leiden heute abend.

Das Kleid erwies sich ebenfalls als die richtige Wahl, es raschelte leise, wenn ich mich bewegte, und der hohe Schlitz ließ meine langen gebräunten Beine sehen. Ein Glück, daß ich so groß war.

Ich püsterte Parfüm auf die Haare und ins Dekolleté, in die Ellbo-
genbeuge und die Handgelenke und befürchtete einen Moment,
zu viel des Guten getan zu haben, aber im Grunde war heute
abend alles erlaubt. Naja, fast alles. Silberne Pumps, passend zu
meinem Schmuck und der kleinen Stickerei am Ausschnitt des
Kleides, und ein silbernes Täschchen für Schlüssel, Taschen-
tücher und Zigaretten. Manchmal klirrten die langen Ohrringe
mit den Straßsteinchen, wenn ich den Kopf rasch bewegte. Ich
besah mich ein letztes Mal in dem mannshohen Spiegel und fand
tatsächlich nichts zu nörgeln an mir. Ich glaube, das ist mir noch
nie passiert.

Ich bebte innerlich ein bißchen, als ich den Speisesaal betrat, ich
wußte, daß ich gut aussah und bemerkte die vielen Blicke, die mir
folgten. Hoffentlich stolperte ich nicht über das lange Kleid. Aber
eigentlich passierte mir so etwas Peinliches höchst selten. Es waren
viele Gäste bereits anwesend, es war ja die normale Abendbrot-
zeit, und auch das Essen war aufgetischt, nur würde diesmal die
Zeit kürzer sein und der Innenraum, der Patio, war nicht mit in
das Büfett einbezogen. Natalie und ich trafen uns wie verabredet
und aßen erst mal, in der Hoffnung, die Wirkung des Alkohols
abzufedern. Mein Magen reagierte äußerst nervös auf die Umstände, aber es nützte nichts, ich wollte nicht schon um halb zehn
sturztrunken unter einem der Tische liegen.

Ich zog mir gerade die Lippen nach, als Unruhe entstand und
wenig später das Brautpaar in den Saal geleitet wurde. Ich sah aus
der Entfernung, daß Sophie geweint hatte, da sie aber strahlte wie
ein Christbaum, vermutete ich mal, es waren Freudentränen. Der
Clubchef nutzte seine Stellung schamlos aus, um als erster zu gratulieren, und dann waren sie umringt von Menschen, die ihnen
gratulierten, die sie umarmten und die Hände schüttelten. Ich
überlegte noch, ob ich es mir antun sollte, mich da jetzt auch
durchzudrängen, als einige Animateure entschlossen einen
Kordon bildeten, um die schwangere Braut zu schützen, und sie
zu ihrem Tisch geleiteten. Sophie heulte schon wieder, ich sah es.

154

»Elli!« brüllte sie aus vollem Hals und ich erstarrte. Nicht nur, daß sie eine würdevolle Braut hatte sein wollen, sie war auch noch schwanger, und bei Gott, sie sollte mich nicht Elli nennen, ich konnte es nicht leiden!

»Elli!« Nun denn, es war wohl an der Zeit, diesem flehentlichen Ruf zu folgen. Würdevoll schritt ich durch die Menge, die sich teilte wie das Rote Meer, um meine Freundin in meine Arme zu schließen.

Ihre Wimperntusche war nicht zerlaufen. Sie klammerte sich an mich und heulte und lachte, und ich tätschelte ihren zuckenden Rücken. »Okay, okay«, murmelte ich, »wenn du nicht riskieren willst, daß ich dir hier vor versammelter Mannschaft wegen beginnender Hysterie eine scheure, dann krieg dich bitte wieder ein.« Es wirkte. Ich wußte nicht genau, warum, aber es wirkte. »Das würdest du nicht tun«, flüsterte sie und sah mich mit blanken Augen an, schwankend zwischen Belustigung und Unglauben. »Riskier es lieber nicht«, warnte ich, und schloß dann auch den überglücklichen Bräutigam in die Arme. »Du solltest endlich den Abend eröffnen«, sagte ich zu Sophie, »ich denke, du bist die Gesellschaftslöwin. Der Mob sehnt sich nach einem Wink der Königin.« Sie kicherte und stand auf, umklammerte fest Fethis Hand und hob die andere. Es wurde tatsächlich leiser, wenn auch nicht ganz ruhig, dafür waren zu viele Kinder anwesend. Sie hielt eine ergreifende Rede auf deutsch, in der sie sich für die freundliche Aufnahme in diesem Land und in diesem Club bedankte, und fügte dann noch einige Sätze auf französisch hinzu.

Fethi ergänzte den Dank auf arabisch und französisch, er war sichtlich bewegt, immer wieder preßte er die Hand seiner Frau auf sein Herz, immer wieder sahen die beiden sich tief in die Augen. Dann endlich eröffneten sie den Tanz, sie schwebten förmlich über den blanken Boden, und mein Herz wurde ganz weit angesichts dieses Glücks. Die Tanzfläche füllte sich schnell nach diesem ersten Tanz, ich tanzte mit dem Animateur, der für den Wassersportbereich zuständig war, dann mit Fethi und mit Lars und dem Tennistrainer ... und, und, und ... es war einfach eine grandiose Party.

Natalie schien sich ebenfalls prachtvoll zu amüsieren, je später der Abend wurde, desto häufiger sah ich sie mit dem Tennistrainer tanzen. Neben dem Mann würde sie sich garantiert nicht wie ein Dinosaurier fühlen.

Irgendwann brauchte ich dann aber mal eine Pause, ich wollte frische Luft schnappen und mir auch eine Zigarette gönnen, und so verließ ich den Saal, in dem nicht geraucht werden durfte, was ich sehr angenehm fand. Zuerst überlegte ich, ob ich Natalie Bescheid sagen sollte, aber dann wollte ich doch lieber alleine sein. Außerdem war sie, als ich sie das letzte Mal gesehen hatte, recht beschäftigt gewesen. So schlängelte ich mich also durch die vielen Menschen, die in dichten Trauben an der Tanzfläche standen oder sich über sie schoben, die die Bars bevölkerten und die beiden Büfetts, die die ganze Nacht hindurch aufgebaut bleiben würden. Ich lächelte und grüßte, wechselte hier einige Worte und plauderte dort und arbeitete mich allmählich Richtung Ausgang.

Aber selbst hier, in den Bogengängen, standen Paare, knutschend und flüsternd, und so ging ich noch ein Stück weiter. Der Pool plätscherte leise, die Zikaden waren verstummt, ein Windhauch ließ die Palmen leise rascheln, die Hibiskusblüten nickten. Ich konnte die Musik bis hier hören und streckte mich auf einer der Liegen aus, einen Moment nur wollte ich die Füße hochlegen. Ich war so glücklich, daß es schmerzte.

Es dauerte gar nicht lange, da trieb mich eine innere Unruhe weiter, ich zog die eleganten Sandaletten aus und ging barfuß über den feuchten, kühlen Rasen, hoffte, ich würde nicht auf einen der blaßgrünen Frösche treten und spürte plötzlich, daß ich nicht mehr alleine war. Meine Sinne waren vom Alkohol geschärft, und ich verharrte regungslos, versuchte, ein Geräusch auszumachen und zu orten, aber ich konnte nichts hören. Angst hatte ich keine, aber ich dachte, derjenige könne sich zu erkennen geben, mich einfach anrufen. Es sei denn, er wollte nicht entdeckt werden. Oder er konnte nicht rufen.

Ein Schauer überlief mich. Ich legte den Kopf in den Nacken, Myriaden von Sternen blitzten über mir, eine verschwenderische Pracht, und ich wünschte, ich würde mehr Sternbilder kennen. Farouk konnte nicht hier sein, sagte mein Verstand, er war jetzt zu Hause und schlief und bereitete sich auf einen weiteren Tag mit Touristen vor.

Quatsch, fauchte mein Gefühl, er ist hier, und du weißt es ganz genau. Du bist diesem Mann so verbunden, daß du seine Nähe spürst.

Ich richtete meinen Blick wieder auf die Dunkelheit vor mir, versuchte, sie zu durchdringen, und nahm dann eine verhaltene Bewegung im Schatten der Bogengänge des mir gegenüberliegenden Gebäudes wahr. »Komm her«, sagte ich leise, und meine Hand hob sich ohne mein Zutun. Zögernd löste sich die Gestalt, eingehüllt in einen klassischen arabischen Mantel. Er striff die Kapuze ab und ließ sein relativ langes Haar sehen, bevor er näher kam. Farouk.

Er war unsicher, ich sah es an dem Zögern, mit dem er sich näherte, den Kopf gesenkt, die Bewegungen gleitend. Er war nur wenig größer als ich. Erst als er vor mir stand, sah er rasch auf, als wolle er meine Stimmung erkunden. Ich verharrte, ein wenig ratlos, dann fiel es mir ein: Er sollte nicht hier sein, er hatte hier heute abend nichts zu suchen, und vielleicht befürchtete er meinen Unmut. Ich streckte meine Hände vor, und als er immer noch nicht aufsah, berührte ich kurz sein Kinn. Jetzt hob er den Kopf, und sein Blick glitt über mich, nicht hastig, sondern auskostend. »Was machst du hier?« fragte ich und deutete um mich. Gucken. Klar, dachte ich, was auch sonst. Dumme Frage. »Schön, dich zu sehen«, sagte ich und lächelte. Erfreut erwiderte er das Lächeln. Du bist schön, sagte er und küßte seine Fingerspitzen, wunderschön.

Ich breitete den Rock aus und versank in einen hoffentlich anmutigen Knicks. In meinem Brausebrand hatte ich natürlich den langen Schlitz vergessen, der sich jetzt öffnete und meine Beine enthüllte. Einigermaßen hastig erhob ich mich, und er schien sich still über meine Verlegenheit zu amüsieren. »Das ist nicht witzig«, sagte ich so hoheitsvoll wie möglich. Er legt den Kopf schief. Hast du Alkohol getrunken? fragte er, indem er die Hand zur Faust ballte und mit dem abgespreizten Daumen auf seinen Mund wies. Ich nickte. »Ein bißchen ...« Er zeigte eine sehr kleine Spanne mit den Fingern an. »Nein. Mehr.« Mehr? Die Spanne wurde größer. Ich raffte meinen Rock und ging zu ihm, schob meine Finger zwischen seine und vergrößerte die Spanne noch mehr. Er schüttelte eine Hand. Das ist viel. Ich nickte und hob die Schultern. »Es ist eine Party. Meine Freundin heiratet.« Aber er wollte die Entschuldigung nicht so ganz gelten lassen. Naja, dann eben nicht. »Rauchst du eine mit mir?« fragte ich und wandte mich ab, um mich auf eine der Liegen zu setzen. Er verharrte reglos, nur seine Blicke folgten mir. Ich begriff und klopfte mit der Hand auf die Liege. »Komm her, ja?« Es sah sehr würdevoll aus, wie der lange Mantel ihn umspielte, sehr fremd und arabisch. Vorsichtig setzte er sich zu mir, auf Abstand bedacht und sehr auf der Hut. »Es ist okay, daß du hier bist«, sagte ich und suchte nach meinen Zigaretten. Er fragte nach. Ich machte eine beruhigende Handbewegung. Er deutete auf den Sternenhimmel und sagte, wie schön er die Sterne fand. Ich sah ebenfalls auf und nickte dann. »Wunderschön.« So schön wie du, bedeutete er, und ich war ein bißchen verlegen. Entzündete eine der Zigaretten und gab sie ihm und meine Hand zitterte ein wenig. Der Blick, den er mir daraufhin zuwarf, trieb mir das Blut in die Wangen, aber ich hoffte, er möge es in der unzureichenden Beleuchtung nicht wahrnehmen. Ich war jetzt ziemlich verlegen, schließlich war ich es gewohnt, Stille mit Worten zu übertünchen, leere Worte, hohle Phrasen, einfach, um der Stille Herr zu werden. Jetzt ging es nicht. Schließlich übernahm er die Konversation und auch auf die

Gefahr hin, daß es lächerlich klingen mag: Wir redeten miteinander. Über das Brautpaar und die Frau, die meinem Herzen so nah stand. Darüber, daß ich auf jeden Fall wieder herkommen würde, daß ich das Land wunderschön fand. Daß drinnen im Saal getanzt und getrunken wurde. Er lehnte Alkohol ab, es sei nicht gut. Ich ließ den Kopf hängen und wiegelte ab, alles in Maßen wäre schon gut und richtig, und wenig später kreischte eine Frau und lachte ein Mann, und ich richtete mich auf, um besser sehen zu können, stieß ihn an und deutete auf den beleuchteten Pool, in den gerade eine Frau geworfen wurde.

Findest du das gut? fragte er, und aus seiner Mimik schloß ich, daß es ihn wirklich interessierte, daß er wissen wollte, wie ich darüber dachte. Ich verneinte. »Du hast wohl recht, was den Alkohol anbelangt. Aber ich habe auch Alkohol getrunken, und ich kreische nicht, und ich falle auch nicht in den Pool.« Er lächelte. Nein, besser nicht. Aber er würde hinterherspringen und mich retten. »Ich kann gut schwimmen«, sagte ich und er nickte, das wüßte er. »Woher?« Er hat mich gesehen. »Beim Schwimmen?« Ungläubig. Zögerndes Nicken. »Aha ...« Ich war verblüfft. Was mochte er noch so alles bemerken?

Ein wenig unsicher blinzelte er mich an, aber ich reagierte nicht weiter. Was hätte ich auch sagen sollen? Schließlich merkte ich, daß mein Schweigen ihm in höchstem Maße unangenehm war, ihn verunsicherte. Er konnte nicht damit umgehen, wußte nicht, ob er einen Fehler gemacht hatte, als er mir beim Schwimmen zusah und mir das dann auch noch erzählte. Zerstreut tätschelte ich seine wohlverhüllte Schulter, ich war angetrunken, und die Nacht war warm und duftete verheißungsvoll, und ich mochte den Mann an meiner Seite wirklich gerne, und ich traute mich nicht, meine Hand auf seinen entblößten Unterarm zu legen, auf dem deutlich eine Vene pulsierte. »Es ist schon okay«, sagte ich dabei und spürte, wie seine Anspannung nachließ.

»Ich muß wieder rein.« Er nickte. Keiner von uns beiden bewegte sich, und mein Lachen war nervös und zittrig, als ich noch einmal die Zigaretten zückte und ihm eine anbot. Er zögerte, seine Hände zuckten ein wenig, aber er sagte nichts. Ich wartete einen Moment, dann nahm ich mir selber eine und ließ das Päckchen zwischen uns liegen. Kaum hatte ich sie entzündet, hielt er die Hand hin, fragte, zögernd, unsicher. Ich sah auf die Zigarette und dann auf ihn und begriff. Ein Hauch Lippenstift war an dem Filter. Ein Hauch meiner Lippen … Ich gab ihm die Zigarette, und unsere Finger berührten sich unendlich sanft und behutsam, und ich wußte, es war verrückt, was hier passierte, und ich wußte, ich müßte gehen, müßte dem ein Ende bereiten, ich war eine nüchterne Norddeutsche, eine Geschäftsfrau, erfolgreich, selbstbewußt und kompetent, und es konnte nicht sein, daß ich hier mit einem taubstummen Araber saß und daran dachte, daß ich mich eventuell verliebt haben könnte, ich doch nicht, Liebe war etwas für die anderen, nicht für mich, und überhaupt wollte ich einen Wikinger, wenn es denn überhaupt ein Mann sein mußte, ich sollte aufstehen und wieder feiern gehen, aufhören, an ihn zu denken, ihn zu verstehen. Ich wollte das alles gar nicht.

An seinem Gesicht bemerkte ich, daß er versuchte, meinen Gedanken zu folgen, und meine Mimik zum Teil wohl auch deuten konnte, denn ein sanftes, trauriges Lächeln glitt über seine Züge, ein Mundwinkel zuckte.

Ich hob den Kopf und drückte mein Rückrat durch, zog die Beine unter mich und drapierte den Rock. Er verfolgte jede meiner Bewegungen. Ich bleibe hier, drückte ich mit meiner Körpersprache aus, ich sitze hier bei dir, weil ich es will und weil ich es schön finde.

Und dann folgte etwas für mich Überraschendes: Er imitierte meine Gestik.

Ich dachte zum ersten Mal darüber nach, daß es wohl auch für ihn nicht so einfach war. Ich war eine Touristin und eine Ungläubige, und es würde nicht geduldet werden, daß wir uns so gut verstanden. Auch ihn kostete es Überwindung, in meiner Nähe zu sein, auch er hatte Stolz und wollte Achtung, verdiente Achtung.

Warum hatte ich es mir nie deutlich gemacht? Ich hatte ihn immer als so selbstverständlich an meiner Seite gesehen, ja, oft gedacht, daß er sich um das Pferd sorgte. Ich hatte nie darüber nachgedacht, wieviel Mut es von ihm erforderte, wie oft er Mehdi wohl schon getrotzt hatte.

Ich lächelte ihn an und neigte den Kopf vor ihm und hoffte, er würde die Geste als Anerkennung verstehen.

Er verstand. Zumindest vermutete ich es, denn in seinem Lächeln spiegelten sich meine Überlegungen. Aber so ganz genau würde ich es wohl nie wissen.

Laute Musik und schwüle Wärme schlugen mir entgegen, als ich den großen Saal wieder betrat. Marina, die Honigblonde, stand dicht am Eingang. Sie sah mich kommen und lächelte sanft, ein bißchen verschleiert, wie es mir erschien, dann kam sie mir entgegen. Eine hübsche Frau, dachte ich noch, dann holte sie mich abrupt auf den Boden der Tatsachen zurück.

»Ein Taubstummer, Herzchen? Hast du DAS nötig?« Und ich ließ mich hinreißen, zu nah war die Erinnerung an seine Nähe, an sein Lächeln, an das, was er mir bedeutete.

»Du weißt ja nicht, wie gut er ist«, flüsterte ich zweideutig zurück.

»Wie kommst du denn darauf? Glaubst du, du hättest ein Monopol auf ihn? Du hättest ihn mitgebucht? Erfolgreiche Geschäftsfrau, alles ist zu kaufen, nicht wahr? Glaubst du denn wirklich, du bist die Einzige, die er vögelt?«

»Wer redet denn vom Vögeln?« fragte ich, jetzt eindeutig amüsiert, und musterte sie von oben bis unten, »ich bin so erfolgreich, ich brauch' sie mir nicht von Papas Geld zu kaufen, die Jungs zum Spielen. Zu mir kommen sie freiwillig. Und jetzt entschuldige mich, es riecht hier so seltsam.«

Ich ließ sie stehen, ohne ihr die Möglichkeit einer Antwort zu geben. Ich weiß, das ist Feigheit vor dem Feind, aber ich war betrunken genug, um mich mit ihr zu prügeln, und so etwas ist in keinster Weise ladylike, aber ich wußte, wozu ich fähig war, wenn ich genug gereizt wurde. Und wenn Alkohol erschwerend dazu kam. Wahrscheinlich war das der Italiener in mir. Danke, Papa. Äußerlich gelassen durchschritt ich die Menschenmenge, bemerkte einen vorwitzigen Grashalm zwischen meinen Zehen, entfernte ihn und ging weiter. Innerlich bebte und zitterte ich. Es KONNTE nicht wahr sein, ich glaubte es einfach nicht. Ach, wie einfach wäre es gewesen, wenn ich ihn hätte fragen können. Aber hätte ich es denn getan? Nein, ganz sicher nicht, mein Stolz hätte es nicht zugelassen. Niemals.

Ich griff nach einem Glas Sekt und hätte gerne etwas Stärkeres getrunken, aber dann wäre mir schlecht geworden. Meine Hand zitterte.

Natalie drängte sich zu mir durch. »Du bist etwas blaß um die Nase«, sagte sie leichthin und nahm ebenfalls ein Glas Sekt, »was wollte Miß-nackt-im-Pool denn von dir?«

Ich sah sie an und fragte mich, ob es denn wirklich möglich war, was ich hier erlebte. Gab es denn Menschen, die einfach auf derselben Wellenlinie, auf der gleichen Frequenz funkten, unabhängig davon, wie lange sie sich kannten? War denn die menschliche Gesellschaft nicht ein kompliziertes Geflecht aus gewachsenen Verbindungen? Warum traf ich hier zwei Menschen, die mir innerhalb weniger Tage näher standen als viele andere, die ich seit Jahren kannte, mit denen ich Tür an Tür lebte oder jeden Tag zusammenarbeitete. Entweder war ich wirklich sturztrunken, oder ich ließ es einfach zu, nahm es als gegeben hin. Ich entschied mich für letzteres. Und weil ich schon mal dabei war, meiner Intuition zu vertrauen, gab ich gleich der nächsten Eingebung nach: » Was ist wirklich passiert zwischen dir und deinem Ex? Du hast sie in flagranti erwischt, nicht wahr?« Überrascht sah sie auf, und einen Moment spiegelten sich meine Gedanken in ihren Augen, dann nickte sie. »Wie kommst du darauf?« »Intuition«, sagte ich trocken, »bist du jetzt ganz frei davon?« »Nein. Und ich glaube, ich werde nie ganz und gar davon frei sein. Ein Teil von mir wird immer Angst haben, dieses Bild noch einmal zu sehen.«

Ich nickte verstehend, mehr brauchte ich nicht zu wissen, mehr wollte ich nicht wissen. Ich hatte keinerlei voyeuristischen Neigungen, jedenfalls keine, die über das Normalmaß hinausgingen. Was auch immer das sein mochte.

»Sie hat mir erzählt, wie wunderbar Farouk vögeln würde«, sagte ich dann, auf ihre Frage zurückkommend, und tat so, als würde mich das alles nichts angehen. Um uns herum tobte das Leben, war eine riesige Party im Gange, lachen, singen, schunkeln, tanzen, nichts, was nicht geboten wurde. Es war heiß und stickig, und in meinem Kopf begann es sich langsam zu drehen.

»Oh nein«, stöhnte Natalie. Und dann: »Farouk? Ist er hier?« Fast hätte ich gelächelt. Wie kam sie so prompt auf die Idee? »Er war hier. Ich habe ihn eben getroffen.« Sie hob ihr Glas. »Du machst Fortschritte.« Ich wich einem Betrunkenen aus und verneinte. »Es war Zufall. Ich wollte nur frische Luft schnappen und er war im Garten.« »Zufall. Natürlich.« Spöttisch betrachtete sie mich. »Laß uns eine rauchen gehen.«

Wir setzten uns an den beleuchteten Pool, ich wußte, hier würde er nicht herkommen. Ruhig betrachtete ich ihr Profil, die dicken schwarzen kurzen Haar und die gerade Nase.

»Erzähl«, sagte sie und gab mir Feuer. »Es gibt nichts zu erzählen. Ich war im Garten, dahinten, und betrachtete die Sterne, und er stand im Schatten der Bogengänge und kam dann auf mich zu. Wir haben eine geraucht und uns unterhalten, und dann bin ich wieder gegangen.« »Er ist extra hergekommen um dich zu sehen?« »Nein, er wollte die Party sehen.« »Herrgott, Mädchen, wach doch endlich auf. Man braucht euch doch nur zu beobachten, um zu sehen, daß ihr verliebt ineinander seid.« »Unsinn. Wie sollte ich mich in einen taubstummen Araber verlieben?« Es sollte spöttisch klingen aber ich befürchte, es mißlang kläglich.

»Merkst du denn überhaupt, daß er taubstumm ist? Eben hast du erzählt, ihr hättet euch unterhalten. Du verstehst ihn doch und er dich.«»Ich lese das meiste in seinen Augen«, sagte ich unbehaglich,»da kann ich nichts für, seine Gedanken springen mich oft einfach an.«»Ach …«»Aber doch nur bei den offensichtlichen Dingen: Den Pferden zum Beispiel. Ich weiß, was er mir sagen will, weil ich die Pferde kenne. Aber wir könnten niemals wirklich miteinander kommunizieren. Was weiß ich denn schon von seinem Leben? Oder er von meinem? Es gibt überhaupt keine Basis, auf der wir uns verständigen könnten. Zwischen uns liegen Welten, Kulturen.«

»Und dennoch versteht ihr euch. Deine Probleme fangen erst an, wenn du darüber nachdenkst. Solange du instinktiv auf ihn reagieren kannst, tust Du es. Wenn du nicht nachdenkst, wenn dir dein eigener Intellekt nicht im Weg ist, verstehst du ihn und übermittelst auch, was du fühlst, was du willst. Er reagiert sofort: Freust du dich, ist er glücklich, streitest du mit Mehdi, ist er aufmerksam. Er hält Zweige von dir fern und sagt, er würde dich beschützen. Du weißt es, und er weiß es. Ist das nicht ein wunderbarer Beweis dafür, daß Menschsein mehr ist als die Fähigkeit, sich durchzubeißen in unserer hektischen Arbeitswelt, und auch mehr, als seine fünf Sinne beisammenzuhaben? Ihr beiden kommuniziert über einen sechsten Sinn und ich beneide euch darum. Versteh mich nicht falsch, ich beneide dich nicht um Farouk, aber um deine Fähigkeit, mit dem Herzen zu hören.«

Ich holte tief Luft.»Genau das hat er zu mir gesagt: Ich würde ihn mit dem Herzen verstehen.«

Sie lehnte sich zurück. Der Nachtwind spielte mit meinen Haaren, die straßverzierten Strähnen tanzten auf meinen Schultern, über meinen Rücken.»Natalie, ist dir jemals der Gedanke gekommen, wir könnten uns irren? Er redet doch auch mit dir und du verstehst ihn auch.«»Mir sagt er andere Dinge. Mit mir redet er … unpersönlich. Er bleibt so auf dem Pferd sitzen, mir die Seite zugewandt. Wenn er mit dir redet, dreht er sich etwas um, seine Schultern sind dir zugewandt.«

»Das hast du alles beobachtet?«»Ich bin Einkäuferin und führe teilweise verdammt harte Verhandlungen. Ich bin auf die Körpersprache und auf das Entschlüsseln angewiesen.«

Wir schwiegen, und ich gab noch eine Zigarette aus. Ein junger Kellner kam mit einem Tablett, und wir nahmen uns Sekt. Der blaue Rauch kräuselte sich in der fast windstillen Luft, dann kam ein Windhauch und zerfetzte ihn. Wir waren jetzt schon so weit gegangen, daß ich es wagte, sie zu fragen, was mich beschäftigte. »Er wird wirklich alles mitnehmen, was sich ihm bietet, nicht wahr? Da sollte ich mir keine Illusionen machen.«

Sie sah mich an und ihr Gesicht war einen Moment lang fast traurig. »Glaubst du das denn? Ich meine: Glaubst du das wirklich? Sagt dir dein Gefühl: Der vögelt Blondie, weil sie sich ihm anbietet?« Ich senkte beschämt den Kopf. »Ich will es nicht glauben.«

»Dann tu es auch nicht«, sagte sie unvermutet heftig, »der Mann hat ein so großes Herz und so viel Liebe zu geben, und aus unerfindlichen Gründen hat er beschlossen, sie dir zu schenken. Nimm dieses Geschenk doch einfach an, und hör endlich auf zu zweifeln und zu grübeln. Was meinst du denn, wie oft es ihm passiert, daß ihn jemand – eine Frau, eine schöne Frau! – mit dem Herzen versteht? Kannst du dir auch nur im entferntesten vorstellen, was er durchmacht? Er weiß um sein Manko, er weiß es nur zu gut. Das einzige, was er dir anbieten kann, ist sein Schutz. Er schützt dich. Vor Palmenwedeln, vor Mehdi, vor was auch immer. Er würde es wahrscheinlich mit dem Teufel persönlich aufnehmen, wenn es denn sein müßte. Und immer sieht er, wie du mit anderen Männern lachst und scherzt und REDEST, so mühelos, über Dinge, von denen er nichts versteht, nichts weiß. Und dennoch bleibt er an deiner Seite. Stellt sich auf ein verrücktes Pferd, um dir zu imponieren. Er sieht, daß du es haßt, von Mehdi berührt zu werden, und trotzdem wagt er es ab und zu, dich zu berühren. Du weichst nicht vor ihm zurück. Du schiebst deine Brille hoch, damit er deine Augen sehen kann, in deinen Augen lesen kann. Du suchst nach ihm, wenn er sich entfernt. Versuch doch einmal, über deine Nasenspitze hinwegzusehen und ihn zu verstehen.

Beachte seinen Stolz, eines der Dinge, die er sich bewahrt hat – unter welchen Umständen auch immer, ein taubstummer Mann gilt hier nichts, das glaub mal – und wie oft er ihn schon für dich überwunden hat. Um dir in den Sattel zu helfen, um sich um dein Pferd zu kümmern, dich vor Palmenwedeln zu schützen. Versuch doch endlich einmal, IHN zu sehen und nicht immer nur dich und deine empfindliche europäische Psyche.«

Es war lange still nach dieser flammenden Rede, meine Gedanken überschlugen sich, und ich war kurz vorm Weinen – aber natürlich weinte ich nicht, das tat ich NIE – und ich hatte einen Klumpen im Magen – vom Alkohol, woher auch sonst? –, und mein Herz schlug schwer, und ich war verwirrt und erlöst, traurig und erleichtert und vor allem: Dankbar.

Ich war Natalie dankbar, daß sie es wagte, mich aufzurütteln. Daß sie als Mensch ehrlich und wahrhaftig genug war, mir eine Wahrheit zu sagen, die ich unter Umständen sonst nie entdeckt hätte. Daß ich ihr wertvoll genug erschien für so rücksichtslose Ehrlichkeit.

Ich hatte brennende, schmerzliche Sehnsucht nach ihm, ich wollte endlich wissen, wie sich sein Körper anfühlte, wenn er an meinen gepreßt war. Aber das war nur der Alkohol. Nüchtern würde ich mich nie hinreißen lassen. Ich beugte mich ein wenig zu ihr herüber und legte meine Hand auf ihre Schulter. »Danke.« Sie sah auf und war ein wenig verlegen. »Ich hatte nicht grob werden wollen.« »Ich habe es gebraucht.« »Ich beschäftige mich schon lange mit euch, weil ich es so faszinierend fand. Ich meine, es ging nicht um dieses: Touristin meets Scheich, sondern um zwei Menschen, die sich allen Umständen zum Trotz verstehen. Irgendwie ist es ziemlich interessant, wenn ich es so sagen darf.« »Du darfst fast alles sagen. Ich beschäftige mich seit letztem Jahr mit ihm und bin in meinen Überlegungen nicht annähernd so weit gekommen wie du.«

Es dämmerte bereits, als ich über die vertrauten Wege heimschlich, die hochhackigen Sandalen in der Hand, die Füße schmerzend von ungezählten Tänzen, arg betrunken, aber durchaus Herr meiner Sinne, wie immer. Ich wünschte verzweifelt, Farouk zu treffen, ich würde ihn herzen und küssen, hier und jetzt, ihn im Arm halten, all die Wärme und Zärtlichkeit geben, zu der ich fähig war. Und ich wußte, daß ich das nur unter Alkoholeinfluß tun würde. Nüchtern würden sich sofort wieder Hemmungen und Bedenken dazwischenschalten. Ich suchte nach dem arabischen Mantel und wußte, daß ich ihn nicht finden würde. Ich dachte an das stolze Gesicht, das mich zu einem Rennen herausforderte, und an den flackernden Blick, der meinen entblößten Bauch striff, an nacktem Fleisch hängenblieb. An das Begehren, seines und meines, das ich bisher negiert hatte, nicht wahrhaben wollte. Oh Gott, wie gerne würde ich ihn berühren. Wie sehr wollte ich wissen, wie sich seine Haut anfühlte, glatt und warm, das Spiel der Muskeln und Sehnen darunter.

Aber ich wußte auch, daß ich nicht anders hätte reagieren können, als ich es bisher getan hatte, ich war nicht leicht entflammbar.

Einen Moment blieb ich noch auf der Terrasse stehen, betrachtete, wie sich der Himmel langsam verfärbte, und suchte noch immer vergeblich nach der mir so vertrauten Gestalt.

Sophie war am nächsten Tag natürlich nicht verkatert, aber ich glaube, sie war damit wirklich die einzige im gesamten Club. Ich ließ das Frühstück ausfallen und hörte später, daß wohl nur vereinzelte einsame Gestalten tatsächlich ein Frühstück zu sich genommen hatten und einige ältere Leute, die gestern etwas früher ins Bett gegangen waren.

Lars war etwas grünlich im Gesicht, als er nachmittags endlich auftauchte und schwor, daß er nie wieder Alkohol trinken würde.

»Wie war denn die Geschichte mit Blondie?« fragte ich, eigentlich nur, um etwas zu fragen, nicht, weil es mich wirklich interessierte.

»Sie hat mir das Zimmer vollgekotzt«, sagte er mit Grabesstimme, und ich lachte aus vollem Hals. »Sicher hast du ihr den Kopf gehalten und sie bemitleidet, kalte Umschläge gemacht und sie nach besten Kräften getröstet«, lästerte ich. »Ich würde eher sagen: Das war das Ende einer hoffnungsvollen romantischen Beziehung.«»So schnell kann es gehen ... armer Kerl.« »Wie war das doch gleich ... wer den Schaden hat, braucht für den Spott nicht zu sorgen?«»Ja, so ähnlich auf jeden Fall.«»Im Grunde ist es deine Schuld. Warum bist du nicht auf mein Werben eingegangen? Du bist wenigstens trinkfest.«»Oh ...ja. Ja, du hast recht, wenn man es näher betrachtet, ist es meine Schuld. Wir sollten darauf anstoßen.« Er ließ sich zurücksinken und winkte ab. »Ein anderes Mal, okay? Mit Orangensaft. Oder Apfelschorle. Oder Bitter Lemon?«»Klingt verlockend.« Er war so blaß, daß er mir tatsächlich schon fast wieder leid tat. Aber nur fast. Frauen sind hartherzig, bei näherer Betrachtung mußte ich es zugeben.

Natalie trug eine mächtig große und sehr dunkle Brille, als sie am Swimmingpool entlang ging und ich hätte schwören können, sie taumelte noch immer leicht. »Oh Gott, ich habe einen Geschmack im Mund ...« stöhnte sie. »Hallo Natalie«, sagte ich freundlich, »es ist immer wieder herzerwärmend, so liebevoll begrüßt zu werden.« Sie grinste müde. »Hi. Dir geht es anscheinend nicht so schlecht. Ich weiß jetzt nicht, ob mich das wirklich freuen soll.« »Überleg es dir einfach noch ein Weilchen. Vielleicht sollten wir etwas essen gehen? Ich wette, danach geht es dir besser. Du brauchst nicht von dem fetten Speck zu nehmen und auch nicht unbedingt die Leber zu probieren, aber ...«

Ich zog es vor, auf der Stelle zu verstummen und zwei, drei Meter Sicherheitsabstand zwischen uns zu bringen. Sie wog gut 15 Kilo mehr als ich und war auch nicht kleiner, und ich dachte, es wäre an der Zeit für ein Friedensangebot. »Hör mal, jetzt im Ernst: Viel trinken und Obst essen. Der Kater entsteht hauptsächlich durch den Flüssigkeitsverlust im Körper – glaube ich jedenfalls. Ich habe mal so etwas gelesen. Und Obst kann nicht schaden. Vitamine und noch mehr Flüssigkeit. Laß uns gehen, ja?«»Warum bist du nur so entsetzlich munter?« beschwerte sie sich. Ich hob die Schultern. »Ich habe mir das alles vor nicht allzu langer Zeit von Sophie anhören müssen. Und ich habe schon ein bißchen was gegessen, danach ging es mir besser. Außerdem habe ich Lars fertiggemacht, was meinem Wohlbefinden natürlich sehr zuträglich war.« Lars verdrehte die Augen. »Da hörst du es. Ist sie nicht grauenvoll? Hartherzig und grausam. Bestimmt warst du in deinem vorherigen Leben Einpeitscher auf einem Sklavenschiff.« »Stimmt«, sagte ich und tat verblüfft, »woher weißt du das?« Natalie zog sich mühevoll von dem Stuhl hoch. »Laß uns gehen. Komm, Lars, wir stützen uns. Wenn es schon sonst niemand tut ...« »Da wäre ich mir nicht so sicher. Wo ist denn der Tennislehrer, mit dem du die Nacht verbracht hast?« »Nur auf der Tanzfläche, mein Lieber. Den Rest der Nacht verbrachte ich alleine. Im Gegensatz zu dir, wie ich fast meinen möchte.« »Weiß das denn jeder hier? Habe ich ein Schild auf der Stirn oder so was?« »So was«, stimmte ich zu und ging den beiden voran. »Was ist mit dir?« fragte Lars. »Hast du auch gestern die Eisprinzessin gespielt?« »Nicht gespielt, mein Lieber. Ich bin sie. Die Schneekönigin, die statt eines Herzens einen Eisklumpen in ihrer Brust trägt.« »Laß mal fühlen.« »Oh, oh ... es scheint dir schon wieder besser zu gehen.« Er grinste zumindest, eine Andeutung seines alten übermütigen Grinsens. Wir gingen in den Speisesaal und gleich wieder hinaus, es mußte Fisch geben, es roch nach Fisch und ich konnte gut verstehen, daß Natalies Magennerven diesem Geruch nicht standhielten, meine eigenen muckten ebenfalls auf.

»Gehen wir ins Strandrestaurant, da können wir draußen sitzen«, schlug sie vor, und wir folgten erleichtert. Tatsächlich ging es uns schon bald wieder besser, es gesellten sich so nach und nach immer mehr Leute zu uns, die gestern mitgefeiert hatten, wir aßen Obst und Joghurt und trockenes Brot und schütteten Unmengen von Fruchtsäften in uns hinein. Eigentlich dauerte es gar nicht so lange, und wir hatten die nächste Party, diesmal unter dem Motto: »The day after«. Es war nicht das Verkehrteste, ganz ehrlich. Ich saß in der Wärme, über mir flatterte neckisch die gestreifte Markise, ein leichter Wind wehte vom Meer, bunte Segel von Surfern und Katamaranfahrern tummelten sich darauf, es roch nach salzhaltiger Luft und ein bißchen nach Büfett, die Kellner, überwiegend Moslems, die keinen Alkohol tranken, machten sich über uns lustig, und wir ließen sie gewähren. Wir waren schließlich selber schuld an unserem Zustand.

Zu guter Letzt gesellte sich sogar Sophie zu uns, es war ihr zu langweilig, alleine die Mittagsstunde zu verbringen, außerdem hatte sie jetzt die Hochzeit hinter sich und damit fast alles, vor dem sie sich gefürchtet hatte, sah man von dem Kind in ihrem Bauch einmal ab. Sie war heiter und gelöst, und ich war erleichtert und freute mich für sie.

An diesem Abend ging ich wirklich früh ins Bett, nach dem Abendessen saß ich noch einen Moment mit Sophie auf meiner Terrasse – jetzt war es schon MEINE Terrasse – und redete, aber ich war müde und wollte für den nächsten Tag wieder fit sein, wir hatten einen großen Ausflug geplant, einen Ritt zur Lagune, bei dem wir fünf bis sechs Stunden unterwegs sein würden. Ich wollte lieber nicht mit diesem Kater auf einem Pferd sitzen und auch nicht absolut übermüdet sein. Ich wollte hübsch sein, ausgeruht. Vielleicht würde ich mir sogar die Haare ordentlich flechten. Je nachdem, wieviel Zeit ich morgen früh noch haben würde. Wenn ich mich zum Flechten aufraffen konnte, würde ich einen Bauernzopf flechten, und da ich nicht eben überwältigend geschickt war, dauerte es halt seine Zeit. Oder ich würde schmalere Zöpfe flechten, die ich in einem Kranz um den Kopf legte. Letzteres kam eher selten vor, es sah zwar recht romantisch aus – gerade, wenn ich noch ein zur Kleidung passendes farbiges Band einflocht -, aber brauchte auch viel Zeit und Sorgfalt, beides nicht meine Stärken. Außerdem hatte ich kein kirschrotes Band, und ich gedachte, morgen eben jenes Shirt wieder anzuziehen.

Irgendwann wurde mir bewußt, welche Gedanken ich wälzte. Wen interessierte es denn, wie ich aussah, was ich anhatte? Ich wollte morgen den halben Tag auf dem Pferderücken verbringen und machte mir ernsthaft Gedanken um mein Aussehen? Ich mußte vom Wahnsinn umzingelt sein. Energisch ging ich unter die Dusche und schrubbte mich, als könne ich damit der Gedanken Herr werden, die durch meinen Schädel wirbelten. Ich muß jetzt nicht extra erwähnen, daß schlanke, bewegliche Hände und lichtbraune Augen die Hauptrolle darin spielten?

Der nächste Morgen dämmerte kühl und klar herauf, ich war früh wach, noch vor dem Weckruf des Telefons, unruhig, rastlos. Der Wind bog die Palmen, als ich die schweren Vorhänge zur Seite zog, und der Himmel sah fast gläsern aus, so klar und hell war das Blau. Ich hatte noch viel Zeit, der Ritt würde erst um 9.00 Uhr starten, aber durch meine Adern rauschte das pure Adrenalin, so, als würde etwas ganz Besonderes bevorstehen, nicht einfach ein Ausritt. Lästig, dachte ich, als mir eine Strähne, die ich sorgfältig gezwirbelt hatte, zum dritten Mal durch die Finger rutschte, bevor ich sie feststecken konnte. Würde etwas anders sein, heute, nachdem wir die Nacht im Garten gesessen hatten? Quatsch. Was sollte anders sein? Warum machte ich mir überhaupt so viele Gedanken?

Ich klopfte sehr rechtzeitig an Natalies Tür, sie war zum Glück schon auf und auch angezogen und nicht verärgert, daß ich zu so einer unchristlichen Zeit störte. Hatten wir halt mehr Zeit zum Frühstücken. Es war für hiesige Verhältnisse ein kühler Morgen, der Wind kam vom Meer und trug dessen Duft mit sich und auch die würzige Frische. Ich war froh, daß ich meine Strickjacke mitgenommen hatte. Sie hatte ursprünglich meinem Vater gehört, der ungleich größer und breiter war als ich, ich versackte immer ein bißchen in ihren üppigen Weiten, aber ich liebte diese Jacke heiß und innig. Sie war warm und groß genug, um einen gewissen

Schutz vor dieser Welt zu bieten, wenn ich ihn mal wollte. Das war zwar heute morgen nicht unbedingt der Fall, aber schaden konnte die Jacke nicht. Natalie sah noch immer etwas verquollen aus, und ich machte mir so meine Gedanken, hauptsächlich, um mich von anderen Gedanken abzulenken.

Unsere Schritte knirschten über den Kies, Yasmin hob den Kopf und kam mir entgegen, soweit es sein Strick zuließ, ich wußte nicht, was dieses Pferd an mir fand, aber jeden Morgen beglückte mich diese Art der Begrüßung ungemein. Farouk, weit weg, sattelte Kalif, einen hübschen Braunen, der hoch gestiefelt war. Ich warf ihm einen Blick zu, den er bemerkte und mit einem raschen Lächeln quittierte, ein Lächeln, das genauso unsicher war, wie ich mich fühlte. Wußte auch er nicht, ob sich etwas geändert hatte? Hatte auch er das Gefühl, jeden Morgen unser merkwürdiges Verhältnis neu ausloten zu müssen? Ich kraulte das Pferd und murmelte Koseworte in seine gespitzten Ohren, die samtenen Nüstern fuhren über meine Hand, meinen Unterarm, ich klopfte seinen Hals, ganz warm unter der schweren, langen Mähne, und er suchte an der Jacke nach etwas Freßbarem, riß aber sofort den Kopf wieder hoch, er wußte genau, daß er nicht betteln durfte.

Farouk, jetzt etwas näher, eine junge Frau zu Michele begleitend, ein kurzes Lächeln zu mir, jetzt schon selbstbewußter. Natalie stieß mich an. »Er lächelt«, zischte sie aus dem Mundwinkel. »Ich weiß. Ich hab zurückgelächelt.« »Aber wie er lächelt. Er sieht nur dich. Er hat mir noch nicht mal guten Morgen gesagt. Erzähl mir nie wieder, das sei alles nur, weil er sich um das Pferd sorgt.« Ich mußte lachen, es war, als sei eine Zentnerlast von mir genommen. Nein, es ging hier sicher nicht um das Pferd. So naiv war nicht mal ich. Mehdis Hand auf meiner Schulter. »Du reitest Belel.« Und auf meinen Blick hin: »Kein anderer Reiter für ihn.« Ich hob die Schultern und ging zu dem Schwarzen, der mit dem Kopf schlug, daß das Zaumzeug klirrte und unwillig die Ohren anlegte. Naja, wenn Yasmin mich mochte, hatte Belel immerhin das Recht, mich nicht zu mögen.

Farouk kam auf mich zu, er trug eine dunkle, weiche Hose, ein blaues Clubshirt und einen arabischen Umhang gegen die morgendliche Kühle. Er hielt sich sehr gerade, und ich wußte, warum ich den Eindruck hatte, er sei einiges größer als ich. Um mich herum wurden Reiter zu ihren Pferden gebracht, wieherten die Tiere, schnaubten, stampften. Menschen lachten, scherzten, riefen sich Kommentare zu, je nachdem spöttische oder ängstliche, aufmunternde, erfreute, erzählten noch rasch Anekdoten der letzten Nacht, riefen nach Mehdi oder Momo, dem Kutschenjungen. Es war laut und hektisch, und ich haßte es, ich wurde doch auch nicht laut, wenn ich mich einem Pferd näherte. Ich murmelte einige Worte in Belels angelegte Ohren und hoffte, ihn damit ein wenig gnädiger zu stimmen, aber er war eindeutig schlecht gelaunt. Entweder hatte er keine Lust auf den Ausritt oder auf mich. Farouk trat neben mich, Lederchaps in der Hand und Fragen in den Augen, die ich in ihrer Komplexität nicht verstand. So sah ich ihn nur an, so vieles, was ich hätte sagen können, sagen wollen, aber mir fehlten die Gesten, mir fehlte der Mut. Er gab mir die Chaps, und ich nahm sie ihm bedachtsam ab, indem ich ihn berührte, mit meinen Fingern bewußt über Hände strich, langsam und zart, eine Berührung, die mir wieder das Blut in die Wangen trieb und meine Pulsfrequenz enorm ansteigen ließ.

Es war eine Art, danke zu sagen, danke für seine Aufmerksamkeiten und seine Zuwendung. Und ich hoffte, daß es eine gute Art war, daß er es verstand. Seine Augen flackerten nicht, wichen nicht aus, sein Lächeln vertiefte sich etwas, dann wandte er sich ab, um den Sattelgurt nachzuziehen, und ich legte die Chaps an.

Belel führte das übliche Theater auf, steppte, tänzelte, wirbelte um die eigene Achse. Ich konnte schon verstehen, daß Mehdi keinen anderen Reiter für ihn fand, fragte mich aber doch, warum es mir nicht vergönnt war, auf Yasmin Platz zu nehmen. Im Gegensatz zu Yasmin war Belel einfach nur anstrengend. Es dauerte etwas, bevor die ganze Gruppe auf dem Weg war, acht Reiter, davon drei Männer – unter anderem auch Lars, mit dem ich gar nicht gerechnet hatte –, Natalie und ich und drei weitere Frauen, von denen eine mit stark ausgeprägtem Dialekt sprach. Zwei Kutschen wurden fertig gemacht, die Leute, die in den Kutschen transportiert wurden, hielten sich von uns Reitern fern, es waren hauptsächlich junge Paare mit kleinen Kindern, denen man ansah, für wie gefährlich sie die Pferde hielten. Die Mütter achteten mit Habichtaugen auf ihre Kindern, hielten sie fest, trugen sie auf dem Arm. Naja, gut, angesichts Belels Theater konnte ich es ihnen nicht mal verdenken, aber ich war froh, daß es nicht meine Aufgabe war, auf so einen Wurm zu achten. Die waren schneller, als man gucken konnte, und rannten garantiert gerade da hin, wo sie nicht sein sollten. Anstrengend. Dann doch lieber Belel, der jetzt quer über den Hof zum Tor steppte. Auf Mehdis Geheiß gingen wir wieder Tete, ich wäre lieber am Schluß geritten, aber ich konnte später immer noch zurückbleiben. Der Torwächter lächelte und grüßte und nickte anerkennend. Ich grinste zurück, vermutete aber, daß es relativ gequält wirkte. Momo lief an mir vorbei, eine schwere Spiegelreflexkamera in der Hand, kletterte auf eine Mauer vor mir und begann zu photographieren. Neben uns flatterte eine Plane im Morgenwind, was Belel natürlich dazu veranlaßte, sich aufzubäumen, im Schrittempo zu galoppieren, seitwärts zu steppen, kurz, alle möglichen Kapriolen zu machen, die ihm gerade einfielen. Ganz klasse. Wenn das so weiterging, hatte ich schon Blasen an den Händen, bevor wir auch nur in die Nähe der Lagune kamen.

Gleich hinter mir ritt die Frau mit dem Dialekt. Sie käme aus Ulm, erzählte sie, nachdem sie mich und meine Reitkünste und das wilde Pferd ausgiebig bewundert hatte, und habe sich das Reiten ganz alleine beigebracht. Das sieht man, dachte ich herzlos, lächelte aber nur, ohne eine Antwort zu riskieren. Und auch nur im Urlaub, fügte sie noch hinzu. Sie saß auf Michele, dem hübschen Braunen mit den hohen Stiefeln, der artig hinter Belel hertrottete. Ich glaube nicht, daß es Michele an Feuer fehlte, eher vermutete ich, er sei ein ausgeprägter Morgenmuffel.

Mehdi ritt jetzt in leichtem Trab an der Kolonne vorbei, er redete hier und flirtete da, die Männer ignorierte er außer einem kurzen Nicken. Den Frauen wandte er aber um so mehr Aufmerksamkeit zu, sie bekamen förmlich Streicheleinheiten, verbale oder auch nonverbale Komplimente, Aufmerksamkeiten, tiefe Blicke aus funkelnden schwarzen Augen. Er konnte unglaublich charmant sein, das mußte ich ihm lassen.

Als er an mir vorbeiritt, warf er einen Blick auf den schäumenden Belel und nickte mir dann zu. »Du reitest gut«, sagte er und hob eine Hand. Ich klatschte meine Handfläche dagegen, warum sollte ich riskieren, ihn wegen solcher Kleinigkeiten zu verärgern? »Ich gehe gleich wieder nach hinten, ist das okay?« Er sah auf und nickte desinteressiert, in Gedanken ganz weit weg. Vermutlich hatte er keine Lust, den lieben langen Tag Touristen durch die Gegend zu führen.

Ich scherte mit Belel aus und ließ ihn entgegen der Gruppe gehen, redete einige Worte mit Lars und scherte hinter Natalie ein. »Es ist etwas anstrengend da vorne, zwischen meinem Freund Mehdi und einer Ulmerin, die ich kaum verstehen kann vor lauter Dialekt. Außerdem habe ich keine Lust, so viel zu reden.« »Kann ich verstehen«, sagte Natalie gleichmütig. Sie war ein Mensch, der grundsätzlich erst mal akzeptierte, was andere taten, die nicht in Abrede stellte, die lebte und leben ließ. Sehr angenehm. Hinter mir knatterte ein Mofa, Belel legte die Ohren an, scheute aber nicht, das Geräusch waren die Tiere gewöhnt, alle Welt bewegte sich auf den stinkenden Dingern vorwärts. Mich ärgerte das Mofa aber, das so beharrlich hinter uns blieb, ich fühlte mich belästigt und drehte mich um in der Hoffnung, den Störenfried zu verscheuchen. Aber es war Momo, von dem ich gedacht hatte, er würde wieder eine der Kutschen führen. Er knatterte ungerührt neben mir her, die teure Kamera um den Leib geschlungen.

Allmählich wurde ich nervös, Farouk war noch nicht bei uns, und mir fiel auf, daß er nichts davon gesagt hatte, daß er mitkommen würde. Ich hatte es immer einfach als selbstverständlich vorausgesetzt, wie ich so vieles als selbstverständlich hinnahm. Um so erleichterter war ich, als ich hinter mir die raschen Galoppsprünge hörte, dumpfes Trommeln der Hufe auf Sand, und als ich mich umsah, jagte er auf dem Braunen heran, diesem wunderschönen, verrückten Tier. Er saß locker und elegant auf dem Pferd, trug noch den Umhang, war gelöst. Ich konnte meinen Blick nicht von ihm wenden. Er erschien mir so fremd, so stolz, ein Sohn der Wüste, ein Tuareg, ich würde nie erfassen, was in ihm vorging. Und dennoch: Mein Herz flog ihm entgegen, auch wenn er es nie wissen würde. Ich war stolz auf ihn, auf die Art, wie er sich verhielt, wie er mit seiner Behinderung fertig wurde. Aber auch das würde er nie wissen.

Er zügelte den Braunen neben mir. Warum bist du hier hinten? fragte er, und ich gestikulierte, daß die Frauen da vorne zu viel redeten und daß es mich erheblich stören würde. Er grinste genauso breit, wie jeder andere Mann es getan hätte, den ich kenne. Er trug eine Peitsche, und als ich darauf deutete und fragte, warum, entblößte er die Zähne. Ich verstand nicht. Er zog die Oberlippe hoch und streckte den Kopf vor. »Wölfe?« riet ich und er nickte. Nein, Wölfe würde es hier nicht geben, entschied ich, und so blieb das Rätsel um die Peitsche ungelöst.

Er ritt nach vorne und unterhielt sich munter, auch mit Lars, was mir positiv auffiel, war Lars doch der Auslöser für seinen Eifersuchtsanfall gewesen. Andererseits – vielleicht war es kein Eifersuchtsanfall gewesen, sondern einfach nur schlechte Laune. Wieso maßte ich mir an, über sein Seelenleben Bescheid zu wissen? Er flirtete, ich sah es ganz deutlich. Lachte und scherzte mit der Ulmerin und auch mit der hinter ihr reitenden Frau, die auf ihn reagierte, sein Lachen erwiderte und ein bißchen gestikulierte, wobei ich bemerkte, daß sie ihr Haar löste und auslockerte, während er auf ihrer Höhe war. Ich hörte schon wieder die Flöhe husten und schämte mich dafür. In Wirklichkeit gönnte ich ihm natürlich die Bestätigung, die er bekam, ich freute mich für ihn, wenn er merkte, daß man sich Mühe mit ihm gab.

Aber nur, solange er zu mir zurückkam. Oh, war ich kleinlich und egoistisch und unrealistisch.

Die Sonne stieg höher, und es wurde jetzt wärmer, ich zog meine Wolljacke aus und wickelte sie mir um die Hüften, kein leichtes Unterfangen, mußte ich doch gleichzeitig Belel zügeln. Wir trabten ein ganzes Stück über das trockene, ausgedörrte Land und langsam bekam ich einen gewissen Rhythmus mit dem Pferd, es schien, als würden wir uns aneinander gewöhnen. Er war noch weit davon entfernt, sich zu versammeln, aber kämpfte auch nicht mehr ausschließlich gegen mich an. Fast war ich soweit, mich zu entspannen, als eine Veränderung mit ihm vorging: Belel wurde nervös. Ich hatte dieses Pferd oft genug geritten, um seine normale Aufsässigkeit von Nervosität oder Angst unterscheiden zu können. Als ich mich umsah, um vielleicht den Grund für sein Verhalten zu finden, bemerkte ich sofort die Hunde, die flach und geduckt über ein trockenes Feld gerast kamen, die Köpfe gesenkt und vorgestreckt. Sie gaben keinen Laut von sich, und das war das schlimmste. Die Geschwindigkeit, mit der sie sich näherten, die Lautlosigkeit und das helle Gebiß, das im Sonnenlicht schimmerte, geiferte, fletschte.

Und plötzlich wußte ich, warum Farouk eine Peitsche mit sich führte.

Belel machte jetzt ernsthaft Anstalten, durchzugehen, er hatte Angst und steigerte sich immer weiter hinein, die Hunde kamen rasch näher, zwei helle, fast weiße Köter mit struppigem Fell und steil aufgerichteten Ruten. Ich redete beruhigend auf Belel ein und wünschte, Farouk würde endlich die Augen von der Blonden wenden – ihre Haare waren nicht blond, sondern straßenköterfarben! –, oder Natalie würde den Ernst der Lage begreifen und Alarm schlagen, ich wünschte, irgend etwas würde jetzt passieren, das mich aus meiner mißlichen Lage befreite. Laut zu rufen oder zu schreien wagte ich nämlich nicht, ich hatte Angst, Belel damit den Rest zu geben. Außerdem ging alles sehr schnell, auch

wenn es sich beim Beschreiben eher anhört, als würde ich minutenlang zögern. Natalie sagte später, sie hätte die Unruhe einfach für einen weiteren Temperamentsausbruch Belels gehalten und sich deswegen nicht gekümmert. Belel bäumte sich jetzt auf und schrie wütend, so wie damals, als das fremde Pferd zu uns gekommen war, es war wirklich ein Wutschrei, und ich saß auf dieser Kreatur, die in der Lage war, solche Geräusche von sich zu geben. Aber dieser Schrei machte nun endlich Mehdi aufmerksam, er entdeckte die Hunde, und sein Arm flog vor, eine herrische, vielleicht auch etwas erschrockene Geste zu Farouk, der sofort den Braunen herumriß und den Hunden entgegensprengte. Diese bremsten ab, um ihren Gegner einzuschätzen, sie waren so dicht, daß ich die gesträubten Bürsten sehen konnte, die offenen Fänge, den Geifer. Ich hörte ihr drohendes Knurren, als Farouk die Peitsche schwang, sie preßten sich eng an den Boden und fletschten dem Pferd entgegen. Der Braune bäumte sich auf und schlug mit den Hufen, die Peitsche fuhr zischend durch die Luft. Sie wichen zurück, zögernd nur, als wollten sie sich ungern ein so üppiges Mahl entgehen lassen. Farouk setzte nach, dann traf die Peitsche eines der Tiere, es heulte schrill auf, und Belel stürmte vor, ich saß auf einem wildgewordenen Kraftpaket, bestehend aus Muskeln, Sehnen und Panik und klammerte mich mit den Oberschenkeln an den Sattel, während ich den rechten Zügel annahm, so daß der arme Teufel sich wie ein Derwisch um seine eigene Achse drehte, um dann plötzlich und so unverhofft stehenzubleiben, daß ich fast gestürzt wäre. Sekundenbruchteile stand er still, erstarrt, die Hunde traten den Rückzug an, der Braune galoppierte im Schritt, und Belel begann seitwärts zu steppen. Endlich wieder eine Gangart, mit der ich mich auskannte.
Farouk kehrte zurück, er sah bekümmert aus. Ich habe sie nicht gesehen, bedeutete er. »Das hab ich gemerkt«, sagte ich trocken und verkniff mir den kleinlichen Kommentar: Und ich dachte, du wolltest mich schützen.
Alles okay? fragte er und ich nickte, tätschelte Belel noch einmal

den Hals und murmelte begütigend. Eigentlich hatte er alles ganz tapfer überstanden. Er hob die Peitsche und deutete auf die Hunde, die in einiger Entfernung stehen geblieben waren und uns nicht aus den Augen ließen. Ich nickte verstehend. Er musterte Belel und zeigte an, daß ich es gut machte. Ich grinste etwas schief, nahm die Zügel in eine Hand und zeigte ihm die andere, die Handfläche nach oben, dann schüttelte ich sie aus. Er sah mich an, und ich glaubte zunächst, er habe nicht verstanden, aber dann nahm er die Hand und strich ganz vorsichtig über den arg geröteten Ringfinger. Seine Körperhaltung drückte dabei eine merkwürdige Vorsicht aus, als wolle er gleichzeitig zurückweichen. Als ich vor seiner Berührung nicht zurückzuckte, wie er es so oft gesehen hatte, wenn Mehdi mich berührte, und wie ich es auch vorgestern abend noch getan hatte – wenn auch aus anderen Gründen –, wagte er es, aufzusehen. Der Ausdruck in seinen Augen veranlaßte mich, vorsichtig und bedachtsam meine Hand zurückzuziehen, ganz langsam, zögernd nur. Ich wollte ihn nicht loslassen. Ich dachte nur, es wäre besser. Ich dachte, es sei nicht richtig, ihn meine Hand halten zu lassen. Es wirkte immer so billig, wenn Mehdi es mit einer der Frauen machte.

Er hob seine Hände und nahm die Zügel in die ganze Faust. Halt sie so. Ja klar. Grinsend schüttelte ich den Kopf und zeigte an, daß es eine gute Idee war, ich hätte auch selber darauf kommen können. Aber die Zügelhaltung geht einem in Fleisch und Blut über, und jedesmal, wenn ich daran dachte, hielt ich das Leder wieder korrekt in meiner Hand.

Momos Mofa umkurvte uns wieder, lästig wie eine Fliege, er photographierte jeden einzelnen Reiter vor der großartigen Kulisse eines Minaretts, zur Sicherheit machte er pro Reiter drei Photos, und die Blonde warf die Haare und kicherte und schob die Sonnenbrille auf den Kopf, und ich war wütend. Sie war der Typ Frau, der in Männern unweigerlich einen Beschützerinstinkt auslöste und ich wußte ganz genau, auf diesem Ritt würde Farouk nicht mich beschützen, nicht mir die Palmenwedel fernhalten. Wahr-

scheinlich war es sowieso lächerlich, etwas anderes als touristen-
freundliche Hilfsbereitschaft zu sehen.

Farouk ritt wieder entlang der Gruppe, ließ den Braunen allerlei
Kapriolen machen und sonnte sich im beifälligen Raunen der
Frauen, in ihren Blicken, in den glänzenden Augen. Die Blonde
ließ sich sogar dazu hinreißen, in ihre Hände zu klatschen. Mehdi
warf ihm ab und zu Gesten oder Blicke zu, aber davon ließ er sich
nicht beeindrucken. Ich hätte gerne gewußt, ob er sich von der
Blonden beeindrucken ließ, die die Haare über die Schulter warf
und lachte, auffallend den Kopf in den Nacken bog und ihr
Dekolleté zur Geltung brachte. Naja, er war ein Mann, und es war
sein gutes Recht. Warum erwartete ich, daß er an meiner Seite
war, daß er mich verstand, meine Bedenken, mein Zögern. Nein,
ich erwartete es nicht. Er würde wissen, was er tat, und die Verantwortung dafür übernehmen. Ich war ein absolut vernünftiger
Mensch, und es interessierte mich nicht wirklich, mit wem er flirtete, es ging mich auch nichts an. Die Blonde warf ihm so necki-
sche Blicke zu, daß ich es bis zu mir nach hinten sehen konnte,
und mein Blut kam in Wallung, allen Beschwichtigungsversuchen
zum Trotz.
Natalie wandte sich zu mir um und schoß mir einen eindeutig ge-
nervten Blick zu. Ich trieb Belel an, der Weg war hier breit genug,
um es zu riskieren, neben Natalie zu reiten.
»Was ist?« fragte ich in der Hoffnung, ein wenig lästern zu können.
»Das ist ja schon ziemlich peinlich«, sagte sie und wurde mir noch
sympathischer, »du solltest deinen Freund warnen.« »Wen?«
fragte ich verblüfft und wußte einen Moment wirklich nicht, wen
sie meinte. Sie sah mich etwas merkwürdig an, ihre Augenbrauen
rutschten bis über den Rand der Brille hoch. »Farouk. Vielleicht
hört er auf dich.« Sie sagte es so selbstverständlich, daß ich das
Protestieren vergaß. »Was sollte ich denn sagen? Er ist erwachsen
und er ist nicht mein Freund. Tut ihm doch gut, diese Bewunde-

rung.«»Er bemüht sich immer sehr um dich,« gab sie zu bedenken. »Das habe ich vorhin gemerkt«, platzte ich heraus, »Belel und ich sind fast gefressen worden und er bekam die Augen nicht aus ihrem Ausschnitt!« Natalie nahm die Brille ab und starrte mich an. Emir wandte sich mit einer Drohgebärde an Belel, der die Herausforderung natürlich annahm. Natalie riß unsanft am Zügel, was Emir schnell wieder kurierte. »Du bist eifersüchtig«, sagte sie langsam und ungläubig und begann dann, breit zu grinsen. »Du bist wirklich eifersüchtig.«»Ich habe ja wohl selten so einen Unsinn gehört«, fauchte ich, »eifersüchtig auf ein blondes Gift ... paahh ... Weißt du, was eine dunkel gefärbte Blondine ist? Nein? Künstliche Intelligenz!« Natalie lachte zwar, aber sie ließ sich nicht wirklich ablenken. »Du müßtest mal dein Gesicht sehen«, sagte sie, und es klang nicht mal Spott in ihrer Stimme. Dann hätte ich es vielleicht leichter ertragen. So aber zügelte ich Belel und ließ mich wieder zurückfallen, während Natalie ihre Brille aufsetzte. Ich konnte sehen, wie sie nachdachte. Ich meine, ich sah es, wie die Gedanken sich durch ihr Hirn wälzten.

»Natalie, wag es nicht«, sagte ich und meinte es ernst, »da kann nichts Gescheites bei rauskommen. Halt dich einfach zurück, okay?« Aber sie gab kein Zeichen des Verstehens.

Wir ritten etwas hügelan, und Farouk kam zurück. Du mußt jetzt gucken, zeigte er. »Wohin?« Er nickte, und als wir die Kuppe erreichten, ließ er die Zügel los und breitete beide Arme aus, als wolle er den Anblick mit allen Sinnen in sich aufnehmen. Dann wandte er sich mir zu, und ich hatte den Eindruck, er wolle mir den Anblick schenken, er habe diesen Moment extra für mich erschaffen.

Und ich staunte. Nicht ihm zuliebe, sondern weil der Anblick so schön war, daß ich tief aufseufzte.

Vor mir fiel das Land ab, grün und lieblich, völlig unvorbereitet, Gras und Palmen, fast eine Oase, sogar einige Wiesenblumen blühten zartrosa mitten in dem Gras. Dahinter kam eine glitzernde

Wasserfläche und dann trockenes, ockerbraunes Land, fast wie eine Geröllwüste, tot, kein Leben, keine Tiere, keine Pflanzen. Und dahinter das Meer, von einem so intensiven Blau, daß es mich schauerte, glitzernd im Sonnenlicht, weiße Gischtfahnen. Ich zügelte Belel, um einen Moment auf der Kuppe zu verharren und den Blick zu genießen, dann wandte ich mich zu Farouk und legte automatisch eine Hand aufs Herz. Wunderschön.

Er ließ mich nicht aus den Augen, ergötzte sich an meiner Freude, seine schönen Augen leuchteten. Ich sah ihn an, ich hätte so gerne mein Glück mit ihm geteilt, ihm erzählt, was ich empfand angesichts dieser Schönheit.

Und dann begriff ich, daß ich genau das tat: Ich teilte. Ich gab ihm die Möglichkeit, Anteil an meinem Glück zu nehmen, indem ich ihm dankte, indem ich ihn die Freude in meinen Augen sehen ließ, indem ich die Besonderheit des Ortes zu würdigen wußte. Es gibt Momente, in denen es keiner Worte bedurfte.

Wir ritten den Hügel hinab und querten eine Straße, dann kam ein schmaler Streifen Sand und gleich darauf standen die Pferde im Wasser. Schrittsteine markierten die Furt, und ich riskierte es, Belel etwas Zügel zu lassen, damit er sich seinen Weg im Wasser suchte. Das verrückte Pferd hingegen hatte nichts Besseres zu tun, als umgehend stehenzubleiben und mit einem Vorderhuf auf das Wasser zu schlagen, daß die Tropfen hochspritzten, das Wasser um uns herum schäumte und sprudelte, und ich dachte, jetzt wirft er sich gleich in die Fluten. Energisch trieb ich ihn an, das fehlte noch, ein sich im Wasser wälzendes Pferd und ein ruinierter Sattel.

Munter und fast fröhlich trabte er seinen Kumpels hinterher, wobei er bei jedem Schritt den Huf aus dem Wasser hob. Es mußte wirken, als befände ich mich in einer spanischen Hofreitschule, auf jeden Fall wurde ich ganz schön durchgeschüttelt da oben.

Ein bißchen erleichtert war ich doch, als wir das rettende und vermeintlich sichere Ufer erreichten.

Die ausgedörrte Ebene erstreckte sich vor uns, lud zum Galoppieren ein. Belel wurde unversehens wieder unruhig, zuerst dachte ich, er wollte ebensogerne galoppieren wie ich, dann, das nervtötende Geräusch des Mofas machte ihn nervös. Aber dann sah ich die Hunde. Sie hatten einen Kreis um uns gezogen, drei weitere schlichen um den armen Momo herum, der merkwürdig ungerührt aussah. Sie schlossen den Kreis und kamen näher, und wieder empfand ich die Stille als unheimlich, als entsetzlich. Die Köpfe gesenkt und vorgestreckt, die Nackenhaare gesträubt, die Lefzen hochgezogen, kamen sie näher.

Farouk ritt an der Seite und musterte sie aufmerksam, dann jagte der Braune los und vertrieb zunächst das kleinere Rudel um Momo, bevor er eine Bresche in den Ring schlug, der sich um uns Reiter gebildet hatte. Ich sah Farouks Arm durch die Luft sausen, während der braune Hengst sich aufbäumte, mit den Hufen schlug, auf der Hinterhand wendete und immer mehr der Störenfriede vertrieb.

Ich konnte meinen Blick nicht von Pferd und Reiter wenden. Diese vollendete Eleganz der beiden. Söhne dieses Landes. Wie stolz sie waren, der Mann und das Pferd, wie furchtlos.

Dann wandte der Braune sich ab und flog über das flache Land, die Mähne flatterte, verdeckte Farouk zum Teil, sie wurden zu einem fliegenden Märchenwesen, verzerrt durch die Schlieren der Hitze, unwirklich vor der Kulisse. Die Hunde hetzten hinterher, nur um immer mehr an Boden zu verlieren und schließlich geschlagen zurückzubleiben.

Farouk hatte den Braunen schon an einem der niedrigen Sträucher festgebunden, als wir endlich die letzte der Dünen, die vor dem Wassersaum standen, bewältigt hatten, und wartete. Mehdi und er dirigierten die Pferde, so daß sie weit genug auseinander standen, um sich nicht miteinander anzulegen. Ich blieb neben Belel sehen und harrte der Dinge, die da kommen mochten. Sog den Duft nach Pferd ein und murmelte mit ihm, während ich gedankenverloren seinen Pony zauste. Er hielt still. Er schlug nicht mit dem Kopf und zeigte auch sonst nicht, daß ich ihm lästig war. Verblüffend.

Vielleicht dachte er, ich hätte ihn vor den Hunden beschützt. Jedenfalls war ihm unter mir nichts geschehen, obwohl die Hunde ihn bedroht hatten. Aber ich war mir nicht sicher, ob Pferde überhaupt so weit dachten. Wenn sie denn dachten.

Sanft strich ich über den lackschwarzen Hals, bewunderte die blaue Spiegelung im Fell und erzählte ihm, was für ein hübsches Tier er doch sei.

Farouk tauchte an meiner Seite auf, behutsame Bewegungen. Er sah den Hengst an und mich und nickte anerkennend. Es war, als wollte er sagen: Ich habe es gewußt.

Justament beugte Belel den Kopf und grub mit seiner beweglichen Lippe in meiner Handfläche, dann seufzte er enttäuscht und wandte sich wieder ab. Und wieder hatte ich versagt. Tztztztz …

Farouk griff nach dem Zügel und brachte Belel in den Schatten eines Baumes, um einen der Äste knotete er sehr sorgfältig die Zügel, bevor er sich zu mir wandte. Ich war dem Pferd natürlich gefolgt und löste nun den Sattelgurt. Vielleicht war es Zufall, daß das Pferd zwischen uns und den anderen stand.

Deine Hände? fragte er, und ich hielt sie ihm hin, geschützt vor fremden und neugierigen Blicken. Er sah mich nicht an, als er meine Hände nahm und zart über die malträtierten Finger strich. Diesmal wich ich nicht zurück. Wer weiß denn, wie oft er mich noch berühren würde? Vielleicht galt seine Sorge, seine Zuwendung demnächst jemand anderem?

Er legte seinen Handrücken in meine offene Hand und zeigte darauf. Lange, schlanke Finger, Hornhaut. Braune, sehnige, empfindsame Hände, die Pulsader pochte, ließ die Haut sanft erzittern. Er fuhr jetzt mit den Fingern über seine Handinnenfläche, über die Schwielen. Sah mich an und forderte etwas. Hielt mir die offene Hand hin. Zögernd kam ich der Aufforderung nach. Strich mit meinen Fingerspitzen über die Innenflächen, über die Hornhaut und wagte nicht, den Blick zu heben, aus Angst, er könne sehen, was ich empfand. Aber meine Hand zitterte und machte meinen tapferen Versuch somit wertlos. »Du hast Schwielen«, sagte ich, einfach, weil ich etwas sagen mußte, während ich noch immer hypnotisiert auf die bebende Pulsader guckte. Seine Hand schloß sich um meine, ganz langsam, ich hatte jede Zeit zum Rückzug. Aber ich trat ihn nicht an. Ich sah auf unsere ineinander verschränkten Hände, als könne ich nicht glauben, was geschah, und dann hob ich den Blick, um in seinen Augen eine Bestätigung zu finden. Und ich fand sie. Keine Besorgnis, keine Zweifel, keine Fragen. Einfach nur eine ruhige Gewißheit.

Ich war erschüttert über die Flut und die Heftigkeit der Gefühle, die er in mir auslöste. Was ich empfand, ging weit über das normale Begehren hinaus, obwohl es auch das beinhaltete. Oh Herrgott, warum ich?

Ich wartete noch einen Moment, tastete sorgfältig Belels Beine ab und überzeugte mich davon, daß sie kühl und trocken waren. Dann erst richtete ich mich auf, strich ein letztes Mal über das glänzende glatte Fell und folgte Farouk. Seine schlanke, aufrechte Gestalt war schon recht weit vor mir, der Mantel wehte im Wind, sein Haar auch. Ich sah seine Gesten und hätte gerne gewußt, was er erzählte, ob er lachte und strahlte, ob er glücklich war. Und wenn ja, warum. Durch mich? Machte ich ihn glücklich? Ein bißchen wenigstens? Natalie sah mir entgegen, sie hatte gewartet, musterte mich, sagte aber nichts. Ich beeilte mich, all die unnützen Gedanken wieder in ein Kästchen zu schieben und dies in einer Lade meines Hirns zu verstauen, die möglichst weit hinten lag.

Es war so müßig, über Glück und Unglück zu sinnieren, über Zuneigung. Es war so sinnlos wie nur irgend etwas. Schweigend wandte Natalie sich zum Gehen, die anderen Reiter waren vor uns, in kleinen Gruppen strebten sie den Klippen zu. Das Meer warf sich mit Urgewalt gegen die Klippen, ich konnte es hören, ebenso wie ich die Gischtschleier sah, die hell aufspritzten, einen Moment funkelten, um dann wieder in sich zusammenzusinken. Die Blonde ging neben Farouk, sie öffnete ihre Bluse und zog sie im Gehen aus, ich konnte die orangefarbenen Bänder ihres Bikinis leuchten sehen und wußte, welchen Anblick sie Farouk gerade bot. Und irgend etwas Heißes, Gallebitteres stieg in mir auf.

»Sie hat 'n Arsch wie 'n Brauereigaul«, stellte Natalie trocken fest, aber ich antwortete nicht. »Wenn du dich zurückziehst, wenn du so tust, als würde es dich nicht interessieren und nichts angehen, erzähle ich ihm, daß du vor Eifersucht platzt«, drohte sie und entlockte mir damit immerhin ein Lächeln.

»Das machst du nicht.« »Laß es nicht darauf ankommen.« Und irgend etwas in ihrer Stimme warnte mich, ließ mich aufhorchen. Natalie mußte wahrhaft romantisch veranlagt sein, daß sie Farouk so ernst nahm. Ich vermutete, er flirtete ab und zu heftig mit einer der Touristinnen, es gab genug Frauen, die ihn nett fanden, im Gegensatz zu Mehdi, der mit seinem ausgeprägten Hang zum Chauvinismus nicht alle Frauen bezauberte.

Momo überholte uns mit seinem entsetzlich knatternden und stinkenden Mofa, er trug einen Rucksack, den er wohl aus einer der Kutschen mitgebracht hatte, die jenseits des Wassers stehengeblieben waren und dort ihr Picknick veranstalteten. Wie er wohl mit diesem rostzerfressenen Vehikel durch das Wasser gekommen war?

Farouk blieb unvermittelt stehen und wartete auf uns. Natalie lächelte ihn überschwenglich an. Ich vergrub mich hinter meiner Spiegelbrille.

Schön hier, ja? fragte er, und sie nickte und ließ einen begeisterten Wortschwall auf ihn los. Er sah mich an. Nicht schön? »Doch, doch«, beeilte ich mich zu versichern, »aber wo sind die Hunde geblieben?« Er deutete meine Gestik und die umherschweifenden Blicke richtig, denn er zeigte auf die braune Ebene. Dann erklärte er, sie hätten Welpen und trächtige Hündinnen und wären deswegen so aggressiv. Wie außerordentlich beruhigend. Ich dachte an die Lautlosigkeit, mit der sie sich an uns herangepirscht hatten und mich schauerte. »Urlauberin von wilden Hunden zerfleischt!«, welch schreiende Schlagzeile für unsere heimische Zeitung. Die Frage war, ob ich tatsächlich eine Schlagzeile wert wäre.

Hast du Angst? Ich krauste die Nase und wiegte bedächtig den Kopf, dann verneinte ich. »Du bist doch hier. Du wirst uns beschützen.« Und ein glückliches Lächeln überflog sein Gesicht, während er bekräftigend nickte.

Die Klippen waren rund geschliffen vom ständigen Wind und bequem zu ersteigen, wir hockten uns auf die warmen Steine und genossen die Sonne, Natalie warf mir einen undefinierbaren Blick zu, den ich tunlichst ignorierte, ich wußte nicht, was sie von mir erwartete, ich wollte es nicht mal unbedingt wissen. Ich war nun mal eine kühle, zurückhaltende Norddeutsche, es lag mir fern, mich in der Art zu bewegen oder zu entkleiden, wie die Blonde es vorgeführt hatte. Und vor allem lag es mir fern, die Kontrolle über irgend etwas zu verlieren. Wer weiß denn schon, was ein arabischer Mann machen würde, wenn er glaubte, er habe leichtes Spiel? Wahrscheinlich das gleiche wie jeder andere Mann auch.

Momo verteilte Wasser und Obst, welches er aus seinem Rucksack zutage förderte, er sprach eigentlich auch nichts, und ich überlegte einen Moment träge, ob er vielleicht auch taubstumm wäre. Farouk und Mehdi gingen umher, lachten, flachsten, redeten. Momo packte vorsichtig die Kamera aus. Schüchtern bat er uns, unsere Positionen zu verändern, er sagte immer noch nichts, sondern dirigierte uns mit den Händen. Vielleicht sprach er einfach kein Deutsch. Auch eine interessante Eigenart: Man ging immer davon aus, daß im Gastland Deutsch gesprochen wurde. Völlig selbstverständlich. Ich hatte mich nicht bemüht, Arabisch zu lernen, nicht ein Wort, und ich glaube, nicht mal Sophie versuchte es zu lernen. Sie sprach leidlich Französisch und verbesserte ihren Wortschatz, aber Arabisch ...? Warum auch, es war viel bequemer, wenn die Welt sich nach uns richtete.

Momo photographierte. Auf seine schüchterne Art hatte er uns genau so plaziert, wie er es gerne hätte. Ich änderte gerade meine Sitzhaltung gemäß seinen Anweisungen, als Farouk sich unvermutet zu mir beugte, und einen Moment waren wir uns so nah, daß ich ihn riechen konnte, seinen sauberen, warmen Duft nach Mann und Leder und einen Hauch von Schweiß, gerade genug, um erotisch zu wirken. Fassungslos sah ich in seine hellbraunen Augen, sah das Licht darin, das Lachen und verlor mich.

Ich merkte nicht, daß Momo genau diesen Augenblick auf Zelluloid bannte, später erst sah ich das entwickelte Photo, aufgenommen in einem ungeschützten Moment, hatte es all das eingefangen, was wir füreinander empfanden. Unsere Gesichter einander zugewandt, so nah, daß man nicht ausmachen konnte, wo seine Haare begannen und meine endeten. Das Strahlen in unseren Zügen und die offen gezeigte Zuneigung. Meine halb geöffneten Lippen, als würde ich einen Kuß erwarten, wo ich in Wirklichkeit nur verwirrt gewesen war. Und erregt.

Ich griff nach meiner Brille, sie war mir Schutz und Rettung, ich setzte meine Maske wieder auf, sammelte mich, atmete tief durch. Farouk war verschwunden. Flink und leise, einem Schatten gleich, einem Trugbild, einer Fata Morgana.

Die hübsche blonde Frau – denn hübsch war sie wirklich, das mußte ich ihr lassen –, die sich in einigem Abstand zu uns niedergelassen hatte – was mir sehr recht war – und mit der Ulmerin geredet hatte, sprang auf und verkündete, sie würde jetzt schwimmen gehen.

»Hoffentlich säuft sie ab«, grummelte Natalie. Lars, der bei uns auf den Klippen lag und eindeutig das Interesse an den Frauen verloren hatte, seit Marina sein Zimmer verschmutzt hatte, grinste.

»Keine Chance bei den Luftkissen. Sie kann nicht mal tauchen, jede Wette. Ich vermute sogar, sie kommt nicht mit dem Kopf unter Wasser, Hohlräume schwimmen oben.« »Vor ein paar Tagen warst du aber noch ganz anderer Meinung«, warf ich ein und er verneinte. »Nicht wirklich. Laß uns noch mal auf die Frage deiner Schuld zurückkommen.« »Nö. Keine Chance.« »Ich war nicht beeindruckt, ich konnte Lars ganz gut einschätzen und verstieg mich nicht auf den Gedanken, ihn ernst zu nehmen. Wir beobachteten, wie sie sich gekonnt entkleidete und graziös über die Klippen kletterte, um vom Strand aus ins Wasser zu gelangen. »Sag'ich doch«, knurrte Natalie, »die hat nicht weniger Arsch als ich.« Aber ich konnte nichts an ihrer Figur aussetzen. In ein paar Jahren würde sie gegen die Schwerkraft ankämpfen müssen – wer nicht? –, aber jetzt noch nicht. Sie sah gut aus, so gerne ich auch genörgelt hätte.

Die Ulmerin kam zu uns, die beiden anderen Männer gafften ungeniert der Blonden hinterher, während die junge Frau bei ihnen saß und unbehaglich zu Boden sah.

Farouk gesellte sich ebenfalls zu uns, er war wieder locker und entspannt, und dennoch glaubte ich, er hatte sich entfernt, um sich zu besinnen, hatte ich das Gefühl, die körperliche Nähe hatte auch in ihm etwas ausgelöst.

Er deutete auf seinen Bizeps, dann auf mich und fragte an. »Natürlich bin ich in Ordnung«, sagte ich im Brustton der Überzeugung. Er schüttelte eine Hand, um zu fragen, ob meine Oberarme von dem ständigen Kampf mit dem Pferd schmerzten. »Nein. Hör mal, Bursche, ich bin stark. Ich hab'ein Kreuz wie Arnold!« Er kannte Arnold mit Sicherheit nicht, aber er konnte meine Gesten deuten, ich poste wie ein Bodybuilder, spannte meinen schmalen, langen Bizeps an – der sich zu meiner Schande kaum wölbte –, und protzte ein bißchen. Er kippte vor Lachen fast von den Klippen. Sehr komisch. Wirklich. Ich wollte schon immer mal zur allgemeinen Erheiterung beitragen.

Nachdem er sich etwas beruhigt hatte, deutet er auf Natalie. Sie ist kräftig, sagte er. Kunststück, sie wog gut 15 Kilo mehr als ich. Er musterte noch immer sichtlich amüsiert mein indigniertes Gesicht und grinste vergnügt. Dann zeigte er an, daß ich zart und klein war, ein Küken oder etwas anderes Weiches, Kleines, das es zu beschützen galt. Ich richtete mich noch gerader auf, um auf meine 1,70 m hinzuweisen, aber er schüttelte den Kopf. Das änderte nichts. »Chauvi«, sagte ich, und sein grinsen vertiefte sich noch. Es war fast so etwas wie eine liebevolle Neckerei.

Ich ließ die Schultern wieder in ihre angestammte Position sinken und atmete aus, was meinen Brustumfang erheblich schmälerte. »Sei doch froh«, sagte Natalie, »kein Mann käme auf die Idee, MICH zu beschützen. Was gäbe ich darum, so etwas mal zu hören. Daß ich klein und zart sei und zu beschützen.« »Natalie, ich bin weder klein noch zart, und beschützt werden will ich auch nicht. Ich kann in dieser Welt sehr gut leben und für mich selber sorgen.« »Aber ist es nicht ein schönes Gefühl? Daß er sich um dich sorgt? Daß es jemanden gibt, der sich sorgt?« Ich sah auf das funkelnde Meer hinaus, auf die glitzernde Spur, die die Sonne zog. Die Wellen brachen sich mit Gewalt an den Felsen, dumpfes Rollen und Dröhnen, dann spritzte die Gischt hoch auf, und der Wind trug einen Hauch salzigen Nebel zu uns. »Es ist schön«, sagte ich leise, »und es ist schön, daß ER es ist, der sich sorgt. Aber das behältst du für dich.« »Natürlich«, sagte sie und setzte spöttisch hinzu: »Du hast schließlich einen Ruf zu verlieren.« »Genau. Stell dir vor, es spricht sich herum, daß ich nicht ganz so eisenhart bin, wie ich immer tue.« »Ich glaube, du bist es in Wirklichkeit schon. Du solltest bloß lernen, ab und zu deinen Panzer zu lüften.« »Das kann ich. Nur eben nicht unbedingt vor Fremden. Frag Sophie.« Sie schmunzelte. »Nein, so weit will ich dann doch nicht gehen.« Farouk, der uns beobachtet hatte und versuchte, unserer Unterhaltung zu folgen, schaltete sich wieder ein.

Der Wind ist gut, sagte er, er wühlt das Meer auf und drückt es gegen die Klippen.

»Und wir können die Gischt bewundern«, sagte ich und deutete auf die aufschäumende Gischt, die gerade über die unteren Klippen spritzte, das Licht brach sich in feinen Tropfen und funkelte, Prismen, ein Regenbogen en miniature. Er nickte.

Das Wasser geht bis zur Mitte der Klippen, bedeutet er.»Echt? So weit?«, und er nickte. Die Ulmerin schaltete sich ein. Sie war eine zarte, vogelhafte Frau mit kleinen Händen und dünnen Fingern, die Nägel bis auf die Nagelhaut abgekaut.»Kannst du die Gebärdensprache?« fragte sie, und ihre Stimme war genauso mickerig wie der Rest.

»Nein«, sagte ich erstaunt,»warum?«»Weil du ihn so gut verstehst. Ich kann das nicht.«»Du brauchst ihm bloß zuzuhören.« Ich warf einen Blick zu Farouk, der still und aufmerksam neben mir saß und mich beobachtete. Er wußte, daß wir über ihn sprachen.»Er redet halt mit den Händen, den Augen, dem Körper. Guck ihn an und hör ihm zu, dann verstehst du ihn.«

Und ich ertappte mich dabei, daß ich synchron übersetzte, daß meine Hände das Gesagte an ihn weitergaben. Sogar meine Brille hatte ich hochgeschoben, ein Reflex.

»Nein«, sagte sie mit ihrer unangenehm hohen, flachen Stimme, »ich finde ihn unheimlich.« Und automatisch wich sie etwas zurück, schlang die Arme um ihren mageren Leib und krümmte sich zusammen.

Ich schloß einen Moment die Augen und biß die Zähne zusammen, daß mir der Kiefer schmerzte. So viel Dummheit auf einmal war schwer zu ertragen. Als ich aufsah, war sein Blick noch immer auf mich gerichtet, nicht verletzt, sondern eher abwartend, aufmerksam, und ich handelte ganz spontan. Neigte mich ihm zu, griff nach seiner Hand und drückte sie.

»Ich nicht. Er ist ein feiner und mutiger Mann. Er hat dir die Hunde vom Hals gehalten, vergiß das nicht.«

»Und er ist ein netter Mann«, fügte Natalie hinzu und legte ihre Hand auf unsere verschränkten.

Lars wälzte sich träge herum und legte seine Hand auf Natalies.

»Und ein verdammt guter Reiter.«

Farouks Hand in meiner zuckte, mit einer fast herrischen Kopfbewegung forderte er mich auf, zu übersetzen. Er hatte es genau verstanden, zumindest die Quintessenz, da war ich mir ganz sicher. Aber warum sollte ich ihm die Freude nicht gönnen? Ich wies auf Natalie. »Sie hat gesagt, du hast ein gutes Herz. Ein großes Herz.« Er wandte den Kopf und belohnte sie mit einem strahlenden Lächeln. Sie war es auch, die meinte, du hättest viel Liebe zu geben, fügte ich in Gedanken hinzu.

»Und er hat gesagt, du bist ein sehr guter Reiter. Und stark.« Er hob eine Hand und ließ die Handfläche gegen Lars'klatschen, der breit grinste, nickte und sich wieder zurückrollen ließ. Auch Natalie zog sich etwas zurück. Farouk hob meine Hand an seine Lippen, es war eine flinke, leichte Geste, Freude, Stolz, aber keine Hintergedanken. Soweit ich es beurteilen konnte jedenfalls. Ich war fast trunken vor Glück und Dankbarkeit meinen Wegbegleitern gegenüber, die sich so vorbehaltlos und ohne zu zögern hinter Farouk gestellt hatten.

Willst du schwimmen? fragte er, es ist schön. Aber ich verneinte.

»Der Wind ist kühl.« Er reagierte nicht sofort, und ich überlegte, ob er meine wahren Beweggründe ahnte. Ich würde mich nämlich ums Verrecken nicht hier ausziehen. Nicht vor all den Männern, vor Farouk, Mehdi und Momo, es erschien mir nicht richtig, nicht klug. Ich hatte den Eindruck, daß sie Frauen in zwei Kategorien einteilten: Die, die zu haben waren und dafür verachtet wurden, und die, die nicht zu haben waren und mit einem gewissen Respekt behandelt wurden. Sogar Mehdi, so widerlich er auch meistens war, trat mir nicht ernsthaft zu nahe.

Vielleicht war es auch nur meine norddeutsche Zurückhaltung. Oder vielleicht war ich auch einfach verklemmt. Es war mir relativ egal, ich wollte mich nicht ausziehen, und gut. Außerdem gruselte es mich bei der Vorstellung, das Salzwasser würde auf meiner Haut trocknen und dann den ganzen langen Rückweg auf dem Pferderücken jucken und scheuern.

»Und du?« fragte ich. Er verneinte grinsend und wies mit dem Kinn auf Mehdi, der am Strand war und mit Argusaugen über die blonde Venus wachte. Ich vermochte seine Gesichtszüge von hier aus nicht zu erkennen, ich wußte nicht, ob er gelangweilt oder erregt war, ob es ihn amüsierte oder störte, wie die fast nackte Frau ihren schönen Körper hell juchzend in die Wellen warf. Ob er sie schön fand und das Schauspiel genoß oder ob es ihm würdelos erschien. Ich kannte Mehdi nicht genug, um es auch nur andeutungsweise beurteilen zu können. »Willst du zu Mehdi? Ans Wasser?« Er verstand nicht, und so ließ ich meine Finger über die Klippen wandern in Richtung zu Mehdi, in Richtung auf die Frau, was ihn amüsierte, bis ich eine eindeutigere Geste verwendete, um sie darzustellen, wie sie ihr blondes Haar warf und auf die nächste Welle wartete. »Gute Show«, kommentierte Lars träge. Farouk stoppte abrupt meine wandernden Finger und sah ernsthaft verärgert aus. Ich warf einen Blick auf sein schönes Gesicht und war erschrocken über die dräuenden Gewitterwolken, die sich über seine Züge gelegt hatten. Er deutete auf die badende Frau und machte eine obszöne Geste, dann eine wegwerfende, pure Verachtung. Das denkst du von mir? Noch immer eindeutig ärgerlich. Und ich wagte es, einem taubstummen Araber von dem Zwiespalt in mir zu berichten. Hier gab es keine Worte, die Rettung und Ausflucht bedeuteten. Ich zeigte auf meinen Kopf und versuchte, wirbelnde Gedanken darzustellen und nickte dabei. Dann legte ich eine Hand auf mein Herz und verneinte.

Er begriff sofort. Nahm mein Hand und preßte sie auf meinen Brustkorb, wobei er deutlich oberhalb meines Herzens blieb, der Gute. Dein Herz hat recht, bedeutete er. Natalie verwickelte die Ulmerin in ein Gespräch über Pferde und Reitkünste, ich hörte es im Hintergrund und vermutete, sie wollte ablenken von uns, denn die Ulmerin beobachtete uns mit einiger Faszination. Er wiederholte die Geste, um ihr Nachdruck zu verleihen. Höre auf dein Herz.

Ich nickte.

Er legte einen Finger unter sein Auge und deutete Tränen an, dann ließ er auch Tränen vom Herzen fließen, und seine Hand beschrieb einen eleganten Bogen, das startende Flugzeug. Meine

Augen werden weinen, wenn du gehst, und mein Herz auch. Ich nickte nur, still und traurig. Auch mein Herz wird weinen, und du wirst nie erfahren, wie sehr.

Er stand auf und zeigte an, ich solle ihm folgen. Wir gingen über die Klippen, bis er sich auf Hände und Knie niederließ und mich anwies, es ihm gleichzutun.

Fühlst du es? fragte er, und ich konzentrierte mich. Unter meinen Handflächen spürte ich ein leichtes Zittern und Beben, ganz feine Schwingungen.

Es ist das Meer. Bis hierhin kommt es. Ich preßte ein Ohr gegen den Fels und konnte das leise Dröhnen hören. »Ja«, sagte ich glücklich, »ich höre es.«

Ich höre mit den Händen. Ich kann es auch hören.

Und ich sah ihn an und litt mit ihm und freute mich über seinen Erfolg. Er hatte noch nie das Meer tosen hören, noch nie den Zauber der Musik gespürt, würde nie mit einer Frau im Arm tanzen, schwerelos, glücklich, gleichsam entrückt. Er kannte nicht das erregende Trommeln der Hufe auf Sand, das Schnauben der Pferde, ihr Wiehern, die ganze Geräuschkulisse, die mich so entzückte. Er wußte nicht, wie meine Stimme klang oder die des kleinen Jungen, den er so glücklich im Arm gehalten hatte.

Ich saß auf meinen Fersen und wollte so gerne ... so vieles ... aber es waren unüberwindliche Barrieren.

Er hatte mich nicht einen Moment aus den Augen gelassen. Es ist so, sagte er, und ich nickte.

Ich kann deine Worte nicht hören, aber deine Gedanken. Es sind gute Gedanken. Du bist ein guter Mensch.

Woher willst du das wissen? fragte ich mich, neigte aber den Kopf. »Danke.«

Wirst du wiederkommen? Er benutzte die gleiche Geste wie für das Wegfliegen, nur umgekehrt, und ich nickte. »Ja. Ganz sicher.«

Einen Moment zögerte er, dann fragte er: Wirst du zu mir zurückkommen? Und ich verstand die feinen Unterschiede. »Ja«, sagte ich einfach, und mehr brauchte es nicht.

Wir werden schwimmen gehen, deutete er an, und ich lächelte. Du kannst schwimmen, ich hab'dich gesehen.»Ich weiß.« Aber ich war nicht böse oder überrascht oder unangenehm berührt, daß er mich im Pool gesehen hatte.»Laß uns zurückgehen.« Er hob eine Hand. Gleich. Flink kletterte er die Klippen hinunter in den Sand, hob eine Handvoll auf und ließ ihn zurückrieseln. Hörst du das? Ich verneinte. Er stampfte mit dem Fuß auf. Und das? Wieder verneinte ich. Er runzelte die Stirn.»Aber ein Pferd, das auf Sand galoppiert, kann ich hören.« Er verstand nicht. Ich deutete auf die in der Ferne stehenden Pferde, und anstatt seine Gestik für Galopp zu verwenden, trommelte ich den Rhythmus mit drei Fingern. Er beobachtete mich, und kurzerhand lieh ich mir seinen Unterarm und imitierte den Rhythmus darauf. Er begriff sofort, der Takt einer Gangart war ihm in Fleisch und Blut übergegangen. Die feinen Härchen richteten sich auf, während meine Nägel über seine braune Haut trommelten.»Das kann ich hören.« Er nickte und sah sich um, wandte sich dann mir wieder zu. Sein Herz würde auch galoppieren, bedeutete er, ob ich das hören könne? Er schmunzelte. Nein. Nein?»Nein. Aber ich kann es sehen.« Du siehst es? Ungläubig.

Ich nahm seine Hand, streckte seinen Arm und galoppierte noch einmal über die warme Haut, und er reagierte prompt.

»Ich kann es sehen«, sagte ich und versuchte, die Härchen wieder glatt zu streichen, ein sinnloses Unterfangen.

Er lachte und sah so glücklich aus, daß es mich schmerzte. In wenigen Tagen schon würde ich weit weg sein, würden unsere Herzen weinen um etwas, was nie hätte sein dürfen, was nicht sein konnte.

Ein taubstummer Araber und ich mit meinem italienischen Vater, meiner norddeutschen Zurückhaltung und einer Mutter, die vom Landadel abstammte, was auch immer das bedeuten mochte.

Und dein Herz? Galoppiert es auch?

Einen Moment schloß ich die Augen und wünschte mir den Geist

aus der Flasche herbei, wollte die Wahrheit einfach nicht sehen.
»Ja«, sagte ich dann, »es galoppiert auch.«
Sei nicht traurig, bedeutete er, es ist gut. Ein starkes Herz.
»Aber das nützt nicht viel, mein Lieber. Ich lebe sehr weit weg
von dir, und es gibt eine Menge schöner Frauen, die dich sicher
gern trösten würden.« Er verstand nicht, wie auch. So hockte ich
mich in den Sand und entwarf eine grobe Skizze: Afrika und
Europa, er hier und ich dort, sehr weit oben im Norden. Ich wußte
nicht, ob er die Skizze verstand, ich wußte nicht, wie weit seine
Geographiekenntnisse gediehen waren, ob er überhaupt je eine
Schule besucht hatte, aber er sah mir zu und nickte ernsthaft.
Aber du kommst wieder? Ich blinzelte zu ihm auf und nickte. Ja.

Manchmal, in unbedachten Momenten, trafen sich unsere Blicke,
verhakten sich einen Moment und gaben viel zuviel preis. Dann
waren wir nackt und allein unter all den vielen Menschen, keine
Maske, die uns hätte schützen können, keine hohlen Phrasen,
keine nichtssagenden Worte, hinter denen wir uns hätten verstecken können. Wir prallten aufeinander, manchmal nachdenklich, manchmal fordernd, aber immer in dieser schrecklichen
Direktheit, weil wir die Sprache unserer Körper kannten, sie entschlüsseln konnten, wie die Gedanken bis zu einem gewissen
Grad.
Weil ein Mensch mit seinen Augen so viel ausdrücken kann,
wenn er denn will. Und wenn er einen Empfänger hat, der in der
Lage ist, die Botschaft zu empfangen. Vielleicht waren wir nur
einfach zur falschen Zeit am falschen Ort. Oder zur richtigen Zeit,
wer vermochte es zu beurteilen?
Diese Konfrontationen ließen mich weich und hilflos zurück,
weil ich nicht wußte, wie ich mich verhalten sollte, was war richtig und was falsch, Welten, Kulturen, so viele Unterschiede, so
wenig Möglichkeiten, sie auszuloten.
Er schien manchmal nachdenklich, so als würde etwas geschehen, was er nicht kannte, als versuchte er zu ergründen, warum

das alles zwischen uns geschah. Und wie er sich verhalten sollte. Denn auch ihm standen die Welten im Weg, vielleicht sogar noch mehr als mir, die nicht behindert war und über ein ausgeprägtes Selbstbewußtsein verfügte.

Die Photos, die Momo auf dem Ritt zur Lagune gemacht und in der Lagune selber gemacht hatte, waren sehr gut geworden, sie hingen bei der hausinternen Photographin aus, man konnte sie bewundern und kaufen, und ich lobte Momo für die gelungenen Bilder und berichtete der Photographin, wie bemüht er war, wie umsichtig, sowohl mit der Kamera als auch mit unseren Positionen. Der Junge warf mir einen warmen, dankbaren Blick zu, und ich zwinkerte rasch, während ich mich für vier der Photos entschied und sie aus der Halterung zog. Dahinter verrutschte ein fünftes, es hing sorgfältig verborgen, und als ich es sah, wußte ich auch genau, warum. Es war das Bild von Farouk und mir, und die Art, wie wir die Köpfe hielten, wie wir uns ansahen, verriet mehr, als tausend Worte vermocht hätten.

Ich wandte mich Momo zu, der rasch den Kopf senkte, er hatte mich beobachtet, jetzt starrte er auf den Boden und tippte mit dem Fuß. Ich nahm das Bild und meine Hand zitterte etwas.

»Hübsches Photo«, sagte die Photographin neben mir, und als ich aufsah, bemerkte ich Neugier in ihren Augen, Interesse. »Danke.« Hoffentlich klang ich normal. »Das nehme ich auch.« »Das schenke ich dir sogar.« Überrascht hob ich den Kopf. »Danke ...«, erstaunt. »Schon gut,« brummte sie und watschelte einige Schritte, um eine Papiertüte aus dem Regal zu angeln. Momo grinste und wandte sich schnell wieder ab, als ich ihn ansah.

»Warum?« fragte ich, als sie mir die Tüte gab. Sie sah mich nicht an und antwortete auch nicht. Momo lächelte eine vorbeigehende ältere Frau an. »Warum?« wiederholte ich. Sie sortierte Photos, hängte sie wieder richtig hin, schloß die Lücke, die meine Bilder hinterlassen hatten. Als sie merkte, daß ich noch immer auf eine Antwort wartete, seufzte sie, daß Bauch und Busen bebten und wogten, dann murmelte sie, noch immer der Photowand zugewandt: »Hat sowieso nicht viel Glück gehabt der Junge.« Ich schwieg. Es würde keine Antworten mehr geben, egal, was ich noch fragen würde.

So preßte ich nur die Lippen zusammen und wandte mich zum Gehen. Momos dunkle Augen fixierten mich, ich lächelte mühsam, er sah zu der Frau und neigte dann grüßend den Kopf.

Sophie war unausgeglichen und streitlustig, ich ertrug es mit stoischer Gelassenheit, aber auch nur, weil ich um Farouk wußte. Ich glaubte immer, ich brauchte nur meine Hand auszustrecken, und er wäre da, würde sie nehmen, und alles wäre gut. Ich lauschte Sophies Ausführungen über ihren schwellenden Bauch und die Hitze und das Wasser in ihren Beinen und ihre Nutzlosigkeit und hoffte, es würde sich ändern, wenn das Baby erst einmal da wäre. Natalie und ich unternahmen viel zusammen, sie war fest verwurzelt, stand mit ihren kräftigen, aber nicht häßlichen Beinen fest auf der Erde, lachte gerne, frotzelte Lars, der sich doch wieder zu mir bekannt hatte – erfolglos, wie ich gestehen mußte -, und rüffelte mich ab und zu. Manchmal gesellte Sophie sich zu uns, und Natalie nahm nicht viel Rücksicht. Sie sagte zunächst, Sophie müßte ja überglücklich sein, schwanger, frisch verheiratet, und in diesem Paradies leben zu können, und als Sophie nicht eben überschwenglich antwortete, bekam sie eine typische Natalie-Breitseite ab, trocken und nicht ohne Humor hervorgebracht, aber eindeutig. Sophie schluckte und warf mir einen Blick zu, der wohl um Hilfe bitten sollte. Ich verschloß mich dem. Ich sah sie an und machte ohne ein einziges Wort deutlich, daß Natalie recht hatte. Daß sie gerade all das ausgesprochen hatte, was ich nicht zu sagen wagte, aus Angst, meine Freundin zu enttäuschen, aus Angst, in ihrem derzeitigen Zustand – überflutet von Hormonen, empfindlich wie eine Katze – unsere Freundschaft zu gefährden.

An diesem Abend kam sie in mein Zimmer – in ihre alte Wohnung

– und setzte sich schwerfällig auf die gekachelte Bank. Lehnte sich aufatmend zurück, stemmte eine Hand ins Kreuz und grinste dann. »Ich weiß ... ich wollte es nie so machen. Aber es ist komisch: Es scheint zu helfen. Ich meine, es hilft dem Rücken, mit dieser Last fertig zu werden.« Ich hob die Augenbrauen und sah sie an. Legte mein Buch zur Seite, verschränkte die Arme hinter dem Kopf und musterte sie. »Wenn ich jetzt ein Klugscheißer wäre, würde ich sagen: Du hättest schon seit Jahren, seit Jahrzehnten Sport treiben können. Deine Muskeln stärken, das gesamte Muskelkorsett des Körpers trainieren. Aber ich bin ja gutmütig und werde dich nicht mit diesen Belanglosigkeiten belästigen.« Einen Moment funkelte Wut in ihren Augen, sie nahm sogar die Hand aus dem Rücken, dann sank sie wieder zurück. »Du hast recht.« Ihre Fingerkuppe zog die Spalten in den Kacheln nach. Ich sah ihr bei dieser überaus spannenden Tätigkeit zu, dann fiel mir auf, daß sie kurze Fingernägel hatte. Ich meine: Ganz kurze Fingernägel. »Sophie, warum hast du so kurze Nägel?« fragte ich entsetzt. Ich kannte meine Freundin nur mit langen, gelackten, sorgfältig manikürten Nägeln. Sie hob die Schultern. »Es ist praktischer.« Irgend etwas stimmte hier nicht. Stimmte ganz und gar nicht. Normalerweise wäre das der Zeitpunkt, an dem ich eine Flasche Wein und Salzgebäck – diese Schweizer Käsestangen oder die italienischen Grissini – auf den Tisch gestellt und ernsthaft mit ihr geredet hätte. Aber sie trank keinen Wein mehr, und ich hatte keine Käsestangen zur Hand.

»Naja, wurde ja auch Zeit. Wie sieht das aus, wenn die Frau des stellvertretenden Clubchefs lange, gepflegte Nägel hätte? Und dann noch, wo sie schwanger ist? Nein, nein, schwangere Frauen haben das Recht, sich gehen zu lassen. Ihre Männer interessiert es doch sowieso nicht mehr.«

Sie seufzte, stand auf und nahm den Hörer vom Telefon, tippte mit den geschwollenen Fingern, die durch die kurzen Nägel grotesk aussahen, eine Nummer ein und sagte auf französisch: »Bring bitte eine Flasche Rosé in die Wohnung von Madame Elena. Und etwas

Käse. Danke.« »Die Wohnung von Madame Elena … so, so …«
»Die Wohnung hat keine Nummer, aber alle kennen sie, und alle
kennen deinen Namen.« Ich schwieg so lange, bis sie sich umdrehte und auf die Terrasse heraustrat, wo sie blieb, bis einer der
Kellner mit dem Gewünschten kam. Wenigstens zu den Mit-
arbeitern war sie höflich, nicht kalt und knapp, ihr Lächeln war
ehrlich und warm. Sie schenkte den Wein ein und hielt mir die
appetitlich aussehende Käseplatte unter die Nase. »Du wirst
Stärkung brauchen heute nacht«, sagte sie dabei, »ich habe vor,
dich mit meinen Sorgen zu belasten. Und ich will eine ehrliche
Antwort von dir.«

»Na dann …« Ich angelte nach dem Käsemesser und einer kleinen, aufgebackenen Scheibe Brot, überlegte, wie schön die Farbe
des Weines doch war, und war überrascht, daß auch Sophie Wein
trank.

»Es ist eine besondere Gelegenheit«, sagte sie, meinen Blick richtig deutend, und hob ihr Glas, um mit mir anzustoßen, »so ähnlich wie bei dir die Raucherei.« Unsere Gläser stießen zart aneinander.

»Fang an«, bat ich schließlich, »erzähl von deinen Sorgen.« Sie
seufzte tief und nippte noch einmal am Wein. »Eigentlich möchte
ich lieber erst mal auf dich zu sprechen kommen.« Ich sah auf,
widerwillig fast. »Da gibt es nichts zu besprechen. Ich bin es, die
gute alte Elena.« »Wir haben uns weit voneinander entfernt, nicht
wahr?« »Das bleibt wohl nicht aus, ich wohne sehr weit weg.
Nein, du lebst sehr weit weg.« Sie schwieg einen Moment, ich sah,
wie ihr Bauch unter dem weiten Kleid zuckte. »Spielt es Fußball?«
fragte ich etwas zaghaft, allein die Vorstellung, ein kleines Wesen
könnte in MEINEM Bauch Fußball spielen, gruselte mich. Am
schlimmsten war aber natürlich der Gedanke daran, WIE dieses
Wesen den Bauch, den sicheren Hort verlassen würde. Aber na
gut, es war zum Glück nicht mein Problem. Sie lächelte, und endlich entdeckte ich in ihren Zügen ein wenig von der alten Sophie,
von dem Glück und dem Übermut. »Oh ja. Ich vermute ja auch,

daß es ein Junge wird, aber ich wollte nichts Genaues wissen. Die Ärzte erzählen es sowieso nicht gerne, wenn sie den Zipfel nicht eindeutig gesehen und identifiziert haben.«»Hhmmmm…« Nee, ist schon klar. Ich meine, es gab sogar Leute, die behaupteten, sie könnten auf den Ultraschallbildern etwas erkennen. »Und jetzt wird er wohl übermütig, weil er einen Schluck Wein bekommt.«»Meinst du denn, daß er das so schnell merkt?«»Er ist direkt an meinen Blutkreislauf angeschlossen,« gab sie zu bedenken. Oh, ein kleiner Schnorrer also, ein Parasit, der von seiner Mutter lebte und ihr die Lebensfreude raubte, indem er sie trat und aufblähte und damit drohte, sie zu zerreißen auf seinem Weg in dieses Leben.

Sophie tätschelte mit verklärtem Blick ihren Bauch. »Es ist ein Wunder«, sagte sie, »wirklich.« Klar, fand ich auch. Aber ich war froh, daß es mir nie widerfahren würde.

»Nein, genug jetzt von mir geredet.« Sie drehte das langstielige Weinglas und betrachtete die Farbe, den Facettenschliff. »Ich denke, du wolltest mir von deinen Sorgen beichten?«»Damit fange ich jetzt an. Meine Hauptsorge bist du.«»Sophie, bitte … was soll denn das?«»Nein, wirklich. Ich meine, wir sind doch Freundinnen, oder?«»Ja.«»Und wir haben uns früher auch alles mögliche erzählt, nicht wahr?«»Ja.«»Warum denn heute nicht mehr?« Mir kam ein Verdacht. Ich sah sie an und antwortete nicht, spürte aber, wie mein Pulsschlag sich beschleunigte. Sie wich meinem Blick schließlich aus. »Ich habe ein Photo gesehen.«»Aha.«»Ein hübsches, wirklich. Aber ich kenne den Mann, der da an deiner Seite reitet und ich kenne deinen Blick, wenn du verliebt bist.«»Welches Photo meinst du?« Ich war überrascht. Sie griff in die Tasche ihres Kleides und legte sorgfältig eines der Hochglanzbilder zwischen uns auf den Tisch. Ein schönes Bild, in der Tat, ich kannte es noch gar nicht. Es mußte meiner Aufmerksamkeit entgangen sein. Komisch eigentlich. Farouk und ich auf den Pferden, das helle Licht, die ausgeblichenen Farben der Landschaft und die klaren Farben unserer Kleidung, wir lachten uns an, und ich hatte die Brille mal wieder auf den Kopf geschoben. Es war ein vertrautes Bild, nein, ein Bild, das Vertraulichkeit implizierte.

»Wie lange geht das schon mit euch?«»Es läuft nichts zwischen uns«, sagte ich und merkte an Sophies Schweigen, wie sehr mein Verhalten sie traf. Aber ich konnte nicht raus aus meiner Haut, diese zarten Bande, die wir geknüpft hatten, waren nicht für fremde Augen und Ohren bestimmt, es gehörte uns, das Glück, das Leid, das Licht, der Schatten. »Du willst nicht darüber reden?« Betroffenheit in der Stimme. Ihre Augen, groß und offen und verwundert, gekränkt, verletzt.

»Es gibt nichts zu reden.« Sie schluckte. »Okay. Okay, vielleicht habe ich das verdient, aber ich glaube nicht. Warum willst du nicht mit mir reden? Wir hätten es früher mit Sicherheit besprochen.« »Früher warst du auch nicht schwanger und ausschließlich mit dir selber beschäftigt.« Die Worte waren draußen, bevor ich darüber nachgedacht hatte, und sie ließen sich nicht zurücknehmen, und es war auch gut so, denn endlich hatte ich gesagt, was mich so irritierte, so störte: Sophie war egozentrisch geworden, ihre Gedanken kreisten ausschließlich um sie selber. Nicht mal mehr um Fethi, denn das hätte ich noch verstanden. Nein, nur um das Wesen, das in ihr wuchs, und um ihre ruinierte Figur. Sie schwieg und starrte mich an, war vom Donner gerührt, Bestürzung, Ärger, Unglauben, Trauer wechselten in ihrer Miene ab. Dann nahm sie noch einen kräftigen Schluck Wein, und ich mußte an den Abend denken, an dem sie mir Fethis Reaktion auf ihren Alkoholkonsum geschildert hatte. Wie aufregend er das fand, weil sie SEHR verwerfliche Dinge mit ihm getan hatte. Ob sie die wohl auch heute noch tat? Oder verhielt sie sich Fethi gegenüber genauso wie mir?

»Ist das dein Ernst?« fragte sie fast flüsternd, und ich nickte. »Du meinst, ich nehme meine Umgebung nicht mehr richtig wahr?« »Ich meine«, präzisierte ich, »dir ist deine Umgebung vollkommen gleichgültig. Dir ist Sophie wichtig und sonst nichts. Was

Sophie für Wehwehchen hat, wie ungerecht die Welt Sophie gegenüber ist, wie schlecht. Du merkst ja nicht mal mehr, wieviel Selbstmitleid du mit dir rumschleppst. Und du kannst mir auch keinen Grund dafür nennen. Deine Schwangerschaft verläuft ohne größere Probleme, du hast einen Mann, der dich liebt und lebst in einem Paradies, wirst bedient von hinten bis vorne, brauchst nicht zu arbeiten, nicht das norddeutsche Wetter zu ertragen. Du hast ALLES, was du dir je gewünscht hast und vielleicht noch ein bißchen mehr, und du nörgelst ununterbrochen. Weißt du überhaupt selber, warum du nörgelst, warum du so unzufrieden bist? Ich weiß es nämlich nicht. Ich kann es mir beim besten Willen nicht vorstellen.«

Sie schüttelte den Kopf.»Ich hab'es gar nicht bemerkt ... bin ich so schrecklich?«»Ja.« Ich war jetzt erbarmungslos, es hatte keinen Sinn, auf halber Strecke kehrtzumachen. Sie stand auf – wobei sie vergaß, ihre Hand ins Kreuz zu stemmen – und trat wieder auf die Terrasse hinaus, wo sie so lange blieb, daß ich ein zweites Glas Wein trinken konnte und die Käseplatte fast leerte. Als sie zurückkam, war ihr Gesicht naß und ihre Augen verschwollen, aber ihre Schultern schienen aufgerichtet und ihr Gang federnder. Sie setzte sich zu mir und nahm mich in den Arm, ein wenig linkisch und ungeschickt, sie saß in einem ungünstigen Winkel, und ihr Bauch war auch hinderlich, aber sie nahm mich in den Arm.

»Ich wußte schon immer, warum ich dich zur Freundin habe«, sagte sie, und auch ihre Stimme war verquollen und flach. Ich hielt sie fest und atmete den Duft, der aus ihren Haaren stieg, die unordentlich und zauselig über den Rücken hingen.»Du solltest dich hinlegen«, sagte ich,»ist besser für deine Beine.«»Das ist jetzt egal. Ich muß sitzen oder umhergehen können, und vom Liegen aufzustehen ist mühsam. Ich bin aufgeregt und es geht mir gut.« Tatsächlich richtete sie sich auf und erhob sich wieder, marschierte durchs Zimmer, und ihre Bewegungen verströmten eine Ahnung von der Eleganz und der Eindringlichkeit meiner alten Sophie.»Was habe ich denn bloß dem armen Fethi angetan?

Daran muß ich die ganze Zeit denken. Nicht, daß du unwichtig bist, oh nein, aber was habe ich mit meinem Mann gemacht?«»Ich vermute mal, nicht so viel Unanständiges, wie er gerne gehabt hätte«, sagte ich trocken. Sie grinste schief. »Nicht wirklich, nein.«

»Du solltest es nachholen, möglichst schnell.«»Ja …« Sie grinste ihr altes Grinsen, ein wenig schief und provozierend, ein wenig geheimnisvoll und katzenhaft, »aber erst werde ich zum Friseur gehen und zur Kosmetik und dann …«»Du solltest einfach heute abend über ihn herfallen. Geh duschen und salbe deinen Leib mit einer duftenden Creme, bade von mir aus in Eselsmilch wie Cleopatra, aber mach um Gottes willen etwas.«»Ich werde auf dich hören«, versprach sie möglichst demütig, und ich hob arrogant mein Kinn. »Gut. Nun geh denn und bereite dich für deinen Mann vor.«

Sie kicherte und war schon fast an der Tür, ich hatte schon aufgeatmet und mir gratuliert, daß ich noch einmal davongekommen war, als sie wieder umkehrte.

»Oh nein, das wird nichts. Du kannst mir nicht vorhalten, ich sei egoistisch wie kaum eine zweite und mir dann nicht erzählen, was du getan hast. Und was dich mit Farouk verbindet.« »Du kennst seinen Namen?«»Natürlich. Er ist Angestellter des Clubs. Ist doch egal, ob er auf der Ranch arbeitet oder im Speisesaal. Natürlich kenne ich seinen Namen.« »Wir reiten zusammen«, sagte ich lahm, und sie senkte den Kopf und betrachtete mich unter ihren Wimpern hindurch spöttisch. »Auf Pferden?« »Auf Eseln bestimmt nicht«, schoß ich zurück und merkte zu spät, daß sie etwas ganz anderes gemeint hatte. »Und ihr versteht euch gut?«»Ja.« Meine Wangen waren heiß, sicher vom Wein. »Er ist ein netter Mann, soweit ich weiß«, sagte sie langsam. Ich nickte. »Er ist wirklich reizend. Er hält Palmenwedel so lange fest, bis ich außer Gefahr bin, er hilft mir bei den Pferden, er zeigt mir Küken und Welpen und Dromedare, und er vertreibt die wilden Hunde. Außerdem kann er richtig gut reiten.« Sie sah mich an. »Deine

Augen glänzen … ich wußte es doch. Ich habe es gewußt, als ich das Photo sah.«»Wo hast du es her? Ich kenne es gar nicht.«»Ich war bei Julia, als sie die entwickelten Bilder aufhängte. Ich rede gerne mit ihr. Und da fiel es mir natürlich sofort ins Auge. Wie noch so einige andere.« Ich fragte nicht nach, ob sie das Bild gesehen hatte, auf dem Farouk und ich uns ansahen, als gäbe es nichts anderes auf dieser Welt. Sie hatte es bestimmt nicht gesehen, sonst hätte sie DAS Photo mitgenommen, um es mir unter die Nase zu halten.

»Tja, das ist alles. Mehr gibt es nicht zu berichten. Wir unterhalten uns, wir lachen miteinander, und wir reiten zusammen.«»Ihr unterhaltet euch? Wie macht ihr das denn?« Ich hob die Schultern. »Er redet mit Händen und Blicken und mit dem ganzen Körper, und ich kann ihn gut verstehen. Und er versteht auch das meiste von dem, was ich sage.«»Und über was redet ihr?« Ich wand mich. »Über allgemeine Dinge natürlich. Über Pferde und so …«

Sie setzte sich zu mir.»Als ich das Bild gesehen habe, war ich wild entschlossen, dich nach Hause zu schicken, damit du keinen Unsinn machst. Es reicht, wenn sich eine von uns beiden in einen Araber verliebt hat. Aber mittlerweile weiß ich es besser: Es ist eine Himmelsmacht, und wenn du dich verliebt haben solltest, ist das deine Sache oder eure oder wie auch immer. Ich glaube, deine Predigt hat geholfen, ich seh die meisten Dinge wieder im richtigen Blickwinkel.«»Das werden wir sehen, nicht wahr? Aber mal im Ernst: Ich bin nicht verliebt. Es hat keinen Sinn. Ich kann mich nicht in einen taubstummen Araber verlieben, den ich pro Jahr zwei- oder dreimal zwei Wochen sehe. Es ist völlig müßig, darüber zu reden.«

Sie schwieg. Stand auf und ging durch den Raum. Nahm mein Buch in die Hand und mein Parfum, las aufmerksam die Etikettierung und seufzte tief. »Du mußt es wissen. Wie sollte ich beurteilen, was in deinem Kopf und deinem Herzen vor sich geht? Vielleicht lebst du ja auch eines Tages hier und berätst den Club in Rechtsfragen, anstatt im grauen, trüben, regnerischen Wetter

Akten zu wälzen.« »In mein Büro regnet es ja zum Glück nicht herein«, sagte ich trocken und beobachtete sie.

»Vergiß nie, daß es ein moslemisches Land ist«, sagte sie nach einer weiteren Pause, in der sie die mächtig interessanten Gegenstände gemustert hatte, die sich so in meinem Zimmer befanden. »Was meinst du damit?« »Sie haben Frauen gegenüber noch immer eine andere Einstellung. Ich meine, eine selbständige, berufstätige Frau, die sich nichts sagen läßt, ist ihnen ein Greuel, sie verstehen es auch nicht.« »Sophie, selbständige Frauen sind auch deutschen Männern ein Greuel, wir brauchen uns da gar nichts vorzumachen. In dem Moment, wo sie mehr verdient als er, wird er ungerecht, mäkelt am Haushalt, am Essen, an ihrem Aussehen, spricht ihr die Weiblichkeit ab und beklagt sich bei seinen Kumpels. Dabei ist es unwichtig, wie er aussieht, ob sich sein Bierbauch über die Hose schiebt, ob er ihre Interessen teilt, ob er überhaupt noch Interesse an ihr zeigt. Er will der Boß sein, der Herr. Er will die Oberhand haben, ganz besonders im Finanziellen, denn damit wird er bewertet und bewertet er sich selber. Nein, ich glaube manchmal, Männer sind über das Primatendasein nicht hinweggekommen. Und wenn ich dann mal einen treffe, der nett ist und aufmerksam, der nicht versucht, mich anzufassen, der nicht aufdringlich ist, sondern lieb und rücksichtsvoll und aufmerksam, dann genieße ich das auch.«
Zuerst kicherte sie ein wenig, dann wurde sie ernst. »Ich glaube, er sieht schon mehr in seinem Verhalten als nur Höflichkeit. Farouk ist ein netter Mann, aber er ist eben auch ein Mann, das solltest du nie vergessen. Ich meine, er ist taubstumm, aber bestimmt nicht hormonell gestört.«
»Ich weiß«, sagte ich leise, »ich weiß es ja. Die einzige, die hormonell gestört, ist bin ich im Moment. Jedesmal, wenn er mir etwas näher kommt.«
Sophie hob den Kopf und musterte mich erstaunt, mit dieser Art Geständnis hatte sie nicht gerechnet. »Echt?« »Hmmmm ... Aber keine Angst, ich lasse mich natürlich nicht hinreißen.« »Sag nie-

mals nie«, murmelte sie,»ich hab mir auch mal eingebildet, ich
hätte alles fest im Griff.«

»Bei dir ist es ja wohl doch was anderes, ihr hattet eine Chance,
eine kleine nur, aber eine Chance, eine Möglichkeit. Ich nicht. Ich
kann nicht mal ernsthaft mit ihm kommunizieren, nichts, was
über Pferde und Allgemeinplätze hinausgeht. Ich werde nie wissen, was er denkt und wie er denkt und warum er denkt. Ich weiß
nicht mal, ob er eine Schule besucht hat, ob er versteht, wenn ich
etwas im Sand skizziere.«»Er hat keine Schule besucht. Du
glaubst doch nicht wirklich, daß es hier Schulen gibt, die sich mit
Taubstummen abgeben? Ich meine nicht das ganze Land, aber
speziell dieser Landstrich. Nein, er ist einfach durch das Netz gefallen. Ich glaube, er ist nicht dumm, aber versuch mal, jemanden
etwas zu lehren, der nicht hören kann, nicht sprechen, nicht lesen
und nicht schreiben.«»Siehst du ...«
»Bisher sehe ich noch gar nichts. Du sollst ihm keine Briefe schreiben. Ihr beiden mögt euch, und ihr seid glücklich, wenn ihr zusammen seid, das reicht doch für den Anfang, oder nicht?«Als ich
schwieg, wurde sie eindringlich.»Oder etwa nicht? Warte doch
ab, du wirst ihn noch oft sehen, er arbeitet seit acht Jahren hier
und wird wohl hoffentlich noch lange bleiben, er ist ein guter,
zuverlässiger Mann.«»Ich weiß.«»Was?«»Daß er seit acht Jahren
hier ist, er hat es mir erzählt.«»Ihr scheint euch wirklich zu verstehen.«»Ja.«»Er hat dir noch mehr erzählt ...?«Ich senkte den
Kopf, mein Herz war zum Bersten gefüllt, ich war glücklich und
traurig und froh, meine Gefühle mitteilen zu können. Ich war
froh, daß Sophie wieder da war. Daß sie nicht verärgert oder mit
Unverständnis reagierte.
»Er hat gesagt, seine Augen würden weinen, wenn ich gehe, und
sein Herz auch.«
Es blieb so lange still, daß ich schließlich aufsah, hoffend, daß sie
mich nicht auslachte, das zarte Gefühl nicht ins Lächerliche zog.
Es war mir so wichtig.
In ihren Augen standen Tränen, helle, klare Tränen.»Das hat er

gesagt?« flüsterte sie und betupfte ihre Nase, »ach Gott ... der Liebe ... Wie tapfer von ihm, ohne Angst, zurückgestoßen oder ausgelacht zu werden ... was muß er durchmachen.«

Und angesichts ihrer Darstellung von Farouks intensiven Gefühlen traten mir natürlich auch prompt die Tränen in die Augen, ich schluckte verzweifelt, ich weinte nicht, ich hatte das Kästchen mit den Tränen fest verschlossen. Aber immer wieder sah ich sein Gesicht vor mir, der Ausdruck darauf, als er sagte, daß sein Herz weinen würde.

Dieses Leben war eines der schwersten, ganz sicher. Aber auch eines der schönsten, denn wie schade wäre es gewesen, wenn ich ihn nicht kennengelernt hätte. Ich hatte einen gehörigen Hang zur Dramatik, sonst würde ich diese Beziehung – wenn es denn eine war – nicht so unnötig kompliziert machen. Aber niemand ist perfekt, und ich hatte einen italienischen Vater, den wir mal nicht vergessen wollen, ich agierte vor einer Kulisse, die für die Dramatik geschaffen schien.

Aber selbst wenn es mir bewußt war, wenn ich mich selber durchschaute, so änderte es nichts an meiner Sehnsucht und meiner Unfähigkeit, etwas zu ändern.

Sophie schien sich tatsächlich besonnen zu haben, sie erschien beschwingt und ausgeruht, glücklich grinsend am Frühstückstisch. Ich würde mit meinem unvergleichlichen Scharfsinn schätzen, sie hatte eine schöne Nacht hinter sich. Als dann auch noch Fethi an unseren Tisch kam, seine Frau mit einem Handkuß und einem tiefen Blick begrüßte, der mir den blanken Neid in die Augen trieb, wußte ich, daß ich ein gutes Werk getan hatte. Fast hätte ich mich in diesem Bewußtsein gesuhlt, es tat gut, etwas Richtiges getan zu haben.

Fethi wandte sich mir zu und reichte mir die Hand. »Guten Morgen«, sagte er, und ich wünschte mir mal wieder brennend, über solche Wimpern zu verfügen, »es war mir eine große Freude, dich in meinem Club beherbergen zu dürfen und ich hoffe, du kommst uns bald wieder besuchen. Die Wohnung wird für dich frei sein, wann immer du willst.« Ich wand mich und hörte zwischen seinen Worten ganz andere Sachen heraus. Danke, daß du mir meine Frau zurückgebracht hast. Seine Hand war warm und trocken.

»Danke, Fethi. Hoffentlich bereust du dieses großzügige Angebot nicht mal«, lachte ich und er wurde unvermutet ernst. »Ganz sicher nicht.« Dann deutete er eine Verbeugung an und wandte sich zum Gehen, striff Sophies Schulter mit einer Hand, und sie sah ihm nach, großäugig, verliebt.

»Er meint es ernst«, sagte sie zu mir und griff nach einer Orange, während ich, die schon 500 m im Pool hinter mir hatte, das zweite Croissant in meinen gierigen Leib schaufelte. »Das hoffe ich«, sagte ich mit vollem Mund, fing ihren strafenden Blick auf und kicherte, verschluckte mich natürlich und bekam einen mörderischen Hustenanfall. »Kleine Strafen schickt der liebe Gott sofort«, behauptete Sophie, während sie mir auf den Rücken klopfte. »Ich weiß. Und große neun Monate später«, stieß ich hervor, was mir einen derben Schlag einbrachte.

»Wenn du so weiter machst, werde ich dir erzählen, wozu arabische Männer im Bett fähig sind«, zischte sie, »und du wirst vor Neid platzen.« »Das kann natürlich durchaus passieren. Nein, laß Gnade walten. Oder erzähl lieber Marina, was arabische Männer alles können, sie weiß es nämlich mit Sicherheit immer noch nicht« »Oh, ich glaube doch. Man sah sie neulich aus der Hütte kommen, die hinter der, wo das Zaumzeug hängt.« »Und sicher nicht allein«, folgerte ich und kam nicht einen Moment auf den Gedanken, Farouk hätte bei ihr gewesen sein können. »Nein, nicht allein.« »Na, da hat sie mir jetzt ja doch etwas voraus. Mal sehen, wie sie es ausspielen wird.« »Ihr mögt euch nicht?« »Nicht wirklich, nein.« »Wieso? Ihr kennt euch doch gar nicht.« »Ich weiß nicht, wieso. Es fing alles mit einer ganz normalen Rivalität an und steigerte sich bis in eine Feindschaft hinein. Aber es ist unwichtig.« »Du hast nicht mehr viel Zeit.« Ihre schlanken Finger zerlegten geschickt eine Grapefruit. »Nein. Aber laß uns bitte von etwas anderem sprechen, mir geht es schon bei dem bloßen Gedanken daran, abreisen zu müssen, schlecht.« »Du kommst doch wieder.« »Ich weiß. Trotzdem.«

»Spätestens, wenn das Baby da ist, mußt du wieder kommen.« »Kann ich noch nicht versprechen, ich weiß nicht, ob ich im Sommer Urlaub bekomme, ob ich einen Flug ergattern kann … naja, die üblichen Unwägbarkeiten.« »Aber wenn du es einrichten kannst, kommst du, ja? Ich befürchte, ich werde dich dann noch mal ganz dringend brauchen.« »Wenn es irgend geht, komme ich auf deinen Hilferuf hin sofort herbeigeeilt«, versprach ich und meinte es auch so.

Tagsüber, wenn es heißer wurde und Sophie sich zurückzog, verbrachte ich viel Zeit mit Natalie. Wir beiden waren brutzelbraun, ihre Hautfarbe war rötlicher als meine, aber wir hatten beide schwarze Haare und sahen mittlerweile fast einheimisch aus. Ich fand, ich wirkte sehr italienisch, wenn ich so braun war und große Ohrgehänge trug, aber vielleicht war hier auch der Wunsch Vater des Gedankens. Obwohl der so abwegig nun wieder nicht war.

Lars hatte eine junge Frau kennengelernt, der er viel Zeit widmete, und ich begann schon jetzt, mich dem Abschiedsschmerz hinzugeben. Natalie grübelte darüber nach, was werden sollte, wenn sie nach Hause zurückkehrte. Sie sagte, sie würde nach Hause zurückkehren, während ich fast sicher war, daß ich nicht nach Hause kam, sondern mein Zuhause, meine geistige Heimat verlassen würde, wenn ich hier wegging. Aber trotzdem beneidete ich sie nicht, denn auch sie ging in eine ungewisse Zukunft, ihr derzeitiger Freund – der Australier – war verheiratet, und sie wußte nicht, ob er sich scheiden lassen würde, ob sie überhaupt wollte, daß er sich scheiden ließ und was dann werden würde. Würde sie nach Australien gehen, wo ein Großteil ihrer Familie bereits beheimatet war, oder sollte sie an ihrer Karriere weiterbasteln und in Frankfurt bleiben?

Wir versprachen einander, auf jeden Fall in Kontakt zu bleiben und zu verfolgen, was die andere jeweils machte.

Des Nachts tanzten wir bis zum Umfallen im Nightclub, lachten, scherzten und tranken, flirteten und rauchten. Ich ging manches Mal erst im Morgengrauen zurück zu meiner Wohnung, einmal sogar wirklich sturztrunken, ich konnte mich selber nicht leiden, wie ich so von Sehnsucht und Rastlosigkeit zerfressen war und dennoch zu feige, es ihm zu zeigen, zu feige, auch nur einen kleinen Schritt nach vorne zu wagen. Ich wußte, er durfte mich nie so sehen, er würde die Achtung verlieren. Nicht, daß ich die Beherrschung in irgendeiner Form verloren hätte, aber mein Gleichgewichtssinn funktionierte nicht einwandfrei, und mein Make-up war nicht da, wo es sein sollte, meine Schuhe trug ich in der Hand, und nichts war so, wie es hätte sein können. Wenn ich einen Anfang gefunden hätte.

Aber saß ich neben ihm auf dem Pferd, war alles wie immer, ich saß gerade und aufrecht, lachte und scherzte mit ihm, dankte ihm, daß er den Gurt nachzog und den Bügel gegenhielt, teilte einen aus dem Speisesaal geklauten Apfel mit ihm und schmolz unter dem warmen, sanften Blick dahin, den er mir zuwarf. Manchmal berührten sich unsere Hände, zufällig, beim Hantieren am Pferd, aber manchmal nutzte er auch Gelegenheiten, kleine Fluchten, die sich ihm boten. Er kontrollierte meine Hände, ob ich Blasen oder Verletzungen hatte, und strich dabei sanft über die Handinnenflächen oder die einzelnen Finger. Er hatte immer saubere Nägel, kurze, saubere Nägel. Meine vom Landadel abstammende Mutter ließ grüßen. Auch schöne Zähne hatte er, das war mir schon öfter mal aufgefallen.

Ich berührte ihn manchmal, um ihn auf mich aufmerksam zu machen, seinen Unterarm, seine Schulter. Es kam vor, daß aus dieser Berührung ein Streicheln wurde, daß meine Hand über seinen Arm glitt und aus dem spielerischen Lachen jäher Ernst wurde, daß er nach meiner Hand griff und sie einen Moment lang hielt. Wie vertraut waren mir seine Hände geworden. Dann schlug mein Herz hoch oben im Hals, und ich wußte, daß er es sah, ebenso, wie ich das Begehren in seinem Blick las, bevor er mich losließ und den Kopf senkte, noch immer unsicher, und ich schämte mich, daß ich ihm das antat. Aber wahrscheinlich war es genau meine Reaktion auf ihn, die seine Neugier anstachelte, die ihn dazu brachte, sich immer weiter um mich zu bemühen. Er bemerkte sehr wohl, daß ich mit anderen Männern redete, und manchmal bekümmerte es ihn, aber nie flirtete ich, und nie schob ich meine Sonnenbrille hoch, damit sie meine Augen sehen konnten, das alles waren Privilegien, die nur er genoß, und er wußte es, er machte so feine Abstufungen im Verhalten.

Es war seine Art, an der Konversation teilzunehmen.

Marina ritt oft Hand in Hand mit Mehdi, sie sichtlich stolz, er lachend und desinteressiert. An Mehdi fiel es mir auf: Ich sah durch sein Lachen hindurch, ich sah, daß er sich in Wirklichkeit weit weg wünschte und daß er doch nur ein Spielball der Touristen war, die ihn benutzten, durchkauten und wieder ausspuckten. Und er wußte es, deswegen haßte er sie. Haßte er uns, die Touristen. Er war abhängig, und sie ließen es ihn spüren, das ist nichts für einen jungen stolzen Mann. Ich konnte ihn verstehen, und es machte ihn ein bißchen sympathischer, vielleicht auch, weil er mich seit dem Lagunenritt ziemlich in Ruhe gelassen hatte. Farouk hatte meine Sinne geschärft, meine Beobachtungsgabe verfeinert.

Der letzte Morgenritt, das Land unter dem milden goldenen Licht, die hellen Gischtflecken auf dem noch dunklen Meer. Ich hatte Mehdi gebeten, Yasmin reiten zu dürfen, den grauen Hengst, der mir unverdrossen jeden Morgen entgegenkam, obwohl es keineswegs immer eine Leckerei für ihn gab. Mehdi kniff die Augen zusammen und warf einen Blick auf mein blasses Gesicht, bevor er nickte. »Dein letzter Morgen, ja?« »Ja.« Es ging mir nicht gut, mein Magen fühlte sich ziemlich schäbig an und mein Kreislauf war auch nicht so auf der Höhe, wie ich es gewohnt war, dabei hatte ich gestern abend weder gefeiert noch gesoffen. Ich ging zu Yasmin, Farouk hatte ich noch gar nicht gesehen heute morgen, das fehlte noch, daß ich gehen mußte, ohne mich verabschieden zu können.

Der Hengst stieß mich mit seiner samtenen Nase an, und ich tätschelte ihn, versuchte, den Gurt nachzuziehen, und scheiterte kläglich. Mir war schlecht und schwindelig, und ich bekam nicht genug Luft in meine Lungen. So ein Blödsinn, am letzten Tag würde ich nicht krank werden, ich nicht, ich wurde NIE krank, genausowenig, wie ich jemals weinte. Ich doch nicht. Mochte passieren, was wolle.

Ich ließ mich gegen ihn sinken, die Wärme des Tieres übte eine beruhigende Wirkung auf mich aus, meine Hände zitterten. Hoffentlich hatte ich mir nicht doch einen Virus eingefangen.

Ich überlegte gerade, ob ich nun in Ohnmacht fallen sollte und wie das am elegantesten zu bewerkstelligen war, als Farouk nach meinem Arm griff, nicht so sanft, wie ich es gewohnt war. Ich sah ihn an und mußte wohl doch recht waidwund geguckt haben, denn er fragte erschrocken: Okay? Ich nickte, um ihn nicht noch mehr zu beunruhigen. Er war aber nicht wirklich beruhigt, auch wenn er mich losließ, um sich um Yasmin zu kümmern. Reizend, dachte ich und spürte, wie meine Lebensgeister vor lauter Empörung zurückkehrten. Er nickte mir über den Sattel hinweg zu, daß alles in Ordnung sei, und ließ mich stehen. Ich meine, er ging weg. Ich mußte allein auf das Pferd klettern, ohne seine Blicke, ohne seine Hilfe, ohne sein Lächeln.

Ich war erschüttert. Schwang mich flink in den Sattel, mir war nicht mal mehr schlecht. Er kam zurück mit einer Flasche stillen Wassers, die er mir reichte, und ich sank im Sattel zusammen, erdrückt von der Last meiner schlechten Gedanken.»Oh Farouk, ich danke dir.« Er nickte nur. Meine Finger striffen seine, als ich die Flasche entgegennahm. Mit jedem Schluck Wasser rann Erholung in mich hinein. Er wartete, und ich hatte ein schlechtes Gewissen, auch bedingt durch seine undurchdringliche Miene. Ich trank auf

Anhieb einen dreiviertel Liter Wasser, und es ging mir prompt besser. Vielleicht hatte ich das Trinken vernachlässigt, und bei der Wärme und dem ganzen Sport rächt sich so etwas, nicht ganz zu vergessen der verhältnismäßig viele Alkohol. Dabei hatte ich gestern wirklich nichts getrunken. Farouk nahm die Flasche wieder entgegen, musterte sie ironisch und dann mich. Die Hand zur Faust geballt, den Daumen Richtung Mund weisend. War wohl etwas viel gestern abend. War es schön? Ich verneinte, wiederholte seine Geste und verneinte abermals. Kein Alkohol. Er runzelte die Brauen, und wieder war da diese herrische Kopfbewegung, die er verwandte, wenn er etwas unbedingt wissen wollte, wenn es keine Ausrede gab, wenn er es für sein gutes Recht hielt, Auskunft zu fordern. Was dann? Ich hob die Schultern und blinzelte in das helle goldene Licht. Die anderen Reiter waren mittlerweile vom Hof, nur Yasmin verharrte, von Farouk festgehalten, scharrte mit den Hufen und zerrte ein wenig, weil er seinen Kumpels hinterher wollte. Farouk wiederholte die Geste, und ich sah ihn an, spürte, wie mein Mundwinkel zuckte, dann machte ich mit der rechten Hand die Geste des Wegfliegens.

Er war erschrocken, seine Hand flog zum Herzen. Ich habe es vergessen. Wann? »Morgen«, sagte ich und fühlte mich prompt wieder elend, »es ist der letzte Ritt, das letzte Mal, daß ich auf Yasmin sitze, das letzte Mal, daß ich neben dir reite.« Er reichte mir die Wasserflasche. Entschuldige … ich dachte, du hättest Alkohol getrunken. »Nein. Jedenfalls nicht gestern.« Warte hier, bedeutete er und ging eilig zu dem Braunen, gurtete nach und sprang auf den Rücken des Pferdes, ohne die Bügel zu benutzen und ohne sich die Mühe zu machen, das Tier anzuhalten. Komm mit, winkte er, und erleichtert trabte Yasmin hinterher, froh, daß er nicht allein zurückbleiben mußte.

Farouk sah mich an und machte fragend die Geste für Galopp. Ich nickte. Gerne. Wir warteten noch, bis wir den Strand erreicht hatten und die anderen weit vor uns sehen konnten. Ich ließ Farouk den Vortritt, es war besser, wenn er das Tempo bestimmte, denn

Mehdi würde nicht erfreut sein, wenn wir wie die Verrückten hinterhergaloppierten. Fast grob zügelte dieser plötzlich den Braunen und wandte sich mir zu, legte eine Hand auf meinen Unterarm und zog mich zu sich heran. Seine Augen waren mit Goldsprenkeln durchsetzt und wunderschön. Er sah mich an, einen wilden, intensiven, explosiven Moment lang, ich wünschte, er würde mich küssen, verzweifelt, hungrig, so wie man es immer las, aber er preßte nur meine Hand auf seine Brust, auf sein schlagendes Herz, auf die Wärme der Haut, die ich unter dem Shirt spüren konnte.

Es war Verzweiflung genug in dieser Geste, mehr konnte ich gar nicht gebrauchen. Dann riß er sich los, der Braune steppte seitwärts, Yasmin fiel in Galopp, wobei er fein säuberlich im Schrittempo blieb, Farouk sah mich an, ich nickte, er richtete den Braunen gerade, und wir flogen am Wasser entlang. Dumpf dröhnten die Hufe über den Sand. Ein letztes Mal hämmerten sie, ein allerletztes Mal.

Es war ein trauriger Ritt. Nicht mal Yasmin vermochte mich aufzuheitern. Farouk ritt an meiner Seite, still saß er auf dem schönen Braunen, achtete auf Palmenwedel und hielt sie von mir fern, betrachtete mich ab und zu nachdenklich von der Seite, sagte aber nichts und versuchte nicht, mich aufzuheitern. Es ging ihm nicht gut, würde ich sagen, sollte ich sein Verhalten interpretieren. Er schwieg, flirtete nicht an der Reihe der Reiter entlang, lachte nicht, wandte sich an niemanden. Auf dem Rückweg, kurz vor Erreichen der Ranch, riß er eine Fliederdolde ab und gab sie mir, ich lächelte ein wenig und sog den süßen, schweren Duft ein. Er bedeutet mir anzuhalten und brachte den Braunen so dicht an Yasmin heran, daß ich befürchtete, die Pferde würden sich schlagen. Er verneinte, nicht, solange er dabei war. Nahm mir den Flieder ab und steckte die Blüte in mein Haar, in eine der Strähnen, die mit einer Spange befestigt waren. Seine Hand striff kurz und leicht meine Wange, bevor er sich zurückzog und nickte. Aber nichts vermochte über die Düsternis in seinen Augen hinwegzutäuschen.

Ich wußte nicht, wie ich mich verabschieden sollte, nichts, keine Geste konnte dem gerecht werden, was zwischen uns war. Eine Umarmung wäre angebracht gewesen, aber würde er es richtig verstehen? Würde ich damit riskieren, daß er Ärger mit Mehdi bekam? Ich war verwirrt und traurig, mein Magen protestierte, und meine Hände zitterten, als ich mich bemühte, den Sattelgurt zu lösen. Dann war er neben mir und löste den Gurt, sah mich an mit hängenden Armen und nickte. Legte eine Hand auf meine Schulter und ließ sie den Arm hinabgleiten. Unsere Hände fanden sich, einen Moment nur, dann nickte er und wandte sich ab. Es gab nichts mehr zu sagen, alle Versprechen waren gegeben, der Rest lag in einer ungewissen Zukunft, bei einem wohlmeinenden Gott oder von mir aus auch in Allahs Hand. Ich sah ihm nach, der schlanken Gestalt, sonst so stolz und aufrecht, heute mit hängenden Schultern und gesenktem Kopf, dann winkte ich Mehdi kurz zu und ging. Ich ertrug es nicht mehr, länger auf der Ranch zu sein, den Abschied hinauszuzögern, um die Sinnlosigkeit des Schmerzes zu wissen und ihn doch nicht lindern zu können.

Natalie würde wenige Stunden nach mir abgeholt werden, Lars war vor zwei Tagen nach Hause geflogen. Der letzte Tag, gleißende Sonne, eine liebevoll bemühte Sophie, die mir das Blaue vom Himmel versprach und doch nichts ausrichten konnte. Mir war elend, ich war traurig, hilflos und verabscheute diese Schwäche gleichzeitig.

Später am Abend, als die Sonne schon tief stand, ging ich an den Strand, einen Moment allein sein, Muscheln suchen, irgend etwas, was ich mitnehmen konnte, eine Kleinigkeit, die mich nach Deutschland begleiten würde.

Meine Gedanken kreisten so sehr um Farouk, daß ich nicht wirklich erstaunt war, als ich hinter mir die Hufschläge eines galoppierenden Pferdes hörte. Es hätte auch berittene Polizei sein können, aber als ich mich umwandte, erkannte ich den blauen Hengst sofort, der am Wassersaum entlang auf mich zukam, den Kopf wie immer hoch erhoben, die flatternde Mähne verwob sich mit dem Reiter, schälte sich langsam erst aus dem Dunst von Sonne und Wassernebel, ein Märchenwesen, frei und wild, stolz und schön. Der Hengst wurde neben mir gezügelt, und er glitt von dem bloßen Pferderücken, stand einen Moment still vor mir, als wolle er erkunden, ob er willkommen war, dann machte er eine auffordernde Bewegung zu dem Pferd.

Ich zögerte, ich hatte mir geschworen, niemals auf dieses wilde Pferd zu steigen, aber das war in einem anderen Leben gewesen, unter anderen Bedingungen. Automatisch nahm ich die Zügel auf und griff in die Mähne, während ich meinen Fuß in seine gefalteten Hände legte und schneller auf dem glatten warmen Rücken saß, als ich zu träumen gewagt hatte.

Farouk saß hinter mir auf, eine schnelle, geschmeidige Bewegung, dann war sein Körper an meinem, dicht, ganz nah. Er nahm die Zügel, und der Hengst galoppierte an, ein ruhiger, gleichmäßiger Galopp. Ich wußte nicht, wo er hinwollte, was er vorhatte, und es war mir auch völlig egal. Dieser Mann würde nichts Schlechtes wollen. Ich spürte seine Wärme hinter mir, seinen geschmeidigen schlanken Körper, und spürte Erregung aufwallen. Wie warm er war, wie sinnlich das Gefühl, auf dem warmen Pferderücken, an einen Mann gepreßt, der mein arabischer Prinz war. Seine Hände vor mir an den Zügeln, sein Bauch, seine Brust an meinen Rücken gepreßt, seine Schenkel an meine. Ich atmete tief ein und versuchte, mich zu entspannen, der Hengst machte keinerlei Mätzchen, und Farouk zügelte ihn jetzt, wo wir sozusagen außerhalb des Einzugsgebietes des Clubs waren, weit weg von den Menschen, die uns kannten und von denen wir nicht unbedingt beobachtet werden wollten. Der Hengst ging am Wasser entlang, kleine Wellen umspülten seine Hufe. Ich betrachtete Farouks Hände, die so züchtig vor mir die Zügel hielten, ich kämpfte mit mir und meiner Schüchternheit, überlegte, überdachte die Folgen und legte dann endlich meine Hand auf seine. Weich, ganz leicht nur. Er reagierte sofort, seine Finger schlossen sich um meine mit einer neuen, ungewohnten Sicherheit. Vorsichtig begann ich, die Zügel aus seiner Hand zu lösen, Natalies Kommentar: Denk an seinen Stolz und wie oft er ihn schon überwunden hat, zuckte durch meinen Kopf, als er seine Hand öffnete, ein wenig fragend fast. Ich nahm die Hand und legte seinen Arm um meine Taille.

Einen Moment lang, Sekunden nur, Bruchteile, saß er aufrecht, dann gab er nach, sein Arm umschlang mich, hielt mich, preßte mich an sich, ich hörte seinen Atem und spürte das Pochen seines Herzens, als er sein Gesicht in meinen Haaren vergrub und meinen Duft einatmete, den leisen Seufzer, als er seine Wange an meine legte. Seine Wimpern striffen meine Haut, Schmetterlingsflügeln gleich, und ich wünschte mir, er würde mich küssen, ich wollte seine Lippen spüren, das Begehren, ich wollte wissen, wie sein Körper sich anfühlte, noch näher an mir, wie seine Hände über meine Haut strichen.

Er zügelte den Hengst unterhalb einiger Klippen, vom Wind rund geschliffene Steine, die sich über uns türmten, glitt hinab und stützte mich fürsorglich. Sorgfältig band er das Pferd fest und reichte mir seine Hand. Ich zögerte. »Ich habe Angst«, sagte ich, und meine Hände flatterten nervös. Wovor? Es sind keine Hunde hier. Er sah sich um und bedeutete, daß es keinen Grund gab, sich zu fürchten. »Nein, nicht vor den Hunden.« Er sah mich an und wurde ernst. Vor mir? Ich nickte. Er musterte mich eindringlich, als wolle er anhand meiner Gestik und Mimik ergründen, wie ich es gemeint haben könnte. Du brauchst keine Angst zu haben. Ich beschütze dich.

Ich schluckte. »Du beschützt mich?« Ja. Hand aufs Herz.

»Na, dann … laß uns gehen.« Er nickte und deutete auf die Klippen. »Da hinauf?« Ja. Flink turnte er vorweg, wir waren beide barfuß, und ich war froh, daß die Klippen so rund waren, kaum Gefahr für die Füße. Ab und zu verharrte er, um zu warten, aber ich folgte ihm dicht auf, ich war Sportlerin.

Mit einer äußerst zufriedenen Miene ließ er sich auf den flachen Steinen nieder und bedeutete mir, ebenfalls Platz zu nehmen. Er deutete mit dem Kinn aufs Meer und nickte, und ich begriff, daß er mir ein Abschiedsgeschenk machte: Einen schmerzhaft schönen Sonnenuntergang.

Ganz entspannt hockte er im Schneidersitz und sah aufs Meer hinaus, sehr gelassen und sehr orientalisch. Und wieder wurden mir die Unterschiede unserer Kulturen bewußt: Während ich zappelte und nicht wußte, wohin mit meinen Händen, während ich vor lauter Nervosität reden wollte, sinnloses Zeug, einfach, um zu reden, saß er da und musterte die Natur und nahm das Geschenk, das sie ihm bot. Zeit hatte eine andere Bedeutung.

Der Himmel war hellgelb und das Meer flüssiges Blei mit Silberlichtern, und endlich setzte ich mich ebenfalls hin, angespannt und nervös wie eine Katze.

Er wandte mir sein Gesicht zu und sah mich an. Entspann dich, sagten seine Hände, sei ruhig, ich tu dir nichts, es ist alles in Ordnung.

Ich nickte. Er bat mich, die Brille abzunehmen, und ich tat ihm den Gefallen. Einen Moment sah er mir in die Augen und lächelte jetzt wirklich, beugte sich ein wenig vor und machte: Buh!, lautlos zwar, aber die Geste war eindeutig. Ich tat, als würde ich mich furchtbar erschrecken und ließ mich nach hinten sinken, eine Ohnmacht simulierend. Er lachte, still und vergnügt, und ich blieb noch einen Moment lang liegen, nicht, um ihn zu provozieren, sondern weil die Steine angenehm warm waren. Aus den Augenwinkeln bemerkte ich eine Bewegung und wandte den Kopf, eine kleine graugrüne Eidechse genoß ebenfalls die Wärme. Vorsichtig langte ich zu Farouk und zupfte an seinem Ärmel, um ihm das Tierchen zu zeigen. Er nickte lächelnd. Möchtest du sie haben? Ich kann sie für dich fangen. Aber ich verneinte. »Sie ist hübsch.«

Er legte sich auf den Bauch, stützte das Kinn auf die gefalteten Hände und betrachtete die Eidechse, die unsere Gegenwart ignorierte. Sein Umhang war verrutscht und enthüllte einen schlanken, braungebrannten, muskulösen Arm. Ich sah die pulsierenden Venen auf Unterarm und Handrücken und dachte daran, wie er mich festgehalten hatte auf dem Pferd, und mein Herz trommelte einen wilden, heftigen Wirbel. Er war so unbefangen, so heiter und gelöst. Die Eidechse verschwand blitzartig in einer Felsspalte, als ich mich abrupt aufsetzte. Sein fragender Blick striff mich, und automatisch griff ich nach meiner Sonnenbrille. Er hielt mich zurück. Die brauchst du jetzt nicht mehr. Und ich ließ hilflos die Arme sinken. Er nickte. So ist es besser, ich kann deine Augen sehen. Aber ich war mir nicht sicher, ob ich wollte, daß er in meinen Augen las. Ich hatte Angst vor dem, was er sehen mochte.

Er zog ein zerdrücktes Päckchen Zigaretten hervor und bot mir eine an, gab mir Feuer und zögerte dann. Ich bemerkte sein Verharren, die Frage, die er nicht stellte, und gab ihm die von mir angerauchte Zigarette. Er versuchte ein Lächeln, aber nur sein Mundwinkel zuckte, während er mir erneut das Päckchen hinhielt. Ach Farouk, du Lieber.

Wir rauchten schweigend, er hatte recht, ich brauchte die Brille nicht mehr, es war alles gesagt zwischen uns, wir wußten um unsere Gefühle, wenn wir auch noch nicht wußten, wie wir sie ausdrücken sollten und ob es überhaupt klug war, sie auszudrücken. Langsam entspannte ich mich. Was für ein Geschenk machte er mir, ein Sonnenuntergang an seiner Seite, welches Wagnis ging er ein, ein Pferd aus dem Club zu nehmen, um mit mir hier zu sein, nicht wissend, ob ich es überhaupt wollte, nicht wissend, was ich fühlte oder dachte. Wie unendlich dankbar konnte ich sein.

Der Himmel begann jetzt, in wilder Farbenpracht zu erstrahlen, und das Meer glühte gleichsam. Der Hengst unter uns schnaubte laut, warf mit dem Kopf, und ich fürchtete, er könne sich losreißen. Farouk verneinte, als ich ihn darauf hinwies.

Die Sonne berührte das Meer und die Welt hielt einen Moment den Atem an, ich faltete unbewußt die Hände, ergriffen von so viel Schönheit.

Sehr langsam und zögernd bewegte sich seine Hand auf meine zu, berührte mich kurz und fragend und zog sich wieder zurück. Ich sah ihn an und verstand die Frage nicht. Breitete meine Hände aus, die Handflächen nach oben. Wieder näherte sich seine Hand, berührte meine. Ich wartete ab. Er strich zart über meine Finger, nahm dann die Hand, betrachtete sie, suchte die Blase am Ringfinger. »Es ist okay«, sagte ich, die Blase war verheilt, aber er sah nicht auf. Tastete über die Ringe, die ich trug. Keinen Ehering? fragte er, indem er mit den Fingern zwei Ringe bildete und sie ineinander verschränkte. Ich verneinte. Warum nicht? Ich zuckte die Schultern und griff nach seiner Hand. »Du doch auch nicht.« Er schüttelte den Kopf und schien fast erstaunt, daß ich überhaupt daran dachte, und wieder war da dieses kleine traurige Zucken im Mundwinkel. Seine Hand lag in meiner, und dann schlossen sich die schlanken kräftigen Finger, und einen Moment betrachteten wir unsere Hände, unsicher, verlegen, nicht wissend, was geschehen sollte.

Die Sonne versank jetzt schnell, und es wurde merklich dunkler. Wir hielten uns an den Händen. Er neigte sich etwas vor und bat mich, die Haare zu lösen. Fast widerwillig entzog ich ihm meine Hand, sicher und geborgen hatte sie gelegen, um die Klammern und Spangen zu lösen, und Strähne um Strähne fiel befreit über meinen Rücken, lockte sich, umtanzte mich. Ich schüttelte den Kopf und fuhr mit beiden Händen durch die üppige Mähne. Die Sehnsucht in seinen Augen würde mir das Herz brechen, ich wußte es ganz genau.

Schön, sagte er, du bist schön.

Ich nahm eine Strähne und hielt sie hoch, so wie er es getan hatte, als er mich aufgefordert hatte, ihn zu berühren. Er hob die Hand und zögerte, ich neigte mich ihm entgegen, und als er nach mir griff, schmiegte ich meine Wange in seine Hand, genauso, wie er es getan hatte. Er umfaßte mein Gesicht mit beiden Händen und hockte sich vor mich hin, seine Daumen strichen über meine

Jochbeine, über die Brauen, die Augenlider. Seine Brust hob und senkte sich rasch vor meinen Augen, dann drückte er seine Lippen auf meine Stirn, verweilte einen Moment und zog sich zurück. Neigte den Kopf und bot mir ebenfalls seine Stirn. Ich schloß die Augen, als ich seine glatte, duftende Haut berührte, mein Herz schlug schwer und schmerzhaft, ich atmete seinen Geruch, den sauberen Duft nach Mann und Pferd und Salzwasser, und ein Schauer überlief mich. Als ich von ihm abrückte, war ich erschüttert von dem Schmerz und dem Elend in seinen Augen.

Spontan griff ich nach seinen Händen. »Du darfst nicht traurig sein, bitte, Farouk, sei nicht traurig. Ich komme wieder, ganz bestimmt.« Ich glaube, er verstand. Und hatte er vor einiger Zeit gesagt, sein Herz würde weinen, so sagte er nun, es würde brechen. Es würde brechen und liegenbleiben auf den Steinen und zu Stein werden.

»Nein«, sagte ich, »nein.« Und Natalies Worte, der Mann habe so viel Liebe zu geben, hallten in mir nach. Verzweifelt hockte ich auf meinen Fersen und wußte nicht, wie ich ihn trösten sollte, wo doch mein eigenes Elend sich in seinen Augen widerspiegelte. »Ich komme wieder. Ich gehe weg, aber ich komme zurück.« Er verfolgte meine Handbewegungen, aber seine wunderschönen lichtbraunen Augen blieben trübe.

»Oh Farouk, bitte, sei nicht traurig.« Er nickte und stand auf. Wir müssen gehen.

Ich sah mich noch einmal um, und meine Kehle schnürte sich zu, und meine Augen brannten, es mußte der Wind sein, dann füllten sie sich zu meinem Entsetzen mit Wasser, und eine vorwitzige Träne kullerte über meine Wange. Mist, verdammter. Das passierte doch nicht wirklich mir. Ich heulte nicht. Niemals.

Er berührte meinen Arm, fragend, und als ich mir hektisch übers Gesicht wischte, war er da, bei mir, vor mir, ungläubig, aufgeregt, nahm meine Hände weg und sah mich an, ich wich seinem Blick aus und schluckte heftig, und dann stand ich in seinem Arm, nahm wieder seinen Duft wahr, seine Wärme. Spürte sein Herz gegen die Rippen hämmern, das Spiel der Muskeln. Er zog meinen Kopf in seine Halsbeuge und strich über mein Haar, meinen Rücken, sanfte, liebevolle Bewegungen, mit denen er auch ein Kind getröstet hätte.

Ich atmete tief durch und nickte zum Zeichen, daß ich wieder okay sei, aber er ließ mich nicht los. Endlich, endlich konnte er mich im Arm halten, und er ließ sich diese Möglichkeit nicht nehmen. Ich weiß nicht, wie lange wir da standen, eng aneinander gelehnt, den Körper, die Gegenwart des anderen spürend und davon träumend, was nie geschehen würde.

Es war schon dunkel, als der blaue Hengst im Schritt am Wasser entlang zurückging, Farouks Arm um mich geschlungen, und wenn ich den Kopf etwas neigte, spürte ich seine Wange an meiner, warme Haut, Bartstoppeln, und einmal striffen seine Lippen an meiner Wange entlang.

Er hielt den Hengst vor dem Clubgelände an. Es ist besser so. »Okay.« Ich schwang mein Bein über den Pferdehals und sah zu ihm auf, entbot dem stolzen Reiter den traditionellen Gruß, und der Schmerz in seinem Gesicht war mein eigener. Mein Herz fliegt mit dir, sagte er, und unvermittelt bäumte der Hengst sich auf, und dann trommelten seine Hufe ein wildes Stakkato auf den Strand. Ich sah ihnen nach, bis die Nacht sie geschluckt hatte und ich nur noch die dumpfen Hufschläge hörte, die rasch verklangen, verschlungen wurden vom allgegenwärtigen Rauschen des Meeres.

Ich setzte mich in den Sand, zitternd und mental erschöpft und versuchte, mich zu beruhigen, bevor ich das Clubgelände wieder betrat.

Im nachhinein wußte ich nicht, was schlimmer war: Der Abschied von Farouk oder der Abend, der dann folgte, Sophies Bemühungen, mich aufzuheitern, Natalies schweigende fragende Blicke, das Bewußtsein, daß er morgen früh nicht da sein würde, daß ich nicht mitreiten würde. Und meine Scham über meine verworrenen Gefühle. Daß ich es zugelassen hatte, mich in einen Araber zu verlieben und dann nicht mal den Mut hatte, dazu zu stehen. Nach einer Nacht, in der ich kaum Schlaf gefunden hatte, wußte ich nicht, was schlimmer wäre: Ihn nicht wiederzusehen oder ihn wiederzusehen.

III. TEIL

Im Flieger Richtung Norden dämmerte ich ein wenig vor mich hin, trank viel zuviel Kaffee, ärgerte mich, daß die Toiletten ständig besetzt waren, bemitleidete Stewardessen, die sich mit nörgelnden und ziemlich widerlichen Gästen auseinandersetzten, und dachte, daß ich mit meinen Akten und Vertragswerken wohl doch ganz gut beraten war. Aber in Wirklichkeit dachte ich an Farouk. Ich suchte nicht mal nach einer Lösung, ich dachte einfach nur an ihn, an seine schönen Augen und an das, was sie erzählen konnten. An Sophies recht prallen Bauch. Hoffentlich ging alles gut, vielleicht war es doch nicht so leicht, mit fast vierzig das erste Kind in die Welt zu setzen, und vielleicht hätte sie lieber in Norddeutschland gebären sollen, in einem der High-tech-Krankenhäuser, die die bestmögliche Betreuung boten. Aber dann dachte ich daran, was ich schon alles gehört hatte, auch über deutsche Krankenhäuser, und beschloß, daß es wohl schon alles so einen Sinn haben mußte, auch wenn dieser sich mir verschloß. Ich nahm mir fest vor, so schnell wie möglich zur Normalität zurückzukehren. Ich wollte vergessen, ich wollte IHN vergessen, und auch wenn mir durchaus bewußt war, daß sich das nicht so einfach gestalten würde, war ich fest entschlossen, wieder Kontrolle über mein Leben und vor allem über meine Gefühlswelt zu erlangen. Es gab keine andere Möglichkeit, wollte ich Herr meiner selbst bleiben, und das wollte ich ganz sicher.

Mein Make-up war verschmiert, ich rieb ein wenig auf den Unterlidern, mit dem Erfolg, daß die Haut sich rötete und die Augen noch geschwollener wirkten, wobei die dunklen Ränder natürlich noch wesentlich besser zur Geltung kamen. So etwas wäre Sophie z. B. nie passiert. Ihr Make-up verrutschte nicht, und sie hätte jetzt einen passenden Stift griffbereit gehabt, um die dunklen Augenränder zu überdecken.

Ich griff nach meinem Handgepäck und wartete, bis das Flugzeug sich fast geleert hatte, bevor ich es verließ und durch die Schleuse das Flughafengebäude betrat. Zu meiner großen Überraschung stand mein Vater hinter der großen Glasscheibe und drückte sich die Nase platt – im wahrsten Sinne des Wortes. Er sprang hektisch auf und ab und winkte, bis ich endlich auf ihn aufmerksam wurde und höchst erfreut zurückwinkte.

»Dad!« rief ich und ließ mich in den Arm nehmen, was mindestens zwei bis drei Rippenbrüche bedeutete. Meine Mutter duftete nach teurem Parfüm und sah sehr elegant aus, und ich fragte mich, warum ich nicht ein bißchen mehr Landadel geerbt hatte statt des Italieners. Hätte mir bestimmt auch gut gestanden.

»Wir waren gerade zufällig in der Nähe«, brummte mein Vater und schneuzte sich, »und da dachten wir, es könne ja nichts schaden, dich mal wieder zu sehen.« »Gute Idee, wirklich. Ganz lieb von euch. Und jetzt? Wollt ihr noch irgendwohin?« Meine Eltern wohnten nämlich in der Heide, ich hingegen im hohen Norden Hamburgs, es war also schon klar, daß sie mich nicht nach Hause bringen würden, ebensowenig, wie ich zu ihnen mitfuhr. »Wir wollten mit dir frühstücken,« sagte meine Mutter, »du bist entsetzlich dünn.« Ich sah sie an. »Mutter, ich bin seit Jahren so schlank.« »Nein, nicht so. Du siehst nicht gut aus, entschuldige, wenn ich das sage. Ist irgend etwas mit Sophie nicht in Ordnung?« »Doch, Sophie ist munter und wohlauf.« Ich fragte mich, warum Mütter es einem an der Nasenspitze ansahen, daß etwas nicht so war wie üblich. Hatten sie dafür Antennen? Wenn ja, mußten es die reinsten Parabolspiegel sein. Sie musterten mich, Vaters dunkle Augen, aufmerksam und etwas besorgt, er fürchtete seit Jahren, ich könnte eines Tages des Hungers sterben, Mutter ein wenig spöttisch, forschend. Ich hätte schwören können, daß sie wußte, daß ein Mann hinter meinen Augenringen steckte. Aber ich würde einen Teufel tun und irgend etwas erzählen. Sie würden mir vermutlich alles verzeihen, für alles Verständnis haben, aber ganz sicher nicht für einen taubstummen Araber, einen Moslem. Wo man doch wußte, wie die mit Frauen umgingen. Und so fuhren wir in die Hamburger City, um zu frühstücken. Von dort würde ich bequem mit einer Taxe nach Hause kommen. Wider Erwarten fast war es ein angenehmes Frühstück. Ich erzählte von dem Club und besonders von Sophie und ihrem Mann, es interessierte sie beide. Und während ich berichtete und die Schönheit der Anlage schilderte und Sophies runden Bauch und noch tausenderlei andere Dinge, fiel mir auf, daß meine hochwohlgeborene Mutter ja auch irgendwann, vor rund 38 Jahren, dem südländischen Charme meines Vaters verfallen sein mußte. Und damals waren Ehen mit Ausländern längst nicht so populär und normal wie heute. Ich betrachtete sie mit neuem Respekt. Sie hatte nie erzählt, wie sie ihn kennengelernt hatte, aber ich hatte wohl auch nie danach gefragt. Meine Eltern waren eine Institution, ein perfekt laufendes Gefüge, daß ich mir nie Gedanken darüber gemacht hatte, ob das wohl schon immer so war. Aber es stellte sich die Frage, ob nicht gerade meine Mutter Verständnis haben würde.

Ihre schweren goldenen Ringe schimmerten matt, die Brillanten oder Diamanten, oder was das auch immer waren, glitzerten hell und kalt und perfekt und wunderschön, ich hörte ihnen zu und war in Gedanken woanders, doch, meine Mutter würde verstehen, mein Vater war groß und schlank und hatte edle Züge, das Alter hatte ihm nichts anhaben können, die Haare waren heute silbern und etwas dünner als früher, aber die Falten zeugten von Humor und Erfahrung, und die Augen leuchteten vor Lebenslust. Doch, sie würde verstehen. Auch wenn das Leben nicht nur aus der Gegenwart, sondern auch aus der Zukunft bestand, und auch, wenn diese bedacht sein wollte.

Und ich freute mich sehr über die Geste meiner Eltern, ich hatte nicht einen Moment daran geglaubt, daß sie so rein zufällig in der Gegend um den Hamburger Flughafen gewesen sind, sie kamen kaum noch in die große Stadt, seit Vater nicht mehr arbeitete. Manchmal tat es gut, Familie zu haben, Menschen, zu denen man gehörte. Was mich natürlich umgehend wieder zu Farouk brachte: Hatte er Familie? Lebte er mit Eltern, Onkeln und Tanten, Nichten und Neffen, Großeltern und was weiß ich wem noch alles zusammen? Oder allein? Gab es in arabischen Ländern überhaupt die Möglichkeit, so etwas wie ein Singledasein zu führen?

Die Wohnung war still und ungelüftet und merkwürdig fremd, obwohl ich jetzt schon ein Jahr hier wohnte. Ich hatte gar nicht das Gefühl, nach Hause zu kommen. Müde und mit wehem Herzen stellte ich meinen Koffer ab und das Geräusch hallte ein wenig. Seufzend und schwunglos, so völlig ohne Energie setzte ich Kaffeewasser auf und hörte meinen hektisch blinkenden Anrufbeantworter ab.

Neben diversen, zumeist unwichtigen Anrufen, hatte auch mein Chef sich verewigt, gleich zweimal, mit der dringenden Bitte, ich möge mich melden, sobald ich wieder zu Hause wäre. Normalerweise hätte ich den Anruf mindestens zwei Tage lang ignoriert, in meinem derzeitigen Zustand – um den ich mich nicht beneidete – bedeutete es aber eine willkommene Abwechslung. Ich sah auf die schöne Küchenuhr und entschied, daß ich gute Chancen haben würde, ihn jetzt im Büro zu erreichen. Und tatsächlich. Seine Erleichterung war durchs Telefon zu spüren, eindeutig. Bei der nächsten Gelegenheit würde ich eine Gehaltserhöhung rausschlagen, soviel war schon mal klar.

Einer unserer Kunden – nein, einer unserer großen Kunden – war in schwierigen Verhandlungen und hatte sich festgefahren, der Seniorpartner wollte das Geschäft nicht abschließen, dem Junior schwebten so einige Milliönchen vor, die sich auf die Schnelle machen ließen. Der Senior befürchtete, übers Ohr gehauen zu werden, er hatte lange Jahre Erfahrung und war ein kalt und exakt kalkulierender Mann, der Junior vermutete eher Verkalkung und Schwierigkeiten, der neuen, schnellen digitalen Welt zu folgen.

Und nun sollten mein Chef und ich bei den Verhandlungen anwesend sein, dem Junior beratend zur Seite stehen und die Vorurteile des Seniors nach Möglichkeit entkräften.

Am nächsten Tag schon stöckelte ich ins Büro, angetan mit einem dunkelblauen Nadelstreifenkostüm und einer weißen Bluse über samtbrauner Haut. Vertraute Rüstung der Welt der Worte und Taktiken gegenüber. Entschieden schloß ich die Tür meines Büros, ich war offiziell eigentlich noch im Urlaub und sah nicht ein, mich mit alltäglichem Kleinkram zu belasten. Stunde um Stunde vergrub ich mich in Computerausdrucken, Akten, handschriftlichen Notizen, Randvermerken, Listen, Zahlen, Bedingungen, Paragraphen, begleitenden Gesetzestexten. Mein Rücken schmerzte, und meine Augen brannten, tägliche Unbillden, leichter zu ertragen als ein wehes Herz und Resignation, als das Bewußtsein, zu versagen, keine Hoffnung zu haben, nicht haben zu können. Keine Lösung, keine Chance.

Eigentlich sah alles sehr positiv aus, ich fragte mich, warum der Senior den Abschluß nicht wollte, er schien sehr viel Geld verdienen zu können, und er war ganz sicher kein Mann, der sich ein Chance entgehen ließ. Aber auch eine weitere Prüfung der Unterlagen brachte keinen Haken zutage, und so gingen wir wenige Tage später gestärkt und gut informiert in die Verhandlung.

Der Junior, Wortführer, ein großer, eleganter Mann, musterte mich eindeutig bewundernd, ich lächelte, männlicher Aufmerksamkeit gegenüber nicht abgeneigt. Heute war ich in Anthrazit gewandet, ein relativ kurzer Rock, der schon knapp über dem Knie endete, und ein taillierter Blazer, die Bluse sehr zart, und ich bemerkte durchaus, wie er sich vorstellte, was darunter wohl so alles zu finden sei. Aber seine Aufmerksamkeit währte nur, bis die Delegationen sich gegenüberstanden, feindliche Krieger auf neutralem Boden. Ein zäher Verhandlungsmarathon begann. Mein Chef und ich saßen als schmückendes Beiwerk mit an dem großen Tisch, gegen Mittag hatte ich so viel Kaffee und Wasser getrunken, daß es knapp unter meinem Kinn schwappte. Aber ich verließ den Raum nicht vor der Pause, ein ungutes Gefühl hatte mich beschlichen, eine Ahnung, nichts Handfestes. Je länger ich zuhörte und beobachtete, desto sicherer war ich, daß hier etwas nicht stimmte, nicht richtig lief.

Der Wortführer der gegnerischen Mannschaft log. Er war ein geschmeidiger Mann, ein Dschungelkämpfer, klein, mager, zäh und nicht zu durchschauen, er gab sich leutselig und beliebte zu scherzen, aber ich war sicher, daß er etwas verbarg, daß er log. Seine Blicke, seine Körperhaltung verheimlichten etwas. Aber ich schien die einzige zu sein, die Befürchtungen dieser Art hegte. Sogar mein Chef, ausgestattet mit einem scharfen Verstand und einer gehörigen Portion Menschenkenntnis, schien durchaus angetan von dem Gehörten.

Der Tag zog sich in die Länge, und die Parteien schienen sich einig zu werden, und in der letzten Pause, als wir uns zurückzogen, schon halb im Siegestaumel, sagte ich: »Wir sind draußen«, und überschritt meine Kompetenz damit um ca. 300 Prozent. Mein Chef erstarrte und musterte mich ungläubig über den Rand seiner Brille hinweg. »Wie bitte?!« .

»Wir sind draußen«, wiederholte ich und hoffte, ich klang ziemlich unbeeindruckt, »der Kerl lügt wie gedruckt, und ich weiß nicht, worin. Was er verschweigt oder beschönigt. Aber er lügt.«

»Wie kommen Sie nur darauf?! Es ist alles untermauert.« »Wenn dem so wäre, hätten wir schon längst abgeschlossen und würden nicht den ganzen Tag mit hitzigen Diskussionen verbringen. Er lügt. Sein Körper verrät ihn.« »Oh … ist mir da etwas entgangen? Sollten Sie Bildungsurlaub gemacht haben? Psychologie und Körpersprache?« »So ähnlich.« Ich gab mich immer noch unbeeindruckt. Um nichts in der Welt hätte ich hier und jetzt erzählt, daß ich meine Kenntnisse einem taubstummen Araber zu verdanken hatte und einer Einkäuferin. Der Junior wandte sich ab, demonstrativ, sichtlich erschüttert über meinen unqualifizierten Einwurf, und mein Chef nahm mich zur Seite.

»Wissen Sie eigentlich, wieviel Geld hier auf dem Spiel steht?« zischte er, jetzt hochrot im Gesicht und eindeutig wütend.

»Natürlich«, sagte ich konsterniert, »aber wir wissen auch, wieviel Geld es kosten wird, wenn wir unseren Partnern zuraten und der Deal platzt. Konventionalstrafen, reale Verluste, Imageverlust.« Er atmete tief durch. »Sie hätten mich warnen müssen.« »Ich weiß. Tut mir leid.« »Wir können nicht die Verhandlungen abbrechen wegen einer AHNUNG von Ihnen.« Ich hob die Schultern und enthielt mich einer Antwort. Die Männer hinter mir diskutierten ebenfalls, der Senior schien meine Partei zu ergreifen, allerdings war er auch der einzige. Der Junior bedachte mich mit einem weiteren bösen Blick, und auch der Rest der Gang guckte nicht eben freundlich. Es berührte mich nicht. Ich war mir selten so sicher gewesen wie in diesem Moment.

Es endete mit einem Patt, wir baten uns Bedenkzeit aus, die gegnerische Seite war jetzt auch verärgert, und statt einen erfolgreichen Vertragsabschluß zu feiern, trennten wir uns schnell, und mein Chef und ich fuhren mit seinem dunkelblauen Benz ins Büro zurück, um erneut Aktenberge zu wälzen, Computerausdrucke und alles, was noch so dazugehörte, diesmal gemeinsam. Er war verärgert, ich sah die dunklen Wolken, die über seinem Schädel dräuten, und es tat mir leid, daß ich ihn nicht gewarnt hatte. Jetzt war ich unter Druck geraten, ich mußte finden, was faul war, es mußte etwas geben, obwohl wir die ganze Geschichte auswendig kannten.

Er war es schließlich, der die Ungereimtheit fand, ein Detail, über das jeder von uns ungefähr 100mal hinweggelesen hatte. »Elena ...« sagte er leise und irgendwie atemlos, und allein daran, daß er mich mit Vornamen ansprach, erkannte ich, daß er auf etwas gestoßen war.

Ich brauche jetzt nicht extra zu erwähnen, wie lange wir in dieser Nacht im Büro hockten, literweise Kaffee in uns hineinkippten und rechneten und rechneten und die ganze Angelegenheit nochmals durch den Computer jagten. Aber schließlich gab es keinen

Zweifel mehr: Wir hatten den Widerspruch gefunden, den Widerhaken an der Geschichte, die Ungereimtheit. Der Wortführer hatte gelogen, mein Gefühl hatte mich nicht getrogen, ich war ein besserer Dschungelkämpfer als er.

Wir sahen uns über Bergen von Papier an, die der Drucker ausgespuckt hatte, müde, erschöpft, aber unsäglich erleichtert. Er lehnte sich zurück und faltete die Hände hinter dem Kopf. »Bleiben Sie morgen zu Hause, Sie haben es sich verdient.« Ich nickte nur, unnötig, ihn darauf hinzuweisen, daß ich meinen Urlaub abgebrochen hatte.

Drei Wochen später fuhr ich auf Firmenkosten für ein verlängertes Wochenende in den Harz, in ein Wellnesshotel. Es war ein schicker Bau, schon von außen recht beeindruckend, die Inneneinrichtung gediegen und elegant, eine riesige Empfangshalle mit Gruppen von bequem aussehenden Sesseln, ein Kaminfeuer, das den ganzen Tag brannte, Bücherregalen und einem großen, schimmernden Flügel. Gediegen und vornehm, der Boden bestand aus rotem, glänzendem Marmor, die Läufer verschluckten jeden Schritt, der riesige Empfangstresen war aus Kirschholz, ebenso wie die Tische und die Balustraden. Ein Glück, daß ich den Spaß nicht bezahlen mußte.

Ich hatte eigentlich erwartet, junge und fitneßbewußte Leute hier anzutreffen, aber nachdem ich das Ambiente gesehen hatte, war schon klar, daß die Klientel älter und betucht sein würde. Und so war es auch. Hätte ich einen reichen, älteren Mann gesucht zum Heiraten oder einfach nur, um ausgehalten zu werden, hier hätte ich ihn gefunden. Aber mir war nicht nach älteren Herren zumute, und so verbrachte ich meine Tage mit Sport, nahm an den diversen Kursen teil, die angeboten wurden, ging schwimmen in dem traumhaft schönen Schwimmbad, lümmelte mich in dem heißen Whirlpool und hockte nachmittags in der Sauna, schwitzend, grübelnd, träumend. Am zweiten Abend floh ich aus dem gediegenen Ambiente, ein Glas Wein an der hölzernen Bar sollte

12,50 DM kosten, und auch wenn ich Firmengelder verschwendete oder mich aushalten ließ, war ich nicht der Meinung, daß diesem Wucher Vorschub geleistet werden sollte.

Ich schlenderte durch das kleine Städtchen, guckte in die Schaufenster, kam an einer Eisdiele vorbei, vor der mehrere Motorräder samt ihrer Fahrer standen, ließ mir die Pfiffe und Bemerkungen gefallen und fand schließlich ein kleines Restaurant, vor dessen Tür weiß lackierte und verschnörkelte Tische aus Eisen standen. Ich setzte mich an einen der Tische, an dem schon mehrere Leute saßen, orderte ein Viertel Wein und bemerkte ein auberginefarbenes Motorrad, das mir schon zum zweiten Mal begegnete. Der Fahrer verdrehte den Kopf, und ich betete, daß er rechtzeitig wieder nach vorne sehen möge. Keine zehn Minuten später rollte das Motorrad auf den Bürgersteig. Eine schöne Maschine, vollverkleidet und gepflegt, die Auspufftöpfe schimmerten matt im letzten Licht des Tages, Insekten klebten auf der kleinen Windschutzscheibe und dem Scheinwerfer. Der Fahrer war groß und schlaksig, zerstrubbeltes, dunkelblondes, kurzes Haar kam zum Vorschein, als er den Helm abnahm und die kleine Brille wieder aufsetzte. Einen Moment zögerte er, dann kam er auf mich zu.

»Ist hier noch ein Platz frei?« fragte er, und ich nickte nach einem kurzen Blick in die Runde. Er setzte sich, wobei er versuchte, mit seinen langen Beinen nicht den kleinen Tisch umzustoßen. Der Kellner, auf den ich hatte warten müssen, kam sofort angerannt. »Hi Luke! Alles klar? Was möchtest du?«»Das übliche«, grinste dieser und lehnte sich entspannt zurück, »und eine Tasse Kaffee.« Er fuhr sich mit einer Hand durch das Haar und zerzauste es noch mehr. »Geht klar«, versicherte der kleine Kellner und tänzelte ein bißchen, »und sonst? Bist du in Form, Mann?«»Sicher.« Lange Beine, die unter dem Tisch verknotet wurden. Ich nippte an meinem Wein und betrachtete das Motorrad, das leise und zufrieden klickte. Einige Radfahrer kamen vorbei, sie klingelten und winkten, und der junge Mann winkte zurück.

»Hey Luke, wir halten dir die Daumen!« rief eine der Frauen, und er grinste und reckte den Daumen in die Höhe. In Rekordzeit stand ein dunkles, schäumendes Bier vor ihm. »Den Kaffee bringe ich gleich«, versicherte der Kellner eilfertig, und Luke nickte gleichgültig, hob sein Glas und prostete mir zu. Ich hob ebenfalls mein Glas. Bier und Motorräder paßten für mich nicht zusammen.

»Malzbier«, sagte er, als habe er meine Gedanken gelesen.

»Traubensaft«, antwortete ich lakonisch, und er grinste wieder. »Aber mit Prozenten.« »Unwesentlich.«

Er zog die Lederjacke aus, und ich korrigierte meinen ersten Eindruck: Er war nicht schlaksig, sondern austrainiert. Ich erkannte einen Läufer, wenn ich ihn sah. »Marathon?« fragte ich, und er verneinte. »Duathlon. Sozusagen der Lokalmatador.« Mit genau der richtigen Portion Selbstironie. Ich nickte verstehend. Daher die Beflissenheit. »Findet hier nicht demnächst ein Wettkampf statt? Ich habe doch Plakate gesehen.« »In drei Tagen. Bist du dann noch hier? Ich könnte jemanden zum Anfeuern gebrauchen.« »Ja und nein. Ich bin dann noch hier, aber zum Anfeuern hast du ja wohl genug Fans, nach dem zu urteilen, was ich bisher gesehen hab.« »Hmm …« er wiegte den Kopf, »das kommt darauf an. Wer würde schon auf eine schöne Frau verzichten wollen?« »Oh … danke.«

»Sind deine Haare echt?« »Nein, gekauft«, sagte ich und war verwirrt. Er lachte. »War wohl nicht meine beste Frage.« »Zumindest nicht die klügste. Natürlich sind die echt.«

Er musterte mich, und ich fand ihn nett. Selbstbewußt, unaufdringlich und fröhlich. Das Motorrad hatte aufgehört zu klicken. »Magst du Motorräder?« fragte er, meinem Blick folgend. »Ich hab'noch keins persönlich kennengelernt.« Er lachte. Ein wirklich netter Mann, er fühlte sich nicht angegriffen, nicht gekränkt, nicht in seiner Würde verletzt. Ermutigt fuhr ich fort: »Ich weiß zumindest, daß es eine Honda ist und daß sie eine Sonderlackierung hat, dieses Modell ist nur in Silbergrau – oder war es anthrazit?-, ausgeliefert worden.« »Wow … 100 Punkte für die Frau mit den langen schwarzen Haaren. Woher weißt du das?« Ich hob die Schultern. »Ich hab'einen Artikel über sie gelesen, durch Zufall eigentlich.« Nein, ich würde jetzt nicht erzählen, daß ich das Motorrad als so berückend schön empfunden hatte, daß ich den ganzen Artikel verschlungen hatte, inklusive des Preises. Der mich umgehend wieder auf die Erde brachte. »Und? Lust auf eine Spritztour?« »Jetzt?« Ich sah zweifelnd an mir runter, ich trug einen Rock, Pumps und eine zarte, fast durchsichtige Bluse unter der Jeansjacke. Er ließ seinen Blick an mir runterwandern. »Naja ... vielleicht morgen? Ich bringe einen Helm mit und eine Jacke und du den Rest. Wenn du eine Jeans mit hast wäre das schon nicht schlecht.« »Habe ich. Und sogar feste Schuhe.« »Na dann ...« Ich brauchte nicht lange zu überlegen. »Abgemacht.« Und ich freute mich. Es wurde Zeit, daß ich mal wieder mit einem netten Mann ausging, etwas unternahm, mir einen schönen Tag gönnte. Mein Leben war in letzter Zeit einfach etwas zu kompliziert geworden, zu wenig spontane Freude, zuviel Arbeit, zu viele Gedanken. Wir blieben noch eine ganze Zeit vor dem Lokal sitzen, ab und zu riefen Leute von der Straße etwas rüber, einmal blieb sogar ein Pärchen neben ihm stehen, der Mann legte eine Hand auf seine Schulter und gab einige Tips und versicherte, daß er die Daumen halten würde, die Frau lächelte, sah mich an und schmunzelte dann unterdrückt, als wolle sie sagen: Männer ... und ich erwiderte ihr Schmunzeln. Luke war sein echter Name, erfuhr ich im Laufe des Abends, sein Vater war hier stationiert gewesen. Ich nannte ihn scherzhaft Luke Skywalker, und es schien ihn nicht zu stören. Er hatte graugrüne Augen hinter der Brille, intelligente Augen, ein schmales Gesicht, verhungert fast, ein Ausdauersportler eben, und einen leichten Bartschatten. Er war schlagfertig und lachte gerne, lümmelte sich entspannt neben mir, ohne einen Annäherungsversuch zu starten, und gefiel mir außerordentlich. Vielleicht war er jünger als ich, ich schätzte ihn auf maximal 30 Jahre, aber es war egal. Das Alter war nicht wirklich wichtig.

Ziemlich spät schlenderte ich über die einsamen Wege zurück in das Hotel, ich machte mir keine Gedanken darüber, daß etwas passieren könnte. Das schwere Motorrad heulte in einiger Entfernung auf, und ich schmunzelte, erfreut über den schönen Abend, erfüllt von Vorfreude auf morgen. Die klare Luft trug das Grollen des Motors weit, und ich hörte, wie sie näher kam, ganz ruhig, einen Moment rollten Luke Skywalker und die schwere Honda neben mir her, als wolle er sich vergewissern, daß ich heil ins Hotel zurückkam, dann hob er die Hand und gab Gas, und das Motorengeräusch steigerte sich, ein tiefes Grollen, das von einer gewaltigen Kraft kündete. Ich winkte zurück.

Er stand pünktlich vor dem Hotel, noch ein Pluspunkt. Es gefiel mir, wie das große Motorrad sich dreist zwischen den Mercedes-S-Klassen und den 7er-BMWs durchschob. Wie er grinste, als er den Helm abnahm und mich sah. Wie sich die Leute umdrehten, schwankend zwischen Empörung über die Dreistigkeit und dem Respekt vor schwarzem Leder, vielleicht auch ein bißchen Neid auf die Jugend, die sie sich nicht erkaufen konnten, allen Geldes zum Trotz nicht. Ich wand mir den Nierengurt um die Taille und bemerkte durchaus seinen Blick, aber es war eher eine Bestätigung meiner Vermutung denn eine Aufdringlichkeit. Er hielt mir die schwere Jacke, und ich ließ den geflochtenen Zopf in weiser Voraussicht in der Jacke, ich hatte nicht Lust darauf, daß meine Haare hinter mir herflatterten. Der Helm paßte, zwar nicht eben wie angegossen, aber er paßte. Und er war sauber, sogar das Futter war sauber. Ich fragte nicht, wem der Helm gehörte, ein gutaussehender junger Mann wie er würde eine Freundin haben, das war schon klar. Ich hoffte für die Freundin, er würde die langen schwarzen Haare, die sich in dem Futter verfangen würden, rechtzeitig entfernen.

»Komm nicht auf die Idee, dich in den Kurven gegenzulehnen«, warnte er mich und schwang sich auf die Sattelbank. Er hatte eine hübsche Figur, wenn man auf so schlanke Männer stand, schmale

Hüften und einen knackigen Hintern, breite Schultern, betont noch durch die Lederjacke. »Natürlich nicht«, sagte ich konsterniert. »Am besten, du hältst dich an mir fest.« »Okay.« »Ich war froh, daß ich so groß war, mühelos konnte ich mein Bein über die lederne Sitzbank schwingen und hinter ihm Platz nehmen, das große Motorrad wankte nicht, und ich fühlte mich auf Anhieb wohl auf meinem luftigen Thron. »Na dann, Luke Skywalker, auf geht's.« Der erste Gang rastete hörbar ein, und wir rollten los, meine Hände lagen locker auf seinen Hüften, ein nicht unangenehmes Gefühl. Ein bißchen war es wie auf dem Pferderücken: Gleichgewicht war alles. Und mein Gleichgewicht war ausgezeichnet. An der ersten Ampel schob er das Visier seines Helmes hoch. »Hör mal, du solltest dich wirklich an mir festhalten.« »Tu ich doch.« »Ich meine: Festhalten.« Er nahm meine Hände und schlang die Arme fest um sich herum. »Das ist jetzt keine billige Anmache, es geht um Sicherheit.« Eigentlich war es mir relativ egal, selbst wenn es eine billige Anmache gewesen wäre, es war nicht unangenehm. Und ich verstand auch, warum er darauf bestanden hatte, nämlich in dem Moment, als wir die freie Landstraße erreichten und er Gas gab. Das Motorrad beschleunigte derart, daß ich wohl von der Bank gefegt worden wäre, hätte ich mich nicht mit beiden Armen an ihn geklammert. Und doch spürte ich, daß er mich nicht ärgern wollte, er hatte einfach nur Gas gegeben, ich wußte, wieviel PS diese gewaltige Maschine hatte, hätte er sie wirklich gefordert, wäre ich wohl hinten runtergerutscht. Aber er verzichtete darauf, die Motorleistung vorzuführen, er fuhr zügig, ohne zu rasen, wir sausten zunächst über eine fast leere Landstraße, bogen dann in einen schattigen Wald ab und schlängelten uns schmale Wege hoch. Es roch nach Wald und Schatten und Kiefern, die Sattelbank war bequem, ab und zu fiel ein heller Sonnenstrahl auf die Straße, leuchteten die Bäume auf, das Gras und die Blumen an den Rändern. Ich lernte schnell, daß ich den Kopf bewegen konnte, um mich umzusehen, ohne das Motorrad aus dem Gleichgewicht zu bringen, ich lernte, über seine linke Schulter zu gucken, ohne mit meinem Helm an seinen zu stoßen, ich lernte, mich beim Bremsen etwas an seinen Hüften abzustützen und beim Gasgeben an ihn zu klammern. Es gefiel mir fast so gut, wie auf einem Pferd zu sitzen. Es war schneller, und die Geräusche klangen verheißungsvoll, das Dröhnen des Motors würde mir noch lange in den Ohren klingen, die Geräusche des Windes am Helm. Wir fuhren durch kleine Dörfer und Städte und schraubten uns langsam in die Höhe der Hügel, die der Harz zu bieten hatte. Es war ein sonniger Tag, aber ich war froh über die schwere und überdimensionierte Lederjacke, die Wärme und Schutz bot. Der Fahrtwind wurde mit der Zeit doch recht kühl. Ich fror nicht, nein, ich war aufgeregt und glücklich und ließ mich kutschieren, das schwere Motorrad legte sich so weich in die Kurven, daß man ihre Gewalt fast vergessen konnte, und ich fühlte mich heimisch auf ihr.

Zum Kaffee kehrten wir in einen kleinen Gasthof ein und er sagte: »Du bist die geborene Sozia.« »Kunststück«, behauptete ich und orderte Apfelstrudel mit Vanilleeis, »ich bin Reiterin und habe deswegen schon ein gutes Gleichgewicht.« »Was sagt dein Mann dazu?« »Zum Reiten? Er ist begeistert.« Er lachte. »Das glaube ich ... Nein, ich meine, daß du hier mit mir unterwegs bist.« »Oh ... ich bin alleine hier. Er konnte nicht weg, zuviel Arbeit, weißt du.«

»Der arme Kerl verdient im Schweiße seines Angesichts das Geld, das du hier leichten Herzens unters Volk jubelst?« »Stimmt.« »Er ist zu beneiden.« »Findet er auch. In Wirklichkeit verdiene ich natürlich das große Geld, und er ist mit irgendeiner Blondine auf Barbados.« »Natürlich. Deine Geschichte hat nur einen Haken.« »Und der wäre?« »Wer dich kennt, ist von Blondinen kuriert.« »Oh ... das war aber ein nettes Kompliment«, staunte ich. »Und ernst gemeint.« »Danke.« Wir schwiegen einen Moment, dann sagte ich: »Wenn ich es mir so recht überlege, könnte ich dir bei deinem Wettkampf vielleicht tatsächlich zujubeln. So cheerleadermäßig, du weißt?«

»Ich halte dich bestimmt nicht davon ab«, grinste er vergnügt und sah erwartungsvoll der Kellnerin entgegen, die den Apfelstrudel brachte und ihn anlächelte. Ich wartete ab, bis sie serviert hatte, und tat, als müßte ich ernsthaft darüber nachdenken. »Na gut«, sagte ich schließlich, »ich werde jubeln und schreien, was meine Stimmbänder hergeben, aber nur, wenn wir noch was weiterfahren.«

»Das ist jetzt nicht etwa eine versuchte Erpressung?« »Oh nein, natürlich nicht. Das ist ein fairer Tauschhandel.« Der Apfelstrudel war gut, mit Genuß löffelte ich und musterte Luke, der mich angrinste. »Habe ich einen Wunsch frei, wenn ich unter die ersten fünf komme?« »Ich weiß nicht ... kommt auf die Größe des Wunsches an.« Er kniff ein wenig die Augen zusammen, und die Luft zwischen uns vibrierte. Ich genoß das Prickeln. Warum auch nicht? Er war ein attraktiver Mann und ich eine freie Frau, und er gefiel mir und ich ihm anscheinend auch.

Plötzlich lachte er und lehnte sich zurück. »Im Moment ist er ziemlich groß ...« Ich zog die Augenbrauen in die Höhe. »So,so ...« Er widmete sich wieder seinem Strudel, noch immer schmunzelnd, und ich konnte nicht verhindern, daß meine Hormone sich zum Angriff formierten. Wir tranken noch einen Kaffee, und obwohl wir uns bisher noch nicht einmal geküßt hatten, war jetzt eine eindeutige sexuelle Spannung zwischen uns, die ich genauso genoß wie den ganzen bisherigen Tag.

»Fahren wir noch weiter?« fragte ich schließlich, und er nickte. »Ziemlich unersättlich, was?« »Völlig«, behauptete ich, und damit war eigentlich alles gesagt.

Ich nahm ihn mit zu mir ins Hotel an diesem Abend. Ich wollte nicht wissen, wie und wo er wohnte und ob er eine Freundin hatte, die er betrog. Ich wollte ihn so in Erinnerung behalten, wie ich ihn kennengelernt hatte: Ein netter junger Mann, der gerne lachte, offen und ehrlich war, ein Sportler und Motorradfahrer. Es reichte ja, daß ich log. Daß ich von einem Mann erzählte, den es nicht gab, der zu Hause auf mich wartete und arbeitete. Es war nicht die feine Art, ich wußte es, aber es schützte mich vor unliebsamen Ansprüchen.

Ich mochte Luke Skywalker. Ich konnte nicht behaupten, mich Hals über Kopf verliebt zu haben, aber ich mochte ihn. Er war ein guter Liebhaber, vielleicht etwas zu sanft für mein Empfinden, etwas zu rücksichtsvoll, zu sehr auf mich und meine Befriedigung bedacht, zu wenig egoistisch. Aber besser so als das Gegenteil. Ich bereute es nicht, ihn mitgenommen zu haben. Er war ein hübscher Mann, die schrägen Bauchmuskeln lagen gut sichtbar über den Rippenbögen, seine Brust war flach, nur leicht gewölbt, die Schultern breit und der Latissimus gut ausgeprägt. Fast bedauerte ich es, als er mitten in der Nacht ging. Aber nur fast. Ich war es gewöhnt, mein Bett für mich alleine zu haben und auch morgens alleine aufzuwachen, ohne darauf Rücksicht nehmen zu müssen, ob meine Wimperntusche vielleicht gerade in den Kniekehlen hing.

Wir sahen uns jeden Tag, meist gingen wir abends essen und anschließend zu mir, wir hatten Spaß miteinander, in doppeltem Sinne. Wir konnten zusammen lachen, und wir hatten Spaß im Bett, manchmal redeten wir sogar ernsthaft miteinander, und auch das gefiel mir. Ich hätte mich in ihn verlieben können, ganz sicher, wenn nicht … ja, wenn es nicht Farouk geben würde. Mittlerweile machte ich mir keine Illusionen mehr, auch wenn ich wußte, daß es lächerlich war, so konnte ich doch nicht darüber hinwegkommen, ich ließ mir einfach Zeit und wartete, daß dieser Zustand von allein aufhören würde. Wenn es gar nicht anders ging, mußte ich halt ein Jahr mal darauf verzichten, Sophie zu besuchen.

Am Tag seines Wettkampfes stand ich nah an der Startlinie und beobachtete die Sportler und fieberte mit Luke. Ich hatte selber oft genug an einer Startlinie gestanden, um zu wissen, wie es ihm jetzt ging, wie angespannt er war, wie er sich fühlte. Er hockte tief über den Lenker gebeugt auf seinem Rennrad, der Trizeps und der Quadrizeps waren hart und traten deutlich hervor, konzentriert sah er nach vorne, und ich fand ihn jäh noch viel erotischer, so hart und angespannt wie er war, so völlig auf sich und die vor ihm liegende Aufgabe konzentriert, als bei mir im Bett.

Mitfiebernd verfolgte ich das Rennen, ich schrie mit den Leuten am Straßenrand, ich feuerte ihn an, wohl wissend, daß er es wahrscheinlich gar nicht hörte, aber das war egal, ich wollte, daß er siegte, ich gönnte es ihm, denn immerhin hatte dieser Wettkampf mich um eine Liebesnacht gebracht, die ich mir auch gegönnt hätte.

»Heute nicht«, hatte er lächelnd gesagt, »du bist … auszehrend …«
Ich kicherte verhalten. »Und ich brauche meine Kräfte für morgen.« Ich nickte und schickte ihn früh schlafen, ich hatte Verständnis, es gab Zeiten, da war der folgende Wettkampf einfach das wichtigste, nichts sonst und schon gar nicht eine Zufallsbekanntschaft.

Er errang einen akzeptablen sechsten Platz, und ich war tatsächlich stolz auf ihn, so merkwürdig es sich auch anhören mochte.

An diesem Abend würde er keine Zeit für mich haben, er war umringt von Fans und vor allem von Verehrerinnen, und ich grüßte über die Menge hinweg, als sich unsere Blicke trafen, bevor ich mich abwandte, um zu gehen.

Viel lag in diesem Blick, eine seltsame Verbundenheit, die mich überraschte, ich hatte bisher eigentlich keine Nähe, keine wirkliche Nähe, zulassen wollen. Lieber nicht. Ich wußte ja, daß ich wieder gehen würde. Und doch war viel in diesem Blick, gegenseitiges Verstehen, Sehnsucht, ein bißchen Bedauern und das Wissen, daß es der Abschied war.

Diesen Abend saß ich an der Bar und vertrank die Spesen, nicht, daß ich haltlos geworden wäre, aber es schien mir, als würde ich in einem merkwürdig luftleeren Raum schweben, zu niemandem gehörend, ohne Ziel vor Augen, einfach nur lebend. Normalerweise war es mir genug, was für ein Ziel hätte ich mir setzen sollen, ich, die keine Kinder wollte, keinen Mann, keine Familie? Ein eigenes Haus vielleicht, aber jetzt anfangen, darauf zu sparen? Nein, dann doch lieber leben. Aber an einem Abend wie heute fühlte ich mich verloren, einsam. Ich trank drei Viertel Wein, flirtete unverbindlich mit silberhaarigen Herren, die ihren Bauch einzogen und ihre Brieftasche präsentierten, und wußte, ich würde schlafen können nach soviel Alkohol und hoffte, sie hätten das Bett nicht bezogen, ich wollte seinen Duft zwischen den Laken wahrnehmen, unseren Geruch, den unverwechselbaren Geruch nach Sex und Leidenschaft. Und morgen hatte ich das Zimmer bis 11.00 Uhr zu räumen, ein letztes üppiges Frühstück, und dann wäre ich fort, mal wieder ein Abschied, mal wieder keine Wiederkehr, keine Heimkehr. Ich zuckte die Schultern und hangelte vom Barhocker, ich hatte es mir so ausgesucht, es war mein Leben unter meiner Regie.

Am nächsten Morgen zahlte ich die Rechnung und stand einen Moment noch im Sonnenschein vor dem Portal, während ein hilfreicher Geist meinen Firmenwagen – einen BMW, wenn auch kein 7er! – mit meinem Gepäck belud. Ich wünschte, ich hätte mich anders von Luke Skywalker verabschieden können, vielleicht hätten wir uns mal wieder getroffen. Es war mir unbehaglich, nach der schönen Zeit mit ihm einfach so zu gehen. Aber anrufen wollte ich nicht, ich wollte nicht, daß seine Freundin von mir erfuhr.
Ich gab dem Pagen ein Trinkgeld und zögerte immer noch, wegzufahren, suchte immer noch nach einer Möglichkeit, die es natürlich nicht gab. Schließlich setzte ich mich in den Wagen und fuhr los, die geschwungen Straßen durch das Örtchen, mit dem mich im Grunde nichts verband, außer vielleicht ein bißchen Wehmut. Und einige schöne Tage. Und ein netter junger Mann, den ich eigentlich gerne wiedergesehen hätte. Ich hörte brüllend laut Musik und zuckte innerlich die Schultern. Und dann, kurz

bevor ich auf die Autobahn einbog, tauchte ein einzelner Scheinwerfer in meinem Rückspiegel auf, der auf ein großes Motorrad hinwies. Er näherte sich rasch, und ich zog den BMW weiter nach rechts, um das Motorrad vorbeizulassen. Es war eine auberginefarbene Honda, die blinkend an mir vorbeizog. Einen Moment wurde meine Kehle eng, aber nur einen Moment, dann folgte ich ihm. Er bog auf den ersten Parkplatz und stieg vom Motorrad, grinsend, schlaksig. Ich stieg aus und sah ihm entgegen.

»So ein Zufall«, sagte er und strich sich mit der Hand durch das abstehende Haar.

»In der Tat ... Was tust du hier?«»Nun, wenn ich ganz ehrlich bin, war ich eben am Hotel und habe erfahren, daß du gerade los bist. Ich wußte ja, daß du heute abreist, und hatte mich darauf eingestellt, aber verabschieden wollte ich mich schon.«

Ich schwieg und schluckte dann. »Das ist lieb von dir.« »Du wärest nicht auf die Idee gekommen, anzurufen, oder?« »Skywalker steht nicht im Telefonbuch«, versuchte ich zu scherzen. »Du hast eine Visitenkarte von mir«, sagte er und hakte die Daumen in die Gürtelschlaufen. Ich nickte und senkte den Kopf, um seinem Blick auszuweichen. Er sagte nichts, er bot mir keinen Ausweg an.

»Ich dachte, es ist besser, wenn ich so einfach gehe«, versuchte ich schließlich zu erklären, »nein, ich hätte dich nicht angerufen, ich weiß nicht, ob du eine Freundin hast, und wollte dich nicht ans Messer liefern, ich fahre wieder weg, du mußt mit den Scherben klarkommen.«

»Das ist doch nicht der Grund«, versetzte er spöttisch, und erst an diesem Spott erkannte ich, daß er verletzt war. »Doch Luke«, sagte ich sanft, » das ist der Grund. Das war auch der Grund, warum ich nie mit zu dir gekommen bin. Ich wollte nicht wissen, daß du eine Freundin hast, die du betrügst. Ich wollte denken, daß du ein netter, ehrlich junger Mann bist.«

»Und ich dachte immer, meine Studentenbude wäre nicht fein genug für dich ...«

»Dachtest du«, sagte ich erschüttert und er nickte, während er tief Luft holte. »So was kommt vor. Wirst du wiederkommen? Vielleicht irgendwann mal?« Ich ging nicht näher an ihn heran. »Würde ich gerne, Luke. Würde ich wirklich gerne. Kann ich dich dann anrufen? Möchtest du, daß ich dich anrufe, wenn ich wiederkomme?« Er nickte und hob eine Schulter, ein vorwitziger Sonnenstrahl fing sich im Brillengestell und ließ es aufblitzen. »Wenn du es mit deinem Mann klarkriegst.«

»Ich habe keinen Mann. Ich bin weder verheiratet noch verlobt, noch sonst etwas. Es war eine Reise auf Geschäftskosten. Und der Wagen gehört auch nicht mir, es ist ein Geschäftswagen.« Er nickte wieder. »Hab'ich mir fast gedacht.« »Wieso?« Er zuckte die Schultern. »Ich hab'immer gedacht, du wärest eine gute Freundin. Ich meine, ein Mensch, auf den man sich verlassen kann und so. Es paßte gar nicht zu dir – oder besser, zu meinem Eindruck von dir – daß du einen Mann zu Hause sitzen haben solltest, den du betrügst, ohne mit der Wimper zu zucken. Aber Menschen sind halt seltsam. Warum hast du gelogen?« »Ach … am Anfang war es Bequemlichkeit. Es schien so viel einfacher, zu sagen, ich wäre verheiratet. Du brauchtest nicht zu befürchten, daß ich zu aufdringlich werden würde, und ich nicht, daß du dir Hoffnungen machst. Und ich dachte, du hast bestimmt eine Freundin. Später dann war es nicht mehr möglich, einfach zu sagen: Hör mal, ich bin Single. Du hättest gedacht, ich wolle dich einfangen. Tja, und so kam es.«

Er kaute an seiner Unterlippe und beobachtete mich. »Menschen sind etwas seltsam, oder?« Ich nickte. »Etwas.«

Wir zögerten und sahen uns an, nicht wissend, wie wir mit der plötzlichen Ehrlichkeit und mit den sich daraus ergebenden Konsequenzen umgehen sollten. Ich war ziemlich verlegen, er wohl auch, aber er war es, der Mut bewies, der einen Schritt auf mich zukam. Ich nahm ihn in den Arm, roch zum letzten Mal den Duft, der in seinen Haaren hing, ein Rest Parfüm mochte es sein, vielleicht auch Rasierwasser, vermischt mit dem Geruch nach

Leder, der von der Jacke aufstieg und seiner Haut, so warm unter meinen Lippen. Ich zauste seine Haare und spürte das Brillengestell an meiner Wange und dachte, daß ich das eigentlich gar nicht verdient hatte, als er den Kopf hob und begann, mich zu küssen. Was ich eigentlich auch nicht verdient hatte, aber dennoch genoß. »Ruf mich einfach an, wenn du wiederkommst«, sagte er, »dann werden wir weitersehen. Okay?« Ich nickte, zog ein letztes Mal seinen Kopf zu mir herunter und schmeckte ihn, dann riß ich mich los.

Der BMW war schon schnell, und ich ließ ihn rennen, ich wollte so schnell wie möglich so viele Kilometer wie möglich zwischen uns bringen, aber dennoch pfiff das Motorrad an mir vorbei, als würde ich über die Autobahn schleichen.

Und jäh packte mich Angst, nackte, pure Angst um sein Leben.

Ich will nicht behaupten, daß ich Luke Skywalker sofort wieder vergaß, aber der Gedanke an ihn war nicht mit Wehmut und schmerzlicher Sehnsucht behaftet. Meine Gedanken und Sehnsüchte drehten sich nach wie vor mit Beharrlichkeit um Farouk, und in stillen Momenten glaubte ich, daß ich ihm unrecht tat, daß es nicht recht war, ihn in den Mittelpunkt meiner Sehnsucht zu stellen. Es gab keinen Grund dafür. Ein taubstummer Araber, sehr weit weg von mir, würde nie der Gefährte sein können, den ich brauchte, den ich wollte. Warum also ließ ich nicht endlich von ihm ab? Er würde mittlerweile eine andere Touristin gefunden haben, um die er sich kümmern konnte, und ich hatte meinen Beruf, den Sport und einen großen Bekanntenkreis. Ich wußte um die Sinnlosigkeit meines Verlangens, und ich war nicht beruflich so erfolgreich, weil ich mich von Gefühlen leiten ließ oder mich Tagträumen hingab.

Aber so ganz konnte ich mich selber nicht überzeugen. Ich hätte mich in Luke Skywalker verlieben können, er war ein Mann, der mir entsprach, klug, freundlich, sportlich, gutaussehend, ein guter

Liebhaber. Statt dessen hatte ich ihn leichten Herzens ziehen lassen, war gegangen in Gedanken an lichtbraune Augen, die mich bezaubert hatten.

Der Frühsommer in Norddeutschland ließ sich gut an. Die Kirschbäume prunkten in verschwenderischer Blütenpracht, Tulpen am Wegesrand und überall frisches, sauberes Grün. Nie wurde es mir so bewußt wie in diesem Jahr, wie grün Schleswig-Holstein war. Bäume, Hecken, Wiesen, der erste Anflug von Gelb auf den Rapsfeldern. In Afrika begannen die Tage jetzt wirklich heiß zu werden, das Land würde trocken und staubig sein. Manchmal war mir, als würde ich die verschwenderische Fülle mit Farouks Augen sehen und sie bestaunen. Es war ein Wunder, wie die Natur jedes Jahr aufs neue erwachte. Und ich war dankbar, daß ich hier leben konnte, ohne Wassermangel, ohne die stete Gegenwart einer sengenden Sonne, ohne flaches, braunes, trockenes Land, das jeden Sommer ausgedörrt wurde. Auch wenn wir im Mai Bodenfröste hatte und ein atlantisches Sturmtief nach dem anderen herbeijagte, bis ich mich nach Wärme sehnte und einer freundlichen Sonne.

Der erste Grillabend bei Freunden im Garten, betörender Blütenduft eines Flieders – ausgerechnet -, der überlagert wurde von glühender Holzkohle und schließlich von brutzelndem Fleisch. Ich trank etwas mehr, als mir guttat, und so schön der Abend auch war, ich war begleitet von Geistern. Immer wieder Farouk. In Zusammenhang mit dem Alkohol schienen meine Gedanken zu fliegen, ich sah ihn an einem Lagerfeuer, alles Männer, stille arabische Gesichter, stolz, so stolz, in die Flammen sehend, träumend. Wovon träumte ein Mann wie er? Daß er hören und reden könne? Zwei Sinne, deren Existenz mir so selbstverständlich erschienen war. Aber vielleicht vermißte er sie gar nicht so sehr, wie ich es mir vorstellte. Er kannte es ja nicht anders. Oder? Dachte er an mich? Oder war ich zu einer Touristin geschrumpft, eine Erinnerung, wenn überhaupt.

Aber vor meinem geistigen Auge starrte er traurig in die Flammen und dachte an mich, wie ich an ihn.

Sophies Stichtag näherte sich, und ihre Aufregung übertrug sich auf mich, wenn wir telefonierten. Was wir natürlich regelmäßig taten. Ihre Schwägerin war mit den Freundinnen, den Tanten, und wer da noch so alles beteiligt war, für die Babypflege und die Pflege der zukünftigen Mutter zuständig, ich aber war der Ausgleich. Ich war diejenige, die sie mit Neuigkeiten aus der westlichen Welt unterhielt, die dafür sorgte, daß sie informiert wurde, was in unserem Bekanntenkreis so passierte, was es Neues auf dem Musikmarkt gab, welche Kinofilme liefen. Ich war es, die ihr CDs und Videos schickte, ich war es, die ihr erklärte, daß auch eine werdende Mutter noch anderes im Kopf haben sollte als ihren schwangeren Bauch.

»Du verstehst das nicht«, sagte sie oft, und sie mochte recht haben, klar, aber es erschien mir nicht wichtig, sie zu verstehen. Es war vielmehr wichtig, sie im Gleichgewicht zu halten. Soweit ich es beurteilen konnte, ging es ihr gut, sie hatte das Selbstmitleid völlig aufgegeben, und komischerweise war auch prompt das Wasser in ihren Beinen zurückgegangen. Es war jetzt wirklich sehr heiß in Afrika, die meiste Zeit konnte sie nur im Schatten verbringen, über Mittag blieb sie auch im Haus, es hatte keinen Sinn, sich diesen Temperaturen auszusetzen. Der Club lief gut, sie waren die meiste Zeit gut besucht, ausgebucht sozusagen, obwohl immer einige Zimmer in Reserve übrigblieben. Die meisten Hotels hatten eher Probleme mit den Überbuchungen, der Club natürlich nicht, man vertraute auf das exklusive Equipment und wollte keine schlechte Presse riskieren. Die Leute, die hier Urlaub machten, zahlten eben ein paar Mark mehr für diesen Luxus.

Natürlich gab es auch in einem exklusiven Club einige unangenehme Gäste und Begebenheiten, sie ließen sich wohl nie ganz ausschalten, und manchmal schüttelte ich den Kopf und war entsetzt darüber, was Sophie am Telefon erzählte.

Daran merkte ich übrigens auch, daß ich älter wurde: Dinge, die mich früher vielleicht noch amüsiert hätten, empfand ich heute als geschmacklos, stillos und völlig unnötig. Da war das Pärchen, das völlig hemmungslos im Swimmingpool vögelte und sich nicht einmal beeindruckt zeigte, als der Sicherheitsdienst in Erscheinung trat.

Oder der ältere Mann, der mit einer Alkoholvergiftung auf dem Rasen liegenblieb und am nächsten Morgen erst von Gärtnern gefunden wurde. Die Frau, die mitten auf der Tanzfläche begann, sich auszuziehen, und die beiden Männer, die sich im Speisesaal prügelten. Das Kind, das während einer Vorstellung auf die Bühne lief und mit den Darstellern mittanzte, während die Mutter aufgeregt hinterherhastete, peinlichst berührt, hochrot im Gesicht, Schweißperlen auf Stirn und Oberlippe, und das Kind dachte, es hätte ein neues Spiel erfunden.

Das Paar, das im Zuschauerraum des Theaters so ausgiebig knutschte, daß einer der Beleuchter seinen Spot auf die beiden richtete und das Publikum applaudierte. Die beiden waren allerdings wenigstens verlegen.

Und die üblichen Geschichten, Eifersüchteleien und Neid, die immer auftraten, wenn viele Menschen zusammen waren. Einer der Ehemänner war sogar so weit gegangen, den Animateur zu bedrohen, von dem er annahm, daß er seine Frau belästigen würde. Und ein Animateur mußte während der laufenden Saison den Club verlassen, es gab den begründeten Verdacht der Veruntreuung.

Manchmal wünschte ich, ich könnte bei Sophie sein. Ich hatte solche Geschichten nie erlebt, und einiges wäre doch ganz witzig gewesen, z. B. das Kind auf der Bühne und der Striptease auf der Tanzfläche.

Oft telefonierte ich auch mit Natalie, sie wollte eines Abends wissen, ob ich noch an Farouk dachte, und ich gab es nach kurzem Zögern zu. Sie wirkte zufrieden. »Ich konnte mir auch gar nicht vorstellen, daß du ihn einfach so wieder vergißt«, sagte sie. Ich stieß die Luft aus.»Weißt du, ich glaube, ich mache mir da was vor. Meine Freundin ist mit einem Araber verheiratet und hat mich hier quasi zurückgelassen, und er ist taubstumm, ich kann alles in ihn hineininterpretieren, was mir gerade in den Kram paßt. Ich glaube, da liegt es begründet.«Sie schwieg einen Moment.

»Natürlich kann es daran liegen«, gab sie dann zu, aber vielleicht bist du einfach nur verliebt.«

»Nein, Natalie, ich bitte dich. Es gehört doch wohl mehr dazu, sich zu verlieben, oder? Gespräche, das Austauschen von Meinungen und Ansichten, Gemeinsamkeiten. Nein, ich mache mir etwas vor.«

Sie war so lange ruhig, daß ich schon nachfragen wollte. Dann seufzte sie.»Schade eigentlich, daß du es so siehst. Ich meine, so nüchtern und überlegt. Ich hatte irgendwie gehofft, du würdest an die Liebe glauben. An das Gefühl. An die Liebe an sich, nicht an ihre Bedingungen und ihre Lebbarkeit. Sondern daran, daß es Liebe gibt, die an nichts gebunden ist.«»Nein. Nein, ich glaube nicht daran. Liebe an sich ist etwas, was man irgendwann mal erfunden hat, um Romane zu schreiben. Um dem Leben etwas Harmonisches zu geben, vielleicht auch Hoffnung. Aber Liebe ist in Wirklichkeit die Möglichkeit, mit jemandem zu leben, den man respektieren kann, den man mag und dem man vertraut. Mehr nicht. Vielleicht ist eine Zeitlang auch noch Sex im Spiel, ganz klar. Aber eine Himmelsmacht, die so oft besungen und beschrieben wurde, ist es nicht. Ganz sicher nicht. Sie hält nicht Unwägbarkeiten stand, und sie versetzt keine Berge. Sie vereint nicht Welten, die getrennt sind, und sie überbrückt keine Gräben, die verschiedene Kulturen auftun.«

Und dann kam der Abend, an dem Sophie nicht wie vereinbart anrief. Wir telefonierten eigentlich immer an festen Tagen, um zu verhindern, daß wir zu weit auseinanderdrifteten, es war eine Gewohnheit, aus der Not geboren, lieb geworden.

Ich hatte meinen Chef ja schon darauf vorbereitet, daß ich im Sommer Urlaub brauchen würde, aber es sah nicht gut aus. Mein Chef war menschlich genug, um meine Lebensumstände zu berücksichtigen, und wenn es möglich gewesen wäre, hätte er mir Urlaub gegeben. Aber in einer so kleinen Firma kam es oft auf jeden einzelnen Mitarbeiter an, und ich bestand nicht auf den Urlaub. Im Herbst drei Wochen, hatte er versprochen, und ich dachte, das kann so nicht richtig sein, das halte ich nicht durch, noch Monate ohne Farouk, ohne Sophie, ohne die liebgewonnene Umgebung. Wie sollte ich es noch Monate hier oben im kalten Norden aushalten? Kein Gedanke daran, daß ich es 34 Jahre lang ausgehalten hatte, ohne es je in Zweifel zu ziehen. Wenn man den Duft hätte konservieren können, den Geruch nach Wüste und den trockenen heißen Wind, ich hätte ihn mir gekauft. Abgefüllt in eine bauchige Glasflasche oder einen wunderschönen Kupferkessel, eine Öllampe, die ich reiben konnte wie Aladin seine Wunderlampe.

Nirgendwo roch das Meer so aufregend wie vor der afrikanischen Küste, noch nie hatte ich so viele Gewürze auf einem Markt gerochen, nie wieder so aromatische Orangen gegessen. Ich hatte Heimweh.

Und Sophie rief nicht an. Ich versuchte, mich nicht selber nervös zu machen und einfach den Abend abzuwarten, sie würde schon einen Grund haben, es konnte ja auch sein, daß sie eingeladen waren … es konnte alles mögliche als Grund gelten, daß sie einmal versäumte, mich anzurufen. Wenn sie sich morgen nicht meldete, würde ich versuchen, sie zu erreichen.

Sie meldetet sich nicht, und ich konnte sie nicht erreichen, auch Fethi nicht. Aber wenigstens ging nach längerem Klingeln eine Mitarbeiterin an sein Telefon, die berichtete, daß Madame im Krankenhaus sei und Monsieur ebenfalls. Nein, mehr wisse sie auch nicht.

Ich marschierte zwei Tage lang durch die Firma, ohne etwas wahrzunehmen, meine Gedanken kreisten um Sophie, sie war fast vierzig, und es war ihr erstes Kind, und sie würde auch noch in einem arabischen Land gebären – zwar in einem deutschen Krankenhaus, aber trotzdem – und dieses kleine Monster, das sie seit Monaten getriezt und getreten hatte, würde sich ohne Rücksicht seinen Weg auf diese Welt bahnen, und sie hätte Schmerzen und wäre dem Geschehen hilflos ausgeliefert. Mein Chef war erleichtert, daß wir nicht in dieser Zeit gerade eine wichtige Konferenz angesetzt hatten, und ich malte statt der altvertrauten Palmen Öllampen und Geister aus Flaschen auf meinen Block. Wenn ich doch bloß hätte bei ihr sein können. Wenn ich doch bloß wüßte, ob es ihr gutging.

Ich faxte Fehti an mit der Bitte, mich umgehend zu informieren, wenn sie zu Hause wären, wenn alles überstanden wäre, und rannte weiterhin hektisch und planlos durch die Gegend. Lieber Gott, paß auf Sophie auf, mach, daß alles gutgeht.

Am dritten Tag kam ein Fax von Fethi in der Firma an: »4850 Gramm, ein Junge, zehn Finger, zehn Zehen, eine Nase, alles dran. Mutter und Kind wohlauf. Trink ein Glas Champagner auf uns.«

Alles auf französisch. Er mußte im Vater-Freuden-Taumel sein. Aber egal. Sophie ging es gut, mehr wollte ich gar nicht wissen. Chef, könnte ich nicht vielleicht doch …? Meine Freundin, meine beste Freundin, hat gerade ihr erstes Kind bekommen und ist allein in der Fremde. Tut mir leid, sagte mein Chef, und es gelang ihm, so auszusehen, als täte es ihm wirklich leid, kein Chance. Er verwies auf Verträge und Klienten, und es klang, als könnten sich diplomatische Verwicklungen aus meinem Urlaubsantrag ergeben. Ein verlängertes Wochenende, mehr nicht. Im Herbst … im Herbst könne ich dann tatsächlich drei Wochen Urlaub nehmen. Und wieder dieses Gefühl, als würde die Welt einen Moment taumeln. Quatsch, ich war ein nüchterner, beherrschter Mensch. Aber was wäre, wenn Farouks Herz tatsächlich auf den Klippen lag? Und zu Stein erstarrte? Noch so lange Zeit ohne ihn. Ohne Sophie. Ohne alles, was mir lieb und teuer war.

Ich faxte Natalie, um ihr von der glücklichen Geburt zu berichten, und sie meldete sich umgehend, schlug vor, daß versprochene lange Wochenende gemeinsam zu verbringen, wir könnten uns irgendwo auf der Hälfte zwischen Hamburg und Frankfurt treffen, das wäre für beide praktisch. Ich schlug den Harz vor, es war vielleicht nicht ganz die Hälfte, aber ich verband mit dem kleinen Städtchen einige nette Erinnerungen. Natalie sagte zu, es wäre ihr egal, Hauptsache, mal wieder einen vernünftigen Menschen treffen und reden können. Ich tat natürlich entsetzt und empört, sie sollte schließlich nicht irgendeinen Menschen treffen, sondern mich, und ich erwartetet auch entsprechend euphorische Freude.

Sophie blieb mit ihrem kleinen Sohn, Jordan Michelle, zehn Tage im Krankenhaus, sie hatte einen ausgewachsenen Babyblues, behauptete, das wären nur die Hormone, fing bei jeder Gelegenheit an zu heulen, und ich gewöhnte es mir ab, jeden zweiten Tag mit ihr zu telefonieren. Im Moment war einfach kein vernünftiges Wort mit ihr zu wechseln. Sie redete von der Geburt, die entsetzlich gewesen sein mußte, sie sagte, es wäre Unsinn, wenn einem Mütter erzählten, man würde die Qualen vergessen, sobald das Baby auf dem Bauch lag, so schnell ging das nun auch alles nicht, sie war total gerissen, ihr Sohn war früh sehr tief gerutscht, die Ärzte hatten den Kopfumfang nicht mehr messen können, weil das Köpfchen schon in der Beckenschale lag. Und Jordan Michelle war von Anfang an ein Querkopf, anders konnte man es nicht nennen. Er riß seine Mutter auf trotz Dammschnitt, nachdem er sich denn endlich entschlossen hatte, seinen Weg auf diese Welt anzutreten. Allein für den Entschluß hatte er zwei volle Tage gebraucht. Zwei Tage, in denen Sophie in den Wehen lag, Schmerzen hatte und nicht recht wußte, wie ihr geschah. Am Ende des zweiten Tages leiteten die Ärzte die Geburt dann endlich ein und versuchten, den großen, den viel zu großen Kopf des Kindes auf natürlichem Wege durch den Geburtskanal zu bringen. Was nicht eben von Erfolg gekrönt war. Die Mutter war so kaputt, daß sie eine Rückenmarksnarkose bekam, Jordan Michelle brach sich ein

Schlüsselbein bei seinem Kampf ans Licht, und Sophie bekam Bluttransfusionen, und ich war heilfroh, daß sie ihr eigenes Blut hinterlegt hatte für den Fall der Fälle. Es war wirklich spannend und nicht eben im positiven Sinne. Nie wieder Kinder, schwor Sophie, sobald sie in der Lage war, überhaupt wieder irgend etwas zu beschwören, und ich konnte sie völlig verstehen. Irgendwie schien sie auch nicht so recht Lust auf dieses Kind zu haben, in den Telefonaten schien es mir, als wispere das transatlantische Kabel von erlittenen Schmerzen, für die ein Baby verantwortlich gemacht wurde, ein Baby, das trotz eines gebrochenen Schlüsselbeins erstaunlich ruhig war, kein Schreikind. Sophie klang merkwürdig unbeteiligt, wenn sie von ihrem Sohn berichtete, so, als ginge es sie nicht wirklich etwas an. Ich wußte, daß Fethis Schwester und noch einige andere Mitglieder der Verwandtschaft um sie herum waren, aber dennoch hatte ich das Gefühl, als würde sie nach mir rufen, nach mir schreien, als suche sie verzweifelt Hilfe und Schutz, einen Pfeiler, an dem sie sich wieder aufrichten konnte. Und ich saß in Deutschland und konnte nicht weg und war hilflos. Ich konnte ja nicht mal Fethi anrufen und fragen, ob denn wohl alles in Ordnung wäre, ob seine Frau sich wie eine Mutter aufführte, ob sie für ihren Sohn sorgte oder ob seine Schwester das übernahm. Wenn ich Sophie direkt fragte, ob ich etwas für sie tun könne, lehnte sie ab, ging nicht auf mich ein, nicht auf ihre Schwierigkeiten. Hätte ich sie nicht so genau gekannt, ich hätte nicht bemerkt, daß sie litt, daß sie waidwund war, daß sie nicht ein und nicht aus wußte.

Schließlich war ich so ratlos und besorgt, daß ich Sybille fragte. Sybille ritt oft mit mir zusammen, sie war Kinderkrankenschwester, eine rundliche, sehr junge Frau, die durchaus hätte hübsch sein können, wenn sie es darauf angelegt hätte. So aber erschien sie immer etwas nachlässig, ihre Oberlippe zierte ein ansehnlicher Haarflaum, manchmal benutzte sie Lidschatten, tuschte aber nicht die Wimpern, das Ergebnis war eher seltsam denn hübsch. Ich gab ihr schon mal Tips zur Verschönerung, wollte aber auch nicht indiskret sein, was ging es mich an, ob sie ihre Wimpern tuschte oder nicht. Sie war immer nett, eine Eigenart, die mich an Menschen schon wieder irritierte, Sybille schien es aber zu allem Überfluß auch noch ernst zu meinen. Sie fragte oft nach meiner Meinung und bewunderte mich und meine Reitkünste und die Art, wie ich mit Pferden umging, und die Weise, wie meine zerfetzte Jeans saß, mit der ich meistens ritt. Ich war zuerst doch arg befangen, ich war an Bewunderung in keinster Weise gewöhnt und wußte nicht, wie ich damit umgehen sollte, aber ich lernte schnell. Ich reckte den Daumen hoch und grinste quer durch die Reithalle, wenn ihr eine besonders schöne Hinterhandwendung geglückt war, oder sagte im Vorbereiten: »Klasse sieht das aus, was du da machst!«, und sie freute sich, und sie blühte auf unter meiner Anerkennung. Diesmal brauchte ich ihren Rat, ihre Hilfe. Nach der Reitstunde drückten wir uns immer noch an der Reitbahn rum und beguckten die nächsten Reitschüler, versuchten, aus deren Fehlern zu lernen, versuchten, uns einzuprägen, was Anka sagte, rief, brüllte, bis ihre Stimme sich überschlug und sie hochrot im Gesicht war. Sie brüllte mit jedem gleichermaßen rum, es war nichts Besonderes, außer für den, der gerade angeschrien wurde und verzweifelt darum kämpfte, alles richtig zu machen, alles so zu machen, wie Anka es verlangte. Es gelang eigentlich keinem von uns und schon gar nicht in dem Moment, wo sich alle Augen auf ihn richteten und Ankas Stimme unbarmherzig kritisierte, verlangte, erwartete. Auf dem Weg zu unseren Autos berichtete ich Sybille nun also von meiner Freundin, von ihrem seltsamen Verhalten dem Kind gegenüber und daß ich so ratlos war. Es tat unendlich gut, ihre sanfte Stimme zu hören, die versicherte, daß das Verhalten so ungewöhnlich nicht wäre, daß Sophie das Baby verantwortlich machte für die erlittenen Schmerzen und daß das Verhalten sich in absehbarer Zeit ändern würde. Sie gab zu bedenken, daß eine Mutter einer Flut von Hormonen ausgesetzt war, gegen die sie völlig machtlos war. Sie war praktisch derzeit ein Spielball der Chemie ihres Körpers, und es brauchte einige Zeit, bevor sich alles wieder einrenkte, alles in geordneten Bahnen lief. Ich war erleichtert. Sie klang so, als wüßte sie genau, wovon sie sprach, und auch auf meine wiederholten Rückfragen gab sie unerschütterlich Antwort mit derselben ruhigen und zuversichtlichen Stimme. Allein von der Stimme her war sie als Kinderkrankenschwester prädestiniert. Ich verstand mich gut mit Sybille und ich mochte sie auch, wenn auch auf eine ganz andere Art als Natalie. Natalie war eine Freundin, eine Seelenverwandte, wir hatten nicht viel Zeit miteinander verbracht und verstanden uns dennoch so gut, blind fast. Sybille war mir einfach sympathisch, aber sie war keine Freundin, sie war keine Gleichgestellte. Sie war diejenige, die Rat und Hilfe und Ermutigung brauchte, sie würde nie verstehen, was mich bewegte, sie würde nie wie ich den Stier bei den Hörnern packen können und einfach mal etwas machen, etwas Ungewöhnliches vielleicht. Sie war keine Sportlerin und staunte immer nur, wenn ich mal was erzählte. Ich fühlte mich zeitweise wie eine Hochstaplerin und schwieg daher rein prophylaktisch, es war mir peinlich, wenn ich erzählte, ich wäre gerade 1,5 Stunden durch den Wald gejoggt, und sie sah mich aus blauen Augen an und staunte und wußte, sie würde niemals eine Stunde laufen können. Ich war so anders als sie, und sie bemühte sich, mein Wohlwollen zu erringen. Dabei hätte ich sie durchaus respektieren können, wenn sie zu ihrer Art gestanden hätte, sie hatte ihre Vorteile und ihre Stärken, meiner Ansicht nach brauchte man keine Läuferin zu sein oder ein so gute Sportlerin wie ich. Die Menschen waren eben unterschiedlich. Aber sie fühlte sich mir unterlegen.

Besonders schlimm wurde es an dem Tag, als ich wie gewohnt zur Reitstunde erschien und sie neben Sheik-el-Sharim stand und ihn striegelte. »Hallo Sybille«, sagte ich und unterdrückte tapfer ein unbehagliches Gefühl, als ich sein fuchsfarbenes Fell glänzen sah unter ihren eifrigen Bürstenstrichen. Sie sah auf und grüßte etwas zaghaft, während sie verlegen die Bürsten schwang.

»Oh … hi Elena … Anka sagt, ich soll Sharim heute reiten.« Sie preßte die Lippen aufeinander. »Aber das ist doch klasse. Du wirst sehen, ihr beiden werdet euch gut verstehen, er ist ein wirklich feines Pferd.« Sie nickte und wandte sich wieder dem Tier zu, das die Pflege, die man ihm angedeihen ließ, mit hochmütiger Miene über sich ergehen ließ. Sharim war ein distinguiertes Pferd, er schmuste nicht und er suchte keine Zuneigung. Ich stand etwas ratlos in der Stallgasse umher und machte mich dann auf die Suche nach Anka, damit sie mir erzählen konnte, welches Pferd ich reiten sollte.

»Ach ja, hallo Elena«, sagte sie und wirkte zerstreut. »Du wirst heute Red reiten.« »Wer ist das?« fragte ich und runzelte die Stirn, ich kannte kein Pferd namens Red. »Die kleine Fuchsstute, du hast sie bestimmt schon mal gesehen. Komm mit, wir holen sie von der Weide.«

Auf der Weide standen fünf Pferde, schöne Tiere, alles Privatpferde. Sie gab mir den Halfter und wies auf eine hübsche kleine Stute, die uns neugierig entgegensah. Ich ging auf sie zu und wollte den Halfter anlegen, aber sie hob den Kopf und beschnupperte zuerst mich, dann den Halfter sehr sorgfältig, und ich ließ sie gewähren, während ich mit ihr redete. Sie ließ sich den Halfter anlegen und folgte mir willig, aufmerksam nach allen Seiten spähend, dann begann sie, an meiner Jacke zu zupfen. »Laß das«, sagte ich, »ich bin nicht dein Weidekumpel.« Anka beobachtete uns, sagte aber nichts. Ich mochte es, daß sie nicht alles vorschrieb, sondern nur einschritt, wenn etwas nicht richtig lief. Es gab mir Sicherheit. Zu wissen, sie war da, wenn etwas nicht gut lief, aber auch, daß sie mich machen ließ. Ich band Red kurz an und suchte den Putzkorb. Als ich zurückkam, nuckelte sie auf ihrem Halfterstrick, der schon ganz naß war. Jede Bürste, mit der ich an sie herantrat, wurde aufs genaueste berochen, und beim auskratzen der Hufe schien sie erst überlegen zu müssen, wie sie ihr Gewicht verlagern sollte, bevor sie mir ihren Huf gab. Ich ließ ihr die Zeit, die sie brauchte. Sie war nicht beschlagen und betrachtete mich und die Welt mit neugierigen Augen. Schöne Augen hatte sie, nicht so runde wie Sharim, sondern ein wenig schräg stehende, sie sah aus wie ein Kosakenpferd. Als ich ihre Vorderhufe auskratzte, legte sie ihren Kopf auf meinen Rücken und schien sich auszuruhen, was bei Sybille Entzückensrufe auslöste. Ich war auch gerührt, ich gebe es ja zu. Es war schön, wenn ein Pferd einem von Anfang an so vertraut.

Als ich die Gamaschen um die Vorderbeine legen wollte, hob sie wieder das Bein an, und ich mußte doch über ihre »Mitarbeit« schmunzeln, während ich den Huf wieder auf die Erde stellte. Die große Satteldecke wurde mit hocherhobenem Kopf und geblähten Nüstern erst begutachtet, dann berochen, dann durfte ich sie auflegen. Der Sattel selber war schon nicht mehr so interessant, das Gebißstück eindeutig unwillkommen. »Feines Mädchen«, murmelte ich liebevoll und zupfte den Pony zurecht. »Das ist ja noch ein Kind«, sagte ich dann zu Anka, die immer mal wieder zum Gucken erschienen war. Anka drehte sich eine Zigarette. »Vier Jahre«, sagte sie und klaubte einen Tabakfussel von der Zunge, »und noch nicht oft unterm Sattel gewesen. Du mußt vorsichtig mit ihr sein. Verlang nicht zu viel und lob sie oft.« Ich stand wie vom Donner gerührt. »Vier Jahre alt?! So ein junges Pferd gibst du mir?« Und in meiner Erinnerung hörte ich sie sagen: »Elena kann ich solche Pferde geben, sie tastet sich an ein Pferd heran.« Anka hob die Schultern. »Ich hab keine Schulpferde, und du machst das schon. Sei einfach vorsichtig. Führ sie erst mal eine Runde durch die Bahn, da liegen Stangen, und sie weiß erst seit gestern, daß es solche Stangen auf dieser Welt überhaupt gibt.« Na klasse, dachte ich und seufzte, während ich das Pferd ansah, das sich neugierig umguckte. »Komm, meine Kleine, wir versuchen unser Glück.« Und sie folgte mir willig.

Im Tor zur Reitbahn blieb sie einen Moment stehen und sah sich um, sie zeigte aber keine Angst, kein Erschrecken, sie war einfach neugierig. Ich ging vor ihr her, einmal im Rund und zeigte ihr die Stangen, die sie auch relativ ungerührt zur Kenntnis nahm. Als

Leittier stieg ich über die grünweiß lackierten hölzernen Rund-
stangen, und sie folgte, hob sorgfältig die Hufe, war aber nicht
beunruhigt. Bei der vierten Überquerung versuchte sie, die
Stangen anzuknabbern, und da dachte ich, jetzt ist Schluß mit
Spazierengehen, jetzt kann sie mich auch tragen statt ich sie. Sie
sah es wohl ganz ähnlich, denn sie ließ mich gutmütig aufsteigen,
wobei ich peinlichst genau darauf achtete, ihr nicht in den Rücken
zu fallen.

Ich begann ganz langsam, im Schritt, mit ihr die Runde zu gehen,
und jedesmal, wenn wir auf den großen Spiegel an der Stirnseite
der Reithalle zugingen, richtete sie sich neugierig auf. Ein Pferd,
ein Pferd! Bis sie vielleicht merkte, daß es ihr Spiegelbild war,
oder bis es ihr langweilig wurde, weil das andere Pferd nichts
Besonderes machte.

Da sie noch nicht fertig ausgebildet war, begann ich, mich langsam heranzutasten, um zu erfahren, was ich von ihr verlangen
konnte. Sie konnte keine Vor- oder Hinterhandwendungen, das
wußte ich, aber sie reagierte prompt auf jede Verlagerung des
Gewichts, und ich übte mit ihr Achten und Zirkel und Volten und
ließ sie Schlangenlinien durch die Halle gehen, lobte sie ganz viel,
fast bei allem, was sie richtig machte, und merkte, daß sie scheinbar Spaß hatte. Sie war jedenfalls eifrig bei der Sache, ließ sich
manchmal ablenken – von Sharim zum Beispiel, der mit Sybille
durch die Halle schlurfte oder von Pferden, die draußen vorbei-
geführt wurden und die sie sehen konnte, weil die Halbtür offen
war – aber es gelang mir immer wieder, ihre Aufmerksamkeit zu
fesseln. Sogar Stopps konnte sie, aus dem Schritt und aus dem
Trab heraus blieb sie auf der Stelle stehen, wenn ich die Fuß-
spitzen anzog und Gewicht in die Bügel brachte. Anka rief ein
paarmal lobende Worte zu uns herüber, und ich fühlte mich wohl
und sicher auf dem Rücken der gutmütigen kleinen Stute, dieses
neugierigen Tieres. Sybille wirkte hingegen unglücklich und gequält, und ich konnte sie gut verstehen.

Wir hatten fast gleichzeitig in diesem Stall angefangen zu reiten, aber während ich meine Kindheit und frühe Jugend auf dem Pferderücken verbracht hatte und entsprechend sicher war, hatte sie erst angefangen zu reiten und hatte viel elementarere Schwierigkeiten als ich. Es begann schon mit dem Gleichgewicht. Ich verfügte über ein ausgezeichnetes Gleichgewicht, ich hatte zeit meines Lebens Sport betrieben, war Fahrrad gefahren und Inline Skates gelaufen, hatte geturnt und Aerobic gemacht, alles Sachen, bei denen ein gutes Gleichgewicht unabdingbar war. Sie war nicht sportlich und sollte jetzt ihr eigenes Gewicht beherrschen und das Pferd auch noch, und das war schwierig, ganz eindeutig. Und Sharim wußte es so genau. Er wußte, daß er heute der Chef war, daß er es sich erlauben konnte, wie ein müdes altes Pferd durch die Halle zu schlurfen, ihre Versuche, ihn antraben zu lassen, zu ignorieren. Bei der Vorhandwendung, die er unter mir absolut perfekt und am langen Zügel tanzte, lief er ihr aus dem Zügel, und als sie eine Rückhandwendung versuchte, steppte er seitwärts. Pferde sind nicht dumm, ganz eindeutig nicht. Anka stand am Rand und rief wiederholt:»Setz dich durch, Sybille! Er kann es. Setz dich durch. Laß ihn nicht aus dem Zügel laufen, halt ihn fest!« Aber Sybille wußte nur, wie dieses Pferd sich unter mir benahm, und war verzweifelt. Sie hatte nach der Stunde Tränen in den Augen, als sie sagte:»Und bei dir sieht immer alles so einfach aus.« Ich tätschelte tröstend ihren Arm. »Ich reite ja auch schon ganz lange, das kannst du nicht vergleichen. Ich kämpfe nicht mehr mit diesen Anfängerschwierigkeiten wie du, dafür mit anderen.« Sie schluckte und nickte nur, und ich hätte schwören können, daß sie überlegte, mit dem Reiten aufzuhören.

Der Sommer war für norddeutsche Verhältnisse wirklich schön, wir hatten viele sonnige Tage, es war warm, und ich verbrachte meine Zeit im klimatisierten Büro. Wir hatten viel zu tun, und ich konnte meinen Chef verstehen und seine Weigerung, mir Urlaub zu geben. Vielleicht war ich sogar in einem Winkel meines Herzens ganz zufrieden, um nicht zu sagen dankbar, denn Sophie steckte noch immer in ihrem Babyblues, und ich wußte nicht, wie ich sie da rausholen sollte. Außerdem wußte ich nicht, wie Fethi mittlerweile auf seine schwermütige Frau reagierte, ich wußte so wenig von der arabischen Mentalität. Er war in Europa erzogen, aber auch die europäischen Männer würden irgendwann die Geduld verlieren mit ihrer Frau. Am Telefon versuchte ich fortwährend, sie aufzuheitern, aber nichts schien zu helfen. Ich gab es schließlich auf, sie war meine Freundin, aber auch meine Geduld war nicht unerschöpflich. Und sie hatte es sich ausgesucht. Sie sollte stolz auf ihren Sohn sein und endlich aufhören, sich zu bemitleiden, und es war mir zeitweise wirklich egal, ob die Chemie in ihrem Körper stimmte oder nicht. Ich konnte es einfach nicht mehr hören. Wenn ich samstags nicht arbeitete – meist waren es halbe Tage, die ich tatsächlich im Büro verbrachte –, saß ich auf dem schönen Balkon mit dem verschnörkelten Gitter und las ein Buch oder betrachtete versunken die vielen Blumen, die ich gepflanzt hatte und die in Kästen über das Geländer wucherten oder aus Ampeln hingen. Ich hatte ein wirklich gutes Leben. Manchmal fuhr ich zu meinen Eltern in die Heide, aber eher selten, die beiden waren jetzt in Rente und hatten absolut keine Zeit mehr, so viele Termine und Veranstaltungen und Verpflichtungen. An anderen Tagen wiederum fuhren wir mit einer ganzen Clique, die sich lose zusammengefunden hatte, an die See und verbrachten da einen schönen Tag, wir grillten und aalten uns in der Sonne und lachten und redeten. Viel Zeit verbrachte ich auch im Reitstall, Sybille und ich gingen manchmal nach den Stunden noch einen Saft oder auch ein Alsterwasser trinken, oder wir blieben im Stall und saßen da in großer Runde zusammen. Es war ein schöner Sommer, ich hatte viel Spaß und war eigentlich rundum glücklich. Sogar die Sehnsucht nach Farouk schrumpfte auf ein erträgliches Maß, manchmal dachte ich, wenn ich jetzt nicht wieder hinfliegen würde, würde ich ihn auch vergessen können. Und in einer stillen Minute wurde mir bewußt, daß genau das der richtige Weg wäre: Ich hätte zu Hause bleiben sollen, nicht wieder nach Afrika fliegen. Die Bande, die mich hielten, sollte ich zerschneiden und hier mein Glück suchen, es gab durchaus nette Männer in meiner Umgebung, keiner, in den ich mich rasend verliebt hätte, aber doch den einen oder anderen, der in die nähere Wahl gekommen wäre.

Aber dann kam das Telefonat, das ich ersehnt hatte, auf das ich gehofft hatte und das meine ganzen klugen Überlegungen zunichte machte. Sophie rief an, sie hatte ihren Sohn auf dem Arm, ich hörte die leisen Geräusche, die er von sich gab, zufriedenes Schmatzen und leises Gluckern und ihre Stimme, nicht mehr so hoch und schrill wie vor einiger Zeit noch, sondern samten und dunkel.

Und ich hörte die Worte, die sie sagte, die mir fast das Herz brachen und mir bewußt machten, wie sehr ich an ihr hing und wie unmöglich es sein würde, die Bande, die uns zusammenhielten, zu zerschneiden. Es war ein sehr langes Telefonat, und ich weinte ebenso wie sie, und wir versicherten einander und freuten uns auf den Herbst, und ich versprach, zu versuchen, drei Wochen Urlaub zu bekommen. Es ist eben so, wenn man über zwanzig Jahre eng befreundet ist, wenn man all die Wünsche und Träume und Hoffnungen von frühester Jugend an miteinander geteilt hatte. Man konnte sich nicht einfach trennen.

In einem der Lieder, die ich zu jener Zeit besonders gerne hörte, hieß es: There's no distance between us, just geography ... und ich wußte genau, was der Sänger damit ausdrücken wollte. Es gab Gefühle, die waren stärker als einige tausend Kilometer Luftlinie. Sehr viel später erst machte ich mir diese Gedanken wirklich bewußt. Warum fiel es mir relativ leicht, die Tiefe der Gefühle für Sophie zuzulassen, zu akzeptieren, daß ich noch immer an ihr hing, daß sich auch nichts daran ändern würde, egal, auf welchem Erdteil wir uns befanden, während ich Farouk gegenüber immer vorsichtig blieb? Warum nur gestand ich mir selber nicht ein, daß meine Gefühle für ihn ebenfalls die Zeit und die Entfernung überstanden hatten? Vielleicht, weil er ein Mann war.

Vielleicht auch, weil wir uns kaum kannten. Und ganz sicher, weil ich nicht an die Liebe glaubte. Es war mir gar nicht bewußt, daß es ja auch Sophie gegenüber eine Art von Liebe war, an die ich nicht zu glauben brauchte, weil sie einfach existent und nicht zu leugnen war.
Ich bin bestimmt ein intelligenter Mensch, aber manchmal versagt die Intelligenz, gerade, wenn es um die eigene Person geht.

IV. TEIL

Und dann kam der Tag, an dem ich wieder afrikanischen Boden betrat.

Ich war dieses Mal mit einem Linienflug angekommen und sehr früh am Morgen, der Himmel war ganz klar und blau, keine Hitzeschleier verbargen die Sonne, die zu dieser Tageszeit noch wohlwollend schien. Das Flughafengebäude erschien mir so vertraut, die üppig rankende Bougainvilla, die staubigen Palmen. Tief atmete ich die warme Luft, die verheißungsvollen Düfte, die der laue Wüstenwind herantrug. Ein Schauer überlief mich, und wieder war da dieses Gefühl, das mich schon beim ersten Mal beherrscht hatte: Endlich zu Hause. Fröhlich und leichten Herzens durchschritt ich die Paßkontrolle, die Beamten mit den Glutaugen waren von ausgesuchter Höflichkeit, und ich hoffte, der Fahrer würde schon da sein und auf mich warten. Ich freute mich so sehr, Sophie wiederzusehen und ihr Baby zu begucken und Fethi zu gratulieren und wieder im Club zu sein und ... und ... Farouk wiederzusehen.

Ich hatte mir fest vorgenommen, den heutigen Tag nur mit Sophie zu verbringen und erst morgen bei der Teampräsentation, auf neutralem Gelände sozusagen, auf Farouk zuzugehen. Unwillkürlich straffte ich die Schultern, ich wußte nicht mal, ob er noch da war, wie es ihm ging, was er machte. Wir hatten am Telefon nie über die Ranch und die Männer und die Pferde gesprochen und erst recht nicht über Farouk. Zu viel war geschehen. Wenn ich es recht bedachte, hatten wir sowieso nicht über mich gesprochen oder nur das Notwendigste, es war immer Sophie gewesen, um die sich unsere Gespräche gedreht hatten, Sophie und der Club und das Baby.

Aber ich konnte es ihr nicht übelnehmen, mein Leben war schließlich in geordneten Bahnen weitergelaufen, sie war es, die ausgebrochen war, sie hatte das Unmögliche gewagt, dem Rechnung getragen werden mußte.

Als ich mit meinen Koffern einen Schritt vom Laufband wegtrat, stand der junge Mann neben mir, der Sophie und mich schon des öfteren gefahren hatte. Schmuck sah er aus in seiner leichten Phantasieuniform, er grüßte erfreut, er kannte mich und hatte mich wohl auch in angenehmer Erinnerung, ich gehörte nicht zu den Menschen, die schimpften und meckerten.

Sophie hatte berichtet, daß sie schrecklich viel Sport getrieben hatte in letzter Zeit, um ihre Figur wieder zu stählen und attraktiv zu werden, und ich freute mich darüber. Es klang so sehr nach meiner alten Sophie, nach der Frau, die ich zurückgelassen und irgendwann auch verloren hatte, zumindest zeitweise. Ich hoffte, ich würde sie wiederfinden. Glücklich grinsend hielt ich die Hand aus dem Fenster und spürte den warmen Fahrtwind, machte ein wenig Konversation mit dem Fahrer, fragte, ob es allen gutging, und erzählte, wie sehr ich mich freute, wieder hier zu sein.

Er sagte, ich wäre lange weggewesen, vielleicht könne ich ja in Zukunft öfters kommen, und ich freute mich schon wieder über die Herzlichkeit der Menschen hier.

Der Torwärter öffnete beide Flügel für uns, obwohl es nicht nötig gewesen wäre, und ich fragte mich, warum er das tat. Als er freundlich winkte, begann ich zu glauben, daß die großartige Geste, mit der das große Tor aufschwang, mir gegolten haben könnte. Es war ein gutes Gefühl. Wir fuhren an der Ranch vorbei, und ich wandte den Kopf, einen wahnwitzigen Moment hoffend, ich würde durch irgendeinen Zufall Farouk erspähen. Aber die Ranch war bis auf einige Pferde ausgestorben, ich sah auf die Uhr und wußte, daß sie schon zum Morgenritt aufgebrochen waren und seufzte tief. Der Fahrer lächelte und entblößte weiße Zähne in einem dunklen Gesicht. »Morgen, Madame«, sagte er, »morgen kannst du wieder reiten.« Erstaunt sah ich ihn an, wußte er denn, daß ich gerne ritt? Er lachte noch breiter und kurvte geschickt vor das Portal, wo mich eine strahlende Sophie erwartete. Ich stieg aus und war einen Moment wie gelähmt, jähe Schüchternheit, Befangenheit, aber da hatte sie mich schon im Arm und preßte mich an sich, und irgendwie war alles Fremde fast vergessen, es war eindeutig Sophie, die da lachte und weinte und redete und natürlich alles gleichzeitig.

Die Fremdheit kam erst später wieder, sie schlich sich in unsere Gespräche, in unsere Handlungen, und es machte mich traurig, daß wir nicht so unbefangen wie immer miteinander umgehen konnten. Dabei war es doch verständlich, wir hatten uns lange nicht gesehen, und so viel war in der Zeit geschehen.

Wir gingen frühstücken, und ich freute mich, daß Sophie mich in den großen Saal brachte, wo die Köche Pfannkuchen und Waffeln und Rührei und Spiegelei und tausenderlei Leckereien zubereiteten. Einige erkannten mich tatsächlich und grüßten höflich, der eine Koch zog sogar seine Mütze und setzte sie augenrollend schnell wieder auf, bevor er erwischt wurde.

»Du siehst toll aus«, sagte ich zu Sophie und meinte es absolut ernst. Sie war rank und schlank wie eh und je, hatte Farbe und sogar die so gefürchteten Sommersprossen tummelten sich auf ihrem Nasenrücken. Sie lachte. »Ich hab'auch wirklich trainiert. Maike – du erinnerst dich an sie? –, hat ein Programm für mich zusammengestellt, und die erste Zeit war höllisch, aber ich habe schnell die Erfolge gesehen und dann auch durchgehalten.« »Es hat sich gelohnt.« Ich war beeindruckt. »Findet Fethi auch«, grinste sie augenzwinkernd, und schlagartig war ich erleichtert. Daran merkte ich erst, wie viele Gedanken ich mir um sie und Fethi und ihre Ehe gemacht hatte. Als ob es mich etwas anginge. Ich belud mein Tablett wie immer recht großzügig, das Frühstück im Flugzeug war nicht so der Hit gewesen, und ich genoß es, in diesem Überfluß zu schwelgen.

Es war laut und hektisch hier im Speisesaal, und ich gedachte der

klugen Worte eines Mannes, der gesagt hatte: Vertrauliches bespricht man am besten irgendwo, wo es laut und voll ist.
Hier würde uns wirklich keiner zuhören. Das einzig Ärgerliche war: Wir tauschten keine Vertraulichkeiten aus. Die Kluft zwischen uns war doch größer, als wir gedacht hatten, wir suchten nach Worten, nach einem Anfang, während wir aßen, Sophie Obst, ich Rühreier, Käse, frische Brötchen. Wir stocherten zwischen den Sätzen umher und verstummten abrupt und waren hilflos und traurig. So vieles hatten wir einander bisher noch nicht erzählt, so vieles war untergegangen in der Aufregung um ihre Schwangerschaft und das Baby. Die Geschichte mit Luke Skywalker – zumindest das Finale hatte ich für mich behalten. Hätte Sophie Zeit gehabt, hätte sie an mich gedacht wie ich an sie, sie hätte sich das Ende nicht verschweigen lassen. Sie hätte gewußt, was ich ihr verschwieg, und so lange nachgefragt, bis sie den furiosen Schluß auch noch erfahren hätte. An Natalie konnte sie sich überhaupt nicht mehr erinnern, was mich auch betroffen machte, ich mochte Natalie so gerne, und sie nahm doch einen gewissen Stellenwert in meinem Leben ein.
Meine letzte Beförderung und Gehaltserhöhung – ich konnte mich von der Gesetzlichen Krankenversicherung befreien lassen, was ich auch umgehend tat und mächtig stolz war, ich meine, welche Frau mit Realschulabschluß verdiente in der freien Wirtschaft schon so viel Geld? Mein Erfolg bei dem letzten Stadtlauf – ich war persönliche Bestzeit gelaufen – war von ihren – na, sagen wir mal: Hormonellen Schwankungen – überfahren worden.
Und nicht zuletzt Farouk. Ich hatte ihr nie davon erzählt, und ich wußte, sie nahm es mir übel. Vielleicht konnte sie vom Verstand her akzeptieren, daß ich nicht darüber reden wollte, vom Gefühl her war sie verletzt, fühlte sich ausgeschlossen und hintergangen. Ich verzichtete großzügig darauf, sie auf ihr Verhalten mit Fethi hinzuweisen, auch sie hatte mich buchstäblich überfahren, aber es erschien mir belanglos und kleinlich, jetzt darauf rumzureiten. Meine Erinnerungen waren zu kostbar, um sie zu teilen, um sie

ans Licht zu zerren, die einzelnen Begebenheiten machten nur in ihrer Gesamtheit Sinn, und ich wollte sie einfach für mich behalten, eingeschlossen wie in ein Schatzkästchen. Zu filigran, zu leicht zu zerstören, um an die Öffentlichkeit zu gelangen. Wie hätte ich ihr denn vermitteln sollen, was es für mich bedeutete, wenn seine Augen begannen zu strahlen? Wie schön es war, an seiner Seite zu reiten? Wie gut wir uns verstanden, der taubstumme Araber und ich? Nein, es gab keinen Weg, zumindest noch nicht. Nicht, solange ich selber von meiner Unsicherheit gebeutelt wurde. Solange ich nicht mal wußte, ob er noch hier war, ob er mich wiedererkennen würde, ob er überhaupt noch an mir interessiert war. Oder ob ich mir all die Gedanken völlig umsonst gemacht hatte.

Nun gut, auch das würde im Endeffekt eine Erlösung bedeuten, ein Ende aller Ungewißheit, ein Ende aller Fragen.

»Das war gut«, sagte ich seufzend und schob meinen Teller von mir, der eilends von einem der Kellner aufgesammelt wurde. Ich lächelte dem jungen Mann zu, und er begrüßte mich, auch er erkannte mich. Sophie lächelte. »Wieso erkennen mich einige der Angestellten?« fragte ich, und es klang wohl etwas naiv, denn Sophie wackelte mit den Augenbrauen. »Weil du eine schöne Frau bist …?« vermutete sie. »Hier laufen viele schöne Frauen umher.« Sie zerknüllte ihre Serviette und stand auf. »Weil du nett bist, ganz einfach«, sagte sie und es klang ernst, »du glaubst garnicht, was sich die Jungs so manches Mal anhören müssen.« »So schlimm?« »Noch schlimmer. Sie sind entweder zu schnell oder zu langsam mit dem Service, der Wein ist schlecht und die Serviette zerknüllt, das Besteck liegt nicht richtig, und das Essen schmeckt nicht, an dem Essen ist Knoblauch, und wieso fehlt hier ein Weinglas?« Sie holte Luft. »Du glaubst gar nicht, was die Menschen alles finden, nur damit sie meckern können. Quer durch alle Nationen. Sie benehmen sich, als hätten sie den Club gekauft samt lebendem und totem Inventar, und nicht, als wären sie im Urlaub und würden sich eine schöne Zeit machen. Es ist unglaublich. Und darum fällst du auf. Du lächelst und strahlst und redest mit Kellnern und Gärtnern, das Zimmermädchen bekommt Trinkgeld. Wenn wir mehr solche Gäste wie dich hätten, wären wir echt glücklich.«»Das verstehe ich nicht.«»Wie auch. Ich hätte es nicht mal geglaubt, wenn man es mir vor zwei Jahren erzählt hätte.«

Wir traten vor das Restaurant in die heiße Luft, und ich war dankbar, daß die Wege beschattet waren. Als Nordlicht ist man diese Hitze einfach nicht gewohnt. »Ich werde jetzt erst mal schwimmen gehen«, beschloß ich. »Kannst du nicht erst mal auspacken?« bat Sophie zaghaft. Ich sah sie an. »Naja, noch ist mein Kindermädchen bei Jordan, ich könnte dir Gesellschaft leisten. Vielleicht deine Haare flechten … das habe ich so lange nicht mehr gemacht. Dann kannst du schwimmen gehen, und ich kehre als treusorgende Mutter zu meinem Kind zurück.«»Klar können wir das so machen. Ist Fethis Schwester jetzt bei ihm?«»Nein. Die Familie ist zum Glück wieder abgereist. Seine Schwester beginnt ein Studium, und die Eltern und die ganzen Verwandten, die noch da waren, sind zurück in ihre Heimat geflogen. Es wurde auch Zeit, Familie kann so anstrengend sein. Und du mußt natürlich immer höflich sein, und nie hast du Zeit oder einen Platz für dich, weil irgend jemand hinterherkommt und denkt, du fühlst dich nicht gut. Hier ist man nicht alleine, man lebt im Schoß der Familie, Ausnahmen werden da nicht gemacht. Schon gar nicht von ungläubigen weißen Frauen.«»Erzähl.« Sie hakte sich bei mir ein. »Da gibt es nichts weiter zu erzählen, und ich habe auch keine Lust dazu. Viel lieber würde ich hören, wie es dir ergangen ist in der letzten Zeit. Ich bin überhaupt nicht mehr informiert. Und danach werde ich dir die Heldentaten meines Wunderknaben berichten, denn das ist er wirklich. Ein so kluges und hübsches Kind hast du noch nicht gesehen. Hey, grins nicht! Das ist mein voller Ernst. Ja, ich weiß, das sagt jede Mutter, aber bei meinem Kind stimmt es nun wirklich.«

Ich gestehe, ich war nicht wirklich neugierig auf die Heldentaten.

Sie betrachtete eingehend meine Sachen, die ich auspackte und ihr gab, damit sie sie in den Schrank hängte. »Schick, wirklich«, bemerkte sie des öfteren und runzelte schließlich die Stirn. »Ich muß mir etwas einfallen lassen. Herrgott, meine Klamotten sind uralt und völlig unmodern.«

»Sie sind von klassischer, zeitloser Eleganz«, sagte ich mit einem etwas lauernden Unterton und hatte prompt ein Kissen am Kopf. Zielen konnte sie also immer noch. Wir kicherten, und das Eis taute, die Wand zwischen uns wurde dünner. »Nein, mal ehrlich. Ich hab'da eine Idee: Du schickst mir einen Katalog runter, einen wirklich guten, mit jungen, modernen, aber auch wirklich klassischen Sachen, ich fax dir die Bestellung hoch und du bringst das Zeug nächstes Mal mit, wenn du herkommst.« »Wenn du das Übergewicht bezahlst ... Nein, mal im Ernst: Meinst du nicht, daß das doch sehr umständlich ist?« Sie sah mich an. »Natürlich. Ich habe da noch eine Idee: Über Weihnachten komme ich nach Hause, quartiere mich für eine oder zwei Wochen nebst schreiendem Baby in deiner Wohnung ein und kaufe alle Sachen selber, die ich brauche. Dann weiß ich auch gleich, ob die passen.«

»Ääähhh jaaa ... Mit schreiendem Baby ...? Laß uns die Katalogvariante noch mal durchspielen, ja?«

Sie lachte. Sie saß auf dem breiten Bett und lachte, mit weit offenem Mund – ich konnte ihre Goldzähne sehen – und wogendem Busen und überquellend vor Heiterkeit. Erstaunt musterte ich sie, und eine Woge der Zuneigung erfaßte mich so heftig, daß mir schwindelte. Da war Sophie, da hockte meine Freundin vor mir. Nicht mehr die geplagte Mutter, die Alpträume von der Geburt hatte, sondern meine Sophie, die mit mir lachte und scherzte. Dann würde sie auch bald mit mir reden. Wir würden einen Weg finden, jetzt endlich war ich mir sicher. Und jetzt war ich auch bereit, mir ihren Sprößling anzusehen und die Lobeshymne anzuhören – wenn auch erst nach einem Besuch im Swimmingpool.

Es wurde ein vergnüglicher Tag, sogar das Baby war ganz nett. Ein ruhiges, friedliches Kind und eindeutig Fethis Sohn, dunkel-haarig und -äugig, mit langen, glänzenden schwarzen Wimpern, die einen perfekten Halbmond auf seinen braunen Wangen bilde-ten, wenn er schlief. War er wach, plinkerte er unter diesen un-wahrscheinlichen Wimpern hervor und ließ sich durch den Club tragen, vor der Sonne durch ein Hütchen geschützt und in lange, dünne Gewänder gehüllt. Sophie gab zu, daß sie durch ein Schrei-kind völlig überfordert gewesen wäre. Sie stillte und behauptete, Stillen würde zehren, deswegen hätte sie auch so schnell so viel abgenommen. Sie hatte wirklich wieder eine gute Figur bekom-men, zumindest in ihren Kleidern. Halb verlegen vertraute sie mir an, daß die Zeiten, in denen sie einen Bikini getragen hätte, endgültig vorbei seien, aber einen Badeanzug könnte sie schon anziehen. Als wir uns nachmittags ein Stündchen vertrauter Zweisamkeit am Strand gönnten, mußte ich ihr recht geben, der Badeanzug stand ihr gut. Aber ihr Bauch war von Narben und Dehnungsstreifen übersät, die sie auch durch die beste Gymnastik nicht wieder wegbekommen würde. »Ein Teil davon wird sich zurechtwachsen«, sagte sie mit einem tiefen Seufzer, »und den Rest opfere ich einem Schönheitschirurgen.«

Ich grinste nur. Sie war nun mal eine vierzigjährige Mutter, keine Zwanzigjährige mehr.

Aber das Altern fiel uns schwer, die Tatsache zu akzeptieren, keine Zwanzig mehr zu sein. Im Alltag bemerkte ich es nicht, aber hier, unter den vielen Menschen, die ich mir bewußt besah, lehn-te sich ein großer und sehr entschiedener Teil in mir gegen das Älterwerden auf. Ich betrachtete die Frauen, die schätzungswei-se in meinem Alter waren, und wußte, daß ich mich verdammt gut gehalten hatte, meine Figur war tadellos, Jahre, Jahrzehnte voller Sport hatten ihres dazu getan. Aber auch meine Haut war nicht mehr die einer Zwanzigjährigen, ich sah es, und alle Welt sah es. Die Frage war nur: Wie wichtig war dieser Umstand? Und warum wurde er jetzt plötzlich für mich wichtig? Weil ich sie sah, die ganz jungen Frauen mit dem Schmelz der Jugend, der nicht wiederzubringen war, auch nicht durch teure Cremes und ausgewähltes Make-up? Weil ich Angst hatte? Weil ich plötzlich verunsichert war? Weil ich nicht wußte, wo Farouk war und ob er sich freute, mich wiederzusehen.

Nicht mehr und nicht weniger. Ob er lieber auf eine der jungen Frauen aufpaßte, die Palmenwedel von ihr fernhielt, sich um ihr Pferd kümmerte. Ah, ich verstieg mich in Gedanken und Phantasien, unbegründet, unlogisch. Ich sollte zur Ranch rübergehen und Hallo sagen und winken und heute abend ein Stündchen reiten, und gut ist's. Damit hätte die Unsicherheit ein Ende, die Fragen, all das.

Statt dessen lag ich der Länge nach auf einer Liege im Schatten des Sonnenschirms, geflochtenes Stroh, vergilbt, hörte auf das Gebrabbel des kleinen Jordan und auf Sophies Erzählungen und wurde langsam schläfrig. Die Sonne schien warm, und der Sand war golden und feinkörnig, das Meer leuchtete in tiefem, sattem Blau, die Untiefen waren türkis, die Gischt weiß. Bunte Segel der Surfer tummelten sich, Anfänger, die lachend und kreischend ins Wasser fielen oder ernsthaft bemüht waren, das Segel unter Kontrolle zu bekommen. Fortgeschrittene, die ihre Segel ausrichteten und mit dem Wind flitzten, dann jäh von einer Welle zu Fall gebracht wurden. Und Könner, die pfeilschnell übers Wasser glitten, losgelöst fast, fliegend, frei. Einen Moment hatte ich den dringenden Wunsch, surfen zu lernen, es mußte ein gutes Gefühl sein, so wild und frei übers Wasser zu fliegen, aber dann verwarf ich den Gedanken genauso schnell wieder. Was wollte ich denn noch alles machen in meiner kargen Freizeit, welchen Sport denn noch beherrschen? Außerdem: Vor den Erfolg hatte Gott in diesem Fall Salzwasser und Sonne gesetzt. Vielleicht war es nicht Gott, sondern ein Surflehrer gewesen, aber egal, das Salzwasser trocknete auf der Haut, die Sonne brannte, und in kürzester Zeit waren die

Wangenknochen verbrannt. Und hatten sich mit Sicherheit auch tiefe Falten um die Augen eingegraben, denn ich sah keinen der Surfer mit Sonnenbrille. Sophie war meinem Blick gefolgt. »Wenn du Lust auf Körperkontakt hast, nimm Surfunterricht. Die Jungs sind äußerst beliebt bei den Frauen, das kannst du mir glauben.« Ich kicherte. »Das glaub'ich auch. Ist Maike nicht mit dem einen zusammen?« »Ja, immer noch. Ich an ihrer Stelle könnte nicht gut damit leben, aber sie sind halt beide Animateure und wissen um ihren Beruf, und Maike sagt, es könne überall und jedem passieren. Sie vertraut Benni total.« »Sollte man auch. Seinem Partner vertrauen, meine ich. Nein, ich habe keine gesteigerte Lust auf Körperkontakt, aber danke der Nachfrage. Ich werde reiten gehen, da freue ich mich schon drauf.« Die nachfolgende Stille störte mich, ich stemmte mich auf den Ellbogen und sah Sophie an und hatte plötzlich genug von dem Versteckspiel.

»Erzähl schon. Was weißt du? Ist er nicht mehr hier? Oder mittlerweile verheiratet?«

Sie strich über Jordans Rücken, und das Baby krähte fröhlich.

»Natürlich ist er noch hier, sonst hätte ich doch wohl schon längst was gesagt. Es geht ihm gut, soweit ich weiß, und er ist natürlich nicht verheiratet. Ein Mann wie er wird nicht heiraten, nicht hier in einem arabischen Land.« »Warum nicht?« begehrte ich auf. »Er ist ein Mann, eine netter, ganz normaler Mann.« »Ist er nicht«, sagte sie geduldig. »Er kann nicht hören und nicht sprechen und nicht schreiben und nicht lesen. Er ist für keine Frau, die was auf sich hält, auch nur diskutabel. Er ist mit einem Stigma behaftet, einem Fluch. Wir sind nicht in Europa, vergiß das bitte nicht. Es ist egal, wie nett er auch sein mag, keine Frau wird sich die Mühe machen, das herauszufinden. Sie ignorieren ihn.« Mir schmerzte das Herz für ihn. »Du solltest dich da nicht so reinsteigern«, fuhr Sophie fort, noch immer in dem ruhigen Ton, »es hat keinen Sinn, weißt du. Es wird euch beiden nur Schmerz und Verdruß bringen. Es sind viel zu viele, viel zu gewaltige Unterschiede, die Kulturen sind nicht zu vereinen. Wenn du bei uns schon denkst, Männer und Frauen passen nicht zusammen, sie sprechen verschiedene Sprachen, so ist es hier natürlich noch viel ausgeprägter. Vergiß ihn. Oder mach dir einen schönen Urlaub mit ihm, aber dann ist es gut. Er wird dir kein Glück bringen.«

Ich wollte aufbegehren, wirklich. Ich wollte trotzig hochfahren und fragen, wie es denn mit ihr sei. Ob diese beeindruckende Ansprache etwas mit ihr zu tun habe, mit ihrer Ehe, geschlossen aus einer übermütigen Laune, aus der Brunft heraus, aus der Urlaubsstimmung. Ich wollte um mich schlagen, verbal und sie so verletzen, wie sie mich verletzte. Aber ich schwieg und glaubte plötzlich zu verstehen. Nun, ich hatte zwei Wochen Zeit, ihre Worte zu überdenken und mir selber ein Bild zu machen. Und ich würde diese Zeit zu nutzen wissen.

Für den Abend hatte Sophie wieder einen Babysitter organisiert, und so aßen wir zusammen mit Fethi und zwei Animateuren. Es war ein vergnügtes Mahl, wir hatten viel zu lachen und zu reden, und vor allem Fethi fragte viel nach meiner Arbeit, nach meinem Leben in Deutschland. Ich gab Auskunft, wobei ich besonderes darauf hinwies, daß wir Männer und Frauen gleichberechtigt arbeiteten. Ich wußte selbst, daß es eine Ausnahme war in meiner Firma, daß ich als Frau mehr zu sagen hatte als die meisten Männer, aber das mußte ich Fethi nicht auf die Nase binden. Er sollte nur verstehen, daß wir deutschen Frauen an Selbständigkeit gewöhnt waren. Jedenfalls die, die es wollten. Was mich nun wieder zu dem nächsten Gedanken brachte: Sophie hatte es nie gewollt. Sie war die perfekte Ehefrau gewesen, zum Repräsentieren geboren, schön anzusehen, höflich, eine gute Gastgeberin mit umfassendem Allgemeinwissen – jedenfalls, wenn man nicht allzu tief nachfragte. Sie verfügte über all die Eigenschaften, die sie als Frau eines Clubchefs brauchen konnte. Was um Himmels willen lief hier verkehrt?

Wir saßen an diesem Abend noch lange am Pool, nur Sophie und ich, und redeten. Über Gott und die Welt, über Allgemeinheiten, die politische Lage – Sophie wußte noch weniger als ich, und wir wechselten schnell das Thema – über Mode, wobei sie auf ihre Idee, über Weihnachten nach Deutschland zu kommen, zurück-kam, über Babys, wobei wieder die heroischen Verdienste des einzig wahren Kindes zur Sprache kamen, und über die Men-schen, die wir kannten. Ich dachte sogar daran, ihr in aller Aus-führlichkeit zu berichten, daß ihr Exmann sich wieder von seiner Partnerin getrennt hatte – vielmehr sie sich von ihm – und daß das Kind doch nicht von ihm gewesen sei. Sie gönnte es ihm aus ganzem Herzen und gab es auch zu. All die Jahre, in denen er sie verantwortlich gemacht hatte für die Kinderlosigkeit, sein hämi-scher Triumph, nachdem er nun von einer jungen Frau zum Vater gemacht werden sollte – und jetzt die Bauchlandung. Sie hoffte, er würde Konkurs anmelden mit seinem Geschäft, und war froh, daß sie gegen eine einmalige Zahlung auf alle weiteren Ansprüche verzichtet hatte.

»Es ist wie ein Glücksspiel, weißt du«, sagte sie und ihre Augen funkelten, »entweder man setzt auf den Menschen und glaubt daran, daß er noch viel Geld machen wird, dann kannst du mit lebenslangen Zahlungen natürlich abstauben. Oder aber du glaubst, er fällt auf die Nase. Man muß nur rechtzeitig aussteigen. Das Blatt ausreizen, aber nicht überreizen. Ich hab'Glück gehabt. Hätte ich Zahlungen gewollt, er hätte immer einen Weg gefun-den, mich zu linken. Hätte sein Vermögen jemandem überschrie-ben oder so was und dann die Hand gehoben. Aber so konnte ich seine Verdienste die ganzen Jahre über nachweisen, wir hatten ehelichen Zugewinn. Und ich hab'einen wirklich guten Schnitt gemacht.« Sie hob ihr Glas, in dem Fruchtsaft schwappte, Eis-stückchen schwammen und Orangenscheiben am Rand steckten. »Chin-chin …« Ich erwiderte ihr fast diabolisches Grinsen und hob ebenfalls mein Glas, das ähnlich aussah, nur war mein Inhalt alkoholischer Art.

Der Nachtwind war sanft und lau und zupfte nur zaghaft an der Kleidung, und ich dachte an Farouk, er schlich sich in meine Gedanken, und ich ärgerte mich, daß ich nicht tagsüber schon bei ihm gewesen war, ich schämte mich ob meiner Feigheit und hatte doch Angst, ihn wiederzusehen. Ganz klasse. Waren eigentlich alle Menschen so unlogisch wie ich? Wenn ich im Berufsleben etwas so hinausgezögert hätte, hätte mein Chef mich mit hochgezogenen Brauen betrachtete. Ich wurde dafür bezahlt, Probleme zu lösen, nicht, sie erst zu erfinden. Aber es nützte alles nichts, meine Magennerven sandten ein feines Kribbeln aus, meine Hände vermochten kaum stillzuhalten, der Nachtwind flüsterte, und aus den Augenwinkeln konnte ich den Schimmer des arabischen Mantels ausmachen, ganz am Rand, an der Hibiskushecke, seinen stolz erhobenen Kopf, das reglose Verharren.

Verdammter Alkohol.

Ein bißchen verkatert war ich am nächsten Morgen, ich geb es zu, aber wirklich nur ein bißchen. Warum auch nicht, mein erster Urlaubstag, das Wiedersehen mit Sophie, die Aufregung, die Erregung, der Gedanke an Farouk.

Und jetzt, nach dem Frühstück, fanden sich also Hunderte von Gästen am Pool ein, um die Teampräsentation zu beobachten. Sophie hatte sich entschuldigt, sie habe einen offiziellen Termin wahrzunehmen, und ich hatte vollstes Verständnis. Einigermaßen entspannt lümmelte ich mich in der warmen Sonne, ich trug eine neue, sehr schicke, ultramoderne Sonnenbrille, die nicht verspiegelt war, und ein kurzes königsblaues Wickelkleid, ebenfalls schick und sogar recht teuer. Außerdem hatte ich mir dazu passend Riemchensandalen geleistet und war recht selbstsicher, obwohl es eine neue Erfahrung war, so alleine zwischen all den Menschen zu sein. Aber es interessierte sowieso keinen, und ich applaudierte den Akteuren wie all die anderen auch und machte mir keine weiteren Gedanken, ob ich alleine war oder nicht. Im Endeffekt ist doch sowieso jeder für sich allein.

Erst als die Bonanza-Melodie erklang, zuckte ein Stromstoß durch meinen Körper, elektrisiert setzte ich mich gerade hin, um zu bewundern, wie der blaue Hengst, dessen Namen ich noch immer nicht wußte, an den Pool tanzte, steppte, tänzelte. Was für ein Pferd. Auf seinem Rücken saß Mehdi, cool und lässig grüßend, er war nicht begeistert, ihn erwärmte die Show nicht. Alle anderen Animateure taten wenigstens so, als hätten sie noch Spaß daran, Mehdi nicht. Meine Hand zitterte ein wenig, als ich die Sonnenbrille wieder auf die Nasenwurzel schob, und auch meine Knie zitterten etwas, als ich aufstand, um zu dem Beduinenzelt zu gehen, vor dem die Pferde und die Männer warteten. Meine neuen Sandalen klapperten hell und unnatürlich laut auf den Fliesen des Weges, und ich ging schließlich quer über den Rasen. Da stand der blaue Hengst und neben ihm Belel, schwarzblau schimmernd, beide Pferde waren prächtig gezäumt, neigten die Köpfe und scharrten mit den Hufen, beide standen sie an der Hand von Männern. Ich sah nur einen, er hielt Belel, und ich näherte mich den beiden von hinten, ich wollte im Vorteil sein. Als ob ich es nicht sowieso gewesen wäre.

Belel hörte mich kommen, er wandte den Kopf und trat von Farouk weg, beroch meine ihm dargebotenen Hände und ließ sich streicheln, den weißen Stern kraulen, ohne mit dem Kopf zu schlagen. Sein großer Körper stand zwischen mir und dem Araber, von dem ich nur einen Zipfel des Gewandes sehen konnte. Dann, ganz langsam, wurde der Hengst von mir zurückgezogen, und ich verharrte, entdeckt, entblößt, verunsichert. Ließ die Arme sinken und kam mir schrecklich linkisch vor. Er sah mich an, und in seinen Augen spiegelte sich unvermutet eine so tiefe Freude, daß ich krampfhaft schluckte. Dann neigte er anmutig den Kopf, und seine Hand fuhr in langem Bogen zum Herzen. Willkommen. Ich lächelte ihn an, es kam ganz automatisch, und knickste, wobei ich den Rock andeutungsweise lüpfte. Diesmal schwang kein Schlitz weit auf, und dennoch dachte ich sofort an den Abend im Garten. Ich glaube, er auch, denn sein Schmunzeln wurde ein wenig hintergründig. »Hallo Farouk«, sagte ich, und mein Herz schlug einen wilden Trommelwirbel.

Er hob seine Hand, und ich schlug mit meiner dagegen, einen Moment lang nur verflochten sich unsere Finger, aber es reichte, um mir deutlich zu machen, daß er mich nicht vergessen hatte. Ich wußte nicht, wie wir zueinander standen, aber vergessen hatte er mich nicht und das war wichtig. Unsere Hände glitten auseinander, und er fragte: Willst du reiten? »Ja gerne«, nickte ich und hatte schon wieder das Gefühl, meine Ohrläppchen bekämen Besuch, so breit grinste ich. Belel? fragte er, auf das Pferd deutend. »Lieber Yasmin.« Ich wußte nicht, ob er verstand, ob er das Wort von meinen Lippen ablesen konnte, aber er nickte. Dann wurde sein Grinsen breiter, übermütig fast, und er wies auf den Blauen. Vielleicht den? »Nein, lieber nicht.« Ich krauste die Nase, er machte eine unbestimmte Handbewegung. Vielleicht ja doch … bei Gelegenheit …

Einen Moment verhakten sich unsere Blicke ineinander, stoben Funken, britzelte und vibrierte die Luft zwischen uns, bis ich schließlich lächelnd den Blick senkte.

Eine Horde Touristen drängte sich um Belel und Farouk und den Blauen, redend, lachend, die Kinder kreischten und tobten, die Augen der Mütter glitten hungrig über Farouks sehnige Gestalt – oder kam es mir nur so vor? –, der ungerührt den Hengst hielt. Ich trat einen Schritt zurück, und er lächelte ein wenig.

Mehdi sah mir entgegen, als ich mit noch immer klopfendem Herzen auf das Zelt zuging. Er war ein gutaussehender Mann bis hin zu den geölten Locken. Aber seine Blicke gefielen mir noch immer nicht, sie glitten an mir herunter mit deutlichem Genuß, mit deutlichen Hintergedanken.

»Madame Elena …« sagte er langsam und gedehnt, »wieder hier?« »Sieht fast so aus. Hallo Mehdi.«

»Schöne Frau …«, murmelte er aus einem Mundwinkel hervor, und ich hob arrogant die Augenbrauen. »Danke.« »Willst du reiten?« »Morgen früh.« »Belel?« »Lieber Yasmin.« »Oder Kalif. Auch ein sehr schönes Pferd.« »Mehdi, deine Pferde sind alle schön. Es ist mir egal, Hauptsache, ich kann reiten.« Und ich meinte es durchaus ernst. Ich hatte selten so viele schöne und gepflegte Pferde gesehen, wohlgenährt, glänzend im Fell, tadellos beschnittene Hufe, keine Schramme, keine Schrunde.

Er nickte. »Morgen früh. Wir reiten um sechs Uhr los, sei pünktlich.« »Natürlich.« »Welche Zimmernummer hast du, Madame Elena?« »Wie immer«, sagte ich über die Schulter und sah, wie er etwas in sein Auftragsbuch kritzelte und mir dann nachsah, grinsend.

Ich schlenderte zurück zu Farouk, beobachtete, wie er mit zwei Kindern schäkerte, und sah das Glück in seinen Augen, in seinen Bewegungen. Die Kinder mochten ihn, ganz instinktiv. Sie vertrauten ihm und sie verstanden ihn, anders als die Erwachsenen, die sich immer wieder abwandten, sobald sie begriffen, daß er ihnen keine Antwort geben würde, jedenfalls nicht die, die sie hören wollten oder konnten. Den Kindern schien es ähnlich zu gehen wie mir damals: Sie bemerkten gar nicht, daß er nicht sprach, sondern auf eine andere Weise mit ihnen kommunizierte. Und ich dachte an den kleinen blonden Jungen, der sich an Farouks Hals geklammert hatte, an das weiche Kindergesicht, welches an das harte dunkle Gesicht des Erwachsenen geschmiegt war. Und wie sie sich beide gefreut hatten. Ich gönnte ihm diese Freude von ganzem Herzen.

Er sah auf, als spüre er meine Gegenwart, und nickte lächelnd und hob eines der Kinder auf Belels Rücken, während ich automatisch nach dem Zaum des Hengstes griff. Der Kleine juchzte und griff in die Mähne, zauste darin und hopste etwas auf und nieder, bis Farouk ihn wieder herunter hob.

Er wies lächelnd auf das Zelt und der Vater des Jungen – jedenfalls vermutete ich, daß es der Vater war – wandte sich verlegen lächelnd ab.

»Ihr könnt euch im Zelt anmelden«, sagte ich seidenweich, »da gibt es auch noch mehr Informationen, zu Kutschfahrten und Ausritten und so.« Der Mann sah mich wieder an, sein Blick glitt über das Kleid und meine Beine, er lächelte etwas einfältig und verwirrt und sah schnell wieder weg. Ich drehte mich zu Farouk um, war mir doch egal, ob er sich anmeldete oder nicht.

Nimm die Brille ab, bat er mich und ich schob meine Sonnenbrille hoch. Aufmerksam beobachtete er meine Augen und nickte dann. Okay? »Ja. Ich reite morgen früh.« Belel? »Nein, wahrscheinlich Yasmin. Wenn Mehdi gute Laune hat«, setzte ich düster hinzu, und Farouk grinste. Allerdings war ich sicher, daß er den Zusatz nicht verstanden hatte.

Er sagte etwas, was ich nicht verstand, nicht mal ansatzweise. Mein ratloses Gesicht richtig interpretierend, setzte er zu einer weitläufigen Erklärung an, der ich noch viel weniger folgen konnte.

Er deutete auf meine Hände und auf Belels Nasenrücken und nickte. Ich hob die Schultern und streckte meine Hände vor, die er prompt ergriff, einen Moment hielt und dann mit zarten Fingern über meine Ringe striff und wieder auf Belels Nasenbein wies.

Und so langsam dämmerte mir, was er sagen wollte. Er sah das Verstehen in meinen Augen und nickte bekräftigend. Legte meine Hand auf Belels Nase und strich nochmals über die Ringe, die ich trug, und nickte bekräftigend.

Er hatte meine Hand erkannt, die Ringe. Er hatte von Anfang an gewußt, daß ich es war, die Belel streichelte.

Ich sah ihn an und er nickte, warme Glut in seinen schönen Augen. Er habe es gewußt. Seine Augen hätten es gesehen und sein Herz hätte es gewußt.

Und ich fragte mich, was seine Augen wohl noch alles sahen und sein Herz wohl noch alles wissen mochte.

Die Sonne hatte jetzt ihre volle Kraft erreicht und es war sehr heiß. Es war viel heißer, als ich es in Erinnerung hatte, und ich merkte, wie die Hitze meine Energie raubte. Ob Sophie sich wohl schon daran gewöhnt hatte? An die gleißende Sonne, Tag für Tag, Stunde für Stunde? Bei Gelegenheit mußte ich sie fragen. Ich schnappte mein Badelaken und ging an den Strand in der Hoffnung, noch ein Plätzchen unter einem der strohgedeckten Sonnenschirme zu finden. Tatsächlich war es nicht schwer, die meisten Leute lagen auf den Liegen rund um den Pool und aalten sich, sehen und gesehen werden war die Devise, an die man sich hielt. Schön war es hier, der Sand war heiß und feinkörnig und weiß, die bunten Segel der Surfer flitzten über das Wasser, das tief aquamarinfarben war, manchmal heller wegen der Sandbänke, und zum Horizont hin dunkelgrün wurde. Meine Lider wurden schwer, und ich gab dem Verlangen zu schlafen einfach nach.

Als ich aufwachte, war es Zeit fürs Mittagessen, und ich hatte die Hälfte des Tages verträumt. So etwas passierte mir nicht eben oft. Aber ich mußte zugeben, daß ich ausgeruhter war, entspannt und sehr glücklich, als sich meine Zehen in den heißen Sand gruben. Einer der Animateure, ein Surflehrer, zog gerade sein Board auf den Strand hoch, er grinste mich an und grüßte.

»Hast du Lust?« »Klar«, sagte ich, »wozu?« Jetzt wurde sein Grinsen breit, weiße Zähne in dem braunen Gesicht. »Surfen zu lernen vielleicht …?« fragte er und zwinkerte. Ich lächelte und war auch prompt übermütig. »Ich weiß nicht so recht … ich hasse es, wenn Salzwasser auf meiner Haut trocknet, die Haut spannt und juckt und brennt … scheußlich.« »Du bist auch erst angekommen, nicht wahr? Vielleicht wartest du ein, zwei Tage, bis du dich an die Sonne gewöhnt hast, und dann versuchen wir es mal, okay?« »Hört sich gut an, ja. Okay.« Ich nickte ihm zu und setzte meinen Weg fort.

Sophie war nicht im Speisesaal, aber ich hatte es auch nicht ernsthaft erwartet. Ich wußte nicht, ob sie von ihrem Termin zurück war und ob sie überhaupt zu Mittag aß und wenn – wann. Die Mittagszeit dehnte sich lang, und es gab reichlich Möglichkeiten, sich zu verpassen. Außerdem waren wir nicht verabredet gewesen.

Fethi hingegen war zurück, ich sah ihn kurz in der Bank, die in der Rezeption des Clubs untergebracht war, als ich meine Gästekarte aufladen ließ. Er winkte und grüßte, schien aber in Eile, und so begnügte ich mich ebenfalls mit einem kurzen Winken.

Diesen Abend gingen wir aus. Nach einem opulenten Mahl – ich hatte am Nachmittag an der Step-aerobic-Stunde mitgemacht und war anschließend einige Kilometer – naja, vielleicht waren es auch nur einige hundert Meter, wer weiß das schon so genau? – im Meer geschwommen und nun entsprechend hungrig. Sophie hatte ich nicht gesehen, den ganzen Tag nicht, sie hatte auch nicht mit mir trainiert, wie ich es eigentlich gehofft hatte. Jetzt aber saßen wir an einem Tisch, der nette Surfer hatte sich zu uns gesellt und versprühte Charme, Sophie ebenfalls, ihre Augen leuchteten, ihre Wangen waren rosig, und einige Sommersprossen tummelten sich auf ihrem Nasenrücken. Ich war erleichtert und erfreut, daß es ihr offensichtlich so gut ging.

Wir hatten viel zu erzählen und tranken den regionalen Rosé, er stieg mir ein wenig zu Kopf, aber es gefiel mir. Wie mir auch der Surfer gefiel mit seiner netten, unkomplizierten Art und den dunklen, funkelnden Augen, die mit mir flirteten.

Anschließend setzten wir uns an den Pool, und die Gruppe vergrößerte sich rasch, einige Animateure, einige Gäste, es wurde geredet, gelacht und getrunken, die Luft war seidenweich und duftete, und ich liebte diesen Geruch nach Wüste und Süden. Zu meiner Freude kam auch Maike mit an unseren Tisch. Sie war eine lustige Frau, die viel und gerne redete, und das alles mit einem leichten Dialekt, daß ich zuerst dachte, sie wäre Holländerin. War sie aber nicht, sie hatte überall auf der Welt in irgendwelchen Clubs gearbeitet und den Dialekt wohl irgendwann, irgendwo angenommen.

Wir kamen immer mühelos ins Gespräch, gerade so wie Freundinnen, die sich immer etwas zu sagen hatten, nicht immer besonders kluge Sachen, sondern einfach der Austausch von Gedanken. Ich mochte sie.

Heute abend allerdings hing sie matt und erschöpft im Stuhl, nuckelte lustlos an einer Cola und wurde zusehends müde. Ich neckte sie damit, aber sie winkte nur ab. »Ich weiß gar nicht, wann ich den letzten freien Abend hatte«, seufzte sie und räkelte sich, »oder wenigstens ein paar freie Stunden. Kein Küchendienst heute. Erst nachher wieder im Theater, da muß ich ran und dann noch die Probe für die neue Aufführung. Ich hatte doch tatsächlich drei Abende je vier Stunden Zeit, meine Rolle zu lernen, die ich heute spielen soll.« Theatralisch stieß sie die Luft aus.

»Und?« fragte ich ironisch, »war das zu wenig?« Sie schnaufte. »Bist du heute abend im Theater?« Ich nickte. »Bestimmt.« »Dann wirst du sehen …« Ich betrachtete noch einen Moment ihr müdes kleines Gesicht und beschloß, sie bei Gelegenheit näher über ihren Job zu befragen. So einfach schien es ja nicht zu sein, nicht nur Friede, Freude, Eierkuchen und immer glücklich und unbeschwert, es konnte nicht das pure Glück sein, sich jeden Tag, sieben Tage die Woche mit Touristen rumzuplagen, Sportunterricht zu geben, abends im Theater zu tanzen und anschließend wieder für die Touristen dazusein, die Party zu veranstalten, nach der die Leute schrien.

»Wie war denn überhaupt dein Tag heut?« fragte ich Sophie. »Ich hatte ein paarmal nach dir geguckt, aber …« Sie unterbrach mich. »Frag nicht. Es kann so entsetzlich langweilig sein, weißt du. Ich hätte lieber mit dir Sport getrieben oder mich unterhalten, ehrlich.« Ihr Seufzen war merkwürdig theatralisch, und eine kleine Glocke in meinem Hirn schrillte, um Alarm zu geben. Ich stellte den Alarm umgehend ab, es lag am Alkohol, ich mußte etwas falsch verstanden haben, falsch interpretiert, es war egal, morgen war auch noch ein Tag, den wir gemeinsam verbringen konnten. Aber wenn es so langweilig gewesen war, warum funkelten ihre Augen? Warum war ihr Kichern hoch und mädchenhaft, ihre Bewegungen energiegeladen, jung, federnd, elastisch?
Entschieden wandte ich meine Aufmerksamkeit wieder dem Surfer zu, er war eifrig bestrebt, mir die Vorzüge des Surfens zu

erklären, und beteuerte wiederholt, daß er es mir gerne beibringen würde. Ich glaubte ihm.

Als wir im Theater saßen, entschuldigte Sophie sich, sie wollte nach Jordan gucken, obwohl ein Kindermädchen bei ihm war. Ich nickte ihr zu, Alex rückte ein wenig dichter an mich heran, das Theater war voll und mochte damit seine körperliche Nähe entschuldigen, die mir nicht unangenehm war, aber auch nicht besonders angenehm. Er schien ein ganz netter Kerl zu sein.

Es wurde dunkel, nachdem der Ansager die Bühne verlassen hatte, und unter einem einzigen Lichtkegel tanzte eine Fee auf die Bühne, zu einer gewaltigen, klassischen Musik, eine Melodie, die die junge Frau schweben ließ. Mit jeder Schleife, die die Musik zog, kamen mehr Tänzer auf die Bühne, ein Meer von Farben und Bewegungen, mühelos, schwerelos, gleitend. Hauptsächlich in bunte Schleier gehüllt, in wehende Tücher, hatte die Darbietung etwas Traumhaftes. Und die Musik wurde lauter und schwerer und gewaltiger, und die Tänzer drehten sich schneller, und einige Hebefiguren kamen hinzu, umhüllt von wirbelnden bunten Schleiern und getragen von einer komplizierten Schrittfolge, entführte das Stück mich in eine andere Welt, in der sich Traum und Wirklichkeit zu vermischen schienen. Es war ein wunderschönes Gesamtergebnis von Musik, Kostümen und Tanz, und ich konnte nur schwer begreifen, daß all die jungen Leute da unten tagsüber ihre Zeit mit uns Touristen verbrachten. Wann hatten sie für diese komplizierte Schrittfolge geübt? Sie alle konnten Auszüge aus dem Glöckner von Notre Dame tanzen, aus dem Phantom der Oper, aus Cats und aus dem Tanz der Vampire. Sie führten Stücke in Eigenregie und eigener Choreographie auf, und ich bewunderte sie rückhaltlos für diese Darbietung, für dieses Engagement.

Morgen würde ich Maike fragen, wann sie übten. Wie sie dieses gewaltige Pensum bewältigten.

Und wann sie eigentlich schliefen.

Wir zogen weiter in den Nightclub und tanzten, ausgelassen, fröhlich. Schulter an Schulter schmetterten Alex – er hieß Alessandro, vertraute er mir an, aber niemand nannte ihn so, der Name wäre schrecklich unmodern – und ich das Fliegerlied mit, imaginäre Mikrofone schwenkend, uns berührend, flirtend. Meine Stimmbänder waren zum Glück widerstandsfähig, ich wußte es. Es war ein schöner Abend, ein wilder, ausgelassener, fröhlicher Abend, und ich wünschte nur ein einziges Mal, Natalie wäre hier, sie wäre eine echte Bereicherung gewesen. Nicht Farouk. Farouk gehörte nicht in dieses bunte, ein wenig lächerliche Treiben, ebensowenig wie Alex in ein Beduinenzelt gehörte oder auf den Rücken eines Pferdes. Es tat mir einfach gut: Abzuschalten, zu tanzen, zu lachen und zu singen, ich mochte die laute Musik, die dröhnenden Beats, die hämmernden Rhythmen. Ich mochte es, mich zu verlieren und nicht denken zu müssen, nicht darüber nachzudenken, was morgen sein wird oder übermorgen oder den Rest meines Lebens. Dieses wilde Vergnügen gehörte ebenso zu mir wie all die Überlegungen, die ich ständig anstellte. Es war der Ausgleich, und es tat gut.

Müde tappte ich am nächste Morgen über die noch feuchten Wege, die Gärtner waren am Sprengen, sie grüßten und lächelten, und einer der Älteren zog sogar seinen Hut und warf mir ein besonderes Lächeln zu, ich glaube, er hat mir im April beim Schwimmen zugeguckt. Ich achtete peinlich genau darauf, nicht auf die blaßgrünen Frösche zu treten, die die Wege bevölkerten, es waren nicht gerade ausgesprochene Schönheiten, aber ich wollte ganz sicher nicht auf einen von ihnen treten. Allein der Gedanke daran verursachte mir Ekel. Mein Herz klopfte rasch und irgendwie hoch oben in der Kehle, ich würde Farouk wiedertreffen, mit ihm reiten, seine leuchtenden, glücklichen Augen sehen, seinen schönen Körper, der so gut mit dem Pferd harmonierte, seinen Frohsinn.
Dann die vertrauten Geräusche: Schnauben, Prusten, Scharren,

manchmal ein leises Wiehern. Und der Geruch nach Pferd, unverkennbar und beglückend. Ich bog von dem Weg ab, der knirschende Kies ging über in schweren dunkelgelben Sand, Yasmin hob den Kopf und sog prüfend die Luft ein, dann kam er mit raschen, zierlichen Schritten auf mich zu. Ich blieb stehen und wartete. Ein tiefes, unbeschreibliches Glücksgefühl wallte in mir auf, ich betrachtete das Pferd, das seinen Schädel vertrauensvoll auf meine Hand senkte, und hatte das Gefühl, als würde er mich wirklich wiedererkennen, glaubte es aber mit dem rationellen – und bekanntlich sehr ausgeprägten Teil – meines Großhirns nicht. Ich war ein halbes Jahr nicht hiergewesen und auch sonst nichts Besonderes für das Tier gewesen, warum sollte er mich kennen? Und dennoch: Es war, als begrüße er einen Freund, einen Kumpel. Wie viele Touristen mochten in dem vergangene halben Jahr auf ihm geritten sein? Ich kraulte seine Stirn und rieb vorsichtig die samtweiche Nase, die in einer so vertrauten Geste meine Hüfte nach einer Leckerei absuchte, obwohl er dort nie etwas fand.

Im Abwenden begegnete ich Farouks Blick, er stand weit weg von mir und beobachtete das Pferd und mich, ein weiches Lächeln im Gesicht. Er nickte, als ich ihn ansah, wie zur Bestätigung, daß ich mir Yasmins Verhalten nicht einbildete, und ein wenig verlegen klopfte ich ein letztes Mal das weiche graue Fell.

Die meisten Reiter, die heute morgen mit rausgehen würden, waren bereits da, drei Frauen saßen auf dem Rand des ausgetrockneten Brunnens, zwei davon in professioneller Reitkleidung, die dritte in Jeans. Der Rest stand in der Gegend rum, mehr oder weniger ratlos, in Jeans oder Freizeithosen gewandet. Die beiden professionell wirkenden Reiterinnen unterhielten sich leise, ein wenig blasiert, wie es mir schien, aber ich neigte nun mal auch zu Vorurteilen, wie mir sehr wohl bewußt war. Mehdi, schweigsam, ein wenig mürrisch, mit seiner Liste beschäftigt. Farouk, dessen Blick flink an mir abglitt, dann machte er eine anerkennende Geste, und ich freute mich, trug ich doch heute auch eine Reithose und hatte sogar halbe Lederchaps angelegt. Sie waren auf Yasmin nicht nötig, aber wer weiß, wie Mehdi gelaunt sein würde und ob ich tatsächlich Yasmin reiten durfte.

Der sah jetzt auf, sein Blick glitt an mir herunter, und ich begriff plötzlich, daß er mich leiden mochte und mich wohl auch achtete, daß er aber den Touristen gegenüber grundsätzlich herablassend und arrogant auftrat, um seine eigene Unsicherheit zu verbergen, um nicht zugeben zu müssen, daß er von ihnen benutzt, zerkaut und ausgespuckt wurde wie ein gewöhnlicher Stalljunge. Ich konnte ihn verstehen.

»Yasmin«, sagte er und wies mit dem Kinn arrogant auf mich. Ich nickte und wandte mich ab, kontrollierte automatisch Beine und Gurt des Grauen, verlängerte die Steigbügel und zog den Gurt doch noch einmal nach. Mehdi verteilte weiter Pferde, Farouk half einer ganz jungen, schmalen Frau auf einen Fliegenschimmel. Er bedeutete ihr, die Zügel anders zu halten, und sie sah ihn scheu an, ignorierte seine Anweisungen und rief nach Mehdi. Farouk wandte sich ab, gleichgültig, und half weiter. Ich brauchte seine Hilfe nicht, wollte sie aber. Lehnte an der Schulter des Grauen und musterte lächelnd das Chaos um mich herum, es war vor jedem Ausritt das gleiche.

Tatsächlich mußte ich sogar alleine aufsteigen, Farouk hatte viel zu tun, und Mehdi schickte bereits die ersten Pferde vom Hof. Ich legte den Kopf schief und sah in den morgendlich blauen Himmel, ein wenig dunstig, ein wenig verhangen, es würde im Laufe der nächsten zwei Stunden aufklaren und heiß werden. Die staubigen Palmen bogen sich im leichten Wind, die Sonne kämpfte gegen die Schleier an, ein Kampf, den sie zweifelsohne gewinnen würde. Ich sah die Reihe der Reiter vorbeidefilieren, Belel machte den Anfang, die Reiterin hatte kurze Steigbügel, jedenfalls schien es mir so, und lange Zügel, beides hätte ich auf Belel nicht riskiert. Aber vielleicht hatte er sich im Laufe der langen Saison ausgetobt, er latschte vom Hof wie ein müdes altes Reitschulpferd. Stirnrunzelnd sah ich ihm nach.

Endlich, als letzte, schickte Mehdi mich auf den Weg und kam selber hinterher, hob eine Hand und ließ die Fläche gegen meine klatschen. »Alles klar, Madame?«»Natürlich.« Und ich versuchte, mich nicht umzudrehen und nach Farouk Ausschau zu halten. Mehdi blieb an meiner Seite, er lachte und scherzte jetzt, und ich war mißtrauisch und überlegte, was er wohl im Schilde führte.

Tatsächlich war er aber ein launischer Mensch, er vermochte durchaus, jetzt zu lachen und in der nächsten Minute wieder dumpf brütend vor sich hin zu starren. Seine lebhaften Augen huschten aufmerksam die lange Reihe der Pferde entlang, aber trotzdem war er nicht aufmerksam genug und auch nicht schnell genug.

Belel hatte den offenen Strand erreicht, an dem – wie wahrscheinlich jeden Morgen – das blaue Band des Volleyballfeldes flatterte. Er stutzte, wich tänzelnd zur Seite und machten dann einen Riesensatz nach vorne, der die Reiterin – sehr elegant mit schwarzer Hose und Käppi – auf seinen Mähnenkamm beförderte. Fröhlich, frei und schwungvoll galoppierte der schwarze Hengst den Strand entlang, die Reiterin – jetzt nicht mehr so elegant – als hilfloses Bündel auf seinem Rücken. Ich konnte sehen, wie er noch an Tempo zulegte und ungestüm über den Sand fegte, und bewunderte die Bewegungen des Tieres. Mehdi stieß einen heiseren Schrei aus, noch bevor Belel den Wassersaum erreicht hatte, und der Schimmel raste los, was Belel als Ansporn nahm, seine Schritte nochmals zu verlängern. Die entstandene Unruhe machte die Pferde nervös, Kalif galoppierte hinter Mehdis Schimmel her und nahm noch einen weiteren Fuchs mit, die junge blonde Frau vor mir kämpfte mit ihrem Fliegenschimmel, und Yasmin dachte, es würde eine Party steigen. Fröhlich tänzelnd warf er sich mächtig in die Brust, schnaubte und zappelte und machte einem Berberhengst alle Ehre. Energisch rief ich ihn zur Ordnung und schob mich dann zwischen den Fliegenschimmel und die durchgehenden Pferde, mittlerweile jagte auch Michelle hinterher, und mit ihm hatte ein Dunkelbrauner beschlossen, ebenfalls das Abenteuer zu suchen. Der Fliegenschimmel beruhigte sich sofort, die Reiterin klammerte in der Mähne, was an sich gar nicht so schlecht war, ich hatte auch schon so manches Mal die Mähne als Unterstützung benutzt. Wofür waren die Tiere sonst mit diesen langen Haaren ausgestattet? »Kommst du klar?« fragte ich, und sie nickte, ein wenig verängstigt, aber hoffnungsvoll. Belel war nicht mehr zu sehen, dafür aber stand Kalif oben auf dem Strand und verspeiste in aller Seelenruhe einen der Strohsonnenschirme. Ich fluchte leise vor mich hin. »Reite du im Schritt weiter«, sagte ich zu dem Mädchen auf dem Schimmel, »ich hole Kalif da oben weg. Im Schritt, hörst du? Halt ihn um Gottes willen fest, es ist egal, ob er seinen Kopf auf der Brust trägt oder sonstwo.« »Ich mag ihm aber nicht weh tun«, wandte sie kläglich ein.

»Das ist sein Problem, nicht deines. Er hat die Wahl: Gehorchen oder Schmerzen. Also bring ihn dazu, dir zu gehorchen. Bleib schwer im Sattel sitzen und halte ihn fest. Es ist dein Wille, nicht seiner.« Sie nickte gehorsam, und ich war mir sicher, daß der Schimmel angaloppieren würde, sobald Yasmin auf den Strand trat und ihm den Weg frei machte, aber als ich bei Kalif ankam, schritten die beiden immer noch artig am Wasser entlang.

Kalif knabberte genußvoll an dem Sonnenschirm und die Reiterin stand hilflos daneben.

»Nimm dieses Pferd da weg«, knirschte ich, jedes Wort einzeln betonend, »ein Sonnenschirm ist weder sein Frühstück noch sein Mittagessen.« »Ich kann nicht«, jammerte sie. »Wieso? Bist du gestürzt?« »Nein.« »Dann beweg dich bitte da weg. Nimm die Zügel und verdirb ihm den Appetit und schwing deinen Hintern wieder in den Sattel, damit wir hinter den anderen herkommen.« »Ich kann nicht …« Wieder dieses jämmerliche Greinen. Ich spürte die altbekannte Welle der Wut in mir hochkochen. »Glaubst du, es kommt jemand mit einer Sänfte und holt dich ab?« Sie schwieg, trotzig jetzt, wie mir schien.

Seufzend glitt ich von Yasmins behaglichem Rücken und ging näher an sie heran. »Hier, nimm Yasmin. Stell dir die Bügel richtig ein, und sieh zu, daß du in den Sattel kommst. Ich habe für diese Stunde auch bezahlt.« Ich muß wohl recht energisch geklungen haben, denn sie folgte meiner Aufforderung ohne Widerspruch.

Grimmig riß ich Kalif von seiner Delikatesse weg, er warf den Kopf und machte Anstalten zu steigen, versuchte es aber wirklich nur einmal, dann war klar, wer hier der Chef war.

Ich verlängerte die Bügelriemen und kontrollierte den Sattelgurt, schwang mich in den Sattel und wandte das Pferd Richtung Meer.

Er war feinnerviger als Yasmin, ich merkte es sofort, und jetzt auch noch aufgeregt, die Herde war weg, und ich hatte ihn grob von einer Delikatesse weggerissen, er tänzelte und ging gleichsam auf Zehenspitzen, verunsichert, nervös, suchte er nach einem Ventil.

Ich drehte mich zu Yasmin um und musterte die Reiterin scharf, sie hielt die Zügel eingedenk meiner Warnung sehr kurz, und ich überlegte, ob ich nicht etwas dazu sagen sollte, verkniff es mir aber. Ich wurde nicht als Reitlehrerin bezahlt.

»Ich galoppiere jetzt an, damit wir die anderen wieder einholen«, sagte ich, und sie nickte, ohne mich anzusehen. »Bleib hinter mir, ja? Laß ihn nicht überholen und laß nicht zu, daß er zur Seite geht, denn dann will er auf jeden Fall überholen. Und das letzte, was ich jetzt will, ist ein Wettrennen.«

Sie nickte wieder, scheinbar doch eingeschüchtert. Für mein Gefühl war sie nicht wirklich eingeschüchtert, sondern einfach nur ein maßlos verwöhntes Kind, das es nicht gewohnt war, wenn jemand so mit ihr redete.

Ich ließ Kalif mehr Zügel und trieb ihn an, und er sprang sofort los, verkrampft und noch immer aufgeregt, und ich bemühte mich, ruhig im Sattel zu sitzen und sein Gleichgewicht nicht zu stören, sein empfindliches Maul nicht zu strapazieren. Er beruhigte sich sehr schnell, und dann wurde sein Galopp wunderbar rund und ruhig, sehr ausgewogen und gleichmäßig. Ich konnte spüren, wie das Tier sich unter mir entspannte und mich über den Strand trug, fast als hätte es Freude daran. Ab und zu spritzte

Wasser auf, wenn er zu weit unten lief, aber ich regulierte ihn nicht, es machte Spaß in diesem gleichmäßigen Tempo zu reiten, wenn er gerne durchs Wasser lief, sollte er doch.

Manchmal wandte ich mich zu Yasmin um, die Reiterin hielt den armen Kerl ganz kurz, verzweifelt versuchte er, seinen Kopf frei zu bekommen, unwilliges Schütteln der dichten Mähne, Schnauben, ab und zu riß er den Kopf runter, was sie jedesmal aus dem Gleichgewicht brachte, um das es sowieso nicht gut bestellt war. Mit jedem Sprung fiel sie dem Pferd in den Rücken, und zum ersten Mal brachte ich Verständnis für Mehdis Ungeduld und Arroganz den Touristen gegenüber auf.

Kurz hinter der verfallenen Hütte würde ich rechts abbiegen und über Festland reiten, sicher würden Mehdi und der Rest der Gruppe da auf uns warten. Meine Augen tasteten den Horizont ab in der Hoffnung, ein paar bewegte Punkte zu erspähen, und tatsächlich … aber nein, es war ein einzelnes Pferd, das in halsbrecherischem Tempo auf uns zugeschossen kam. Farouk. Ich wußte, daß er es war, noch bevor ich ihn wirklich erkennen konnte. Ich kannte ihn, seine Körperhaltung, die relativ langen Haare. Er zügelte den Braunen, als er auf meiner Höhe war, und gestikulierte aufgeregt. Bist du gestürzt? Ich verneinte. Natürlich nicht. Sie? Ist sie gestürzt? Nein, auch nicht. Warum die vertauschten Pferde? »Sie ist mit Kalif nicht zurechtgekommen. Er stand oben auf dem Strand und vertilgte einen Sonnenschirm.« Er hob fragend die Brauen. Er fraß? Was denn? Ich deutete mit den Händen den Sonnenschirm an und zeigte hoch auf den Strand. Jetzt schmunzelte er und schüttelte den Kopf, während er sich dem Mädchen zuwandte. Alles okay? Sie ignorierte ihn. Ich drehte mich um. »Ich galoppiere, damit wir zu den anderen kommen«, sagte ich zu Farouk und benutzte seine Gestik für den Galopp. Er nickte mir zu, und ich galoppierte Kalif wieder an, jetzt um die Verantwortung erleichtert, jetzt war Farouk da und kümmerte sich um das Mädchen.

Kalif lief weich und leichtfüßig, und fast bedauerte ich es, die Gruppe wieder eingeholt zu haben. In langsamen Schritt gingen sie über den staubigen Weg, der vom Strand weg ins Binnenland führte, Mehdi saß quer im Sattel und winkte mir sichtlich erleichtert zu, als ich mit Kalif um die Biegung kam. Er beorderte mich nach vorne, und gehorsam erstattete ich Bericht, während Kalif dem schönen Schimmel sein Drohgesicht zeigte und ich energisch an den Zügeln zupfte, um mich in Erinnerung zu bringen. »Er war der Meinung, der Sonnenschirm wäre ein angemessenes Frühstück«, sagte ich und merkte, wie ich ganz erheblich in seiner Achtung stieg. Der Fliegenschimmel war auch unbeschadet bei der Gruppe angelangt.

Natürlich bedankte Mehdi sich nicht ausdrücklich, aber er nickte mir anerkennend zu und hob die Hand, um gegen meine zu klatschen, dann brachte er den Schimmel näher an Kalif, der sofort unwillig schnob und die Ohren anlegte, und tätschelte mit einer Hand meine Schulter, eine nette Geste, keine Aufdringlichkeit. Ich grinste ihn an, und es war fast so etwas wie der Beginn einer wunderbaren Freundschaft. Fast jedenfalls.

Bei der nächsten Gelegenheit ließ ich Kalif ausscheren und die Reihe der Reiter an mir vorbeiziehen, sie guckten mich an, seitliche Blicke, bewundernd, mißgünstig, hochmütig, beneidend. Ich ignorierte sie. Jetzt konnte ich Mehdi wirklich besser verstehen und bewunderte Farouk für seine Gutmütigkeit noch viel mehr. Farouk redete nicht mehr mit dem Mädchen, sie saß verkrampft und mit durchgedrücktem Rücken auf Yasmin, meinem Yasmin, hielt die Zügel in harten kleinen Fäusten und sah starr geradeaus. Farouk warf mir einen hilfesuchenden Blick zu, und ich hob eine Schulter. Was sollte ich schon machen? Er deutete auf das Pferd. Willst du das wirklich zulassen? Und seufzend ließ ich Kalif zu Yasmin aufschließen. »Hör mal«, sagte ich in versöhnlichem Ton, »du mußt das arme Vieh nicht so kurz halten. Er bekommt ja kaum noch Luft. Gib ihm etwas mehr Zügel.« »Was will der Typ von mir?« fragte sie statt einer Antwort feindselig. »Von dir gar nichts. Höchstens sein Pferd retten. Es tut ihm weh, wie du mit dem Tier umgehst.« Ein haßerfüllter Blick striff mich, und ich überlegte, ob ich wirklich viel zu grob gewesen war, schob den Gedanken aber wieder weg. Unwichtig. Verwöhnte Göre. »Gib ihm Zügel, okay?« Mit trotzig vorgeschobener Unterlippe ließ sie die Zügel nach, und Yasmin streckte sich ein wenig. Er war ein grundgutmütiges Tier, und es tat mir leid, daß ich ihn hatte abgeben müssen.

Eine Straße mußten wir überqueren, ich blieb am Schluß, Farouk auf der Seite, Mehdi war an der Spitze. Er drängte zur Eile, wie immer, wenn wir die Straße querten, aber Yasmin blieb stehen und weigerte sich, auch nur einen Schritt zu machen. Verblüfft zügelte ich Kalif, der den anderen Pferden hinterher wollte, und wartete auf das Mädchen, das die Fersen in Yasmins Bauch hieb, gleichzeitig aber den Zügel so verkürzte, daß der Hengst mit der Unterlippe praktisch seine Brust berührte.»Würdest du ihm wohl mal Zügel geben!« brüllte ich, und Yasmin begann, sich um die eigene Achse zu drehen, er wollte den anderen Pferden hinterher, ein Lastwagen kam auf uns zu, die Reiterin trat ihn und gab widersprüchliche Befehle, und er war konfus und wurde jetzt nervös.

Farouk ritt an ihre Seite und zeigte an, sie solle den Zügel loslassen, sie verkrampfte sich noch mehr und schrie:»Laß mich in Ruhe, verdammt! Nimm die Hände von meinem Pferd!« Und ihre Stimme kippte, überschlug sich. Der Lastwagenfahrer hupte jetzt, und ich wandte Kalif ab, um nicht noch mehr Unruhe zu stiften, fühlte mich entsetzlich hilflos, war wütend und machtlos und wünschte, ich könnte irgend etwas unternehmen.

Farouk hatte ihr die Zügel aus der Hand gerissen, und die beiden trabten von der Straße, den anderen Pferden hinterher. Ich wartete ab, bis kein Verkehr Kalif oder mich gefährdete, und ließ ihn dann im Schritt über den Asphalt gehen, um auf der anderen Seite anzutraben. Mehdi hatte jetzt Yasmins Zügel in der Hand, er war fuchsteufelswild, und das zu Recht, er schimpfte und meckerte laut und bedrohlich mit dem Mädchen, die ihn nur anstarrte und keine Spur von Reue oder Schuldbewußtsein zeigte. Er warf mir einen kurzen, fragenden Blick zu, und ich nickte, ich war okay. Er stieß den Schimmel hart in die Flanken und zog Yasmin am Zügel hinter sich her, bis er die Tete wieder erreicht hatte. Ich blieb am Schluß, wischte mir mit dem T-Shirt Schweiß von der Stirn und haßte und verabscheute dieses Mädchen, die den ganzen Ritt ruiniert hatte. Farouk blieb aufmerksam an der Seite dieser merkwürdigen Gruppe, die sich schweigend und seltsam unversöhnlich ihren Weg suchte, er lachte nicht und zeigte auch keine Kunststückchen, er flirtete nicht und versuchte mit niemandem, ins Gespräch zu kommen.

Nur einmal, auf einem schmalen Wegstück, blieb er so weit zurück, daß er neben mir ritt. Komischer Tag heute, bedeutete er und hob unbehaglich die Schultern. Ich nickte düster und wedelte mit der offenen Hand vor meinem Gesicht. Die spinnen, die Leute. Er grinste ein wenig verschwörerisch und machte dann eine ergebene Geste. Touristen. Er lebte von ihnen.

Dann streckte er die Hand aus, um sich meine Aufmerksamkeit zu sichern. Ich sah ihn an, meist bedeutete diese Geste, daß er etwas mitteilen wollte, was ihm wichtig war. Er habe sich Sorgen gemacht, zeigte er. »Um mich?« fragte ich erstaunt, denn ich wußte, daß ich eine gute Reiterin war, um die er sich keine Sorgen zu machen brauchte. Aber er nickte ganz ernst und deutete auf Kalif. Als er die vertauschten Pferde bemerkt hatte. Ich winkte ab. »Alles in Ordnung, wirklich.« Er sah mich an, und ich schob die Sonnenbrille hoch, auch wenn dieses Exemplar nicht verspiegelt war, so war es für ihn leichter, wenn er meine Augen sehen konnte. »Mach dir keine Gedanken. Ich bin stark.« Und ich straffte die Schultern und ließ meinen schmalen Bizeps spielen, tat mächtig wichtig und unverletzbar. Er sah mich an, und in seinen Augen war ein Ausdruck, der mir durch und durch ging.

Du bist so zart, bedeutete er, und einen Moment regte sich Widerspruch in mir. Ich war fast so groß wie er und von europäischem

Wuchs, also nicht eben fragil. Andererseits war mir seine Betrachtung lieber, als wenn er mir lachend zugestimmt hätte und mich zum Dragoner erklärt hätte.

Außerdem empfand ich es als Kompliment, und es war wohl auch so gemeint.

Zögernd hob ich meine Hand, aber anstatt dagegenzuschlagen, wie er es schon so oft getan hatte, griff er nach mir und umklammerte meine Hand, hielt sie fest, ganz fest, und ich sah mich außerstande, unsere ineinander verschränkten Hände zu lösen. Sein Daumen strich über meinen Handrücken, und seine Augen erzählten von seinen Gefühlen, viel deutlicher, als Worte es je vermocht hätten.

Oh Herrgott, warum ich?

Aber der wußte auch keine Antwort, und so löste ich meine Hand, um die Zügel wieder aufzunehmen, eine Geste, die nicht Zurückweisung war und die er auch nicht so verstand.

Es hatte sich nichts geändert. Wir waren uns ein wenig fremd geworden, aber es hatte sich nichts wirklich geändert.

Zum ersten Mal war ich froh, als die Ranch in Sicht kam. Ich klopfte den roten Hals und lockerte den Sattelgurt, nahm Zaumzeug und Sattel ab und sah zu, wie der schöne fuchsfarbene Hengst sich mit sichtlichem Wohlbehagen und einem Grunzen auf die vorderen Knie sinken ließ, dann hinten einknickte und sich schließlich im Sand wälzte.

»Ist gut für die Schönheit«, grinste Mehdi neben mir. Ich lächelte ebenfalls und brachte jetzt endlich das Sattelzeug weg. Farouk nahm es mir ab und hängte es sorgfältig auf, einen Moment standen wir uns im Schatten der kleinen Hütte gegenüber, Freunde, Fremde, ein leichtes Zittern in der Luft, ein feines Schwingen der Nervenbahnen, dann wandte ich mich ab.

»Reitest du morgen mit zum Markt? fragte Mehdi, »kannst Yasmin haben oder Belel oder Kalif … was willst du?« »Ich reite morgen nicht mit. Ich muß mich erst an die Hitze gewöhnen, bei mir zu Hause ist es schon fast Herbst, es ist sehr viel kälter als hier. Und ich habe Angst vor einem Sonnenbrand.« Während ich erklärte, flogen meine Hände durch die Luft, gestikulierten, übersetzten. Farouk hörte aufmerksam zu, und ich wußte, er verstand das meiste von dem, was ich sagte. Mehdi nickte und schwieg, während er auf die vor ihm liegende Liste starrte.

»Du kannst morgen ganz früh reiten, wenn du willst,« bot er plötzlich an, und ich musterte ihn erstaunt. Soviel Entgegenkommen war ich von Mehdi nicht gewohnt. Aber vielleicht war es seine Art, mir zu zeigen, daß er mein Verhalten anerkannte. »Gerne«, sagte ich daher erfreut, »wann denn?«»Um sechs Uhr. Mein Cousin kann dich begleiten.« Und er sah mich an, sehr direkt, die schwarzen Augen funkelten wie Obsidian. Als ich nicht reagierte fuhr er fort: »Und du müßtest den Blauen reiten, die anderen Pferde brauche ich.«

»Den Blauen ...?« wiederholte ich zweifelnd. Er ließ mich nicht aus den Augen. »Shem-el-Nasim. Du hast ihn noch nie geritten?«

»Nein.« Nein, geritten noch nicht, nur auf ihm gesessen. Einen der schönsten Abende meines Lebens mit ihm verbracht. Aber geritten – nein, geritten hatte ich dieses Pferd noch nie.

Seine Augen hatten jetzt wieder den alten, lauernden Ausdruck. »Wagst du es nicht?«

»Ich glaube, dein Deutsch ist noch besser geworden«, sagte ich zusammenhanglos, und er war einen Moment irritiert. »Doch, natürlich wage ich es. Wenn du es mir zutraust ...« Ich hob die Schultern. Er grinste spöttisch. »Du vertraust mir?«»Mehdi, natürlich vertraue ich dir. Du würdest mir niemals ein Pferd geben, wenn du Angst hättest, ich könnte damit nicht umgehen. Dafür liebst du deine Pferde viel zu sehr.« Er musterte mich, aber ich wich nicht einen Deut, und schließlich grinste er leicht. »Okay. Morgen früh um sechs Uhr. Sei pünktlich.«»Ich bin immer pünktlich«, versetzte ich würdevoll und bekam noch mit, wie Mehdi mit kurzen knappen Gesten Farouk die Situation erklärte. Farouk grinste mich an, was wiederum Mehdi nicht entging. Ich erwiderte das Grinsen. Was interessierte es mich, was Mehdi dachte? Außerdem hatte ich das sichere Gefühl, daß er sehr wohl wußte, was sich anbahnte zwischen seinem Cousin und mir, vielleicht hatte Farouk ihm davon erzählt, vielleicht hatte er die vielen kleinen Gesten und Hinweise gesehen. Es war egal. Wenn er es nicht gewollt hätte, hätte er uns nicht gemeinsam auf einen Ausritt geschickt.

Wenige Tage später sollte ich sehr froh darüber sein, daß Mehdi um uns wußte und es – komischerweise – auch guthieß.

Ich duschte rasch und klopfte dann bei Sophie an, um sie zum Frühstück abzuholen. Sie brachte Jordan mit, und der Kleine schlief selig und traumverloren in dem mit farbenfrohen Tüchern ausgekleideten Wagen. Zum Glück, ein schreiendes Kleinkind hätte mir nach diesem Morgen auch gerade noch gefehlt. Ich erzählte Sophie ziemlich ausführlich von dem Ritt und regte mich noch jetzt darüber auf, wie hysterisch das Mädchen geworden ist, als Farouk sich ihr näherte oder vielmehr dem Pferd. Bewundernd äußerte ich mich über seinen Langmut und die Fähigkeit, mit diesen Herabsetzungen und Demütigungen fertig zu werden, Tag für Tag, Jahr für Jahr, jede Saison das gleiche. Sophie zerschmolz nicht gerade vor Rührung, sie hatte einfach kein Gespür und auch kein Interesse für die Jungs von der Ranch, sie gehörten zwar zum Clubpersonal, waren aber auf einer Stufe wie die Kellner, nicht mit den Animateuren gleichgesetzt. Ich kam nicht dahinter, warum das so war, es gehörte wohl irgendwie zur geheimen Hierarchie des Clubs. Aber ich mußte meinem Herzen Luft machen, und schließlich war Sophie meine Freundin. Und die Frau des stellvertretenden Clubchefs, was mir auch noch einen unschätzbaren Vorteil einräumen sollte.

Sie hatte heute morgen Kinderdienst, also war es nichts mit Aerobic und Schwimmen und Joggen. Wir gingen statt dessen in ihr Haus und setzten uns auf die Veranda, redeten und kicherten, und sie erzählte von Fethi, dem Mann ihrer Träume, und ihre

Augen glänzten wieder und ihre Wangen waren gerötet, und ich erzählte von den Pferden zu Hause, vom Westernreiten, von Anka und Red, wir kicherten gemeinsam, und endlich, endlich waren wir wieder Freundinnen, konnten die Sätze der anderen beenden und wußten, wie sie sich fühlte. Ich begann sogar, ein wenig von Farouk zu erzählen, Oberflächliches, denn irgend etwas hielt mich davon ab, allzusehr ins Schwärmen zu geraten.

Nachmittags holte ich dann all den Sport nach, und Sophie hielt gut mit in der Aerobicgruppe, auch noch beim anschließenden Muskeltraining. Ich war mächtig stolz auf sie, obwohl sie abwinkte, als ich sie zum Schwimmen im Meer einlud. Das wäre nun doch zuviel des Guten, verkündete sie und zog sich zurück, um wieder bei ihrem Sohn zu sein. Ich zog mich um und nahm mein großes Badelaken mit an den Strand, der um diese Uhrzeit schon leerer war. Zügig schwamm ich im Meer, ich mochte das kühle, klare Wasser, es hatte eine ungemein beruhigende Wirkung auf mich. Ich war so tief in Gedanken versunken, daß ich erschrocken nach Luft schnappte, als ein Surfer knapp an mir vorbeirauschte und dann wendete, um neben mir ins Wasser zu springen.

»Hi!« lachte er, als er schnaufend und prustend und mit mächtig viel Wirbel wieder an die Oberfläche kam. »Hallo Alessandro«, sagte ich so würdevoll wie möglich, und er lachte und schüttelte sich wie ein junger Hund. »Wer hat dir bloß meinen Namen verraten? Das war ich doch nicht etwa selber?« »Doch. In einem Anfall von löwenhaftem Wagemut. Als du mit mir zusammen gesungen hast.« »Schmutzige Lieder?« fragte er hoffnungsvoll, und ich verneinte lachend. »Du glaubst doch nicht wirklich, daß eine so vollendete Dame wie ich schmutzige Lieder kennt, oder?« Er schmunzelte und wurde dann einen Augenblick ernst. »Doch, genau das glaube ich. Unter dem vornehmen Mantel versteckt sich häufig sündige Wäsche.« »Oha, oha … welch Menschenkenntnis.« »Dann darf ich hoffen?« »Worauf?« »Auf die sündige Wäsche natürlich.« »Ganz sicher nicht, mein Lieber. Höchstens auf ein weiteres gemeinsames Lied.« »Das ist nicht gerade üppig.

Vielleicht sollten wir mit einem gemeinsamen Ausflug übers Wasser beginnen. Darf ich dich auf mein Board bitten?« Ich sah skeptisch auf das schmale, schwankende Surfbrett und verneinte dann. »Ich glaube nicht, daß ich da raufkomme.« »Kommst du mit Sicherheit. Du kannst reiten wie der Teufel, schwimmen und bist gut in Aerobic. Da wirst du bei diesem ruhigen Wasser doch wohl auf ein Surfbrett aufentern können.« Er packte mich bei meinem sportlichen Ehrgeiz. Zwar betrachtete ich das schmale Gefährt nach wie vor sehr zweifelnd, aber andererseits ... und noch bevor ich bewußt eine Entscheidung getroffen hatte, zog ich mich bereits hoch. Es war nicht wirklich schwer, das Brett war gut ausbalanciert, mein Gleichgewicht war gut trainiert, und ich fand es ganz witzig, auf den kleinen Wellen zu schaukeln. Alessandro zog sich jetzt ebenfalls hoch, und ich balancierte aus, so gut ich konnte. Er war ein erfahrener Surfer und machte dieses Kunststück sicher nicht zum ersten Mal. Der Neoprenanzug fühlte sich komisch an meinem Rücken an, nicht gut, irgendwie fischig, aber das war vielleicht auch Einbildung. Er zog das Segel hoch und klemmte mich praktisch zwischen Mast und seinem Körper ein, und ich dachte, ich könnte gar nicht runterfallen, selbst wenn ich es wollte.

Das Brett gewann rasch an Fahrt und preschte über das Wasser, der Wind wurde schnell kalt, und ich begriff jetzt, warum die Surfer Neopren trugen. Bisher hatte ich mich immer gewundert angesichts der warmen Wasser- und Lufttemperaturen. Der Aufprall auf die kleinen Wellen war unvermutet hart, und ich wurde durchgeschüttelt und dachte, auf einem Pferd war es doch erheblich netter. Außerdem konnte man mit einem Surfbrett nicht reden. Es spielte nicht mit den Ohren.

Dennoch war es aufregend, in diesem Tempo übers Wasser zu flitzen.

»Ist echt geil, was?« rief Alessandro in mein Ohr, und ich nickte, wenn auch nicht ganz so euphorisch, wie er es sich vielleicht vorgestellt hatte. »Aber kalt!« rief ich zurück. »Ist dir kalt?« Ich nickte, und er fuhr einen vorsichtigen Bogen, der uns wieder in Richtung Clubstrand brachte. Er war zum Glück Trainer, Ausbilder, und sich seiner Verantwortung bewußt, er brachte mich an den Strand zurück und lachte über meine Gänsehaut, wobei sein Blick unmißverständlich auf meinen Brüsten hängenblieb. Nein, ich befürchtete, der junge Mann mußte sich ein anderes Opfer suchen, dem er Surfen beibringen konnte. »Ich glaube, das ist nicht ganz mein Sport«, brachte ich zähneklappernd hervor und übertrieb absichtlich, ich hatte nicht vor, noch einmal auf sein Board zu klettern. »Ach«, lachte er, »der Appetit kommt mit dem Essen. Wir versuchen es einfach noch mal, vielleicht gefällt es dir dann besser.« »Ich glaube nicht. Aber danke für das Angebot.« Ich wandte mich ab, um mich wieder warm zu schwimmen und ihm keine Gelegenheit für einen weiteren Versuch mehr zu geben.

An diesem Abend ging ich nicht in den Nightclub. Nach dem Essen setzten wir uns wieder mit einer ganzen Clique an den Pool, sogar Fethi fand Zeit, sich zu uns zu gesellen, worüber ich mich ganz besonders freute. Ich mochte Sophies Mann, er war charmant und nachdenklich, wirkte aufrichtig in seiner Ernsthaftigkeit, und wenn ich ihn betrachtete, drängten sich mir automatisch die Worte auf: In der Ruhe liegt die Kraft. Er war das perfekte Beispiel dafür. Er war Sophie sehr zugetan, ich merkte es an so vielen kleinen Gesten: Wie er sie kurz berührte, wenn er sich vorbeugte, oder wie er sie ansah, das Lächeln, welches er ihr zuwarf, der Mutter seiner Sohnes, voller Stolz und Liebe. Ich gönnte es Sophie wirklich. Vielleicht sollte ich wirklich langsam mit meinen Vorurteilen aufräumen. Arabische Männer schienen nicht zwangsläufig einen Harem zu haben.

Die Stimmung stieg mit dem Fortschreiten des Abends und linear mit dem genossenen Alkohol, und ich gestehe: Auch ich trank wieder Wein. Nicht so viel, daß ich betrunken war, aber angeheitert war auch ich. Wahrscheinlich würde es nicht für einen Kater reichen. Zumindest hoffte ich es. Aber es reichte, daß ich mich noch auf meine Terrasse setzte und nachdachte über die Wirren des Lebens so im allgemeinen und über mein Leben im besonderen. Ich erkannte, daß ich immer derselbe Mensch sein würde, immer jemand, der Verantwortung trug und sich entsprechend benahm, sei es hier, in diesem Märchen aus Tausendundeiner Nacht, oder zu Hause über meinen Akten. Ich konnte mir selber nicht entkommen, ich würde immer erst die Konsequenzen meines Handelns überdenken und sie auch tragen können, nie würde ich im Urlaub anders handeln können, nur weil ich eben im Urlaub war und mich keiner kannte, wie so viele meiner Mitmenschen, die die Anonymität brauchten, um sich gehenlassen zu können. Ich würde mich nicht gehen lassen, jedenfalls nicht im negativen Sinn dieses Wortes. Ich würde mir immer treu bleiben. Manchmal war es eine lästige Angewohnheit, manchmal mochte es zu ernst erscheinen, das Leben so ernst zu nehmen, aber es war mir wichtig. Ich wollte schließlich noch länger mit mir leben können.

Und immer wieder traf ich auf Menschen, denen es ähnlich ging wie mir: Natalie fiel mir als erstes ein, vielleicht auch Luke Skywalker oder Farouk. Auch Farouk war sehr überlegt in seinen Handlungen, auch er ließ sich nicht hinreißen. Wie komisch, daß die Brücke zu Luke dennoch so viel leichter zu beschreiten war, sie führte über Worte. Worte, die so leicht auszusprechen waren, die so leicht den Gegebenheiten anzupassen waren, sich so leicht verdrehen ließen.

Warum war es für mich nicht viel leichter, Farouk zu vertrauen, der durch seine Augen zu mir sprach. Warum fiel es so schwer, dem Ungewohnten offen und arglos zu begegnen? Warum fiel es so viel leichter, dem gesprochenen Wort Glauben zu schenken als dem Glück, dem Versprechen in leuchtenden Augen?

Es war Gewohnheit. Pure Gewohnheit.

Ungebeten schlich sich meine Mutter in meine Gedanken, die vor fast vierzig Jahren einen Mann italienischer Abstammung geheiratet hatte. Damals war es noch nicht an der Tagesordnung, einen

»Ausländer« zu ehelichen, und zum ersten Mal fragte ich mich, ob sie wohl auch Schwierigkeiten hatten, die beiden. Schwierigkeiten, ihr Temperament aneinander anzupassen. Ob mein Vater ein ausgesprochener Macho gewesen war? Er war ein schöner Mann, er ist es heute noch, obwohl sein Haar ergraut ist und die Figur nicht mehr ganz so tadellos wie damals. Sind sie angefeindet worden wegen der unterschiedlichen Herkunft? Was meinte meine Mutter mit ihrer Abstammung vom Landadel? Was auch immer damals gewesen sein mochte, sie hatten es nicht an sich herankommen lassen. Er erzählte heute noch, daß er nie eine andere Frau gewollt hatte als meine Mutter, die sich in geheimnisvolles Schweigen hüllte. Je länger ich darüber nachdachte, desto sicherer wurde ich, daß sie es auch nicht immer einfach gehabt hatten.

Liebe war wohl wirklich keine Frage der Abstammung. Ein Sizilianer hatte sie vierzig Jahre lang bezaubert, wer weiß womit, und sie hat ihm immer Rückhalt geboten, sie war immer für ihn da, trotz oder wegen ihrer Abstammung. Wobei ich immer noch nicht wußte, ob ich vielleicht wirklich einen Grafen bei meinen Urahnen finden könnte, sie schwieg sich aus, wenn ich danach fragte.

Ich schlief tief und traumlos in dieser Nacht und wachte erfrischt und relativ ausgeruht auf. Relativ, wohlgemerkt. So ganz okay war ich nicht, dafür war die Nacht denn doch zu kurz gewesen. Aber wenigstens war ich nicht verkatert, nicht so richtig jedenfalls.

Auf der Ranch herrschte Ruhe, nur zwei Pferde waren gesattelt, und ich hatte prompt ein schlechtes Gewissen: Meinetwegen waren die Jungs in aller Herrgottsfrühe aufgestanden, Farouk mußte von jenseits der Lagune hergekommen sein – wie eigentlich? Fuhr er auch eines dieser stinkenden, knatternden Mofas? Und Mehdi ... wer weiß, wo er wohnte.

Aber Farouk lächelte, als er mir entgegentrat, gegen die morgendliche Kühle in seinen arabischen Mantel gehüllt, ein wenig müde aussehend, verschlafen, er lächelte, und ich hatte das starke Bedürfnis, ihn in den Arm zu nehmen, heute war er derjenige, der schutzbedürftig aussah. »Guten Morgen«, sagte ich leise, um den Zauber des Augenblicks nicht zu zerstören, und er neigte den Kopf. Du bist noch müde … sagte er, indem er die gefalteten Hände unter seine Wange legte. »Ein bißchen … Du aber auch, ich sehe es ganz genau.« Ja, ein bißchen schon. Er lächelte und wies mit dem Kinn auf den gezäumten Hengst, der jetzt nicht blau, sondern grau schimmerte und unruhig mit den Hufen im Sand scharrte. Ich zog die Schultern zusammen, und er legte die Hände von hinten auf meine Oberarme, ein sicheres Zeichen dafür, daß wir allein waren und er uns unbeobachtet glaubte. Es ist gut, bedeutete er, alles ist gut, du kannst ihn reiten. Ich wandte den Kopf, um ihn anzulächeln, und war mal wieder erstaunt, wie gut er meine Gedanken lesen konnte. »Meinst du?« Ja, ganz sicher. Vorsichtig schob er mich näher an den Hengst, der meinen Geruch aufnahm und sich umgehend beruhigte, als Farouk an ihn herantrat. Ich ließ dem Pferd Zeit, mich ausgiebig zu beriechen, bevor ich ihn streichelte, leise murmelnd, ihm erzählend, daß ich ihm den schönsten Abend meines Lebens zu verdanken hatte. Farouk beobachtete uns. Ich sah ihn an und nickte: Es ist okay, ich bin soweit. Er trat zu mir, faltete die Hände und bildete eine Räuberleiter. Ich zupfte am Bügelriemen, aber er verneinte. Nun gut, er würde schon wissen, warum. Ich legte meinen Fuß in seine Hände und saß im gleichen Moment im Sattel. Sofort fühlte ich mich an Sharim erinnert, arabische Pferde sind recht schmal gebaut und tragen den Kopf sehr hoch, endlose Stunden hatte ich damit verbracht, Sharims Schädel herunterzuarbeiten, um ihn versammeln zu können.

Der Hengst tänzelte, als Farouk sich entfernte und zu seinem Pferd ging, ich ließ ihn gewähren, wohl wissend, daß es keine Aufsässigkeit war, sondern zu ihm gehörte. Farouk nickte mir zu, als er auf dem Braunen saß, und ich wußte mich bestätigt. Wir ritten vom Hof, schweigende Eintracht in dieser frühen Stunde, wir

benutzten einen Seitenausgang, nicht mal der grinsende Torwächter kam zu seinem Recht.

Der Blaue war längst nicht so aggressiv wie Belel, er tänzelte
leichtfüßig unter mir daher, es reichte ein leichter Zügelkontakt
aus, um ihn unter Kontrolle zu halten, er teilte sich mir über den
losen Zügel mit. Farouk blieb an meiner Seite, und war er zuerst
auch noch besorgt oder beunruhigt, so entspannte er sich sehr
schnell, deutete auf meine Hände und nickte anerkennend. Du
hast gute Hände für Pferde, sagte er, und ich lächelte ihm zu. Ich
habe sowieso gute Hände, auch noch für ganz andere Sachen,
dachte ich, und er fragte nach, wahrscheinlich hatte mein
Schmunzeln Bände gesprochen. Ich verneinte und senkte grinsend den Kopf, und er beobachtete mich, lachend jetzt, aufmerksam, angespannt, er wußte sehr wohl, daß ich etwas gedacht hatte,
was ich nicht wiederholen wollte. Für mich? fragte er, und ich
nickte, legte den Kopf schief und grinste ein wenig verlegen. Er
grinste, fragte aber nicht nach, es war nicht nötig.

Um diese Zeit war es selbst hier noch kühl, nicht kühl genug für
meine dicke, überdimensionierte Wolljacke, aber einen Sweater
hatte ich schon übergezogen. Meinen besten, ich gestehe es. So
gänzlich uneitel war ich doch nicht. Er war königsblau und gerade geschnitten, keinen Saum, keine Ärmelbündchen, dafür aber
eine Kapuze und paßte hervorragend zu meinen schwarzen Reit-
hosen. Ich sah gut aus, und ich wußte es, aber es nützte nicht
wirklich etwas. Ich bin mir nicht mal sicher, ob es ein Vorteil war.

Farouk ritt jetzt vorweg, locker im Sattel sitzend, ab und zu deutete er auf etwas, dann wieder drehte er sich zu mir, um zu
gucken, ob alles in Ordnung war. Ich hielt den Daumen hoch, als
wir auf den offenen Strand kamen, ich verstand mich gut mit
Nasim, er ließ sich leicht in der Hand halten. Farouk nickte und
galoppierte an, und plötzlich merkte ich, daß ich auf einem arabischen Hengst saß. Er war ein elegantes, hochbeiniges Pferd, der
nicht so gewaltig wie Belel angaloppierte, sich dafür aber rasend
schnell steigerte. Seine Mähne peitschte im Wind des frühen

Morgens und Farouk hob eine Hand, um anzudeuten, ich möge ihn zurückhalten. Es fiel mir schwer, ganz ehrlich. Ich genoß den ungestümen, schnellen Galopp des Tieres, seine Leichtfüßigkeit, die ausgezeichnete Balance der Bewegungen. Widerwillig setzte ich mich schwerer in den Sattel und zupfte an den Zügeln, er mäßigte sofort das Tempo, wenn auch mit heftigem Kopfschütteln. »Tut mir leid, mein Kleiner«, murmelte ich, »ich würde jetzt auch lieber weiterlaufen. Immer weiter …« Er schüttelte wieder den Kopf, kaute auf seinem Gebiß. Ich sah zu Farouk, er lächelte mich an, ein wildes Funkeln in den schönen Augen. Ich gab Nasim die Zügel und ließ ihn laufen, nicht unkontrolliert, aber doch so schnell er wollte. Er reagierte prompt, seine Sprünge wurden länger, der Galopp flacher, dumpf trommelten die Hufe durch den nassen Sand am Wasser, und unwillkürlich dachte ich an das Rennen, das hier vor einem halben Jahr stattgefunden hatte, als der Blaue sich so lässig an Yasmin vorbeigeschoben und uns beiden mit Wasser und Sand bespritzt hatte. Ich spürte den stetigen Rhythmus, die kräftigen Muskeln arbeiteten unter mir, katapultierten uns vorwärts, aufspritzendes Wasser unter den Hufen.

Einen wahnwitzigen Moment dachte ich, daß der Braune uns nicht wirklich würde einholen können, dieses Pferd und ich, wir verstanden uns so gut, wenn wir siegen wollten, würden wir siegen, uns würden Flügel wachsen wie Pegasus, wir wären nicht einzuholen.

Aber ich ließ zu, daß der Braune auf gleicher Höhe blieb, ja, sich sogar ein Stück vorschob.

Ich sah hinüber, um abzuschätzen, ob Farouk mich bremsen wollte, aber er saß locker und entspannt. Ich hielt Nasim jetzt zurück, lieber kein Wettrennen riskieren, das Pferd war mir anvertraut, ich wollte nicht, daß ihm etwas geschah, daß er sich vertrat oder auf eine scharfkantige Muschel oder ein Stück Unrat trat. Entspannt galoppierten wir am Strand entlang, und irgendwie schien das Pferd zu verstehen. Er wehrte sich nicht gegen die Zügel, die verhinderten, daß er den Braunen abhängte. Erst direkt vor der alten Hütte folgte ich Farouks Beispiel und zügelte Nasim.

Ich war ein bißchen außer Atem und sprühte vor Glück, Farouk lächelte und sah mich an, und die Luft britzelte und vibrierte, Erregung durchpulste mich, und ich hätte es ihm gerne erzählt, was ich empfand, wie glücklich ich war, ich hätte ihm gern davon abgegeben.

Er nickte, und seine Hand berührte kurz sein Herz, und ich begriff, daß ich teilte, daß ich ihn an meinem Glück teilnehmen ließ, und diese Erkenntnis wiederum verstärkte mein Gefühl so sehr, daß ich mich abwenden mußte.

Ich tätschelte Nasims Hals, um wieder Herr meiner selbst zu werden, und bedankte mich im stillen bei ihm. Ein verteufelt gutes Pferd.

Farouk stand noch immer quer vor dem schmalen Weg, und ich sah wieder auf, neugierig beobachtend, wie er in den Falten seines Umhanges grub. Endlich schien er etwas gefunden zu haben, er zögerte, sah mich an, lächelte, war unsicher.

»Zeig mal«, sagte ich, und sein Grinsen vertiefte sich, aber er zögerte noch immer. Ich habe ein Photo von dir, bedeutet er und musterte mich. Ich machte große Augen. »Ein Photo? Wo hast du das her? Zeig mal.« Aber ihm schienen Bedenken zu kommen. Fordernd streckte ich die Hand aus. Was, wenn ich es nicht so klasse fand, mein Photo in den Falten eines Beduinenumhangs? Ich verstand sein Zögern nicht, und einen Moment dachte ich an Nacktaufnahmen hinter verschlossenen Gardinen oder so was, bevor ich den Kopf wieder hob, ärgerlich verneinend über meine eigenen Gedanken. Er interpretierte das Verneinen natürlich falsch, wie sonst, und sofort verdunkelten sich seine schönen Augen und verschwand die Hand samt dem Bild wieder im Umhang. »Oh Farouk, zeig mir das Bild, bitte.« Du bist böse? »Nein. Erstaunt. Verwundert. Und neugierig. Zeig her, bitte.«

Die schmale, braungebrannte Hand zog ein zusammengefaltetes Photo aus dem Umhang und strich es glatt, zögernd und unsicher reichte er es mir, er sah es sich nicht an, seine Augen waren auf mein Gesicht geheftet, damit ihm ja nur keine Regung entging. Er war sehr ernst, den Kopf hatte er halb abgewandt, als er mich musterte, verlegen war er, aber nicht beschämt. Unsere Stimmung war jäh umgeschlagen, ernst geworden, meine Hände zitterten etwas, als ich das Photo nahm und ihn dabei beobachtete. Alles legte er in diesem Moment offen: Er trug seit Monaten ein Bild von mir mit sich herum. Er hatte mich nicht vergessen, und er wollte, daß ich es wußte. Ich war stolz und glücklich, als ich das Papier glattstrich. Momo hatte es aufgenommen bei unserem Ritt zur Lagune im April: Belel und ich in vollem Galopp, meine Haare flatterten und verschmolzen mit der Mähne des Pferdes, ich lächelte, glücklich und frei, ich hatte den Photografen nicht bemerkt. Belel mit weit offenem Maul und Schaumflocken auf der Brust, er kämpfte gegen die Zügel, die ihn zurückhielten, und es war ein beeindruckendes Bild. Farouk hatte gut gewählt, es trug sowohl dem Pferd als auch mir Rechnung.

Das Papier war abgegriffen und in den Falten scharf geknickt, und ich sah ihn über das Bild hinweg an, lächelte, wenn auch ein wenig schmerzlich. Er erwiderte meinen Blick. Ich wußte, was er empfand, er hatte alles offengelegt. Er hatte nichts mehr zu verlieren, und sein Blick war offen und frei, sein Kopf hoch erhoben. Langsam dreht ich das Papier um und preßte meine Lippen auf die Rückseite. Der teure Lippenstift kam seiner Pflicht nach: Ein perfekter Abdruck prangte nun auf der Rückseite. Ich gab ihm das Photo zurück, meine Hand zitterte noch immer. Er besah sich den Abdruck, hob dann wieder den Kopf, und seine Nasenflügel vibrierten vor innerer Anspannung, während sein Blick weiterwanderte und auf meinen Lippen hängenblieb, Sehnsucht, Wünsche, Phantasien, Begierde. Ich rührte mich nicht, er sollte ruhig wissen, daß es mir nicht anders ging als ihm. Endlich atmete er tief ein und verstaute das Bild sehr sorgfältig in seinem Umhang, bevor er mich wieder ansah, stolz. Ich hatte ihn nicht enttäuscht. Er wußte nun, woran er war. Ich hatte nicht geschimpft, nicht gelacht, ich hatte die Angelegenheit mit dem gebührenden Ernst behandelt.

»Laß uns weiterreiten«, sagte ich, und er nickte. Wandte den Braunen ab und hielt dann doch inne, ein helles Leuchten in den schönen Augen. Okay? »Ja, okay. Es ist ein schönes Photo, das du da hast.«
Er lächelte und hob die Hand, ich schlug gegen seine Handfläche, und einen Moment verhakten sich unsere Finger ineinander, hielten sich. Ich glaube, es war ein Versprechen, das wir uns gaben. Bloß weiß ich bis heute nicht sicher, was wir uns eigentlich versprochen haben.

Wir ritten einen schmalen Pfad entlang, vorbei an wuchernden Agaven, zwischen den dornenbewehrten, fleischigen Blättern hingen üppige rote Früchte und kunstvoll gewobene Spinnennetze. Ein wenig mißtrauisch behielt ich die Netze im Auge, ich wollte nicht unbedingt Bekanntschaft machen mit ihren Bewohnern, obwohl ich ihre Kunstfertigkeit durchaus bewunderte. Die Palmen waren grau vor Staub, Mimosen raschelten leise. Das Land war jetzt durchweg graubraun, kein Halm mehr, der auf den ohnehin kümmerlichen Weiden sproß, keine Nahrung. Und dementsprechend natürlich auch keine Küken, keine Zicklein, nichts Kleines, Junges. Farouk schob einen Palmenwedel zur Seite und hielt ihn fest, und ich schmunzelte. Er würde mich immer beschützen, es gehörte zu seinem Weltbild, es war das einzige, was er für mich tun konnte, und ich registrierte es mit Dankbarkeit. Das Licht wurde greller, die Sonne kämpfte sich durch die morgendlichen Schlieren, es wurde wärmer. Ich begann, mich aus dem Sweater zu schälen, ohne die Kontrolle über das Pferd zu verlieren, und war von dieser Aufgabe ziemlich in Anspruch genommen, als unvermittelt Farouk den Braunen an Nasim herandrängte und dieser unwillig schnaubend zur Seite wich.
Ich duckte mich hektisch unter einem Spinnennetz hindurch und

merkte, wie es doch mein Haar striff, Panik wallte in mir auf, was, wenn die Bewohnerin jetzt feist auf meinem Haupthaar thronte? Ich strich mit der Hand über mein Haar und versuchte mich zu beherrschen. Nasim spürte meine Angst und begann zu tänzeln, er steigerte sich rasch in seine Unruhe hinein, wich weiter zur Seite, tiefer in die Vegetation am Wegesrand, näher an die Spinnennetze, die wunderschön und schimmernd und tückisch auf mich lauerten. Farouk hielt inne, meine hektischen Bewegungen wohl richtig interpretierend, er schüttelte den Kopf und verneinte, aber ich konnte die Spinne spüren, die da auf meinem Kopf und meinem Rücken umherspazierte. Nasim begann jetzt, ernsthaft unruhig zu werden, und ich sprang vom Pferd, bevor ich Schaden anrichtete. Farouk ebenfalls, er schob sich zwischen die Hengste und strich beruhigend über meinen Kopf, meinen Rücken, meine Arme, schüttelte dabei den Kopf. »Oh Farouk, guck bloß richtig hin, ich grusel mich ganz schrecklich vor Spinnen«, sagte ich. Er verneinte wiederholt, und ich drehte ihm den Rücken zu, meine Haare anhebend. Seine warmen Hände strichen zärtlich über meinen entblößten Nacken. Dann legte er die Hände auf meine Schultern und drehte mich zu ihm um. Da ist nichts, bedeutete er, kein Tier. »Bist du sicher?« Ja. Warmes Licht in seinen Augen. »Entschuldige.« Es ist alles okay. Seine Hand, die ruhig und sicher über meinen Kopf strich. Ich nickte und wollte mich abwenden, als eine kleine, kaum wahrnehmbare Bewegung mich innehalten ließ. Ich sah ihn an, und noch immer lagen seine Hände auf meinen Schultern, fest und warm und sicher, er zog mich etwas an sich heran, eine Frage fast, und ich gab ihm nach, schnell und ohne weiter nachzudenken. Und dann endlich hielten wir uns eng umschlungen, genossen die Wärme, die Nähe des anderen. Was sollte das Versteckspiel denn auch noch, wir wußten doch beide, was wir füreinander empfanden. Seine Arme so fest um mich geschlungen, sein Atem an meinem Ohr. Kein Zurückweichen mehr.

Sein Körper so nah an meinem, fremd und doch vertraut, sein

Duft, diesmal kein Hauch von Schweiß, sondern ein Rest Seife. Die festen Muskeln und Sehnen unter meinen Händen. Das jähe Bewußtsein, daß meine Brüste an ihn gepreßt waren. Seine Wange an meiner, glatte, warme Haut. Er nahm meine Hand und legte sie auf sein hart arbeitendes Herz, dann führte er sie zum Mund und küßte jeden einzelnen Finger, warme Lippen, die alles versprachen, und meine Knie wurden weich.

Er sah mich an und lächelte, und auch in seinen Augen lag ein Versprechen, eine Hoffnung. Ich lächelte und trat einen Schritt zurück, widerwillig, mich nur zögernd lösend. Aber ein bißchen befürchtete ich, die Sache würde außer Kontrolle geraten, wenn ich jetzt nicht die Notbremse zog, ich kannte mich, es bedurfte manchmal nur eines kleinen Schrittes. Farouk verengte die Augen und fragte nach, einen Moment unsicher, ob er einen Fehler gemacht hatte, aber ich vermochte nicht zu erklären, ihm meine Angst, meine Bedenken nicht mitzuteilen. So legte ich nur eine Hand auf mein wild arbeitendes Herz und schluckte trocken, und er nahm meine Hand und legte sie auf sein Herz, das dumpf gegen die Rippen schlug. Oh, ich wollte so gerne diesen Umhang beiseite streifen und mit der Hand unter sein Shirt schlüpfen, ich wollte seine glatte, warme Haut spüren und seine Erregung, ich wollte mich an ihn pressen und alle Unterschiede wegwischen, mich über meine Bedenken hinwegsetzen und einfach nur sein, leben, spüren, lieben.

Aber ich konnte nicht. Langsam und mit Bedauern ging ich noch einen Schritt zurück, legte meine Hände in seine und hielt sie einen Moment.

»Wir müssen weiter«, murmelte ich, und meine Stimme war belegt. Er nickte, dunkle Glut in den schönen Augen. Sanft strich ich über seine Wange, die er in meine Hand preßte, strich das schwarze Haar zurück und berührte die kleine Narbe über seiner Augenbraue. Er nahm meine Hand und küßte die Innenfläche, und ein Schauer überlief mich.

Er sah, wie sich meine Härchen auf dem Unterarm aufrichteten und lächelte, strich über die feinen Härchen und nickte. Ich entzog ihm meinen Arm, sanft, in meinen Eingeweiden tummelten sich Schmetterlinge en masse und meine Atmung war beschleunigt.

»Laß uns weiterreiten«, bat ich, und er nickte, lächelte und half mir auf den blauen Hengst, der nicht wußte, was geschehen war, und sich ein wenig aufspielte. Farouk selber sprang mit jener lässigen Gewandtheit auf sein Pferd, die unnachahmlich war und ritt voraus. Der Mann strahlte. Er redete und lachte und sein ganzer Körper, seine Haltung drückte Energie und Spannkraft aus, die schönen Hände, die etwas erzählten, was ich nicht verstand, sein hartes dunkles Gesicht jetzt so entspannt, so voller Glück und Lebensfreude.

Nasim tänzelte und sprang manches Mal unverhofft zur Seite, ich konzentrierte mich auf seine Kapriolen und lachte gleichzeitig mit Farouk, mein Herz flog ihm zu. Er drehte sich zu mir um und lachte und redete, und ich winkte, und Nasim steppte seitwärts am Wegesrand.

Endlich wurde der Weg wieder breiter, und wir galoppierten noch ein Stück, Seite an Seite, gemeinsam. Enttäuscht sah ich in der Ferne schon das üppige Grün des Golfplatzes leuchten, als er sich mir zuwandte, sehr ernst jetzt, und eindringlich begann zu gestikulieren. Du darfst nicht reden, bedeutete er und ich runzelte die Stirn. Ich redete oft und gerne, was hatte das jetzt zu bedeuten? Er legte eine Hand auf seinen Mund und verneinte und ich verstand ihn noch immer nicht.

Er neigte sich vor, um mich zu berühren, und verneinte wieder, und langsam kam mir eine Idee, was er meinen mochte. Er trommelte mit den Fingern einen raschen Rhythmus, wies auf sein Herz und führte seine Hand entschieden waagerecht.

Jetzt verstand ich. »Nein«, versicherte ich ihm, » nein, ich werde nichts sagen. Es ist unser Geheimnis.« Und ich legte meine Hand aufs Herz, ein Schwur diesmal, eine Beteuerung wie jedesmal, untermalt durch meine ernsthafte Miene. Er vergewisserte sich noch einmal, daß ich ihn richtig verstanden hatte und nickte dann. Ich nahm drei Finger zum Schwur, und der feierliche Moment wurde nur unterbrochen durch das aufgeregte Getänzel Nasims, der sich der Wichtigkeit des Augenblicks nicht bewußt war. Aber wir beiden wußten, was wir meinten, und Farouk war zufrieden.

Der Torwächter grinste breit, als er einen Flügel öffnete, er nickte mir anerkennend zu, als ich auf dem edlen Pferd das Tor passierte, und ich erwiderte sein Grinsen, breit und stolz. Nicht nur, daß ich auf einem so wunderschönen Tier saß, nein, ein stolzer und ehrlicher Mann hatte mir sein Herz geschenkt und vertraute mir, und all das reichte, um mich so selbstbewußt grinsend das Tor durchschreiten zu lassen.

Sophie hatte des öfteren diese hektisch glänzenden Augen, und zuerst dachte ich, sie hätte phantastischen Sex mit ihrem Mann gehabt, aber dann kamen mir so allmählich Bedenken. Ich kannte meine Freundin, und ich kannte den Ausdruck ihrer Augen. Aber sie weigerte sich, Alkohol zu trinken, nicht einmal Wein, mit dem Hinweis darauf, daß sie ja schließlich stillte, und ich akzeptierte es vollkommen. Nur fiel mir auf, daß sie manchmal an den falschen Stellen kicherte. Ich war die einzige, die es bemerkte, und schob es weg, wir hatten uns lange Zeit nicht gesehen, und wer weiß, was die Hormone gerade wieder anrichteten. Und dennoch: Irgend etwas war anders.

Ich verbrachte meine Tage pendelnd zwischen verschiedenen sportlichen Aktivitäten und den Pferden, ich ritt mit Farouk, ich lachte mit ihm, hielt Händchen und freute mich über sein so offensichtliches Glück.

Aber da war Sophie, ich beschäftigte mich mit ihr und fragte sie nach ihrem Befinden und bekam keine befriedigende Antwort. Irgend etwas lief verkehrt, ich wußte nicht, was es war, und ich wußte nicht, wie ich fragen sollte. Es war, als liefe in meinem Unterbewußtsein ein Programm ab, das konträr zu dem wirklichen Geschehen gestartet worden war. Fethi, der ernst und angespannt durch den Club lief oder hinter dem Tresen des Empfangs saß, der mir manchmal ein Lächeln schenkte, mich aber auch schon mal mit zusammengekniffenen Augen betrachtete. Sophie, die hektisch kicherte. Ich verstand es nicht. Wie auch? Ich war mit meinem eigenen Programm vollauf beschäftigt. Ich war verliebt. Verliebt, wie ich es noch nie erlebt hatte. Wir redeten ganz viel miteinander, über alles mögliche, ich erfuhr, daß er nicht jeden Morgen zum Club kam, sondern oft hier übernachtete, in der kleinen Hütte neben dem Sattelzeug. Auf meine verblüffte Rückfrage hob er die Schultern, er war bei den Pferden, es war gut und richtig, egal, wo und wie er schlief. Er war ein Mann der Wüste, und es interessierte ihn nicht, ob er in einer Hütte nächtigte. Ich lernte die Einstellung der Männer schätzen, die auf der Ranch arbeiteten, und wußte, ich würde an ihrer Stelle nicht viel anders handeln. Oberste Priorität hatten die Pferde, dann die Touristen, dann erst sie selber. Und so manches Mal krümmte ich mich angesichts der Rücksichtslosigkeit der Touristen.

Ich blendete alles aus, ich wollte nicht sehen, nicht hören, ich wollte Farouk, sein Lachen, seine Zuwendung, ich wollte frei sein und glücklich, keine Verantwortung tragen, sondern Urlaub machen. Aber – wie bereits erwähnt – ich war kein Mensch, der sich wirklich vor Verantwortung verschließt, und so begann ich, ernsthaft über Sophie nachzudenken und darüber, was mit ihr passierte.

Einen weiteren Hinweis erhielt ich, als sie eines Abends haltlos kichernd im Nightclub erschien.
»Was ist mit dir los?« fragte ich, und sie winkte ab. »Du würdest es nicht verstehen …« Ich hätte es als Warnsignal verstehen müssen. Ich hätte es auch so verstanden, wenn sich meine Gedanken nicht ausschließlich um Farouk gedreht hätten, um die heimlichen Berührungen, die an Feuer und Dringlichkeit zunahmen. Ich fragte mich manchmal, warum wir in einer Zeit, die so schnelllebig war wie die unsere, uns so viel Zeit ließen, um miteinander

zu schlafen. Wir taten so, als wäre es etwas Besonderes, dabei beschliefen sich heutzutage wirklich alle möglichen Leute. Wir nicht. Ich weiß nicht, ob es bei ihm die Religion war, bei mir war es ein Zögern, ein Verhalten. Ich hatte mit einigen Männern geschlafen und würde es wohl auch weiterhin tun, aber Farouk war etwas Besonderes. Und so tanzten wir umeinander herum, den uralten Tanz, und ich für meinen Teil genoß es, weil ich wußte, wohin es führte.

»Ich möchte dich heute abend treffen«, sagte ich nach einem Ausritt, als er den Gurt meines Pferdes löste, »am Strand, um 22.00 Uhr.« Er sah auf, nicht sicher, ob er richtig verstanden hatte. Ich hatte ihn noch nie um ein Treffen gebeten, wir sahen uns nur bei den Pferden, bei unseren täglichen Ausritten, danach floh ich in den Club, flirtete mit den Männern, schwamm und sportete und lag am Strand, und er wußte nie, was ich nachts machte. Ich deutete auf meine Armbanduhr und zeigte an, daß ich 22.00 Uhr meinte. Er hockte sich hin und bat mich, in den Sand zu malen, was ich meinte. Aufmerksam verfolgte er die Bewegungen meiner Hände und zeigte dann auf die Sonne, schob sie mit waagerechten Händen unter den Horizont und vergewisserte sich. Ich nickte. Wenn die Sonne untergegangen war, heute abend, 22.00 Uhr, am Strand. Er sah mich an, seine dunklen Augen forschten in meinem Gesicht, nicht sicher, ob er richtig verstanden hatte, aber ich bekräftigte. Er zeigte auf uns. Du und ich? Und runzelte die Stirn. Ich nickte wieder. Einen Moment glitt so etwas wie Wachsamkeit über seine Züge, dann nickte er, noch immer nicht wissend, was ich vorhatte. Aber ich konnte es ihm nicht erklären, heute abend war eine Mondfinsternis, und ich wollte sie mit ihm gemeinsam erleben, ich forderte einfach das Vertrauen, das er von mir erwartet hatte, als er mich an dem einen Abend auf den blauen Hengst gehoben und zu den Klippen gebracht hatte. Ich sah die vielen Fragen in seiner Mimik, fand aber keine Antwort, und so nickte er. Er würde dasein. Ich zweifelte keinen Moment.

Sophie hatte ich nichts von der Mondfinsternis erzählt, sie hatte kein Interesse an dem himmlischen Geschehen, noch nie gehabt, sie war auch nie mit mir ins Planetarium gekommen. Na gut, die Interessen sind halt verschieden. Ich erzählte ihr auch nicht, daß ich mit Farouk verabredet war, vielleicht hätte ich es tun sollen, aber ich wollte nicht. Ich wollte mir keine Bedenken anhören, ich wollte nicht ihre hochgezogenen Brauen sehen. Ich wollte nicht meine Vorfreude von irgend etwas einschränken lassen.

Nach einem ausgedehnten Abendessen, an dem Fethi teilnahm und Sophie und noch zwei Animateure und diverse Gäste, verabschiedete ich mich einfach und ging in meine Wohnung, zog eine weite schwarze Hose an und einen Netzpullover, schlüpfte in bequeme Schuhe und ging hinunter zum Strand. Grüßte den Wachmann, der den Strandeingang bewachte, zog die Schuhe aus und grub mit immerwährendem Entzücken meine Zehen in den Sand, der jetzt kühl war und fein und im Zwielicht vor mir lag. Ich ging hinunter ans Wasser und begann zu joggen, langsam und entspannt, bis ich eine gewisse Entfernung zum Club zurückgelegt hatte. Dann bog ich rechtwinklig ab und setzte mich an den Fuß der Dünen, etwas erhöht schon. Ich lauschte auf die Hufschläge eines sich nähernden Pferdes, während es rasch dunkel wurde und der volle Mond geheimnisvolle Leuchtspuren auf dem dunklen Wasser zog. Ich wurde nie müde, das Meer zu beobachten und vor allem auch das Rauschen zu hören. Ein ewig gleicher Rhythmus und doch nicht derselbe, mehrere Wellen rollten gleichmäßig und sanft auf den Strand, dann kam eine, die sich überschlug, deren Gischt hell und silbrig aufleuchtete, über den Sand leckte und ihn dunkel zurückließ. Der Himmel war klar, und einige alte Bekannte schickten sich an, ihre Reise durch die Nacht zu beginnen. Heute nacht war ich glücklich, entspannt, ganz ruhig und von stiller Vorfreude erfüllt.

Ich war zu früh und ich wußte es, aber als um kurz nach 22.00 Uhr noch immer kein Pferd den Strand entlang kam, kroch Enttäuschung in mir hoch, lähmend. Ich ließ mich zurücksinken und lag auf dem kühlen, weichen Sand, den Himmel über mir, konstant in seiner Vertrautheit. Kein Geräusch, außer dem Überschlagen der Wellen.

Und dann geriet der Sand über mir in Bewegung, und Farouk glitt an meine Seite. Ich schrak auf. Ich hatte so sehr mit einem Pferd gerechnet, daß ich völlig überrascht wurde. Er grinste breit. Ich bin's. Ich erwiderte sein Grinsen. »Hallo Farouk. Schön, daß du da bist.« Mir war aufgefallen, daß ich nur im Zusammenhang mit dem gesprochenen Wort wirksam gestikulieren konnte. Seine Augen waren in diesem Licht sehr dunkel, seine Züge weich und entspannt.

Was willst du mir zeigen? Ich sah auf meine Uhr. »Gleich. Hab ein bißchen Geduld.« Er nickte. Du riechst gut, bedeutete er genießerisch, und ich lachte. »Danke …«, ein wenig kokett. Das konnte ich mir leisten, dachte ich, das hatte ich verdient. Er bemerkte es sofort, wenn ich kokettierte, es sprach ihn an. Das Parfum war mein Lieblingsduft, ein bißchen erinnerte es an Vanille, ein sanfter, schwerer Duft. Es war mein ganz persönliches Wohlfühlparfüm.

Er saß im Schneidersitz, locker und entspannt, die Hände ruhten auf den schmalen Schenkeln, das Gesicht wurde halb vom Mond beschienen, ein wenig fremd und entrückt, in seiner eigenen Welt. Wie mochte die aussehen? Wie war eine Welt, so bar jeden Geräusches? Seine Wimpern schimmerten, und der Schatten malte lange, filigrane Muster auf seine Haut, auf diese glatte, junge Haut, die jetzt wie aus Stein gemeißelt aussah. Eine kleine Narbe über der Augenbraue hatte er.

Er wandte sich um, als er meinen Blick spürte, und erwiderte ihn ruhig, ohne ein Lächeln. Dann seufzte er, und einer seiner Mundwinkel zuckte, er suchte in den Taschen seines Mantels nach Zigaretten, entzündete eine, die er mir gab, und nahm sich dann selber eine. Mit dem Kinn wies er aufs Meer hinaus, das Licht des Mondes sprühte jetzt auf den unruhiger werdenden Wogen, und ich nickte. »Wunderschön …« Du bist schön, sagte er, und sein Blick hatte etwas sehr Eindringliches. Ich schluckte. Mach deine

Haare auf, bat er, und als ich die Arme hob, um die Spange zu lösen, glitt sein Blick über meine Brüste, und die Luft vibrierte. Ich atmete rasch ein, es war unwillkürlich, ich wollte ihn nicht provozieren, aber dennoch war er jäh alarmiert. Rasch schüttelte ich den Kopf, daß meine Haare in alle Richtungen flogen, und sah dem aufsteigenden Zigarettenrauch hinterher. Sein Gesicht war wieder ausdruckslos, als er den Kopf hob, um meinem Blick zu folgen, aber die Hand, die die Zigarette hielt, zitterte etwas. Er wußte nicht, was ich von ihm erwartete, weshalb er hier war, auf was ich wartete. Ich sah in sein schönes, so vertrautes Gesicht und bedeutete ihm, noch etwas zu warten. »Gleich«, versicherte ich, »gleich geht es los.« Und er nickte und wartete und vertraute, starrte aufs Meer hinaus und warf mir ab und zu einen Seitenblick zu.

Und dann begann es: Der Erdschatten touchierte den Mond, stahl ihm ein winziges, kaum wahrnehmbares Teil seiner strahlenden Schönheit. Ich berührte Farouk und wies mit einer Hand zum Himmel. Er folgte meinem Hinweis, vermochte aber nichts zu erkennen. Er schüttelte den Kopf, aber ich nickte und wies zum Mond, hartnäckig. Da sich die Gestirne nun mal recht schnell bewegten, schob sich der Schatten gut sichtbar weiter über die volle Pracht des Mondes, und jetzt wurde Farouk aufmerksam. Er setzte sich sehr aufrecht hin und runzelte die Stirn, während der Mond langsam verschluckt wurde. Seine Hände begannen nervös zu flattern, als er sich mir zuwandte. Ist das richtig? Ich nickte und berührte seinen Ärmel, keinen Grund zur Sorge. Er deutete wieder auf den Mond und fragte nach, und ich beruhigte ihn. »Vertrau mir. Es ist alles gut und richtig. Ich erkläre es dir nachher, ja? Schau nur, wie schön es ist …«

Aber er war sichtlich beunruhigt, seine Hand tastete nach meiner, während er den Blick nicht vom himmlischen Geschehen abwandte. Es war ihm nicht geheuer. Ich rückte etwas dichter zu ihm, ohne Hintergedanken, ich wollte ihm Sicherheit vermitteln. Was geschieht da? »Gleich«, beruhigte ich ihn und drückte sanft seine Hand. Der Schatten hatte den Mond zu einem Viertel verschlungen, wunderschön in seiner Gleichmäßigkeit. Ich hatte schon mal eine Mondfinsternis gesehen, aber noch nie in so klarer Luft und noch nie an einem Strand, an der Seite eines Mannes, den ich liebte.

Okay? fragte Farouk mit gerunzelten Brauen, und ich nickte und lächelte. Er löste seine Hand aus meiner, und ich sah ihn an, alarmiert jetzt, es gab keinen Grund zur Sorge. Flink schob er sich hinter mich, hob abwechselnd die Schultern, es war ihm nicht geheuer, dann lagen seine Beine an meinen, seine schlanken Finger auf meinen Schultern. Als ich ihn nicht abwehrte, schlang er einen Arm um meine Schultern, und ich spürte seine Wange an meinem Kopf. Gemeinsam starrten wir in den Himmel, wo der Erdschatten sich immer weiter über den Mond schob und ihn verschluckte.

Er erschauerte hinter mir und schmiegte sich fester an mich, ich wußte nicht, ob er ernsthaft beunruhigt war oder ob er einfach die Gunst der Stunde nutzte, beides konnte ich ihm nicht verdenken. Die Sterne funkelten weiter, der Horizont kippte nicht, die Welt geriet nicht aus den Fugen, nur der Mond verschwand ganz einfach, still und lautlos. Er sah mich an, ich spürte es. Wandte den Kopf, um ihn anzusehen, und war ihm plötzlich so nah. All die Fragen und Wünsche in seinen Augen, die nichts mit der Mondfinsternis zu tun hatten. Ich holte tief Luft und wich nicht. Behutsam, ganz langsam näherte er sich, striffen seine Lippen meine Wange, verharrten dann. Ich hob ein wenig das Kinn. Seine warmen Lippen. Behutsam, aber zielstrebig näherten sie sich jetzt meinem Mund, und ich begann zu zittern, Begierde und Aufregung, Nervosität und immer wieder Begierde. Wie gut er roch. Er war ein Mann, ein ganz normaler Mann. Er fühlte sich so an, er benahm sich so, er roch so. Wie hatte ich es nur vergessen können. Hatte ich es denn vergessen? Seine Lippen, fest und warm und merkwürdig vertraut unter meinen. Sein Duft. Oh Gott, wie gerne mochte ich diesen Mann riechen.

Er zog sich etwas zurück, und ich spürte das Beben seines Körpers. Ich ergriff die Hand, die um meine Hüften geschlungen war, und verflocht unsere Finger, ich wollte ihm zeigen, daß ich genauso fühlte wie er, daß ich verliebt war und unsicher, daß auch ich nicht wußte, wo unsere Grenzen lagen und wie wir es jemals herausfinden würden. Er erwiderte den Druck meiner Hand, und sein Atem war etwas rauh.

Der Erdschatten gab den Mond jetzt wieder zögernd frei, zuerst war nur ein winziger, kaum wahrnehmbarer Streifen sichtbar, der sich aber relativ schnell verbreiterte. Pures Silber, Licht, das sich hinter dem Schatten hervorwagte. Er zeigte mit dem Kinn zum Himmel, natürlich, eine Hand hatte er nicht frei, und schüttelte den Kopf. Dann versuchte er, den Mond zu beobachten, während er gleichzeitig kleine Küsse auf mein Haar hauchte, ein, zugegeben, recht schwieriges Unterfangen. Ich saß ganz ruhig, an ihn gelehnt, während seine Hand meinen Hals streichelte und sanft den Schwung meines Schlüsselbeines nachfuhr, wobei er sich ganz unauffällig in den Pullover hineinmogelte. Ich bekam Gänsehaut, meine feinen Härchen richteten sich genußvoll auf, und er grinste, ich konnte es an meiner Wange spüren. Frierst du? fragte er, und ich warf ihm einen undefinierbaren Blick zu, der ihn sichtlich amüsierte. Ich kann sehen, wie dein Herz galoppiert, stellte er selbstzufrieden fest, und ich dachte an den Tag an den Klippen bei der Lagune, wo sich seine Haare aufgerichtet hatten. Er zog mich ein wenig dichter und neigte sich zu mir, jetzt waren seine Absichten eindeutig und nicht mehr zufällig, und ich hatte nichts dagegen einzuwenden. Sanft fuhr ich mit meiner Zungenspitze über seine Unterlippe und hörte sein tiefes Atmen, spürte das leichte Erschauern, und seine Antwort riß mich mit. Ich, die Ruhige, immer Überlegende, verlor mich in einem Kuß, in der intensiven Nähe zu einem Mann, ich blendete meine Umwelt völlig aus, klammerte mich an ihn, hatte den kräftigen Schultermuskel unter meinen Händen, den Bizeps, hart und angespannt, seine Haare, lang und seidig, sein Geschmack, ebenso gut und vertraut und richtig wie sein Geruch.

Ich gestehe: Wir keuchten beide etwas, als wir voneinander abließen, und es hätte nicht viel gefehlt, dann hätte ich mir auf der Stelle die Klamotten vom Leib gerissen. Wäre er ein Europäer, ich hätte es getan, ohne weiter nachzudenken. Aber er war Araber, und ich befürchtete, in seiner Achtung zu sinken, wenn ich jetzt meinen Gelüsten so hemmungslos nachgab. Keine Verlegenheit. Es war einfach eine Bestätigung dessen, was wir füreinander empfanden. Seine Fingerspitzen, die mein Gesicht abtasteten. Die glänzenden Augen, von innen her leuchtend, hell vor Glück. Ein weiterer Kuß, mitreißend, unvergeßlich. Seine tastende Hand, die mir verriet, daß ich zumindest nicht die erste Frau in seinem Leben war, mit der er ein sexuelles Verhältnis hatte.

Meine Brustwarzen, hart und erregt, daß sie schmerzten. Sein rauher Atem an meinem Ohr, sein Körper, so nah, so vertraut, so fremd und aufregend. Seine warme Haut unter meinen Händen. Mühsam kämpfte ich um Beherrschung, es konnte nicht richtig sein, sich hier am Strand wie ein Paar toller Hunde zu paaren und dennoch: Die Verlockung war groß. Er sah mich an und seufzte, sein Brustkorb hob sich unter diesem gewaltigen Atemzug, dann ein letzter, hingehauchter Kuß und dann, irgendwie unerwartet, die Forderung: Was ist da oben passiert?

Der Mond war wieder zu einem guten Teil sichtbar, und ich rappelte mich auf, klopfte Sand aus meiner Kleidung und winkte ihm zu, mir zu folgen. Er wäre mir sowieso gefolgt, es sah nicht danach aus, als würde er mich je wieder gehen lassen.

Ich hockte mich in den dunklen feuchten Sand am Meer und begann einen Teil unseres Sonnensystems zu zeichnen. Aufmerksam verfolgte er meine Bewegungen, aber ich wußte nicht, ob ihm die Zeichnung etwas sagte. Ich wußte nicht, ob er zur Schule gegangen war, und wenn ja, wie lange.

»Das ist die Sonne«, sagte ich und bedeutete Wärme, die vom Himmel kam, »und das ist die Erde, unsere Erde.« Er guckte zweifelnd, und ich nickte bekräftigend. »Das hier ist der Mond. Die

Erde dreht sich um die Sonne und der Mond um die Erde, und heute abend stand die Erde zwischen Sonne und Mond. Der Schatten der Erde verdeckte den Mond, und als die Erde weiterwanderte, gab sie den Mond wieder frei.« Flink hatte ich noch drei weitere Zeichnungen entworfen, die den Verlauf der Mondfinsternis darstellten. Skeptisch betrachtete er mich. Ich ging um ihn herum, bis mein Schatten auf ihn fiel, deutete auf den Mond und die Sonne in meiner Zeichnung, auf mich, die die Erde darstellte, und auf ihn, den Mond. So einfach war das.

Er blieb auf den Fersen hocken und betrachtete die Zeichnung, dann den Mond und seufzte.

Ich wartete ab, der festen Meinung, daß der Mann nicht dumm war, nur eben ungebildet. Zögernd tippte er auf die Sonne und breitete die Hände aus. Wo ist sie? Im Meer? Ich verneinte. »Sie ist immer da. Sie bleibt auch da. Die Erde dreht sich weg.«

Jetzt vermied er meinen Blick, und ich wartete wieder ab. Ich verstand durchaus, was in ihm vorging, wie sehr er sich bemühte, mir zu folgen, daß er mir glauben wollte, es aber schwierig fand. Ich war eine Frau und eine Europäerin, woher sollte er wissen, daß ich die Wahrheit sagte? Ich hockte mich wieder in den Sand und zeichnete Erde und Sonne. »Die Sonne scheint auf die Erde, hier. Hier ist es Tag und hell und warm. Und auf der anderen Seite ist es dunkel, sie ist der Sonne abgewandt, hier sind wir jetzt. Dann dreht die Erde sich weiter, und es wird wieder Tag und hell.«

Die Erde dreht sich um die Sonne? Und um sich selber? Seine flinken Händen gestikulierten ungläubig, aber er sah mich nicht an. »Ja«, bestätigte ich und beugte mich dann zu ihm, um seine Augen zu sehen. »Farouk, was ist denn?« Er sah kurz auf und gleich wieder weg. Ich wartete. Er besah sich die Zeichnungen und dachte nach. Dann wieder ein kurzer, schneller Blick zu mir, eindeutig beschämt jetzt, unsicher. »Erzähl es mir.« Er zögerte, meinte dann aber: Du bist so klug …

Einen Moment zögerte ich, nickte dann aber. Ja, ich war klug und hatte eine gute Ausbildung bekommen und mich für viele Dinge interessiert. Es mußte für ihn schwer zu verstehen sein, sein Bild von Frauen war ein anderes als meines. Er stand auf und hielt sich dabei sehr gerade, dann verneinte er langsam. Du bist klug und ich nicht. Ich kann nicht hören und nicht reden. Ich bin nichts. Erschrocken, ja, erschüttert sah ich ihn an. »Aber natürlich bist du klug«, protestierte ich dann. »Du weißt sehr viel, und du siehst sehr viel, und du kannst mich beschützen.« Aber er verneinte. »Dein Herz ist klug und dein Kopf auch«, versuchte ich es noch einmal. Sein Mundwinkel zuckte, dann wandte er sich um. Ich muß gehen, bedeutete er, und alles Elend dieser Welt schien sich in seinen Augen zu sammeln. Ich erstarrte, spürte, wie Verzweiflung in mir hochkroch, wußte, daß ich ihn verloren hatte, wenn er jetzt gehen würde. Auch wenn ich ihn verstand, wenn ich einigermaßen nachfühlen konnte, was er gerade durchmachte, so wollte ich es nicht wissen, nicht sehen. Er war klug genug, um die Unmöglichkeit einer Beziehung zwischen uns zu sehen, und ich wollte es nicht wahrhaben, ich wollte nicht den Mann gehen lassen, in den ich mich verliebt hatte. Ich lief die wenigen Schritte, die uns trennten, ich hatte es eilig, bei ihm zu sein. Er erschrak ein wenig, als ich seinen Ärmel festhielt, er hatte wohl nicht damit gerechnet, daß ich ihm folgen würde. »Geh nicht«, bat ich eindringlich, »wenn du gehst, wird mein Herz brechen, es wird hier am Strand liegenbleiben und einfach brechen und vertrocknen.« Er zögerte. Seufzte. Neigte den Kopf, um mich zu mustern. Seufzte noch einmal und verneinte dann. Du bist klug und du bist reich. Ich nicht. Seine Hände zitterten ein wenig, seine Augen waren trüb, verhangen. »Das war ich vorher auch«, sagte ich heftig, »das war ich gestern und vorgestern und all die Zeit, die wir miteinander verbracht haben auch schon.« Er konnte mir nicht ganz folgen, ich bemerkte es an dem konzentrierten Runzeln der Brauen. »Es hat sich nichts verändert, ich bin es immer noch.« Er verharrte, und ich glaubte, er

verstand, zumindest den Tenor meiner leidenschaftlichen Ansprache. »Als du mich geküßt hast …«« und ich berührte meine
Lippen, »war ich auch schon klug und reich und konnte hören
und reden. Was ist denn jetzt anders geworden?«
Ich, sagte er, ich bin anders geworden. Ich habe gemerkt, wie klug
du bist.»Und deswegen willst du gehen. Dein Herz wird nicht
brechen?« Jetzt senkte er den Kopf, und ich wartete ab. Als keine
Antwort kam, gab ich auf. Ich würde mich nicht kleiner machen,
ich würde nicht bitten, nicht flehen. »Wenn du gehen mußt, dann
geh«, sagte ich mit einer merkwürdig kleinen, flatternden Bewegung. Er hob den Kopf und jetzt zuckten beide Mundwinkel,
als würde er anfangen zu weinen. Er verneinte. Ich verstand
nicht. Die Welt würde nicht mehr die gleiche sein, wenn er ginge,
aber zurückhalten würde ich ihn nicht, ich hatte alles gesagt, alles
getan, mehr gab es nicht.
Ich bin nicht klug, sagte er verzweifelt, ich weiß nichts von dem
Himmel.
»Aber dein Herz ist klug. Und groß. Und mutig.« Er sah mich an.
Bist du sicher? »Ja, das bin ich. Ganz sicher sogar. Du beschützt
mich, wenn wir reiten. Du siehst all die kleinen Tiere und die
Minarette, die Kinder und die schönen Muster an den Häusern.
Und du hast mich vor den Hunden beschützt.« Alles verstand er
sicher nicht, aber ein Teil von dem, was ich sagte, erreichte ihn.
Seine Augen forschten in meinem Gesicht, und ich ahnte, daß er
hin- und hergerissen war zwischen Stolz und Leidenschaft, vielleicht sogar Liebe. Es gab eine Menge Frauen, die er beschützen
konnte. Aber es gab nicht viele, die ihn mit dem Herzen verstanden, und das wußte er, und das wußte ich.
Mein Herz ist bei dir, bedeutete er zögernd, und ich merkte, wie
meine angespannten Schultern sich ein wenig lockerten. »Und
meins bei dir.«
Er nickte, zögernd, dann wandte er sich ab und winkte mir, ihm
zu folgen. Eine Zeit gingen wir schweigend über den Strand,
dann bückte er sich und hob eine Muschel auf, die er mir gab. Es

war eine wunderschöne, zartrosa Muschel, fein gedrechselt und einzigartig in ihrer Schönheit, und ich freute mich wirklich. Ich hätte sie nicht gesehen. Als er meine Freude bemerkte, wurde er etwas lockerer, er ging rascher und hatte scheinbar ein Ziel, wir gingen über den weichen kühlen Sand am mondbeschienenen Strand entlang, ab und zu warf er noch zweifelnde Blicke zum Himmel, nahm es aber jetzt wohl als gegeben hin, daß die Gestirne wieder auf ihrem angestammten Platz waren.

Schließlich blieb er stehen und wies den Strand hinauf, und ich versuchte, das zu sehen, was er da oben sah. Er lächelte jetzt etwas, als er meine Bemühungen bemerkte, dann ging er weiter, bis wir dicht an der Skulptur standen, die ein Künstler geschaffen hatte und die die Nacht wohl nicht überleben würde: Es war eine Affenmutter mit ihrem Kind, sie war so fein gearbeitet, daß ich erkennen konnte, daß es sich um einen Orang-Utan handelte, die Gesichtszüge waren aufs feinste und genaueste aus dem Sand herausgemeißelt. Still blieb ich stehen und musterte dieses vergängliche Kunstwerk, ich war hingerissen und wünschte mir, ich könnte auch mit den Händen etwas erschaffen.

Und dann wünschte ich mir brennend, er möge mich in den Arm nehmen, er möge mir so nahe sein wie vor einer Stunde noch, als wir auf der Düne gesessen hatten, eng aneinandergeschmiegt, bevor er in mir einen Intelligenzbolzen erkannt hatte. Ich warf ihm einen raschen Blick zu und begegnete seinem, die dunklen Augen, so ratlos, so voller Fragen.

»Sie ist wunderschön«, sagte ich leise, »ich hätte sie nicht gesehen, wenn du sie mir nicht gezeigt hättest. Ich wünschte, ich könnte so etwas auch.« Er nickte, aber ich wußte nicht, ob er mich wirklich verstanden hatte. Ich verschränkte die Arme und zog die Schultern hoch, so, als würde ich frösteln, und wußte dabei so genau, daß ich seine ritterliche Seite ansprechen würde. Manchmal mußte man halt in die Trickkiste greifen, und ich schämte mich nicht dafür. Er war sofort aufmerksam. Ist dir kalt? Ich hob die Schultern und wiegte den Kopf. »Ein bißchen.«

Willst du zurück? Nein. Ich warf ihm einen Blick zu, und er senkte den Kopf, sah mich aber gleich darauf wieder an. Soll ich …? Ein vorsichtiger Schritt in meine Richtung. Ich nickte. Er stellte sich hinter mich und ich spürte sofort die Wärme, die er ausstrahlte und lehnte mich ein wenig an ihn, immer noch die Skulptur betrachtend. Seine Arme schlossen sich um mich, und ich legte meine Hände auf seine entblößten Unterarme und hoffte, es gäbe eine Lösung, irgendeine, Hauptsache, ich konnte die kurze Zeit, die uns vergönnt war, bei ihm sein, mit ihm sein.

Als wir zurückgingen zum Club, geschah es in stiller Eintracht, ich wußte nicht, ob er eine Entscheidung getroffen hatte oder ob er genauso ratlos war wie ich. Ich wollte einfach nur genießen, soviel Zeit hatten wir nicht miteinander, und die wollte ich auskosten. Der Wachmann sah uns entgegen, Farouk grüßte ihn kurz, die beiden Männer nickten sich zu, und wieder war da etwas, was ich schon des öfteren mal beobachtet hatte: Man behandelte Farouk mit einem gewissen Respekt, mit Achtung. Ich freute mich darüber. Es war ein wohltuender Ausgleich zu den Touristen, die entweder verunsichert wegsahen und ihn ignorierten oder aber hemmungslos versuchten, mit ihm zu flirten. Viele der Einheimischen grüßten ihn, redeten mit ihm, lachten mit ihm. Der Wachmann nicht, er nickte uns nur zu und lächelte ein wenig. Farouk wandte sich mir zu und hob eine Hand, um sie an sein Herz zu legen, berührte seine Stirn und verneigte sich. Ich sah ihm nach, wie er geschmeidig den Strand entlangschritt und dann plötzlich mit den Dünen verschmolz, sein heller Mantel wurde eins mit der Umgebung, und sein dunkles Haar verschwand um Schatten der Nacht.
Ich seufzte, lächelte dem Wachmann ebenfalls zu und betrat das Clubgelände, befand mich unversehens wieder in einer anderen Welt, in einer bunten, fröhlichen, hellen, lauten Welt, die nichts von dem Wunder der Mondfinsternis bemerkt hatte oder dem gegenüber gleichgültig geblieben war, solange es einen Nightclub

gab und genug zu trinken, schöne Menschen, die lachten und gut drauf waren, laute Musik, keine Sorgen, keine Gedanken. Ein schrilles Frauenlachen, das entfernt Ähnlichkeit mit Sophies hatte, nur viel greller war, schwang durch die Nacht, blieb hängen und brach mit einem Mißton ab. Der Pool, der leise im Mondlicht plätscherte. Raschelnde Palmen, leise nächtliche Geräusche, hier und da ein Flattern, ein verhaltener Laut. Ich zog meine Schuhe aus, die Platten waren kühl unter meinen Fußsohlen, die Nacht angenehm warm. Glücklich schlenderte ich den Weg entlang, auch wenn ich mir viele Gedanken machte und erhebliche Zweifel hatte, so war ich doch einfach glücklich, klopfte mein Herz einen sanften Rhythmus, überlief mich ein Schauer, wenn ich an Farouk dachte und an seine Nähe, seinen Körper, seine Küsse. Ich wollte mehr, viel mehr, und eigentlich wollte ich es für immer, aber ist es denn nicht immer so: Wenn man verliebt ist, will man das Gefühl für immer und glaubt, nichts könnte sich je ändern. Ich wußte, daß sich sehr schnell etwas ändern könnte und daß es nicht wirklich eine Zukunft gab, nicht im landläufigen Sinne, nicht: Und sie ritten in den Sonnenuntergang, für immer vereint und glücklich bis ans Ende ihrer Tage.

So eine Lösung würde es für mich nicht geben. Aber ich wollte mich nicht jetzt schon mit dem Ende auseinandersetzen, nicht, bevor ich einen Anfang gefunden hatte. Irgendwie würde das Leben immer weitergehen, glücklich und traurig, aber immer lebenswert. Sein Geruch haftete an mir, als ich mich auszog, und ich beschränkte mich darauf, mich abzuschminken und meine Zähne zu putzen, in der Hoffnung, den Geruch wenigstens für eine Nacht konservieren zu können.

Kein Wecker, der am nächsten Morgen meinen Schlaf unterbrach. Ich wachte so spät auf, daß ich zum Frühstück ins Strandrestaurant gehen mußte. Ich hatte einen Tisch für mich alleine, und es gefiel mir ausnehmend gut. Während ich Brötchen, Croissants und Joghurt in mich hineinschaufelte, überlegte ich kurz, was Farouk jetzt wohl gerade machte, und dann, warum die Menschen eigentlich Angst vor dem Alleinsein hatten. Was für philosophische Gedanken am frühen Morgen. Aber ehrlich: Es gab eigentlich niemanden, den ich kannte, der gerne mit sich allein war. Nur ich. Aber ich war wohl auch etwas seltsam. Eine letzte Tasse Kaffee, die mir den Schweiß auf die Stirn trieb. Von hier aus konnte ich die bunten Segel der Surfer sehen, die ihren Weg über das tiefblaue Meer suchten. Ob einer von denen wohl Alessandro war? Müßige Gedanken, einem faulen Morgen angemessen. Maike kam den Weg entlang, sie winkte und wollte weiter, überlegte es sich dann aber doch anders. Fröhlich grinsend nahm sie an meinem Tisch Platz, schnappte sich eines der Croissants und erzählte von der letzten Nacht und der Megafete, die sie nach der Aufführung im Theater gehabt hätten.

»Wo warst du eigentlich?« fragte sie mit vollem Mund. Ich grinste. »Am Strand. Die Mondfinsternis angucken.« »Es war eine Mondfinsternis? Warum hast du nichts gesagt? Die hätte ich auch gerne gesehen.« »Das wußte ich nicht, sonst hätte ich dir bestimmt Bescheid gesagt.« Sie schwieg einen Moment. »Mit Alessandro warst du nicht am Strand«, sagte sie dann, und es klang fast nach einer Frage. »Nein.« Ich grinste. Fast hätte ich wetten mögen, daß sie nicht weiterfragte, es gehörte sich nicht, ich war ein Gast. Aber Maike sah das etwas anders. »Mit Farouk, stimmt's?« Ich grinste sie an. »Wie kommst du auf die Idee?« Sie hob die Schultern. »Es ist bekannt, daß ihr viel zusammen seid.« Jetzt war ich doch überrascht. Wir waren nur bei den Pferden zusammen, woher also wußte sie es? Sie deutete meine Verblüffung richtig und hob die Schultern. »Dieser Club ist eine große glückliche Familie. Es spricht sich rum, schneller, als du es selber weißt.« Und dann, nach einem herzlichen Lachen: »Das ist auch der Grund, warum ich keine Probleme mit Benni und den Frauen habe, die ständig um ihn herum sind: Wenn er etwas mit einer anfangen würde, wüßte ich es innerhalb von wenigen Minuten. Man würde mich informieren. Die Buschtrommeln funktionieren hier.« Ich lächelte verbindlich. Eine dumpfe Ahnung beschlich mich. »Immer?« fragte ich und angelte aus lauter Verlegenheit noch mal nach dem Kaffee. Maike sah mich an. »Immer«, bestätigte sie dann.

Sie hatte braune Augen und lange Wimpern, und ich spürte, daß da etwas war, was ich wissen mußte. »Betrifft es auch die Chefs?« Sie schwieg einen Moment. Einen Moment zu lange. »Die auch. Und ihre Frauen.« Ich starrte in meine Tasse, als könne ich aus dem Kaffeesatz die Wahrheit lesen. »Sophie ist meine Freundin, weißt du. Schon ganz lange. Seit über zwanzig Jahren jetzt. Irgend etwas stimmt mit ihr nicht. Was sagen die Buschtrommeln denn dazu?« Ich fragte mit Bedacht, und sie zögerte lange. »Du kannst die Trommeln nicht hören?« »Nein. Leider. Ich bin ein Gast, weißt du. Ich werde genauso abgeschirmt, als würde ich zahlen. Es ist nicht von Bedeutung, daß ich auf Sophies Einladung hier bin. Keine Interna. Niemals. Nein, ich kann die Trommeln nicht hören.« Nach einer kleinen Pause fügte ich noch hinzu: »Ich weiß auch gar nicht, ob ich sie hören will.« Sie hob den Kopf und lächelte leicht. »Weise Worte. In diesem Fall sind sie wohl angebracht. Obwohl ... naja, ich weiß nicht ...« Sie schwieg. »Es geht mich nichts an, verstehst du?« Ich nickte nur und wartete ab. Sie seufzte. »Seit zwanzig Jahren?« Ich nickte wieder. Ein leichter Wind trug den Geruch des Meeres heran, ließ die bunten Tischtücher flattern und trieb eine Serviette über den Weg. Einer der Kellner lief hinterher und fing sie ein, einige Touristen applaudierten frenetisch, lachten, johlten, feuerten ihn an. Er legte die Hand mit der Serviette mit einer eleganten Bewegung auf den Rücken und verbeugte sich vor seinem Publikum, einem Torero gleich. Ich schmunzelte.

»Vielleicht, wenn du einen Abend mal nicht schlafen kannst, solltest du in dem Garten des Cafés nachsehen«, sagte Maike in meine Gedanken hinein, »vielleicht findest du dort Antwort auf deine Fragen.« Ich sah sie wieder an. »Es ist nicht gut, oder?« Sie senkte den Kopf. »Ich kann es nicht beurteilen.« »Maike, bitte ...« Aber sie verneinte. »Es ist nicht mein Leben. Und zum Glück auch nicht meine Sache. Wenn du etwas wissen willst, geh da hin. Aber ich habe nie mit dir geredet.« »Nein«, sagte ich, »sicher nicht.«

Sie lehnte sich zurück, jetzt wieder entspannt. »Und du hast dich mit Farouk angefreundet?« »Ja, ich glaube, so kann man es nennen. Wir haben viel Spaß miteinander und mit den Pferden. Er ist ein guter Reiter und ein sehr netter Mann.« Sie nickte. »Ich glaube auch. Man merkt ihn so wenig, weißt du? Keine Eskapaden, keine Verhältnisse, keine Aussetzer, nichts. Er arbeitet einfach nur.« Sie lächelte und warf ihren dicken dunkelgoldenen Zopf über die Schulter. »Ich muß jetzt langsam los, mal gucken, was Benni für Unsinn treibt.« Ich nickte ihr zu, lächelnd. Er arbeitet einfach nur, dröhnte es in meinem Schädel. Hatte er denn keine anderen Hobbys als die Pferde? Keine anderen Freuden? Ach, wie wenig wußte ich von diesem Mann, dem ich so rückhaltlos vertraute. Sie schob ihren Stuhl zurück und grinste noch einmal. Dann wurde sie unvermittelt ernst. »Es ist nicht schwer, weißt du. Die Buschtrommeln zu verstehen, meine ich. Du mußt nur genau hinhören.« »Ich werde mich bemühen«, versprach ich und winkte ihr ein letztes Mal zu.

Ich hatte keine Ahnung, was sie mir hatte sagen wollen, was es mit dem Café auf sich hatte und was die Buschtrommeln verraten mochten. Ich war mir nicht mal sicher, ob es mich interessierte. Aber immerhin ging es um Sophie, und ich machte mir doch Sorgen um sie. Oder zumindest Gedanken. Irgend etwas stimmte nicht, dessen war ich mir sicher, aber ich vermochte nicht, den Finger auf die genaue Stelle zu legen und zu sagen: Da ist es. Hier ist der Knackpunkt.

Ob sie schon gefrühstückt hatte? Wann hatten wir aufgegeben, gemeinsam zu frühstücken? Ich war ihr zu unruhig, das wußte ich wohl. Es nervte sie oft, daß ich morgens vor Energie schier barst, zwei Stunden ritt im Morgengrauen und dann heißhungrig aufs Büfett stürzte, zur Freude der Köche, aber zu ihrer Bestürzung. Sie hatte sich schon des öfteren mal für mich geschämt, ich wußte es wohl, wenn ich Pfannkuchen dick mit Käse belegte und genußvoll verzehrte. Und sie hatte mich schon oft beneidet, um meine schlanken Gliedmaßen, um meine unbekümmerten Eßgewohnheiten.

Ich betupfte meine Lippen, fing ein Lächeln vom Nebentisch auf, das ich automatisch erwiderte und stand auf. Ein wenig ziellos stiefelte ich über das Clubgelände, nach diesem üppigen und späten Frühstück war nicht daran zu denken, zum Aerobic zu gehen oder zu schwimmen oder zu reiten. Ich schlug also die Richtung zu Sophies Bungalow ein.

Sie saß auf der beschatteten Terrasse und spielte mit einem fröhlich glucksenden Jordan. Auf ihrem Unterarm schillerte ein blauer Fleck, so deutlich, daß es das erste war, was mir auffiel.

Sie richtete sich auf, als ich mich näherte.»Oh, welch seltener Gast! Was verschafft mir die Ehre?«Einen Moment lang hatte ich ein schlechtes Gewissen. Nutzte ich die Gastfreundschaft Sophies aus? Ich beschäftigte mich hauptsächlich mit Farouk und den Pferden und trieb immens viel Sport. Wir hatten nie wirklich Zeit für uns, eine von uns beiden war immer gerade wild beschäftigt.

»Guten Morgen«, sagte ich und schwang mich über die niedrige Brüstung,»ich dachte, ich besuche euch beiden mal. Wir haben gar nicht zusammen gefrühstückt.« Sie kicherte.»Du warst wohl beschäftigt.«»Ich hab'verschlafen«, gestand ich und reichte Jordan einen Finger, den er fest packte. Erstaunlich, wieviel Kraft in den Fingern eines Babys steckte. Sie dehnte sich wollüstig. »Was hast du denn letzte Nacht gemacht? Es ist ja recht ungewöhnlich, daß du verschläfst.«

Hätten wir unser altes, unbeschwertes Verhältnis zueinander gehabt, ich hätte ihr erzählt, daß ich die halbe Nacht mit Farouk am Strand war. Aber so schwieg ich und zuckte die Schultern. Sie kicherte wieder, ihre Pupillen waren groß und ließen ihre Augen dunkel und geheimnisvoll schimmern.»Hauptsache, es hat sich gelohnt.«»Hat es«, versicherte ich. Jordan krähte und ließ endlich meinen Finger los.»Und du?« Sie hob die Schultern, die jetzt mit Sommersprossen bedeckt waren.»Was willst du hören? Ich bin verheiratet und Mutter eines wohlgeratenen Sohnes. Wo sollte ich schon meine Nächte verbringen?«»Auch wieder wahr«, murmelte ich versöhnlich und fragte mich, wo unser Verständnis füreinander sich gerade versteckt hielt. Sie stand auf, ihre Bewegungen waren weich und graziös, schwebend, träumend.

»Gehen wir an den Strand«, murmelte sie und zog das leichte Kleid über den Kopf. Ich hielt den Atem an. Sophie hatte sich noch nie einfach so vor mir ausgezogen, sie war diejenige, die sich immer etwas schamhaft verborgen hatte. Ich zog mich aus, ich war es gewohnt, beim Sport in den Umkleiden zog ich mich immer vor anderen Frauen aus. Sophie hatte sich stets bedeckt gehalten. Ihr Körper war okay, ich konnte nichts anderes sagen. Schwangerschaftsnarben zogen sich quer über den Bauch und die Oberschenkel, aber das ließ sich wohl nicht vermeiden, schon gar nicht bei fast vierzigjährigem Bindegewebe. Sie kramte ein wenig und zog dann einen Badeanzug an und das leichte Kleid wieder darüber. Ich schwieg. Sie nahm das Baby und murmelte und kuschelte, und Jordans Faust vergrub sich in den gelösten Strähnen ihres roten, ausgeblichenen Haares.

»Ich hab'meine Strandsachen noch gar nicht dabei«, sagte ich und beobachtete ihre träumerischen Bewegungen. Sie lächelte.»Dann hol sie doch eben. Du weißt doch, wo wir sind.« Ich nickte und beobachtete verwirrt, wie sie das Baby nahm und zum Strand ging. Sie schloß nicht mal die Tür des Bungalows hinter sich.

Ich bin nicht wirklich naiv. Mein bisheriger Lebensweg beweist es eindeutig. Beruflich war es stetig bergan gelaufen, mir entsprechend, ich bin ein stetiger Mensch. Es gab den einen oder anderen Rückschlag, natürlich, bei wem nicht?, aber im großen und ganzen war mein Lebensweg sehr geradlinig. Ich verfügte über die Fähigkeit, Menschen und Geschehnisse aus der Distanz zu betrachten, und ich wußte sie zu nutzen. Es fiel mir leicht, weil ich nie selber betroffen war. Ich befand mich immer in einer Beobachterrolle und ließ mich nicht in ein Verhältnis verwickeln.

Ganz anders war es mit Menschen, die mir nahestanden. Ich war nicht in der Lage, sie aus einer gesunden Distanz zu betrachten. Ich hatte in meinem bisherigen Leben kaum jemals Kritik an Sophie geübt. Natürlich gab es das eine oder andere, was mir nicht so sehr an ihr gefiel, aber nie war ich wirklich kritisch ihr gegenüber. Außer einmal, ich erinnerte mich genau: Ich hatte einen jungen Mann kennengelernt, der mir ausnehmend gut gefiel, er war Musiker, Gitarrist bei einer aufstrebenden Band, ein sensibler junger Mann, eine Künstlernatur. Ich hatte eine Nacht lang mit ihm geredet in einer Hamburger Kneipe und mich ziemlich in ihn verknallt, mußte mich aber in dem Moment geschlagen geben, als er Sophie sah. Das war noch lange vor ihrer Ehe, zu unseren wilden Zeiten sozusagen. Ich hatte es zutiefst bedauert, mich aber nicht echauffiert, es wäre sinnlos gewesen. Ein Mann, der sich in Sophie verliebte, war für mich verloren, wir verkörperten Gegensätze. Er würde nicht von mir fasziniert sein und gleichzeitig von Sophie. Sie war die Lady, die unterkühlte. Ich war damals eine wilde junge Frau mit langen schwarzen Locken, die bis auf die Hüften hingen und kaum zu bändigen waren, ich tanzte die Nächte durch in den Hamburger Clubs, ich sang, bis ich heiser war und versuchte, einen Mann kennenzulernen, der ein Motorrad fuhr, je schneller, desto besser. Statt dessen lernte ich ihn kennen und saß eine ganze lange Nacht in diesem Club mit ihm, wir redeten, ich wurde heiser, und meine Augen brannten, und eine Woge von Hormonen, von Endorphinen ließ mich wach bleiben in jener Nacht, ich wünschte und hoffte, er würde mich mitnehmen zu sich, auf seine Studenten- oder Musikerbude oder was auch immer und mir noch viel mehr seiner Gedanken offenbaren, die interessant waren, selbst wenn ich heute darüber nachdachte, hatte er gute Gedanken gehabt. Ich war zu jung, um mir brennend Sex zu wünschen, obwohl meine Gedanken vage in die Richtung drifteten. Er war zu sehr mit sich selbst beschäftigt, um meine Sehnsüchte ernst zu nehmen. Am nächsten Abend, als wir uns in dem Club trafen, hatte ich Sophie mit, ich wollte ihr meine Eroberung zeigen, ich wollte ihr beweisen, zu was ich fähig war.

Aber es kam anders: Er sah Sophie, und sein Interesse an mir erlosch wie eine Kerze im Wind. Sophie konnte nichts dafür, sie hatte nicht kokettiert, sich ihm nicht genähert, unter Freundinnen war es damals verpönt, sich den Mann wegzunehmen. Es war seine Entscheidung, und er traf sie mit Vehemenz. Es tat weh, gut, ich gebe es zu. Aber viel schlimmer war, daß sie mit ihm spielte. Es kam für Sophie damals schon nicht in Frage, einen mittellosen Gitarristen einer aufstrebenden Band ernst zu nehmen. Für sie stand fest, daß sie einen Mann mit viel Geld heiraten würde, sie wollte in die Welt des Geldes einheiraten, sie wollte jemand sein, etwas bedeuten, etwas repräsentieren.

Ich war Jahre jünger als sie und entsprechend unsicherer, ich verstand nicht, warum man Geld heiraten mußte, um etwas zu sein, um etwas darzustellen, etwas zu repräsentieren. Ich war ich, und ich würde mich auch durch viel Geld nicht ändern. Sophie lächelte nur und ließ sich auf keine Diskussionen ein. Aber auf den Gitarristen. Sie spielte mit ihm, wie eine Katze mit einer Maus spielte, drückte ihn an eine Wand und stupste zärtlich mit dem Pfötchen, wenn er sich totstellte, erschöpft von der emotionalen Achterbahn, über die sie ihn schickte. Eine Zeitlang wünschte ich, er würde aufwachen, würde sich von ihr abwenden und mir zu, aber er merkte nicht, was mit ihm geschah, bis sie ihn eines Tages kühl und hoheitsvoll lächelnd abservierte.

Ich weiß nicht, ob er danach aufgewacht ist, ob er jemals zu mir zurückgekommen wäre, sich an die Nacht erinnert hätte, in der er mit mir geredet hatte, in der wir beide einen seltenen Frieden genossen. Aber nachdem Sophie mit ihm fertig war, blieb für mich nichts mehr übrig. Ich wollte ihn nicht mehr, selbst wenn er zurückgekehrt wäre.

Damals kritisierte ich sie. Nicht, weil sie mir den Mann ausgespannt hatte, das hatte sie nicht. Aber für die Art, wie sie mit ihm umgesprungen war, wie sie ihn verletzt hatte, ganz bewußt und gezielt. Ich mochte es nicht. Ich verabscheute es, wie er sich erniedrigte, um ihr zu gefallen, und wie boshaft ihr Lächeln sein konnte, wenn sie wußte, daß sie die Stärkere war, die Überlegene. Unbarmherzig war ich mit ihr ins Gericht gegangen, und seit der Zeit hatte sich unser Verhältnis verändert: Sie war nicht mehr die Stärkere. Ich hatte ihr meine Meinung gesagt, schonungslos und ohne die Konsequenzen zu bedenken. Oder die Konsequenzen bedacht, aber sie ignoriert. Ich brauchte sie nicht. Sie war meine Freundin, aber nicht um jeden Preis. Seit dem Tag unseres ersten und einzigen echten Streites waren wir Freundinnen, wirkliche und gleichberechtigte Freundinnen.

Es war lange Jahre her, und ich hatte vergessen, wie sie sein konnte. Ich hatte es verdrängt, wie man viele Dinge einfach vergißt und verdrängt. Instinkte, die im Großstadtdschungel ausgeprägt worden waren und die sich später in der Sicherheit und der Langeweile des Alltags wieder glattschliffen. Ich hatte meine Instinkte auch weitestgehend verloren. Die Wachsamkeit, mit der ich vor vielen Jahren durch die Straßen Hamburgs ging, die mich vor Gefahren warnte, hatte ich irgendwo unterwegs verloren.

Vorm Abendessen ging ich noch zur Ranch. Das Bedürfnis, Farouk zu sehen, war schier übermächtig. Offiziell wollte ich mich anmelden für den Ritt morgen früh, natürlich, es gab immer einen offiziellen Grund, auf der Ranch vorbeizuschauen.

Es war heiß, noch immer war es heiß, unglaubliche 38 Grad Celsius zeigte das Thermometer an, an dem ich vorbeiging.

»Es ist die Hitze«, hatte Sophie heute mittag gestöhnt, »diese unglaubliche Hitze. Sie macht dich fertig, glaub mir. Wir sind es nicht gewohnt, wir sind Europäer, keine Araber, und die Sonne bringt es an den Tag. Die gewaltigen Unterschiede bringt die Sonne an den Tag.« Ich glaubte ihr. Andererseits – hatte sie sich nicht darauf gefreut, ihr Leben in der Wärme zu verbringen? Ohne die norddeutschen Temperaturschwankungen? Ohne Bodenfrost im Juni?

Ich trug ein enges rotes Kleid, hoch geschlitzt, mit den passenden Shorts darunter, und hohe Schuhe, ich war schon geduscht, parfümiert und umgezogen fürs Abendessen und schritt auf den hohen Sandalen würdevoll über die Wege – hoffte ich jedenfalls. Meine Gedanken überschlugen sich, es gab so viel zu bedenken, und ich wußte nicht genau, wie ich all das wieder richten sollte, was mir so durch den Kopf schoß. Manchmal fragt ich mich, ob ich es überhaupt richten sollte, es war nicht mein Job, das Leben meiner besten Freundin auf dem richtigen Weg zu halten. Aber wofür hat man Freunde?

Momo und Farouk fütterten die Pferde, und Momo hörte das Stakkato meiner Pumps, bevor ich auf den Kiesweg und schließlich auf den Sand einbog. Er hob den Kopf und lächelte mir entgegen, und dadurch wurde auch Farouk aufmerksam. Er sah auf und erstarrte gleichsam, senkte den Blick, um gleich wieder aufzusehen, ein Flackern in den schönen Augen, jähe Begierde im Blick. Momo lächelte schüchtern und bedeutete Farouk, er würde jetzt gehen. Farouk nickte abwesend und sah mir entgegen, mir fiel ein, daß er mich ja sonst nur in Reitkleidung sah, höchstens mal in langen Hosen wie gestern abend am Strand, aber selten so aufgebrezelt wie heute.

Er neigte den Kopf und berührte mit einer weit ausholenden, fast spöttischen Geste seine Stirn. Dann sah er mich an. Sein Blick glitt an dem hochgeschlitzten Kleid herunter, blieb einen winzigen Moment an den Shorts hängen, seine Nasenflügel vibrierten. Willst du reiten? fragte er, und seine Augenbrauen hoben sich spöttisch.»Darf ich?« fragte ich, und er war einen Moment verwirrt. Dann senkte er den Blick und fütterte weiter. Als ich ruhig abwartete, sah er wieder auf. Willst du spazieren gehen? Auf die Idee war ich noch gar nicht gekommen.»Gerne«, sagte ich und strahlte ihn an. Er schmunzelte und zeigte an, daß er noch zu Ende füttern mußte und ich nickte.

Unterdessen war der Chef der Ranch, der europäisch wirkende Mann, aus dem kleinen, provisorischen Büro gekommen und begrüßte mich. Wir unterhielten uns eine ganze Zeit, über die Pferde, die selbst für diese Region ungewöhnliche Hitze, über den Club, kurz, wir hielten Smalltalk. Farouk beobachtete uns aus den Augenwinkeln, während er fütterte, Samtnasen streichelte, Beine abtastete und Flanken tätschelte. Ich kokettierte ein bißchen, nicht viel, aber genug, um ihn aufmerksam zu machen. Keine Ahnung, was ich damit bezweckte.

Er kam zu mir und strich sich einige Heuhalme aus der Kleidung. Ich nickte ihm lächelnd zu und verabschiedete mich von dem Chef, wir schlugen den Weg zum Strand ein, es war schön, an seiner Seite zu gehen. Er war ruhiger als sonst, lachte nicht und redete auch nicht viel, die Hände auf dem Rücken verschränkt, den Kopf gesenkt. Auf den hohen Schuhen war ich größer als er, und ich glaubte, es würde ihm nicht behagen. Am Strand dann zog ich die Sandalen aus und grub beglückt meine Zehen in den noch warmen Sand.

Er lächelte über meine Geste und ging dann weiter, zum Wasser herunter. Irgend etwas war mit ihm, er war wirklich ruhig und hielt sich bedeckt, aber ich wußte nicht, was geschehen war. Ich hob das Kleid, damit der Saum nicht im Wasser schleifte und ließ die kleinen, gezähmten Wellen meine Knöchel umspielen. Er sah mir zu. Schließlich hielt ich es nicht mehr aus. »Farouk, was ist los mit dir?« Er sah mich an und lächelte leicht, gab keine Antwort, zeigte kein Verstehen. Ich schwieg ebenfalls und trottete am Strand neben ihm her. Unvermutet deutete er auf den Horizont, über den sich gerade der erste Stern schob, es mußte die Venus sein, der Abendstern, zu erkennen an der grünlichen Färbung. Ich nickte. »Schön, nicht? Wie ein Diamant, so groß und funkelnd.« Ernst musterte er den Horizont, und ich hatte nicht den Schimmer einer Ahnung, was in ihm vorgehen mochte. Heute abend würde ich nicht so tun, als wäre mir kalt. Wenn er mich wärmen wollte, mußte es schon seine Idee sein. Und wenn er mir erzählen wollte, daß er nicht mehr mit mir zusammensein wollte, mußte er das auch tun, ich würde es ihm nicht erleichtern.

Ein tiefer Atemzug hob seine Brust, er wandte sich zu mir um und lächelte. Wir müssen umkehren, sagte er, und ich folgte ihm, noch immer im Wasser.

Diesen Spaziergang hätte ich mir schenken können, es war eher schmerzlich, ihn neben mir zu wissen und doch so weit entfernt, warum war nur immer alles so schrecklich kompliziert?

Ein scharfer Schmerz durchzuckte meinen Fuß, und ich fuhr zusammen und ließ vor lauter Schreck den Saum des Kleides fallen, während ich in der Hüfte einknickte. Er war sofort an meiner Seite, griff nach meinem Arm, um mich zu stützen, und war besorgt. Was ist passiert? Ich hob meinen Fuß und betrachtete einen feinen Blutfaden, der, mit Wasser gemischt, über die Sohle lief. »Ich bin in eine Muschel getreten«, sagte ich und starrte ungläubig auf den Fuß. Mein Arm war auf ihn gestützt, meine Hand ertastete sein warmes Fleisch unter dem dünnen Stoff. Der Blutfaden verdunkelte sich, jetzt, da kein Wasser mehr mitlief, aber es tat nicht wirklich weh. Farouk musterte mich besorgt, dann hob er mich auf, ohne meine Proteste zu beachten. Ich meine, ich war fast so groß wie er und nicht unbedingt ein Leichtgewicht, aber er trug mich wie ein Kind den Strand hoch, bevor er mich im Schutz der Dünen wieder absetzte. Ich ließ mich in den Sand nieder und ärgerte mich über meine Dummheit und hoffte, ich würde das Kleid nicht ruinieren und wünschte, er würde meinen Fuß untersuchen und sich Sorgen machen, und er würde mich in den Arm nehmen und trösten, und dann würde er mich küssen, weil das der einzige Trost war, den ich wollte.

Tut es weh? fragte er und sah mich aufmerksam an. Ich verneinte. Es tat wirklich nicht weh, ich war mehr erstaunt und verärgert als schmerzgeplagt. Er zog ein Stück scharfkantige Muschel aus meiner Fußsohle und zeigte sie mir, pustete dann gegen meine Sohle, wie ich es bei einem kleinen Kind gemacht hätte, um zu trösten. Ich mußte schon wieder lachen. Er legte meinen Fuß auf seine

Schulter und sein Blick glitt an meinem gestreckten Bein hinauf bis zu den Shorts, dann schnell wieder weg, ertappt. »Jetzt kann ich die nächsten beiden Nächte nicht tanzen«, bedauerte ich, und er fragte nach. Ich wackelte ein bißchen mit Schultern und Hüften, um Tanzen anzudeuten, und er schüttelte den Kopf. Nein, tanzen ist nicht. Aber reiten könnte ich. Mit ihm. Morgen früh würden sie wieder zum Markt reiten. Sein Blick, magisch angezogen von meinem langen braunen Bein. Jähe Verlegenheit, als er bemerkte, daß ich es sehr wohl registriert hatte. Intensiv musterte er meine Fußsohle und nickte, die leichte Blutung hatte aufgehört. Er reichte mir meine Sandaletten und empfahl, sie anzuziehen, es sollte kein Sand in die Wunde kommen. Sehr witzig. Wenn ich mit diesen Schuhen über den Strand stöckelte, würde zwangsläufig Sand in den kleinen Schnitt kommen. Er erkannte das Dilemma und grinste, machte eine Bemerkung über die Schuhe, die nicht eben schmeichelhaft war, aber von mir heroisch ignoriert wurde, was ihn noch mehr zum Lachen reizte. Ich senkte den Kopf und schmunzelte ebenfalls, reichte ihm dann meine Hand, damit er mich hochziehen konnte, und kam dabei leicht ins straucheln, so daß er mich auffing. Einen Moment standen wir ganz nah beieinander, lehnten aneinander, und ich atmete wieder seinen Duft, jetzt eindeutig mit Schweiß vermischt, ein langer, arbeitsreicher Tag lag hinter ihm. Seine Arme schlossen sich um mich, kraftvoll und ohne zu zögern, ich hob den Kopf, um seinem Blick zu begegnen und wußte, daß alles, was er überlegt hatte, mit uns zu tun hatte, irgendwie, und daß es ihn nicht ein Stück weitergebracht hatte. Wenn die Hormone Salsa tanzen, nützt auch die klügste Überlegung nichts mehr. Und unsere Hormone tanzten. Ich küßte ihn, und seine Antwort ließ nichts zu wünschen übrig, wir waren einfach Mann und Frau, es war egal, ob uns Welten trennten, Kulturen. Herkunft, Status und Bildung waren manchmal so egal, es ging um Begehren und vielleicht auch um Liebe. Liebe ist ein so großes Wort, aber kommt sie nicht in den verschiedensten Masken? Wo ist denn der Unterschied zwischen Begehren, Respektieren und Achten, zwischen dieser tiefen Sympathie und Liebe? Ich wußte es nicht. War es denn nicht eine Art von Liebe, wenn er versprach, mich zu beschützen, und das auch in die Tat umsetzte? Was erwartete man denn noch mehr?

Ich nichts. Ich wollte ihn so, wie er war, und ich wollte meinen Urlaub an seiner Seite verbringen. Ich wollte ihn riechen und schmecken, mit ihm reden und schweigen, mit ihm lachen und ernst sein. Und ich wollte mit ihm schlafen. Ich begehrte ihn mit jeder Faser meines Körpers und konnte sehr deutlich spüren, daß es ihm nicht anders ging.

»Ich reite morgen mit dir«, sagte ich, als er mich vor dem hölzernen Strandweg, der in den Club führte, verlassen wollte. Er lächelte und nickte. Ich freue mich. »Ich mich auch.« Und dann warf ich ihm eine Kußhand zu, und er wurde ein wenig verlegen und war wohl auch recht stolz, der Wachmann – ein anderer heute abend – sah, daß ich ihm eine Kußhand zuwarf, ihm, dem Stummen, ihm, dem Mann im Schatten.

Mein Fuß schmerzte jetzt doch ein wenig in dem hohen Schuh, aber ich ging leichtfüßig und beschwingt weiter auf das Gelände des Clubs. Dieses Leben ist eines der schönsten.

Sophie beim Abendessen: Überdreht, aufgeregt, kichernd, hektisch glänzende Augen, gerötete Wangen. Sie trank Weißwein. »Hast du abgestillt?« fragte ich naiv, ohne mir etwas dabei zu denken, ohne der Frage eine besondere Bedeutung beizumessen. »Was soll das? Kontrollierst du mich?« Ich verschluckte mich prompt an dieser Antwort und starrte sie an, nicht verstehend, was sie da gerade von sich gegeben hatte.

»Natürlich nicht«, protestierte ich energisch, »wie sollte ich? Bloß – bisher hast du keinen Wein getrunken.« Sie schwenkte ihr Glas, ihr Lächeln war provokativ, lasziv fast, ihre Lippen auffallend rot geschminkt. »Ich fange halt wieder damit an.« Ihre Stimme war etwas verschwommen, wahrscheinlich hatte sie schon mehr Alkohol getrunken, als ihr guttat nach der langen Abstinenz. Aber ich fragte nicht weiter. Das Gefühl, daß ich schon seit einigen Tagen hatte, verstärkte sich: Nicht nur Befremden, Fremdheit, nein, es war viel mehr, was sich hinter ihrem Verhalten verbarg, und ich wußte nicht, was, und ich befürchtete, es nie herauszufinden, sie gab mir keine Antwort, sie suchte nicht das Gespräch, nicht die Vertraulichkeiten, die wir bisher immer geteilt hatten.

Fethi erschien heute abend nicht, und so unterhielt ich mich kurz mit Maike, bis diese in einiger Hektik aufbrach, um sich für den Theaterabend umzuziehen. Maike, die geschickt die Klippen umschiffte, die Sophie umgaben, indem sie sie meistens ignorierte, nur hin und wieder auf Fragen antwortete oder nichtssagend lächelte. Maike, der das Unbehagen anzusehen war. Sophie war die Frau des stellvertretenden Clubchefs und damit fast unantastbar. »Vielleicht hast du Lust, morgen abend mit mir in die Sauna zu gehen«, sagte sie noch zu mir, ihren kleinen Matchsack schon über die Schulter geworfen. »Gerne«, sagte ich in Sophies hysterisches Kichern hinein, »sag nur Bescheid, wann.« »Nach der letzten Sportstunde. Wenn du dabei bist, können wir gleich anschließend los.« Ich nickte bestätigend und wandte mich Sophie zu, die sich haltlos lachend auf ihrem Stuhl krümmte. »Sophie, verdammt, was ist los mit dir?« zischte ich, jetzt ernsthaft verärgert. »In diesem Wetter in die Sauna zu gehen kann auch nur dir passieren«, keuchte sie schließlich und wischte sich die verlaufene Wimperntusche aus dem Auge, was zur Folge hatte, daß die schwarze Tusche über ihr Gesicht schmierte. Ich starrte sie indigniert an. Sophies Wimperntusche war noch nie zerlaufen und hatte erst recht nicht Schlieren über ihr Gesicht gezogen. So etwas passierte ihr einfach nicht. Aber ich vermochte noch immer nicht, die richtigen Schlüsse aus ihrem Verhalten zu ziehen. »Kommst du mit ins Theater heute abend? Ich will sehen, was Maike aufführt.« Sophie hob die Schultern. »Was soll sie schon aufführen? Das, was halt immer läuft: Ein Theaterstück, ein Ausschnitt aus einem Musical … das Übliche eben. Nein, ich komme nicht mit, ich habe was anderes vor.«

Bevor ich zu einer scharfen Antwort ansetzen konnte, schenkte einer der Kellner mir Wein nach, es war ein junger Schwarzer, ein sehr netter Mann, der gerne und oft lachte, wobei er eine Reihe makellos weißer Zähne zeigte. Er war sehr aufmerksam, ich hatte es schon öfter mal bemerkt, schenkte Wein nach oder entsorgte die Teller, manchmal schneller, als mir lieb war. Und einen Abend hatte er mich sogar auf den brutzelnden Couscous aufmerksam gemacht und in schnellem Französisch versichert, daß es sehr lecker sei. Ich verstand Französisch nicht so gut, aber seine Geste war zum Glück deutlich, und ich probierte von dem Couscous, der wirklich gut schmeckte, was ich ihm bei der nächsten Gelegenheit erzählte. Er verstand ebenso wenig Deutsch wie ich Französisch, schien aber zu begreifen, was ich sagen wollte. Ich konnte mir auch mit einigen französischen Brocken behelfen, die aus der Schulzeit hängengeblieben waren.

Verwirrt und irgendwie aus dem Konzept gebracht dankte ich ihm und besah die mattgoldene Flüssigkeit, die so kalt war, daß das Glas umgehend beschlug.

Sophie nestelte mit trägen Bewegungen ihre Zigaretten aus der kleinen, eleganten Umhängetasche. »Sophie, nicht. Hier ist ein Nichtrauchersaal«, sagte ich und war wirklich verärgert. Sie zuckte die Schultern, stand auf und verließ den Speisesaal, ohne sich zu verabschieden, ohne sich umzusehen. Verblüfft starrte ich ihr nach. Im Abwenden begegnete ich dem Blick des Schwarzen, er schüttelte kurz und vorsichtig den Kopf und wandte sich dann schnell wieder seinen Pflichten zu, aber ich hatte die Geste gesehen und versuchte, sie zu verstehen. Er hatte mir etwas sagen wollen, das ich nicht verstand. Ich überlegte, ob ich Sophie folgen sollte und betrachtete nachdenklich das Schlachtfeld, das sie zurückgelassen hatte. Nein, beschloß ich dann für mich, nein, so nicht. Sie war meine Freundin, und sie bedeutete mir viel, aber für heute abend war meine Geduld eindeutig überstrapaziert.

Ich stand auf und holte mir Nachtisch vom Büfett, ich war nicht bereit, mir auf der Nase rumtanzen zu lassen, selbst wenn ich auf ihre Kosten hier logierte.

Nach dem Essen blieb ich am Pool sitzen und wurde in ein munteres Gespräch verwickelt, mit einer größeren Clique gingen wir anschließend ins Theater. Ich mochte den Geruch nach Staub und Schminke, der in dem Theater hing, es vermittelte mir immer schon beim bloßen Einatmen eine gewisse Erwartungshaltung. Und wenn dann Musik aufklang und Tänzer oder Schauspieler in ihren farbenprächtigen Kostümen auftraten, fühlte ich mich frei und losgelöst und glücklich. So war es auch heute abend. Die Musik war gewaltig, anders kann ich es nicht beschreiben, fremd und hypnotisch, keines der mir bekannten Stücke klang auch nur andeutungsweise mit. Es wurde mitreißend getanzt, ein schönes Bühnenbild rundete alles ab, und wir applaudierten frenetisch, als die verschwitzten Tänzer sich ein letztes Mal verneigten. Selbst von meinem Platz aus konnte ich sehen, wie erschöpft einige unter ihren Masken wirkten. Nein, ein reiner Spaß war dieser Job bestimmt nicht.

Im Anschluß an die Darbietung wurden Cocktails mit und ohne Alkohol ausgeschenkt und Sekt angeboten, und die Gäste schwärmten auf die Bühne und überfielen die Tänzer. Maike drängte sich zu mir durch, ich griff spontan nach ihrer Hand und neigte mich vor, um meine Wange an ihre verschwitzte zu legen. »Du warst klasse, ganz ehrlich. Es war alles wundervoll, die Musik, die Tänzer, das Bühnenbild ... ihr seid wirklich gut.« Sie lächelte, der Schweiß lief in Strömen über die dicke Schicht Makeup. »Dann hat sich die Schinderei gelohnt«, seufzte sie. »Auf jeden Fall.« Ich lächelte und angelte nach einem der farbenfrohen Cocktails, den ich ihr reichte. »Darf ich dir einen eurer Cocktails spendieren?« Sie lachte und nahm ihn an. »Ich hatte für diese Rolle zum Glück auch etwas mehr als vier Tage zum Üben. Aber es war eine verteufelte Schinderei ...« Sie stieß mit mir an. »Auf eine gelungene Aufführung«, sagte ich. »Auf einen gelungenen Urlaub«, grinste sie.

»Der ist hier immer gesichert, nicht zuletzt wegen der Anleiter.«
Sie wurde am Arm gepackt, bevor sie zu einer Antwort ansetzen
konnte. Ein letzter Blick zu mir, ein Augenrollen, dann verschwand
sie in der Menge. Nein, es wäre kein Job für mich gewesen. Immer
für die Gäste da, immer an der Öffentlichkeit.

Einen Moment stand ich ganz allein in der Menschenmenge, keiner, der sich um mich kümmerte, keiner, der sich um mich bemühte. Seltsam. Ich war daran gewöhnt, daß immer jemand da
war, sobald ich einen Fuß vor die Tür setzte, hier und jetzt allein
zu stehen war eine ganz neue Erfahrung. Ich nippte an dem erfrischend herben Cocktail und suchte mir einen Weg nach draußen,
es war mittlerweile sehr warm im Theater geworden, erstickend
fast. Die Sitzreihen stiegen steil an, damit man auf jedem Platz gut
sehen konnte, und oben angekommen, drehte ich mich noch einmal um und sah auf die Menschenmenge hinunter. Vertraute und
fremde Gesichter, lachend, glücklich, einige etwas abgespannt,
anderen sah man die Hitze an, den nächsten den Alkohol. Schmu-
sende Pärchen, ein älterer Mann, der eine der Tänzerinnen um-
garnte. Eine Frau, in meinem Alter etwa, in einem weißen, fast
durchsichtigen Kleid. Drei ganz junge Frauen, Mädchen fast noch,
die sich um einen der Tänzer gruppiert hatten, ich konnte erkennen, daß es einer von den Strandleuten war, die Volleyballtuniere
veranstalteten, aber sein Name fiel mir partout nicht ein. So viele
Menschen, so viele Hoffnungen, Wünsche, Sehnsüchte, die auf
einen anderen Menschen projiziert wurden, als würden sie hoffen,
dieser eine könnte das Leben ändern, den Trott durchbrechen.
Das Scheitern verhindern. Als könnten sie einmal im Leben, für
eine Nacht lang, selber im Licht stehen, die Aufmerksamkeit genießen. Wie die Motten, die um das Feuer kreisten, um dann mit
versengten Flügeln abzustürzen.

Und ich fragte mich, ob ich nicht auch zu ihnen gehörte, ob ich
nicht auch viel zuviel in Farouk hineinprojizierte. Ob ich nicht
einfach mein Spiegelbild sah und seine Reaktionen so hindrehte,
bis sie mir gefielen.

Ich muß so in Gedanken versunken gewesen sein, daß ich vergaß, das Telefon auf Weckruf zu programmieren. Ich erwachte um halb neun und war ziemlich desorientiert, was mir nicht oft passierte. Verwirrt starrte ich auf meine Armbanduhr, die neben mir auf dem Nachtisch lag, und glaubte, ich würde mich täuschen, meine Augen wären über Nacht erheblich schlechter geworden oder die Uhr wäre stehengeblieben. Aber es war ein strahlend heller Morgen, vor meiner Terrasse stritten sich die Vögel und nickten die Hibiskusblüten im leichten Wind. Auch konnte ich schon Stimmen hören, Menschen auf ihrem Weg zum Frühstück oder zu irgendwelchen anderen Zielen. Ich sprang aus dem Bett und flitzte ins Bad, mit geschlossenen Augen am Spiegel vorbei, ich war sicher, meinen ungewaschenen und ungekämmten Anblick heute morgen nicht ertragen zu können. Aber für eine Dusche blieb keine Zeit, also viel kaltes Wasser ins Gesicht und halbherzig an den Körper, dann flog ich auch schon in meine Reitsachen und aus der Wohnung, zum Glück vergaß ich weder Zimmerschlüssel noch Sonnenbrille, es hätte irgendwie gepaßt. Um meine Haare hatte ich einfach ein Tuch nach Piratenart gebunden, was für Mehdi gut war, konnte mir nicht schaden. Nicht mal zum Kaffeetrinken hatte ich genug Zeit, ein Umstand, der mir verhaßt war. Ohne Kaffee begann der Tag nicht richtig. Ich stürzte in den Speisesaal und kippte einige Gläser Saft in mich hinein, nahm ein trockenes Brötchen und zwei Äpfel, die sich zu meinem Leidwesen nicht in die kleine Hüfttasche pressen ließen, in der ich meine Utensilien verstaut hatte. Ein grinsender Küchenhelfer gab mir noch einige Datteln und eine Orange, und ich stand vor ihm, mit vollen Händen, und wußte nicht weiter, was ihn zu einem ungeheuren Lachanfall provozierte. Ich mußte über meine eigene Kopflosigkeit lachen und trabte dann mit meinem Obstladen Richtung Ranch. Zwei der drei Datteln stopfte ich mir auf einmal in den Mund, die dritte gleich hinterher, damit ich meine Hände bei einem der Gärtner unter einem Wasserstrahl waschen konnte. Niemals würde ich mit derart klebrigen Händen losreiten. Der Gärtner schmunzelte ebenfalls, und der Tag begann durchaus Qualitäten zu entwickeln.

»Aaahhh … Madame Elena«, bemerkte Mehdi spöttisch, als ich auf den Kiesweg einbog, und sah provokativ auf seine Uhr, »doch schon.« »Guten Morgen«, sagte ich etwas spitz. Er grinste. »Ich habe verschlafen«, erklärte ich und fragte mich im selben Moment, warum ich diesem Kind gegenüber Rechenschaft ablegte. Er grinste. »Du hast gefeiert letzte Nacht.« »Nein. Ich habe einfach nur vergessen, den Wecker zu stellen. Welches Pferd soll ich reiten?« Ich hatte gerade Farouk erspäht, der aus dem kleinen Schuppen getreten war und nun stehenblieb. Dann lächelte er und grüßte, und ich winkte ihm zu. »Tztztz …« zischelte Mehdi neben mir. Ich ignorierte ihn. »Da wird mein Cousin aber erleichtert sein«, stichelte er. »Welches Pferd, sagtest du?« fragte ich und sah ihn mit erhobenen Brauen an.

»Shem-el-Nasim. Du verstehst dich ja so gut mit ihm.« »In der Tat, wir haben uns gut verstanden«, bestätigte ich ungerührt und freute mich insgeheim, daß ich mir nicht die Finger auf Belel wund reiten mußte.

Farouk kam auf uns zu, seine braune Hand erhoben, ich klatschte dagegen, und unsere Finger verflochten sich einen Moment. Mehdi sah uns an und wandte sich dann ab, wortlos, aber, wie es schien, nicht erbost. Es hätte mich auch nicht berührt, aber für Farouk empfand ich es als angenehmer. Ich folgte Farouk zu dem blauen Hengst, dessen schönes, gepflegtes Fell in der hellen Morgensonne noch silbern glänzte. Sein Beine hingegen waren dunkel und wiesen schon jetzt diese eigentümlich blaue Färbung auf, es mochte wieder am Licht liegen. Ich gab Farouk den einen Apfel, und er fragte, ob er für das Pferd sei. »Nein«, sagte ich, »es ist Frühstück. Ich habe verschlafen.« Und ich legte meine Hände unter die Wange und schüttelte eine Hand. Das war knapp … Er sah mich mit diesem Seitenblick an, den ich schon kannte. Du hast Alkohol getrunken? Aber ich verneinte. »Ich war einfach müde. Kein Alkohol.« Zufrieden nickte er und biß herzhaft in den Apfel.

Zu meiner Überraschung war die hysterische junge Frau wieder dabei, sie saß auf Michelle, dem kleinen Braunen, der so zart und ruhig war. Sie senkte den Blick, als ich an ihr vorbeiging und grüßte nicht zurück, und ich zuckte die Schultern. Na gut, ich hatte sie auch hart angefaßt an jenem Morgen, das mußte ich zugeben. Auch von den anderen Reitern kannte ich schon einige von den morgendlichen Ausritten, ich wurde begrüßt, wenn auch knapp und verhalten. Das war auffallend hier: Man redete nicht unbedingt miteinander und schon gar nicht freundschaftlich, es sei denn, man hatte sich abends im Club schon kennengelernt. Was für ein Unterschied zu meinem Reitstall zu Hause.

Farouk wandte sich ab, um einem Mann zu helfen, der nicht auf den tänzelnden Emir aufsitzen konnte, und ich kontrollierte automatisch den Sattelgurt und die Steigbügel, die seltsamerweise genau auf meine Länge eingestellt waren. Nasim tänzelte und wich mir aus, und ich überlegte, wie ich auf dieses Pferd kommen sollte, ohne mich komplett lächerlich zu machen. Ich konnte schließlich nicht darauf warten, daß Farouk mir mit seiner Räuberleiter helfen würde. Den Ausschlag gab der Blick der kleinen Blonden, die mich beobachtete. Der Blick allein reichte aus, um mit einem Schwung in den Steigbügel zu treten und auf dem Pferderücken zu sitzen. Nasim bäumte sich halbherzig auf und drehte sich im Kreis, und ich redete mit ihm und brachte mein Gewicht auf die Vorhand. Mehdi winkte die ersten Pferde vom Hof, Belel ging Tête, wie immer eigentlich, die anderen folgten, je nach Temperament ruhig ausschreitend oder tänzelnd. Nasim zappelte unter mir noch immer, und plötzlich war Farouk neben mir und riß energisch einmal am Zügel. Es wirkte. Er sah zu mir auf und wiederholte die Geste, diesmal mit leerer Hand. Einmal nur am Zügel rucken, dann wieder lösen, bedeutete er. Ich nickte, und er schickte uns auf den Weg. »Kommst du nicht mit?« fragte ich und war jäh alarmiert. Er lächelte und nickte und deutete auf die Kutschen, die auch noch auf den Weg gebracht werden mußten. Ich hob grüßend die Hand und schloß mich der

Reihe von Pferden an, die wohlgeordnet das Clubgelände verließen.

Es war heiß heute morgen, schon jetzt. Auf meiner Bluse zeichneten sich die ersten Schweißflecken ab und ich hoffte, ich hatte in der morgendlichen Hetze nicht vergessen, Deo zu benutzen. Die Gruppe war merkwürdig ruhig, nur weiter vorne unterhielten sich zwei Frauen, und eine dritte flirtete mit Mehdi, der immer wieder nach ihrer Hand griff oder ihre Schulter tätschelte. Ich blieb am Schluß und fragte mich nach einiger Zeit, wo Farouk bleiben mochte und warum zum Teufel ich mir diesen Ritt angetan hatte. Ich wußte doch schon jetzt, daß ich nicht mit über den Markt gehen würde, ich hatte es von Anfang an gewußt, daß ich mit Farouk und den Kutschenfahrern auf dem Platz hocken würde, irgendwo im Schatten, Äpfel und Orangen essend. Aber im Grunde war es egal, ich saß auf einem der schönsten Pferde, die ich mir vorstellen konnte, das munter unter mir dahintänzelte, und was interessierte mich dieses verwöhnte kleine Mädchen, die einige Stellen vor mir ritt und hochmütig den Kopf erhoben hatte. Ich wußte gar nicht, warum ich mich überhaupt so sehr an ihr störte. Farouk kam nicht, auch die Kutschen waren nicht in Sicht. Ein wenig beunruhigt überlegte ich, ob etwas passiert war. Aber dann kam eine lange Galoppade und lenkte mich ab, und ich stellte fest, daß Nasim nicht nur eines der schönsten Pferde war, sondern auch sehr angenehm zu reiten, hatte man sich erst mal bei ihm durchgesetzt. Er hatte ein Löwenherz, davon war ich überzeugt, er würde einen Reiter, dem er vertraute, nicht enttäuschen. Mit diesem Pferd würde ich gerne zur Lagune reiten und auf ihm durch das Wasser preschen, hochaufspritzende, silberne Wassertropfen, klares, salziges Wasser, Erfrischung, Abkühlung. Es war einfach unglaublich heiß heute.

Wir erreichten den Platz vor dem Markt, auf dem die Pferde bleiben würden, und Mehdi sah sich um und schien erst jetzt wahrzunehmen, daß Farouk nicht nachgekommen war. Er kam zu mir und kontrollierte, ob der Blaue richtig festgebunden war, dann bat er mich, bei den anderen Pferden zu helfen. Ich tat wie geheißen, ohne nach Farouk oder den Kutschen zu fragen, und folgte nur ab und zu Mehdis Blick, der suchend umherglitt. Dann endlich, in eine Staubwolke gehüllt, tauchten die beiden Kutschen auf, und vorweg ritt Farouk, einen kleinen Jungen vor sich im Sattel. Und wie immer, wenn er sich mit einem Kind beschäftigte, waren seine Züge sanft und ruhig, lag dieses glückliche Strahlen auf seinem dunklen Gesicht. Seine Augen, in diesem grellen Licht fast golden, trafen mich und lächelten und teilten mir sein Glück mit, ein Glück, das an hellen Kinderarmen hing, die sich an ihm festklammerten. Ich lächelte ihm zu. Jetzt wußte ich, warum er so spät gekommen war, und ich konnte ihn verstehen. Die Mutter half dem Kleinen jetzt aus dem Sattel, und zum ersten Mal erlebte ich es, daß eine Mutter Farouk dankte, sie berührte schüchtern sein Bein, das in eine helle Hose gehüllt war. Jähe Eifersucht wallte in mir auf, ich dachte an jenen Ritt, auf dem ich seinen Schenkel unter ebendieser Hose bewundert hatte, als mir bewußt wurde, wie sehr ich ihn begehrte, wo ich mir das erste Mal gestattet hatte, ihn als Mann bewußt wahrzunehmen. Heute wußte ich, wie es sich anfühlte, wenn sein langer schmaler Schenkel an meinen geschmiegt war. Aber das war nicht dazu angetan, meine Eifersucht zu schmälern. Beschämt senkte ich den Kopf.

Der Markt war genauso laut und hektisch wie damals, und die Nähe und Aufdringlichkeit der Händler störte mich auch wie immer. Ich ging diesmal gleich zu den Händlern, die das Obst feilboten, ich gab mich gar nicht erst mit der schweigenden Gruppe ab, mit dem hochmütigen Mädchen und den ruhigen Frauen, mit der Rothaarigen, die Mehdi schmachtende Blicke zuwarf. Ich war gereizt und wußte nicht genau, warum eigentlich, ich wollte bei Farouk sein, ich wollte seine Nähe spüren, sein Lächeln sehen, ich wollte einfach bei ihm sein.
Sie saßen diesmal bei einer der Kutschen, hatten sich in ihrem Schatten ein kleines Lager aufgeschlagen, vier Männer, Farouk,

Mehdi, Momo und der andere Kutschenfahrer, dessen Namen ich nicht wußte. Ich näherte mich ihnen, die Arme voller Obst, und hatte überhaupt keinen Zweifel mehr, willkommen zu sein, es war gut und richtig, bei ihnen zu sein. Wir teilten das Mahl, die Männer waren erfreut über das Obst, zuerst zögernd, dann jedoch freier bedienten sie sich, bezogen mich in ihre Späße und ihre Geschichten mit ein, ich war nicht mehr irgendeine Touristin, ich gehörte schon ein bißchen zu ihnen. Farouks Blick, der immer öfter meinen traf, seine schönen, hellen Augen unter halb gesenkten Lidern. Ich wußte, was er dachte, ich wußte, was er sich vorstellte, wenn ich mich vorbeugte und meine Bluse sich ein wenig öffnete, ich wußte, was in ihm vorging, wie sehr er mich begehrte. Ich ihn auch. Ohne Wenn und Aber. Seine Augen erzählten Geschichten, träumten von einer Nacht, von einer dunklen, mondlosen Nacht, die nur uns gehörte, sie träumten von der Lust und der Liebe, die wir einander geben konnten. Es war heiß, unerträglich fast. Selbst das Schweigen beinhaltete Hitze, unausgesprochene Versprechen, Begehren.

Die nächste Möglichkeit, nahm ich mir vor, kein Verstecken mehr. Ich wollte ihn so sehr.

Unter dem T-Shirt zeichneten sich die Muskeln ab, der Latissimus, fein gezeichnet, schön ausgeprägt. Die Oberarme, die Brustmuskulatur. Ich senkte den Kopf und schluckte und wußte doch, daß er meine Blicke ebenso bemerkt hatte wie ich seine. Ich wagte nicht, auch den Verlauf des Quadrizeps zu verfolgen oder aber mir Gedanken über seine Hüftbeuger zu machen. Er lehnte ruhig und lässig gegen die Speichen des hohen Kutschenrades und sah mich an, lächelte langsam und ließ mich an seiner Phantasie teilhaben, und ich wünschte, wir könnten alleine sein, irgendwo, plötzlich war es egal, ob wir uns vielleicht wirklich wie die tollen Hunde paaren würden, es war nicht mehr wirklich wichtig, ich hätte es schon am Strand machen sollen, wie lange war es her, drei oder vier Nächte, warum hatte ich so viel Zeit verschenkt, warum hatte ich ihm nicht schon längst die Möglichkeit gegeben …

Einer der Touristen kam auf uns zu, er war aufgeregt, hochrot im Gesicht und sah aus, als würde er kurz vor einem Hitzschlag stehen. So abwegig war der Gedanke nicht. Mehdi war als erster auf den Füßen, Farouk und ich brauchten etwas länger, um wieder zu uns zu kommen, um die stumme Zwiesprache zu unterbrechen, währenddessen rannten Momo und Mehdi schon los, und der Kutschenfahrer zog einige Decken in der Kutsche zurecht. Sie wußten, was geschehen war, noch bevor der Mann es ausgesprochen hatte. Farouk folgte ihnen, er wandte sich einmal zu mir um und machte eine kurze Kopfbewegung, die ausreichte, um mir zu erklären, was ich zu tun hatte.

Wortlose Verständigung. Wir hatten ein Stadium erreicht, von dem die meisten Ehepaare nur träumten.

Ich holte kühles Wasser und befeuchtete ein in der Kutsche liegendes Tuch und wartete, bis die Männer mit der Frau wiederkamen, die auf dem Markt in der glühenden Hitze mit einem Kreislaufkollaps zusammengebrochen war. Sie legten sie in die Kutsche, ich deckte das Tuch über ihre heiße Stirn und begann, ihr Wasser einzuflößen.

»Sie muß zurück zum Club«, sagte ich zu Mehdi, der die Schultern zuckte. »Nicht, bevor die anderen wieder hier sind«, erklärte er gleichgültig. Ich nickte. Er hatte ja recht, es gab keine Möglichkeit, die Frau zu transportieren. Sie war auch nicht ohnmächtig, nur ein Kreislaufkollaps. Mit einem letzten verächtlichen Blick wandte Mehdi sich ab. Es war halt nur eine Touristin, die da lag, eine von Tausenden, die Jahr für Jahr seine Pferde malträtierten und sich aufführten wie eine kleine Könige. Er hatte nicht mehr die Kraft, zu unterscheiden. Für ihn waren es alles Touristen, er lebte von ihnen, was aber noch lange nicht besagte, daß er sie mögen mußte.

Ich verstand ihn.

Ich muß gestehen: Ich konnte ihn gut verstehen. Für mich waren sie mittlerweile auch eine Herde Schafe geworden, die lachend und krakeelend auf den Pferden saßen und durch die Landschaft kariolten, ohne Sinn und Verstand, nur auf der Suche nach einem ultimativen Erlebnis, nur auf der Suche nach den schönsten Wochen des Jahres, rücksichtslos in ihrer Gier, nicht nach hinten sehend, nicht zur Seite, nicht nach vorne. Keine Gefangenen machend. Ich verstand Mehdi, auch wenn ich es vielleicht, bei nüchternem Verstand, nicht gutheißen konnte. Mein Herz fühlte, was er fühlte, die Mißachtung seines Lebensraumes, die Mißachtung seines Stolzes. Er wußte, daß er ohne Touristen nicht leben konnte, aber er würde nie die Rücksichtslosigkeit verstehen, mit der sie über sein Land herfielen.

Der Rückweg war – wenn es überhaupt noch möglich gewesen wäre – noch ruhiger als der Hinweg. Die junge Frau lag in der Kutsche, Mehdi hatte ihr Pferd an die Kutsche gebunden, und der Hengst folgte, ohne zu murren, Farouk hatte wieder den kleinen Jungen vor sich im Sattel, und die Augen der Mutter wichen nicht von den beiden.

Es war heiß.

Ich war froh, als die Karawane der Reiter abbog, um einen anderen Weg zu nehmen als die Kutschen, ich wollte nach Hause, unter die Dusche, ich wollte nicht mehr sehen, wie die Mutter Farouk ansah – oder doch ihren Sohn? –, ich wollte alleine sein. Es reichte. Ich war erregt, noch immer, und jedes gottverdammte Mal, wenn ich an Farouks Blicke dachte, an die halbgeschlossenen Lider und an das Versprechen in seinen schönen Augen, spürte ich die Hitze aufwallen.

In jener Nacht kam er zu mir.

Ich weiß nicht, ob ich es geahnt hatte, aber ich war nicht ausgegangen. Nach dem opulenten Abendessen, das ich im Kreis einiger Gäste und Animateure zu mir nahm, verzog ich mich auf meine Terrasse, nahm eine Flasche Wein mit und meine Zigaretten und richtete mich auf einen gemütlichen Abend ein, einen Abend nur für mich und die Sterne, die am Firmament blitzten und funkelten und versprachen, das Unmögliche wahr zu machen. Es war noch immer unglaublich heiß, viel zu heiß, selbst für diese Breitengrade.

Ich legte die Beine hoch und betrachtete meine Zehen, die ein reges Eigenleben entwickelten. Die rotlackierten Nägel trommelten den Rhythmus der Musik mit, die von der Bar zu mir drang, getragen von einer seidenweichen Nachtluft. Hibiskusblüten nickten leise im sanften Nachtwind, der Chor der Zikaden veranstaltete den üblichen Krach, Zigarettenrauch kräuselte sich träge, um dann von einem Windhauch erfaßt und zerfetzt zu werden.

Und dann drang ein leises Geräusch zu mir durch, das eindeutig nicht in die vertraute Kulisse gehörte. Einen Moment verharrten meine Zehen, jäh aus dem Rhythmus gerissen, dann trommelten sie fröhlich weiter. Das Geräusch wiederholte sich, ein leises Schaben und Rascheln, und ich wußte, ich war nicht alleine, irgend jemand war in meiner Nähe. Ich verharrte abwartend, ich war kein ängstlicher Mensch, und hier konnte mir schon gar nichts passieren. Aber ich hätte schon gerne gewußt, was diese Geräusche zu bedeuten hatten. Ich glitt von meinem Stuhl und trat an die niedrige Brüstung, starrte in die Dunkelheit, seidige Luft, erregende Düfte, die Nähe der Wüste war spürbar.

Fast war ich geneigt, an ein Tier zu glauben, aber die Stille war zu laut, zu angespannt, und mein Gehör war ausgezeichnet.

Und dann, einer Eingebung folgend, sagte ich: »Komm her«, und machte die entsprechende Handbewegung. Einen Moment herrschte Stille, dann schälte sich ein Schatten aus dem Dunkel, zögernd und unsicher, abwartend. »Komm her«, sagte ich leise, meine Stimme war rauh. Er kam näher. Woher wußtest du es? »Ich habe dich gehört.« Du hast gute Ohren. Ich nickte bestätigend und lächelte ihn an. Rückte einen Stuhl für ihn zurecht und bot ihm an, sich zu mir zu setzen. Er zögerte noch immer. Bist du allein? »Ja, natürlich.« Ich trat einen Schritt zurück, und mein Herz schlug dumpf, und meine Eingeweide krampften sich zusammen. Er flankte über die Brüstung und stand so dicht vor mir, daß seine physische Präsenz mich erregte, ich konnte ihn riechen, eher wahrnehmen, seinen männlichen Duft, seine Wärme. Er war mißtrauisch, wie ein scheues Tier stand er da, hypnotisierte die Fliegengittertür und machte eine kurze, fragende Bewegung. Ich stieß die Tür auf und hieß ihn eintreten. Was erwartete er zu sehen? Ali Babas Räuberhöhle samt den Schätzen? Vorsichtig trat er in meine Wohnung und musterte sie. Hübsch, sagte er. Ich nickte. Sie war den Touristenzimmern nicht unähnlich, keine üppige Pracht, aber auch nicht eben ärmlich eingerichtet. Jedenfalls für meine Verhältnisse. Am besten gefielen mir die arabischen Kacheln, die die Wände zierten. Er sah sich aufmerksam um und nickte dann, folgte mir wieder nach draußen und ließ sich endlich auf den angebotenen Stuhl sinken. Sehr geschmeidig, katzengleich. Ich war verlegen und erregt und wußte nicht, wohin mit meinen Händen, mit meinen Blicken, die an ihm hingen, die jede Einzelheit in sich aufnahmen. Als würde ich den Rest meines Lebens davon zehren müssen.

Ihm schien es nicht viel anders zu gehen, er saß sehr gerade, unbehaglich, fühlte sich fehl am Platz. Ich bot ihm eine Zigarette an, es war so etwas wie eine Friedenspfeife, dazu gedacht, den anderen willkommen zu heißen. Er akzeptierte die von mir angerauchte Zigarette und entspannte sich etwas, während er den Himmel über uns betrachtete und dann mich, ein Leuchten in den Augen, die jetzt ganz dunkel waren, halb verborgen von den Lidern.

Aus den Tiefen seines Umhanges, der schon so manche Überraschung beinhaltet hatte, zog er eine Rolle Papier und einen Bleistift hervor und legte beides sorgfältig auf den kleinen runden Tisch, der vor uns stand. Zeichne, bat er, nahm den Bleistift wieder an sich und drückte ihn mir in die Hand.

»Was? Was soll ich zeichnen?«

Und seine weit ausholende Geste bezeichnete den Himmel und die Gestirne. All das eben.

Ich nahm den Bleistift und die Bögen auf und sah ihn an, war einen Moment lang verunsichert, wußte dann aber, was er wollte.

»Nun gut, mein Freund. Eine Lehrstunde in Sachen Astronomie.«
Und ich zeichnete. Stellte fest, daß es mit Bleistift sehr viel einfacher war als im Sand. Der Stift flog mit leisem Kratzen über das Papier, ich zeichnete und schraffierte, stellte die Erdrotation mittels Pfeilen dar. Insgeheim vermutete ich, er hätte mit Mehdi gesprochen, ihn vielleicht sogar gefragt, ob die Erde sich wirklich von der Sonne wegdrehte. Er nickte ein ums andere Mal mit sehr ernstem Gesicht, und ich verzichtete darauf, ihn zu fragen, wieviel von meinen Erklärungen er denn wohl verstand. Wie gesagt: Ich hielt ihn nicht für dumm, aber ich wußte nicht, worauf ich aufbauen sollte.

Er deutete auf die Erde und fragte, wo ich leben würde, und ich markierte einen Punkt hoch oben im Norden und zog fröstelnd die Schultern zusammen. Warum? fragte er prompt, hier ist es warm.

Na klasse. Jetzt begann ich also auch noch, die Jahreszeiten zu erklären und einen kleinen Exkurs über den Äquator zu starten, die Lage der Erde und die Sonneneinstrahlung. Aber es machte Spaß, ich redete und zeichnete, und er saß mir gegenüber und hörte aufmerksam und konzentriert zu, beobachtete meine Gestik und meine Zeichnungen, lächelte manchmal, war aber die ganze Zeit über nicht vom Thema abzulenken. Seine Miene war ruhig und bestimmt, und seine Augen strahlten und beobachteten mich fasziniert.

Lange, sehr lange saßen wir zusammen und unterhielten uns, das heißt, er fragte, und ich erklärte.

Dann nahm er die Zeichnungen an sich und verstaute sie sorgfältig in seinem Umhang, ebenso wie den Bleistift, lehnte sich zurück und zog ein zerdrücktes Päckchen Zigaretten hervor und bot mir eine an, bevor er sich selber nahm.

Bist du müde? Ich verneinte. Seine Blicke striffen über den Himmel, suchend, ruhelos. Dann begann er, Fragen zu stellen, die ich nicht verstand, ich wußte beim besten Willen nicht, worüber er nachdachte. Aber dann hatte ich eine zündende Idee: Ich holte

353

den alten Din-A-4 Block, den ich eigentlich immer mit mir rum-schleppte und forderte seinen Bleistift, legte beides vor ihn auf den Tisch und forderte ihn auf, zu zeichnen. Er verneinte, spontan und verblüfft. Ich lachte, sprang auf, drückte den Bleistift in seine Hand und harrte der Dinge, die da kommen mochten. Er zögerte einen Moment und schrieb dann seinen Namen. »FAROUK«, las ich vor, »das ist ein wirklich schöner Name.« Er hatte seinen Namen in lateinischer Schrift geschrieben. Jetzt grinste er und fügte sehr sorgfältig die arabische Schreibweise hinzu, ein hüb-scher Schnörkel mit Punkten dazwischen. Erst jetzt fiel mir auf, daß er sehr wohl schreiben konnte, was auch immer ich bisher vermutet hatte. Er konnte seinen Namen sowohl in lateinischer als auch in arabischer Schrift schreiben. Ich ließ mir den Stift geben und druckte meinen Namen, gab ihm den Stift wieder und bat um die arabische Übersetzung. Er zögerte nur kurz, dann malte er meinen Namen, und die Schreibweise gefiel mir so viel besser als meine eigene, daß ich das Blatt abriß, sorgfältig faltete und verstaute.

Er grinste mich jetzt offen an, es machte ihm scheinbar Spaß, etwas zu können, was mir fremd war. Dabei gab es mehr als genug, was er konnte und ich nicht. Ich gab ihm wieder den Bleistift und war-tete ab, mal sehen, was er jetzt aufzeichnete. Wir hatten wohl doch einen Weg gefunden, uns zu verständigen. Ein wenig er-schrocken über meine eigenen Gedanken hob ich den Kopf. Wir verständigten uns doch ständig, warum nur zweifelte ich immer wieder daran? Was war nur die Macht des Wortes, daß sie uns so gefangennahm? Er sah mich kurz an und zeichnete dann einen Vollmond und einen Halbmond. Warum?

Und wieder begann ich mit dem Erdschatten zu zaubern.

Es war schon spät, als wir die Unterrichtsstunde beendeten und in stillem Frieden noch eine zusammen rauchten. Er hatte mich die ganze Zeit über nicht berührt, hatte keine körperliche Nähe gesucht, und doch wußte ich, daß wir heute abend einen ganz großen Schritt gemeinsam gegangen waren: Er war zu mir gekommen, in meine Wohnung, er hatte es gewagt, er hatte den Mut dazu aufgebracht. Und dann hatte er auch noch lernen wollen. Ich war unglaublich stolz auf ihn.

Ich hatte die Füße auf die Brüstung gelegt, und meine Zehen trommelten schon wieder den Rhythmus der Musik, die zu uns geweht kam. Er bemerkte es. Du hörst Musik? Ich nickte und deutete vage in Richtung Bar, von wo die Musik kam. Möchtest du da hin? Gleichgültig verneinte ich und sagte:»Ich bin hier bei dir, und es ist sehr schön.« Er lächelte warm und scharrte mit dem Fuß über den Boden. Hörst du das? Ich nickte. Er trommelte mit den Fingern einen lautlosen Wirbel auf der Brüstung, und diesmal verneinte ich.

Am Himmel waren jetzt einige gute alte Bekannte aufgetaucht, und plötzlich hatte ich eine Idee: Ich nahm meinen Block und bat um seinen Bleistift, den er wieder sorgfältig verstaut hatte. Allein daran bemerkte ich, wie wertvoll der Besitz des Stiftes für ihn war, und mein Herz schmerzte einen Moment lang. Ein Bleistift ...

Er gab ihn mir, und ich zeichnete den Großen Wagen und hielt ihm die Zeichnung hin, deutete auf den Himmel und machte eine auffordernde Bewegung. Er sah auf und suchte, versuchte, meiner weisenden Hand zu folgen. Und dann der Erfolg: Ja, er sah ihn! Die Ansammlung von Sternen, die aussah wie ein großer Wagen! Ich lächelte und zeichnete auch noch die Cassiopeia für ihn, und auch die konnte er auf Anhieb finden.

Und in seinen Augen avancierte ich zu einer weisen Frau.

Still saß er da, mich manchmal aus den Augenwinkeln musternd, seinen Triumph auskostend, aber dennoch ... da war eine Frage, die er nicht stellte. Ich stupste ihn an. Was ist? Seltsame Art der Kommunikation, aber sie funktionierte. Er zögerte, dann verhakten sich seine Finger zu Eheringen. Warum bist du nicht verheiratet? Ich hob die Schultern.»Keine Ahnung. Es war irgendwie nie der richtige Mann für mich dabei.« Ist dein Herz gebrochen? Nein. Er verstand es nicht. Und ich sah keinen Weg, ihm verständlich zu machen, daß man als Frau in Europa nicht unbedingt verheiratet sein mußte. Daß es nicht so wichtig war für die gesell-schaftliche Anerkennung, für die Norm. Daß es mir einfach nicht wichtig war.

Er raffte seine Sachen zusammen und schickte sich an zu gehen, als mir etwas einfiel. »Farouk, können wir nicht noch in das Café gehen?« Er sah auf und verstand nicht. Ich zeigte in Richtung des arabischen Cafés und deutete an, an einer Mokkatasse zu nippen. Er verneinte. »Ist dort geschlossen? Es ist schon spät.« Ich über-legte. Er verneinte. »Ich gehe mit dir und gucke mal.« Er verneinte, jetzt entschieden, und baute sich vor mir auf, ungewohnt ernst. »Was ist denn?« Diesmal war ich es, die nicht verstand. Er schüt-telte den Kopf, dann tat er so, als würde er an irgend etwas ziehen und verdrehte anschließend die Augen. Seine Gestik war so an-schaulich, daß mir sofort die Wasserpfeife vor Augen stand, die ich schon manchmal vor dem Laden im Club gesehen hatte. Ich blieb stehen, und in meinem Kopf begannen die Gedanken plötz-lich zu rotieren, meine Müdigkeit war wie weggeblasen. Es ist nicht gut für dich, bedeutete er ganz entschieden und stand noch immer vor mir, scheinbar bereit, mich notfalls festzuhalten. Lang-sam tastete ich nach meinem Stuhl und ließ mich fallen, und Maikes Stimme gellte in meinem Hirn: Dann schau doch mal in dem Café nach ihr … Hasch? Oder was rauchten sie in ihren Pfeifen? Sophie? Es erklärte alles. Fast alles. Ihr ganzes seltsames Verhalten. Oder doch einen Gutteil davon. Nun ja, ich war nicht meines Bruders Hüter.

»Farouk …« Er sah mich an und setzte sich ebenfalls hin, abwar-tend. Ich atmete tief ein.

»Farouk, ist Sophie da?« Er hob die Schultern. Er verstand nicht, wußte nicht, wen ich meinte. Ich begann, Sophie zu beschreiben, die Frau, die meinem Herzen nahestand. Er hob die Schultern und sah weg. Ich legte eine Hand auf sein Knie und bat still um Antwort. Er seufzte, sah mich an und schüttelte den Kopf auf eine merkwürdige Art, die keine Verneinung war. Es ging ihn nichts an, er durfte nichts sagen. Ich schloß die Augen und barg meinen Kopf in meinen Händen und konnte nicht aufhören zu denken und all die Kleinigkeiten, die Ungereimtheiten fielen mir ein, machten mich ganz verrückt.

Seine Hand tätschelte sanft meine Haare, glitt über meine Schultern, berührte kurz meine heißen, brennenden Wangen. Ich sah auf. Es ist nicht richtig, erklärte er, und ich wußte nicht, was er alles meinte. Hasch rauchen? War doch gang und gäbe, hier in der arabischen Welt noch viel mehr als bei uns im kalten Norden. Wenn ich richtig informiert war jedenfalls.

»Ich gehe hin«, sagte ich und ließ meine Finger über mein Knie laufen. Er verneinte, entschieden führte er die Hand waagerecht. »Warum?« begehrte ich zu wissen. Es ist nicht richtig, beharrte er, und ich war plötzlich müde und erschlagen und wollte allein sein und über diese Neuigkeiten nachdenken.

»Okay«, sagte ich daher, »du hast wohl recht. Ich werde nicht dahin gehen. Ich bin müde und werde jetzt schlafen.« Aber Farouk war wirklich nicht dumm. Du bist müde? fragte er und hielt seine Hände unter die Wange. Ich nickte. Du gehst nicht mehr weg? Nein. Er forderte etwas. Ich verstand nicht. Er nahm meine Hand und legte sie auf mein Herz, diesmal war er nicht so rücksichtsvoll wie sonst, die Sache mußte ihm wirklich zu schaffen machen. »Ja, ich verspreche es dir.« Und ich sah ihn offen an. Hand aufs Herz. Einen Moment noch bohrten sich seine Augen in meine, dann nickte er und richtete sich wieder auf. Trat einen Schritt zurück und verharrte regungslos, den Kopf erhoben, als wittere er in die Nachtluft, ich konnte ihn nur als Silhouette vor dem nachtblauen Himmel erkennen. Als er mich wieder ansah, sammelte sich das wenige Licht in seinen Augen und ließen sie schimmern, ein Hauch von Traurigkeit, Rückkehr aus der Ewigkeit. Er verneigte sich und berührte mit einer Hand sein Herz, dann flankte er über die Brüstung und war einen Moment später verschwunden, verschmolzen mit dem Land, das er liebte, zu dem er gehörte. Ich wußte, warum er mich nicht wirklich berührt hatte heute abend, warum er nicht die Gelegenheit genutzt hatte. Es war nicht sein vertrautes Terrain, eine Wohnung. Er war unsicher und verletzlich und würde nicht die Zügel aus der Hand geben, indem er mit mir in meiner Wohnung, auf meinem Terrain schlief. Er war ein stolzer, freier Mann und würde seine Wünsche wahr werden lassen. Aber zu seinen Bedingungen.

Ich schloß die Tür und wankte ins Bad, weniger der Alkohol, der mich wanken ließ, als vielmehr die Erkenntnis. Aber je länger ich nachdachte – und das tat ich in jener Nacht sehr ausgiebig, so müde ich auch war –, desto unsinniger erschien mir die ganze Geschichte. Ich meine, selbst wenn Sophie ab und zu haschte, was war denn schon dabei? War Hasch nicht im Grunde genauso schlimm oder harmlos wie Alkohol? Wo war der Unterschied? Warum tat ich so entsetzt und betroffen, während ich gleichzeitig eine ganze Flasche Wein leerte in einer Nacht? Ich brauchte nur einfach mit ihr zu reden und mal nachzufragen. Rauchen wollte ich nicht, ich fürchtete mich ein wenig vor Hasch, hatte es schon immer getan, selbst in meiner wilden Zeit, aber wenigstens mit ihr reden wollte ich. Kaum hatte ich den Gedanken gefaßt, forderten die Hitze des Tages, die Aufregung und der Alkohol ihren Tribut, und ich fiel in tiefen Schlaf.

Ich verabscheute es, wenn die Dinge, wenn das Leben selbst mich überrollte. Wenn ich keine Gelegenheit mehr hatte, alles sorgfältig zu überdenken und gegeneinander abzuwägen und zu ordnen. Schlimm genug, daß ich von ganzem Herzen einem Araber zugetan war – dem es im übrigen scheinbar nicht anders erging –, der 3000 Kilometer von mir entfernt lebte, daß ich mit meinem beherrschenden Verstand nicht in der Lage war, meine Gefühle zu kontrollieren. Und jetzt auch noch Sophie. Es war mir relativ egal, ob sie haschte oder sonstwas tat, sie war meine Freundin, und ich wollte sie nicht verlieren. All die kleinen Begebenheiten und Einzelheiten, die ich bisher so tapfer negiert hatte, trafen mich nun mit Wucht:

Da war das Mittagessen, das ich gemeinsam mit ihr einnahm. Es ging ihr so gut, sie strahlte und lachte, und ich dachte gerade, wie schön es doch sein mußte, so sehr in den eigenen Mann verliebt zu sein, als dieser auftauchte. Er deutete eine höfliche Verbeugung an, bevor er Platz nahm und in die entstandene Gesprächspause hinein fragte, wie denn der Sport am Morgen gewesen sei. Bevor ich reagieren konnte, äußerte Sophie sich begeistert über die Aerobic-Stunde. Ich schwieg.

»Hat es dir nicht gefallen?« fragte Fethi besorgt, das Wohl der Gäste lag ihm sehr am Herzen. Seine dunklen Augen ließen mich nicht los, seine Stimme war sanft und fragend.

»Ich war nicht da«, sagte ich, »ich war Schwimmen heute morgen, gleich nach dem Frühstück. Ich genieße es so sehr, im Meer zu schwimmen, und nutze natürlich jede Gelegenheit.«

»Natürlich. Vor allem bei dem Publikum.« »Publikum?« Ich schmunzelte. »Du meinst Alessandro? Nein, er läßt mich in Ruhe.« Fethi erwiderte mein Schmunzeln. »Ich meinte Farouk, der in jeder freien Minute in den Dünen sitzt und dich beobachtet.«

Ich ließ meine Gabel sinken und sah ihn an. »Farouk? Echt? Ich habe ihn noch nie gesehen.« Aber ich traute es ihm zu und mußte grinsen.

»Stört es dich?« »Nein. Nein, wirklich, ich mag Farouk, ich habe schon viel Zeit mit ihm verbracht, und es war immer sehr schön. Er belästigt mich keineswegs, falls du das befürchtest.«

Er erwiderte mein Lächeln, und ich hatte das sichere Gefühl, daß ihn meine Antwort freute. »Er ist ein guter Mann, weißt du. Seit acht Jahren arbeitet er hier, und es hat nie ein Problem mit ihm gegeben. Manchmal wünschte ich, ich hätte noch mehr Leute seines Schlages.« Er griff nach Sophies Hand und berührte sie kurz. Sie lächelte ihm strahlend zu. Sie war heute morgen nicht in der Aerobic-Stunde gewesen, ich hatte vorm Schwimmen noch kurz in den Trainingsraum hineingesehen, weil ich sie gesucht hatte. Aber vielleicht war sie auch zu spät gekommen. Als ich merkte,

daß Fethi mich noch immer ansah, lächelte ich zerstreut und nahm wieder an der allgemeinen Unterhaltung teil.
Ich habe nie herausgefunden, wo sie an dem Morgen wirklich gewesen ist.

Nach der langen Nacht, die Farouk und ich gemeinsam verbracht hatten, verzichtete ich darauf, das Telefon auf Weckruf zu programmieren, ich war schließlich im Urlaub hier. Es war heiß, als ich endlich erwachte, durchgeschwitzt, mit zerzausten, verkletteten Haaren, einen üblen Geschmack im Mund. Kein Wind raschelte in den Palmen, selbst die Vögel stritten sich nicht wie gewohnt. Es war kurz nach neun, ich duschte ausgiebig und gönnte meinen Haaren eine Kur, was Sophie sicherlich entzückt hätte, bevor ich zu ihrem Bungalow trabte, um zu gucken, ob sie vielleicht mit mir frühstücken würde. Insgeheim ging ich davon aus, daß sie als pflichtbewußte Mutter um diese Zeit schon längst fertig war, sich selber und ihren Sohn beköstigt hatte, aber man konnte ja nie wissen.

Die Gardinen waren zugezogen, rundum, um die Hitze auszusperren, auch bei den Fenstern, die noch im Schatten lagen. Ich klopfte an und wartete eine schier endlose Zeit, nicht eben angetan, um meine Laune zu besänftigen, die unter dieser Hitze litt. Außerdem machte mein leerer Magen sich bemerkbar. Ich klopfte noch einmal und hörte dann Sophie fragen: »Wer ist da?« »Ich.« Und jäh schien mir meine knappe Antwort unpassend.
»Mir geht es nicht so gut«, sagte sie durch die noch immer geschlossene Tür. »Was hast du denn?«
Schweigen. Ich klopfte. »Sophie?« Keine Antwort. Kein Geräusch.
»Sophie, laß uns frühstücken gehen, ja?« Noch immer keine Reaktion. Ich war ernsthaft verärgert, als ich zum Frühstück ins Strandrestaurant schlich. Es war zu warm zum Essen. Ich schälte lustlos eine Orange und aß ein Stück Melone und ein paar Cornflakes, aber selbst der Kaffee schmeckte nicht bei diesen

Temperaturen. Außerdem drehten sich meine Gedanken wirr um die eigene Achse, ich konnte weder Sinn noch Verstand aus ihrem Verhalten filtern und war gereizt und äußerst ungnädig.

Da mir an dem heutigen Morgen der Sinn nicht eben nach Selbstzerfleischung stand, ging ich nach dem Frühstück umgehend wieder zurück zu ihr, diesmal war ich allerdings klüger: Anstatt an die Haustür zu klopfen, umrundete ich den Bungalow und stieß die angelehnte Fliegentür auf. Sie lag auf einer Ottomane, die Beine hochgelegt, eine Kompresse auf dem Gesicht. Einen Moment plagte mich das schlechte Gewissen, es ging ihr wirklich schlecht, vielleicht hatte sie sogar Migräne, und ich erging mich in häßlichen Gedanken. Jetzt allerdings schoß sie hoch und funkelte mich wütend an, die Kompresse rutschte vom Gesicht und enthüllte ein tiefblaues Hämatom, prachtvoll anzusehen. »Sophie«, stieß ich entsetzt hervor, »du hast ein Veilchen!«»Ach«, fauchte sie, »was du nicht sagst. Das war mir gar nicht so bewußt.«»Was ist passiert? Fethi hat doch nicht …?«»Natürlich nicht. Warum denken bloß alle, mein Mann könnte mich schlagen?«»Wer sind alle?«»Egal.«»Was ist denn bloß passiert?«»Ich hab'mich gestoßen, stell dir vor. Ich hab'mich an dem Hängeschrank gestoßen, als ich mich erschrocken hab.«»Erschrocken? Wovor?«»Himmelherrgott, was weiß denn ich? Ein Geräusch. Mein Kind. Irgend etwas.«»Okay, okay. Ist ja schon gut.« Ich starrte sie noch immer an. Ich haßte es, belogen zu werden und erst recht von meiner besten Freundin. Sie angelte nach der Kompresse, tauchte sie in die Schüssel mit Eiswasser und legte sich wieder hin. Das Thema schien für sie beendet, und ich wandte mich zum Gehen. Das war mir zu albern. »Ich bin am Strand, falls du mich suchst oder mich brauchst.« Sie nickte nur, ohne sich die Mühe einer Antwort zu geben. Ich verließ den Bungalow durch die Haustür und schloß diese mit einigem Nachdruck hinter mir. Ratlos und empört zog ich mich um, striff das kirschrote Shirtkleid über den Bikini, schnappte Handtücher und mein Buch, stopfte Sonnenmilch mit in die Strandtasche und machte mich auf den Weg. In meinem Kopf wirbelten die Gedanken umeinander, und ich ertappte mich dabei, wie ich leise vor mich hin murmelte. Wenn Fethi sie nicht geschlagen hatte, wer dann? Denn die Geschichte mit dem Schrank kaufte ich ihr nicht ab.

Warum belog sie mich und offensichtlich auch Fethi? Wo war sie, wenn sie nicht beim Sport gewesen ist? Ging sie wirklich nächtens in das Café, und wo war Fethi zu dieser Zeit? Ach, es gab so viele Fragen und so wenig Antworten, und ich ärgerte mich. Über Sophie, über meine Unzulänglichkeit und weil ich gerade dabei war, auch gleich über das Schicksal so im allgemeinen. Warum konnte ich nicht einfach einen netten Urlaub verleben, mich mit meiner Freundin blendend verstehen und mich der Liebe hingeben, endlich mal hemmungslos, anstatt jeden meiner Schritte genauestens zu überdenken?

Ich starrte auf das schimmernde, glitzernde Meer vor mir, mein Buch lag aufgeschlagen auf meinen Knien, ich hatte nicht eine Seite davon gelesen. Herrgott, war ich frustriert.

Und dann bemerkte ich auch noch eine Gestalt, die sich mir näherte, eilig und in eindeutiger Absicht, sich zu mir zu gesellen. Das war ja nun das letzte, was ich brauchen konnte. Ich drückte mich tiefer in die Liege, konnte mich aber nicht unsichtbar machen und konnte auch nicht verhindern, daß die Gestalt neben mir stehenblieb. Es war Momo, der kleine Kutschenfahrer, der die schönen Photos gemacht hatte, außer Atem blieb er vor mir stehen, und ich richtete mich alarmiert auf, Momo war schüchtern, und es war nicht davon auszugehen, daß er freiwillig und ohne Grund meine Ruhe störte.

»Madame«, stieß er hervor, »du mußt mitkommen, bitte.« »Was ist passiert?« fragte ich und schwang schon meine Beine von der Liege.

»Es ist mit Farouk«, sagte er und trat von einem Fuß auf den anderen, hielt den Kopf gesenkt, während ich meine Sachen in die Strandtasche stopfte und mein Kleid überzog. »Was ist mit Farouk? Ist er verletzt? Was ist passiert?« Ich hatte Angst und konnte hören, wie sie in meiner Stimme mitschwang: Hoch und unsicher, ich sah Farouk in seinem Blut liegen, wußte aber, daß dann nicht ich zu Hilfe gerufen worden wäre.

»Nein, nicht verletzt. Bitte komm jetzt, Madame.« Er schlang sich den Riemen meiner Tasche um den schmalen Leib und setzte sich umgehend in Trab. Ich folgte ihm, mein Herz klopfte hoch oben im Hals einen wilden Wirbel, ich wußte nicht, was geschehen war, ja, ich konnte es mir nicht einmal vorstellen.

Momo brachte mich auf verschlungenen Pfaden zu den Verwaltungsgebäuden des Clubs, er weigerte sich, auch nur ein Wort zu sagen, hielt mir meine Tasche wieder hin und zeigte mit dem Kinn auf das Haus. »Geh bitte, Madame. Farouk ist da.« Und ich sah die Angst in seinen Augen. Ich wollte ihn noch fragen, was das alles sollte, aber er war schon wieder verschwunden. Hatte Mehdi ihn geschickt? Wo war Farouk? Was sollte das alles bedeuten? War Mehdi bei ihm? Was sollte ich hier?

Zögernd betrat ich den kühlen, gefliesten Vorraum, die Reliefs an den Wänden waren wunderschön, ich bemerkte es mit verblüffender Klarheit, während ich mit zitternder Hand an die dunkle Holztür klopfte. Nicht einmal kam mir der Gedanke, daß ich vielleicht gar nicht erwünscht wäre, ich war verwirrt und verunsichert und beseelt von dem Gedanken, Farouk helfen zu wollen, wobei auch immer.

Die Stimmen verstummten, dann öffnete Fethi zu meiner Erleichterung die Tür. »Elena … Was?« Aber er begriff schnell. »Ich bin vom Strand geholt worden«, sagte ich, »ich sollte helfen?« »Einen Moment, Bernhard«, sagte Fethi über seine Schulter hinweg und trat zu mir, die Tür sorgfältig hinter sich schließend.

»Woher weißt du …?« »Was ist passiert?« fragte ich gleichzeitig. Er sah mich an. »Es ist etwas Internes.« »Ist Farouk etwas passiert? Geht es ihm gut?« Er hob die Hände. »Aber ja, es geht ihm gut, es ist … es hat keinen Unfall gegeben. Wir haben … nun, sagen wir: Ein Gespräch.« »Fethi, bitte … ich weiß, daß es mich vermutlich gar nichts angeht, aber …« »Vielleicht … aber nein. Nein, es ist ein internes Gespräch. Geh jetzt besser. Mach dir keine Sorgen.« Aber ich war wie versteinert. Momos angsterfüllte Augen gingen mir nicht aus dem Sinn. »Kann ich irgend etwas helfen? Dolmetschen vielleicht?« »Nein, danke. Mehdi ist hier und dolmetscht.« »Entschuldige«, sagte ich kleinlaut, es ging mich wirklich nichts an, was die Mitarbeiter intern besprachen.

»Habt ihr ... seid ihr ... ich meine, hast du ...?« er brach ab. »Ein Verhältnis?« ergänzte ich hilfreich. »Ja. Ein sexuelles? Nein.« Er nickte, preßte die Lippen zusammen und wandte sich endgültig ab. »Mach dir keine Sorgen. Geh wieder an den Strand, bitte. Es ist ... unangenehm, aber du kannst nichts machen.« Ich nickte und wandte mich ebenfalls zum Gehen, fast hatte ich den Vorraum zur Gänze durchquert, als die dunkle Holztür ungestüm aufgestoßen wurde und Mehdi herausschoß.

»Madame,« stieß er hervor, »du mußt hierbleiben!« Fordernde, wütende Augen, schwarz wie Obsidian.

»Mehdi!« rief Fethi erbost, was dieser jedoch ignorierte.

»Du mußt die Wahrheit sagen! Erzähl, was passiert ist!«

»Um Himmels Willen«, stieß ich gequält hervor, »was ist denn passiert?« Aber bevor Mehdi antworten konnte, fing er einen scharfen Verweis ein, der Ton war unverkennbar und in jeder Sprache zu verstehen, auch auf arabisch. Weiß wie die Wand und mit einem letzten zornfunkelnden Blick zu mir wandte Mehdi sich ab. Ich tastete nach dem Fenstersims und stützte mich ab. »Was hat er gemeint? Was soll ich erzählen?« Fethi seufzte und räusperte sich dann. »Es ist mir außerordentlich unangenehm, dich als unseren Gast damit zu behelligen.« »Betrachte mich doch einfach als Familienmitglied«, schlug ich vor. Er betrachtete die schönen Reliefs und schwieg, und ich dachte, es sei eine arabische Verhandlungs- oder Gesprächstaktik, woher sollte ich auch wissen, was sich alles hinter den folgenden Fragen verbarg?

Wieder räusperte er sich. »Nun, vielleicht weißt du noch, was du in der Nacht der Mondfinsternis gemacht hast?« »Ja sicher. Ich war am Strand und habe sie mir angeguckt. Mit Farouk übrigens.

Ich dachte, ich würde ihm eine Freude machen, aber er empfand das Schauspiel wohl eher als unheimlich.«»Mit Farouk?« Ein schneller, scharfer Seitenblick. »Ja«, sagte ich ruhig, »wir waren lange am Strand.«»Ich nehme an, Sophie war die ganze Zeit dabei?« Überrascht sah ich auf, und hier versagte meine Intuition völlig, ich war mit den Gedanken bei Farouk, nicht bei Sophie, ich vergaß es, mich schützend vor sie zu stellen. Obwohl – selbst im nachhinein muß ich sagen, ich hätte nie Fethi gegenüber behauptet, daß Sophie mit mir zusammen war in jener Nacht. Ich verabscheute Lügen. »Nein, Sophie war nicht mit. Sie interessiert sich nicht für das himmlische Geschehen, hat sie noch nie. Ist ja auch nicht jedermanns Sache.« Ich konnte mir nicht vorstellen, eine Zeugin zu brauchen. Er sah mich an, und ich bemerkte, wie seine Gedanken sich überschlugen. Jetzt erst sah ich die Zusammenhänge: Sophie war in jener Nacht nicht bei ihrem Mann gewesen. Und auch nicht bei mir. Und jetzt wußte er es. Darüber dachte er nach. Ich wünschte, ich wäre diplomatischer gewesen, aber an den Tatsachen hätte es auch nichts geändert.

»Wir haben am Strand gesessen«, sagte ich sanft, »nichts weiter, wirklich. Ich weiß, daß ich in einem arabischen Land bin.« Ein tiefer Atemzug hob seine Brust. »Ich weiß, Elena, entschuldige. Ich vertraue dir. Bitte erzähl von dem Abend.«

Und ich begann zu berichten. Von Farouks Unbehagen, als der Erdschatten den Mond verschluckte. Von den Zeichnungen im Sand. Dem Spaziergang. Daß er mich zurück zum Club gebracht hatte, den Wachmann kurz begrüßt und dann so unvermittelt verschwand, weil sein heller Mantel mit dem im Mondlicht schimmernden Sand verschmolz.

Fethi hatte aufmerksam zugehört. »Weißt du, welcher Wachmann Dienst hatte? Wir können sonst auf dem Plan nachsehen.«»Es war der Chef, der Sicherheitschef des Clubs. Er ist unverkennbar, wenn sein Schatten so drohend vor einem aufragt.« Jetzt schmunzelte Fethi sogar ein wenig. »Und Farouk trug helle Kleidung?«

»Naja, er hatte einen hellen Mantel an, diesen arabischen Umhang, weißt du? Was er darunter trug, weiß ich nicht. Doch, halt: Eine helle Hose. Sie guckte vor.«

Er sah mich lange an. »Danke, Elena«, sagte er dann unvermutet ernst und ich dachte an seine Worte:

… wünschte, ich hätte mehr Leute seines Schlages …

»Was ist denn nur passiert?« fragte ich zaghaft. »Wann wart ihr am Club? So ungefähr?« Ich hob die Schultern. »Ich trage keine Uhr, aber es war auf jeden Fall nach eins, denn mein Wecker zeigte 1.32 Uhr, als ich ins Bett ging.« »Das weißt du noch so genau?« »Es war eine besondere Nacht«, entgegnete ich leise, und er ließ es dabei bewenden.

»Es hat … Anschuldigungen gegeben«, sagte er dann vorsichtig, »unschöne Vorwürfe, die ich so gar nicht glauben konnte, aber er wollte uns partout nicht erzählen, wo er in jener Nacht war.«

»Aber warum denn nicht? Ich hätte doch alles bestätigen können.«

Jetzt schmunzelte Fethi offensichtlich ob meiner Naivität, mit der ich davon ausging, daß Farouk genau das gleiche sagen würde wie ich: Die Wahrheit.

»Es ist eine Frage der Ehre. Er erwartet, daß man ihm glaubt. Daß ich ihm glaube.«

»Und vielleicht wollte er mich auch schützen«, vermutete ich zaghaft, und Fethi nickte und schenkte mir ein Lächeln aus funkelnden Augen unter langen dunklen Wimpern. »Sicher auch das«, sagte er diplomatisch und wandte sich ab. »Ich denke, wir haben jetzt zur Aufklärung beigetragen. Ich regle die Geschichte mit Bernhard. Aber danke, Elena, daß du so schnell gekommen bist.« Woher wußte er, wie schnell ich hergekommen war? Der Gedanke blitzte für den Bruchteil einer Sekunde in meinem Hirn auf. »Momo hat mich geholt«, gab ich dann widerstrebend zu und beobachtete ihn. Fethi lächelte. »Momo … so, so …«

Und ich sah dieses sphinxhafte Lächeln und fragte mich einen Moment lang, ob nicht sogar Fethi selber dafür gesorgt hatte.

»Kann ich ... kann ich mit reinkommen?« »Nein«, jetzt klang seine Stimme energisch, geschäftlich, »nein, das ist allein unsere Sache. Es wäre niemandem geholfen, auch Farouk nicht – dem erst recht nicht –, wenn er dich sehen würde.« Ich nickte verstehend. Ich mußte nicht Zeugin seiner Schande werden. Und so trollte ich mich, trat hinaus in die heiße Luft, die mir entgegenschlug und mir fast den Atem nahm. Es war unerträglich warm, und nicht ein Windhauch bewegte die stehende, glühende Luft. Müde und irgendwie ausgelaugt schlich ich zurück zum Strand.

Das Mittagessen ließ ich ausfallen, es war viel zu warm, um zu essen, außerdem fühlte ich mich unbehaglich, die Gedanken an Sophie, die Sorgen und die vielen Fragen, die sich mir aufdrängten, ließen sich nicht abschütteln. Das Licht wurde im Laufe des Nachmittags trübe, es war, als schöbe sich ein gelblicher, ungesunder Schleier vor die Sonne. In Norddeutschland hätte sich jetzt ein Gewitter zusammengebraut, hätte sich alles in einem Donnerschlag aufgelöst, die staubige, grauenvolle Hitze wäre durch Regenfluten weggespült worden und hätte saubere, irgendwie süße Luft zurückgelassen. Eine Luft, prickelnd wie Champagner, in der man barfuß über eine Wiese tanzen konnte, während die letzten dicken Regentropfen auf einen fielen und einen reinigten, läuterten, wie die Luft. Hier war es anders, und ich wußte nicht, ob es ein Gewitter geben würde, ob es regnen würde.

Schließlich hielt ich es nicht mehr aus. Ich mußte mit Sophie reden, koste es, was es wolle. Ich gehörte nicht zu den Menschen, die die Vogel-Strauß-Politik betrieben, und durch Wegsehen wurde nichts besser oder einfacher.

Sie war zu Hause, ich wußte es instinktiv, als ich mich dem Bungalow näherte. Wieder betrat ich das Haus durch die rückwärtige Tür, nicht bereit, Ausreden anzuhören, Ausflüchte anzusehen. Sie fütterte Jordan, ein Bild des Friedens, das Baby im Arm, der Kleine nuckelte an einer Flasche – wieso an einer Flasche, ich dachte, sie stillte? – und Sophies Augen waren halb geschlossen, während sie sich leicht wiegte.

Sie sah auf, als ich den Raum betrat, und nickte mir zu, ihre Augen waren klar und grün, und ich setzte mich ihr gegenüber. Der Bluterguß war häßlich anzusehen, er würde schmerzen, dessen war ich mir sicher. Die Stille zwischen uns war greifbar, ich wußte nicht, wie ich beginnen sollte, und sie sagte nichts, betrachtete ihr Baby und wiegte sich unablässig. Schließlich atmete ich tief ein. »Wie ist das passiert?« fragte ich ohne weitere Vorrede. Sie sah auf und gleich wieder auf den schwarzen Flaum, der den Kopf des Babys bedeckte. Nein, ich würde jetzt nicht sagen, daß ich schließlich ihre Freundin wäre. Wenn sie es nicht wußte, war es nicht mein Problem. Nach zwanzig Jahren, die wir miteinander verbracht hatten, mußte sie es einfach wissen.

»Warst du betrunken, als du dich gestoßen hast? Stillst du deswegen nicht mehr?« Sie schwieg noch immer. »Oder war der Grund ein ganz anderer? Hasch vielleicht? Du haschst, nicht wahr, Sophie? Aber selbst wenn, ist das denn so schrecklich? Ich meine, so schrecklich, daß du nicht mal mit mir darüber redest?« Der Kleine spuckte die Flasche aus und dreht den Kopf weg, quakte ein wenig. Sie hielt den Sauger an den kleinen, rosenknospenförmigen Mund, aber er drehte wieder den Kopf weg. Langsam stellte sie die Flasche zur Seite und erhob sich, trug ihr Baby herum und klopfte und streichelte sanft seinen Rücken. Jordan spuckte einen Schwall Milch auf ihre Schultern, und ich wandte mich einen Moment ab, kotzende Babys gehörten nicht zu meinen Lieblingsmotiven. Sie verschwand im Nebenzimmer, und ich hörte ihr leises Murmeln, mit dem sie das Baby in den Schlaf redete. Noch immer harrte ich aus, was sie zu überraschen schien, als sie zurückkam.

»Okay«, sagte ich mitleidlos, als sie sich hinsetzte und ihre Schläfen massierte, »du haschst also. Damit wäre das geklärt. Aber warum betrügst du deinen Mann?«

Ich ließ die Worte fallen, wie andere eine Bombe geworfen hätten. Jetzt endlich schien ihre Lethargie erschüttert zu sein, ungläubig hob sie den Kopf und sah mich an. »Wie kommst du darauf?« Ich wedelte mit der Hand. »So ein Quatsch«, murmelte sie und ging ins Bad. Ich hörte das Wasser laufen, einen Moment später war sie wieder da. Noch nie hatte ich erlebt, daß Sophie mir so fern war. Sie schien völlig entglitten, gefangen in ihrer eigenen kleinen Welt, nicht mal meine Worte, meine Gegenwart drangen längerfristig zu ihr durch. Ich hätte sie schütteln mögen. »Was hast du da gerade geschluckt?« fragte ich schließlich, einer Eingebung folgend. Sie sah auf. »Gegen die Schmerzen«, murmelte sie, und ihre Stimme wurde schon undeutlich. »Was schluckst du sonst noch?« Aber sie winkte nur müde ab. »Du bist nicht deines Bruders Hüter«, deklamierte sie und breitete die Arme aus, die umgehend kraftlos wieder herabfielen. »Nein, sicher nicht. Aber der meiner Freundin.«

Sie erhob sich und ging durch den Raum, nahm sinnlos Gegenstände in die Hand, betrachtete sie ohne Verständnis und stellte sie wieder ab, nur um das nächste Stück aufzuheben. »Elli«, sagte sie und rieb sich den Kopf, »laß es gut sein. Laß mich in Ruhe. Du verstehst es nicht. Du bist dir immer so sicher gewesen in all deinen Entscheidungen, du wirst es nie verstehen. Laß mich einfach in Ruhe, ja? Geh zum Sport oder zu den Pferden oder meinetwegen auch zu deinem gottverdammten Araber und laß dich ebenso einwickeln, wie es mir geschehen ist. Oder mach es besser. Vögel ihn und fahr nach Hause. Aber laß mich in Ruhe.«

Ich wartete einfach. Auf meinem Rücken sammelte sich der Schweiß und perlte langsam die Wirbelsäule entlang. Sophie beendete ihre Wanderung und setzte sich mir gegenüber, ihre Augen glitten ruhelos umher, konnten sich nicht an einem Punkt festhalten. Ich nahm ihre Hand, schmal und kalt und knöchern. »Weißt du«, begann sie plötzlich, »es war eigentlich alles ein Märchen. So wie in tausendundeiner Nacht. Ich war die Prinzessin, die in dieses Märchen fiel, und es gab niemanden, der mich hätte warnen können. Nein, auch du nicht, ich weiß, daß du es versucht hast. Aber wir wußten beide nicht, auf was wir uns einließen. Ich war so dumm und kurzsichtig. Als ob eine Europäerin jemals hier leben könnte, mit einem arabischen Mann.« Sie lachte bitter. »Weißt du, wie schrecklich es ist, immer Sonne zu haben? Jeden Tag und den ganzen Tag? Man wacht morgens auf, und der Himmel ist blau, und die Sonne scheint. Zuerst denkst du, du bist im Paradies gelandet, aber irgendwann sehnst du dich nach einem Regenguß, nach Wolken, nach einem Sturm, der Regen und Kälte mit sich bringt. Du kannst diese Hitze nicht mehr ertragen, diese ewige Sonne. Jeden Morgen öffnest du die Vorhänge und hoffst auf Wolken, auf Abkühlung, aber es ist immer das gleiche, wie in einem schlechten Film: Die Sonne scheint. Um dich herum sind nur immer fröhliche Menschen. Der Frohsinn ist ihre Aufgabe, ihr Job, sie lachen und lachen und lachen, und keiner nimmt sich mehr ernst, und alles ist wie ein höllisch überdrehtes Spiel, und du bist mittendrin und weißt nicht, wie du entkommen sollst.« Ihre Haare, stumpf und ungewaschen, flossen über die Lehne des Sessels, ihr T-Shirt war noch immer mit dem Mageninhalt des Kindes verziert. »Ich hatte einiges zu tun, natürlich. Und die Aufgaben entsprechen mir auch durchaus, ich kann repräsentieren, Gemüter beruhigen, meinen Mann verwöhnen, kurz: Eine perfekte Ehefrau sein. Aber ich ertrage es nicht, ständig unter Beobachtung zu stehen. Bei Edgar war es anders: Er kam abends nach Hause, fragte manchmal, was ich den ganzen Tag getan hatte, meistens aber nicht. Ich konnte mich frei bewegen, Tennis spielen – selten –, mich mit den anderen Frauen treffen – schon öfter – und auch den einen oder anderen jungen Mann becircen – was recht oft vorkam. Ich hatte mehr Liebhaber als du in deinen kühnsten Träumen. Du wußtest es nicht? Aber du hast es geahnt. Ich hatte ein gutes Leben. Und nun bin ich hier gelandet. Zuerst erschien mir Fethi wie der Mann meiner Träume, er ist wundervoll, weißt du. Aber dann wurde ich schwanger, und wir hatten zuerst weniger Sex, dann gar keinen mehr. Er befürchtete, es könne dem Kind schaden.« Hier lachte sie schrill auf. »Dem Kind schaden ... was für ein Unsinn. Ich sagte ihm, wir würden das Kind, wiegen, sanft schaukeln, mehr nicht, aber er faßte mich ab dem vierten Monat nicht mehr an. Hielt sich für heroisch. Daß ich nicht lache ... Ich litt sowieso unter der Schwangerschaft, eigentlich hatte ich so spät kein Kind mehr gewollt, aber vielleicht war es ein Geschenk Gottes. Nur – ich war für meinen Mann nicht mehr schön, nicht mehr begehrenswert. Er sah in mir ein Muttertier, mehr nicht. Ein Gefäß, in dem sein kostbarer Nachwuchs lagerte, wuchs und gedieh. Ich ertrug es nicht. Ich nahm mir einen Liebhaber. Zuerst einen Touristen, es war schon ziemlich gewagt, in so einem Club haben die Wände Augen und Ohren, und jeder weiß alles über den anderen. Aber ich hielt es nicht aus ohne Sex, ohne das Gefühl, begehrt zu werden. Und so ergab es sich. Es gab immer mehr, immer weitere, immer neue. Männer jeden Alters, jeder Herkunft. Bis ich mit einem der Animateure anbändelte. Das war schon nach Jordans Geburt. Fethi wollte mich immer noch schützen, und ich glaubte ihm immer noch nicht, dachte, er fände mich abscheulich, mein Bauch war nicht wieder so fest und flach wie früher geworden. Der Animateur war – ist – ein junger, athletischer Bursche, der ohne Probleme zweimal hintereinander kann und dann immer noch grinst und einen Steifen hat, und wir haben uns so manche vergnügte Stunde gegönnt. Und dann hat er mir gezeigt, wie geil Sex sein kann, wenn man ein bißchen Hasch vorher raucht. Hast du es schon mal probiert? Nein, sicher nicht, du bist viel zu anständig dafür. Aber ehrlich – ich hab'gedacht, ich wäre im Himmel gelandet. Oder in der Hölle. Da wäre ich auch hingegangen, wenn es als Belohnung mehr gegeben hätte. Immer mehr. Sex 'n' Drugs 'n' Rock'n' Roll. Nun, es gab immer mehr. Hasch, Tabletten und Sex. Alles, was ich wollte. Ich dachte, jetzt sei ich frei, weißt du ... frei. Mein Geist kann schweben, mein Körper Unglaubliches empfinden. Aber es geht immer nur mit Hilfe von außen. Von allein kann ich es nicht, reicht mein kleiner Geist nicht aus. Ich weiß nicht, warum Fethi mich nicht anfaßt, warum ich nicht mehr schön genug für ihn bin. Aber dafür für andere. Es ist doch auch egal, Hauptsache, ich habe einen Mann im Bett. Ich meine – warum muß es unbedingt der eigene sein?«

Ich hatte sie nicht aus den Augen gelassen während ihrer unglaublichen Rede. Sie lachte kurz auf, kein fröhliches Lachen. »Ich habe dich verstört, mein Schäfchen«, sagte sie, und es klang nicht liebevoll, »aber so ist das Leben nun mal. Solange Fethi nichts davon weiß, ist es doch in Ordnung.«

»Ist es nicht«, sagte ich tonlos, »er weiß es. In diesem Club haben die Wände Augen und Ohren.«

»Er weiß es?« wiederholte sie und riß einen Moment die Augen auf. »Das glaube ich nicht ... warum hat er es sich denn gefallen lassen?« »Vielleicht, weil er dich liebte?« gab ich zu bedenken. »Im Islam werden untreue Frauen gesteinigt«, sagte sie und ihre Lippen waren blutleer. Ich antwortete nicht darauf. »Und wie ist es zu deiner Verletzung gekommen?« fragte ich statt dessen.

»Oh, das ...«, sie tat es mit einer Handbewegung ab, »eine Folge des Liebesspiels vielleicht ... Nein, es war sehr viel undramatischer: Ich bin gestürzt, war aber zu benebelt, um mich abfangen zu können, ich schlug mit dem Jochbein auf einen Stein. Wir haben noch darüber gelacht, und ich war froh, daß kein Blut floß, ich mag Blut nicht sehen, vor allem mein eigenes nicht. Ich muß dann irgendwie eingeschlafen sein, da draußen, am Café oder dahinter, vielleicht waren wir auch am Strand, ich weiß es nicht mehr so genau. Als ich zu mir kam, war er verschwunden.« Sie hob die Schultern.

»Oh ja, er muß dich wirklich lieben«, bemerkte ich sarkastisch. »Du hast am Strand mit ihm gelegen? Ihr habt am Strand gevögelt, gut sichtbar für die Wachleute? Du hast Fethi nicht nur hintergangen, du hast ihn bloßgestellt und erniedrigt. Das hat er nicht verdient, weiß Gott nicht.«

Sie schlug die Augen nieder, einen Moment nur, es war eine einstudierte Geste, ich spürte es genau.

»Du hast einen ziemlich direkten Draht zu Gott, nicht wahr?« fragte sie dann spöttisch. Ich stutzte. »Wie kommst du darauf? Ich hab noch nie was mit der Kirche im Sinn gehabt.« »Ich rede von Gott, nicht von der Kirche. Du redest so oft von ihm, daß man meinen könnte, er sei ein guter Bekannter von dir.« »Was für ein Quatsch«, wehrte ich ab. Sie lachte, hohl und ohne Freude, und ich dachte, das war also das Ende einer wunderbaren Freundschaft, eine Freundschaft, die 20 Jahre überdauert hatte und jetzt und hier, in einem fremden Land, unter einer erbarmungslosen Sonne, einfach so zerbricht. Mit einem Paukenschlag und unterstützt von diversen Drogen, was weiß ich, was sie alles geschluckt hatte. Ich wollte es auch nicht mehr wissen. Die ganze Zeit der Schwangerschaft, ihre Depressionen, ihre Gleichgültigkeit der Umwelt gegenüber, mir gegenüber. Ein Spielball der Hormone ... daß ich nicht lache ...

»Und wie soll es weitergehen?« wollte ich wissen. »Was willst du Fethi noch alles erzählen? Oder nicht erzählen? Wie soll dein Leben weiterlaufen?« Sie hob die Schultern. »Ich werde erst mal zu Weihnachten nach Hause kommen. Ich meine, in deine Wohnung, wenn du mir Asyl gewährst. Mit Jordan natürlich. Und dann sehen wir weiter. Ich will mal wieder Regen sehen und Schnee, und ich will frieren und Kerzen anzünden und es gemütlich haben.«

»Natürlich kannst du zu mir kommen«, sagte ich schließlich in das lange andauernde Schweigen hinein, »es ist deine Wohnung.« Sie nickte, wobei ihr Kopf ein wenig haltlos pendelte.

»Aber bis Weihnachten ist es noch lange hin«, gab ich zu bedenken. »Was wirst du bis dahin tun?« »Na, hier leben. Es geht mir doch gut.« »Aber deinem Mann nicht. Hast du mal darüber nachgedacht?« Sie schwieg und senkte den Kopf, und die langen Haare fielen wie ein Vorhang über ihr Gesicht. Ich wußte nicht, was mit Sophie passiert war, aber dieses Verhalten ging weit über ein oder zwei Joints hinaus. Ich wußte nicht, was sie noch an Tabletten so alles in sich hineinschüttete, aber ich machte mir schon ernsthaft Sorgen. Auch um Fethi, den ich sehr gerne mochte. Und ich schämte mich, daß ich nicht schon viel eher etwas bemerkt hatte, ihr Verhalten war schließlich seltsam genug gewesen. All die Depressionen während der Schwangerschaft, die wir auf die hormonelle Umstellung geschoben hatten. In Wirklichkeit mußte sie zu der Zeit schon zumindest Tabletten geschluckt haben. Und dann durchlief mich ein eisiger Schreck, im wahrsten Sinn des Wortes, es war, als würde mein Blut aus dem Kopf gedrängt werden und immer tiefer sacken. Was war, wenn Jordan deswegen ein so ruhiges Baby war? Wenn er in Wirklichkeit gestört, ja, vielleicht sogar behindert war? Oh Gott … halt, da war er schon wieder, ich rief schon wieder um Hilfe. Hilf dir selbst, sonst hilft dir niemand. Langsam stand ich auf. Sophie sah mich an, ihre schönen Augen waren hinter Schlieren verborgen, sie zeigte überhaupt kein Unrechtsbewußtsein, das verstörte mich am meisten. Wie schnell ist es gegangen, daß meine Freundin – von allen Menschen um sie herum unbemerkt – in eine psychische, vielleicht sogar physische Abhängigkeit geriet? Und wie war ihr zu helfen? Auf jeden Fall recht schnell, soviel war mir klar.

Ich ging, langsam und irgendwie mutlos, nicht gebrochen, aber auch nicht mehr voller Tatkraft, nicht mehr voller Selbstvertrauen, daß es eine Lösung geben würde, irgendeine. Ich wußte zumindest keine, und ich wußte auch nicht, an wen ich mich wenden konnte. Was war mit Fethi, ihrem Ehemann in guten und in schlechten Tagen? Ein Araber. Würde er verstehen können? Wie würde er reagieren? Wie konnte er reagieren? So viel Verantwortung, der Club, die Menschen, sein Sohn. Und es war heiß, es war so unglaublich heiß.

V. Teil

Heute abend würde ich mich betrinken.

Es stand in Großbuchstaben in meinem Hirn.

Vergessen. Einfaches, seliges Vergessen. Aufhören zu grübeln. Tanzen, trinken, lachen, flirten. Ich wollte nicht mehr die Last der Welt auf meinen Schultern tragen. Ich wollte doch nur Urlaub machen, unbedrängt von den Unbilden um mich herum. Statt dessen fühlte ich mich wie Atlas mit der Welt auf den Schultern. Einsam, allein, niemand in Sicht, der helfen konnte. Es ging ja nicht nur um Sophie, ich wollte auch so gerne wissen, wie es Farouk jetzt ging, ob er sich von seiner Schande erholt hatte und was überhaupt vorgefallen war, wessen er beschuldigt wurde.

Unvermittelt war der Wunsch da, Musik zu hören. Italienische Arien, geschmettert, getragen, von unglaublichen Stimmen, von Leidenschaft und Liebe, von Haß und Eifersucht, immer wild bewegt. Niemals Stillstand, niemals Aufgabe. Mein Vater, im Eßzimmer stehend und schmetternd, Tränen in den Augen, warum auch immer. Italienische Arien, Auszüge aus Puccinis Tosca oder – auch immer wieder gern genommen – der Triumphmarsch aus der Aida. Bei den italienischen Opern war alles voller Leben und Dramatik, aber steckte nicht das Leben selber voll Dramatik? Ich dachte an meinen singenden Vater und überlegte, daß ich sicher von ihm meinen ausgesprochenen Hang zur Theatralik geerbt hatte, die Welt dreht sich weiter, und irgendwo im Club würde sich ein Arzt finden lassen, der beurteilen konnte, ob Sophie in ein Krankenhaus gehörte und ob Jordan gesund war.

Meine Mutter, die in grauer Vorzeit mal gesagt hatte: Und wenn du glaubst, es geht nicht mehr, kommt von irgendwo ein Lichtlein her.

Sie war von jeher die Praktische der beiden gewesen, und auch wenn ich es nicht immer wahrhaben wollte: Ich hatte von beiden Erbanlagen mitbekommen.

Ich zog meinen guten schwarzen Badeanzug an, der zum Schwimmen, für Wettkampfschwimmen gearbeitet war, und ging hinunter an den Strand. Der Sand war so heiß, daß man ihn ohne Schuhe nicht berühren konnte, und es war schon später Nachmittag. Langsam hätte es auch von mir aus etwas kühler werden können, ich gestehe. Das Meer umfing mich mit wundervoller, beruhigender, salziger Kühle, ich schwamm über die erste Sandbank hinaus und drehte dann auf, meine braungebrannten Arme pflügten durchs Wasser, das um mich aufgischtete und perlte und am Körper entlangströmte. Ich merkte, wie mein Blutdruck anstieg, wie die Muskeln locker wurden, geschmeidig, wie ich das Tempo erhöhte, bis mein Atem rascher wurde, bis meine Arme ermüdeten und mein Herz das Blut mit Wucht durch den Körper pumpte, bis ich nicht mehr genug Sauerstoff einsaugen konnte in den Atemzügen, für die ich den Kopf aus dem Wasser nahm. Dann endlich hörte ich auf, wie eine Wahnsinnige durch das Meer zu pflügen, ich ging vielmehr über in den Gleitflug, drehte mich einen Moment auf den Rücken und betrachtete den makellos blauen Himmel über mir und das ebenso makellose Meer unter mir. Ich war weit draußen. Viel zu weit. Der Strand war noch zu sehen, aber der Rückweg würde lange dauern, ermüdet wie ich jetzt war. Seufzend rollte ich mich wieder herum und begann, mit kräftigen Schwimmzügen Richtung Heimat zu schwimmen, Richtung Strand. Meine Gedanken, die sich vor kurzem noch überschlagen hatten, verliefen jetzt in durchaus gemäßigten Bahnen, waren wohlgeordnet und sortiert. Eines nach dem anderen, eine Lösung würde sich ergeben.

Ich betrank mich nicht an jenem Abend. Ich war müde und geläutert, als ich dem Meer entstieg, und – hungrig. Ein irgendwie vermißtes Gefühl. Jetzt war es, als kehre die Normalität zurück, gleichzeitig mit dem Hunger.

Ich aß alleine zu Abend, an einem Tisch mit einigen Touristen, weder Sophie noch Fethi ließen sich blicken, und ich verscheuchte das unbehagliche Gefühl, das sich mir so beharrlich aufdrängte. War es denn wirklich erst letzte Nacht gewesen, daß ich mit Farouk die Sterne besehen hatte? Hatten wir erst letzte Nacht zusammengesessen und uns unterhalten und so gut verstanden? Wieviel war seitdem passiert. Ich war heute nicht auf der Ranch gewesen, hatte mich nicht zum Reiten angemeldet, aber ich wußte, ich würde morgen früh hingehen und versuchen, ein Pferd zu ergattern, ich hatte so Sehnsucht nach Farouk, nach dem warmen Leuchten in seinen Augen und nach seiner Nähe, nach seiner Ruhe und der Kraft, die er ausstrahlte, einfach nach dem ganzen Mann. Es würde unendlich guttun, wieder mit ihm zu reiten. Wir würden gemeinsam lachen und reden, und er würde Palmenwedel von mir fernhalten, und alles wird gut.

Die Musik, die aus der Bar zu mir herüberklang, begleitete mich in den Schlaf. Ich war müde, einfach nur müde von dem ganzen Tag heute.

Als das Telefon anschlug, fühlte ich mich munter und ausgeruht, und mein erster Gedanke galt nicht Sophie, sondern Farouk und dem äußerst erotischen Traum, den ich gehabt hatte. Ich war erregt und gleichzeitig entspannt, welche Macht Träume doch hatten. Fröhlich pfeifend wusch ich mich und trug üppig Sonnencreme auf, verschluckte mich, als ich beim Zähneputzen weiterhin zu pfeifen versuchte, und sprühte den hohen Spiegel schön gleichmäßig mit Zahnpasta ein.

Dann tupfte ich sogar noch etwas Parfüm auf die Innenseite der Handgelenke und auf meinen Nacken, es brach also der galoppierende Leichtsinn aus, aber wer wußte das schon außer mir.

Der Morgen war frisch und klar, eine Erholung nach der brüten-
den Hitze. Die Pferde, bereits gesattelt und gezäumt, scharrten im
Sand, schnaubten, schüttelten die Köpfe, daß das Zaumzeug nur
so klirrte, und Belel versuchte, die bereits arg lädierte Palme
anzuknabbern. Sie gehörte eindeutig zu den Delikatessen seines
Speiseplans.

Mehdi saß an dem improvisierten Schreibtisch und zählte die
Reiter, die bereits da waren und harrte der Dinge, die da noch
kommen mochten. Seine schwarzen Augen verfolgten jede meiner Bewegungen, aber seine Miene war vollkommen unbewegt.
Ich kam nicht ins Stolpern. Ich fiel nicht über meine eigenen Füße,
und ich wurde auch nicht rot.

»Guten Morgen«, sagte ich, als ich ihn erreicht hatte, »ich würde
gerne reiten. Hast du wohl ein Pferd für mich?« Er senkte den
Kopf und starrte auf die vor ihm liegende Liste, ich wandte mich
ab und versuchte Farouk zu erspähen.

»Yasmin«, sagte er mit nachtdunkler Stimme, die mich ungläubig
erstarren ließ. Ganz langsam drehte ich mich zu ihm um, er hatte
noch immer den Kopf gesenkt, und ich hatte mich mit Sicherheit
verhört. »Yasmin«, wiederholte ich etwas töricht, »du meinst, ich
kann Yasmin reiten? Heute morgen?« Jetzt sah er auf, eindeutig
Belustigung und Spott in den dunklen Augen. »Habe ich so undeutlich gesprochen?« »Äääähh … nein, ist schon gut … Danke.«
Er nickte. Ich entfernte mich eilig und ging zu dem hübschen
grauen Hengst, der den Kopf hob und mir entgegenkam, soweit
sein Strick es zuließ. Farouk trat jetzt aus der kleinen Hütte, ein
Zaumzeug in der Hand. Er hatte mich nicht kommen sehen und
natürlich auch nicht mit Mehdi sprechen hören. Mehdi machte
eine kleine, nachlässige Bewegung mit dem Kinn in meine Richtung, und Farouk sah sich um, sein Blick traf mich auf die Entfernung von mehreren Metern und ließ mir das Blut in die
Wangen schießen. Er lächelte ein wenig, ganz leicht nur, weich,
dann senkte er den Kopf und hielt Mehdi das Zaumzeug entgegen.
Die beiden beratschlagten kurz, und Farouk brachte den Zaum

wieder weg. Die meisten Reiter waren jetzt bei ihren Pferden, Mehdi kam zu mir, kontrollierte den Sattelgurt und nickte mir zu. »Ist es gut, Yasmin zu reiten?«»Ja. Ich freue mich sehr.«Ich versuchte, aus seinem Blick etwas zu lesen, aber die Augen waren undurchdringlich und schwarz wie Obsidian, so ganz anders als die Farouks, diese warmen, lichtdurchfluteten Augen, in denen sich das Leben und seine Gefühle spiegelten.

»Es ist gut, daß du die Wahrheit gesagt hast«, murmelte er, den Kopf unter der Sattelpausche versteckt. »Natürlich habe ich die Wahrheit gesagt. Ich hätte es auch viel früher getan, wenn mich jemand gefragt hätte. Ich wußte überhaupt nicht, was passiert ist, als Momo mich vom Strand holte. Ich weiß es bis heute nicht.« Mehdi ließ das Leder fallen und nickte mir zu. »Kannst du es mir nicht erzählen?«bat ich, aber er verneinte. »Frag ihn selbst«, sagte er und ging endgültig, um sich um die anderen Reiter und Pferde zu kümmern.

Ich wartete mit dem Aufsitzen bis zum Schluß, Yasmin ging nie Tete, er war zu faul, und ich hatte mein ureigenes Interesse daran, am Schluß zu reiten. Farouk bewegte sich mit tänzerischer Leichtigkeit zwischen den Menschen und Tieren umher, er lachte und scherzte und war ausgesprochen gut gelaunt. Bevor ich Yasmin in Bewegung setzte, um der Gruppe zu folgen, fragte ich: Kommst du mit? Und er nickte mit einem Lächeln. Sofort.

Der Hengst fiel in eiligen Schritt, die Gruppe war bereits voraus, sein Kopf wippte auf und ab, die üppige Mähne striff meine Hände. Ich wartete eigentlich nur darauf, die Galoppsprünge von Farouks Pferd zu hören, ich freute mich so sehr, daß es ihm gutging, daß der gestrige Tag keine Schäden hinterlassen hatte.

Ein leichter Wind wehte heute, zerriß die Schleier vor der Sonne und kühlte angenehm, wenigstens zu dieser Tageszeit noch. Später würde es wieder heiß werden, die Sonne stach schon jetzt in windstillen Momenten. Das blaue Volleyballband flatterte im leichten Wind, Yasmin nahm es nicht zur Kenntnis, er war viel zu gelassen, um sich um sein körperliches Wohl zu sorgen angesichts eines Bandes, das da jeden Morgen wehte.

Diese Gruppe war etwas netter als so manch andere, auch schienen es ganz gute Reiter zu sein, zumindest erfahrene. Mehdi gab das Zeichen zum Galopp, nachdem wir einige Zeit am Wasser entlanggeschlendert waren, und die Pferde wurden unruhig, warfen die Köpfe, einige begannen seitlich zu galoppieren vor lauter Vorfreude. Ich gab Yasmin die Zügel und genoß seinen runden, sauberen Galopp, den Eifer, mit dem er am Strand entlangsauste, eifrig bestrebt, das Tempo anzugeben und dennoch leicht zu beherrschen. Schon kam die verfallene Hütte in Sicht, als ich hinter mir die ersehnten, die vertrauten rasenden Galoppsprünge hörte, dumpf trommelten sie über den schweren Sand, ab und zu hörte ich Wasser aufspritzen. Ich wandte den Kopf und lachte Farouk entgegen, der auf dem braunen Hengst ankam, wie immer locker sitzend. Er winkte und ich winkte zurück, und in diesem Moment geschah es: Yasmin strauchelte. Sicher wäre gar nicht viel passiert, hätte ich ordentlich im Sattel gesessen. So aber drehte ich mich mit einer hektischen Bewegung nach vorne und brachte ihn damit vollends aus dem Gleichgewicht, er stolperte erneut, und ich stürzte über seine rechte Schulter. Schlug auf den Sand auf und kollerte noch ein Stück, bis ein im Weg stehender relativ kleiner Fels meinen unfreiwilligen Ausflug beendete. Ich stieß mit der Hüfte gegen den Stein, und das tat weh, aber bevor ich eigentlich realisiert hatte, was mit mir geschehen war, war Farouk neben mir.

Ich hielt noch immer Yasmins Zügel in der Hand, ein alter Reflex aus Anfängerzeiten, und Farouk kniete neben mir, seine Hände flogen, zitterten, tasteten flink über meinen Körper, fragten, suchten, Angst in den Augen, die dringende Frage, was passiert sei, ob ich verletzt sei.

»Mir ist nichts passiert«, sagte ich und versuchte, mich aufzusetzen, was sich als unmöglich erwies, weil Farouk mich noch immer hielt, seinen ganzen Körper über mich gebeugt, er wollte mich schützen, mich trösten, mir helfen. Und einen Moment lang schloß ich die Augen und gab mich diesem Gefühl hin. Atmete seinen Duft, drückte meine Lippen in die warme Mulde zwischen Hals und Schulter und genoß die sanfte, streichelnde Berührung. Seine Lippen strichen über mein Haar, dann sah er mich an, rückte ein wenig ab und musterte mich besorgt. Ist dir etwas passiert? Bist du verletzt? Die Bestürzung, die Angst in seinen Augen. »Ich bin okay, wirklich.« Ich nickte ihm zu und er schob sanft die Brille hoch, sah in meine Augen und immer noch dieselbe Frage: Alles okay? »Alles okay, glaub mir, mein Lieber.« Sanft tätschelte ich seinen Arm, ach wie warm und weich war die Haut, wie vertraut, geliebt. Unterdessen war auch Mehdi zurückgekommen. Er beobachtete die Situation vom Pferd aus, konnte ein leichtes Grinsen nicht unterdrücken und sagte tadelnd: »Du solltest dich auf dein Pferd konzentrieren, auch wenn es leicht zu reiten ist.« »Ich weiß. Aber es ist nichts passiert.« Ich tätschelte noch immer den braungebrannten Arm, der mich umschlungen hielt. »Farouk, bitte schau nach Yasmin. Ob er sich verletzt hat.« Er deutete meine Geste richtig und verneinte, bevor er sich aufrichtete. Ich trat zu Yasmin, Mehdi setzte sich an die Spitze der Gruppe und setzte ungerührt seinen Weg fort. Sorgfältig tastete ich die Beine des Pferdes ab, konnte aber weder eine Schwellung, noch Wärme spüren. Seine Beine waren trocken und kühl, genau wie es sich gehörte. Scheinbar hielt er mein Verhalten für ein neues Spiel, denn er stupste mich unternehmungslustig an mit seiner weichen grauen Schnauze. Farouk stand direkt neben mir. »Es ist alles in Ordnung«, sagte ich im Aufrichten.

Er sah mich an, die Lider halb gesenkt, sie verschatteten die schönen Augen, seine Hände vollführten irgendwelche sinnlosen, kleinen, flatternden Gesten, bis sie Halt auf meinen Schultern fanden. Ich sah ihn an, nicht verstehend, welchen Schreck er bekommen hatte, es war doch alles gutgegangen. Die schmalen, kraftvollen Hände zogen mich näher, sein Kopf senkte sich etwas, seine Wimpern sanken über die Augen, und dann küßte er mich wie ein Verhungernder. Qualvoll. Ein wildes Flehen, ein Verlangen, wie ich es noch nicht kannte. Meine Knie wurden weich, ich sank gegen ihn, eines unserer Herzen trommelte ein wildes Stakkato, vielleicht waren es auch beide, ich wußte nicht mehr, wo ich aufhörte und er begann. Meine Hände, die in seinen Locken gruben, weiche, seidige Haare, sein Atem, heftig und rasch.

Einen Moment lang zog er sich zurück, nur um meine Hand auf sein Herz zu legen und mich anzusehen, seine flammenden Augen eine einzige Liebeserklärung, dann war er wieder bei mir, küßte mich, hemmungslos, gierig, wild und bekam die Antwort, auf die er so hoffte, die ich ersehnt hatte. Eng umschlungen standen wir am Strand, taub und blind für unsere Umwelt, nur noch uns selber wahrnehmend, bis er schließlich schwer atmend zurückwich. Wir müssen weiter, bedeutete er, und ich nickte, lächelte. »Ich weiß, mein Lieber.« Kannst du reiten? »Ja, natürlich. Kein Problem. Ich habe mich nicht verletzt, ganz sicher nicht.«

Er folgte mir zu Yasmin und half mir in den Sattel, tätschelte das Pferd und ging dann erst zu dem Braunen, der die ganze Zeit dagestanden hatte, friedlich an der Seite von Yasmin, Stallkollegen, Kumpel, die das seltsame Gebaren der Menschen nicht verstanden.

»Können wir galoppieren?« fragte ich Farouk und verwandte seine Geste. Meine Geste für den Galopp, das Laufen der Finger auf dem Arm, hatte für uns eine andere Bedeutung. Er zögerte.

»Ist etwas mit Yasmin?« fragte ich entsetzt und deutete auf den Hengst, der schon wieder mit eifrig nickendem Kopf am Strand entlangtänzelte und versuchte, mir den Zügel aus dem Händen zu nehmen, damit er hinter seiner Herde herkonnte. Farouk schloß zu mir auf. Kannst du galoppieren? Bist du okay? »Ja, ganz sicher, mein Lieber.« Ich tätschelte seine Hand und nickte bekräftigend. Er hob das Kinn, und ich gab Yasmin die Zügel. Der Graue streckte sich sofort, sichtlich entzückt über seine Freiheit, und legte ein beachtliches Tempo vor. Ab und zu trat er versehentlich ins Wasser, was jedesmal einen Sprung auf den trockenen Sand zur Folge hatte, er war etwas wasserscheu, der Gute.

Mir tat wirklich nichts weh, obwohl ich mit diesem kleinen Felsen kollidiert war. Ein wenig seltsam fand ich es schon, so gepolstert war ich nicht, und ich war mit dem Hüftknochen unangenehm an den Stein gestoßen, aber jetzt merkte ich wirklich nichts. Die Situation erinnerte mich an einen Unfall, den ich vor Jahren mal mit einem Fahrrad hatte: Damals hatte ich mir auf schwarzem Grant den ganzen Oberschenkel aufgerissen, ich hatte geblutet, daß es nicht mehr feierlich war, und dennoch keine Schmerzen. Die setzten erst später ein, nach zwei Tetanusspritzen in mein Hinterteil und nachdem ich zur Ruhe gekommen war. Hoffentlich war es diesmal nicht genauso.

Ich achtete sehr genau auf die Schrittfolge Yasmins, besonders im Trab, da vermochte ich am leichtesten eine Ungenauigkeit zu orten, einen Schrittfehler. Aber der Hengst lief fehlerlos, wie ein Uhrwerk, munter schritt er aus, keineswegs geschockt oder verletzt oder auch nur irritiert.

Farouk blieb an meiner Seite, still und besorgt, noch immer, obwohl ich mit ihm redete und lachte.

Die Sonne brach jetzt mit voller Kraft durch und der Wind schlief ein, es war warm, so warm wie gestern, die Sonne stach durch die Kleidung durch, und ich bekam schnell einen trockenen Mund. Die bisher recht munteren Gespräche innerhalb der Gruppe verstummten, die Schweife der Pferde wedelten eifrig, um Fliegen und Laufkäfer zu verscheuchen. Und dennoch genoß ich diesen Ritt. Vielleicht noch mehr als so manch anderen, einfach, weil mir plötzlich bewußt geworden war, wie fragil, wie zerbrechlich das Gleichgewicht ist, das wir tagtäglich aufrechterhalten. Wie schnell alles durch einen einzigen Sturz zunichte gemacht werden konnte. Oder durch eine einzige Begegnung, die nicht kontrolliert wurde, die einen Rausch nach sich zog aus Tabletten und Hasch und Alkohol, trügerisches Eis, auf dem wir uns bewegten, Sicherheit, die nicht existierte, die wir uns einbildeten, schufen, durch irgendwelche imaginären Netze, die wir scheinbar unter uns spannten.

Farouk half mir, Yasmin abzusatteln, Mehdi schlenderte lässig auf mich zu, ein Grinsen im Gesicht, das mich sofort gegen ihn aufbrachte, allem zum Trotz, was in der letzten Zeit vorgefallen war.
»Madame Elena …« sagte er gedehnt und grinste mich an, »und ich dachte, du wärest eine so gute Reiterin.« »So etwas passiert auch den Besten«, entgegnete ich achselzuckend und hielt seinem Blick stand.
»Und du gehörst zu den Besten?« Feiner Spott in seiner Mimik, in seiner Betonung. »Aber ja. Wußtest du es etwa nicht?« Er grinste breiter. »Nein, tatsächlich nicht.« Schob sich einige Schritte näher, so nah, daß ich unwillkürlich zurückweichen wollte, es mir aber verkniff. »Du hast mir keine Möglichkeit gegeben, das festzustellen.« »Mein lieber Mehdi, du wirst auch nie eine Gelegenheit bekommen, die über das Reiten auf deinen Pferden hinausgeht«, erwiderte ich trocken.
Er schüttelte sanft den Kopf. Ich hob eine Hand, um gegen seine zu schlagen, aber er griff nach meiner Hand und hielt sie einen Moment, und komischerweise war es mir nicht unangenehm.
»Du erinnerst dich an die blonde Frau, mit der du Yasmin getauscht hast?« Ich nickte. Er sah mich an, noch immer meine Hand haltend. »Sie hat gesagt, mein Cousin hätte sie angefaßt. Darum hat der Chef Farouk gefragt. Sie ist nicht richtig, und wir wußten es alle …« Wie einfach und wie treffend ausgedrückt. Ich nickte nachdenklich und seufzte und wand endlich meine Hand aus seiner. Er ließ seinen Blick provokativ an mir abgleiten, aber es störte mich nicht. Ich gehörte zu Farouk, er wußte es, und ich wußte es auch. Und es war das beste Wissen, das ich je hatte.

Erst sehr viel später, Jahre später, wurde mir bewußt, was ich in seinen Augen für ihn getan hatte: Ich hatte mich ohne zu zögern zu ihm bekannt, ohne Ausflüchte, ohne Scham hatte ich die Wahrheit gesagt über eine Nacht, die wie zusammen verbracht hatten. Für mich bedeutete es nicht viel, ich hatte einfach die Wahrheit gesagt, nicht mehr und nicht weniger, aber für ihn bedeutete es die Welt. Eine Frau, eine Touristin, eine so kluge Frau, daß sie den Himmel kannte, hatte zu ihm gestanden, zu ihm, der nicht sprechen und nicht hören konnte, der arm war, der nur sein Herz zu geben hatte. Und sie hatte die Gabe angenommen und sich als würdig erwiesen. Aber all das wußte ich in jenem Herbst noch nicht.

Natürlich hatte ich ein prachtvolles Hämatom an der Hüfte, noch größer und schillernder und dunkler als Sophies. Nur konnte meins schlecht als Kriegsverletzung gelten, ich konnte nicht so knapp beschürzt umherlaufen, daß man es sehen konnte. Natürlich begann auch die Hüfte zu schmerzen, kaum daß ich aus der heißen Dusche wieder raus war, und natürlich humpelte ich ein wenig, als ich zum Mittag ging. Maike stieß mich an, als ich meinen ersten Teller in Richtung eines der Speisesäle balancierte, und dirigierte mich in einen anderen Raum, wo bereits einige der Animateure an einem Tisch saßen. Sie waren fast fertig mit Essen, es wurde streng darauf geachtet, daß die Animateure sich unter die Gäste mischten. Auch hier nahmen die Männer der Ranch eine Sonderstellung ein: Nie sah man sie in den Gefilden des Clubs, weder im Speisesaal noch im Nightclub oder im Theater. Sie waren eben die Bauernopfer.

»Und du bist heute gestürzt?« fragte sie, den Mund schon voll, und ich sah keine Häme in ihrem Gesicht, nur ehrliche Anteilnahme. Ich nickte und spießte energisch ein Stückchen Rinderleber auf die Gabel. Hoffentlich war es auch Rind und nicht etwa Pferd, meine ewige heimliche Sorge. Ich käme mir wie ein Kannibale vor, sollte ich je Pferdefleisch essen. »Ist aber gutgegangen. Woher weißt du das?« Sie grinste. »Dieser Club ist eine große, glückliche Familie. Es spricht sich eben schnell herum, wenn der

Liebling aller die Erde küßt.« »Oh Maike, komm. Sei bitte nicht auch noch bösartig. Wer den Schaden hat … « »Nein, das war schon ganz ernst gemeint. Naja, fast ernst. Wenn so jemand wie du stürzt, macht man sich ganz andere Gedanken, als wenn Lieschen Müller abgeht, ist doch klar, oder?« Ich schluckte und trank rasch einen Schluck Wein, um meine Verlegenheit zu überspielen.

»Mir ist aber zum Glück nichts passiert. Außerdem muß man damit rechnen, wenn man reitet. Es kann immer mal passieren.« Sie nickte mir zu. »Das ist so, wenn man Sportler ist, nicht wahr? Alles hat seine Risiken.« »Nicht nur für Sportler«, murmelte ich. Sie hob den Kopf und grinste schief. Am Tisch entstand Unruhe, zwei Animateure standen auf, um sich ihrem Tagwerk zu widmen. Ich holte mir noch Obst vom Büfett und kehrte zu Maike zurück. Es wurde langsam ruhiger, und dennoch wagte ich nicht, ihr eine Frage zu stellen, ich wagte nicht, nach Sophie und ihrem Mann zu fragen, ich wollte so gerne wissen, wieviel bekannt war, und traute mich nicht, das Thema überhaupt zur Sprache zu bringen. Es war Maike, die den ersten Schritt wagte.

»Deiner Freundin geht es nicht so gut, hört man …?« Ich schluckte, verschluckte mich, hustete hektisch und wußte nicht, was ich antworten sollte. Sie besah sich angelegentlich ihr Brötchen, Leberwurst mit Salatgurken darauf, und sagte: »Einer der Wassersportleute packt gerade zusammen.« »Oh …« Hochrot im Gesicht rang ich nach Luft, verlegen. »Was soll ich dazu sagen?« Sie hob die Schultern. »Es wird natürlich viel geredet. Aber gut finde ich es auch nicht, ganz ehrlich. Was auch immer passiert ist. Wo Rauch ist, ist auch Feuer.«

»Ich weiß nicht, was ich sagen soll«, stammelte ich unglücklich. » »Sie ist meine Freundin und er ist dein Chef …«

»Ich möchte auch gar nicht darüber reden, er ist mein Chef, und er ist ein guter Chef. Aber das hätte deine Freundin sich echt schenken können. In der Beziehung verstehen die hier echt keinen Spaß. Zu Recht, wie ich finde.« Um uns herum war es laut und fröhlich, und ich hatte ein schlechtes Gewissen, weil ich nicht auf Sophie hatte einwirken können, weil ich es zugelassen hatte, daß sie sich selber und auch Fethi ins Unglück gestürzt hatte. Aber dann verscheuchte ich die Gedanken schnell wieder: Ich war nicht meines Bruders Hüter. Hatte nicht Sophie selber diese Worte gewählt? Außerdem war sie wirklich alt genug, um zu wissen, was recht war. Und was unrecht. Und doch: Ich wünschte, ich könnte einigen Schaden reparieren, wiedergutmachen, heilen durch Handauflegen.

So viele Begebenheiten schossen mir durch den Kopf, die glücklichen Gesichter, das Lächeln, welches sie stets füreinander hatten, die sanften Berührungen, die Achtung, die Liebe. Alles vorbei. Fethi würde sie nie wieder achten können, nicht nach dem, was sie ihm angetan hatte. Dabei war es im Moment vielleicht sogar das wichtigste, um Sophie zu heilen. Ich wußte nicht mal, wie abhängig sie war. Maike hatte unterdessen weitergeredet, fröhliches, oberflächliches Geplauder, sich und mich ablenkend, den Schein wahrend, alles zum Wohle der Gäste, niemand würde merken, was hinter den Kulissen vor sich ging, es ging auch niemanden etwas an.

Und ich ließ mich darauf ein, fragte nach, wie sie es schaffte, ihre Rollen zu lernen, wann sie schlief, wie sie alles bewältigte, ihre mannigfachen Aufgaben, einschließlich Küchendienst.

Sie erzählte und lachte und ließ alles als ein einziges grandioses Abenteuer erscheinen, und ich hatte plötzlich das Gefühl, wie eine Touristin behandelt zu werden.

»Maike«, sagte ich daher, »sei nicht böse, aber ich werde mich jetzt einen Moment hinlegen und Siesta machen. Ich bin doch recht müde. Außerdem ist es unglaublich warm.« Sie sah auf und nickte, und einen Moment waren wir wieder vertraut, sie wußte, daß ich wußte und konnte doch nicht anders, es war ihr Beruf, sie hatte sich dem Dienst an der Öffentlichkeit verschrieben und konnte nicht zurück, wollte nicht zurück. »Schlaf gut«, sagte sie sanft, und ich nickte ihr zu, lächelte und verließ den Speisesaal.

Es war heiß. Es war so unglaublich heiß, daß mir meine Lebensgeister schwanden und ich mich tatsächlich hinlegte in der wohlmeinenden Kühle meines Zimmers, geschützt durch dicke mau-
rische Mauern, eingelullt vom Surren der Klimaanlage und
meinen Gedanken.

Ich verschlief den ganzen Nachmittag, drei Stunden, und wachte
erfrischt und ausgeruht auf. Es war noch immer heiß, aber
irgendwie konnte mir die Hitze nichts anhaben. Ich zog mich an
und nahm meine Strandtasche, noch ein bißchen am Strand spazierengehen, vielleicht im Meer schwimmen. Ich klopfte an
Sophies Bungalow, eigentlich eher obligat, und blieb verblüfft
stehen, als sie die Tür öffnete. »Oh ... Elli ... hmm ... willst du
reinkommen?« »Nein, eigentlich nicht. Willst du rauskommen?
Am Strand spazierengehen?« »Nein, eigentlich nicht«, sagte sie
und brach in Lachen aus, »es ist mir viel zu warm.« Ich nickte und
trat einen Schritt zurück. »Hätte ja sein können, daß du dich bewegen willst.« Ihre Haare waren noch immer nicht gewaschen,
was mich irgendwie am meisten befremdete. Meine Sophie, die
kluge, gepflegte Frau ... was war bloß mit ihr passiert? Oder vielmehr: Warum war es passiert? Sie musterte mich noch immer, in
der Tür stehend, abwartend, den Kopf ein wenig schräg geneigt,
so als bestaune sie einen Paradiesvogel. »Seit wann geht es dir
schon so schlecht, Sophie?« fragte ich wider besseres Wissen.
»Nein, ich habe keine Schmerzen, danke. Die Tabletten schlagen
gut an.« Das sieht man, dachte ich und wandte mich ab. Ihre verschleierten Augen folgten mir, dann schloß sie langsam die Tür.
Einen Arzt. Ich mußte einen Arzt finden. Und mit Fethi reden.
Oder gleich eine Ambulanz kommen lassen.
Oh, ich verabscheute es, wenn die Dinge mich gleichsam über-
rollten. Wenn ich keine Zeit hatte, alles fein säuberlich zu sortieren und abzuheften.

Sophie abends im Speisesaal: Hinreißend schön. Ein langes jade-
grünes Kleid, sorgfältiges Make-up, gewaschene und frisierte
Haare. Ein ernster, sehr aufrechter Fethi an ihrer Seite, Kellner um
sie herum, die sich beeilten, alles richtig zu machen. Fethi, der ihr
das Essen von seinem Teller vorlegte. Das anmutige Neigen ihres
Kopfes, das leere Lächeln. Das alles konnte Hasch allein nicht
ausmachen. Sophie war auf Tabletten, ganz klar. Woher bezog sie
die? Was schluckte sie? Seit wann? Wieviel? Warum? Immer wieder diese eine Frage: Warum? Warum tat sie sich und den anderen das alles an? Sie hätte wirklich ein Leben wie im Märchen
haben können. Und dennoch warf sie alles weg, sich selber eingeschlossen. Ich setzte mich zu den beiden an den Tisch, ich war es
ihnen schuldig, beiden. Fethis Augen, dunkle Teiche, Wut, Enttäuschung, Trauer in ihnen. Oberflächliches Geplauder. Begrü-
ßungen und Rufe quer durch den Speisesaal, Lachen. Das Lachen
der anderen, mir war nicht nach Lachen, Fethi auch nicht. Sophies
kurze Nägel waren lackiert, sie mußte bei der Kosmetikerin gewesen sein hier im Club, allein hätte sie sich nie die Nägel so
schön gestaltet, so gleichgültig, wie sie geworden war. Mit zierlichen Bewegungen faltete sie ihre Serviette und entfaltete sie wieder, ein leeres Lächeln im Gesicht, keine Reaktionen, keine Teil-
nahme.

Meine Sorgen. Und dann der Wunsch, sie vors Schienbein zu treten. Sie rauszureißen aus ihrem Tran. Ich wollte meine Freundin
wiederhaben mit allem Egoismus, zu dem ich fähig war. Ich wollte nicht, daß sie mir gegenübersaß und doch so weit weg war. Ich
wollte mit ihr reden und lachen, und ich wollte ihre Meinung
hören. Ich wollte meiner Wut Ausdruck verleihen, meiner Wut
über ihre Gleichgültigkeit und ihren Egoismus.

Plötzlich stand sie auf und glitt um den Tisch herum, bevor Fethi
oder ich reagieren konnten war sie aus unserer Reichweite, sanft
lächelnd, und entschuldigte sich, als wolle sie nur kurz austreten,
dann verschwand sie, ein wenig unsicher auf den hohen Ab-
sätzen. Sophie war noch nie unsicher auf Pumps gegangen. Ich

lehnte mich zurück und wagte dann doch endlich, Fethis Blick zu begegnen. Er sah traurig aus, bitter, nachdenklich.

»Seit wann geht das schon so?« flüsterte ich. Er hob die Schultern.

»Je ne comprends pas …«

»Was wirst du tun?« Er schwieg einen Moment, spielte mit dem Stiel seines Weinglases, starrte auf die Lichtreflexe, die im Wein spielten, und seufzte schließlich. »Ich werde sie in ein Krankenhaus bringen und dann nach Hause.« »Nach Hause …?« »Nach Deutschland. Soweit ich weiß, hat sie eine Wohnung in Deutschland, in der du zur Zeit lebst. Vielleicht könnt ihr zusammen leben, vielleicht sucht eine von euch eine andere Wohnung … Ich weiß es nicht.« Ich nickte. »Wir werden sehen. Vielleicht braucht sie Gesellschaft, wenigstens die erste Zeit.« Er sah mich an, lange und nachdenklich. »Sie wird Gesellschaft brauchen, denn ich behalte meinen Sohn hier. Sie hat gezeigt, daß sie keine gute Mutter für ihn ist und keine gute Frau für mich. Ich werde meinen Sohn nicht bei ihr lassen.«

Ich schluckte, konnte ihn aber gut verstehen. Ich wußte ja nicht mal, ob Sophie wirklich den Verlust ihres Sohnes betrauern würde. Ob es ihr bewußt werden würde, was sie getan hatte.

»Ich werde versuchen, ihr Halt zu geben«, murmelte ich schließlich, »aber bisher ist es mir nicht gelungen. Ich finde keinen Zugang zu ihr.« »Du hattest auch nicht die Möglichkeit. Du warst nicht hier, nicht während der Schwangerschaft, nicht während ihren … ihren … Verfehlungen. Eine Telefonleitung ist kein Ersatz.« Ich sah auf. Er nickte bekräftigend. »Mach du dir keine Vorwürfe. Wenn überhaupt, müßte ich es machen, ich habe auch viel zu lange nichts gemerkt oder meine Augen verschlossen oder die falschen Prioritäten gesetzt. Vielleicht wäre alles anderes gekommen, wenn … Aber wir Araber sehen es fatalistischer: Es ist Allahs Wille. Wir sollten nicht zusammen glücklich werden. Sie hatte nicht die Kraft einer Löwin, auch wenn sie so aussieht.«

Ich berührte seine Hand, kurz nur, eine warme, kraftvolle Hand, und ich bewunderte seinen Stolz und seinen Mut und auch seine Großherzigkeit, mit der er Sophie behandelte. Er hätte auch anders reagieren können. Ganz anders. Gerade hier, in einem arabischen Land, wo die Rechte der Frauen nicht mit denen der Männer zu vergleichen sind. Die schweren Lider mit dem dichten Wimpernkranz flatterten leicht, vielleicht die Andeutung eines Lächelns, dann hob er sein Glas und prostete mir zu, Trauer und Bedauern im Blick.

Sophie kehrte nicht an unseren Tisch zurück, und Fethi benahm sich, als habe er es auch nicht erwartet.

Natürlich machte ich mir Gedanken und Sorgen, aber irgendwie schien meine Leidensfähigkeit voll ausgeschöpft worden zu sein, ich fand, Sophie hatte selber schuld, und ich fand keine Entschuldigungen mehr für ihr Verhalten. Ich wußte nicht, was sie dazu gebracht hatte, sich irgendwelchen Rauschmitteln hinzugeben und sich dabei völlig zu verlieren, aber ich konnte es nicht verstehen, nicht entschuldigen, nicht akzeptieren. Ich würde für sie da sein, wenn sie aus dem Krankenhaus kommen würde und meine Wohnung mit ihr teilen und sie stützen oder aber mir eine eigene Wohnung suchen, egal, das war alles, was ich für sie machen konnte. Den ganzen Rest mußte sie allein bewältigen, ich konnte den Entzug nicht für sie übernehmen und auch nicht die Verantwortung.

Klingt entsetzlich, nicht wahr? Hartherzig. Aber vielleicht ist es Selbstschutz. Oder vielleicht auch eine kluge Erkenntnis von mir. Ich wußte es nicht. Und ich wußte auch nie, ob meine Entscheidung richtig war. Gestern hatte ich noch gedacht, ich wäre ziemlich allein auf dieser Welt und müßte mich kümmern, um Sophie, um ihren Sohn, ich wäre verantwortlich und müßte Hilfe holen. Heute war mir bewußt, daß ich nicht allein war. Ich ging zwischen vielen Fremden auf das Theater zu, allein unter Menschen, und fühlte mich gut, ich war allein, aber nicht einsam, es gab Menschen, auf die ich zählen konnte, die für mich dasein würden und für die ich Sorge trug, aber im Grunde waren es geteilte

Sorgen und auch eine geteilte Verantwortung. Ich stand nicht allein vor einem Berg und sollte ihn erklimmen.

Heute abend führten sie im Theater Ausschnitte aus dem »Tanz der Vampire« auf, und auf keinen Fall wollte ich es mir entgehen lassen, allein schon die Musik liebte ich heiß und innig. Es war unglaublich warm im Theater, die Luft hatte sich selbst draußen kaum abgekühlt, und hier drin war sie abgestanden, roch nach Schweiß und Schminke und Talkum, die Tänzer schwitzten die Kostüme durch, die schweren Kostüme, aber sie tanzten mitreißend zu der Musik vom Band, die mit vollem Klang das Theater erfüllte.

Als eine der letzten verließ ich schließlich das Theater, den Kopf noch voll Musik. Mein Kleid klebte unangenehm am Körper, es war ein hübsches Kleid, ich hatte es extra für heute abend angezogen, ein eisblaues Unterkleid und ein dunkleres Oberkleid, das aus aneinandergehäkelten Blüten bestand. Es war knöchellang, und ich hatte meine Sandaletten dazu an, vergessen war der kleine Schnitt an der Fußsohle, unwichtig geworden, er war verheilt, schmerzte nicht, hatte sich nicht entzündet.

Es war noch immer warm, der Mond trug einen Hof, wie ein Schleier um ihn gelegt, das Meer rauschte leise, verhalten, und die Luft bewegte sich kaum. Aber wenigstens war sie besser als im Theater. Ich ging zum Strand, ich wollte noch einen Moment allein sein, nicht wieder im Trubel verschwinden, nicht andere Musik hören, nicht Menschen um mich haben. Der Wächter grüßte, ich nickte ihm zu, zog meine Schuhe aus und ging hinunter zum Wasser, das mit feinen kleinen Wellenbewegungen auf den Strand schwappte, silbrig aufschimmernd und gleich darauf dunkle, dumpfe Nässe zurückließ.

Ich blieb am Wasser stehen, das über meine Füße schwappte und konzentrierte meine Sinne auf die Nacht, die mich umgab. Schon als ich aus dem Theater herauskam, hatte ich das Gefühl gehabt, ich wäre beobachtet worden. Auf dieses Gefühl ist nicht zwangsläufig Verlaß, oft schon hatte ich gedacht, Farouk wäre in meiner Nähe, ich würde seinen hellen Mantel erspähen, irgendwo hinter einer Palme oder vor der Hibiskushecke. Und dennoch: Es war wie der Abend der Hochzeit – wie bitter, sich daran zu erinnern–, als ich mir so sicher war, daß er da war.

Zirka einhundert Meter vom Eingang des Clubs entfernt ging ich im rechten Winkel vom Wasser weg den Strand hinauf in Richtung Dünen. Ungefähr auf dieser Höhe müßte die Ranch hinter den Dünen liegen, wenn ich mich nicht verrechnet hatte. Farouk würde nie freiwillig den Club betreten, jedenfalls nicht, wenn es sich irgendwie vermeiden ließ, wenn überhaupt, hatte ich eine Chance, daß er mich hier fand, hier, wo wir schon mal gesessen hatten. Wenn er mich überhaupt suchte. Aber ich war mir recht sicher. Ich hatte Sehnsucht nach ihm, verzweifelte, schmerzende Sehnsucht, angestachelt von dem Drama um Sophie und Fethi, von der aufwühlenden Musik, von der Erinnerung an den Sturz heute morgen, an seine Besorgnis, an die Gefühle in seinen leuchtenden Augen. Hochgepeitscht von der Erinnerung an seine Hände auf meinem Körper, die mich streichelten, trösteten, beruhigten und dabei aufregten, erregten.

Ich hockte mich in den weichen Sand und ließ die feinen Körner durch meine Hände rieseln wie Zeit durch ein Stundenglas.

Aber lange brauchte ich nicht zu warten. Der Sand geriet über mir in Bewegung, und er hockte sich hin, als er auf meiner Höhe war. Ich wandte den Kopf, um ihn anzusehen, um alles aufzunehmen, seine langen Haare, die leuchtenden Augen, den Schwung der Wangenknochen und der Lippen. Auch er sagte nichts, keine Begrüßung, kein Smalltalk. Seine Blicke, so ernst und eindringlich und seine Hände, die mein Gesicht umfaßten. Das leichte Zucken des Mundwinkels, das seinem Gesicht etwas Trauriges verlieh, die gesenkten Lider, die seine Augen halb verbargen, die Frage darin.

Nein, ich hatte keine Angst, keine Befürchtungen. Kein Zurückweichen mehr. Meine Hände, die auf seinen Oberarmen lagen und daran entlangstrichen. Die Art, wie er mich küßte, leicht und verhalten und dann die wachsende Erregung. Sein Atem, der schneller wurde, meine Haut striff.

Er wich zurück und stand auf, zog mich mit sich. Ich blieb an ihn gelehnt stehen und harrte der Dinge, die nun kommen würden, ich wußte, was kam, nur nicht, wo. Seine Brust hob und senkte sich unter den regelmäßigen Atemzügen, sein Herz mußte heftig arbeiten, und ich legte meine Hand auf seine Brust, suchte und fand eine Öffnung im Mantel und stellte überrascht fest, daß er nichts darunter trug. Weiche, heiße Haut, samten unter meinen Finger, unbehaart. Das Flackern in seinen Augen, jetzt eindeutig nicht mehr Unsicherheit. Die Lippen etwas geöffnet. Meine streichelnden Hände, sein rauher Atem und seine Erregung, nicht zu übersehen, selbst unter dem Mantel nicht. Ein halbes Lächeln, als er sah, daß ich sah. Dann die Entscheidung. Seine Hand, die meine hielt, fest und sicher. Sein aufblitzendes Lächeln, als er meine Frage bemerkte: Hier?

Erst vor der Hütte auf dem Gelände der Ranch ließ er mich los, aber auch nur, um mich hochzuheben und in die kleine Hütte zu tragen, sanft und behutsam wurde ich auf einem Stapel Decken niedergelegt – Pferdedecken ganz bestimmt, aber es interessierte mich nicht, mir waren Pferde lieb und vertraut, und es war seine Welt, sein Zuhause.

Ich schob den Mantel von seinen Schultern und atmete tief ein, selten hatte ich einen so schönen Mann gesehen, aber ich weiß auch, daß Schönheit im Auge des Betrachters liegt. Er war ganz schlank, schmal fast, mit wunderbar ausgeprägten Muskeln, sehr klar gezeichnet, unbehaart mit dunklen Brustwarzen. Er sah mich an, suchte nach einer Bestätigung, wollte wissen, ob ich ihn hübsch fand. Ich zeichnete seine Schlüsselbeine nach, seine Rippen, die schmalen Sägemuskeln am Bauch, die mich automatisch an den Rand der Shorts brachten und damit an seine Erektion. Er wich mir aus, unsicher jetzt, und einen Moment fragte ich mich, ob er schon mal mit einer Touristin geschlafen hatte, mit einer Ungläubigen, ob wir westlichen Frauen anderen Sex hatten und wie es für einen Mann sein mochte, der sich nicht auf sein Gehör verlassen konnte.

Den Moment, den er brauchte, um sich des Shorts zu entledigen, nutzte ich, um mein Kleid abzustreifen. Splitterfasernackt hockte er neben mir, staunend fast, das wenige Licht, das einfiel, spiegelte sich auf der glatten, makellosen Haut seines Körpers. Und dann begann er, mich zu streicheln, ganz sanft, ganz langsam, immer wieder Bestätigung suchend, immer wieder meine Augen suchend. Es gefiel ihm, was er sah, was er fühlte, und es gefiel ihm auch, als ich ihn schließlich einfach zu mir runterzog, mich unter ihn schob und ihn mit den Beinen umklammerte. Übrigens konnte man tatsächlich den Hüftbeuger sehen, der die Scham begrenzte.

Wir schwitzten beide, feine salzige Perlen auf unserer Haut. Ich lag auf dem Rücken, er auf der Seite, ein Bein über meine gelegt, in meinen Haaren spielend, die er aus den Spangen befreit hatte und die sich jetzt dramatisch unter mir ausbreiteten. Ich konnte seinen gleichmäßigen Atem hören und fragte mich, ob er wohl einschlafen würde, jetzt befriedigt. Aber statt dessen zuckte er plötzlich von mir weg und setzte sich auf, rollte mich ein wenig herum und betrachtete meine Hüfte. Es war viel zu dunkel, um etwas erkennen zu können, nicht mal das wirklich prachtvolle Hämatom konnte ich ausmachen.

Ich habe nicht daran gedacht, sagte er, und seine Miene wirkte bekümmert. Das hätte mir auch noch gefehlt, dachte ich, ich liege nackt vor dir, und du denkst an meine lädierte Hüfte statt an Sex. Aber ich sagte es natürlich nicht laut. Er sah mich noch immer an, und ich fragte mich, ob etwas falsch war. Ob ich einen Fehler gemacht hatte. Worauf er wartete. Was er erwartete.

»Farouk, Lieber … was ist mit dir?« fragte ich alarmiert und richtete mich auf. Er sah mich an, und ich konnte nicht seine Gedanken lesen, nur seinen verräterischen Mundwinkel im diffusen Licht erahnen. Jetzt ernsthaft beunruhigt legte ich meine Hand an seine Wange, und zu meiner unendlichen Erleichterung schmiegte er sich hinein. »Farouk«, flüsterte ich. Er küßte meine Handfläche, sah dann auf, und ich verstand immer noch nicht, hatte immer noch Angst, plötzlich zurückgestoßen zu werden. Ich wußte nach all der Zeit immer noch nicht, wie leicht zu verletzen er war, wie unsicher, gerade weil er nicht reden konnte, nicht hören konnte. Ihm fehlte so viel Bestätigung, so viel Selbstsicherheit. Er wußte nicht, ob es richtig war, ob er richtig gehandelt hatte, ob ich glücklich war, befriedigt. Er hatte keinen Weg, mich zu fragen, und er fand in meiner Haltung, die geprägt war von meiner eigenen Unsicherheit, keine Bestätigung.

Ich sah in seine Augen und empfand seine Liebe, seine Wärme, seine Nähe wie ein schützendes Tuch, wie einen Mantel, der mich umgab, mich umhüllte. Ich sah den geneigten Schädel, die feinen Linien, und meine Kehle wurde eng, und die Tränen würgten, und meine Augen brannten, flossen über und eine einzelne, dann noch eine und noch eine Träne löste sich und rollte über meine Wangen.

Er sah auf und fing eine der Tränen mit dem Finger, leckte ihn ab und musterte mich, kein Lächeln, keine Frage, nur dieser Blick, traurig, tief, verloren.

Dann senkte er den Kopf und krümmte ein wenig die Schultern, sich schützend, und jetzt endlich verstand ich ihn. Jetzt endlich. Ich legte eine Hand auf seine Schulter, sehr sanft, die Rundung spürend, die Hitze der Haut.

»Ich bin so glücklich«, sagte ich leise, »ich weine, weil ich so glücklich bin. Verrückt, was?« Er verstand nicht. Vielleicht wagte er auch nicht, zu verstehen.

Ich weiß nicht, ob es mir um meinen oder um seinen Seelenfrieden ging oder ob ich einfach nur die Wahrheit sagte, als ich ihm mein Herz gab. Als meine Hände bedeuteten, daß mein Herz bei ihm war, zu ihm gehörte. Er sah auf, jetzt hoffnungsvoller. Ich merkte, wie mein Gesicht sich entspannte, wie sich noch eine Träne löste und von ihm aufgefangen wurde, ich konnte erklären, daß es Tränen des Glücks waren, daß es einfach manchmal so ist, wenn das Herz so weit ist und der Körper so glücklich. Mein Körper ist auch glücklich, bedeutete er zögernd. »Von mir?« fragte ich, und er sah mich an, jetzt erst verstehend, daß auch ich nicht sicher war, daß auch ich fürchtete, einen Fehler gemacht zu haben. Wir kannten uns so gut, wir hatten schon so viele Gesten des anderen interpretiert und verstanden, und dennoch hatte unser Instinkt versagt vor lauter Bedenken und Befürchtungen. Da standen wirklich Kulturen im Wege. Warum hatte ich mich nicht einfach darauf verlassen, was sein Körper, seine Mimik, seine Gestik mir sagten? Von jeher hatte ich es getan, hatte unsere Kommunikation auf einer eher unterbewußten Ebene ablaufen lassen und war gut dabei gefahren.

Er saß jetzt wieder mir zugewandt und musterte mich, versuchte, meinen Gedanken zu folgen, er war jetzt gelöst, seine Schultern gerade und entspannt, die Bauchfelder zeichneten sich ab, der Latissimus. Und ich wußte, was zu tun war, wie ich zu handeln hatte. Langsam begann ich, ihn zu streicheln, sanft zeichnete meine Hand seine Muskelstränge nach. Er ließ mich gewähren, während sich die feine Behaarung an den Armen aufrichtete und er wollüstig den Kopf in den Nacken legte, damit ich seinen Hals und seine Kehle besser küssen konnte.

Als er diesmal in mich eindrang, war es anders, er war selbstbewußter und hatte mehr Zeit, und ich war viel entspannter und konnte mich ihm ganz anders hingeben. Sexualität ist etwas sehr Merkwürdiges, Empfindliches, Subtiles.

Als ich einschlief, lag er dicht an meiner Seite, ein Bein über meinem, sein Arm auf meinem Brustkorb, den Kopf auf die Hand gestützt, mich ansehend. Die halbgeschlossenen Augen vermittelten tiefen Frieden, Glück. Manchmal streichelte er mich, ich erwachte dann halb, lächelte, dehnte mich und schlief umgehend wieder ein, beschützt, geliebt. Jedesmal, wenn ich die Augen aufschlug, waren seine offen und auf mich gerichtet, ich glaube, er schlief nicht eine Minute.

Im Morgengrauen schließlich weckte er mich, langsam und zärtlich. Der Himmel zeigte gerade erst einen perlgrauen Schimmer, es mußte wirklich früh sein.

Du mußt gehen, lächelte er und ließ seine warme Hand über mein Schlüsselbein tanzen, dann auf meiner Brust weitermachen, während er beobachtete, wie sich meine Brustwarze versteifte. Ich hielt einen Moment den Atem an und wußte nicht, ob er schon wieder … ob ich schon wieder … warum eigentlich nicht? Seine Erektion sprach eindeutig dafür. Er grinste ein wenig, als ich mich ihm entgegenbog, als er begann, mich zu küssen, seine warmen Lippen striffen meinen Hals entlang, suchten und fanden meine Brüste, verharrten, begannen erneut. Mein Unterleib pochte, fühlte sich geschwollen an, ich war schon wieder erregt, bereit. Sein Atem striff rauh mein Ohr, als er sich über mich schob.

Das leise Geräusch, daß er beim Orgasmus von sich gab, würde ich wohl auch zeit meines Lebens nicht vergessen, ein stummer Mann, der seine Lust herausschrie, eine Mischung zwischen Stöhnen und rauhem Atem, ein Geräusch, das mich unendlich glücklich machte.

Er benutzte sein Shirt, das hier gelegen hatte, um den Schweiß von unseren Körpern zu wischen, sehr zärtlich, und als er sich meiner Scham näherte, zögernd, unsicher werdend. Ich schob seine Hand weiter, er mußte wissen, daß es gut und richtig war, wenn er mich berührte.

Du mußt gehen, wiederholte er mit einem entzückten Lächeln. Ich nickte und richtete mich langsam auf. Der graue Schimmer im Osten färbte sich leicht rosa, als ich aus der Hütte trat, Farouk dicht hinter mir. Ich wollte mich von ihm verabschieden, aber er verneinte und ging neben mir über die Wege, die jetzt still und einsam im blassen Licht des frühen Morgens lagen. Der alte Gärtner sah uns kommen, es waren wenige Menschen schon auf, und nur der alte Mann schenkte uns Beachtung, sein breites Grinsen enthüllte schadhafte, braunfleckige Zähne, und seine Augen strahlten, als er uns grüßte. Ich lächelte zurück, und er zog den alten, nicht minder fleckigen Hut, wer weiß, wo er diese Geste je gesehen haben mochte. Automatisch griff ich nach Farouks Hand und wurde von einem Lächeln belohnt. Er war der schönste Mann, der mir je begegnet war. Seine Bewegungen waren weich und fast katzenhaft, und ich merkte ihm die durchwachte Nacht nicht an, still ging er neben mir, weich und gelöst, glücklich. Der Gärtner rief uns etwas hinterher, und ich blieb stehen, Farouk wandte sich um und nahm die rote Hibiskusblüte aus den alten, runzeligen Händen, um sie mir ins Haar zu schieben. Der Alte nickte und grinste Farouk an, dann wandte er sich wieder ab.

Vor meiner Tür blieb ich stehen. »Du mußt zurück, zu den Pferden, nicht wahr?« Er nickte, rührte sich aber nicht. Ich strich seine Haare zurück und küßte seine Stirn, heute morgen roch er anders, nach Liebe, nach Sex, aufregend. Er öffnete die Augen erst, als ich zurücktrat, dann machte er die traditionelle Geste, um sich zu verabschieden, verharrte aber im Abwenden. Wirst du reiten heute morgen? Ich zögerte. Mein Bett rief laut und deutlich, aber andererseits war ich aufgeregt und glücklich und würde sowieso nicht schlafen können. Es wäre schöner, mit ihm zu reiten. Als ich nickte, lächelte er wieder, glücklich, jungenhaft fast, und wandte sich endgültig ab.

Ich duschte lange und ausgiebig, putzte meine Zähne und setzte mich auf die Terrasse, um den stillen Morgen zu genießen und das Glück, das mir beschieden war. Dieses unsägliche Glück, das mich fast platzen ließ vor Wonne.

Der Morgen dämmerte nicht klar und frisch herauf, sondern war klebrig warm, und der Himmel war dunstig. Die Pferde waren unruhig, ich hörte sie schon, als ich am Swimmingpool vorbeiging. Zwei Vögel stritten sich lautstark und energisch auf dem Rasen vor dem Pool, und der Flieder hing schlaff und müde herunter. Der Gärtner grüßte mich, als würde er mich zum ersten Mal heute sehen, jetzt waren Menschen in der Nähe, und ich lächelte ihm zu, dankbar und noch immer so glücklich. Er wies zum Himmel und machte eine bedenkliche Handbewegung.

»Guten Morgen«, sagte ich, »es ist heiß, nicht wahr?« Er nickte und musterte weiterhin den Himmel.

»Nicht gut, Madame«, sagte er leise, und ich hatte Mühe, ihn zu verstehen. Normalerweise sprachen die Gärtner nicht mit den Touristen. »Warum? Was ist denn?« Und einen Moment lang hatte ich Angst, er wolle mich vor Farouk warnen. »Nicht gut. Sturm kommt. Besser nicht lange reiten.« Ich nickte ihm zu zum Zeichen des Verstehens, vertraute aber darauf, daß die Männer von der Ranch weder ihre geliebten Pferde, noch sich selber oder die Touristen in Schwierigkeiten bringen würden.

»Ich werde darauf achten.« Er nickte und wandte sich wieder dem großen Oleander zu, der verschwenderisch mit seinen Blüten protzte.

Jetzt, wo ich darauf aufmerksam gemacht worden war, mußte ich ihm recht geben: Der Himmel sah merkwürdig aus. Das war wohl der Grund für die Unruhe der Tiere, die nervös scharrten und schnaubten und mit den Köpfen warfen. Die drei Männer saßen zusammen unter dem Schutz des provisorischen Daches, das ihr Büro darstellte, und redeten leise, einige Reiter waren bereits anwesend, Mehdi und Farouk schienen über das Wetter zu reden, Farouk wiegte nachdenklich den Kopf und verneinte dann, der europäisch wirkende Mann spielte mit seinem Stift, und Mehdi starrte in den Himmel.

Ich begrüßte Yasmin, der mir unerschütterlich entgegenkam und unseren Sturz von gestern nicht übelgenommen hatte, kraulte seine breite Stirn und strich über die samtenen Nüstern, grinste, als sein Schädel sich zu meiner Hüfte senkte und dort nach einer Leckerei suchte, irgend jemand mußte mal eine Tasche gehabt haben, in der etwas für ihn gewesen war.

Farouk warf mir einen Blick zu, in dem das ganze Glück der letz-

400

ten Nacht lag, und Mehdi drehte sich um, runzelte die Stirn, winkte aber. Ich ging zu den Männern. »Guten Morgen. Worüber redet ihr? Das Wetter sieht merkwürdig aus, oder?« Mehdi antwortete nicht, aber Farouk machte eine besorgte Handbewegung. »Sturm?« riet ich, und er nickte. Sturm? So heiß wie es war? So windstill, daß nicht mal die Palmen sich bewegten. Aber ich kannte die hiesigen Wetterverhältnisse nicht und zog mich zurück zum trockenen Brunnen, begrüßte den Chef, der mich lächelnd musterte, und harrte der Dinge, die da kamen.

»Wir reiten«, entschied Mehdi und begann umgehend, die Pferde zu verteilen. »Du reitest heute nicht Yasmin, ich brauche ihn für einen anderen Reiter.« Ich nickte nur, es hatte sowieso keinen Sinn, Mehdi zu widersprechen. Seine dunklen Augen waren fest auf mich gerichtet, er suchte etwas, fand aber wohl keine Antwort, ich wußte es nicht, ich wußte nicht, was er von mir wollte, was er dachte.

Die Pferde waren fast alle verteilt, als er wieder neben mir stand, unangenehm nah. Ich roch seinen sauberen Atem, als er mit mir sprach, dieses harte Kind, dieser merkwürdige Mann.

»Du kannst Nasim reiten, wenn du es wagst«, sagte er. Ich sah zu dem aufgeregten Hengst und überlegte, ob ich es mir zutraute. »Ja, ich wage es«, sagte ich dann. Seine Augen waren schwarz, so undurchdringlich, lodernd. »Er wird dich zerschlagen, wenn du einen Fehler machst.« »Warum sollte er? Ich habe ihn schon mal geritten, er ist ein sehr gutes Pferd.« »Er ist mein Pferd. Und ich warne dich: Er wird dich zerschlagen. Spiel nicht mit dem Leben anderer und nicht mit ihren Herzen.«

Jetzt endlich wußte ich, wovon er sprach. »Ich spiele nicht. Niemals. Das weißt du auch. Du bist ein guter Menschenkenner.« Noch immer ohne Regung starrte er mich an. »Mehdi, laß das. Du kannst mir nicht drohen. Was auch immer geschehen ist, ist geschehen und es ist gut und richtig und geht dich einen feuchten Dreck an. Kümmer dich um deine Angelegenheiten, okay?« Er blickte zu Boden, und Farouk näherte sich langsam, den Kopf schief gelegt, aufmerksam geworden. Mehdi schob seine Hände in die hinteren Hosentaschen, und ich dachte, er ist ja wirklich noch ein Kind, er versucht, Farouk zu beschützen. Aber Farouk war erwachsen und konnte seine eigenen Entscheidungen treffen, er war taubstumm, aber nicht dumm oder mit Blindheit geschlagen.

Seine Hand berührte jetzt Mehdis Ärmel, der sich unwirsch losriß und einige Schritte weit ging, dann anfing, die ersten Pferde vom Hof zu schicken, und mir einen undefinierbaren Blick zuwarf, dann mit dem Daumen auf den blauen Hengst zeigte und bekräftigend nickte.

Nein, zeigte Farouk, und ich war so überrascht, daß ich stehenblieb. Mehdi auch. Sie ist gestürzt, zeigte Farouk an, sie kann nicht den Hengst reiten. Vielleicht hat sie Schmerzen.

»Hast du Schmerzen?« fragte Mehdi, und ich verneinte. »Dann rauf da.« Farouk erhob noch weitere Einwände, aber ich legte begütigend eine Hand auf seinen Arm. »Es ist gut, bestimmt. Ich kann ihn reiten, ich habe ihn schon mal geritten.« Er preßte verärgert die Lippen zusammen, fügte sich aber. Half mir dabei, den Gurt nachzuziehen, und hob mich kurzerhand auf den Rücken des Pferdes.

Nasim war aufgeregt, ich merkte es. Viel aufgeregter und nervöser als beim ersten Mal. Farouk gab mir noch kurze Anweisungen, ich sollte am Zügel rucken, ihn nicht festhalten, und ich nickte, während ich den Hengst hinter den anderen hergehen ließ. Eigentlich wäre mir Yasmin oder Kalif heute morgen recht gewesen, ein Pferd, auf dem ich ein bißchen träumen konnte, meinen Gedanken nachhängen konnte. Nasim ließ es nicht zu, ich ritt mit höchster Konzentration und war schon verschwitzt, als wir am Wasser unten waren, das trügerisch still und bleigrau vor uns lag. Farouk kam hinterher, diesmal sehr schnell, ich hörte die Hufschläge seines Pferdes, das er ein ganzes Stück hinter uns abbremste, damit Nasim nicht dachte, die Rennstrecke sei eröffnet. Der Hengst schäumte, er tänzelte und steppte und ging seitwärts, war dabei aber nicht aggressiv wie Belel, sondern leichtfüßig, aufgeregt, ging scheinbar auf Zehenspitzen, als wartete er nur auf Gelegenheit zum Explodieren. Nun, ich hoffte, sie würde sich nicht gerade unter mir ergeben.

Mehdi gab vorn das Zeichen zum Galopp, und die ersten drei Pferde stürmten los, bevor die Reiter sie hindern konnten, sie waren nervös und aufgeregt, es schien doch etwas in der Luft zu liegen. Farouk blieb hinter mir, sein Gesicht war angespannt, während er den Blauen beobachtete, der den Kopf jetzt sehr hoch trug und sein Gewicht auf der Hinterhand hatte. Ich scherte aus der Reihe und ließ ihn eine Volte um Farouks Braunen gehen, das lenkte ihn einen Moment lang ab, außerdem bemerkte er, daß es da noch ein Pferd gab, das nicht galoppierte. Und noch eine Volte. Farouk nickte mir zu und entspannte sich etwas, dann zeigte er den Galopp an, und ich lenkte Nasim vorsichtig aus der Volte und richtete ihn aus. Er flog los. Leichtfüßig raste er über den Strand, ich lenkte ihn etwas hoch, damit er in tiefem Sand laufen mußte, was ihn wohl hoffentlich mehr anstrengte und sein Mütchen kühlen würde, und Farouks Brauner blieb am Wasser hinter uns. Nasim rannte mit hocherhobenem Kopf, eine Angewohnheit, die mich etwas irritierte, andererseits konnte ich zwischen seinen Ohren hindurch gut sehen. Ich blieb fest im Sattel sitzen, statt mich nach vorne zu beugen, um mehr Gewicht auf die Vorhand zu bringen und konzentrierte mich darauf, das Pferd und mich im Gleichgewicht zu halten. Es war nicht schwer. Er war nicht aggressiv oder bösartig, nur sehr temperamentvoll und heute auch nervös.

Und dennoch: Nach dieser ersten Galoppade begann ich den Ritt zu genießen. Ich verstand mich gut mit dem Pferd, ich spürte, wenn ihm etwas nicht behagte, und er ließ sich durch mich beruhigen, seine Nervosität legte sich langsam, er tänzelte zwar und schäumte und warf sich von Zeit zu Zeit mächtig in die Brust, aber er war eben auch ein Araberhengst, und dem stand es zu, sich ein bißchen aufzuspielen.

Wir ritten die schmalen, gewundenen Wege entlang, einzeln, hintereinander, und ich war mir Farouks Gegenwart so deutlich bewußt. Manchmal fing ich einen Blick von ihm auf, ein glückliches, verschmitztes Grinsen, einmal hielt er sogar meine Hand, als wir ein Stück nebeneinander ritten, kurz nur, aber das war unwichtig. Sein Daumen streichelte meinen Handrücken, und er war so glücklich, daß es ihm aus jedem Knopfloch sprang.

Mehdi winkte ihn nach vorne, er ritt in raschem Schritt an der Gruppe vorbei, scherzte hier und flirtete dort, leichtes Leben, alles war gut, er war ein Mann, er hatte ein großartiges Erlebnis gehabt, und man merkte es ihm an. Dann winkte er mich aus der Reihe und bedeutete, ihm zu folgen, und Erinnerungen wurden wach an unseren ersten gemeinsamen Galopp, freudig folgte ich ihm, quer ab von der Gruppe durch ein Gelände, das mir unbekannt war, sehr bald aber in einen breiten, tiefsandigen Weg mündete. Okay? fragte er, und ich nickte begeistert. Bleib hinter mir, forderte er und ich nickte wieder. Der Braune galoppierte an, und Nasim schoß hinterher, er hatte einen wunderbar gleichmäßigen, raumgreifenden Galopp, dumpf trommelten die Hufe auf das Geläuf, meine Bluse klebte mir am Leib, es war unglaublich heiß, die Pferde schwitzten, wir auch, aber es tat gut, dem Hengst nachzugeben und ihn laufen zu lassen, ich spürte, wie er sich entspannte, wie er all die nervöse Energie abreagierte. Wir galoppierten tatsächlich sehr weit, ich merkte, wie ich ermüdete – im Gegensatz zu diesem Pferd! – und fragte mich, wo wir wohl seien, als Farouk sein Pferd zügelte und nach vorne wies, wo das Meer im Licht glitzerte. Nasim schnaufte jetzt doch, schlug aber nach wie vor ungeduldig mit dem Kopf und tänzelte ein wenig auf der Stelle.

»Schön«, sagte ich und starrte auf das Glitzern vor uns. Farouks Brauner schob sich näher, ich sah ihn an und war ein wenig verunsichert von dem jähen Ernst in seinen Augen. Er berührte sein Herz und legte es pantomimisch in meine Hände, dann zuckte er die Schultern. Du hast mein Herz in deiner Hand, sollte es wohl bedeuten, und ich schloß ganz fest beide Hände um sein Herz und drückte es an mich, hielt es und beschützte es. Bist du sicher? fragte er, und ich nickte. Er warf den Kopf in den Nacken, eine wilde, triumphierende Geste, dann sah er mich an, merkwürdig wild und frei.

Ich wich seinem Blick nicht aus.

Ich werde dich beschützen, versprach er, immer und überall. Und ich nickte mit allem gebotenen Ernst.

Auch den Rückweg galoppierten wir durchgehend, diesmal allerdings verhaltener, die Pferde waren mit Schaum bedeckt und atmeten schwer, und jetzt verzichtete sogar Nasim auf die üblichen Kapriolen.

Mehdi registrierte unsere Ankunft ohne Kommentar, es war klar, daß er Farouk zu dem Galopp aufgefordert hatte. Er warf mir einen kurzen Blick zu, der aber nicht mehr soviel Feindseligkeit enthielt, und ich grinste ihm zu, nicht provozierend, aber doch selbstsicher.

Als wir die Ranch erreichten, zitterten meine Knie, eine Mischung aus Müdigkeit und Erschöpfung, der Ritt war wirklich anstrengend gewesen, und ich verbrachte noch einige Zeit damit, den blauen Hengst trocken zu reiben, bevor er sich im Sand wälzte. Auf keinen Fall wollte ich riskieren, daß er sich erkältete. Farouk schob mich schließlich zur Seite. Du bist müde, zeigte er, und ich nickte.»Aber glücklich.« Ich wußte noch immer nicht, ob und wieviel er eigentlich verstand, aber seine Augen leuchteten auf, also begriff er durchaus den Inhalt meiner Worte. Keine Ahnung, wie er das machte, ich hatte nicht gestikuliert. Aber vielleicht las er in meinen Augen soviel wie ich in seinen. Er hatte mich schon so oft verblüfft.

Müde, völlig ausgehungert und halb verdurstet ging ich in den Speiseraum, um mir ein wirklich üppiges Frühstück zu gönnen, duschen und schlafen konnte ich hinterher auch noch. Maike stieß in der Tür mit mir zusammen, sie war schon wieder auf dem Sprung, schon wieder in Eile, im Dienst der Touristen.»Hi«, sagte sie und lachte, als sie mich sah, verschwitzt und verdreckt, »mußtest du sogar heute morgen reiten? Ach muß Liebe schön sein ...«»Wenn sie gepflegt wird« sagte ich trocken und stimmte dann aber doch in ihr Lachen ein. »Warum nicht heute morgen? Ich habe fast jeden Morgen auf einem Pferd gehockt.«»Aber es ist entsetzlich heiß heute«, wandte sie ein. »Maike, ich wette, du gehst jetzt zu deiner Aerobic-Stunde, und da werden eine Menge Frauen sein, die sich trotz der Hitze quälen lassen, stimmt's?« »Stimmt. Bis nachher dann!« Und weg war sie, ihr Lachen klang mir noch im Ohr.

Es war verblüffend, was so alles in meinen Magen paßte. Pfannkuchen mit Käse – und keine Sophie, die tadelnd die Nase rümpfte über meinen Geschmack, was mir auch wieder nicht recht war -, kleine Bratwürstchen, scharf gewürzt, Brötchen mit Unmengen von Kaffee und Orangensaft und zum Schluß sogar noch Joghurt und Obst. Und noch mehr Kaffee. Eigentlich hätte ich nach all diesem Kaffee senkrecht stehen sollen, aber ich trollte mich in meinen Bungalow und kippte ins Bett, schlief umgehend ein und wachte so schnell nicht wieder auf. Mein Körper holte sich jetzt, was er in der vergangenen Nacht nicht bekommen hatte – Schlaf. Und – wenn es nach mir ging – was er auch in der kommenden Nacht nur unzureichend bekommen würde.

Mittagszeit war schon vorbei, als ich verschwitzt und hungrig wieder erwachte. Ich duschte und cremte mich ausgiebig ein, wobei ich tatsächlich die teure Lotion verwendete, die zu meinem Parfüm paßte. Ein bißchen desorientiert war ich, draußen war es leise, zu leise, keine streitenden Vögel, keine Menschen, kein Lachen, reden, rufen. Nicht, daß ich in meinem Bungalow Krach gehabt hätte, aber normalerweise hörte ich doch, daß ich unter Menschen war. Heute nicht.

Energisch steckte ich meine Haare fest und machte mich auf den Weg ins Strandrestaurant, in der Hoffnung, dort noch Essen zu bekommen. Manchmal drängte sich mir doch der Verdacht auf, ich sei etwas verfressen. Aber im Grunde war es kein Wunder, Kalorien genug verbrannte ich ja. Die Hitze lastete bleiern und schwer auf mir, als ich vor die Tür trat, die Luft bewegte sich nicht, das Einatmen war unangenehm. Innerhalb kürzester Zeit zeichneten sich Schweißflecken auf meinem Shirt ab. Das war doch irgendwie schon zuviel des Guten. Zum Glück war mein Kreislauf absolut stabil, nicht mal die schlaflose Nacht und die Hitze konnten ihm etwas anhaben, vorausgesetzt, ich stellte den Nachschub an Nahrung und Getränken sicher.

Und dann, schon im Restaurant sitzend und Joghurt mit Obst in mich hineinschaufelnd, hörte ich die Lautsprecherdurchsagen über die Anlage, die normalerweise den Club mit Musik beschallte: »Hallo Leute! Hier spricht Fethi, euer stellvertretender Clubchef. Es besteht kein Grund zur Panik, aber ich möchte euch bitten, umgehend einen geschützten Raum aufzusuchen, am besten, ihr kommt hierher zur Bar, wir werden Musik haben und Spiele veranstalten, auch das Restaurant ist geöffnet, allerdings gibt es noch nichts zu essen. Es kommt ein Sandsturm auf uns zu, und es ist nicht ratsam, bei dem Sturm draußen zu sein. Bitte kommt alle her, wir werden eine Party feiern. Bitte haltet euch nicht im Freien auf!«

Erschrocken schob ich die Schüssel von mir und zerknüllte meine Serviette. Ein Sandsturm ... schon Karl May hatte so eine Naturgewalt höchst eindrucksvoll beschrieben, und ich war mir sicher, daß ich ihn wirklich nicht im Freien erleben wollte. Aber sollte ich ebenfalls an die Bar gehen und dort der Dinge harren, die da kamen? Oder sollte ich nicht viel mehr bei Farouk sein? Noch während ich nachdachte – mein Hirn funktionierte noch nicht einwandfrei und in dem gewohnten Tempo – begannen die Kellner, die Tische abzuräumen und die Stühle einzusammeln. Überall nahm ich jetzt hektische Betriebsamkeit wahr: Da wurden gläserne Wände zugeschoben, Tische und Stühle in Sicherheit gebracht, Liegen gestapelt, Auflieger zusammengezurrt, Sonnenschirme eingerollt. Über die Lautsprecheranlage wurde die Durchsage wiederholt, diesmal mit größerer Dringlichkeit. Zögernd erhob ich mich, und einer der Kellner trat zu mir und bat mich, doch zur Bar zu gehen, es sei besser. Die Lautsprecheranlage begann jetzt zu heulen, zuerst ein dumpfer Ton, der sich jedoch steigerte, zwar kein Crescendo wurde, aber eindeutig unangenehm. Warum schaltete keiner sie ab? Das Geräusch entnervte mich, ich ging schnell über den überdachten Weg, der zur Bar führte, überall um mich herum waren jetzt aufgeregte Menschen, und die Anlage heulte und jaulte, und der Himmel war nicht mehr farblos, sondern hatte eine ganz eigentümlich ockerfarbene Tönung angenommen. Irgendwie war es ein merkwürdiges Gefühl, so als passiere das alles gar nicht mir. Die gläsernen Wände, die vor die Bar geschoben worden waren, erzitterten unter dem ersten Ansturm, der eine Handvoll Sand dagegen prasseln ließ, als wolle er die Festigkeit seines Gegners prüfen. Und erst jetzt wurde mir bewußt, daß das Heulen und Jaulen nicht von der Lautsprecheranlage kam, sondern dem Sturm vorausgeeilt war. Immer mehr Menschen strömten zusammen, standen vor den großen Glaswänden und starrten in die fast undurchdringliche Wand, die sich von Süden heranschob, eine ockergelbe, gefährlich aussehende Wand, in der die Sandkörner wie Schmirgelpapier umhergewirbelt wurden. Tennisspieler im vollen Dreß, die die Warnung zuerst gar nicht ernst genommen hatten – »In jedem Club wird mal was geprobt«, vertraute mir ein dicklicher Mann mit Glatze und Kölner Dialekt an –, starrten nun ungläubig auf das sich schnell nähernde Ungeheuer und rieben sich die Arme und Beine, die mit dem heißen, schmirgelnden Wind in Berührung gekommen waren. Irgendwo hinter mir grölte ein Mann: »Laß uns doch Survivaltraining machen, wäre eine coole Gelegenheit!« und erntete auch noch Beifall für diese Bemerkung.

Die Barmänner hatten Hochkonjunktur und die Kellner ebenfalls, immer noch drängten Menschen nach und waren dabei, wirklich eine Party zu veranstalten, die drohenden Naturgewalten, nur von einer Glasscheibe getrennt, boten den richtigen

Hintergrund. Hach, was konnte man zu Hause erzählen! Man hatte mitten in einem Sandsturm – natürlich dem größten in der Geschichte – eine wirklich gute Party gehabt. Der Champagner hätte besser sein können und warum die Araber so besorgt gewirkt hatten – also nein, wirklich, sie hätten die Touristen schon besser unterhalten können, schließlich ließ man viel Geld dort, wo man die schönsten Wochen des Jahres verbrachte.

Ich hätte in meinem Bungalow bleiben sollen. Oder zu Farouk gehen. Die Touristen machten mich wahnsinnig, wenn sie in Massen auftraten. Als wäre das kollektive Hirn einfach nicht mehr zurechnungsfähig.

Der Sturm steigerte sich jetzt und warf mit Gewalt Sand gegen die Scheiben, die Luft war schnell von Staub erfüllt, auch hier, wo wir einigermaßen geschützt standen. Ich verkroch mich weiter in eine Ecke, es behagte mir nicht, wie sich die Scheiben unter dem Ansturm der Gewalt bogen, ich hatte Angst vor platzendem Glas und splitternden Scheiben.

Als Norddeutsche war ich Stürme natürlich schon gewohnt, so manches Mal hatte der Wind ums Haus geheult, Dachpfannen mitgenommen und meterweit entfernt einfach fallen lassen, hatte Bäume entwurzelt und Äste auf die Straße geworfen. Ich kannte Schreckensmeldungen aus dem Fernsehen von Orkanen und Tornados, die irgendwo auf der Welt wüteten, aber alle Beschreibungen, aller Schrecken ist nicht zu vergleichen mit dem, den man erlebt. Wenn das Heulen des Sturmes plötzlich real ist und so laut, daß die Gespräche im Umkreis einfach erstickt werden, übertönt von einem gräßlichen Jaulen und Kreischen und Heulen, Tausende von Geistern mußten unterwegs sein, um dieses Höllenkonzert zu veranstalten. Die Scheiben erzitterten unter der Gewalt der heranstürmenden Sand- und Luftmassen, und ich begann zu husten, weil die Luft mit Staub erfüllt war, meine Augen tränten, und meine Kehle war rauh und trocken. Hatte ich denn eigentlich Abenteuerurlaub gebucht?

Voller Sorge dachte ich an Farouk und die Pferde. Waren sie soweit in Sicherheit? Die Hütte, in der wir die letzte Nacht verbracht hatten, war aus Beton und damit diesen Naturgewalten gewachsen, aber was war mit den Pferden? Hatte Farouk sich selber wenigstens in Sicherheit gebracht?

Meine sorgenvollen Gedanken wurden immer wieder von Angst überschattet, einfache, pure, primitive Angst. Der Sturm rüttelte so heftig an dem Gebäude, daß sogar der Fußboden unter den Böen erzitterte, die Palmen, die zwei, die ich gerade noch zu erkennen vermochte, bogen sich bis zur Erde unter der Gewalt des Windes.

Kinder weinten irgendwo in meiner Nähe in der stauberfüllten Luft, und ich konnte keine Scherze mehr hören, keiner der Erwachsenen sagte mehr viel, sie waren alle leise geworden angesichts der Naturgewalt.

Einer der Kellner beugte sich zu mir runter und drückte mir ein Glas Wasser in die Hand, wobei er wortlos nickte. »Danke«, krächzte ich mühsam. Das Wasser war kalt und klar und schmeckte so gut wie selten.

Schließlich rappelte ich mich auf und ging zum Restaurant, ich wollte sehen, ob ich vielleicht Sophie finden würde, ich wollte wissen, wie sie den Sturm erlebt hatte.

Als erstes stolperte ich über einen Betrunkenen, der sich in der Dekoration des Einganges häuslich niedergelassen hatte und angeregt mit einer der Schaufensterpuppen plauderte. Zwei kleine Kinder tobten über die Kühltische, die später wieder für die Büfetts verwendet werden würden. Ich runzelte verärgert die Stirn angesichts dieser Rücksichtslosigkeit, vermochte die dazugehörigen Eltern aber nicht zu sehen. Ein weiteres Kind rupfte konzentriert und methodisch Blüten aus einer künstlichen Ranke, die über einem Holztisch angebracht war, auf dem morgens das Brot aufgeschnitten wurde. Energisch und ohne weiter auf die Proteste des Kindes zu achten, hob ich es samt dem Windelpopo vom Tisch und stellte es auf die Erde, durchaus bereit, einer heranstürmenden Mutter die Stirn zu bieten. Als nichts weiter geschah, außer daß das Plärren des Kindes die Geräusche des Windes übertönte, setzte ich meinen Weg fort. Der junge Neger, der so nett abends mit mir flirtete und immer so aufmerksam war, sah mich an und nickte beifällig, senkte aber rasch den Kopf. Ich grüßte zu ihm rüber und lächelte, ein wenig grimmig fast, so schien es mir.

Hier war der Sturm leiser, aber immer noch deutlich zu hören, das schrille Jaulen war gedämpft, aber deswegen nicht minder furchteinflößend.

Zwei sehr hübsche junge Frauen in kurzen sexy Kleidchen – sie konnten es sich beide leisten, solche Kleidchen zu tragen – saßen auf einem der Tische und flirteten heftig mit den Kellnern, die sie umlagerten. Im Innenraum waren mehrere Animateure damit beschäftigt, Gäste mit Spielen bei Laune zu halten, ich hörte Maikes kieksendes Lachen und ihre Stimme, die einer Aerobic-Trainerin, laut und energisch, eine Einpeitscherin, die keine Ausreißer zuließ. Ich winkte ihr kurz zu, und sie lachte und winkte zurück, hörte aber nicht einen Moment auf, die Gäste zu beschäftigen.

Einer der Animateure, der durch seine akrobatischen Tanzeinlagen auffiel abends auf der Bühne, übte mit einigen etwas älteren Kindern auf dem glatten Boden Handstand und radschlagen und gab geschickt Hilfestellungen. Er konnte auf den Händen laufen und machte allerlei Faxen zur Belustigung der Kinder.

Eine Clique Tennisspieler saß im Speiseraum für Raucher, paffte und trank, was das Zeug hielt, Kellner schleppten Getränke aus der Bar im Sekundentakt hier an. Die Stimmung war gut, anders konnte ich es nicht beschreiben. Es machte sich niemand Gedanken darum, daß da draußen ein Sandsturm tobte. Sie wurden gut unterhalten und hatten alles, was sie wollten, sogar die Damen wurden recht zugänglich, Flirts, die vielleicht am Strand, auf dem Golfplatz oder auf dem Tennisplatz begonnen hatten, wurden nun fortgesetzt, das Lachen schriller, die Witze derber, die Bewegungen eindeutiger, hier und da verrutschte ein Rock, ein Shirt.

Sophie war nicht zu sehen. Naja, sie würde klug genug sein, um den Sturm in ihrem Haus abzuwarten. Hoffentlich. Oder? Fethi würde doch auf sie aufpassen, wenn sie selber es nicht konnte, oder? Wo war Fethi? Sicher an der Rezeption, wo auch die Videoanlage zur Überwachung des Clubs lief. Da konnte ich jetzt natürlich nicht hin, jeder hatte seine Aufgabe, ich war nur Gast, Touristin, eine von denen.

Hier hielt ich es nicht mehr aus, rasch ging ich zum Ausgang und wieder in die Bar, wo ich das hoffentlich baldige Ende dieses Sturmes abzuwarten gedachte. Und hier stand Fethi, unübersehbar in dem dunklen Anzug, der auch heute und hier unter diesen Umständen korrekt saß und nicht eine Falte aufwies. Ich drängte mich zu ihm durch, und er begrüßte mich fast erfreut, was mich doch etwas überraschte, wenn man bedachte, was wir beiden alles schon durchgestanden hatten. Eigentlich sollte er sich nicht freuen, mich zu sehen. Er trank Tee und sah sehr gepflegt und ordentlich aus.

»Elena«, sagte er herzlich und legte einen Arm kurz um meine Schultern, »geht es dir gut? Hast du alles gut überstanden?«
»Meinst du den Sturm? Ich bin noch dabei, ihn zu überstehen, noch ist er nicht vorbei.« »Doch, so gut wie. Merkst du, wie die Gewalt nachläßt? Jetzt droht er nur noch, schüttelt die Fäuste, schlägt aber nicht mehr wirklich zu. Wir haben das Schlimmste überstanden.«
»Na hoffentlich …« Ich seufzte tief und ließ mir noch ein Glas Wasser geben.
»Keinen Wein? Sekt? Champagner?« Ich runzelte die Stirn und sah Fethi an. »Nein. Warum? Ich meine, warum sollte ich? Ich trinke gerne ein Glas Wein zum Essen und gerne auch mal ein Glas Sekt, aber warum jetzt? Ist es nicht viel sinnvoller, seine Sinne zusammenzuhalten in so einem Sturm?« »Ahhh … die ernste Madame Elena«, lachte er und es klang gar nicht spöttisch, wie es bei Sophie geklungen hätte. Ich schoß ihm einen Seitenblick zu, antwortete aber nicht.

»Weißt du, wo Farouk ist?« wagte ich schließlich zu fragen, als er nicht von meiner Seite wich und mit seinen klugen dunklen Augen die Menschen musterte, die um uns wogten. Er wandte sich mir zu und sah mich an, dann stahl sich ein leises Lächeln in seine Augen.»Mach dir um Farouk keine Sorgen. Er ist ein Mann der Wüste, seine Familie kommt nicht von hier, sondern von sehr viel weiter südlich. Er kommt hier zurecht, keine Sorge.« Ich nickte und senkte den Blick. Er nicht. Es dauerte geraume Zeit, bis ich an seiner Körperhaltung merkte, daß er sich wieder dem Treiben um uns herum zugewandt hatte.»Ich habe ihn sehr gerne, weißt du«, raunte ich dann, es war nur für seine Ohren bestimmt. Er nickte, ohne mich anzusehen.»Er ist ein guter Mann, und er hat ein bißchen Glück verdient.« Etwas wollte er noch hinzufügen, schwieg dann aber doch.

»Und Sophie?« fragte ich schließlich,»ist sie in ihrem Haus? Ist sie in Sicherheit?« Fethi verzog die Lippen, vielleicht sollte es eine Lächeln sein, aber es war eher eine bittere Grimasse.

»Sie ist in Sicherheit, und sie ist in einem Haus, ja.« Mit dieser Antwort konnte ich nicht viel anfangen, und so fragte ich weiter, jetzt ernsthaft beunruhigt um den Verbleib meiner Freundin.

»Wo ist sie? Bitte, Fethi. Ich mache mir Sorgen.«»Brauchst du nicht. Jedenfalls nicht wegen des Sturms.« Er schwieg, und ich wartete. Warten ist eine Tugend, Geduld eine Wertschätzung.

»Sie ist im Krankenhaus«, sagte er schließlich, und ich erstarrte. Er hatte nicht lange gezögert. Und plötzlich schossen mir so allerlei wilde Gedanken durch den Kopf über Krankenhäuser auf dem afrikanischen Kontinent, über Behandlungsmethoden.»Wo ist sie?« fragte ich alarmiert.»Ich meine: Ist sie hier? Oder schon in Deutschland? Und wo ist Jordan?«»Sie ist hier, in dem Krankenhaus, in dem sie auch entbunden hat. Die hatten noch ihre Unterlagen, es erschien mir sinnvoll. Aber nur zur ersten Entgiftung, zur weiteren Behandlung wird sie nach Deutschland gebracht. Und Jordan ist bei mir und wird es auch bleiben. Sophie hat noch viel Glück gehabt, das solltest du nicht vergessen.«»Nein, das vergesse ich ...«»Ich bin Araber, weißt du. Auch wenn ich in Europa zur Schule gegangen bin und wenn ich viele der dort herrschenden Sitten und Gebräuche übernommen habe – ich werde es nicht zulassen, von meiner Frau betrogen zu werden.«»Nein, natürlich ...«»Und auch dir sollte es klar sein. Du hast ein Verhältnis mit Farouk, ich weiß es. Es ist mir egal, ob ein sexuelles oder nicht, es geht mich nichts an, aber du solltest dir über die Verantwortung im klaren sein. Fang nichts mit einem der Gäste gleichzeitig an. Betrüg ihn nicht. Hintergeh ihn nicht. Wer weiß, was er mit dir machen würde, und er hätte recht damit, wir leben in einem moslemisches Land, du darfst es nie vergessen, auch wenn wir von Touristen überflutet sind, auch wenn wir von ihnen leben und uns schon sehr dem Westen geöffnet haben. Vergiß es nie.« Erschlagen von dieser langen Rede starrte ich ihn an, ich wußte gar nicht so recht, wie mir geschah. Noch nie hatte Fethi sich mir gegenüber in irgendeiner Form geäußert, und nun wagte er eine so persönliche Ansprache. Ich hielt dem Blick aus dunklen Augen stand und wußte nicht, wie ich reagieren sollte.

»Recht so, Elena, denk darüber nach«, murmelte er und das regte meinen Widerspruchsgeist natürlich wieder an.

»Ich brauche nicht nachzudenken«, protestierte ich, »alles, was du gesagt hast, sollte eigentlich selbstverständlich sein, und zwar nicht nur in einem moslemischen Land. Oder glaubst du vielleicht, bei uns in Deutschland lassen Menschen sich gerne betrügen, egal ob Männer oder Frauen?«»Warum tun sie es dann?« war die trügerisch sanfte Antwort. Ich hob die Schultern. »Ich weiß es nicht. Es interessiert mich auch ehrlich gesagt nicht sehr. Jeder entscheidet über sein Leben selber.«

»Das ist ein Fehler von euch: Keiner trägt mehr Verantwortung. Niemand will Verantwortung übernehmen, nicht für den Partner, nicht für die Familie. Jeder ist mit sich selber beschäftigt.«»Aber Fethi«, protestierte ich, »ich kann doch auch nicht für jemanden die Verantwortung übernehmen. Ich kann doch nicht über das Leben eines anderen bestimmen.«

Er betrachtete seine Hände, dort, wo der Ehering gesessen hatte, war ein heller Streifen auf der Haut. »Du sollst nicht bestimmen. Du sollst für und um ihn sorgen wie er um dich. Und wenn ein Kind da ist, dann mußt du auch für das Kind dasein. Das ist eben so. Keiner lebt für sich alleine, jede Handlung zieht Kreise und betrifft damit auch deine Umwelt. Ihr lebt vielleicht für euch, aber deswegen seid ihr auch alleine. Und dann kommt so etwas, was Sophie passiert ist: Sie hatte plötzlich wirklich Verantwortung, sie stand im Rampenlicht, und zwar ununterbrochen. Nicht nur für einige Stunden am Tag, an denen sie sich herausgeputzt hatte und ihr strahlend schönes Gesicht zeigen konnte. Nein, immer. Jeder beobachtete sie, jeder wußte Bescheid, was sie wann tat. Und dann das Kind, sie mußte Verantwortung für das Kind übernehmen. Ihr Lebenswandel mußte untadelig sein, das wird verlangt, erwartet, sie hatte eine gewisse Vorbildfunktion, und sie hätte wirklich etwas machen können, auch für die Familien der hier Angestellten. Ich habe große Hoffnungen in meine schöne, kluge Frau gesetzt. Aber sie konnte die Verantwortung nicht übernehmen. Sie war nicht die Löwin, für die ich sie gehalten hatte. Es ist auch eine große und schwierige Aufgabe.«

Ungläubig starrte ich ihn an, diesen klugen, attraktiven Mann und fragte mich, wie Sophie es geschafft hatte, an seiner Seite so abzurutschen. Sie hätte wirklich alles haben können, je näher ich Fethi kennenlernte, desto sicherer war ich mir. Er hätte ihr alles gegeben: Liebe, Unterstützung, Zuwendung, alles.

»Ach Fethi«, sagte ich etwas hilflos, »es tut mir so leid. Ich hätte euch beiden wirklich alles Glück gewünscht.«

Er schwieg, noch immer ein enttäuschtes, bitteres Lächeln im Gesicht, die Züge gleichsam erstarrt. Um uns herum waren Menschen, viele Menschen, und doch waren wir allein, ganz alleine mit uns und unseren Sorgen.

»Ich habe es nicht gewußt«, sagte ich schließlich langsam in die Gesprächspause hinein, »ich habe es wirklich nicht gewußt. Ich dachte, ihr merkwürdiges Verhalten sei eine Folge der hormonellen Veränderung, sogar eine befreundete Krankenschwester bestätigte es mir. Ich habe so oft versucht, an sie heranzukommen und habe es bedauert, daß wir uns voneinander entfernten. Aber ich habe es nicht gewußt. Nicht die Tabletten und auch nicht die Männer.« Er breitete die Hände aus mit einer sehr anmutigen orientalischen Geste. »Du hättest auch nichts machen können, selbst wenn du es gewußt hättest.« »Ich wäre früher hergekommen. Ich hätte versucht, etwas zu unternehmen. Ich hätte nicht meine Freundin vor die Hunde gehen lassen und eure Ehe noch dazu.« Jetzt sah er mich wieder an. »Ich dachte, du kannst keine Entscheidung für andere treffen? Ich dachte, jeder muß sein Leben selber leben? Waren es denn nicht eben noch deine Worte?«

Ich erwiderte seinen Blick und war es, die zuerst den Kopf senkte. »Du bist ein sehr weiser und kluger Mann.« »Das ist nicht viel wert, wenn die eigene Frau es nicht bemerkt.« »Doch, es ist sehr viel wert. Du hast ja noch mehr Verantwortung, dein Sohn braucht dich, der Club braucht dich.«

Er schwieg und sagte dann zusammenhanglos: »Der Sturm läßt nach, hörst du?« Ich nickte.

»Ich werde dann wohl meine Sachen packen müssen, nicht wahr?« »Warum?« Jetzt eindeutig irritiert, ja fast verärgert musterte er mich. »Die Ratten verlassen das sinkende Schiff, ist es so? Sagt man es bei euch so?«

Betroffen und jäh wütend über den ungerechtfertigten Vorwurf warf ich den Kopf zurück, meine Haare waren staubig und verklebt. »Du bezeichnest mich nicht wirklich als Ratte, Fethi, oder? Das war ja wohl ein Ausrutscher.«

»Sicher. Entschuldige bitte. Ich bin … angespannt … und ich verstehe nicht, warum du auch gehen willst. Aber du bist ein Mensch der Gegensätze, nicht? Eben erzählst du, du kannst nicht für andere entscheiden, dann wieder, du hättest für deine Freundin entschieden. Jetzt, wo ich anfange, dir zu glauben, willst du gehen, du wirst Farouk verlassen und ihn seinem Seelenschmerz ausliefern, du gehst zurück in deine Heimat und wirst keinen Gedanken daran verschwenden, obwohl du mir gesagt hast, daß du ihn wirklich gerne magst. Und dann verlangt ihr Frauen auch noch, wir sollen euch verstehen.«

Der Sturm hatte wirklich nachgelassen, jetzt bemerkte ich es auch. Das Toben der Elemente hatte an Kraft verloren, an Wut. Die letzten Sandkörner, die gegen die Glaswand geschleudert wurden, waren nur noch ein letztes Aufbäumen, eine leise Drohung. Meine Gedanken wirbelten umher.

»Willst du damit sagen, daß ich bleiben kann?«

Er sah mich an, die Brauen gerunzelt, Falten auf der hohen Denkerstirn. »Was soll das heißen? Natürlich kannst du bleiben.« »Ich dachte … weil ich doch Sophies Gast war … bin … also, weil Sophie nicht mehr hier ist und weil die Umstände, unter denen sie … also, ich dachte, ich wäre einfach nicht mehr erwünscht.«

»Du dachtest … ach so … ich verstehe … Es ist eine Frage der Ehre, nicht wahr? Du bist eine Frau von Ehre, nicht von Gegensätzen. Du wolltest gehen, um nicht die Gastfreundschaft auszunutzen?« »Ja«, sagte ich erleichtert, »weil ich doch weiß, was den Arabern die Gastfreundschaft bedeutet. Ich dachte, ich dürfte sie nicht ausnutzen und wollte deswegen gehen.«

Er schüttelte den Kopf. »So viele Erkenntnisse. Es scheint, als hätte es nicht nur einen Sandsturm gegeben, sondern auch einen internen. Wie sagt ihr dazu: Der Sturm im Glas?« »Der Sturm im Wasserglas.« Er winkte dem Barmann, der sich gerade den Schweiß von der Stirn wischte, und orderte einen Sekt. »Wir werden jetzt anstoßen, Madame Elena. Allah wird mir verzeihen, daß ich unter diesen ungewöhnlichen Umständen Alkohol zu mir nehme, ich habe es schon unter ganz anderen Umständen getan.« Unsere Gläser klangen leise aneinander und meine Hand zitterte. Er bemerkte es. Ich lächelte. »Es war wirklich ein außergewöhnlicher Sturm … Fethi, eine Frage noch: Was muß ich für den Bungalow bezahlen?« Aber er verneinte. »Ich weiß, was du meinst, wir sind Geschäftsleute, ich weiß, daß du einen sehr wichtigen Beruf hast, Sophie hat oft von deinem Fleiß und deiner Intelligenz

berichtet, aber laß es gut sein. Wir vermieten den Bungalow sowieso nicht an zahlende Gäste, er steht meistens leer, nur im Winter
kommt ein alter Professor, der hier bleibt und dort wohnt.«»Ich
danke dir.« Meine Kehle war eng, und ich schluckte. Er nickte
nur, trank noch einen Schluck Sekt und machte Anstalten, zu
gehen.

»Fethi ...?«»Hmmm ...?« Ich senkte den Kopf, während ich
meine Frage formulierte, nicht sicher, ob ich es überhaupt fragen
sollte. »Meinst du, es ist richtig? Ich meine, die Sache mit Farouk?
Kann es überhaupt so etwas geben? Eine übergreifende Verständigung? Über alle Hindernisse hinweg? Über die Gräben der verschiedenen Kulturen?«

Er verharrte und überdachte meine Frage oder vielleicht auch die
Antwort. »Gibt es das denn?« erwiderte er schließlich und sah
mich an. »Versteht ihr euch denn? Über alle Gräben hinweg?«
»Ja«, sagte ich aus vollem Herzen, »ja, das tun wir.«»Dann verstehe ich deine Frage nicht. Genieß es doch, was ihr habt und laß
ihm das bißchen Glück, das er durch dich erlebt. Er wird nie eine
Frau haben und nie eine Familie, und ich weiß nicht, ob du bemerkt hast, wie gerne er Kinder hat. Es ist ein großes Manko für
ihn. Er ist ein guter Mann. Wenn du ihm Glück geben kannst,
Wärme, Nähe, wenn du ihn als Mann bestätigst, dann ist es schon
sehr viel. Natürlich wird es nicht für alle Ewigkeiten so sein, aber
immer, wenn du hier bist, könnte es so sein. Es liegt an euch, an
niemandem sonst.«

»Du meinst, daß ich wiederkommen kann? Das ich öfter noch
hier bei euch sein darf?«

»Aber ja. Warum denn auch nicht? Du bist uns stets willkommen.« Er deutete eine kleine Verbeugung an und ging jetzt endgültig. Im Gehen strich er glättend über seinen Anzug und richtete die Schultern auf, er wirkte selbstbewußt und geschäftstüchtig,
und ich sah ihm lange nach, glücklich und dankbar, daß mein
Leben von solchen herausragenden Menschen bevölkert wurde.
Der Barmann schenkte noch einmal Sekt nach, auf Kosten des

Hauses, und ich dankte ihm, während ich an meinen Glas nippte und in die wolkenverhangene Trübnis vor der Wand blickte. Nach dem Sturm kam das Tiefdruckgebiet, das ihn vor sich hergeschoben hatte. Dicke dunkelgraue Wolken wälzten sich heran und brachten Regen mit sich, Schleusen öffneten sich, und es regnete, wie ich es selbst in Norddeutschland nur selten erlebt hatte. Gleichzeitig sank die Temperatur merklich ab. Ich ging näher an die Scheibe heran und starrte in den herunterrauschenden Regen, der die Luft sauber und klar werden ließ und all den Sand und Staub wegwischte. Fast norddeutsche Verhältnisse. Aber es wollte nicht so recht ein heimatliches Gefühl in mir aufwallen. Ein wenig entwurzelt war ich schon, wie kam es nur, früher war ich mir meiner Herkunft und meiner Wurzeln doch immer so sicher gewesen?

Ein weiteres Glas Sekt und entsetzlich viele Gedanken, die in meinem Kopf umherwirbelten, wie der Sturm in der Landschaft gewütet haben mochte. Ein wenig schwindelig war mir, ich hatte nicht so recht die richtige Grundlage im Magen für ein Saufgelage. Und ich mußte zu Farouk. Ich mußte einfach wissen, ob es ihm gutging, ob mit den Pferden alles in Ordnung war. Dunkel dräuende Wolken, aber meine Gedanken klärten sich langsam. Hatte ich nicht ein wundervolles Kompliment erhalten? Einfach dadurch, daß Fethi mir sein Vertrauen aussprach? Hatte ich nicht eine Chance bekommen, von der wohl viele Menschen träumten, sie aber nie erhielten? Wie reich war ich doch. Vielleicht, aber auch nur vielleicht, hatte ich eine Freundin verloren, aber ich hatte unendlich viel dazubekommen, unter anderem auch neue Achtung vor mir selber. Und wenn Sophie erst wieder zu Hause war, ich meine, in Deutschland, vielleicht würden wir zusammen leben, vielleicht würde auch sie zu einer neuen Einstellung kommen. Auch wenn sie es ungleich schwerer hatte als ich, mußte sie doch den Verlust ihres Mannes und ihres Sohnes irgendwie ertragen. Komischerweise war ich mir sicher, daß es ihr leichter gelingen würde, als ich es mir vorstellen konnte. Ich kannte sie gut.

Nicht gut genug, wie sich herausgestellt hatte, aber niemand kennt die dunkelsten Keller und die Abgründe einer Seele, ja nicht mal der eigenen, wie dann der der Freundin? Nein, die Zeit der Vorwürfe und der Selbstzerfleischung war vorbei, ich konnte nach vorne blicken, anstatt mich ständig zu fragen, was ich verkehrt gemacht hatte, warum ich es nicht viel eher bemerkt hatte.

Der Regen ließ nach, das Wasser stürzte nicht mehr senkrecht vom Himmel. Ich stellte mein Glas zurück und nickte dem Barmann zu, dann trat ich zwischen den schmalen Spalt, den die Glaswände freigaben, der nach dem Abflauen des Sturmes geschaffen worden war, und atmete tief die feuchte, aber gereinigte Luft. Schon jubilierten die ersten Vögel wieder, richteten sich die Palmen und die Hibiskushecken langsam auf, Regen tropfte von den Blättern, die meisten der farbenprächtigen Blüten lagen zerschlagen am Boden. Frösche hopsten über die leeren Wege, jetzt in ihrem Element, übermütig fast. Ich zog meine Schuhe aus und atmete noch einmal tief ein, dann setzte ich mich in Trab und joggte locker über die vertrauten Wege, die Luft war süß, wie Champagner, ich sah kaum Schäden, die der Sturm verursacht hatte, abgesehen von den zerschlagenen Blüten und umgestürzten Liegen. Eine Palme war entwurzelt worden und lag quer über einer Rasenfläche, sie war rücksichtsvollerweise nicht mal auf den Weg gekippt.

Auch auf der Ranch schien alles gutgegangen zu sein, ich lief sogar über den Kies, das wurde mir aber erst bewußt, als meine Füße plötzlich tief in den weichen gelben Sand einsanken und ich gleich darauf in einer Pfütze stand, die mir bis zu den Knöcheln reichte. Mehdi sah auf und grinste angesichts meiner Situation, ich ignorierte ihn heroisch. Sein Blick glitt an mir herunter, gierig, und mir wurde bewußt, daß mein Shirt naß war und an mir klebte, zum Glück war es dunkelgrün. Ich ging etwas weiter, hochmütig wie eine Katze schüttelte ich nassen Sand von meinen Füßen, wohl wissend, daß Mehdi mich beobachtete. Farouk hockte vor Emir und tastete dessen Beine ab, schien aber nicht besorgt. Er richtete sich auf, wie als Antwort auf Mehdis Reaktion, die beiden Männer hatten eine so enge Bindung zueinander, daß Farouk auf Mehdis inneren Aufruhr reagieren konnte, es war mir wiederholt aufgefallen, daß er zu Mehdi sah, wenn dieser sich über irgend etwas aufregte.

Dann sah er mich, und seine Augen wurden weit, bevor er lächelte und mir zunickte, einen Moment nicht wußte, wohin mit seinen Händen und sich wieder Emir zuwandte.

Ich verstand ihn. Ich verstand sein Verhalten, was hätte er denn machen sollen? Mich in den Arm nehmen vor allen Anwesenden? Nein, das würde er nicht machen.

»Für eine arabische Frau bist du zu dünn«, sagte Mehdi, mich noch immer musternd.

»Für eine europäische aber zum Glück nicht«, konterte ich gelassen und grinste ihn an. Es gab so vieles, mit dem diese Generation zurechtkommen mußte: Die jungen Männer, die an den Umgang mit den schlanken europäischen Touristinnen gewöhnt waren, betrachteten die älteren Frauen ihres Landes als nicht mehr unbedingt begehrenswert, es stellte sich die Frage, ob sie nicht lieber eine so attraktive Frau haben wollten, denn daß die Europäerinnen bis ins Alter hinein schlank und aktiv bleiben, das erlebten sie tagtäglich. Es verkehrte schließlich auch eine eingeschränkte Klientel in dem Club, sportbegeisterte Menschen jeden Alters, die es sich leisten konnten, diesen Urlaub zu buchen. Ihre Maßstäbe orientierten sich daran und ob sie es immer gut fanden oder nicht, sie grübelten darüber nach.

Mehdi war ein typisches Beispiel: Er mochte die hübschen jungen Frauen, mit denen er täglich ritt, er berührte sie, flirtete mit ihnen, schlief mit ihnen, sobald sich die Gelegenheit bot. Aber er respektierte sie nicht, eben weil sie mit ihm schliefen, weil sie es ihm leicht machten, weil es Ungläubige waren, die sich dem Genuß hingaben, dem Alkohol, dem Sex. Er verabscheute sie, weil er spürte, daß sie ihn benutzten, daß er im Grunde ein Stallknecht war, weniger wert als das Pferd, auf dem sie saßen. Er war ein Mann zwischen den Welten, zwischen Tradition und Moderne, zwischen überlieferten Werten und Wünschen, die der Tourismus in ihm ausgelöst hatte. Das Alte war nicht mehr gut genug, aber das Neue hatte sich noch nicht bewährt.

Nein, ich beneidete ihn nicht, keinen von ihnen, die da für uns arbeiteten, unsere Sprache gelernt hatten und doch von uns als Stallknechte oder Beschäler betrachtet wurden, aber nicht als gleichwertige Partner. War es Sophie denn so ähnlich ergangen? Hatte sie Fethi vielleicht nicht als gleichwertig angesehen?

So viele Gedanken, die mir durch den Kopf schossen, während ich geistesabwesend Yasmin kraulte, der mit hängendem Kopf im Regen stand. Mehdi hatte sich abgewandt, ich war nicht mehr ein lohnendes Objekt seiner Streitlust, aber Farouk kam zu mir, während ich die Beine Yasmins abtastete. Er war ein wenig verlegen, ich sah es ihm an. »Ist hier alles in Ordnung?« fragte ich mit einer weit ausholenden Geste, und er nickte. »Ist mit dir alles in Ordnung?« Jetzt lächelte er. Er sei ein Mann der Wüste, dies hier ist sein Land, und er kenne Stürme. Er habe schon viel schlimmere Stürme erlebt. Einer habe sogar die Hütte niedergewalzt. »Echt?« Ich sah den Betonbau an, der durchaus solide wirkte. Aber Farouk beharrte, er zog an dem Wedel von Belels Palme und flocht die Fasern, dann bildeten seine Hände ein Dach, und er nickte zur Hütte. »Oh …« jetzt verstand ich. Die Hütte war damals wirklich eine Hütte gewesen, mit einem Strohdach. Vielleicht war der Umbau sogar nach dem Sturm erfolgt, von dem Farouk erzählte.

Yasmins Beine waren kühl und trocken, ich kraulte den Mähnenkamm des Tieres und atmete den Geruch. Mehdis Blicke hingen auf uns, ich bemerkte es und vermutete, daß auch Farouk es wußte. Es regnete noch immer, wenn auch nicht mehr heftig. Ich begann, mich unbehaglich zu fühlen, nicht sicher, ob ich erwünscht war, nicht sicher, was zu tun war. Farouk berührte kurz meinen nackten Arm, seine Finger waren sehr warm auf meiner Haut. Geh zurück, zeigte er, zieh dich um, es ist besser. Du frierst sonst. Ich

runzelte die Stirn und überlegte, ob ich vielleicht einfach nicht erwünscht war, aber sein Blick war ehrlich besorgt.

Dann glitten seine Augen an mir herunter, und die Lider senkten
sich halb, und mich überlief prompt ein Schauer. Er schmunzelte
leicht, war aber befangen, kein Wunder, Mehdis Blicke brannten
ihm Löcher in den Rücken. Ich nickte ihm zu und wandte mich
ab. Keine Möglichkeit zu einer Verabredung. Keine Geste, die
Mehdi nicht gesehen hätte. Seufz.

Bis zum Abend hatte es aufgehört zu regnen, der Speisesaal war
voll wie eh und je, und die Mitarbeiter hatten es tatsächlich geschafft, alles hübsch zu dekorieren, so wie es jeden Abend war. Es
lagen keine Betrunkenen mehr herum, und es spielten auch keine
Kinder mehr in der Dekoration.

Maike, die hinter einem Stand mit Fitneßgerichten stand, winkte
mir schon von weitem zu.

»Elena«, sagte sie, als ich ihren Stand erreicht hatte, »dich schickt
der Himmel.« Sie nestelte ihre Schürze auf und winkte mich zu
sich. »Könntest du vielleicht einen Moment lang meinen Stand
übernehmen? Ich bin in der ganzen Aufregung heute nachmittag
nicht mal zum Pinkeln gekommen.« Ich drängte mich zu ihr hinter den Stand und ließ mir die Schürze umlegen. »Klar kann ich«,
sagte ich großzügig und merkte, wie mir der Schweiß ausbrach,
so nah an den heißen Herdplatten, »was muß ich denn beachten?«
»Nichts weiter«, rief sie fröhlich und war schon fast verschwunden, »du brauchst einfach nur das Essen auszugeben!«
Klar. Nichts leichter als das. Ich stellte mich ein wenig in Positur
und begann, wie ein Marktschreier meine Gerichte anzupreisen.
Hauptsächlich männliche Gäste blieben interessiert stehen, komisch eigentlich. Ich pries den vorzüglichen Geschmack und den
Vitamingehalt der Gerichte an, die fettarme Zubereitung und die
zweifellos anregende Wirkung der Gewürze. Der Mann vom Stand
gegenüber lachte und feuerte mich an, ich fühlte mich gut in meiner Rolle, wurde immer phantasievoller beim Anpreisen der köst-

lichen Speisen, die Leute dachten, sie würden himmlisches Ambrosia bei mir bekommen. Ich war so richtig schön dabei, Faxen zu machen, zu lachen und die armen Touristen zu beschwatzen, als unvermutet Fethi an meinem Stand auftauchte.

»Personalwechsel?« fragte er und hielt seinen Teller hin. Ich belud ihn mit einer großzügig bemessenen Portion, um meine Verlegenheit zu überspielen und zuckte dann die Achseln, da er anscheinend tatsächlich eine Antwort erwartete. »Maike mußte ziemlich dringend um die Ecke. Und ich dachte, es sei eine gute Gelegenheit, etwas zu tun.« »Maike mußte um die Ecke?« »Naja ...«, ich lachte einem Mann zu und hielt ihm auffordernd die Hand entgegen, er lächelte und ließ sich den Teller befüllen, wobei ich mit rollenden Augen versprach, die Gewürze würden mit Sicherheit halten, was sie versprachen. Er lächelte mir zu, etwas älter war er schon, grauhaarig, und die Frau an seiner Seite schmunzelte und drückte seinen Arm. Fethi beobachtete mich. »Paß auf, daß du nicht noch von der Küchenmannschaft angeworben wirst«, sagte er und ging, mir noch einmal zunickend.

Maike kam zurück, dankte überschwenglich und stellte sich neben mich. Müde sah sie aus. »Sind am Club größere Schäden entstanden?« fragte ich, und sie verneinte. »Nur die Aufräumarbeiten waren natürlich anstrengend ... Und die ganzen Betrunkenen, die wir aus dem Weg geräumt haben ... puuhhh ...« »Wolltest du nicht gerade noch eine rauchen gehen?« fragte ich und füllte den nächsten Teller mit hexenhaftem Augenrollen und den wildesten Versprechungen, die mir gerade in den Sinn kamen. Sie sah erstaunt auf. »Wie meinst du das?« »Ich meine, daß du mir den Stand noch einen Moment – sagen wir: Eine Zigarrettenlänge – überlassen kannst.« »Nee, lieber nicht. Wenn der Chef das mitbekommt ...« »Hat er schon. Fethi war eben hier und hat sich sein Abendessen abgeholt. Allerdings habe ich ihm nicht diesen Unsinn über die Kräuter erzählt, lieber nicht.« Sie kicherte verhalten, wurde aber schlagartig ernst. »Das hätte er wohl auch nicht so witzig gefunden ... War das dein Ernst?«»Ja, sicher. Wenn du willst, lauf schnell, ich gehe danach essen.«

Sie sah mich noch einmal an, als zweifelte sie an meinem Geisteszustand, grinste dann aber und verschwand, während ich weiterhin Essen ausgab.

Als Maike schließlich zurück war und wir die Plätze wieder getauscht hatten, ging ich zum Grill und suchte anschließend einen Platz. Der Zufall wollte es, daß ich bei Fethi am Tisch landete, der mir mit spöttisch erhobenen Augenbrauen entgegensah. »Der Küchendienst ist doch nicht so das richtige für mich«, sagte ich leichthin, »ist hier wohl noch ein Plätzchen frei?« Er wies auf den Stuhl an seiner Seite und beobachtete mich, während ich – natürlich wieder heißhungrig – über die Leckereien herfiel. »Hat der Sturm Schäden angerichtet?« fragte ich schließlich, mehr aus Verlegenheit. »Nein, er war gut fürs Geschäft«, erklärte Fethi trocken und grinste ein wenig verunglückt. Ich ließ die Gabel sinken und sah ihn an. »Wie meinst du das?«»Wieviel, schätzt du, ist heute an Getränken über die Tresen gegangen?« fragte er statt einer direkten Antwort. Ich verstand.

»Entschuldige mich jetzt bitte«, Fethi erhob sich, »wir sehen uns sicher heute abend im Theater.«»Ich glaube nicht. Ich werde wohl eher einen Mondscheinspaziergang machen.« Einen Moment verharrte er in der Bewegung, dann nickte er und lächelte. »Viel Spaß. Paß auf dich auf.«

Das übernimmt schon jemand, dachte ich, sagte es aber nicht laut. Ich nickte ihm zu, lächelte und überlegte, was ich als nächstes essen sollte.

Unter der Dusche sang ich noch, während des Eincremens und Parfümierens auch, aber dann mußte ich vor mir selber zugeben, daß ich ein wenig befangen war. Aufgeregt. Nervös. Was würde diese Nacht bringen? Was würde die Zukunft bereithalten?

Die Nacht war dunkel und klar, der Wind aufgefrischt und die Luft angenehm kühl, Nachtluft eben, nicht diese stickige Hitze, die uns die letzten Tage begleitet hatte. Zögernd betrat ich die Ranch, die Pferde waren ruhig, Nachtruhe, eins schnaubte, aber die wenigsten bewegten sich, sie schliefen oder dösten, hängende Köpfe, Silhouetten im schwachen Mondlicht. Ich wußte nicht, wer alles auf der Ranch sein würde, ob Farouk mich erwartete, ob ich willkommen war, und ich habe mich selten so hilflos gefühlt wie an jenem Abend.

Die Tür zur Hütte war nur angelehnt, Klopfen hatte keinen Sinn, Farouk würde es nicht hören, also stieß ich die Tür ganz auf und wartete einen Moment. Es roch jetzt wieder nach Wüste, ganz deutlich war mir der Frieden der Nacht bewußt, der Duft, der in ihr schwang, die leisen Geräusche der Pferde, das Beben meines Körpers, Vorfreude, Angst, Bedenken.

Als jemand von hinten meinen Arm berührte, wirbelte ich herum, ein erschrockenes Aufkeuchen, ich hatte ihn nicht kommen hören. Er lächelte. Stand vor mir und lächelte. Sah mich an, als gehörte ich zu den sieben Weltwundern, und mir wurde klar, daß alle meine Bedenken völlig umsonst gewesen waren. Er hat nicht über ein Jahr auf mich gewartet, um mich dann nach der ersten Nacht zu vergessen, mich wegzuwerfen.

Ich schluckte. »Hallo Farouk«, flüsterte ich. Er neigte den Kopf, seine Augen funkelten. Willst du spazierengehen? »Ja gerne. Und hoffentlich nicht wieder in eine Muschel treten.« Er fragte nach, und ich gestikulierte, humpelte, zog ein schmerzverzerrtes Gesicht und stützte mich schwer auf seinen Arm. Er lachte und hob mich hoch, ich protestierte, und er freute sich. Setzte mich wieder ab und blieb dicht vor mir stehen. Siehst du, alles ganz einfach. Ich strich eine Strähne zurück, die der sanfte Wind in sein Gesicht geschoben hatte und er lehnte seine Wange in meine Hand, küßte meine Handinnenfläche und sein Mundwinkel zuckte wieder ein wenig.

»Laß uns gehen«, flüsterte ich, und er nickte.

Der Strand, wie mit Silber übergossen. Das Meer, der ewige, ruhelose Rhythmus. Farouks Lachen, seine lebhafte Mimik und Gestik. Wir spielten Fangen am Strand, und er zollte meiner Flinkheit Respekt, aber er fing mich doch, jedes Mal wieder, unterwarf mich, küßte mich, streichelte mein Gesicht mit einem merkwürdigen Ausdruck in den Augen, Sehnsucht, Unglaube, Zärtlichkeit. Und Glück. Wir waren so glücklich. Setzten uns schließlich in die Dünen und betrachteten den Mond, bis er seinen Mantel auszog und in den Sand legte, mich sanft herunterdrückte und in eindeutiger Absicht begann, mich zu entkleiden.

Ich hielt seine Handgelenke fest, diese schmalen, kraftvollen Gelenke und fragte, ob wir sicher wären, ob wir gesehen werden konnten. Er verneinte, und ich ließ ihn umgehend los, damit seine warmen, zärtlichen Hände ihr Werk fortsetzen konnten. Sterne über mir. Ich sah sie auch noch, als ich die Augen schloß und mich ihm überließ, einfach dalag und mich liebkosen ließ und mir wünschte, es möge nie vorbei sein.

Auch in dieser Nacht blieb ich bei ihm in der Hütte, es hätte bequemer sein können, ich gebe es ja zu, mein Bett wäre vielleicht sauberer und ordentlicher – obwohl die Decken, auf denen wir lagen, sauber waren, es waren eindeutig Pferdedecken, aber sie waren wohl nicht in Benutzung, denn ich roch nichts, und ich entdeckte auch keine Haare. Und wieder die heimliche Flucht im Morgengrauen. Und die heimlichen Blicke später beim Reiten, zärtliche, verliebte Blicke, manchmal flammend, manchmal dankbar in sich ruhend. Unsere Hände, die sich berührten, einander versichernd. Mehdis hochgezogene Brauen, aber er kommentierte es nicht. Als ich Farouk danach fragte, nickte er; Mehdi weiß Bescheid. Ich nahm es zur Kenntnis. Farouks Augen glänzten plötzlich vor unterdrückter Heiterkeit, und ich fragte nach, er schüttelte den Kopf, ich stupste ihn an, und er erzählte schließlich, Mehdi habe es gerochen. Was gerochen? fragte ich ungläubig nach, und jetzt war sein Heiterkeitsausbruch deutlich zu sehen. Sex. Er habe den Sex gerochen. Und meine Wangen wurden

heiß bis hin zu den Ohrläppchen, was ihn noch viel mehr amüsierte.

Männer …

»Ich werde heute abend ins Theater gehen«, erklärte ich, auf dem
Brunnenrand in der Sonne sitzend. Er musterte mich. »Kommst
du mit?« Ins Theater? Ungläubig. Nein, da dürfe er nicht hin. Da
wolle er nicht hin. Er können nicht hören, was da passiere. »Aber
du kannst es sehen«, wandte ich ein. Nein, ins Theater würde er
nicht mitkommen. Da gehöre er nicht hin. Ich lüpfte eine Augenbraue und fragte, ob er das wohl ernst meine, aber er war sich da
sicher. Na gut. Ich würde jedenfalls gehen. Er nickte, jetzt eindeutig wieder etwas bekümmert. Ob ich heute abend zu ihm kommen würde? Zögernde Fragestellung. Ich hob die Schultern. Vielleicht … aber dann erst spät.

Er nickte und wandte sich wieder einer seiner mannigfaltigen
Aufgaben zu. Ich glitt vom Brunnenrand, strich im Vorbeigehen
sanft über seinen Rücken und verabschiedete mich so. Er würde
es nicht dulden, wenn ich ihn in der Öffentlichkeit umarmte, und
vielleicht war es auch gut so. Die meisten Angestellten wußten
sowieso, daß wir ein Paar waren, die Buschtrommeln hatten es
verkündet und es störte niemanden, aber wir mußten es nicht
demonstrieren.

Ich genoß den Abend im Theater außerordentlich, ich hatte in
recht angenehmer Gesellschaft gespeist, ein älterer Mann, der
alleine hier war und durchaus angeregt zu plaudern verstand,
wir tranken anschließend noch einen Wein am Pool und suchten
dann gemeinsam das Theater auf. Ich schätzte es von jeher, wenn
ein Mann nicht aufdringlich wurde, er war klug und gebildet,
Witwer, wie er erzählte, aber schon sehr lange, und verreiste
eigentlich immer in Clubs, es gefiel ihm, daß man so rasch und
unkompliziert Menschen kennenlernte.

Einen weiteren Nachttrunk lehnte ich höflich ab, ich überlegte
ernsthaft, ob ich in meinem schönen Kleid und auf den hohen

Sandaletten noch zur Ranch gehen sollte, entschied mich aber dagegen. Wenn Farouk meinte, er gehöre hier nicht her, dann würde ich den Abend eben alleine beschließen.

Auf dem Weg zu meinem Bungalow hielt ich Ausschau nach dem hellen Mantel, nach der vertrauten Gestalt, konnte ihn aber nicht entdecken. Naja, wäre auch zu schön, um wahr zu sein. Ich betrat meinen Bungalow, und noch bevor ich Licht machen konnte, sah ich, daß auf der Terrasse ein Lichtpunkt aufglühte. Eine Zigarette. Mein Herz klopfte hoch oben im Hals, es konnte nur Farouk sein, der da saß und auf mich wartete.

Er bemerkte mich erst, als ich die Fliegentür bewegte, natürlich, er hatte mich nicht kommen hören, und ich hatte kein Licht gemacht. Er sprang auf mit einer so erschrockenen, vorsichtigen Geste, so viel Unsicherheit, nicht wissend, ob er hier sein durfte, nicht wissend, ob es mir recht war, daß er sich auf meinem Terrain befand.

Ich stieß die Tür vollends auf und nahm seine Hände, brachte ihn zurück zu dem Stuhl und setzte mich rittlings auf seinen Schoß. Das wenige Licht sammelte sich in seinen Augen, diese schönen, klaren Augen, und ich küßte ihn, er schmeckte nach Rauch und Verlangen, und seine Hand, die den Schlitz meines Kleides emporkroch, und seine Lippen unter meinen und sein Körper, der sich schließlich über meinen schob, nachdem er mich zum Bett getragen hatte.

»Das war sehr klug und mutig von dir«, sagte ich schließlich, als ich wieder fähig war, zu denken und zu reden. Er sah auf, wachte aus der Versunkenheit auf und fragte nach. Ich wiederholte, und als er verstand, drückte sein Gesicht Stolz aus. Es hatte ihn wirklich viel Mut gekostet, hierherzukommen.

Ich muß gehen, sagte er, und ich war traurig, nickte aber, zögernd nur, ich wollte ihn nicht gerne loslassen. Es war schön, neben ihm zu schlafen, seine Wärme zu spüren, seinen schmalen nackten Körper so nah an meinem. Soll ich nicht gehen? Nein. Du sollst bei mir bleiben, das wäre schön.

Er spielte mit meinen Haaren, die lang und irgendwie dramatisch über das Kissen gebreitet waren, und bedeutete mir, ich solle schlafen, er würde bleiben. Und ich umklammerte seinen Arm, der über meinem Brustkorb lag und spürte, wie er sanft meine Stirn küßte, meine Augen, meine Wangen, die Nasenflügel. Als ich am nächsten Morgen aufwachte, war er fort, und auf meinem Kopfkissen lag eine rote Hibiskusblüte, so rot, wie ich sie an unserem ersten gemeinsamen Morgen von ihm bekommen hatte.

Zwei Abende später entdeckte ich ihn im Theater. Es war eigentlich ein Zufall, daß ich ihn sah, er stand ganz hinten bei den Beleuchtern und Bühnenarbeitern und der für die Musik zuständigen Crew. Ich hatte während der kleinen Komödie, die vor dem eigentlichen Stück aufgeführt wurde, das Gefühl, beobachtet zu werden, und als das Licht wieder anging, sah ich mich sehr sorgfältig um. Und da stand er, ein wenig verlegen grinsend und nickte mir zu. Ich lächelte und winkte, blieb aber sitzen und genoß den Ausschnitt aus dem Musical von ganzem Herzen, vielleicht noch mehr als alles vorher, weil ich wußte, daß er da war, weil er sich die Mühe gemacht hatte, zu gucken, was mich so interessierte. Nie bin ich auf den Gedanken gekommen, er wolle mich kontrollieren, erst sehr viel später gestand er es, er hätte sich Sorgen gemacht, ich könnte einen anderen Mann kennenlernen, der mit mir ins Theater gehen würde.

Als ich ging, stand er noch immer da, und seine ganze Aufmerksamkeit konzentrierte sich auf den Mann, der ihm gegenüberstand und ihm anscheinend erklärte, um was es bei dem Musical gegangen war. Er war wie gebannt, lauschte mit geneigtem Kopf und fragte nach, gestikulierte. Ich wartete auf meiner Terrasse, und als er über das Geländer flankte, war er noch immer aufgeregt und erzählte, was ihm besonders gut gefallen hatte und wie hübsch er die Kostüme fand und daß der Boden unter ihm gebebt hätte und er fast die Musik hören konnte. Er war so lebhaft und glücklich, daß er mich immer aufs neue bezauberte. Er kniete vor mir nieder und küßte meine Hand, blieb im Schneidersitz auf der Erde sitzen und erzählte immer mehr und sah mit seinen schönen strahlenden Augen zu mir auf und dankte, daß ich es ihm ermöglicht hatte.

Am nächsten Tag nahm ich ihn mit zu einer Probe, und in Absprache mit den Akteuren legte er seine Handfläche auf die vibrierenden Boxen, während der junge Mann, der ihm schon das Musical erklärt hatte, eifrig auf ihn einredete.

Sein Blick irrte durch den leeren Zuschauerraum, suchte gegen die Kegel der gleißenden Scheinwerfer, bis er mich gefunden hatte, und ich wußte, ich würde nie wieder so reine, unverfälschte Freude sehen. Meine Kehle wurde eng, ich schluckte ein paarmal, wollte gehen, wollte ihm seinen Triumph lassen und konnte es doch nicht. Er wollte ja mit mir teilen, er wollte diesen bewegenden Moment nicht für sich alleine. Er hatte, soweit es ihm möglich gewesen war, jede Freude mit mir geteilt. Und so saß ich auf den Stufen eines heißen, staubigen Theaters und betrachtete den Mann, den ich aus ganzem Herzen liebte und freute mich mit ihm und vergoß heiße Tränen.

Als Dank brachte er mir bei, auf einem galoppierenden Pferd zu stehen. Wir mißbrauchten Yasmin, den gutmütigen grauen Hengst, der an derartige Kunststückchen gewöhnt schien, er ließ sich nicht aus dem Rhythmus bringen, wenn er merkte, daß ich mit bloßen Füßen versuchte, auf seiner Kruppe Halt zu finden. Natürlich stürzte ich, zuerst wirklich alle naselang, später wurde ich sicherer und genoß diese heimlichen Ausflüge. Farouk zeigte sich als unnachgiebiger Lehrmeister, er ließ sich nicht erweichen, wenn ich zum dritten Mal von dem glatten Fell abgerutscht war und eigentlich keine Lust mehr hatte. Und er hatte recht: Es kam der Abend, an dem ich auf der glatten, runden Kruppe stand, die Bewegungen des Tieres unter mir genau spürte und vorausahnen konnte, und mein Körper gehorchte mir, ich verfügte schon immer über eine gute Körperbeherrschung und ein ausgezeichnetes

Gleichgewicht, aber dieses Kunststück ließ mich doch sehr stolz sein. Ich glaubte nicht, daß ich so schnell wieder von einem Pferd stürzen würde, die Turnerei an Yasmin hatte mir ein ganz neues Selbstbewußtsein vermittelt. Das fing schon damit an, daß ich ohne Sattel aufentern mußte. Auch wenn der Hengst nicht eben groß war, das Aufsitzen ohne Hilfe war nicht einfach. Zuerst half Farouk mir noch, aber sehr schnell weigerte er sich. Ich warf mich also mit dem Bauch voraus auf das Pferd, was er nicht so witzig fand, seinen Gleichmut aber auch nicht erschütterte, und robbte dann in sitzende Position. Nicht sehr würdevoll, diese Art des Aufsitzens gefiel mir nicht, und ich übte, so elegant auf ein Pferd zu kommen, wie Farouk es tat. Ein Bein über den Rücken, und schwupp – saß man. Ha!

Mit Anlauf ging es überhaupt nicht, und wenn Yasmin auch nur einen Schritt oder eine unverhoffte Bewegung machte, landete ich unweigerlich im Sand. Farouk lachte mich nie aus. Er war manches Mal besorgt, wenn er befürchtete, ich hätte mich verletzt, aber es beeindruckte ihn, daß ich nicht aufgab. Außerdem hatte er da so eine spezielle Behandlung für all die kleinen Schrammen und Schrunden, die ich mir zuzog, daß ich noch ganz andere Sachen riskiert hätte.

Und schließlich – als wäre ein Knoten geplatzt – hatte ich den Bogen raus. Eine Hand in die üppige Mähne, einen leichten Schwung aus der Hüfte und das Bein über den glatten Pferderücken geschwungen, und ich saß oben. Farouk applaudierte und Yasmin drehte den Kopf, um mich anzusehen, und ich hätte schwören können, er blinzelte mir zu.

Farouk winkte mich wieder runter und forderte das gleiche Kunststück noch einmal, und siehe da – es funktionierte wieder. Ich hatte tatsächlich den Bogen raus.

Und noch während ich mich wie ein Schneekönig freute, hockte der taubstumme Araber sich in den Sand zu meinen Füßen und schrieb: ELENA und malte ein Herz dahinter.

Sehr langsam glitt ich vom Pferd, ungläubig. Hockte mich ihm gegenüber und starrte auf den Schriftzug. Er sah mich an und lachte, und wieder war da dieser unbändige Stolz, ein wilder Triumph, wie er ihn auch manchmal in den Liebesnächten zeigte. Ich schloß einen Moment die Augen, aber als ich sie öffnete, stand im Sand noch immer: ELENA und das Herz dahinter. Er nickte, als ich ihn ansah. Es ist so. Ich liebe dich. Du hältst mein Herz in den Händen.

»Ich danke dir«, sagte ich leise und irgendwie schmerzerfüllt. Wir hatten keine Chance, es gab kein gemeinsames Leben, es gab nur diese verzauberten Stunden, die irgendwie ja nicht real waren. Ich kehrte in meine Welt zurück und ließ ihn mit diversen Touristinnen zurück. Er beobachtete mich genau, und ich weiß nicht, wieviel von meinem jähen Schmerz sich in meinen Zügen abzeichnete, denn jäh wurde er ernst. Legte den Kopf schräg und musterte mich aufmerksam, still und alarmiert. Ich lächelte flüchtig, ich wollte nicht die Stimmung zerstören, ich wollte ihn nicht traurig machen, aber es war schon zu spät, er hatte genau erfaßt, daß etwas geschehen war. Seine schmale Hand tastete nach meiner und führte sie zu seinem Herzen, dann küßte er sanft meine Handinnenfläche. Ich lächelte unter Tränen und umarmte ihn, es war eine Flucht, und ich wußte es. Alles war besser in diesem Moment, als sich der Realität zu stellen, die mich ganz zweifellos noch schnell genug einholen würde.

Wenig später nur sprach ich zum ersten Mal mit ihm über Sophie. »Sophie ist weg«, sagte ich und beobachtete ihn. Er runzelte die Stirn. »Die Frau, die meinem Herzen so nah stand, weißt du? Sie ist weggeflogen.« Er nickte langsam, das wußte er bereits. Ob ich traurig darüber wäre? Ich nickte. »Sie war krank, weißt du.« Krank? Ich versuchte, meine Gesten zu verdeutlichen, und er verneinte, erst langsam, dann energisch werdend. Sie hätte getrunken und geraucht, sie hätte mit den Männern im Café Wasserpfeife geraucht, er habe sie dabei gesehen. Das ist nicht krank, das ist verkehrt. Und sie habe mit einem der anderen Männer gebumst.

Er verwandte tatsächlich eine abfällige Geste dafür. Ich senkte den Kopf und ließ Sand durch meine Hände rinnen. »Ja, du hast recht, es war nicht richtig. Aber ich denke, sie war unglücklich und hat es deswegen getan.« Aber er war von seiner Meinung nicht abzubringen. Sie hatte einen Mann, ein Kind und viel, viel Geld, sie lebte hier und hätte glücklich sein müssen. »Ich vermisse sie. Wir waren ganz lange befreundet.«

Er hockte vor mir auf seinen Fersen und beobachtete mich genau, damit ihm keine Regung entging, damit er diesem schwierigen Gespräch folgen konnte. »Sie hat meinem Herzen so nah gestanden, 20 Jahre lang. Es tut mir weh, daß sie nicht mehr da ist.«

Du mußt nicht traurig sein, bedeutete er etwas hilflos und strich über mein Haar, sie war nicht richtig. Sie hat mich gestreichelt. Ungläubig sah ich auf. »Sie hat dich gestreichelt?« Er nickte, und seine Kinnmuskeln mahlten. Seine Finger fuhren über seine Wange, seine Schlüsselbeine, seinen Brustkorb, wie eine Frau ihn gestreichelt hätte, wie ich ihn gestreichelt hatte, was er unmißverständlich deutlich machte. Dann sprang er einen Schritt zurück, Entsetzen und Ablehnung darstellend und schüttelte den Kopf. Er habe das nicht gewollt, und sie habe gelacht und schlechte Dinge gesagt. Ihr Herz ist nicht gut, ihr Kopf, ihre Gedanken auch nicht.

Ich war erschüttert, erschlagen. Wortlos starrte ich ihn an, ich konnte nicht glauben, was er erzählte, und doch – Farouk würde nicht lügen. Und so wie Sophie sich entwickelt hatte, war es nicht mal so abwegig, Farouk war ein schöner Mann. Aber ich weigerte mich, daran zu glauben, daß meine Freundin, meine beste Freundin, meine Wegbegleiterin, den Mann angemacht hatte, in den ich verliebt war, wie sie sehr wohl wußte.

Unbehaglich musterte Farouk meine starres Gesicht, dann begann er zu beteuern, daß er die Wahrheit sagte. »Ach, Farouk, ich glaube dir ja. Ich weiß, daß du ehrlich bist. Aber es tut so weh ...«

Jetzt endlich sah er die Gelegenheit gekommen, er rückte näher zu mir und nahm mich in den Arm, um mich zu trösten. Es ist gut, daß sie weggeflogen ist, bedeutete er.

Ich ließ mich in seine Wärme hüllen und überdachte das Gehörte und konnte es doch nicht so recht fassen, wohl sagte mein Verstand, daß es im Bereich des Möglichen liegen könnte, aber mein Gefühl wehrte sich aufs energischste. Schließlich bedeutete ich ihm, daß es jetzt gut sei, daß ich okay sei, und zögernd rückte er etwas ab. Er ließ mich nicht los, den ganzen Abend nicht, es war auffallend, obwohl er sowieso ein körperbewußter Mann war, er suchte bei jeder Gelegenheit Körperkontakt und genoß es, mich im Arm zu haben oder auch – in den seltenen schwachen Momenten, die er sich erlaubte, schließlich war er ein MANN und ein arabischer noch dazu – wenn ich ihn im Arm hielt und ihn schützte und wärmte, mich um ihn kümmerte.

Daß Sophie sich um ihn bemüht hatte, war ein Schock, den ich nur langsam verarbeitete. Allerdings faßte ich sehr schnell den Entschluß, mir eine neue Wohnung zu suchen, ich würde nicht mit ihr zusammenwohnen, nicht nach all dem, was geschehen war. Wer weiß, was ihr noch alles einfallen würde?

Wir verbrachten sehr viel Zeit miteinander, entweder auf dem Rücken der Pferde, denn natürlich ritt ich jeden Morgen mit aus, oft gab Mehdi mir den blauen Hengst, Shem-el-Nasim, was mich mit Stolz erfüllte, er war mir gegenüber nicht mehr so herrisch und ablehnend, sein Spott nicht mehr so verachtend und bösartig. Er vertraute mir sein Pferd an, und er tat es ohne das Anzeichen einer Drohung.

Abends begleitete Farouk mich ins Theater – nein, so ist es nicht richtig: Ich ging ins Theater und informierte ihn vorher, ob es ein schönes Stück war. Als schön bezeichnete er die Choreographien, in denen getanzt wurde, in denen er die bunten Kostüme, die schwingenden Röcke und das Wirbeln der Tänzer beobachten konnte. Manchmal, wenn die Musik besonders laut war, kam er mit glänzenden Augen zu mir und bedeutete, er habe wieder etwas »hören« können, die Schwingungen der Musik würden in seinem Bauch zu spüren sein. Aber nie ging er mit mir zusammen, und niemals gaben wir uns als Paar zu erkennen, bei keiner Gelegenheit. Mir war es egal, für mich war wichtig, daß er zu mir gehörte und daß ich es wußte, was gingen mich die anderen Menschen an?

Die Nächte verbrachten wir ausnahmslos zusammen, entweder bei mir oder in der Hütte am Stall, wichtig war nicht der Aufenthaltsort, wichtig war, daß wir zusammen waren, aneinandergekuschelt einschliefen, bis der erste graue Schimmer des Morgenlichtes ihn weckte und die Trennung unvermeidlich war.

Trennungen sind immer unvermeidlich, und so kam es, daß ich eines Nachts zu ihm sagte:»Farouk, ich fliege morgen nach Hause.« Und sehen mußte, wie sein Gesicht zusammenfiel, schmal und blaß wurde, als er die Bedeutung der Geste verinnerlichte. Nein, machte er fassungslos, aber ich nickte.

Er reagierte gar nicht mehr, und das war schlimmer als alles, was er hätte sagen oder machen können. Er erstarrte gleichsam, und einen wahnwitzigen Moment hatte ich Angst, er würde etwas Unüberlegtes tun.

»Ich komme wieder, das verspreche ich dir«, flüsterte ich hilflos und verbarg mein Gesicht in der warmen Kuhle zwischen Hals und Schulter, die immer so gut roch. Seine Haut wurde merklich kühler, als würden seine peripheren Systeme heruntergefahren. Er weinte nicht, er protestierte nicht, aber vor seine Augen zog sich ein Schleier, der alles andere aussperrte und keine Annäherung mehr zuließ. Seine geraden Schultern sanken hinab, seine kalten Hände preßten sich auf sein Herz, als wolle er es festhalten. Es bricht ... sagten seine Hände, zitterten.

»Nein, es bricht nicht. Es ist ein gutes, starkes Herz, und es wird dasein, wenn ich wiederkomme. Was täte ich denn ohne dich? Mein Leben ist leer.« Aber er verneinte einfach nur, richtete sich auf und wandte sich ab, suchte mit zitternden Fingern seine Zigaretten und zündete sich eine an, die er mir gab, eine Gewohnheit vermutlich.

Ich wünschte wirklich, ich hätte es ihm – und mir – ersparen können. Aber das Leben ist nun mal kein Wunschkonzert. Wir schliefen nicht in dieser Nacht, aber wir liebten uns auch nicht, es war,
als wäre das Leben aus ihm gewichen. »Du wußtest es doch«,
sagte ich einmal verzweifelt, »du wußtest, daß ich wieder gehen
würde.« Aber ich drang nicht zu ihm durch.

Meine Sachen standen schon gepackt in meinem Bungalow, ich
würde sehr früh abgeholt werden, Farouk war dann auf dem
Morgenritt, und es war auch gut so, ich konnte nicht gehen, wenn
er mir nachsah, ich konnte nicht gehen, ohne ihn zu umarmen,
und er hätte es nicht gewollt, er wäre nicht zum Bus gekommen,
sein Stolz, seine Würde hätten es nicht zugelassen. Aber ich erzählte ihm nicht, daß ich schon weg sein würde, wenn er zurückkam vom Reiten. Das würde er noch früh genug merken.

Statt dessen redete ich in aller Herrgottsfrühe mit Fethi, der aufgestanden war, um mit mir zu frühstücken, er gab es sogar zu,
daß er nur meinetwegen hier im Speisesaal saß. Ich war gerührt,
aber nichts vermochte meine Angst und meine Sorge um Farouk
zu verdrängen. Ich versuchte, Fethi die Situation zu erklären, aber
er nickte nur und hob die Hand.

»Ich weiß, was bei mir im Club vor sich geht. Und ich weiß, was
es bedeutet, wenn ein taubstummer Rittmeister plötzlich abends
im Theater auftaucht und sich Unterricht geben läßt in Sachen
Musik. Ich kenne meine Leute und die meisten schätze ich.« Er
räusperte sich. »Elena, ich … nun, ich würde mich freuen, wenn
ich dich bald wieder als Gast in diesem Club begrüßen dürfte.
Und ich meine wirklich: Als Gast. Als meinen Gast. Sophie ist
mittlerweile in Deutschland und ich würde … nun, es wäre nett,
wenn du mich vielleicht … informieren würdest, wie es ihr geht.
Ich … wir könnten in Kontakt bleiben, du hast die Telefon-
nummer und die E-Mail-Anschrift des Clubs und es wäre … nun
also, wenn es dich nicht allzusehr belastet … ich meine … nun, sie
ist schließlich die Mutter meines Sohnes …«

Ich griff nach seiner Hand und hielt sie einen Moment. »Sicher

werde ich dich informieren, gerne sogar. Möchtest du … soll ich
Sophie von dir grüßen? Soll sie sich melden? Möchtest du Kontakt
zu ihr behalten?«»Nein«, sagte er abrupt,»das will ich nicht. Ich
will nicht, daß mein Sohn erfährt, daß seine Mutter drogensüch-
tig ist. Nein, ich will es nur zu meiner eigenen Beruhigung wissen.« Und jetzt war er Geschäftsmann, hart und unversöhnlich.
Ich nickte. Verstehen konnte ich ihn irgendwie schon. Und als der
Bus schwankend durch das Tor fuhr, dessen Flügel beide geöffnet
waren und ich dem Torwächter zuwinkte, da hatte ich sein Versprechen im Gepäck, daß er auf Farouk achten würde und ihn
auch – im Rahmen der bescheidenen gegebenen Möglichkeiten –
fördern würde. Wie das genau aussah, wußte ich nicht, ich hatte
jetzt auch nicht die Zeit, mir Gedanken zu machen, viel zu sehr
war ich mit meinem eigenen Elend beschäftigt.

VI. Teil

Dieses Mal war es richtig schrecklich, nach Deutschland zurückzukehren. Ich hatte ernsthafte Probleme, mich in meinem Alltag
zurechtzufinden.

Es gab vieles, was ich zu erledigen und zu bewältigen hatte, ich
mußte mir wieder eine eigene Wohnung suchen, ich mußte in
meinem Beruf präsent sein, ich sollte wieder in den Reitstall gehen,
meinen Sport aufnehmen, joggen, schwimmen, vielleicht auch
zum Aerobic gehen. Und ich mußte mich um Sophie kümmern.
Statt dessen saß ich zu Hause auf der Couch und starrte Löcher in
die Luft, gab mich meinem Schmerz hin, einer Mischung aus
Heimweh und Liebeskummer, so stark, daß es mir manchmal
schier die Luft zum Atmen nahm. Ich setzte mich auf den Balkon,
betrachtete die kümmerlichen Überreste der ehemals so prächti-
gen Sommerblumen und rauchte. Betrachtete die Sterne, die an
manchem Abend auf dem herbstlichen Himmel prangten, und
wußte, Farouk würde die gleichen Sterne sehen, wenn er den
Kopf in den Nacken legte und den Blick erhob, die schönen goldenen Augen unter den schweren Lidern bekümmert, ratlos, einsam. Ich zweifelte nie daran, daß es ihm ebenso schlecht gehen
würde wie mir, und ich hatte ein schlechtes Gewissen und sehnte
mich, daß es mir das Herz zerriß. Ich entkorkte eine Flasche Wein
und versuchte, den Kloß in meiner Kehle zu schlucken und das
Brennen meiner Augen zu ignorieren. Aber es war, als wäre ein
Teil von mir in Afrika geblieben. Ich fand den Bezug zur Realität
irgendwie nicht so richtig.

Mein Chef guckte sich das Elend nicht allzulange an, wir konnten
es uns im Grunde ja auch nicht leisten, ich wurde gebraucht, und

ich wußte es, aber in der ersten Arbeitswoche leistete ich mir zwei so haarsträubende Fehler, daß er mich zu einem ernsthaften Gespräch in sein Büro bat. Er wußte in etwa, was gespielt wurde, und hatte wohl bis zu einem gewissen Grad auch Verständnis für meine Situation, aber natürlich durfte meine Arbeit nicht darunter leiden, und das wußte ich genauso gut wie er. Ich gelobte also Besserung und hielt mich auch daran, meine Selbstbeherrschung und Disziplin war über so lange Jahre ge- und erprobt, sie mußte auch diesmal herhalten, ich konnte nicht kraftlos umherstrudeln, meine Existenz hing schließlich an meinem Beruf. Außerdem hatte ich das beste Beispiel vor meiner Nase, was dabei herauskommen könnte, wenn man sich treiben ließ, wenn man der Haltlosigkeit nachgab.

Diese Erkenntnis brachte mich dazu, Sophie aufzusuchen, die in einem privaten Sanatorium vor den Toren Hamburgs untergebracht war.

Wie Fethi das alles organisiert hatte, wird mir wohl ein ewiges Rätsel bleiben, er hatte für ihre Unterbringung gesorgt, nah an ihrem Wohnort, direkt in ihrer Heimat, und das alles, obwohl er selber circa 3000 Kilometer entfernt war. Sophie war mir keine Hilfe, sie schien nicht von dieser Welt zu sein. Ich konnte mir nicht vorstellen, daß eine – relativ gesehen – kurze Zeit mit Tabletten und Hasch oder sonstwas für ein Rauschgift sie so apathisch werden lassen konnte. Aber sie war es. Seltsam desorientiert und desinteressiert an ihrer gesamten Umwelt, auch an mir, saß sie da und starrte aus dem Fenster, Stunde um Stunde. Manchmal drang ich zu ihr durch, wir redeten, aber ausschließlich über Belanglosigkeiten, nie fragte sie nach ihrem Sohn, sie hatte ihn völlig verdrängt, wie mir ein Arzt erklärte. Ich glaubte es nicht. Ich glaubte einfach nicht, daß eine Mutter ihr Kind verdrängen konnte. Der Arzt meinte, es wäre zu schmerzlich für sie, sich zu erinnern, ich dachte, es wäre zu unbequem.

Sie bekundete an nichts wirkliches Interesse, auch nicht, als ich ihr sagte, ich würde ausziehen, sie könne ihre Wohnung wiederhaben. Sie nickte nur und hob dann die Schultern, während sie mit eigentümlich flacher Stimme überlegte, ob sie je wieder in dieser Wohnung leben würde. Sie wußte noch gar nicht, was sie mit ihrem Leben anfangen sollte, wenn sie entlassen werden würde. Es schien, als wolle sie nicht entlassen werden, hier wurde für sie gesorgt, sie brauchte sich um nichts zu kümmern, alles wurde ihr abgenommen. Keine Entscheidungen, keine Handlungen, keine Verantwortung.

Es schien, als sei nur noch ihre sterbliche Hülle übriggeblieben, von ihr selber, ihrem Geist, ihrem Esprit war keine Spur zu finden.

Ich war erschüttert. Redete auf sie ein, beschwor unsere Vergangenheit, unsere Freundschaft, unsere Zukunft, ohne sie jemals zu erreichen.

Manchmal lächelte sie, manchmal antwortete sie, manchmal hielt sie Vorträge, vorzugsweise über Marc Chagall und die blauen Pferde. Wie sie denn darauf käme? Die Antwort war nur ein vages Schulterzucken.

Und ich saß ihr gegenüber und betrachtete die Überreste der Frau, die einmal meine Freundin gewesen war, die verblichenen roten Haare, sorgfältig gekämmt, aber glanz- und farblos. Die schönen grünen Augen, jetzt ungeschminkt und desillusioniert, ohne Interesse, ohne Leben.

Und ich spürte, wie auch aus mir das Leben langsam heraussickerte, gerade so, als nähme man mir die Kraft und meine Träume, meine Sehnsüchte, meine Hoffnungen. Ich hatte panische Angst, auch so zu enden.

Es war ein schönes Heim – konnte man es denn überhaupt so nennen? – ,von ihrem Fenster aus blickte man in den Park, herbstlich verfärbte Bäume, gepflegte weiße Möbel, die im Rund standen, Menschen, die die letzten Strahlen einer wohlmeinenden Sonne ausnutzten, die in Rollstühlen geschoben wurden oder einzeln oder in kleinen Gruppen umherwanderten. Viel mehr sah ich nicht, wollte ich auch nicht sehen. Die Geräusche, die mich manchmal erreichten, blendete ich aus, hysterisches Heulen oder schmerzerfülltes Weinen, gestammelte Worte, lange Erzählungen, die an niemanden gerichtet waren. Ich wollte nicht mit diesem Elend konfrontiert werden, es überstieg einfach meine Kräfte, die zur Zeit sowieso arg strapaziert waren. Sophie schien von all dem nichts zu bemerken, ich war mir nicht mal sicher, ob sie meine Besuche wirklich realisierte, ob sie sich je freute, wenn ich bei ihr war. Ein Arzt, den ich schließlich in höchster Not danach befragte, hob die Schultern. »Sie muß gesund werden wollen. Die Psyche eines Menschen verkraftet nur eine bestimmte Belastung, geht es darüber hinaus, macht sie dicht. So wie es bei ihrer Freundin passiert ist. Es hätte sich auch anders äußern können, Menschen werden mit psychischen Schmerzen auf mannigfaltige Weise fertig – oder eben auch nicht.« Er führte auf meine Fragen hin seine Ausführungen immer weiter fort, aber es brachte mir nicht wirklich eine Erkenntnis. Ich wußte nicht, welche Art psychischer Schmerzen sie verkraften mußte, warum sie zu den Tabletten gegriffen hatte, was ihrer Meinung in ihrem Leben so verkehrt gelaufen war. Und so, wie sie sich derzeit verhielt, würde sie es mir auch nicht erzählen.

Schließlich stellte ich meine Besuche ein. Ich hatte genug mit mir selber und meinem Elend zu tun, ich konnte nicht auch noch Sophies verkraften. Natürlich hatte ich ein schlechtes Gewissen, natürlich litt ich unter ihrem Zustand, aber irgendwann ist der Zeitpunkt erreicht, an dem man aufpassen muß, daß man selber nicht zu kurz kommt, daß man seine eigenen Schmerzen verarbeitet. Und die hatte ich. Nach wie vor.

Zuerst war ich wie betäubt, ein Zustand, den ich von früher her, von den Abschieden, ja schon kannte. Kaffee literweise und mehr Zigaretten als sonst. Diesmal allerdings konnte ich mich gar nicht wieder einkriegen. Nachts lag ich wach, hörte das Rauschen der Brandung oder das Wiehern eines Pferdes, hörte den Wüstenwind in den Palmen und sah seine Augen. Diesen Blick, den er mir zugeworfen hatte, als er realisierte, daß ich gehen würde. Wie kalt seine Haut geworden war. Wie verletzt er gewesen sein mochte, als er vom Morgenritt zurückkam und mich nicht mehr vorfand. Und ich hatte keine Möglichkeit, mit ihm Kontakt aufzunehmen.

Mit dürren Worten informierte ich Fethi wie versprochen über Sophies Zustand, ich beschönigte nichts, ließ aber einiges aus und fragte natürlich nach Farouk. Seine Antwort war ebenso knapp gehalten und nicht dazu angetan, meine Sehnsucht zu stillen oder mein vor Liebeskummer sich windendes Herz zu beruhigen. Aber um der Gerechtigkeit Genüge zu tun: Es hätte nichts gegeben, was mich beruhigt oder besänftigt hätte. Hätte er geschrieben, Farouk ginge es gut, er würde munter durch die Gegend hüpfen, wäre ich verletzt und enttäuscht gewesen. Hätte er geschrieben, er würde leiden, wäre ich noch unglücklicher gewesen. So aber informierte er mich, daß die Männer noch drei Wochen zu arbeiten hätten und danach in den wohlverdienten Urlaub gehen würden, der Club schloß über Winter für die Öffentlichkeit, es bleiben nur wenige Gäste, die den ganzen Winter dort verbrachten in dem milden Klima. Die waren aber nicht an Pferden interessiert, und so ging praktisch die gesamte Ranch in den Winterschlaf. Sie hatten den Urlaub wirklich verdient, sieben Monate arbeiteten sie durch, ohne Pause, ohne einen freien Tag. Ich gönnte es ihnen, selbst dem arroganten Mehdi. Man kann nicht das ganze Jahr ununterbrochen für Touristen dasein. Und Fethi selber würde im Urlaub zu seiner Familie zurückkehren, er spielte mit dem Gedanken, nach Europa zu gehen, wenigstens für einige Wochen, konnte aber noch nicht abschätzen, ob er den Club, die ganze Anlage verlassen konnte, er wußte noch nicht, ob sein Stellvertreter ebenfalls Urlaub machte, und wenn ja, wie lange.

Wir hielten losen Kontakt, kurze Memos, Nachrichten, aber es verebbte. Der Abschluß wollte gemacht werden, und ich spürte, wie ich zu einer Erinnerung verblaßte. Vom Verstand her konnte ich es verstehen, der Alltag holte auch Fethi ein, selbst in einem Land, das wie ein Märchen zu sein schien. Auch bei Aladin und der Wunderlampe, auch unter ewiger Sonne bedeutet Arbeit nun mal Arbeit.

Ich trudelte im luftleeren Raum und fand keinen Halt, nicht beim Sport, nicht im Reitstall. Ich begann mich dafür zu verabscheuen. Ich haßte es, ziellos herumzusitzen, mich selber nicht motivieren zu können, mir selber leid zu tun. Das war ich irgendwie nicht. Und dennoch: Es gelang mir nicht, die Melancholie abzuschütteln. Der November dräute herauf und mit ihm die ewig trüben Tage, es wurde nicht richtig hell, es regnete tagelang, die Innenstadt versank in den Fluten, hastende Menschen, geduckt unter Regenschirmen, erste Weihnachtseinkäufe. Kein Lächeln, kein Blickkontakt. Nur Hektik, Eile, Düsternis.

Einige Tage quartierte ich mich bei meinen Eltern ein, ich wollte auf andere Gedanken kommen, aber sie waren ja bekanntlich mittlerweile in Rente und hatten so gar keine Zeit, meine Mutter war bei den Landfrauen mächtig aktiv, und mein Vater schleppte mich mit ins Schwimmbad, äußerte sich erschüttert darüber, wie dünn ich geworden sei – und ich konnte ihm nicht mal ernsthaft widersprechen –, und versuchte eine volle halbe Stunde, mich zu besiegen. Es gelang ihm nicht.

Naja, das wäre auch noch schöner gewesen: Daß ich mich von einem 62jährigen Mann hätte besiegen lassen. Also, auch wenn ich nicht auf dem Höhepunkt meiner körperlichen Leistungsfähigkeit war, meinen Vater besiegte ich noch immer auf allen Längen. Ein wenig frustriert war er schon, er hatte gedacht, jetzt, wo er Zeit zum Schwimmen hatte und fit war, würde es ihm endlich gelingen, mich in meine Grenzen zu verweisen. Aber nach dem 50-Meter-Rennen stand ich schon am Beckenrand und gähnte herzhaft und provokativ, als er anschlug. Ich habe ihm nie erzählt, daß ich mir alle Mühe gegeben hatte, um diese Show zu liefern ...

Dennoch schaffte ich es immerhin, vier Pfund wieder zuzulegen, was aber irgendwie nicht weiter auffiel. Ich war wirklich zu dünn geworden. Eins lernte ich allerdings in dieser Zeit: Der Mensch ist wirklich allein. Ich meine, ich wußte es schon immer, zumindest vom Kopf her, aber jetzt verinnerlichte ich diese Erkenntnis. Es gab niemanden, der die Last von meinen Schultern nehmen konnte oder sie wenigstens mit mir teilte. Wie auch? Es geht nicht. Jeder muß mit seinem Leben selber fertig werden, seine eigenen Entscheidungen treffen und seinen Weg festlegen. Inmitten meiner Familie und einem nach wie vor funktionierenden sozialen Netz war ich alleine. Komischerweise schmetterte mich diese Erkenntnis aber nicht nieder, im Gegenteil: Sie gab mir Kraft. Wenn ich für mich alleine entscheiden sollte, würde ich es tun, und ich würde mein Bestes dabei geben. Es war mein Leben und meine Verantwortung, und ich mußte Rückgrat beweisen. Es gab niemanden, den ich hätte verantwortlich machen können.

Mein Chef half mir in dieser Situation mehr, als er je wissen würde: Er überschüttete mich mit Arbeit. Nicht, daß das ungewöhnlich gewesen wäre, aber er legte noch was drauf: Ich begleitete ihn. Er nahm mich mit auf Treffen und Meetings und gesellschaftliche Veranstaltungen, ich begleitete ihn auf Seminare und arbeitete danach die Unterlagen auf, er gab mir Arbeit mit nach Hause und ruhte nicht eher, bis ich wieder klar denken und mich konzentrieren konnte. Bis dahin hatte er mich allerdings fast durch das gesamte Bundesgebiet geschleppt.

»Das fehlte noch«, knurrte er eines Abends, »ich habe so viel Zeit und Kosten und Energie in Ihre Ausbildung gesteckt und werde nicht zugucken, wie Sie verkümmern, aus welchen Gründen auch immer. Also reißen Sie sich jetzt zusammen und geben Sie mir einen Teil davon zurück.« Es half. Es half wirklich, er hatte genau den richtigen Ton getroffen. Ich war mir meiner Verantwortung ja bewußt, aber manchmal bedarf es eines – nun, sagen wir: Trittes in die Rippen –, damit man wieder zu sich kommt. Und genau das gelang ihm. Ich war so erschöpft von den mannigfaltigen Pflichten und Anforderungen und so begeistert von all dem Neuen, was ich lernte, daß ich abends wieder umgehend einschlief und regelmäßig zum Reiten ging, um die Rückenschmerzen im Griff zu halten. Komischerweise gab es auch nie Sonderaufgaben, wenn ich Reitstunde hatte. Aber darüber stolperte ich erst sehr viel später.

Halbherzig machte ich mich auch auf die Suche nach einer eigenen Wohnung. Wirklich halbherzig, ich gestehe. Eigentlich fühlte ich mich ja sehr wohl in Sophies Wohnung, sie war groß und wunderschön, und es war doch sehr fraglich, ob ich je wieder eine Wohnung mit Dachterrasse fand, die so nah an meiner Arbeitsstelle lag und die ich mir würde leisten können. Sophie zuckte die Schultern und murmelte etwas davon, daß sie ins Allgäu gehen würde, wenn sie entlassen werden würde, aber sie machte keine Anstalten, ihre Entlassung – oder sagen wir: Ihre Heilung – voranzutreiben. Und so verschlampte ich die Wohnungssuche. Irgendwie hatte ich nie so recht Zeit dazu, mich wirklich intensiv um eine Wohnung zu bemühen, und bei den wenigen, die ich mir dann doch ansah, gefiel mir dieses nicht und jenes erst recht nicht. Und der Hamburger Mietenspiegel spottete zu jener Zeit auch jeder Beschreibung. Ich überlegte also, daß immer noch Zeit wäre, wirklich umzuziehen, wenn Sophie Anspruch auf die Wohnung erheben würde, im Moment kümmerte sie sich nicht mal darum, sie anderweitig eventuell zu vermieten. Und es wäre eine Schande gewesen, eine so schöne Wohnung voll eingerichtet leer stehen zu lassen.

Heiligabend wollte ich bei meinen Eltern verbringen, aber dann wieder nach Hause fahren, die Weihnachtstage gehörten mir, ich wollte ausspannen, Photos sortieren, abends vielleicht ausgehen – oh ja, ich ging wieder aus, das Leben hatte mich wieder, es wurde auch Zeit – oder einfach Musik hören und ein bißchen träumen. Ich vermißte Farouk noch immer, aber der scharfe Schmerz hatte sich gewandelt, es war ein stiller Verlust geworden, ein Manko. Damit konnte ich leben. Naja, was blieb mir denn auch anderes übrig? Selbst wenn ich manchmal in den Winterhimmel starrte und mich verzweifelt fragte, was er wohl gerade machte, und der altvertraute Schmerz wieder in mir hochkroch, so war es doch ein wenig tröstlich, daß auch dieser Moment vorbeigehen würde. Und die Zeit ebenfalls. Das Frühjahr nahte und damit auch die Eröffnung des Clubs und das Wiedersehen. Natürlich lebte ich nicht ausschließlich dafür, aber die Aussicht, ihn wiederzusehen, gab mir viel Auftrieb. Nur manchmal, in stillen Momenten, fragte ich mich, ob er sich auch auf ein Wiedersehen freute. Ob er mir geglaubt hatte, daß ich wiederkommen würde. Und – und das war das Schlimmste von allem – ob er überhaupt hoffte, wartete, sich darauf freute, mich wiederzusehen. Je weiter der Winter fortschritt, desto öfter dachte ich daran. Ob es vielleicht nur eine Sommerliebe war? Ob ich mich nicht doch in etwas hineinsteigerte, was in Wirklichkeit gar nicht real war? Ob er nicht vielleicht doch mit mehreren Touristinnen schlief? Oder ob er vielleicht sogar eine Frau gefunden hatte, eine Araberin, eine Frau, die in ihm das sah, was ich wahrnehmen konnte: Einen guten, klugen, warmherzigen Mann, dessen Behinderung nicht wirklich abschreckend war. Ich wußte einfach zu wenig, um mir sicher zu sein. Über sein Leben und über die arabische Welt. Ich hatte eine einseitige Sicht der Dinge, ich war verliebt und wußte genau, warum. Mir machte es nichts aus, daß er taubstumm war. Aber wie dachten die Araber darüber? War er wirklich in seiner Heimat mit einem Stigma behaftet?

So viele Fragen und so wenige Antworten. Es wäre sicher leichter gewesen, wenn wir wenigstens hätten miteinander reden können.

Kurz vor Weihnachten – ich hatte schon alle Geschenke gekauft – besuchte ich Sophie, ich hatte sie fragen wollen, ob sie Weihnachten vielleicht mit mir zusammen verbringen wollte, eine letzte Verneigung vor einer langen Freundschaft, vor der Frau, die sie einst gewesen war.

Mit schwerem Herzen betrat ich das schöne alte Gebäude, in letzter Zeit waren meine Besuche selten geworden, es belastete mich, Sophie in diesem Zustand zu sehen, und ehrlich gesagt machte es mich auch wütend. Meiner Ansicht nach hatte sie einfach keinen Grund, so vor der Welt zu fliehen, sie tat sich und ihrer Umwelt unrecht, es war nicht richtig, aus der Realität zu fliehen, anstatt den alltäglichen Kampf aufzunehmen. Was hatte Fethi gesagt: Ich dachte, sie hat die Kraft einer Löwin ... hat sie aber nicht.

Nein, hatte sie scheinbar nicht. Nur, was hatte ihren Willen so gebrochen?

Ich sollte es nie erfahren. Als ich mich beim Empfang meldete, warf mir die Frau einen scharfen Blick über den Rand der halben Brille zu und sagte:»Sie ist nicht mehr hier.« Ich trommelte ein wenig mit den Nägeln auf dem Tresen herum und lächelte sie an. »Wer ist nicht mehr hier?« Völlig unfähig, das Gehörte sinnvoll zu verarbeiten. »Sophie van der Sar ist nicht mehr in unserem Institut«, wiederholte sie, jetzt schon etwas ungeduldiger. Aber jetzt war ich aufgewacht. »Was heißt das? Wo ist sie denn?«»Das weiß ich nicht. Sie wurde vor zwei Wochen entlassen.«»Moment ... das kann nicht sein. Wo ist sie denn hingegangen?« Ein Seufzer, der mir die Ungehörigkeit meiner Fragen deutlich vor Augen führte. »Dafür sind wir nicht zuständig.«»Ich möchte bitte den behandelnden Arzt sprechen.«»Das geht nicht. Wir haben gerade ...« Ich beugte mich über den Tresen und funkelte sie wütend an. »Das interessiert mich alles überhaupt nicht. Wenn Frau van der Sar etwas zugestoßen ist, weil Sie Ihre Aufsichtspflicht verletzt haben, verklage ich Sie, das verspreche ich. Und dann wollen wir doch mal sehen, was schlechte Presse einem Haus wie diesem alles antun kann.«»Ich glaube nicht, daß ...«»Ach, wirklich? Wollen wir es darauf ankommen lassen? Glauben Sie nicht, daß ich scherze, ich bin seit über 20 Jahren mit Sophie befreundet, und es wird verdammt viel Ärger geben, wenn ihr etwas zugestoßen sein sollte. Und nun holen Sie mir bitte den behandelnden Arzt.« Ich war wütend. Ich meine: Wirklich wütend. Mein Gesicht schien es auch auszudrücken, jedenfalls nahm sie den Telefonhörer ab und nuschelte einige Worte hinein. »Es wird etwas dauern«, verkündete sie schmallippig, nachdem sie den Hörer aufgelegt hatte.

Aber ich hatte ihr bereits den Krieg erklärt, es gab einfach Situationen, in denen war Höflichkeit nicht mehr das oberste Gebot. »Ich darf mal telefonieren?« fragte ich und angelte schon nach dem Apparat. »Einen Moment, in der Halle hängt ein Münzfernsprecher und Sie müßten …« Aber ich war nicht zu bremsen. Es passiert mir wirklich nicht oft, daß ich mich über Grenzen und Richtlinien eklatant hinwegsetze, aber diesmal tat ich es mit Vehemenz. Ich wählte eine mir nur zu vertraute Nummer, landete im Vorzimmer und sagte deutlich: »Hier ist Elena Manchego. Ich müßte bitte dringend Herrn Rechtsanwalt Batten sprechen. Ja, danke, ich warte.« Einen Moment verharrte ich reglos, am anderen Ende lief ein Band mit klassischer Musik, gleich würde Raimund Batten sich melden, und ich wäre alle Sorgen los. Es war der Anwalt, mit dem wir – das heißt die Firma meines Chefs – schon lange zusammenarbeiteten. Auf der Konsole blinkte ein hektisches Licht, irgendwo wurde über Lautsprecher ein Arzt ausgerufen. Raimund meldete sich überschwenglich, ein wenig außer Atem, wie es schien, und ich bedauerte einen Moment, ihn für dieses Spiel mißbraucht zu haben. Dann aber meldete ich mich und legte knapp die Sachlage dar. Die Frau vor mir war erstarrt und hilflos, sie konnte nicht telefonieren, sie konnte sich nicht mehr wehren. Aber ich war es leid, wie ein Bittsteller behandelt zu werden. Vielleicht dachte sie nächstes Mal nach, bevor sie einen Angehörigen so abfertigte. Raimunds joviale Stimme drang mir durch Mark und Bein, er lachte etwas und sagte scherzhaft, das sei ja mal etwas ganz Neues, dann erst begriff er den Ernst der Lage und versprach, umgehend zurückzurufen. »Nein«, sagte ich rasch, »noch keine Presse, danke. Aber die Idee ist mir auch schon gekommen.« Einen Moment lauschte ich noch seiner Stimme, dann verabschiedete ich mich und legte auf. Als ich mich umwandte, stand ein Arzt hinter mir. »Sie wollten mich sprechen?« »Oh ja, allerdings«, sagte ich grimmig und wandte mich wieder der Frau zu. »Der Anwalt heißt Batten, und er wird gleich zurückrufen. Sagen Sie ihm bitte, ich melde mich wieder.« Ich konnte förmlich hören, wie sie ihre Wut herunterschluckte, während ich dem Arzt folgte. Im nachhinein stellte sich heraus, daß ich mir meinen großkotzigen Auftritt auch hätte sparen können. Der Arzt war sehr nett, entschuldigte sich zunächst und verwies dann auf den Datenschutz, dem sie natürlich alle unterliegen würden, bevor er mit der Sprache herausrückte: Sophie war verschwunden. Einen Moment glaubte ich wieder, mich verhört zu haben, aber es war tatsächlich so: Sie war verschwunden. Kein Sanatorium konnte es sich leisten, seine Patienten zu verlieren, und so wurde ein solcher »Abgang« natürlich verschwiegen oder zumindest nicht an die große Glocke gehängt. Sie war eine Tages einfach über die Mauer geklettert, die den schönen Garten begrenzte und gegangen. Und keiner hatte sie je wieder gesehen. Der angesetzte Detektiv kam mit leeren Händen zurück, es gab keinen Hinweis auf ihren Verbleib. Sie hatte keine Anschrift und außer mir wohl auch keinen Ansprechpartner. Aber ich war nur vom Sehen bekannt, man wußte, daß ich sie besuchte, aber auch meine Name und meine Anschrift war nie offiziell hinterlegt worden. Im nachhinein schämte ich mich für dieses Versäumnis, ich hatte einfach nicht darüber nachgedacht. Natürlich war Fethi informiert worden, seinen Namen und die Adresse hatte man, aber was sollte ein Mann, der dazu ja noch einen anderen Namen trug – Sophie war unter ihrem und Edgars Namen eingeliefert worden – und der auf einem anderen Kontinent lebte, schon ausrichten? So hatte man ihn wohl informiert, aber nicht mit einer Antwort gerechnet. Und Fethi war derzeit im Urlaub, ich wußte nicht, wo, mir war aber bekannt, daß er sich eine Auszeit genommen hatte.

Erschlagen und erschüttert saß ich vor dem netten Arzt, dessen Stirn in besorgte Dackelfalten gelegt war und wußte nicht weiter. Sie war einfach verschwunden. Er konnte mir nicht mal die Hoffnung machen, daß sie schon auf sich aufpassen konnte, sie war psychisch krank, aus welchen Gründen auch immer, und er wagte nicht zu prognostizieren, was mit ihr geschehen würde.

Nachdem ich den ersten Schock überwunden hatte, beeilte ich mich, nach Hause zu kommen, ich hatte die Vorstellung, daß Sophie auf den Treppen zu unserer Wohnung sitzen würde, mich schief angrinsen und Einlaß begehren würde. Ihr eigener Schlüssel nützte ihr nichts mehr, ich hatte schon vor geraumer Zeit ein neues Sicherheitsschloß einbauen lassen. Und so prügelte ich meinen Wagen über die Landstraßen, riskierte mehr als ein Strafmandat wegen überhöhter Geschwindigkeit und betete, sie möge da sein, einfach nur da sein, und ich wäre bereit, ihr alles zu verzeihen. Aber es blieb Wunschdenken, das Treppenhaus lag verwaist, und meine Schritte hallten dumpf auf dem Weg nach oben. Vielleicht hätte ich ihr nicht wirklich alles verziehen, ich konnte nicht vergessen, wie Farouk mir erzählt hatte, daß sie ihn gestreichelt hatte. Allein die Vorstellung treib mir das Blut in die Wangen. Farouk und Sophie ... das war mehr, als ich verkraften konnte.

Aber alles in allem war das mal wieder einer der Abende, an dem ich mich von Gott und der Welt verlassen fühlte. Der Mann, den ich liebte, war Tausende von Kilometern von mir entfernt, ich hatte nicht mal die Möglichkeit, ihn anzurufen, ich wußte nicht, wie es ihm ging, wie er sich fühlte. Meine Freundin hatte mich verlassen, oder vielleicht hatte auch einfach das Leben uns nun auseinandergerissen, auf jeden Fall war sie nicht mehr da, sie konnte mich nicht stützen, nicht aufrichten oder aufmuntern. Aber hatte sie es denn überhaupt je getan? Ja, früher schon. Seit geraumer Zeit nicht mehr, wem wollte ich eigentlich etwas vormachen? Seit wir das erste Mal gemeinsam afrikanischen Boden betreten hatte, waren wir auseinandergedriftet, langsam, aber unaufhaltsam. Nein, es wurde einfach Zeit, daß ich mein Selbstmitleid mal wieder in die Schranken verwies. Ich hatte Glück in meinem Leben, allein schon die Tatsache, jemanden zu lieben, bedeutete Glück.

Und dann geschah zweierlei: Natalie sagte sich an für die zweite Januarwoche, sie war sozusagen auf der Durchreise nach Australien, ihre Familie besuchen. Von Hamburg aus konnte sie ebensogut fliegen wie von Frankfurt, sogar noch billiger, deswegen wollte sie die Gunst der Stunde für einen Abstecher bei mir nutzen.

Und ich bekam ein neues Pferd. In Pflege natürlich, aber allein der Umstand, daß Anka mich um Hilfe bat, reichte aus, um mein gesamtes Weltbild wieder geradezurücken. Ein Wallach, schwarzbraun, ein Quarterhorse, und gerade mal vier Jahre alt. Anka meinte, ich wäre seinerzeit so gut mit der jungen Red zurechtgekommen, daß sie mir Boogie auch anvertrauen könne, seine Besitzerin sei krank und er müsse geritten werden, damit er nicht zu übermütig werde. Ich war begeistert. Er war ein zutrauliches Tier, dem man anmerkte, daß er es in seinem Leben gut gehabt hatte, er war auf dem Hof gezogen worden und auch nach dem Verkauf dort stehengeblieben. Neugierig, fast wie ein Kind, kam er mir auf der Weide entgegen, ließ sich halftern und folgte mir, aufmerksam nach allen Seiten spähend. Er war lange nicht so gut erzogen wie Red, ich merkte schon, daß seine Besitzerin ihm Unarten durchgehen ließ. Eine Kleinigkeit nur: Unsere Pferde lernten, daß sie immer hinter ihrem Menschen zu gehen hatten und blieb der Mensch stehen, hatten sie auch zur Salzsäule zu erstarren. Nun, Boogie sah es freilich ganz anders, zuviel Neues und Interessantes gab es zu sehen, und zu hören und zu riechen und er dachte gar nicht daran, neben mir zu verharren. »Laß es dir nicht gefallen«, warnte Anka, und ich schob das Pferd energisch rückwärts, mit dem Halfterstrick leichten Druck auf seine Nase ausübend. Dieses nette kleine Spiel spielten wir auf dem Weg von der Weide zum Stall fünfmal, dann blieb er hinter mir und blieb auch umgehend stehen, sobald ich verharrte. »Er kann es«, sagte Anka, »ich habe ihn erzogen. Er muß nur daran erinnert werden.«

Obwohl er eingedeckt wurde, war sein Winterfell weich und irgendwie plüschig, und die Mähne, die für eine Fotosession bearbeitet worden war mit irgendeinem Glanzspray, glitt wie Seide durch meine Finger. Er war ein schönes Tier, ganz bestimmt. Es irritierte mich nur, daß er ständig in meinen Taschen nach einer

Leckerei suchte, eigentlich durften die Pferde das nicht, sie wurden auch nicht aus der Hand gefüttert, um eben diese Bettelei zu verhindern. Anka hob die Schultern. »Wenn die Besitzer es anders handhaben ...« Beim Auskratzen der Hufe legte er sich schwer auf das Bein, das ich gerade säuberte, und ich trat unvermittelt zurück, um ihn aus dem Gleichgewicht zu bringen. Das spielten wir auch des öfteren, bis er geruhte, sein eigenes Gewicht zu tragen und sich auszubalancieren. Er war ein rechter Schelm, aber charmant dabei, soweit ein Pferd denn charmant sein konnte. Die Ohren spielten munter, und die Augen funkelten spitzbübisch. Allerdings hatten wir auch beim Aufsitzen Meinungsverschiedenheiten. Oh nein, ich war nicht bereit, diesen Unarten nachzugeben.

Aber im großen und ganzen machte es Spaß, dieses Pferd zu reiten, er war eifrig, wollte das Tempo bestimmen und folgte nicht unbedingt begeistert meinen Anweisungen, die ihn mäßigten und in Volten und Schlangenlinien zwangen. Aber er war eben auch erst vier Jahre alt, und es gab viel Spannendes auf dieser Welt. Ich ließ ihn oft ausruhen und lobte ihn viel, damit er Spaß bei der Sache hatte, er war für sein Alter schon gut ausgebildet, er konnte Vor- und Rückhandwendungen, rückwärts richten, saubere Volten gehen – naja, fast immer, manchmal wurde er eben auch abgelenkt – ,und als ich ihn schließlich antrabte, mußte ich aufpassen, daß er mir nicht zu schnell wurde. Galoppieren wollte ich in dieser ersten Stunde noch nicht, auch nicht, als Anka mit einem Zwinkern »Feigling« zu mir sagte. Ich fand, das reichte fürs erste.

Doch wie groß war der Unterschied zu den arabischen Pferden, zu ihrer Wildheit und ihrem Feuer. Wie ganz anders war der Reitstil. Manchmal ertappte ich mich dabei, mit den Gedanken ganz weit weg zu sein, was Boogie natürlich umgehend ausnutzte und eingehend die neue Balustrade beschnupperte oder plötzlich abdrehte, weil es ihm am anderen Ende der Halle doch so viel interessanter erschien. »Hallo Elena!« rief Anka schließlich, »jemand an Bord?« Und ich schämte mich und konzentrierte mich wieder und versuchte nicht, das Meer rauschen zu hören.

Meine Pflegschaft für Boogie hatte zur Folge, daß ich wieder öfter im Reitstall war, drei- bis viermal die Woche übten wir beide, unter anderem auch gutes Benehmen. Es dauerte gar nicht lange, und er hatte einige seiner kleinen Unarten abgelegt. Von mir bekam er nach getaner Arbeit auch immer Möhren, aber ich legte sie ihm in die Krippe, er bekam keine Leckereien mehr aus der Hand und hörte bald auch auf zu betteln. Auch sah er ein, daß es besser wäre, wenn er beim Aufsitzen stehenblieb. Und mir fiel es mit der Zeit wieder leichter, mich zu konzentrieren. Wir hatten viel Spaß beim Reiten, auch mit den anderen Frauen. In der Vorweihnachtszeit setzten wir uns sogar einen Nachmittag zusammen und buken Plätzchen und Stollen, es gab viel Gelächter, und die Küche sah hinterher aus wie ein Schlachtfeld. Zwei der Frauen mußten sogar die Gästebetten in Anspruch nehmen, weil wir Sekt nebenbei getrunken hatten und natürlich auch den Rum probieren mußten, der zum Backen verwendet wurde. Es hätte ja sein können, daß er verdorben war.

Irgendwann in dieser Zeit erzählte ich Sybille sogar, was wirklich mit meiner Freundin losgewesen war, daß es eben nicht nur die hormonellen Umstellungen während der Schwangerschaft und nach der Geburt gewesen waren, die diese Veränderungen verursacht hatten. Sie war betroffen, vor allem, als sie an das Baby dachte. Klar, sie war Kinderkrankenschwester, und wer wüßte besser als sie, was Drogenmißbrauch während der Schwangerschaft alles anrichten konnte? Während ich es ihr erzählte, bemerkte ich plötzlich, daß all das schon relativ weit von mir entfernt war, ich war nicht mehr so direkt betroffen, ich litt nicht mehr wirklich. Es hätte auch eine Geschichte sein können, die jemand anderem passiert war, die ich nur zum besten gab. Es brach mir nicht mehr das Herz. Die Zeit heilt wohl wirklich alle Wunden.

VII. TEIL

Anfang des neuen Jahres faßte ich mir ein Herz und sandte per E-Mail eine Nachricht an Fethi mit der vorsichtigen Anfrage, ob ich denn wohl willkommen wäre. Ich hatte das Gefühl, auf ganzer Linie versagt zu haben, nicht nur, daß ich seine Frau nicht hatte retten können, nein, sie war auch noch verschwunden. So sicher, ob seine Einladung vom letzten Jahr noch Gültigkeit hatte, war ich also keineswegs, und entsprechend vorsichtig war meine Anfrage abgefaßt. Ich schrieb, wenn ich denn willkommen wäre, würde ich mich im Reisebüro um eine Buchung kümmern und dann als zahlender Gast zwei Wochen Urlaub im Club verbringen. Seine Antwort kam umgehend und übertraf meine kühnsten Erwartungen. So fragte er, scheinbar sogar ein wenig pikiert, ob ich denn seinem Wort nicht vertrauen würde, selbstverständlich wäre ich ein gerngesehener Gast, und ich sollte nur den Flug buchen, ich könnte natürlich die kleine Wohnung benutzen, die ich auch sonst bewohnt hätte, sie würde im Sommerhalbjahr sowieso leer stehen. Mein Herz klopfte hoch oben im Hals, und ich war so gerührt, daß ich tatsächlich schlucken mußte. Aber wahrscheinlich war mir nur ein Staubkorn im Auge gelandet oder etwas anderes in der Kehle. Jedenfalls verabredeten wir, daß ich Anfang Mai ankommen würde. Ich kümmerte mich umgehend um einen Flug und war erst beruhigt, als alles unter Dach und Fach war. Aber wie lange, wie entsetzlich lange war es noch hin bis zum Mai. Was sollte ich nur in all der Zeit noch mit mir anfangen? Die Tage gingen, die Wochen, die Monate. Ich hatte viel Arbeit, viel Spaß und einen kurzen und unbedeutenden Flirt mit einem Rechtsanwalt aus einer Kanzlei in Süddeutschland, der einige Tage zu Besuch war und von mir durch die Stadt geführt wurde. Es war ein angenehmer Zeitvertreib und nicht wirklich ernst zu nehmen, aber ich bemerkte, daß es mir gefehlt hatte: Als Frau wahrgenommen und bestätigt zu werden, angelacht und bewundert zu werden. Ich wußte, daß er verheiratet war, und es störte mich nicht, ich schlief auch nicht mit ihm, aber die Episode möbelte mein Selbstbewußtsein doch erheblich auf. Was auch bitter nötig war, wie ich nur allzubald feststellen mußte.

Ich kam mit einem Touristenbomber an und hatte während des gesamten Fluges – wie übrigens auch schon Tage vorher – Angst. Angst, daß sich das Gefühl, nach Hause zu kommen, nicht einstellen würde. Angst, daß Farouk mich nicht wiedererkannte – eigentlich Unsinn – oder daß er sich nicht erinnern wollte. Oder daß ich mir alles eingebildet hatte. Oder daß es eine andere Frau in seinem Leben gab. Oder daß irgend etwas anderes, Schreckliches eingetreten wäre. In nüchternen Momenten sagte ich mir, das wäre dann Schicksal, vielleicht wäre ich dann befreit von dieser unsäglichen Liebe, von diesem Begehren, vielleicht wäre ich dann endlich wieder frei und könnte mich in einen anderen Mann verlieben, in einen »normalen«, der mir entsprach, der hier lebte und meine Interessen teilte. Ein Anwalt zum Beispiel. Vielleicht könnte ich mich dann freimachen von diesen ganzen Wunschvorstellungen und von nicht enden wollender Sehnsucht. Von der Unmöglichkeit, monatelang auf ein Wiedersehen zu warten und dann auch noch krank zu sein vor lauter Wenn und Aber und Bedenken und, und, und.

Zumindest ein Teil meiner Sorgen war unbegründet: Ich trabte über das Rollfeld und war versucht, die Bougainvillea zur Begrüßung zu streicheln, sie nickte leise im warmen Wüstenwind und hieß mich willkommen, wie scheinbar das ganze Land. Bei der Paßkontrolle schmunzelte der Beamte und fragte: »Tu es afrique?« Ich lächelte und verneinte, während er einen weiteren Stempel in meinen Paß setzte.

Aber so ganz sicher war ich mir nicht.

Es war später Nachmittag, und die Sonne neigte sich bereits, das Licht war warm und anheimelnd, nicht so hart und grell wie zur Mittagszeit. Aber dieser Duft ... ein Schauer überlief mich, während ich in fast gierigen Zügen die weiche Luft einatmete. Die verstaubten Palmen säumten noch immer den Parkplatz, auf dem die Busse warteten, die die Touristen zu ihrem Bestimmungsort bringen würden. Auch ich rollte diesmal in einem klimatisierten Touristenbus auf das Clubgelände, mit einer ganzen Ladung anderer Bleichgesichter. Jäh fühlte ich mich unbehaglich, unattraktiv, der lange nordische Winter hatte seine Spuren hinterlassen, die auch durch einige Sitzungen auf der Sonnenbank nicht getilgt werden konnten. Die dunklen Ringe unter meinen Augen hatte ich bereits am Flughafen überschminkt, aber ich befürchtete, sie hätten sich wieder eingeschlichen. Sie erscheinen eigentlich immer dann, wenn ich sie gerade nicht brauchen konnte. Wollte ich mal krank oder leidend aussehen, damit mein Chef vielleicht doch Mitleid mit mir hatte, blitzten meine Augen garantiert, und ich hatte vor lauter Aufregung hochrote Wangen, keine Spur von Ringen der Erschöpfung unter den Augen. Ein einfaches Beispiel dafür, wie der eigene Körper einen verrät und im Stich läßt. Lästig, wirklich.

Der Bus passierte das doppelflügelige Tor, knapp wie jedes Mal, und ich dachte, er würde diesmal bestimmt im Beet landen. Die Ranch, Pferde im Weichzeichner des schwindenden Lichtes, Sehnsucht, schmerzhaft das Herz zusammenpressend, Angst vor Zurückweisung. Zitternde Hände, die den Griff des Rucksackes preßten, weiße Knöchel. Und dann, einer Eingebung folgend, der Blick durch den Mittelgang aus dem Frontfenster und die Reiter, die vor dem Bus herschritten, elegant, hoheitsvoll. Arabische Männer in Tracht. Und das sichere Gefühl, der linke der beiden sei Farouk. Die Körperhaltung schien mir so vertraut.

Aber ich rief mich zur Ordnung: Ich würde nicht einen in Tracht reitenden Araber von hinten erkennen können.

Die Reiter blieben an der Seite, während der Bus parkte und Horden von Touristen herausquollen, lachend, redend, lärmend. Ich schob meine Sonnenbrille auf die Nase, sie gewährte mir Schutz, einen lächerlichen zwar, aber immerhin. Gemeinsam mit den anderen wurde ich aus dem Bus gedrängelt und stand in der milden Sonne, versuchte mich zu orientieren, mein Gepäck zu orten, gleichzeitig verstohlen zu den Reitern zu schielen und wurde plötzlich am Arm gepackt.

»Fethi!« sagte ich glücklich und ließ es zu, daß er mich in den Arm schloß, rechts und links auf die Wange küßte und gleichzeitig einen Schwall auf arabisch losließ, der verursachte, daß mein Gepäck wie von Zauberhand neben mir stand, beschriftet und sogleich abtransportiert wurde.

»Elena. Es ist schön, dich zu sehen«, sagte er und seine Augen leuchteten warm und ehrlich. »Ich bin auch froh, wieder hier zu sein. Ich habe das alles ziemlich vermißt.« »Ja, die Winter sind lang und kalt in Deutschland«, lächelte er. »Ich muß die Gäste begrüßen, du verstehst es, ja? Wir sehen uns beim Abendessen? Ich hoffe, die Wohnung gefällt dir, wir haben im Winter renoviert.« »Sie wird mir mit Sicherheit gefallen, danke. Danke für alles, Fethi.« Er sah mich einen Moment lang an und nickte dann ernst, bevor er sich abwandte, um die Gäste zu begrüßen. Ich stand einen Moment verloren herum, nahm meinen Begrüßungscocktail entgegen und wandte mich dann den Reitern zu, jetzt gab es kein Ausweichen mehr.

Farouk musterte mich ernst, und aus seinem Blick schloß ich, daß er die ganze Begrüßung genau beobachtet hatte. Ich winkte ihm zu, und er neigte den Kopf, kein Lächeln, kein Strahlen, nicht mal unbedingt ein Wiedererkennen. Mein Herz sank in die tiefsten Tiefen. Entschlossen schulterte ich meinen Rucksack und stiefelte über die Grünanlage zu den Reitern herüber. Auf dem zweiten Pferd saß Momo, der Kutschenfahrer, der mich mit unverhohlener Freude begrüßte.

»Farouk«, sagte ich und reichte ihm meine Hand. Er lächelte leise, aber immer noch ohne echte Wärme, griff nach meiner Hand und hielt sie einen Moment. Nein, er neigte sich nicht zu mir herab, um meine Wangen zu küssen. Er führte nicht die traditionelle Begrüßung aus, die Hand zum Herzen, das Neigen des Kopfes. Er hieß mich nicht willkommen, er nahm nur meine Hand, weil er sie schlecht übersehen konnte. Ruhig und hoheitsvoll sah er auf mich herunter, und jäh fühlte ich mich wieder klein, blaß und unbedeutend angesichts dieser kühlen Hochmütigkeit. Verlegen trat ich zurück. Der schöne Braune warf den Kopf und begann zu tänzeln, der einzige Hinweis darauf, daß Farouk vielleicht doch beunruhigt war. Seine Stimmung übertrug sich auf das Pferd. Wir sehen uns später, bedeutete ich ihm, und er nickte.

Erst am Portal wagte ich es, mich noch einmal zu ihm umzudrehen, und wieder ruhte sein Blick auf mir, noch immer unbewegt. Ich erwiderte diesen Blick über die Entfernung, und endlich hob er die Hand zum Gruß, winkte mir zu, wenn auch nicht überschwenglich. Ich hob die Hand und lächelte und spürte, wie meine Kehle eng wurde. Ach verdammt, was hatte ich denn erwartet? Daß er vom Pferd springen würde, sobald er meiner ansichtig wurde? Und trotzdem: Ein bitterer Nachgeschmack blieb zurück.

Ich ging zur Rezeption und ließ mir die Schlüssel für die Wohnung aushändigen. An der Rezeption herrschte Gedränge, Menschen, die es eilig hatten, in ihre Zimmer zu kommen, die schnell noch das eine oder andere wollten, die Verständigungsschwierigkeiten hatte. Die genervt waren vom Flug und der klimatischen Umstellung. Die kein Verständnis hatten.

Und dennoch: Mitten im Chaos sah einer der Angestellten mich und rief:»Hallo Madame, wieder bei uns?«Ich lächelte und nickte und bedeutete ihm, ich hätte Zeit, aber er winkte mich nach vorne, händigte die Schlüssel aus und versicherte mir, die Wohnung sei sehr schön, sie hätten im Winter renoviert, und alles wäre viel besser als letztes Jahr.»Noch schöner?« scherzte ich, »das ist ja gar nicht möglich.«»Doch, wunderschön, wirklich. Du wirst einen schönen Urlaub haben, wir haben Sonne hier, extra für dich.«»Das habt ihr gut gemacht. Auf die Sonne freue ich mich auch ganz besonders.«»Und doch bestimmt auf die netten Menschen«, sagte er und zwinkerte.»Wenn du alleine bist, kommst du her, ich bin auch alleine. Wir trinken ein Glas Wein, ja?«»Ich glaube nicht, daß ich alleine sein werde«, wiegelte ich sofort ab,»aber wenn, dann komme ich dich besuchen.« Er grinste ein wenig anzüglich und wandte sich dem nächsten Gast zu.

Aufatmend verließ ich das Gebäude und ging über die Anlage, ließ alles auf mich einwirken. Die üppigen Hecken mit den roten Blüten, die sauberen Phönixpalmen, die duftenden Fliederbäume. Der typische Geruch des Swimmingpools, ein wenig nach Chlor und irgendwie auch nach Urlaub. Zwei Vögel, die sich erbittert stritten. Stimmengewirr über allem und das Kreischen von Kindern.

Ich nahm an der Bar eine Flasche Wasser mit und trabte dann mit klappernden Sandaletten zu meiner Wohnung. Die Gebäude waren frisch geweißt, sie strahlten im Licht mit all den kleinen Kuppeln und Zinnen. Als ich die Tür aufschloß, stand ich einen Moment im Dunkeln, die schweren Vorhänge waren zugezogen, um die Hitze des Tages und das Sonnenlicht auszusperren. Ich ließ die Tür auf und öffnete die Vorhänge und die Terrassentür samt Fliegengitter und blieb dann stehen, um den Anblick aufnehmen zu können. Es war wirklich schön geworden. Die Mosaiken und Kacheln hatte man zum Glück gelassen, aber das Bett war mit orientalischem Stoff neu bezogen, und die umlaufenden Leisten waren passend zu den Reliefs türkis lackiert. Auch die Vorhänge hatte man der Farbe angepaßt. Die Fliesen an Boden und Wänden waren weiß und nicht ein Streifen oder eine Unebenheit störte das makellose Bild. Bunte Teppiche lagen darauf, in denen sich das Muster der Reliefs wiederholte. Auch das Bad war neu, ebenfalls in Weiß und Türkis gehalten, sehr fröhlich und erfrischend wirkte es.

Auf dem großen Tisch unter dem Spiegel standen Weinflaschen

und eine bauchige Flasche mit Feigenschnaps, und einen Moment war ich in der Versuchung, mir einen Schnaps zu gönnen. Nur so, um der Enttäuschung Herr zu werden, die Farouks kühle Begrüßung ausgelöst hatte. Aber natürlich beherrschte ich mich und ging statt dessen unter die Dusche, duschte ausgiebig, cremte und parfümierte mich und war fast bereit, der Welt wieder ins Auge zu sehen.

Der Strand war fast menschenleer, es war auch schon dunkel, aber der Sand hatte noch die Wärme des Tages gespeichert. Ich grub meine Zehen in den weichen lockeren Sand und ging dann ans Meer hinunter, ließ die kleinen und irgendwie zahmen Wellen um meine Knöchel spielen und überlegte, was wohl verkehrt gelaufen war. Ich konnte einfach nicht aufhören zu grübeln. Monatelang hatte ich mich verzehrt, mich gesehnt, so viel erträumt, erhofft, erwartet, um dann mit leeren Händen und leerem Herzen am Strand in Afrika zu stehen und nicht weiterzuwissen. Aber immerhin war ich in Afrika, das allein war doch schon mal viel wert. Ich hatte ein graues, düsteres Norddeutschland hinter mir gelassen, statt Frühling hatten wir in diesem Jahr einen Winter, der überhaupt nicht enden wollte, Graupelschauer und Bodenfröste noch Anfang Mai, und ich war ausgehungert nach Sonne und Wärme.

Der erste Abend war etwas seltsam, an meinem Tisch saß eine junge Frau – na gut, sie war wohl auch schon in meinem Alter – die überhaupt nicht redete und ein älteres Ehepaar aus Bayern, das ich nicht verstand.
Aber ein Highlight hatte der Abend doch: Ich kam mit meinem Teller in den Speiseraum und sah mich nach einem Platz um, als einer der Kellner auf mich zukam und mich mit Handschlag begrüßte. Es war ein baumlanger Schwarzer, die Haut wirklich ebenholzfarben, der beim Grinsen und Lachen eine Reihe strahlend weißer, makelloser Zähne enthüllte. Es faszinierte mich im-

mer wieder, daß auch die Handflächen und die Lippeninnenseite, die man beim Lachen deutlich sah, hellrosa waren. Hocherfreut erwiderte ich seine Begrüßung, es war der nette Kellner, der mir damals den Couscous empfohlen hatte. Einige Worte Deutsch sprach er mittlerweile, zum Glück, mein Französisch war nicht besser geworden, wie ich gestehen mußte. Er setzte mich an den Tisch zu der Frau und dem Ehepaar und kam im Laufe des Abends ab und zu vorbei, räumte das Geschirr weg und scherzte und lachte. Sehr angenehm.

Fethi sah ich nicht, aber ich hatte irgendwie auch nicht ernsthaft damit gerechnet, ich meine, er hatte mannigfache Aufgaben und bestimmt nicht immer so Zeit, wie er es sich wünschte. Wenn es denn überhaupt sein Wunsch war, mit mir zu Abend zu essen.

Ich ging früh ins Bett, müde von der Reise und enttäuscht von Farouk, schimpfte ein wenig mit mir selber und schwor mir, den Urlaub zu genießen, komme, was da wolle. Ich hatte ihn mir verdient, und mein Urlaub oder mein Glück hing nicht von dem Wohlwollen eines einzelnen Mannes ab. Sagte ich mir jedenfalls. Und ich war eisern. Ich besuchte am nächsten Vormittag nicht die Teamvorstellung, ich legte mich an den Strand auf eine Liege im Schatten eines Sonnenschirmes und mußte plötzlich daran denken, wie Kalif eben einer dieser Schirme letztes Jahr zum Frühstück verspeist hatte. Morgen früh wollte ich reiten gehen, ganz bestimmt. Im nachhinein habe ich mich oft gefragt, was dieser falsche Stolz wohl bewirken sollte, aber die Frage konnte ich mir zu der Zeit nicht stellen. Ich war verletzt und enttäuscht und wußte einfach noch nicht, wie ich mich einem kühlen und eindeutig auf Abstand bedachten Farouk gegenüber verhalten sollte.

So lag ich also am Strand unter einem Sonnenschirm, gut eingecremt, ein Buch auf dem Schoß, aber ich las nicht. Ich betrachtete die Menschen, die am Wasser entlangflanierten, und die Surfer, die flink über das blaue Meer glitten, und überlegte, daß ich mich jetzt aufraffen und schwimmen gehen sollte. Müßig drehte ich meine unbändige Mähne zu einem Knoten auf dem Kopf zusammen, angelte nach den Haarspangen und erfreute mich an dem Bild, welches sich mir bot. Bis ich einen der Surfer näher betrachtete. Er fiel mir auf, der schlanke, geschmeidige Körper, braun gebrannt und in wunderbarem Gleichgewicht. Das bunte Segel, das fast schwerelos über das Meer glitt, flink gewendet wurde und nun gegen die Wellen anschnitt. Die schwarzen Locken, die unternehmungslustig wehten. Und dann endlich erkannte ich ihn: Farouk. In leuchtendroten Shorts auf dem Board stehend, den Kampf aufnehmend, perfekt ausbalanciert und mit beeindruckender Leichtigkeit im Kampf gegen die Elemente. Ich richtete mich auf und schluckte. Vielleicht hätte es mich zu einer anderen Zeit nicht so stark berührt, aber ihn halb nackt auf einem Surfbrett zu sehen, ließ einen merkwürdigen Verdacht aufkommen, ließ ihn mich in einem ganz anderen, fremden Licht sehen. Er war noch im vergangenen Jahr so oft in dem traditionellen arabischen Mantel umhergelaufen, daß ich schwer verstehen konnte, warum er so unbekleidet plötzlich über das Wasser huschte. Er wirkte so fremd und westlich, viel fremder, als er mir je in seiner Tracht erschienen war. Eine andere Frau, jetzt war ich mir sicher. Es gab eine Frau, die ihm den Geschmack an einem freieren Leben gegeben hatte. Die ihm gezeigt hatte, daß es noch mehr gab als Pferde und Touristen. Nicht ich war es, ich hatte ihn immer gelassen, ich wollte keine Änderung, für mich war er ein arabischer Prinz, ein wunderbarer Fremder und genau so wollte ich ihn behalten.

Erschlagen sank ich auf meine Liege zurück. Jetzt brauchte ich mich wirklich nicht damit zu beeilen, zu den Pferden zu kommen. Ich brauchte mir keine Gedanken mehr um ihn und mich zu machen. Ich war eine Touristin, und wir hatten unseren Spaß gehabt, und das war's. Mehr nicht. Er hatte wohl sogar recht damit. Wir hatten nichts zu gewinnen. Allerdings auch nichts zu verlieren. Aber ich war lange nicht hier und er ein schöner Mann, ich konnte es keiner Frau verübeln, daß sie sich um ihn bemühte, daß sie sich in ihn verliebte. Aber es war nicht zu fassen. Nicht wirklich zu realisieren. Ich hatte mich so sehr darauf gefreut, ihn wiederzusehen.

Am Mittwoch ritten sie zum Markt, ich sah es noch rechtzeitig an der Tafel, auf der die Veranstaltungen angeschlagen waren und wußte, daß ich nicht mitgehen würde. Also noch einen Tag Gnadenfrist. Noch einen Tag, an dem ich Farouks kühlen Augen entgehen konnte. Noch einen Tag länger, den ich mit Gedanken verbrachte und mit Fragen. Wenn ich denn die Zeit fand. Mittlerweile hatte sich nämlich herausgestellt, daß die Frau an meinem Tisch Holländerin war und deswegen so schweigsam. Sie sprach Deutsch, war aber aus der Übung und wagte nicht, am Gespräch teilzunehmen. Die Bayerin bezog sie immer wieder mit ein, und nachdem ich begriffen hatte, um was es ging, sprach ich einfach langsamer und sah sie öfter an, damit sie meine Mimik und Gestik, die mir ja schon oft hilfreich gewesen war, besser sehen konnte. Und siehe da: Helene taute auf. Sie redete mit oder fragte nach, wenn sie etwas nicht verstanden hatte, und entwickelte dabei einen Sinn für Komik, der uns den Abend Lachtränen in die Augen trieb. Sie war eine kräftige Frau, so groß wie ich, aber schwerer, und erzählte mir später, sie wäre immer sehr dünn gewesen und nun recht stolz darauf, etwas mehr Masse zu haben. Ich für meinen Teil hätte sie gerne zum Friseur geschleppt, sie hatte glatte, mittelbraune Haare, die ohne jeden Schnitt am Kopf herunterhingen, und sie clipte einfach die eine oder andere Haarspange herein. Mit einem Haarschnitt wäre ihr hübsches Gesicht mit den mandelförmigen Augen sicher besser zur Geltung gekommen, aber wer war ich – ausgerechnet ich mit meiner ungebändigten Mähne – ‚daß ich solche Ratschläge erteilen konnte? Außerdem ging es mich nichts an, sie war nett, und wir hatten viel Spaß zusammen. Abends gingen wir ins Theater und betrachteten hingerissen die Ausschnitte aus dem Tanz der Vampire, klatschten, bis uns die Handflächen schmerzten, und waren uns einig, daß die Akteure wirklich gut waren. Besonders einer der Animateure fiel mir auf, er tanzte einfach besser als die anderen, warf die Beine höher, neigte den Kopf tiefer, war anmutiger. Ein schöner, hochgewachsener, schlanker junger Mann, Nordafrikaner. Auch Helene meinte, daß er sehr hübsch wäre. Ach, und ich erspähte Maike, die mittanzte. Wie schön, daß sie noch hier war. Und bei dieser Gelegenheit fiel mir ein, daß ich noch gar nicht zum Aerobic gewesen war. Irgendwie hatte ich bereits Tage meines Urlaubes vertrödelt, verträumt, mich in Selbstmitleid ergangen, ohne daß es mir bewußt geworden war. Ich hatte nicht mal meine obligaten Bahnen im Swimmingpool absolviert. Nein, beschloß ich an diesem Abend, so geht es nicht weiter. Und als Helene vorschlug, daß wir noch an die Bar gehen sollten, zog ich mit. Sie war Ärztin und – natürlich, so etwas passierte nur mir – Antialkoholikerin. Sie trank nicht mal ein Glas Wein. Ich verzichtete also auch heroisch, wir teilten uns eine Flasche Wasser ohne Kohlensäure und standen an der Bar, betrachteten die Tänzer und unterhielten uns sporadisch. Und dann klang ein Lied auf, welches ich von früher – ich meine: Von ganz früher, aus meiner wilden Zeit – kannte und liebte, und ich stürmte auf die Tanzfläche und verfiel umgehend in rhythmische Zuckungen. Als ich einmal aufsah, tanzte Helene nicht weit entfernt von mir und grinste mich verschwörerisch an, und ich glaube, das war der eigentliche Moment, in dem wir begannen, uns wirklich zu mögen, in dem unsere Beziehung über eine Zweckgemeinschaft anfing hinauszugehen. Wir tanzten, bis die Bar geschlossen wurde, und gingen kichernd nach Hause, in den Nightclub wollten wir heute nicht mehr, aber vielleicht morgen, wir würden sehen. Sie blieb an meiner Seite, bis ich sie fragte: »Wo mußt du hin?« Sie zeigte die Nummer ihres Schlüssels, aber das nützte mir nicht allzuviel, ich wußte noch immer nicht, wie die Häuser angeordnet waren. Es stellte sich heraus, daß sie mir schräg gegenüber wohnte, meine Terrasse ging zu ihrer Haustür hin. Das war uns bisher noch gar nicht aufgefallen, und so prusteten wir wieder mitten auf dem Weg los, bevor wir uns verabschiedeten.

Ich programmierte das Telefon auf Weckruf. Ich wollte reiten, morgen früh am Strand entlanggaloppieren, mit oder ohne Farouk, ich wollte wieder auf einem Pferd sitzen. Beim Einschlafen geisterten seine sanften goldenen Augen durch meine Gedanken und noch so einiges andere. Aber hatte ich erwartet, daß ich mich schlaflos umherwälzen würde, so sah ich mich getäuscht, ich schlief gut und traumlos, bis das Telefon mit dem Weckruf meinen Schlaf abrupt unterbrach. Alles würde gut werden, redete ich mir ein, in welcher Hinsicht auch immer, während ich Wasser in mein Gesicht spritzte, halbherzig nur die Haare zusammenband und die Zähne putzte. Es war ein Morgen wie aus dem Bilderbuch, der Himmel mattblau, die Sonne touchierte eben die Spitzen der Dächer und ließ sie erstrahlen, Vögel zankten sich, die Hibiskusblüten nickten im sanften Wind. Der Pool, noch still und unberührt, feierliches Blau, glitzernd und auffordernd. Der Duft nach Wüste. Und dann mischte sich unverkennbar der Geruch nach Pferd mit hinein, ich hörte das Schnauben und das Klirren der Zaumzeuge, bevor ich die Pferde sehen konnte.

Dann bog ich auf den Kiesweg ein und war plötzlich mitten im Geschehen, die Gruppe saß bereits auf den Pferden und schickte sich an, den Hof zu verlassen, auf Yasmin saß eine Frau, das war das erste, was mir auffiel, sie saß sehr gerade und hatte die Haare unter einem Käppi versteckt, der helle Zopf wippte neckisch. Mehdi sah mir entgegen ohne Erstaunen, sicher hatte er mich bereits durch den Club toben sehen. »Guten Morgen«, sagte er und reichte mir die Hand. »Guten Morgen, Mehdi. Hast du ein Pferd für mich?« »Jetzt?« »Ja. Ich möchte so gerne mit euch am Strand entlangreiten.« Er nickte und wandte sich um, rief einige Worte und musterte mich angelegentlich. »Geht es dir gut?« »Ja, danke, und dir?« antwortete ich höflich und beobachtete, wie Momo, der kleine Kutschenfahrer, mit einem Sattel auf dem Arm zu Belel ging. Farouk folgte mit dem Zaumzeug, er sah zu mir herüber und nickte. Ich nickte zurück und ging auf Belel zu. Meine Knie waren weich und meine Kehle trocken, und wie immer flog mein Herz diesem Mann zu. Mehdi schwang sich auf einen Schimmel und folgte der Gruppe, die schon außer Sicht war. Ich legte eine Hand auf Belels Mähnenkamm und ignorierte seine drohend zurückgelegten Ohren. »Hallo, mein Freund«, murmelte ich leise in der Hoffnung, ihn besänftigen zu können. Was natürlich kläglich mißlang, Belel ließ sich nur ungern in seinem morgendlichen Frieden stören und machte es sehr deutlich. Farouk gurtete und wechselte die Seite, um den Bügel für mich gegenzuhalten. Ich sah ihn an und wartete auf sein kurzes Nicken, dann schwang ich mich in den Sattel, ungeachtet des Tänzelns, welches Belel aufführte. Die Bügel waren zu kurz für mich, ich war es gewohnt, mit langen Bügeln zu reiten, und zog meinen Fuß zurück. Farouk reagierte sofort und verstellte den Bügelriemen. So besser? fragte er und sah mich an. »Du hast dir die Haare abschneiden lassen«, sagte ich und fuhr leicht mit der Hand über seine glänzenden Locken. Einen Moment entspannte sich sein Gesicht, er nickte und lächelte leicht, und in seinen schönen Augen tanzte wieder das Feuer, das ich so vermißt hatte. Dann senkte er den Kopf und schob meinen Fuß in den Bügel. »Ja, gut«, sagte ich und versuchte, den anderen Riemen ebenfalls zu verlängern. Aber das Leder war so schwergängig, daß ich den Riemen nicht bewegen konnte. Farouk kam herum und verlängerte den Bügel ebenfalls. Ich nickte ihm zu. »Danke.« Er reichte eine Hand zu mir zu hoch, und ich griff danach, blind, voller Hoffnung, voller Sehnsucht hielt ich einen Moment seine kühle, trockene Hand, bevor sie mir entglitt und er mich hinter den Reitern herschickte.

In gesittetem Schritt verließ ich den Hof, und dann hörte ich Farouk hinter mir schnalzen. Ich wandte mich im Sattel um, und er schnalzte erneut und bedeutete, anzutraben. Na gut, wenn er meinte. Ich ließ die Zügel etwas nach und schnalzte, und Belel fiel sofort in seinen harten Trab, ungeduldig kämpfend wie immer, tänzelnd und schnaubend. Wir näherten uns dem Hinterausgang der Küche, und er wich zur Seite, die rege Betriebsamkeit und die

Geräusche waren ihm nicht geheuer. Er gehörte zu den wenigen Pferden, die nicht auf Stimmeneinwirkung reagierten, es war lästig, er ließ sich nicht besänftigen. Wir steppten also seitwärts – und wahrscheinlich wieder mächtig elegant, ich redete es mir zu gerne ein – an dem Hinterausgang vorbei und gelangten auf den Weg, der zum Strand führte. Jetzt konnte ich in einiger Entfernung die Gruppe der Reiter ausmachen und hielt Belel eisern im Trab, selbst als er beschloß, vor dem flatternden Band zu scheuen. Mehdi drehte sich im Sattel um und winkte mir zu, aber ich galoppierte nicht an, das Pferd war kalt, und es wäre Leichtsinn und unverantwortlich gewesen, jetzt zu galoppieren. Ich machte mich schließlich auch warm, bevor ich echte Belastungen anging. Ich erreichte die Gruppe mit einem äußerst verstimmten Belel und reihte mich ein. Mehdi winkte mich weiter nach vorne, hinter Yasmin, und ich folgte der Aufforderung, Farouk würde nicht nachkommen, ich hatte keinen Grund, am Schluß zu reiten.

Die Blonde drehte sich wiederholt nach mir um, sagte aber nichts. Ich grinste sie einmal freundlich an, war aber damit beschäftigt, Belel daran zu hindern, wie ein Berserker am Strand entlangzurasen.

»Okay«, sagte Mehdi, »jetzt traben, damit die Pferde warm werden.« Ich murmelte einen wilden Kommentar vor mich hin und bemühte mich, mittlerweile recht verzweifelt, Belel im Trab zu halten. Yasmin wurde plötzlich durchpariert, ich kämpfte mit Belel, damit er nicht überholte, und die Blonde rief nach Mehdi. Oh Himmel, dachte ich, was kann denn jetzt so wichtig sein? Als Mehdi mit uns auf gleicher Höhe war, sagte sie:»Mehdi, warte, sie kann nicht reiten.« Ich sah mich um, um zu sehen, wen sie denn wohl meinte, Mehdi starrte die Blonde voller Unverständnis an, energisch den Schimmel zügelnd.

»SIE«, sagte sie, jetzt eindeutig alarmiert, »sie kann nicht galoppieren.« Und jetzt dämmerte mir so langsam, daß sie wirklich mich meinte, und einen Moment war ich viel zu verblüfft, um reagieren zu können. Dann lachte Mehdi schallend, ließ sich auf die

Kruppe des Pferdes fallen und drohte vor Lachen schier vom Pferd zu kippen.

»Du meinst doch nicht etwa mich, oder?« fragte ich und lüpfte eine Augenbraue, was aber wegen der Sonnenbrille nicht so beeindruckend war wie sonst. Verwirrt sah sie von einem zum anderen, peinlich berührt. »Hast du nicht gesagt, du könntest nicht galoppieren?« Ich verneinte. »Bestimmt nicht.« Mehdi richtete sich langsam wieder auf und wischte sich über das Gesicht. »Sie reitet wie ich«, sagte er, und einen Moment starrte ich ihn ungläubig an, so ein Lob, und dann noch von ihm, hatte ich nicht erwartet. »Aber hast du nicht gesagt, du könntest nicht galoppieren?« beharrte sie und schien wirklich verwirrt und besorgt.

»Ich habe bisher noch gar nichts gesagt«, erklärte ich süffisant.

»Oh ... ich dachte ...«

Mehdi und ich sahen uns an, und einen Moment lang herrschte wirklich Frieden zwischen uns, selten und kostbar. Er nickte mir zu, eine Bestätigung der Verbrüderung, und gab der Blonden das Zeichen zum Angaloppieren. Behäbig setzte Yasmin sich in Bewegung. Ich sah den beiden zu, unter mir hatte Yasmin sich willig gestreckt, hatte gekämpft, wollte siegen. Damals, bei diesem verrückten Wettrennen, zu dem Farouk mich herausgefordert hatte. Diesen ruhigen, behäbigen Galopp kannte ich gar nicht.

Belel warf den Kopf und steppte jetzt seitwärts, er schnob und schäumte und kämpfte jetzt ernsthaft gegen den lästigen Zügel, der ihn daran hinderte, Yasmin zu folgen, über den fast menschenleeren Strand zu donnern, sich zu verausgaben, zu rennen, zu fliegen, dem nachzukommen, was seine Berufung war. Mehdi wartete. Sein Schimmel tanzte ebenfalls, die Pferde steckten sich an mit ihrer Unruhe, mit ihrer Lauflust, aber er saß im Sattel mit dieser Lässigkeit, die scheinbar nur den Arabern zu eigen ist. Dann endlich, endlich nickte er mir zu, und ich richtete Belel gerade. Seine Ohren waren straff gespannt, ein Zittern überlief den kräftigen Körper, ich spürte die geballte Kraft seiner Muskeln, die auf eine Explosion lauerten, Sekundenbruchteile nur, dann gab ich ihm den Kopf frei.

Und es war wie erwartet, wie ersehnt, wie erträumt: In einem Wirbel aus Kraft und purem Siegeswillen explodierte dieses wunderbare Pferd, brachte mich in dem Moment des Antritts aus dem Gleichgewicht, streckte sich und raste über den Strand. Die Ohren straff gespannt, den Hals aufgerichtet, die Galoppsprünge flach und rasend schnell, dumpfes Getrommel über feuchten Sand, das Spiel der Muskeln. Ich nahm die Zügel in eine Hand und legte die andere auf seinen Hals, um ihm zu zeigen, daß alles gut und richtig war, daß ich auch rennen wollte, siegen, meine Kraft, meine Energie auf diesem Strand austoben wollte.

Wir flogen an Yasmin vorbei, setzten über den schon vertrauten, erwarteten Priel und fegten den Strand entlang, vorbei an frühen Joggern und Spaziergängern, die stehenblieben und uns zusahen. Dann endlich wurden seine Sprünge weicher, rundete sich der Galopp, er richtete sich wieder auf, wir hatten gesiegt, waren ein Team, ein Wille, nichts, was uns hätte stoppen können.

Die Blonde – Britta – entschuldigte sich später wortreich, aber ich winkte ab, es war okay, ich hatte nicht den Eindruck, daß sie bösartig oder gehässig war, sie hatte sich wirklich Sorgen gemacht. Der Eindruck sei entstanden durch meine langen Bügel und die Art, wie ich mit den Zügeln umging, erklärte sie, und ich begriff. Die Westernreiter ritten mit hohen Ellenbogen, Anka hatte es mir an einem einfachen Beispiel erklärt: Wenn ich eine Tasse Kaffee balancierte, hielt ich den Ellenbogen auch nicht eng am Körper, denn dann würde ich die Hand nicht ruhig halten können. Sie hatte recht. Ich balancierte Tassen auch mit abgewinkeltem Arm. Aber für einen unbedarften Beobachter mochte es manchmal ungelenk aussehen, wie ich die Zügel handhabe. Und dann noch die langen Beine ... Wir lachten schließlich über das Mißverständnis, und für meinen Teil war die Episode damit auch abgeschlossen. Viel länger klangen mir Mehdis Worte in den Ohren:

Sie reitet wie ich ... Dieser Ausspruch machte mich stolz, ein höheres Kompliment konnte ich wohl nicht erhalten. Trotzdem wurden Belel und ich nie wirklich Freunde. Wir hatten beide den absoluten Willen zu siegen, wurden aber zu selten vom Zügel gelassen. Er begrüßte mich mit angelegten Ohren und klirrendem Zaumzeug, mit unwilligem Stampfen und Kopfschütteln. Nichts, was ich tat, konnte das Herz des Pferdes für mich einnehmen. Als wir zurückkamen, nahm Farouk mir Belel ab und fragte, ob es schön gewesen sei. Ich nickte nur. Wie hätte ich ihm auch klarmachen sollen, daß es schöner gewesen wäre, wenn er an meiner Seite geritten wäre? Er sah mich nicht an, als er das Pferd zu seinem Platz führte. Hartnäckig folgte ich den beiden, schob die Bügel hoch und lockerte den Sattelgurt. Farouk bedeutete, ich könne den Sattel ganz abnehmen, er hatte das Zaumzeug bereits über der Schulter hängen. Kein Blick zurück, als ich ihm mit dem Sattel folgte, keine Frage nach meinen Fingern. Ich senkte den Kopf und hängte schweigend den Sattel weg, ihn nicht ansehend, nicht mehr versuchend, seinen Blick aufzufangen, ein Lächeln zu erhaschen, einen Blick, eine Antwort. Zum ersten Mal stolperte ich in dem schweren Sand, aber es war auch egal.

Normalerweise stürzte ich halb verhungert zum Frühstück, heute nicht. Ich ging in den Speisesaal und trank eine Tasse Kaffee und einen Orangensaft, Mohammed, der nette Kellner, der morgens in diesem Raum Dienst hatte, fragte besorgt nach, ob ich denn nichts essen wolle, er hatte schon so manches Mal geschmunzelt über die Berge, die ich mir morgens einverleibte. Ich lächelte ihm zu und bedankte mich für seine Fürsorge, war aber nicht mal in der Lage, ein Croissant zu essen oder wenigstens Obst und Joghurt. Wenn mich der Hunger später überfiel, konnte ich noch immer ins Strandrestaurant gehen.

Unversehens war ich umgeben von meinen Geistern, von Sophie, die mich spöttisch musterte und die Augenbrauen hochzog, von Natalie, die mich beschwor, seinem Verhalten wenigstens auf den

Grund zu gehen, anstatt gleich den Kopf in den Sand zu stecken. Von Fethi, der einsam und eingefallen im Gesicht an meinem Tisch saß und Sophie betrachtete, dem das Ausmaß ihres Betruges langsam bewußt wurde. Und von Farouk, stolz und hoch aufgerichtet, der mich schweigend musterte und auf eine Antwort von mir wartete, die ich ihm nicht geben konnte, weil ich die Frage nicht verstand.

Entschlossen stand ich auf, der Stuhl schabte mit einem häßlichen Geräusch über den Boden, die Geister sprangen entsetzt auf und musterten mich ungläubig, mein Verhalten paßte nicht zu mir und nicht in ihre Erwartungen. Aber ich ignorierte sie, mein Leben gehörte mir, und ich würde es nutzen.

Helene lag am Strand, sie richtete sich auf und winkte, als sie mich sah. Lächelnd ging ich zu ihr.»Hast du noch einen Platz hier frei?« fragte ich, und sie nickte.»Ich habe gedacht, daß du vielleicht noch kommst. War es schön bei deinem Pferd?« Sorgfältig legte ich meine Strandlaken über den Auflieger.»Ja, sehr schön«, sagte ich dabei und war froh über die Sonnenbrille, die die Hälfte meines Gesichtes verdeckte,»danke, daß du einen Platz freigehalten hast.« Wir unterhielten uns, sie war der Meinung, Sport ist Mord, viel zu anstrengend, vor allem bei diesen Temperaturen, ich erklärte, daß ich heute nachmittag auf jeden Fall zum Aerobic gehen wollte. Nein, sie wolle am Strand liegenbleiben, den Volleyballspielern zugucken und nur zum Essen und Schwimmen aufstehen. Es war angenehm, mit ihr hier zu liegen, sie stellte keine Fragen, sie wußte um nichts, sie redete mir nicht zu, wie Sophie und Natalie es getan hätten. Meine Augen folgten den Surfern, den bunten Segeln, müßig, fast gleichgültig und doch mit einer unterschwelligen Spannung. Und tatsächlich, es dauerte gar nicht lange, da erspähte ich die vertraute schlanke Gestalt in den knallroten Shorts. Er schob das Brett ins Wasser und nutzte den leichten Wind, um sich von dem Segel hochziehen zu lassen. Flink und wendig wie ein kleiner Affe hing er an dem großen

Segel, er war noch so dicht am Ufer, daß ich seinen Körper bewundern konnte, der sich mir wie eine anatomische Zeichnung darbot. Das Spiel der Schulter- und Rückenmuskeln, der hervortretende Latissimus, die langen Oberschenkelmuskeln und der ausgeprägte, fast querliegende Wadenmuskel. Ich schluckte. Er war ein so schöner Mann, wie konnte ich erwarten, daß er ausgerechnet auf mich wartete, die ich zweimal im Jahr blaßgesichtig und müde hier aufkreuzte, eine riesige Hypothek aus Streß und Belastung mitschleppte und mir einbildete, ich würde ihn verstehen, ich hätte ihn glücklich machen können? Mein Seufzer war so tief, daß Helene von ihrem Buch aufsah. »Ist es ein trauriges Buch, das du liest?« fragte sie mitfühlend, und ich lächelte ihr zu, ohne eine Antwort zu geben. Sie sah mich einen Moment an, überlegte, fragte dann aber doch nicht weiter. Ich war ihr dankbar, während ich den einsamen Surfer im Auge behielt. Seine Bewegungen waren anmutig und doch geprägt von verhaltener Kraft, genauso, wie er auf dem Pferd saß. Aus. Vorbei. Es würde einfach ein schöner Urlaub werden, dafür würde ich sorgen und eben mein letzter Aufenthalt hier. Von Fethi hatte ich auch noch nicht eben viel gesehen, die Zeit war vorbei, in der ich hier scheinbar beheimatet war. Vielleicht hatte ich mich auch einfach nur einem Trugschluß hingegeben.

Nachmittags ging ich zum Sport zu Maike und freundete mich ziemlich schnell mit einigen Frauen an, die ich von der letzten Stunde her kannte. Es ging immer schnell, man wußte, worüber man sich zu unterhalten hatte – zunächst mal über den Sport, dann über die Studios zu Hause, und daraus folgte rasch alles weitere. Maike unterrichtete eine Stunde, die sich Step slow nannte. Es war eine Steppstunde im Zweidritteltakt. Wir sahen uns erst etwas skeptisch an, so ein langsamer, nicht immer leicht zu findender Rhythmus, wie sollten wir alten Schlachtrösser uns daran austoben können? Aber es stellte sich heraus, daß es sehr viel Spaß machte, bedingt durch den langsameren Takt waren viel tänzerische Elemente enthalten, und wir schwitzten bereits nach der ersten Viertelstunde wie die Verrückten. Aber es machte sehr viel Spaß, gerade wegen der eleganten Bewegungen, der von Maike herausgearbeiteten Ballettelemente. Im Spiegel konnten wir uns sehen, leicht und anmutig wie Ballerinen, die Armbewegungen, die Kopfhaltungen. Ja, das gefiel mir. Und anstrengend war es auch, wenn das Herz auch nicht hoch oben im Hals hämmerte. Die anschließende Stunde war Stretching, und da hatten wir dann sogar noch etwas Zeit für Zwischenrufe und Gelächter. Entspannt verließ ich den Aerobicraum und trabte heimwärts, ein großes Tuch um die Schultern gelegt, weil ich vollkommen naßgeschwitzt war.

Ich saß auf meiner Veranda und beobachtete, wie die ersten Sterne sich in mein Blickfeld schoben, bald war es Zeit zum Abendessen, und jetzt hatte ich auch Hunger, kein Wunder nach diesem sportlichen Tag und dem wenigen Essen, das ich mittags zu mir genommen hatte. Ich beschloß, noch eine zu rauchen und mich dann auf den Weg zu machen, als Helenes Tür geöffnet wurde und sie zu mir rüberkam. Bereitwillig rückte ich einen Stuhl für sie zurecht, sie war eine angenehme Frau, eine kluge, humorvolle, und es freute mich, daß sie sich mir anschloß. Wir redeten noch etwas, freuten uns auf die Theatervorstellung heute abend – Ausschnitte aus dem Glöckner von Notre Dame – und gingen dann zum Essen.

Fathi, der baumlange Neger, kam uns in der Tür zum Eßsaal entgegen und bat mich, ihm zu folgen. Lächelnd ließ ich mir diesen Service gefallen, ich mochte Fathi gerne, er räumte die Teller schneller ab, als man gucken konnte, und so manches Mal hielt ich übertrieben verzweifelt meinen Teller fest, woraufhin er eben das Weinglas mitnahm und sich über meinen Protest freute, daß die weißen Zähne blitzten und das Rosa der Lippen zu sehen war. Er brachte mir auch unaufgefordert einen Weinkühler an den Tisch, nachdem er bemerkt hatte, daß ich immer und ausschließlich Weißwein trank.

Diesmal allerdings hatte er ein festes Ziel, er brachte uns an einen

Tisch, an dem Fethi saß, und wandte sich mit einer kleinen Verbeugung in meine Richtung ab. Ich lächelte ihm hinterher, bevor ich Fethi gebührend begrüßte, der sich erhoben hatte. »Elena«, sagte er und neigte sich flüchtig über meine Hand, »wie schön, dich zu sehen. Und du bist ...?«

Aber Helene war etwas verwirrt und verunsichert, und in solchen Augenblicken verließ ihr Deutsch sie, und so übernahm ich die Vorstellung. »Das ist Helene, wir wohnen uns gegenüber und haben Freundschaft geschlossen.« »Sehr erfreut«, murmelte er und reichte ihr die Hand, allerdings ohne sich darüber zu neigen. Feine Unterschiede. Wir setzten uns, und Fathi erschien mit einem Weinkühler und einer neuen Flasche Weißwein. »Danke«, sagte ich und lächelte zu ihm hoch. Er freute sich. Ich dachte flüchtig, daß wohl nicht viele Gäste sich bedankten für die Aufmerksamkeit, jedenfalls hatte ich noch keine bemerkt. Fethi musterte mich. »Ich hoffe, es gefällt dir auch dieses Mal so gut hier«, sagte er mit seiner samtenen Stimme und ich nickte. »Es ist ... anders. Komisch, weißt du? Es ist manchmal, als würde ich Sophie sehen, hinter einer Scheibe, aus der Ferne. Als wäre ihr Geist hier.« Sein Gesicht verschloß sich, und ich befürchtete, zu weit gegangen zu sein. Warum hatte ich nicht einfach Smalltalk machen können, wie es doch scheinbar erwartet wurde? Aber dann nickte er und nahm die Flasche Wein aus dem Kühler. Helene verneinte. Sie zückte ihr Schweizer Offiziersmesser und klinkte den Flaschenöffner heraus, um damit flink und geschickt die Wasserflasche zu öffnen. Fethi schmunzelte und schenkte den Wein ein. »Ich weiß, was du meinst«, sagte er dann zu mir, »mir ist es auch lange so gegangen.« »Fethi, was ich noch unbedingt wissen muß: Wie geht es Jordan? Und wo ist er?« »Es geht ihm gut, er ist ein lebhaftes, munteres Kind – er ist gesund – und lebt bei meiner Familie. Hier ist nicht der Platz und die Zeit für ein Kind.« Nicht ohne seine Mutter, ergänzte ich im stillen. »Das freut mich, wirklich. Ich hatte mir viele Gedanken und Sorgen gemacht, nachdem das Ausmaß bekannt war.« Er griff über den Tisch nach meiner Hand und

berührte sie kurz, bevor er weiteraß. »Wie geht es dir? Arbeitest
du immer noch soviel? Und wie geht es den Pferden? Wir haben
lange nichts voneinander gehört.« »Das ist ja meistens so. Jeder ist
sehr beschäftigt, und niemand hat Zeit … aber mir geht es gut, ich
arbeite viel und den Pferden geht es auch gut.« Er sah lächelnd
auf, als sich weitere Gäste dem Tisch näherten, und lud sie mit
einer Handbewegung zum Platznehmen ein.

»Ich werde heute Abend ebenfalls auf der Bühne stehen«, sagte er
zu mir. »Sicher werdet ihr beiden auch da sein und uns Beifall
klatschen?« »Sicher. So etwas werden wir uns nicht entgehen lassen«, bestätigte ich. Er schenkte Wein nach. »Und du bist mit
unseren Pferden auch noch zufrieden? Oder sollte ich sagen:
Glücklich?« Im ersten Moment wollte ich lächelnd nicken, aber
dann ging mir die Bedeutung der Frage auf, die seltsame
Betonung, die er gewählt hatte. Um mich herum gellten Stimmen,
es war warm und roch nach Essen, lautes Lachen und das
Kreischen von Kindern. Ich saß wie erstarrt. »Es sind wunderschöne Pferde«, brachte ich dann hervor, er wartete auf eine Antwort, und wie hätte es gewirkt – vor Helene, vor den anderen, die
mit am Tisch saßen – ,wenn ich die Frage ignoriert hätte? Aber
Fethi war ein kluger Mann, und ihm entging nicht eine Nuance
meiner Antwort. Aufmerksam musterte er mich, forschten seine
Augen, suchten nach der Wahrheit. »Das freut mich«, lächelte er
nonchalant und ging über zur heiteren Unterhaltung, bezog die
anderen mit ein, fragte Helene, woher sie denn komme, und gab
sich ganz als Mann von Welt, was ihm auch nicht schwerfiel.

Ich trank vier Gläser Wein zum Essen, kleine zwar nur, aber es
reichte, um beschwipst zu sein, und war trotzdem recht erleichtert, als wir den Speisesaal verlassen konnten. Ich wollte nicht mit
Fethi über Farouk reden. Ich wollte mit niemandem meine
Schmerzen teilen.

»Woher kennst du Fethi?« wollte Helene wissen, als wir zum
Theater gingen. »Von den früheren Urlauben. Ich war ja schon
öfter hier. Und Sophie ist meine Freundin, die immer mit hier

war.« Sie nickte schweigend, und ich merkte, daß sie versuchte, sich ein Bild zu machen. Aber mehr wollte ich ihr nicht sagen.

Die Aufführung war wirklich gut, ich war wie immer begeistert über die Ausdruckskraft, die die Akteure auf die Bühne brachten. Fethi gab den finsteren Schurken, der den Glöckner in den Glockenturm sperrte und Esmeralda nach dem Leben trachtete. Esmeralda wurde von Maike gespielt, herzzerreißend in ihrem Aufbegehren gegen die Ungerechtigkeit, die dem Glöckner widerfuhr. Mehrfach hatte ich das Gefühl, beobachtet zu werden, ich drehte mich um und versuchte, die Dunkelheit hinter mir zu durchdringen, gegen die Kegel der Scheinwerfer irgend etwas zu erkennen, aber es war sinnlos. Dennoch wich das Gefühl nicht. Zu vertraut war es. Aber ich gab es schließlich auf, wer sollte mich beobachten, und was interessierte es mich? Mit Farouk war nicht zu rechnen.

Jilani, der hübsche Animateur, der so gut tanzen konnte, war in seiner Rolle der Leibgarde irgendwie nicht zu übersehen, er war schlank und hochbeinig, und seine Liebe zur Musik war nicht zu leugnen, Helene und ich waren uns einig, daß er bei weitem der beste Tänzer war. Ich überlegte, warum er nicht die Hauptrollen tanzte, aber darauf wußte sie auch keine Antwort. Als Choreographin hätte ich so einen Tänzer immer in die erste Reihe gestellt. Noch während die Absage lief, verließen die Tänzer das Theater, und als wir später ebenfalls hinausgingen, standen sie Spalier in voller Bühnenschminke und kostümiert. Dicke Schweißtropfen perlten über Gesichter und Dekolletés, und ich nutzte die Gelegenheit, meine Wange kurz an Maikes zu pressen und ihr zu versichern, wie gut sie gewesen seien, alle miteinander. Sie freute sich. Helene und ich gingen noch an die Bar, einen letzten Schlummertrunk für mich, eine weitere Flasche Wasser für sie. Herrgott, warum mußte ich an die einzige Antialkoholikerin des Clubs geraten? Die Musik wechselte, ein Hit aus den Charts erklang, und ich begann, mit dem Fuß im Takt zu steppen, als Jilani plötzlich an meiner Seite auftauchte, sich anmutig verneigte und mir seinen Arm bot. Einen Moment war ich verunsichert, es tanzte noch niemand, ich wußte nicht, ob oder ob nicht ... und schämte mich dann meiner Feigheit. Rasch legte ich eine Hand auf seinen Unterarm und ließ mich zur Tanzfläche führen. Hach, er tanzte wirklich so gut, wie es immer aussah, wirbelte mich in gewagten Drehungen, lachte und strahlte, redete aber nicht. Er führte sicher und selbst in Momenten, in denen er mich eng an sich zog, war es nie unangenehm oder aufdringlich. Hatte er wohl auch gar nicht nötig.

Es war einfach ein gutes Gefühl, mit diesem Mann zu tanzen, unbeschwert, schwerelos über die Tanzfläche zu gleiten. Ich hatte erwartet, daß er sich gleich nach diesem Lied eine neue Partnerin suchen würde, die Animateure waren gehalten, so viele Menschen wie möglich auf die Fläche zu bringen, aber er verharrte nur einen Moment, zog mich dann eng zu sich und hielt meine Hand so hoch, daß ich den Arm strecken mußte. Während ein neuer Song aufklang, bog er mich weit nach hinten, meine Haare berührten den Boden, dann zog er mich in einem eleganten Halbkreis wieder hoch und verharrte einen dramatischen Moment lang, bevor er in den Rhythmus des Liedes einfiel. Und ich fühlte mich wild und verwegen, konnte ihm mühelos folgen und glaubte, die Prinzessin Aladins zu sein. Das Leben konnte so leicht sein, so unbeschwert, wenn man sich nicht ständig Gedanken machte.

Nach diesem Tanz dankte ich ihm, er lächelte, sagte etwas auf französisch, was ich nur halb verstand, und wandte sich dann ab. Die Hälfte, die ich verstanden hatte, war durchaus schmeichelhaft gewesen, und so tanzte ich einfach weiter, allein, aber immer noch so losgelöst. Helene kam wenig später und zappelte neben mir, sie hatte auch Spaß, sie strahlte und zuckte im Takt.

Einmal dachte ich, ich hätte Farouk aus den Augenwinkeln gesehen, aber da es mir mit Sophie ja auch manchmal so erging, schenkte ich dem keine weitere Beachtung.

In dieser Nacht konnte ich nicht schlafen. Ich war todmüde, kaum noch in der Lage, mich abzuschminken und meinen müden Körper zur Ruhe zu betten, aber der Schlaf wollte sich nicht einstellen. Die Geister, die ich rief, umzingelten mich. Herr und Meister! hör mich rufen ... aber es hörte mich niemand. Schließlich stand ich wieder auf und ging ins Bad. Aus dem Spiegel starrte mich ein blasses, müdes Gesicht an mit tellergroßen Augen und tiefen Schatten darunter, mit müden, traurigen Augen, die nicht vor Freude blitzten, in denen sich keine Hoffnung spiegelte. Jäh erinnerten sie mich an Farouks Augen, die auch so müde und hoffnungslos gewesen waren. Was taten wir uns bloß an, indem wir umeinander herumtanzten, ohne Nähe, ohne Wärme, ohne eine Klärung? Hatte ich letztes Jahr noch so manches Mal geglaubt, die Spannung nicht mehr aushalten zu können, so wurde ich jetzt eines Besseren belehrt: Ich hielt sehr viel aus. Diese Situation war mit der im vergangenen Jahr nicht zu vergleichen, damals hatte ich Hoffnung, war verliebt, war glücklich.

Irgendwann dämmerte der Morgen herauf, unvergleichlich schön, wie das sanfte Licht die Kuppeln der Dächer berührte und sie zum Strahlen brachte. Meine Augen waren trocken und brannten vor Müdigkeit, ich hatte die ganze Nacht gewacht und gegrübelt, natürlich ohne zu einem Ergebnis zu kommen. Jetzt, im frischen Glanz des Morgens, kehrten meine Lebensgeister zurück, ich zog meinen guten schwarzen Badeanzug an und nahm ein großes Handtuch und ging zum Pool. Mit eiserner Konzentration schwamm ich die ersten Bahnen, bis ich warm war und merkte, wie das Pumpen meines Herzens meine trüben Gedanken überdeckte, wie das Blut durch meinen Körper rauschte, wie sich meine Kräfte bündelten, wie mein Körper sich anstrengte, um den Anforderungen gerecht zu werden, die ich nach dieser Nacht an ihn stellte. Und dann, als mein Kreislauf in Schwung war und die Muskeln sich gelockert hatten, konnte ich auch die eiserne Kontrolle etwas lockern. Das Wasser gischtete und perlte um mich herum, Bahn um Bahn, Wende um Wende, wirbelnde Arme und Beine, bis endlich die Ermüdung einsetzte. Ich merkte, wie ich an Tempo verlor, wie meine Arme schwer wurden, wenn ich den Ellenbogen aus dem Wasser hob, wie meine Beine den steten Rhythmus nicht mehr halten konnten. Da erst ließ ich nach und drehte mich auf den Rücken, um auszuschwimmen. Mein Atem ging schnell und heftig, und mir war ein bißchen übel, was aber an sich nichts Besonderes war. Als ich mich aus dem Pool zog, zitterten meine Arme und Beine, und ich hoffte, es möge mich keiner beobachten. Aber ich hatte Hunger – was ja bekanntlich ein gutes Zeichen bei mir war – und wußte, daß ich nach dem Frühstück am Strand einen ungeheuren Schlafanfall bekommen würde, der mich bis mindestens mittags aus dem Verkehr zog. Und genauso war es auch. Helene war ein bißchen besorgt, daß ich Stunden verschlief, sie weckte mich von Zeit zu Zeit, um meine Liege wieder in den Schatten zu ziehen, ließ mich aber ansonsten in Ruhe.

Und abends ging ich reiten.

Eine nette Überraschung war, daß ein junger Mann neben Farouk auf der hölzernen Bank saß und eifrig mit ihm redete. Er war weißblond (die Haare) und krebsrot (die Haut) und gestikulierte und lachte, hörte zu und antwortete. Ich konnte erkennen, daß er keine Ahnung von der Gebärdensprache hatte, sondern wie ich auch aufs Geratewohl gestikulierte. Aber die beiden hatten mächtig Spaß.

Yasmin kam mir dieses Jahr nicht entgegen, auch er hatte mich vergessen, aber der Anblick der beiden Männer entschädigte mich dafür. Einen Moment verharrte ich, ich wollte sie nicht stören, aber Farouk sah auf, er hatte feine Antennen, und begegnete meinem Blick. Einen köstlichen Augenblick sahen wir uns an, er war heiter und gelöst, dann neigte er den Kopf zur Begrüßung. Ich lächelte und ging auf die beiden zu. Eine junge Frau löste sich aus dem Schatten der Palme und setzte sich neben den Weißblonden, sie sprachen einen Dialekt, den ich nur schwer verstand, begrüßten mich aber nett.

»Reitest du mit uns?« fragte der Mann, und ich nickte. »Der

Farouk hat uns einen Sonnenuntergang versprochen«, sagte er und klopfte mit der Hand auf seine umgeschnallte Videoausrüstung. »Schön.«

»Wir werden also anhalten, damit ich filmen kann. Oder wär'das ein Problem für dich?« »Nein, ganz sicher nicht. Ich gucke mir gerne die Landschaft an«, versicherte ich und war angenehm berührt über die Rücksichtnahme. Die Frau lächelte mich kurz an, sagte aber nichts.

Mehdi nickte mir zu. »Belel«, sagt er nachlässig, und ich nickte ergeben. Es war mir wohl einfach nicht vergönnt, ein anderes Pferd zu reiten, ein Pferd, mit dem ich mich anfreunden konnte. »Es gibt nicht viele Reiter für den Schwarzen«, sagte Mehdi, als habe er meine Gedanken gelesen. Ich sah ihn an und stellte fest, daß wir uns dieses Jahr noch nicht einmal bekriegt hatten, noch keine Gehässigkeiten ausgetauscht hatten. Ich trottete durch den Sand und ließ die obligate Begrüßung über mich ergehen, die sich in wildem Kopfschütteln und unwilligem Stampfen äußerte, und begann, die Bügel auf meine Länge einzustellen. Farouk würde diesmal mit uns reiten, und wider besseren Wissens freute ich mich. Vielleicht gab es endlich eine Gelegenheit, ihm wieder etwas näher zu kommen, rein von der geistigen Nähe, die wir so oft geteilt hatten. Er schwang sich auf den schönen kastanienbraunen Hengst, den ich immer bewundernd musterte. Höher und schmaler als Belel, ein reinrassiger Araber mit einem schönen, gleichmäßigen Stern auf der Stirn, schwarze Stiefel, eine üppige schwarze Mähne und ein Schweif, der fast auf dem Boden schleppte. Farouk bemerkte meinen Blick und lächelte. Er ist schnell, bedeutete er, und hat Kraft. Ich nickte. »Das sehe ich ... ein schönes Tier.« Er nickte und tätschelte kurz den Hals des Braunen, bevor er sich im Sattel umdrehte und das Zeichen zum Aufbruch gab.

Ich ging mit Belel an der Spitze, allein. Farouk und der Weißblonde ritten hinter mir, sie unterhielten sich, die Frau folgte schweigend. Ich stellte mich darauf ein, daß ich den ganzen Weg allein reiten würde, aber es gab Schlimmeres. Das Licht war weich, es war schon etwas schummrig, Staub hing in der Luft und ein merkwürdiger Frieden, den diese Stunde zwischen Licht und Schatten so an sich hatte. Ich träumte, während ich Palmenwedeln auswich und Belel einmal an den Wegesrand drängte, damit eine Kutsche, die in raschem Trab daherkam, passieren konnte. Für seine Verhältnisse war er sehr friedlich heute abend, er steppte nicht seitlich, er kämpfte nicht gegen die Zügel an, er schäumte nicht. Ruhig und scheinbar zufrieden trug er mich über die Wege, vorbei an Dattelpalmen und Agaven, die voller dicker roter Früchte hingen.

Als hinter mir Galoppsprünge aufklangen, drehte ich mich etwas um. Es war Farouk, der den Braunen kurzhielt und fast im Schrittempo galoppierte und so zu mir aufschloß. Alles okay? fragte er, und ich nickte. »Es ist schön. Das Licht ist so weich, und guck mal, wie der Himmel sich verfärbt.« Er folgte meiner ausgestreckten Hand und nickte. Dann nahm er die Zügel wieder an und schnalzte, und der Braune galoppierte wieder an, fein säuberlich im Schrittempo neben mir bleibend. »Schön sieht das aus«, zeigte ich ihm und nickte bewundernd. Ich brauche nur zu schnalzen, zeigte er und führte mir das kleine Kunststück noch einmal vor. Ich zollte ihm den angemessenen Respekt und die Bewunderung, er lächelte und ließ sich wieder zurückfallen.

Wenig später übernahm er dann die Führung und zeigte mir eine Düne, die ich noch nie bemerkt hatte. Kein Wunder, in diesem Teil des Binnenlandes war ich noch nicht gewesen. Paß auf, warnte er, auf Belel deutend, wir galoppieren da hoch. Ich nickte. Mich konnte dieses Pferd nicht mehr schrecken. Farouk wandte sich um und deutete auf die Düne, und die beiden hinter uns nickten unisono. Er gab dem Braunen den Kopf frei, und dieses Pferd sprengte die Düne hinauf, wie es wohl nur ein Wüstenpferd vermag. Belel wollte dem natürlich nicht nachstehen, und ausnahmsweise vermasselte ich ihm nicht die Tour, weit über seinen blauschwarzen Hals gebeugt gab ich ihm den Kopf frei und wurde ebenfalls bergan katapultiert. Wieviel Kraft doch in so einem Tier steckte, den steilen Anstieg in tiefem Sand mit einem Reiter auf dem Rücken zu bewältigen.

Von oben hatten wir einen schönen Blick auf das Land und die Sonne, die sich anschickte, unterzugehen. Der Himmel flammte in dramatischen Farben, wurde himbeerrot und violett, kleine blaue Wolken schwammen eilig und in großer Höhe über diesem Farbenrausch, wurden an den Rändern noch angestrahlt und leuchteten einen flüchtigen Moment lang.

Ein Schauer überlief mich, während sich machtvoll die Erinnerung an einen anderen Sonnenuntergang in meine Gedanken schob.

An einen glücklichen, einen schmerzhaft glücklichen Moment, den er mir damals geschenkt hatte. Die Eidechse. Und sein brauner, schlanker Arm so dicht an meinem. Die pochenden Venen darauf, wie vertraut der Anblick einst gewesen war. Ich weinte NIE, auch diesmal nicht, aber mir war elend. Damals hatte ich geweint. Und er hatte mich festgehalten, lange, ganz lange gewiegt. Wie warm sein Körper gewesen war, wie sehnig und fest, wie gut er gerochen hatte.

Ich konnte nicht anders, ich mußte ihn ansehen. Und begegnete prompt seinem Blick. Dunkle Augen, im Schatten des schwindenden Lichtes. Elende Augen. Ein trauriges kleines Gesicht. Wir teilten die Erinnerung, ich spürte es. Zwei Meter trennten uns vielleicht, und doch war es die halbe Welt.

Ich war es, die sich abwandte, eine Hand vergraben in der dichten Mähne des Schwarzen, eine Hand umkrampfte die Zügel.

Und mein Herz schwer wie ein Fels in der Brust.

Dann drangen die begeisterten Kommentare des Blonden in mein Bewußtsein, er hatte die Videokamera laufen lassen und platzte schier vor Begeisterung. Ich rang mir ein Lächeln ab und konnte Farouk dennoch nicht täuschen. Der Braune setzte sich unvermittelt auf die Hinterhand und stieg dann, begann nervös seitwärts zu steppen und zu schnauben. Belel hingegen stand still, einer

Statue gleich, erstarrt. Als wolle er mir Zeit geben, mich wieder zu fangen. Als spüre er die Trauer über das verlorene Glück.

Farouk vergewisserte sich, daß der Blonde die Videoausrüstung verstaut hatte, und gab das Zeichen zum Aufbruch, als Belel plötzlich ganz steif wurde und ein Zittern seinen Körper überlief. Zuerst dachte ich an die wilden Hunde, die ihn im letzten Jahr so erschreckt hatten. Sein Schweif begann hektisch zu zucken und peitschte die Flanken, der Kopf war hoch erhoben, und wieder lief ein Zittern über ihn. Nervös sah ich mich um, konnte aber keine Hunde entdecken. Statt dessen lag vor uns, nur wenige Meter entfernt, ein Bündel, das sich bei näherem Hingucken als Mensch erwies. Erschrocken holte ich Luft, und Belel schnob aufgeregt.»Farouk«, sagte ich, und er sah mich an, warum, weiß ich bis heute nicht. Ob er meine Angst gespürt hatte oder ob ihm Belels Verhalten aufgefallen war oder ob ihn einfach mein Ruf erreicht hatte ... wer vermochte das zu beurteilen? Ich deutete nach vorne und legte dann meine Hand auf Belels Hals, um ihn zu beruhigen. Farouk runzelte die Brauen und starrte konzentriert auf das Bündel Lumpen, dann lachte er und winkte ab. Zuviel Alkohol, bedeutete er und hob die Schultern, das passiert.»Er ist tot«, sagte ich schaudernd und gruselte mich schrecklich. Farouk sah mich an, fragte nach, ich führte eine Hand quer zur Kehle. Er verneinte. Es ist der Alkohol, versicherte er und ritt dichter an den Mann heran, der sich justament mühsam zu bewegen begann.

Siehst du? Alles okay.

Unter »alles okay« stellte ich mir etwas anderes vor, aber wenigstens war er nicht tot, und es konnte nicht zu meinen Aufgaben zählen, sturztrunkene Männer zu retten. Aufatmend wandte ich Belel ab, der das Interesse an dem Bündel verloren hatte. Farouk folgte mit dem Braunen und bedeutete, ich sollte vorsichtig und im Schritt die Düne hinabreiten.»Natürlich«, knurrte ich, »glaubst du, ich will mir den Hals brechen? Oder Belel die Beine?« Er lächelte und drängte den Braunen dichter an mich heran, legte eine Hand auf meinen Arm und sah mich an, einen undefinierbaren Ausdruck in den Augen, Bedauern vielleicht, Trauer, aber auch Zuneigung. Ich konnte früher so gut seine Stimmungen nachvollziehen, heute verschloß er sich, verschanzte sich hinter einem Gesicht, dem die Regungen nicht mehr so deutlich anzusehen waren. Was hatte er alles gelernt in einem halben Jahr? Und warum mußte er es lernen?

Ist die Sonne erst einmal untergegangen, wird es rasch dunkel in diesen Breiten, und so gingen wir im gemächlichen Schritt zurück. Farouk war hinter mir, aber ich wandte mich nicht um, wir ritten in fast feierlicher Stille, wie angenehm, daß die anderen beiden es ebenso empfanden und nicht laut redeten, sondern den Ritt genossen. Belel erklomm eine Anhöhe, und plötzlich konnte ich die Küste sehen mit all den Hotels, die in voller Beleuchtung dastanden, Perlen, Edelsteine an einer Schnur vor dem nachtdunklen Himmel. Es war ein so schöner Anblick, ich konnte mich gar nicht satt sehen. Ich hatte nicht damit gerechnet, einen solchen Anblick zu bekommen. Durch die Beleuchtung konnte man die Kuppeldächer einiger Häuser erkennen, und die Lichter verschwammen durch den in der Luft hängenden Staub ein wenig, gerade so, als wären sie verzaubert. Gerade so, als würden sie in ein Märchen gehören, nicht in die harte Wirklichkeit des afrikanischen Kontinents.

Es war vollkommen dunkel, als wir die Ranch erreichten, und ich beeilte mich, das Pferd abzusatteln, als Farouk neben mir auftauchte, lautlos wie ein Schatten. Er sah mich nicht an, stand aber so dicht bei mir, daß sein Arm an meinem lag, als ich den Gurt löste. Er nahm den Sattel ab und ich das Zaumzeug, und einen Moment standen wir still und warteten darauf, daß Belel sich wälzen würde, aber er tat uns den Gefallen nicht. Ich folgte Farouk, hängte das Zaumzeug unter den Sattel und berührte ihn dabei wieder, wenn auch unbeabsichtigt. Er wich einfach nicht, und einen Moment konnte ich seinen Geruch wahrnehmen, den

Duft nach Mann und Pferd und Leder, und meine Härchen stellten sich auf. Dann trat ich zurück. Er nickte mir zu und wandte sich ab, und ich trottete über den Sand. Noch immer meinte ich, seinen Geruch wahrzunehmen und seine Haut an meinem Arm. Was war bloß dran an diesem Mann?

Aber ich stellte mir diese Frage schon so lange Zeit und noch immer vergeblich, ich hatte einfach keine Lust mehr, zu leiden, zu hoffen, auf einen Blick oder ein Lächeln zu warten und mich komplett lächerlich zu machen. Das konnte ich mit meiner Würde nicht vereinbaren.

So tanzten Helene und ich wieder bis in die frühen Morgenstunden, lernten noch zwei sehr nette Frauen kennen und hatten viel Spaß. Manchmal dachte ich, wie schön es gewesen wäre, wenn Sophie hier wäre, mit mir gelacht und getanzt hätte, wenn wir uns noch auf die Terrasse gesetzt hätten und ein Glas Wein in aller Ruhe getrunken hätten. Ich hätte ihr erzählt, daß auch meine Träume von dem arabischen Märchenprinzen zerbrochen waren, und wir hätte uns getröstet und wären im nächsten Urlaub woanders hingeflogen. Neues Spiel, neues Glück. Aber Sophie war nicht bei mir. Und vielleicht hätte sie mich auch gar nicht getröstet, sondern gesagt: Ich habe es ja gleich gewußt. Vielleicht war unsere Freundschaft in den letzten Jahren gar nicht mehr die gewesen, für die ich sie gehalten hatte. Ich hatte so viel in sie hineininterpretiert, sie wäre meiner Vorstellung nicht gerecht geworden.

Und wahrscheinlich hatte ich genau den gleichen Fehler auch mit Farouk gemacht. Es war so leicht, sein Verhalten zu interpretieren und so hinzubiegen, wie es mir gefiel.

Glückliche Tage ... nicht weinen, daß sie vergangen, sondern glücklich sein, daß sie gewesen ...

Wo hatte ich das nur gelesen?

Eigentlich wollte ich nicht mit zur Lagune reiten. Ich wollte es mir echt nicht antun, einen halben Tag lang in seiner Nähe zu sein und doch so weit entfernt. Ich wollte nicht sehen, wie er unbefangen mit anderen Frauen scherzte. Aber erstens kommt es anderes und zweitens als man denkt. Wie immer. Britta war es, die mich überredete, doch mitzureiten, sie wollte die Lagune unbedingt sehen und meinte, wir würden uns doch gut verstehen und hätten bestimmt viel Spaß an so einem Tag. Ich zögerte und brachte als schwachen Einwand, daß es verdammt warm werden würde, wir würden über Mittag unterwegs sein und fast die ganze Zeit auf den Pferden verbringen. Ihr Einwand ließ sich nicht einfach wegwischen: Wann hatten wir Nordlichter denn schon mal die Gelegenheit, in der Hitze auf einem Pferd durchs Wasser zu gehen? Da ich ihr die wahren Beweggründe natürlich nicht erzählen konnte, fügte ich mich, in Wirklichkeit wollte ich wahrscheinlich keine Gelegenheit auslassen, doch an seiner Seite zu sein. Eigentlich hatte ich wirklich keine masochistische Ader, aber lose Enden verabscheute ich schon, und wenn ich ganz ehrlich war, wollte ich zumindest wissen, was geschehen war. Ob er einen Grund hatte, sich von mir zurückzuziehen. Wäre er mir gegenüber einfach nur gleichgültig gewesen, ich hätte das vergangene Jahr als Liebelei abtun können. Okay, es hätte weh getan, aber damit hatte ich rechnen müssen. So aber, mit den Blicken, die mir manchmal folgten, mit der Vertraulichkeit, die sich im Dunkeln beim Versorgen eines Pferdes ergab, mit den zarten Berührungen, die er scheinbar nur mir zukommen ließ, so konnte ich nicht abschließen. Helene schmunzelte milde über meine Sportbegeisterung, sie war nicht zu bewegen, mit mir zum Aerobic zu gehen oder Rückengymnastik zu machen oder sich den Pferden zu nähern. Aber sie war eine wirklich angenehme Weggefährtin, und wir verbrachten viele Stunden miteinander, redeten und lachten, immer hielt sie mir einen Platz unter dem Sonnenschirm frei und ich ihr einen Platz beim Essen. Daß wir so problemlos Plätze in unserem bevorzugten Speisesaal fanden, hatten wir übrigens Fathi zu verdanken, der an einem Tisch meist für kurze Zeit – sollten wir uns nur um zehn Minuten verspäten – zwei Plätze freihielt. Er

hatte seinen Spaß daran, mir meinen Teller unter der Nase weg-
zuziehen oder mein Glas, je nachdem, wie schnell ich reagierte.
»Ich gehe für zwei Tage in die Wüste«, sagte Helene an jenem
Abend zu mir und schaufelte mit ähnlichem Appetit wie ich eine
Portion Lammfleisch mit Gemüse in sich hinein. Da sie keinen
Sport trieb, war es schon verständlich, daß ihre Figur wesentlich
üppiger war als meine. Aber sie war froh darüber, endlich war sie
nicht mehr mager. »Hey, klasse«, sagte ich anerkennend, nachdem ich geschluckt hatte, »das ist bestimmt schön. Was meinst
du, wie viele Sterne du da sehen wirst.«»Warst du schon in der
Wüste?«»Nein, noch nie.«»Aber du warst doch schon öfters
hier.« Ich sah sie an, ihre braunen Augen waren voller Verwun-
derung und Unglauben auf mich gerichtet.»Äh ... ja ... stimmt.
Aber irgendwie hatte ich nie Zeit dazu. Und ich hab'auch Angst,
daß es mir zu warm wird. So den ganzen Tag im Auto in der
Sonne zu sitzen ist nicht so mein Ding.«»Dein Ding? Was meinst
du?«»Naja, es strengt mich an. Es wird mir zu warm.« Wir
schwiegen einen Moment, dann sagte ich widerstrebend:»Es hat
mich irgendwie noch nie so sehr interessiert.« Sie nickte verstehend.»Es soll sehr schön sein, und ich freue mich. Wir haben
heute abend ein Meeting mit all den Leuten, die mitkommen.«
»Wie viele werden das sein?« wollte ich wissen und war schon
wieder skeptisch. »Nicht sehr viele. Ich glaube, es können nur
sechzehn mit, aber ich weiß nicht, ob so viele wirklich fahren.«
»Heute abend? Dann muß ich ja ohne dich zum Tanzen gehen.«
Sie lachte. »Das macht dir nichts. Du wirst schon Spaß haben.«
Daran zweifelte ich auch nicht. Nicht wirklich. Sie brach rechtzeitig auf, um pünktlich zu sein, und ich nahm mir fest vor, an diesem
Abend nicht im Nightclub zu versacken, sondern ganz ordentlich
zu sein und rechtzeitig meine eigenen vier Wände aufzusuchen,
damit ich morgen fit wäre. Und auch so aussah. Die Konkurrenz
schläft nicht. Oh, was für eitle, unsinnige Gedanken.

Bei uns am Tisch hatte an diesem Abend ein Ehepaar gesessen, sie sprach einen leichten Berliner Akzent, er reines Hochdeutsch – so er denn überhaupt etwas sagte –, und sie erzählte von einer Reise, die die beiden vor einigen Jahren unternommen hatten. Einige Zeit lauschte ich fasziniert, sie konnte sehr gut erzählen, und ich amüsierte mich köstlich über die Schilderung der Rafting-Tour. Irgendwann klinkte ich mich in das Gespräch mit ein und berichtete meinerseits über einen Amerikaurlaub, den ich vor Jahren mal gemacht hatte. Wir redeten und lachten, als würden wir uns seit Jahren kennen, fanden den gleichen Typus Mensch ziemlich unmöglich, trieben viel Sport und arbeiteten beide im Büro in verantwortlicher Position. Wir hatten so viel zu erzählen und zu lachen, daß ich gar nicht merkte, wie die Zeit verflog. Fathi schenkte von Zeit zu Zeit Wein nach, und ich dankte ihm jedesmal mit einem raschen Lächeln oder einem Scherz. Zuerst merkte ich gar nicht, wie der Wein mir zu Kopf stieg, aber als Fathi mahnte, der Speisesaal würde gleich geschlossen werden, drehten sich die Gedanken in meinem Kopf und der Wein in meinem Magen. Uuuupppss ...

Im Aufstehen striff ich den großen schlanken Neger unabsichtlich, er hatte meinen Stuhl fürsorglich weggenommen. Er schmunzelte. »Danke«, murmelte ich und war etwas beschämt. »Shukran«, sagte er. Ich hielt inne. »Heißt das jetzt: Bitte?« Aber er verneinte. »Shukran ist danke. Du sagst: Shukran.«

»Shukran«, wiederholte ich artig, und er verneigte sich schwungvoll und sagte ein Wort, das ich mir nie würde merken können, nicht mal mit klarem Kopf. Es hieß bestimmt: Bitte. Ich zwinkerte und winkte und schloß mich den beiden an, die dem Theater zustrebten. Eigentlich wollte ich nicht mit ins Theater, die schwere, stickige Luft würde meinem Kopf jetzt nicht guttun. Aber ins Bett wollte ich auch noch nicht. Und solange die Vorstellung im Theater lief, war an tanzen nicht zu denken.

Aber ich sollte recht behalten, die Hitze im Theater ließ meinen Kopf schwer werden und verstärkte das unangenehme Gefühl,

Karussell zu fahren. Soviel also zu meinen ganzen guten Vorsätzen. Ich entschuldigte mich und machte mich auf den Weg zu meiner Wohnung, heimlich erleichtert darüber, daß ich niemandem Rechenschaft ablegen mußte, warum ich mich schon verzog. Kaum war Helene einmal weg, übertrieb ich schon wieder maßlos. Aus Gewohnheit ließ ich meine Blicke schweifen, noch immer in der Hoffnung, den vertrauten arabischen Mantel zu erspähen. Und dann fiel mir auf, daß ich ihn dieses Jahr überhaupt noch nicht in dem Mantel gesehen hatte.

Normalerweise beflügelte Wein meinen Geist, schärfte meine Sinne. Aber heute abend war ich wohl doch zu niedergeschlagen, vielleicht saß die Enttäuschung tiefer, als ich mir selber gegenüber zugeben wollte, ich war einfach nur müde und desillusioniert. Ich würde mich auf meine Terrasse setzen und in aller Ruhe meinem Drang nach einer Zigarette nachgeben und dann schlafen. Wenigstens ausgeruht würde ich morgen früh sein.

Ich schloß auf und machte Licht, die Klimaanlage brummte, und die schönen Kacheln schimmerten. Auf meinem Kopfkissen lag eine grellrote Hibiskusblüte. Minutenlang stand ich einfach da und betrachtete diese Blüte, sie war heute nachmittag noch nicht vorhanden gewesen, da war ich mir sicher, das Personal, das manchmal Bonbons auf die Kissen legte, konnte diese Blüte nicht gebracht haben. Oder vielleicht erst später, beruhigte ich mich dann. Wer sollte schon in diese Wohnung hineinkommen? Und vor allem: Wer sollte ein Interesse daran haben? Bewaffnet mit einer Flasche Wasser und den Zigaretten ging ich auf die Terrasse. Ein leichter Wind wehte, und mir fiel erst jetzt auf, wie schön diese Nacht war, wie klar die Luft, wie viele Sterne standen. Alte Bekannte, sie blinkten und grüßten. Eine Sternschnuppe sah ich, lange glühte sie in meinem Blickfeld, und ich beobachtete sie, während ich mir mit aller Kraft etwas wünschte. Dann stand ich auf und suchte in dem kleinen Kühlfach unter dem Schreibtisch, ob ich nicht doch eine angebrochene Flasche Wein finden würde. Jetzt war es auch egal, wenn schon, denn schon. Ich liebte es, hier

draußen zu sitzen und meinen Gedanken und Träumen nach-
zuhängen, ich bemitleidete mich heute abend nicht mal selber, so
viel Schönes war mir schon passiert. Wo mochte Sophie gerade
sein? Sah sie die gleichen Sterne wie ich? Oder vielleicht das
Kreuz des Südens? Oder sogar Sterne ganz anderer Art?
Helene kam nach Hause, ich sah ihre unverkennbare Silhouette
im schwachen Licht der Wegbeleuchtung und winkte, aber sie
hatte schon die Richtung geändert und kam auf mich zu. »Ich
sehe deine Zigarette«, sagte sie und kletterte über die Brüstung.
»Es ist wie Romeo und Juliette, nicht wahr? Er ist auch auf ihren
Balkon geklettert.« »Naja«, schränkte ich ein, »so einige Unterschiede bestehen da schon.« Sie kicherte und setzte sich auf den
Stuhl, den ich ihr hingeschoben hatte.
»Wie war dein Treffen?« fragte ich, und sie nickte und begann zu
erzählen und die Vorfreude schwang in ihren Worten mit. »Aber
es gibt Schlangen und Skorpione in der Wüste«, sagte sie dann,
»und bei der letzten Tour im letzten Jahr ist jemand von einem
Skorpione gebissen worden.« »Ich glaube, Skorpione stechen«,
murmelte ich und war plötzlich gar nicht mehr sicher. »Und
dann? Ich meine, was ist dann passiert?« »Oh, sie haben immer
ein Gegengift mit. Es war nicht schlimm. Man muß morgens die
Stiefel ausschütteln und hineinsehen.« »Naja, das sollte man in
Südfrankreich auch schon mal machen.« Ich hoffte, mein Einwand
würde sie beruhigen. »Du wirst bestimmt viele schöne Dinge
sehen. Denk nur an die Höhlenwohnungen. Und die Oase. Ich
war noch nie in einer echten Oase.«
Sie nickte, und ich konnte im diffusen Licht sehen, daß sie sich
freute. »Du hast Wein getrunken?« »Naja, ich trinke abends oft
Wein.« »Aber nicht so viel«, neckte sie mich. »Das kommt, weil du
nicht da warst, um aufzupassen. Wir haben so lange beim Essen
gesessen, und Fathi hat mir immer Wein nachgeschenkt, und jetzt
hab'ich einen Schwips.« »Schwips?« »Mein Kopf dreht sich. Ich
habe etwas zu viel getrunken.« »Ah ja. Schwips. Gut.« »Meinst
du?« Sie lachte. »Nicht, daß du zu viel getrunken hast. Aber daß

ich ein neues Wort weiß.«»Wieso sprichst du überhaupt so gut Deutsch? Ich spreche nicht Holländisch.« Sie hob die Schultern. »Alle Holländer sprechen Deutsch. Bei uns sind im TV ... im Fernseher sind die deutschen Krimis im Original mit holländischen Untertiteln. Und so lernen wir Deutsch, ganz einfach.« Klar, ganz einfach. »Sag mal, Helene, hast du auch eine Hibiskusblüte auf deinem Kopfkissen liegen?«»Nein«« sagte sie erstaunt, »warum?«»Bei mir liegt eine, und ich weiß nicht, woher die kommt.« Sie schwieg einen Moment und sagte dann mit trauriger Stimme: »Du bist ein Heartbreaker.« Ich lachte leise. »Unsinn. Wie kommst du denn darauf?«»Doch bestimmt. Wie die Männer dich angucken ... der hübsche Jilani und der Kellner und viele von den Touristen ... doch, bestimmt, du bist ein Heartbreaker.« Ich überdachte noch ihre Worte mit meinem benebelten Schädel, als sie weitersprach:»Warum ich nicht? Warum gucken die Männer mich nicht an? Bin ich nicht hübsch?« Ich sah auf. »Doch, du bist sogar sehr hübsch. Du hast ein ganz hübsches Gesicht und schöne Augen.« Und ich meinte es ernst. »Aber warum sehen die Männer es nicht?«»Keine Ahnung. Vielleicht sind Männer etwas blind. Oder ganz einfach dumm.« Sie schwieg wieder einen Moment und sagte dann:»In Holland haben die Männer ein Problem, wenn die Frau so klug ist. Ich bin Ärztin, und ich habe keinen Freund. Die Männer sagen: Du bist mir zu klug, mit dir will ich nicht reden.«

»Männer sind dumm, sag'ich doch.«»Aber du bist auch klug und mit dir reden die Männer.«»Helene, lächelst du manchmal einen Mann an? Einfach so? Weil er nett aussieht oder weil er nett grinst?«»Nein.«»Versuch das doch mal. Jede Wette, daß er umgehend zurücklächelt und dich zu einer Flasche Wasser einlädt. Die meisten Männer sind genauso unsicher, wie du es bist. Man muß ihnen schon eine Chance geben.« Sie seufzte tief und starrte ebenfalls in den Sternenhimmel. »Ich will es versuchen ...« Aber es klang nicht sehr überzeugt. »Paß mal auf, du wirst in der Wüste einen arabischen Prinzen treffen, der dir umgehend zu Füßen niedersinkt und sein Herz an dich verschenkt.« Sie sah mich an, und ich glaubte, ein leichtes Lächeln wahrzunehmen. »Hast du auch einen arabischen Prinzen?« fragte sie, und ich verneinte vehement. »Die mögen lieber weibliche Formen. So hübsche Frauen wie dich.« Einen Moment schwieg sie, als ließe sie meine Worte in sich einsickern. Es war ein angenehmes, einvernehmliches Schweigen, und ich genoß es, mit ihr hier zu sitzen, völlig entspannt, und der Dinge zu harren, die da kommen mochten. Schließlich stand sie seufzend auf, sie mußte am nächsten Morgen um sechs Uhr aufstehen, ich um halb acht, und wenn Helene eines verabscheute, dann war es frühes Aufstehen. Wir wünschten uns eine gute Nacht, und ich wartete noch, bis ich Licht in ihrem Hausflur aufflammen sah, dann ging ich auch ins Bett. Spät genug war es geworden, und mein Alkoholpegel garantierte umgehendes Einschlafen.

Dafür rächte er sich natürlich am nächsten Morgen: Ich sah mir den übermäßigen Alkoholgenuß nicht nur an der Nasenspitze an. Aber vermutlich würde es kein anderer bemerken, ich war tief gebräunt, und die geschwollenen Augen bildete ich mir wahrscheinlich nur ein. Vielleicht waren sie nach dem Frühstück auch wieder in ihre Ursprungsform zurückgekehrt. Manchmal geschehen ja doch Wunder.

Britta winkte mir zu, kaum daß ich den Speisesaal betreten hatte, es war also nichts mit einem Frühstück allein und in Ruhe. Aber Britta war auch noch nicht sehr redselig, wir tranken Kaffee und Grapefruitsaft, endlich jemand, der meinen Geschmack zu schätzen wußte, und aßen Müsli und Croissants und redeten ein wenig, aber nicht sehr viel. Es war warm heute morgen, und ein bißchen ärgerte ich mich, daß meine Reithose schwarz war, auch wenn sie schmuck aussah. Gemeinsam schlenderten wir zur Ranch, viele Reiter waren schon da, die Pferde sorgfältig geputzt und bereit, ihre jeweiligen Reiter zur Lagune zu tragen. Britta durfte wieder Yasmin reiten, was mir zugegebenermaßen den blanken Neid in die Augen trieb, ich rieb Belel im Vorbeigehen schon mal prophylaktisch den schimmernden Hals, was ihn aber auch nicht freundlicher stimmte. Mehdi verteilte die Pferde, und hoffnungsvoll schlug ich Kalif vor, wurde aber abgeschmettert. »Belel«, bestimmte er. Ich überlegte, ob er mich eigentlich ärgern wollte, und trottete zu dem Schwarzen.

Wir kamen sehr pünktlich vom Hof, weil wir nur eine Kutsche dabeihatten, die die Getränke transportierte und die teure Kamera, aber keine Touristen. Es waren diesmal keine Kinder und ihre besorgten Mütter dabei, sondern nur Reiter. Unter anderem auch zwei Frauen, die mir sofort auffielen. Die eine, Maria, war klein und zierlich, die üppige blonde Mähne wallte bis weit über den Rücken, und jäh stellte ich sie mir in Farouks Armen vor. Wie gut die beiden zusammenpassen würden, rein optisch. Sie war bildhübsch. Klare, helle Haut, große, weit auseinanderstehende Augen, eine sanfte, relativ dunkle Stimme, die ich bei einer so zarten Frau nicht vermutet hätte. Sie war exquisit wie eine Porzellanpuppe. Ihre Freundin war kräftiger, mit kurzen braunen Haaren, nebelgrauen Augen und einer so süßen Stimme, daß ich sie nur beim Zuhören schon sympathisch fand. Die beiden fühlten sich auf der Ranch sichtlich zu Hause und redeten und lachten und scherzten, und Maria flirtete auf nette, unverbindliche Art mit Mehdi. Mit Mehdi, nicht mit Farouk. Als ich Maria gesehen hatte, war ich fest davon überzeugt, sie würde mir unsympathisch sein, sie war genau der Typ Frau, den ich nicht leiden konnte, wobei sicher eine gehörige Portion Neid mitspielte. Ich würde nie klein und zart und blond sein. Aber es gelang mir nicht, die Antipathie aufrecht zu erhalten. Maria war von einer so bezaubernden Offenheit und Unbeschwertheit, daß auch ich ihrem Charme umgehend erlag.

Der Weg zur Lagune verlief unspektakulär, Britta und ich unterhielten uns, sie erzählte von einem schweren Reitunfall, den sie vor Jahren erlitten hatte, und daß sie sich seitdem vor Pferden fürchtete. Sie war froh, daß sie immer Yasmin reiten durfte, der selten etwas Unvorhergesehenes machte. Prompt schämte ich mich ein wenig, daß ich ihr vorhin noch den Spaß, Yasmin zu reiten, mißgönnt hatte. Sie sah auf Belel und sagte. »Den könnte ich nie reiten. Ich würde mich nicht mal draufsetzen.« Ich hob die Schultern. »Er ist eigentlich angenehm zu reiten, er hat einen schönen Galopp und ist durchaus berechenbar, nur eben temperamentvoll.« »Ja«, sagte sie, »klar. Wenn man so reiten kann wie du.« Darauf gab es nichts mehr zu sagen, und wir schwiegen und guckten den Jungs zu, die uns begleiteten und auf dem Rücken der Pferde Kunststücke aufführten.

Kurz bevor wir losgeritten waren, hatte Mehdi noch gesagt, es würde heute kein Wettrennen geben, die Freundin vom Chef reite mit, und es war Vorsicht angesagt. Aber davon war jetzt nichts mehr zu merken, die Jungs waren ausgelassen wie immer. Ich schien die einzige zu sein, die sich nicht so recht wohl fühlte, und ich wußte auch, warum: Mir fehlte einfach Farouk. Mir fehlten seine glühenden Blicke, die mich unter Spotlight gesetzt hatten, die mich strahlen ließen, die mir das Gefühl gaben, schön zu sein, begehrt zu werden. Ich fühlte mich unbehaglich, ja unwillkommen und wünschte jäh, ich wäre nicht mitgeritten.

Die Freundin vom Chef saß auf Gringo und sprach – wenn überhaupt – nur mit Mehdi, sie schimpfte über das Pferd und fragte wiederholt, was denn heute mit ihm los sei, und ich wandte schließlich den Kopf, um zu gucken, was Gringo denn alles anstellte, daß sie so unzufrieden war.

Farouk starrte mich an, meine Bewegung kam zu plötzlich, er hatte keine Zeit, auszuweichen, und so prallten wir aufeinander, unverhofft, unversehens, mit der gleichen Intensität wie zu früheren Zeiten, die Luft vibrierte, zitterte, ich fühlte seinen Blick wie ein Stromstoß, dann preßte er die Lippen aufeinander und senkte den Kopf. Hilflos blieb ich zurück. Die Sonne ließ blaue Glanzlichter in seinen tiefschwarzen Haaren aufleuchten, der gerade Nasenrücken zeigte eigensinnig zu Boden. Ich seufzte und sah wieder nach vorne, vergessen war Gringo und die unzufriedene

Stimme der Reiterin. Meinem Allgemeinzustand war sein Verhalten nicht gerade zuträglich.

Wir schlugen diesmal unser Lager unter einer Gruppe Palmen auf, nachdem die Pferde festgebunden waren. Mehdi hatte kontrolliert, ob Belel gut angebunden war, nicht Farouk. Mehdi war es, der mich auf den Teppich winkte, auf dem die meisten der Gruppe schon lagerten, und Mehdi reichte mir die Wasserflasche. Ich suchte mir einen Platz unweit von Britta und nahm mir vor, das Beste aus diesem verdammten Ausflug zu machen, etwas anderes blieb mir sowieso nicht übrig. Mehdi und einer der Touristen, dessen Namen ich nicht kannte, lagen einander gegenüber auf dem Bauch, die Ellenbogen aufgestützt, und bereiteten sich auf einen wilden Kampf im Armdrücken vor. Von allen Seiten hagelte es Kommentare, Ratschläge und Proteste, als Mehdi seinen Ellenbogen etwas nach außen stellte, um einen Vorteil zu bekommen. Er grinste und korrigierte die Armhaltung.

Farouk saß Rücken an Rücken mit dem Mädchen mit der süßen Stimme, Marias Freundin mit den großen nebelgrauen Augen.

Die Welt um mich herum trat zurück, die Geräusche drangen nur noch gefiltert zu mir durch, ihr Lachen und Schreien erreichte mich nicht. Ich starrte auf die Stelle, wo sich ihre Rücken berührten und dachte, wie es war, als ich noch seinen Körper an meinem gespürt hatte. Wie warm er gewesen war. Wie gut er roch. Was fühlte sie jetzt? Und er?

Aber im Grunde war es jetzt gleichgültig, wir hatten beide unseren Spaß gehabt, und er hatte mir nichts versprochen. Und wenn doch, ich hätte es ja nicht glauben müssen. Es war eben ein Urlaubsflirt, wie dumm ich war, an mehr zu glauben, mein Herz so bedenkenlos zu verschenken.

Er beobachtete mich, ich konnte es spüren. Richtete meinen Rücken auf und begegnete seinem Blick. Er senkte die Lider und betrachtete mich halb über seine Schulter hinweg. Es tut dir weh, nicht wahr? fragten seine Augen. Ich hob das Kinn ein wenig an und hielt seinem Blick stand, dann erst wandte ich mein Interesse dem Geschehen um mich herum zu . Er sollte nicht denken, daß er mich verletzen konnte. Jetzt nicht mehr.

Aus den Augenwinkeln sah ich, wie er mit katzenhafter Geschmeidigkeit auf die Beine kam. Wie seine braune Hand sich mir näherte, kurz meine Schulter berührte. Ich sah auf. Komm mit, winkte er, wir gehen ans Wasser, da weht der Wind. Es ist kühler. Ich zögerte, erhob mich dann aber ebenfalls. Er ging voran, leichtfüßig, barfuß, sah sich nur einmal um, ob ich folgte. Ich schloß zu ihm auf, er sollte nicht glauben, ich würde hinter ihm gehen.

Das Meer in der Lagune war spiegelglatt und fast silbern, eine eigentümliche Farbe, die durch die Lichtbrechung erreicht wurde. Heute wehte nur wenig Wind, die Wellen brachen sich nicht an den Felsen, keine Gischt schäumte auf. Er ging ins Wasser und bedeutete mir dann, Schuhe und Strümpfe auszuziehen. Zögernd folgte ich der Bitte, setzte mich in den warmen Sand und behielt ihn im Auge, wie er im Wasser stand und auf mich sah, mit schiefgelegtem Kopf aufmerksam meine Bewegungen verfolgte, als wolle er etwas erkunden, feststellen.

Komm her, zeigte er und konzentrierte sich dann auf das Wasser zu seinen Füßen. Ich trat neben ihn und sah auf seine waagerecht gehaltene Hand, überlegte, was das jetzt werden würde, und verharrte doch reglos im warmen Sonnenschein. Es dauerte nicht lange, und ein Schwarm kleiner, silbriger Fische umtanzte unsere Füße, berührte meine Haut und eilte wieder davon, enttäuscht darüber, daß wir nicht eßbar waren. Ich lächelte. Es war unwillkürlich, meine Mundwinkel schwangen in Richtung Ohren. Er musterte mich, dann zeigte er auf meine Füße und fragte etwas, das ich nicht verstand. Er zeigte einen Ring und deutete wieder auf meine Füße. Oh ja, ich trug einen Zehenring. Hatte ich mir extra für den Urlaub gekauft, es fühlte sich ein bißchen … extravagant an. Und es sah nett aus. Fand ich wenigstens. Ich hob den Fuß aus dem Wasser und führte meinen Zeh samt Silberschmuck vor, und er lächelte und schüttelte den Kopf. Wie paßt der da rüber? fragte er. Ich setzte mich in den Sand und zog den Ring von

meinem Zeh.»Ganz einfach, siehst du.« Zumindest, wenn die
Füße nicht gerade heiß und geschwollen waren. Aber das erzählte ich ihm nicht. Ich legte den Schmuck in seine ausgestreckte
Hand, der Ring sah aus wie jeder andere auch, nur eben, daß er
nicht geschlossen war. Farouk schob ihn mit ernster Konzentration
auf seinen kleinen Finger und ließ ihn in der Sonne glitzern.
Hübsch, fand er. Fand ich auch. Er hockte sich neben mich, als ich
den Ring nicht postwendend zurückforderte und musterte mich.

Nimm die Brille ab, forderte er dann, und auch diesen Gefallen tat
ich ihm, ahnend, daß jetzt etwas Wichtiges geschehen würde,
etwas, wofür er meine Augen sehen wollte. Ernst und angespannt sah er aus, wie er auf seinen Fersen vor mir hockte und
mich nicht aus den Augen ließ, er suchte etwas und fand scheinbar keine Antwort in meinem offenen, aber sicher auch ratlosen
Gesicht. Ich fragte mich, was diese Scharade sollte, was er bezweckte, was er wollte. Schließlich seufzte er und wandte sich ab.
»Farouk.« Meine Stimme war leise, aber es war egal, selbst wenn
ich geschrien hätte, hätte er es nicht gehört. Aber er hörte. Wandte
sich wieder mir zu, noch immer dieses ernste schmale Gesicht,
ihm fehlte das Funkeln, das Glück, die Unbeschwertheit. Er sah
aus wie ein Mann, der ratlos war oder vielleicht Kummer hatte.
Wenn er eine Frau gefunden hätte, würde er dann nicht glücklich
sein? Ich hielt seinem Blick stand und fragte dann doch:»Was ist
mit dir? Du bist traurig.« Und untermalte es mit Gesten. Licht
und Schatten in dem schönen, harten Gesicht, Hoffnung und
Zweifel, ein innerer Kampf. Dann malte er mit sorgfältigen Buch-
staben ein Wort in den Sand vor meinen Füßen: FETHI. Setzte sich
wieder auf seine Fersen und sah mich an, zweifelnd, unglücklich,
aber auch anklagend. Trotzig. Es stand keine Frage hinter diesem
Wort, das da vor uns lag.

»Was ist mit Fethi?« fragte ich und verstand die Zusammenhänge
nicht.

Du, zeigte er. Ich runzelte vor Konzentration die Stirn und verstand immer noch nicht, worauf er hinauswollte. Hilfe suchend

sah ich ihn an.»Ich verstehe dich nicht. Was meinst du? Was ist mit Fethi?« Seine Augen verengten sich, und ich sah Wut aufblitzen. Du, wiederholte er eindringlich, du bist mit Fethi. Und jetzt verstand ich. Erschlagen von der Tragweite des eben Gehörten sanken meine Schultern hinab und mein Kinn ebenfalls. Im Moment war ich zu keiner gescheiten Reaktion fähig, ich sah in das geliebte, vertraute Gesicht, sah die goldenen Augen und die Anklage darin und schüttelte den Kopf. »Nein. Nein, ich bin nicht mit Fethi. Wie kommst du darauf? Wer hat das erzählt? Nein. So ein Unsinn!« Noch immer kopfschüttelnd strich ich das Wort durch und sah ihn wieder an.»Das hast du gedacht?« Er fragte nach. Ich zeigte auf seinen Kopf und auf das Wort.»Du hast gedacht, ich sei mit Fethi zusammen? Fethi ist der Mann meiner Freundin. Der Frau, die meinem Herzen nahesteht.« Ich verwandte die vertraute Gestik für Sophie, aber er verneinte. Sie ist weg, aber du bist wiedergekommen. Welch verblüffende Logik. Ich verneinte noch mal entschieden, indem ich meine Hand waagerecht führte. Er ergriff die Hand und legte sie auf mein Herz, es schien das große Indianerehrenwort zu sein. Ich sah ihn an.»Du hast mein Ehrenwort. Ich bin nicht wegen Fethi hier.« Er blinzelte ungläubig, nicht überzeugt. Ach, wie gut es tat, seine Hand auf meiner zu spüren, wie fest er sie umklammerte. Hoffentlich merkte er nicht, daß mein Herz gerade ein wildes Stakkato hämmerte.

Von hinten näherten sich jetzt Stimmen, gutes Timing, sie waren wenigstens nicht im entscheidenden Moment zu uns gekommen. Farouk bemerkte meine Reaktion und sah auf, ließ meine Hand los und rückte ab. Ich suchte nach meiner Brille, meine Hand tastete blind über den Sand, ich konnte meine Augen nicht von ihm wenden. Geduckt und sprungbereit hockte er im Sand, den Kopf gesenkt, eine steile Falte zwischen den Augen, höchste Konzentration. Dann begann er, den Ring von seinem Finger zu ziehen, seine Bewegungen waren langsam und irgendwie mühevoll, und jäh durchschaute ich ihn. Ich neigte mich vor und bedeckte seine Hände mit meinen, und es war mir egal, wer das sehen mochte und was man sich dabei dachte. Er sah auf. »Es ist gut«, flüsterte ich, »behalte den Ring.« Ein Aufblitzen in den Augen, ein Aufbegehren. Stolz, Trotz, Wut, Unsicherheit. Dann schob er den schmalen Silberreif zurück auf den Finger. Die Touristen waren jetzt so nah, daß ich die einzelnen Stimmen unterscheiden konnte. Ein letzter Blick aus goldenen Augen, undefinierbar, dann wich er zurück, langsam nur und wandte sich den Gästen zu. Begrüßte sie lächelnd – oh, was hatte der Mann für schöne Zähne – und deutete auf die silbrigen Fische, die noch immer in unmittelbarer Ufernähe schwammen. Er forderte zum Schwimmen auf und beteuerte, wie schön das Wasser sei, bezog mich an dieser Stelle ins Gespräch mit ein, bedeutete, ich könne auch schwimmen gehen, aber ich verneinte. Warum? fragte er, und ich meinte, eine Spur Mißtrauen in seinen Gesten zu entdecken. »Ich mag es nicht, wenn Salzwasser auf meiner Haut trocknet«, erklärte ich und ließ zur Untermalung einige Tropfen auf meinen Unterarm fallen, die in der Sonne trockneten. Sofort begann ich, über meine Haut zu reiben, um anzuzeigen, daß es juckte und kribbelte, und er nickte verstehend, wandte seine Aufmerksamkeit aber sofort wieder ab. Mir war es ganz recht so, es gab vieles, über das ich nachdenken mußte. Er hatte gedacht, ich wäre wegen Fethi zurückgekommen. Die Begrüßung am Bus fiel mir ein, wie Fethi mich in den Arm genommen hatte, eine normale Geste unter Freunden, die von ihm anders interpretiert worden war. Ich versuchte, mich in seine Lage zu versetzen: Da kam die Frau, in die er verliebt war – ich unterstellte es einfach – ,und wurde von dem stellvertretenden Clubchef begrüßt, so als habe er sie erwartet und sich auf das Wiedersehen gefreut. Natürlich, genau so war es ja auch gewesen: Fethi hatte gewußt, daß ich ankommen würde, und vielleicht hatte er sich wirklich darüber gefreut. Aber aus ganz anderen Gründen, als Farouk auch nur ahnte. Nur: Wie sollte ich ihm die Situation erklären? Und geklärt werden mußte sie, ganz eindeutig. Wie und ob es dann mit uns weitergehen würde, stand auf einem ganz anderen Blatt, aber diese Vermutung konnte ich natürlich so nicht im Raum stehen lassen.

Einige der Frauen hatten sich ausgezogen und waren tatsächlich schwimmen gegangen, Britta gesellte sich zu mir. »Gehst du nicht schwimmen?« fragte ich, und sie verneinte und legte eine Hand auf ihren Unterleib. »Ist ein unpassender Moment.« Ich nickte verstehend. Farouk machte einen Handstand vor uns und ging einige Schritte auf den Händen, und wir applaudierten ihm. Stolz zog er sein Shirt wieder zurecht. Einen Moment später hielt er einen Fisch in der Hand und präsentierte ihn mir. Ich griff vorsichtig nach seinen Fingerspitzen und bog die Hand auf, der Fisch war tot. Die silbernen Schuppen glänzten noch metallisch, in Kürze würden sie verblassen, und von der Schönheit würde nichts bleiben, es wäre dann einfach eine kleine Leiche, und nichts erinnerte an den Übermut, mit dem vielleicht eben dieser Fisch vor kurzem noch an meinem Zeh geknabbert hatte. Ich schluckte und senkte den Kopf und erinnerte mich dann auch endlich daran, seine Hand wieder loszulassen. Er warf den Fisch ins Meer und spülte sich die Hände ab, kam zu mir und zog mich hoch. Komm mit, sagte er mit einer Kopfbewegung, und ich folgte ihm zu den Klippen. Flink erklomm er sie, darauf vertrauend, daß ich ihm folgen würde, zeigte auf einige Lachen, in denen Fische schwammen und Garnelen und weiche grüne Pflanzen. Seine Handbewegungen waren eher zerstreut, er hielt Ausschau nach den Schwimmerinnen, die die Klippen ansteuerten, und ich war verletzt. Aber das war in diesem Urlaub schon eher der Normalzustand. Sehr aufrecht blieb er stehen, der leichte Wind preßte das Shirt an seinen sehnigen Körper, und er sah auf die glitzernde See hinaus, ohne zu blinzeln, beobachtete die Schwimmerinnen und winkte, sie sollten hierherkommen, hier waren die Felsen flach und es war ungefährlich. Mir war es zu albern, ihn anzustarren und zu bewundern, ich wandte mich ab und suchte in den Nischen der Felsen nach irgend etwas Aufregendem, Spannendem. Alarmiert sah er mir nach und folgte dann.

Ich habe Delphine gesehen, erzählte er, sechs oder sieben Stück. Morgens kommen sie hier vorbei, eine ganze Herde. »Ich habe noch nie Delphine im offenen Meer gesehen«, bedauerte ich, und er musterte mich aufmerksam. Möchtest du Delphine sehen? »Ja, gerne. Vielleicht sollte ich eine Tour mit einem Schiff machen.« Seine Augen verschleierten sich, er senkte den Kopf und wandte sich ab. Winkte den Frauen zu und ging dichter an die Kante der Klippen heran. Winkte aufgeregter, und die Freundin vom Chef rief:»Er meint, du mußt weiter nach links. Da sind die Felsen flach und es ist ungefährlich.« Die erste Schwimmerin änderte ihre Richtung, es war Marias Freundin, sie kletterte aus dem Wasser und suchte Halt auf den glitschigen, bemoosten Felsen, reichte suchend eine Hand und wurde fündig. Natürlich. Mir reichte er nie eine Hand, um mich über die Klippen zu geleiten. Aber ich war ja auch groß und stark und sicher wie eine Bergziege. Mich brauchte er nicht zu beschützen. Tat er ja auch nicht mehr. Ich wartete nicht ab, bis er die Frauen sicher an Land gebracht hatte, ich wandte mich ab und suchte meinen Weg über die Felsen zurück zum Strand, wo Schuhe und Strümpfe meiner harrten.

Mittlerweile war es richtig heiß geworden, es war fast Mittag, und ich hoffte, wie würden bald zurückkreiten. Ich sehnte mich nach einer Dusche, nach Abstand, nach Essen und Trinken, einer Liege im Schatten.

Britta und ich saßen schon wieder auf dem Teppich im Schatten der Palmen und lachten und redeten mit dem dort verbliebenen Rest, als Farouk mit den Frauen kam und mir einen undefinierbaren Blick zuschoß, den ich gleichmütig erwiderte. Zwischen uns lagen nicht nur Welten und Kulturen, sondern auch Ozeane. Wer sollte je die Männer verstehen? Mußte er so besorgt um Marias Freundin sein? Rücken an Rücken mit ihr sitzen? Ihr die Hand reichen, um sie sicher über die Felsen zu geleiten?

Zum Abschluß dieses denkwürdigen Tages galoppierten wir noch am Strand entlang, jeder einzeln, teilweise begleitet von einem der Männer, je nach Temperament des Pferdes und Können des Reiters. Es erübrigt sich jetzt, von Belels Heldentaten zu erzählen, der an Yasmin vorbeiflog, als würde dieser einen Sonntagsspaziergang machen. Ich genoß diesen wilden, ungezügelten Galopp, und ich vergaß, ihn rechtzeitig zu stoppen, um wieder an unseren Rastplatz zu gelangen. Ich ließ ihn einfach laufen, der Wind trieb mir die Tränen in die Augen, und der rasende Rhythmus des Galopps schien mir eine Last von der Seele zu nehmen, die mich schier erdrückte.

Der Strand war durch die Lagune natürlich begrenzt, und erst ganz zum Schluß fing ich Belel ab, lobte ihn und ließ ihn im Schritt zurückgehen. Mehdi sagte nichts, er nahm einfach zur Kenntnis, daß ich wieder da war. Farouk sah mich an, er wußte genau, daß ich Belel hätte aufhalten können, wenn ich es denn gewollt hätte. Ich schluckte und glitt vom Pferd und führte ihn in den Schatten der Palmen. Reiter um Reiter ging auf das lange Stück und kam zurück, zerzaust und glücklich, schwitzend und strahlend. Und dann entstand Unruhe, nicht wirklich greifbar, aber doch spürbar, und einen Moment später war Farouk neben mir. Ich sah ihn an, verwirrt, er griff nach den Zügeln Belels, sein Unterarm lag an meinem, er verharrte, einen Moment nur, aber es war ein köstlicher Moment, so nah, so vertraut, stumme Zwiesprache. Dann trat ich zurück, und er saß auf dem Pferd und trieb es an, galoppierte über den Strand einem Touristen entgegen. Ich konnte nicht erkennen, was passiert war, zu weit weg war das Geschehen, ich wartete einfach, bis er mir Belel zurückbrachte, vom Pferd glitt und wieder so dicht neben mir stand, daß ich ihn spürte. Er wich meinem Blick nicht aus, gab mir die Zügel und berührte dabei meinen Unterarm, auf dem sich prompt die Härchen aufrichteten. Er verharrte in der Bewegung und sah mich an, ungläubig, erstaunt, seine Augen wurden weit und zogen sich dann zusammen, so viele Fragen, so viele Unsicherheiten. Dann stahl sich ein leises Lächeln auf die angespannten Züge, ein Zucken des Mundwinkels fast nur, ein Entspannen der Augenpartie. Ich lächelte aus tiefstem Herzen zurück. Der schmale Silberreif schimmerte in der Sonne, als ich die Zügel aus seinen Händen nahm. Einen unbedachten Moment verweilte mein Blick auf seinen Lippen, dann senkte ich rasch den Kopf. Aber er hatte es bemerkt, natürlich hatte er es bemerkt, und auf dem Rückweg begegneten sich unsere Blicke wieder des öfteren, er ritt sogar ein Stück des Weges an meiner Seite, auch wenn er nicht viel redete – kann man dieses Wort im Zusammenhang mit einem Taubstummen verwenden? – ,so schien er recht fröhlich, er baumelte mit den Beinen und setzte sich im Schneidersitz auf den Sattel, und manchmal striff mich ein Blick von der Seite unter gesenkten Lidern, als wolle er ausloten, was er von dieser Situation halten sollte. Aber er mied mich wenigstens nicht mehr, und irgendwann würden wir wohl auch klären können, was es mit Fethi auf sich hatte.

Der Rückweg war fast langweilig, es passierte nichts Spektakuläres, keiner stürzte, keiner wurde ausfällig und die Freundin des Chefs meckerte nicht mehr über Gringo. Ich ließ mich von Belel durch die Landschaft schaukeln, drehte mich halb im Sattel um und beobachtete die hinter mir Reitenden, lachte über die Gestik eines der Männer, der scheinbar gerade ein gewaltiges Abenteuer schilderte, aus welchem er zweifellos als Held hervorging – wie das bei Männern so üblich ist – ,und begegnete immer wieder Farouks Blick. Meist sahen wir schnell wieder weg, aber die Blicke wurden länger, gewannen an Vertraulichkeit, an Begehrlichkeit. Ich war verwirrt und verunsichert und doch glücklich über die Entwicklung, ich merkte, wie meine Wangen hektisch zu glühen begannen und daß ich still vor mich hin grinste.

Belel nutzte natürlich meine Unaufmerksamkeit und schloß zu Yasmin auf, um ihn in die Kruppe zu beißen. Yasmin keilte umgehend aus, Belel wieherte schrill und stieg, während er sich gleichzeitig um 180 Grad drehte. Nur Karussell fahren ist noch schöner. Ich knallte ihm meine flache Hand an den Hals und hexte, während ich mich gleichzeitig bei Britta entschuldigte und Farouk anzeigte, daß alles in Ordnung war.»Blödes Vieh«, murmelte ich, was Belel auch nicht weiter beeindruckte. Nein, Freunde würden er und ich wohl wirklich nie werden.

Dennoch schien es ganz entspannt auszusehen, als wir auf die Ranch zurückkamen, ich hatte die Füße aus den Bügeln genommen und schlenkerte auf ähnliche Art, wie Farouk es tat, und hatte sogar die Zügel etwas verlängert, es war heiß, und wir waren zu Hause, die Chance, daß Belel jetzt noch Unsinn machen würde, war relativ klein. Der Chef beobachtete mich, nickte kurz grüßend und kam dann hinter mir her.

»Du reitest morgen Volcan«, sagte er, während ich den Sattelgurt öffnete.»Wer ist Volcan?« fragte ich unbedarft und nahm Sattel und Decke von dem schwarzen Rücken.»Der Braune«, sagte der Chef mit seiner weichen, sanften Stimme, und ich folgte seiner ausgestreckten Hand und sagte ganz spontan:»Nein. Nein, auf das Pferd setze ich mich nicht freiwillig drauf.« Er schmunzelte. Er war ein attraktiver Mann, vielleicht so alt wie ich, sehr gepflegt, immer gut gekleidet.»Findest du ihn denn nicht schön?« fragte er und senkte den Kopf, um mich besser sehen zu können.»Doch, ich finde, er ist das schönste Pferd, das ich überhaupt je gesehen habe. Aber ich glaube nicht, daß ich ihn reiten kann.« Er lächelte.»Du reitest morgen Volcan.« Dann wandte er sich ab und rief Mehdi etwas zu, der prompt erstarrte. Sein Blick glitt zu mir, und ich hob die Schultern, ich habe nicht darum gebeten, das Pferd zu reiten. Farouk sah aufmerksam zu und verstand ganz genau, um was es ging. Er nickte mir zu, was wohl beruhigend wirken sollte, aber ich überlegte mir ernsthaft, ob ich überhaupt noch mal reiten gehen sollte. Ich war mich nicht sicher, ob ich es wagen würde, auf dieses Pferd zu steigen.

Und dann fiel mir der Abend ein, an dem ich auf dem blauen Hengst gesessen hatte und die Ritte, die ich später mit ihm gemacht hatte, wie viel Spaß wir gehabt hatten. Und vor ihm hatte ich mich auch gefürchtet. Nein, Feigheit vor dem Feind war hier nicht angebracht, beschloß ich. Ich trat an den Hengst heran, der einen Schritt zurückwich und mich aufmerksam musterte. Ich ließ ihm Zeit, hielt meine Hände hin, die er sofort ausgiebig beroch. Dann schob er sich näher, und die Schnauze fuhr behutsam über mein Haar, er stieß Luft aus und stupste meine Schulter, ich hob die Hand und begann, ihn zu streicheln, immer leise murmelnd. Er hielt still und genoß die Berührungen sichtlich, senkte den Kopf und ließ mich seinen Nacken kraulen. Als ich zurücktrat, hatte ich schon das Gefühl, einen Freund gefunden zu haben. Auf jeden Fall war er vom Charakter her gutmütig, nicht so ungnädig wie Belel. Ich sah mich um, bis ich Farouk erspähte, der nicht weit entfernt an der Wand lehnte und uns beobachtete. Er fing meinen Blick auf und nickte mir zu, und ich wußte, er schätzte meine Art, mit den Pferden umzugehen. Ich hob eine Hand und winkte, und er winkte zurück, der kleine Silberring glänzte, ich war fröhlich und beschwingt, als ich durch den tiefen Sand watete. Alles würde gut werden.

Ich duschte ausgiebig, cremte und parfümierte mich und zog dann eine auberginefarbene Dreiviertelhose an, weit im Bein und ein dazu passendes hautenges Shirt. Die Haare ließ ich lang, wie so oft am Abend und faßte nur die beiden vorderen Strähnen zusammen und steckte sie auf dem Kopf fest, damit sie mir nicht ins Essen hingen, was ich nicht leiden konnte. Was mich allerdings auch nicht dazu verleitete, meine Haare eventuell abzuschneiden. Im Speisesaal war es laut und voll, und ich flirtete unverbindlich mit Fathi, sagte artig:»Shukran«, wenn er mir den benutzten Teller wegnahm oder als er einen Weinkühler brachte. Es war heiß hier, die Klimaanlage kam nicht gegen die Massen von Menschen an, die sich immer lauter werdend unterhielten, und gegen die Hitze, die das Essen verursachte, und ich fühlte, wie sich mir der blanke Schweiß auf dem Rücken sammelte und die Wirbelsäule entlang lief. Einen Moment überlegte ich, einfach zu gehen und mich heute Abend auf meiner Terrasse einzuigeln, es gab viel zu grübeln und im Augenblick störten mich die vielen Menschen um mich herum ganz einfach nur.

Ich tat es natürlich nicht, ich hatte viel zuviel Angst, daß ich irgend etwas versäumen könnte.

Schließlich traf ich einen Kompromiß mit mir selber: Ich würde nicht ins Theater gehen, sondern erst später zum Tanzen wieder an die Bar kommen. Gesagt, getan.

Die Musik war gut, die Stimmung auch, ich tanzte inmitten vieler fröhlicher und ausgeflippter Tänzer, neben mir ein Mann, der gerade aus dem Swimmingpool kam, in den er scheinbar in voller Montur gefallen war, was ihn aber nicht weiter störte, fröhlich versprühte er Tropfen in alle Richtungen, und der Boden wurde glatt durch die Nässe. Jilani tanzte durch die Menge auf mich zu, nahm meine Hände und führte mich durch einige phantasievolle Eigenkreationen. Ich hatte Spaß daran und keine Mühe, ihm zu folgen, er führte so sicher, daß ich mich einfach nur anpassen mußte. Kurz danach wurde die Musik schneller, härter, und es kamen einige Songs, die ich in meiner Jugend gehört hatte, Rockmusik vom Feinsten, die Tanzfläche leerte sich, es blieben wenige Unentwegte, meine Generation, viele Männer, die abrockten, mit den Köpfen schüttelten und Riffs auf imaginären Gitarren jaulten. Es war ein so gutes Gefühl, ich war außer mir, eins mit der Musik, mein Körper vibrierte mit den Rhythmen, so vertraut, so lang entbehrt, ein Stück Jugend, ein Stück Unbekümmertheit, Freiheit. Schweiß auf der Haut, beschleunigter Atem, Sinnlichkeit, Leben. Farben um mich herum wie ein Kaleidoskop, die orgelnden Lichter, die bunte Kleidung. Ich schloß die Augen und verlor mich.

Der DJ machte eine Pause nach dieser hämmernden Musik, bevor er wieder zu den eingängigen Stücken zurückkehrte, die im Moment in den Charts waren, und ich verließ die Tanzfläche, ein bißchen taumelig und irgendwie noch gar nicht wieder bei mir. Ich hätte Wasser trinken sollen, ich weiß, aber mir war nach Wein, und so stand ich an der Bar, pustete eine gelöste Strähne aus der

Stirn und wartete auf das Glas Weißwein, als Fethi auf mich zukam.

»Elena«, sagte er und küßte mich rechts und links auf die Wange, »was für ein Temperament ...« Ich grinste. »Glaubst du denn, das Temperament ist euch vorbehalten?« Er lächelte. »Du hast mal erzählt, dein Vater sei Italiener. Vielleicht kommt es daher.« Er neckte mich, ich wußte es ganz genau. Mein Wein kam, und ich wollte meine Karte hingeben, aber Fethi winkte ab, und der Barkeeper ging weg. »Danke«, sagte ich und prostete ihm zu. »Dafür nicht. Geht es dir heute gut? Du siehst gut aus.« »Es geht mir gut, ja, danke.« Er musterte mich einen Moment, und ich spürte den Anflug von Sorge, den Ernst, der hinter der Frage steckte, aber ich reagierte nicht darauf. Es ging mir wirklich gut. »Du bist alleine heute abend?« »Alleine? Hier?« fragte ich lachend und wies auf die vielen Menschen. Er lächelte ebenfalls. »Wo ist deine Freundin?« »Sie macht die Wüstentour mit.« »Du warst noch nie in der Wüste, nicht wahr? Solltest du. Es ist wunderschön. Es ist die Heimat deines Freundes, du solltest sie sehen. Fühlen. Wissen, was es bedeutet.« »Er ist nicht mein Freund«, sagte ich leise, »und du weißt es. Es war schön, ein schöner Traum, aber mehr nicht. Zwischen uns liegen Kulturen, Welten, Abgründe.« »Ah ... höre ich da Sophie?« »Nein, du hörst Elena, die auf dem Boden der Tatsachen steht. Oder die dahin zurückgekehrt ist, so schmerzlich es auch sein mag.« Sein Schmunzeln irritierte mich ein wenig. Er spielte mit dem Zipfel einer Serviette, die unter einer Schale mit Erdnüssen stand.

»Dann frage ich mich allerdings, warum er uns nicht aus den Augen läßt. Oder ist er vielleicht noch nicht auf den Boden der Tatsachen zurückgekehrt?«

Ich erstarrte. Mein Rücken wurde steif und gerade. »Er beobachtet uns? Ist er denn hier?« Ein Blick aus tiefen, fast schwarzen Augen striff mich, lange Wimpern flackerten, als er entschied, daß ich nicht scherzte. »Natürlich ist er hier«, sagte er milde, »er ist fast immer irgendwo in deiner Nähe, wenn er es irgendwie einrichten kann. Mir scheint, dir ist da etwas entgangen.«»Das scheint mir auch so«, murmelte ich erschüttert, und meine Blicke schweiften ruhelos über die uns umgebende Menge, um ihn zu sehen, einen Blick mit ihm zu wechseln, ihn zu spüren, mich seiner zu versichern.

»Du hast ihn wirklich noch nicht bemerkt«, stellte Fethi fest, und es klang enttäuscht.»Nein, wirklich nicht. Wir hatten eine ernsthafte Meinungsverschiedenheit, und das, seit ich angekommen bin. Es ist alles schwierig.« Fethi lächelte und nickte und grüßte irgendwen und machte ein unbeteiligtes Gesicht.

»Niemand hat gesagt, das es einfach ist. Aber warum willst du aufgeben? Ausgerechnet du? Oh Elena, das hätte ich nicht gedacht. Wenn wir geredet haben, warst du immer so überzeugt, du dachtest auch, Sophie und ich könnten es schaffen, du glaubtest immer an die Kraft der Liebe.«»Ich glaube an mich selber«, sagte ich nüchtern.

»Wie einfach. Wie bequem. Nichts riskieren, nicht verletzt werden, aber auch keine Freude, keine Liebe. Wie anders hast du letztes Jahr ausgesehen, wie glücklich, wie strahlend.«»Letztes Jahr glaubte ich auch noch, alles könnte gut werden. Zwar nicht im herkömmlichen Sinne, aber ich dachte, es würde sich ein Lösung ergeben. Heute weiß ich, daß es nicht so sein wird. Es gibt keine Lösung. Wir sind so verschieden wie die Kontinente, auf denen wir leben. Zu fremd, zu weit entfernt.«

»Entfernung und Entfremdung ist nur das, was man zuläßt. Es kommt nicht zwangsläufig.« Eigensinnig senkte ich den Kopf, ich wußte es besser, ich hatte Luftschlösser gebaut.»Ach Elena«, sagte er, und ich entdeckte eine Trauer in seinen Augen, die ich negierte. Dann richtete er die Schultern wieder auf und lächelte, ein Lächeln, hinter dem er alles verstecken konnte, lange geübt und bis zur Perfektion gebracht.»Nun, wie dem auch sei, ich muß weiter, entschuldige mich bitte.«»Ja klar«, sagte ich verwirrt, der Umschwung kam etwas zu plötzlich. Er winkte dem Barmann noch zu, dann neigte er sich zu mir, und ich bekam die obligaten

Küßchen, bevor er mir fast abrupt den Rücken zuwandte und ging, ohne sich noch einmal umzusehen.

Ich blieb zurück, meine Hochstimmung war verflogen, er hatte mir so viel Verantwortung aufgebürdet, mir mein Versagen so deutlich vor Augen geführt, ein Versagen, das aus falschem Stolz herbeigeführt worden war. Der Barkeeper stellte ein weiteres Glas Wein vor mich, und ich schob gedankenverloren mein leeres über den Tresen. Und dann, mitten in meine wirren Gedanken hinein, spürte ich seinen Blick in meinem Rücken. Das heißt, ich glaubte, daß es sein Blick war. Sehr langsam drehte ich mich um, mein Blick striff die Bar, die im rechten Winkel abbog und von Touristen bevölkert war, und dann den Billardtisch. Und da stand er und ich konnte nicht verstehen, warum ich ihn nicht schon längst bemerkt hatte.

Er trug ein weißes Shirt und eine dunkelblaue Jeans und lehnte an dem Queue, die schwarzen Locken glänzten im künstlichen Licht, und er sah aus wie einer der Jungs aus den amerikanischen Filmen, lässig und selbstbewußt und sehr schön. Und er starrte mich an. Ich erwiderte diesen Blick und versuchte mir vorzustellen, was in ihm vorging. Ich wußte, er hatte uns beobachtet, die ganze Zeit schon, und er hatte nach einer verräterischen Kleinigkeit gesucht bei unserer Begegnung, er kannte meine Körpersprache, meine Mimik wie kein Zweiter. Und dann wurde ich wütend. Vielleicht war auch der Wein daran schuld, jedenfalls biß ich die Zähne aufeinander und breitete die Arme aus und hob die Schultern. Und nun? besagte diese Geste, bist du nun zufrieden? Glaubst du mir? Und wenn nicht, laß es bleiben. Ich bin nicht mehr bereit, deinetwegen durch eine gefühlsmäßige Hölle zu gehen. Ich habe dich auch nie gefragt, ob du mit Touristinnen schläfst, mit einer dieser schönen jungen Frauen, die du jeden Tag siehst.

Er hielt meinem Blick stand, lächelte ein wenig und senkte dann die Lider, entblößte die schönen weißen Zähne, sah wieder auf und lud mich ein, mitzuspielen. Ich griff nach meinem Glas und ging auf ihn zu. Um mich herum dröhnte noch immer Musik, lachten und redeten Menschen, aber die Geräusche erreichten mich nur gedämpft, während ich ihm entgegenging, mit einem seltsam schmelzenden Gefühl. Sein Blick umfing mich, ich war verschwitzt und trug keinen BH, meine Hüften bewegten sich, meine Pumps klickten, und in seinen Augen stand ein Leuchten, das ich kannte, auf das ich gewartet hatte, nach dem ich mich verzehrt hatte. Seine freie Hand berührte abwesend den kleinen Ring, aber er ließ mich keinen Moment aus den Augen, hungrig, angespannt, das Lächeln war verflogen, es gab nur noch uns beide. Ich spürte, wie mir wieder der Schweiß ausbrach, vor Spannung diesmal, vor Erwartung, Erregung.

»Ach hallo!« sagte der Weißblonde und grinste mich an, »willst du mitspielen?« Verwirrt sah ich ihn an und brauchte einen Moment, um mich zu sammeln. »Wenn es paßt. Ein Genie bin ich allerdings nicht.« Er grinste gutmütig und hob die Schultern. »Reicht ja, wenn du so in etwa weißt, wie es funktioniert. Wir sind auch nicht perfekt.« Ich nickte und umrundete den Tisch, klatschte mit der Hand gegen Farouks erhobene. Er schloß einen Moment die Finger. Heiß war seine Hand, ich spürte das Pulsen des Blutes und wagte kaum, ihn anzusehen. Das war auch nicht nötig. Wir umtanzten einander wie Motten das Licht, es war, als wären die Dämme gebrochen, die Schranken gefallen. So ganz verstand ich das alles noch nicht, es mußte mit Fethi zusammenhängen und mit Farouks Befürchtungen, aber jetzt war nicht die Zeit, die Geschichte auszudiskutieren. Jetzt war die Zeit zum Genießen.

Beim nächsten Spiel waren wir zu viert, der Blonde mit seiner Freundin gegen Farouk und mich, und ich hatte den Anstoß, weil ich neu war. Der Gott des Spieles war mir hold, ich versenkte gleich beim Anstoß zwei ganze Kugeln und grinste Farouk vergnügt an, der begeistert gestikulierte. Aber Billard war wirklich nicht mein Spiel, und meine Heldentaten erschöpften sich mit dem spektakulären Anstoß.

Wir lachten viel bei diesem Spiel, und ich entspannte mich langsam, auch wenn ich mir seiner Nähe immer bewußt war und meines Körpers. Beugte ich mich über den Billardtisch, war ich mir der Kurve meiner Hüfte bewußt, der langen Finger mit den gelackten Nägeln, die den Queue hielten, meiner Locken, die über meinen Rücken und meine Schultern tanzten. Und immer seiner Nähe. Seiner Blicke.

Ausgerechnet an mir blieb die Entscheidung hängen, der Stoß, der über Gewinn oder Verlust dieser Partie entscheiden würde. Ich zögerte und wußte nicht, wie ich an die Kugel herangehen sollte. Farouk schob sich an mich heran, ich hob den Kopf und spürte das Beben in meinen Eingeweiden. Meine Sinne waren so geschärft, daß ich den feinen Duft wahrnahm, der von ihm ausging, vielleicht Rasierwasser, vielleicht Parfüm, ein sehr männlicher Duft, vermischt mit seinem ureigenen Körpergeruch, der ausreichte, um meine Knie weich werden zu lassen. Er war so dicht bei mir, daß seine Hüfte meine berührte, ebenso wie seine Schulter die meine. Ich sah ihn an. »Und nun?« Und wußte nicht, ob ich das Spiel meinte. Er sah auf meinen Mund und befeuchtete seine Lippen. Ich trat zurück, mein Herz schlug gegen meine Rippen, so heftig, daß es fast schmerzte. Aber der Zauber zerbrach nicht. Er neigte sich über den Tisch und bedeutete mir, den Queue so zu halten und dann die Kugel ins Loch zu befördern. Ich lehnte neben ihm, unsere Körper gestreckt, nah aneinander, unsere Ellenbogen berührten sich. Dann nickte ich und richtete mich auf, wischte Schweiß von der Oberlippe, fing einen weiteren glühenden Blick ein und versuchte, mich zu konzentrieren. Ich meine, auf das Spiel, anstatt auf seinen Körper. Ich konnte mich nicht erinnern, jemals einen anderen Mann so begehrt zu haben. Er trat jetzt zurück, den Kopf erhoben, die Lider halb gesenkt, und ich setzte den Queue an. Eigentlich war es egal, es war ein Spiel, und keiner von uns hatte sich bis jetzt verbissen gezeigt und auf den Sieg versessen. Aber es war ein Spiel, bei dem Farouk und ich gemeinsam gegen die anderen kämpften, und ich wollte gewinnen.

Ich verlor sowieso nicht gerne. Einen Moment schloß ich die Augen, sammelte meine Gedanken, balancierte den Queue, visierte die Kugel an und stieß zu.

Und tatsächlich, es war kaum zu fassen: Ich traf genau. Die Kugel prallte gegen die Bande und rollte in genau dem richtigen Winkel weiter und verschwand in dem dafür vorgesehenen Loch. Verblüfft ließ ich den Queue sinken und sah Farouk an. »Das war Zufall«, sagte ich. Er lächelte, ich weiß nicht, ob er mich verstanden hatte und kam zu mir, eine Hand erhoben, um gegen meine zu klatschen. Seine warmen Finger umfaßten meine, drückten sie ganz fest, der Blonde kickte die letzte Kugel sinnlos durch die Gegend und ich riß unsere verschränkten Hände hoch. »Sieg! Wir haben gewonnen!« Er lächelte nur und nickte und zeigte dann, ich würde gut spielen. »Nein, ich hatte einfach Glück«, wiegelte ich ab, was der Wahrheit entsprach. Ich war wirklich keine gute Billardspielerin. »Revanche«, sagte der Blonde und sah seine Freundin an, die bisher tatsächlich noch keine drei Worte von sich gegeben hatte. Sie schien nicht unhöflich, nur einfach ruhig und nickte jetzt zustimmend.

»Möchtest du auch noch was trinken?« fragte der Blonde jetzt, und ich verneinte und zeigte mein Weinglas. »Farouk, du?« und er untermalte es mit kurzen Gesten, die leicht verständlich waren. Farouk nickte, und es dauerte gar nicht lange, da kamen die beiden mit drei Biergläsern zurück. Verblüfft starrte ich Farouk an, der eines der Gläser nahm und mit uns anstieß, das Glas ansetzte und mit einem einzigen langen Zug bis zur Hälfte leerte. »Du trinkst Bier?« fragte ich ungläubig und konnte meinen Augen nicht trauen. Er nickte. Du trinkst Wein. Aber ich bin kein Moslem. Er zeigte eine kleine Spanne mit den Fingern an. Nur ein bißchen. »Aber das ist Alkohol«, wandte ich ein, und er schmunzelte. Nur ein bißchen, wiederholte er. Der Blonde beobachtete uns. »Warum sollte er kein Bier trinken? Ich heiße übrigens Nils, und das ist Ute.« »Weil er immer gegen Alkohol gewettert hat«, sagte ich. »Ich heiße Elena.« »Kennt ihr euch denn schon länger?« »Naja, etwas«, murmelte ich und begann, die Kugeln in dem Dreieck zu ordnen. Farouk schmunzelte.

Das nächste Spiel endete vorzeitig, weil Nils die schwarze Kugel versenkte, und wir begannen noch eins. Farouk war es, der die körperliche Nähe suchte, ich wagte es nicht. Ich hatte das Gefühl, irgend etwas würde explodieren, wenn ich ihn berührte, es würden Funken schlagen, die ganze aufgestaute Energie könnte sich entladen, der ganze Sex, der zwischen uns stand. Sehr behutsam näherte er sich mir, immer wieder, berührte meine bloßen Arme mit weichen, fast streichelnden Bewegungen, zeigte dies oder jenes, gab hier einen Tip oder dort. Einmal lag seine Hand einen Moment auf meiner Hüfte, und ich stand in hellen Flammen, loderte, zitterte. Er merkte es. Natürlich. Seine Instinkte waren um so vieles feiner als meine. Dann sah er mich an, und seine goldenen Augen waren verhangen, als sei ein Schleier darüber gebreitet, manchmal waren die Lider halb gesenkt, und die Nasenflügel vibrierten, und ich wußte, er nahm mich genauso wahr wie ich ihn. Wir standen nah beieinander und beobachteten die beiden anderen, die Gegner, ohne sie wirklich wahrzunehmen, wir nahmen nicht viel mehr als uns selber wahr, das Drängen, die Verzweiflung, das Glück, die Gier.

Entsprechend verloren wir das Spiel, aber es war mittlerweile egal. Diesmal zückte ich meine Karte und gab die Runde aus, wir setzten uns an einen Tisch und tranken in Ruhe, redeten, und es erstaunte mich, wie wenig wir merkten, daß Farouk – ich sage mal: In Wirklichkeit – ja gar nicht mitredete. Nils war ähnlich wie ich, er redete mit Händen und Füßen und war meist Farouk zugewandt, damit der seine Gestik und Mimik sehen konnte und Farouk selber, der es gewohnt war, sich mit Gesten zu verständigen, nahm ohne Probleme an unserem Gespräch teil.

Erst sehr viel später ist mir bewußt geworden, über welche Grenzen hinweg sich unsere Unterhaltung bewegte: Nicht nur, daß Farouk taubstumm war, er war auch Araber, und wir redeten nun mal auf deutsch. Es war alles nicht wichtig, wir verstanden uns und hatten Spaß und einen schönen Abend.

Ute war es schließlich, die gegen zwei Uhr morgens ausgiebig gähnte und leise meinte, sie wäre müde und würde gerne ins Bett gehen. Farouk und ich blieben noch sitzen, und sofort verdichtete sich die Atmosphäre zwischen uns wieder. »Ich werde auch gehen«, sagte ich, machte aber keine Anstalten aufzustehen. Er nickte. Willst du noch tanzen? »Nein. Ich gehe schlafen.« Er stand auf. Ich gehe mit dir. Ich sah zu ihm auf und hoffte plötzlich, meine Wimperntusche wäre nicht verschmiert, ich würde einigermaßen attraktiv aussehen, nicht müde und blaß. Er neigte sich vor, hob eine Hand und ließ sie wieder sinken. Machte eine rasche, etwas ratlose Geste. Soll ich nach Hause gehen? Soll ich dich nicht begleiten? Ich stand auf. »Doch, es wäre schön, wenn du mich begleitest.« Und um alle Zweifel aus dem Weg zu räumen, hielt ich ihm meine Hand entgegen. Er hielt sie einen Moment, ließ mich aber wieder los und ging mit weichen, geschmeidigen Schritten neben mir her durch die Parkanlage.

Ich hatte weiche Knie, ich wußte nicht, wie ich mich verhalten sollte und wollte reden, das Übliche: Reden, um nicht dem Schweigen ausgesetzt zu sein und dem, was es beinhaltete. Nur die Erkenntnis, daß es völlig sinnlos war, hielt mich zurück. Mein Herz klopfte, und ich überlegte, was er denken mochte, was er erwartete, wie ich mich verhalten sollte. Wie würde er sich verabschieden? Was sollte ich tun?

Er blieb stehen, ca. drei Meter von meiner Haustür entfernt und damit im Dunkeln, nicht dem Licht über der Tür ausgesetzt. Ich verharrte sofort ebenfalls, auf den Pumps war ich so groß wie er, ich wandte mich ihm zu und wollte etwas fragen, etwas sagen und sei es eine Nichtigkeit, aber die Worte blieben mir buchstäblich im Hals stecken. Er streckte beide Hände vor, und ich ergriff sie, ließ mich an ihn heranziehen und legte dann meinen Kopf an seine Schulter. Er zog mich enger an sich heran, ich spürte seine Erektion, das Klopfen des Herzens. Seine Hand unter meinem

Haar, meinen Nacken liebkosend. Dann bog er meinen Kopf zurück und küßte mich, sanft, aber sicher, die Wange, dann mit den Lippen weitergleitend, meine Mundwinkel, seine Zunge glitt tastend über meine Lippen, ich stöhnte leise auf, meine Hände wühlten in seinen Locken, glitten seinen Rücken hinunter, die kräftigen, langen Muskeln entlang. Wir küßten uns wie Verhungernde, und vielleicht waren wir das auch.

Ich wollte mit ihm reden, es gab so vieles zu klären, zu besprechen. Gab es das wirklich? Seine flinke Zunge an meinem Hals, meinem Ohrläppchen, meiner Kinnleiste, meinem Mund. Seine heißen Hände unter meinem feuchten Shirt, sie strichen die Wirbelsäule entlang, die Rippen, verharrten unter meinen Brüsten, glitten zurück, Rippen, Wirbelsäule, Po. Ich preßte mich an ihn, sein rascher Atem, sein vertrauter Geruch. Wieder und wieder Küsse, Liebkosungen, immer mehr, immer drängender. Mein Verstand schaltete sich ein, zaghaft darauf verweisend, daß ich nicht sofort mit ihm schlafen konnte, es gehörte sich nicht, wir waren uns fremd geworden, wir hatten ... sollten ... dürften ... müßten ... die Kapitulation erfolgte zu rasch. Zwei Seelen in meiner Brust. Gier. Hatten wir denn nicht schon genug Zeit vertan? Die Gefühle siegten, fegten über den Verstand hinweg wie ein Wirbelsturm, keine Zeit mehr zum Denken, keine Gelegenheit, kein Bedürfnis. Ich wühlte den Schlüssel aus meiner Hosentasche, atemlos. Er wich ein bißchen zurück, ein kleines Stück nur, um mich anzusehen, er war nicht mehr der Junge, der er letztes Jahr noch gewesen war, er war ein Mann, selbstbewußt. Der Schlüssel hing glitzernd an meinem Finger, er nahm ihn ab, seine goldenen Augen dunkel im Schatten, dann löste er sich und ging zur Tür, schloß sie auf und winkte mich zu sich.

Ich war wie in Trance, als ich ihm folgte, erhitzt, zerzaust, das Shirt verschoben, ein Stück Haut blitzte hervor. Er schloß die Tür hinter uns, und dann war ich wieder in seinen Armen, ließ mich zum Bett tragen, half ihm, mich auszuziehen, zerrte ungeduldig an seiner Kleidung, und es gab keinen Raum mehr für Zweifel oder Fragen, es war gut und richtig, daß wir miteinander schliefen, mein puritanischer Verstand hatte endlich aufgehört zu protestieren.

Ich krümmte mich ihm entgegen, war naß und bereit, mein Leib pulsierte, fast krampfhafter Genuß, Explosionen, die mich erschütterten, ihn mitrissen.

Wie weich seine Locken unter meinen Händen waren, wie samten seine warme Haut. Wie vertraut seine Lippen, seine Hände. Wie die Sehnen an seinem Hals hervortraten, wie die Adern schwollen, wie er sich aufbäumte, einen heiseren Laut ausstoßend. Wie schön er war.

Ich weigerte mich ganz einfach, die Augen zu öffnen und in die Realität zurückzukehren, er lag an meiner Seite, an mich geschmiegt, seine Finger zeichneten die Konturen meines Gesichtes nach, die Brauen, die Jochbögen, die Lider. Den Nasenrücken, die Lippen. Dann neigte er sich vor und küßte mich sanft. Ich blinzelte. Er lag auf der Seite und schob ein Bein über meine, lächelte verträumt, die langen Wimpern warfen Schatten. Ich überlegte träge, was ich alles hatte mit ihm besprechen wollen und wie unwichtig es geworden war.

Okay? fragte er, als ich mich überhaupt nicht bewegte, und ich lächelte und merkte, wie meine Augen feucht wurden. Ja, okay. Er begann mein Haar zu entwirren, kleine, entrückte Gesten, und zum ersten Mal dachte ich, daß Worte auch vieles zerstören, zerreden konnten. Ich ließ meine Gedanken laufen, streichelte sanft seine Rippenbögen und den Latissimus, die Brustmuskulatur, den Hals und die Wangen. Er lächelte und küßte meine Finger.

Und dann fiel mir etwas ein, so blitzartig, daß ich mich aufrichtete. Verwundert sah er auf.

»Wieso hattest du ein Kondom mit?« fragte ich und deutete auf das unschuldig aussehende Stück Kautschuk, das auf der Bettkante lag. Er senkte den Kopf, und ich wußte einen Moment nicht, ob er meine Frage verstanden hatte. Aber als er mich ansah, grinste er unterdrückt und sah dabei so glücklich aus, so jung und unschuldig, daß ich mich wieder hinlegte. Er legte prompt seine Hand auf meinen Busen. Deinetwegen, bedeutete er, du bist in meinem Herzen, in meinem Kopf und auch hier – und er zeigte auf sein Geschlecht, das sich schon wieder übermütig aufrichtete und hoffnungsvoll umherspähte. Ich nahm sein Gesicht in meine Hände. »Ist das wahr?« Und er sah mich an, ernst, und legte dann eine Hand auf sein Herz. Nahm meine Hand und legte sie auf seine warme Haut. Es ist wahr. Du bist in meinem Herzen. Und ich glaubte ihm, weil ich ihm glauben wollte. Weil alle Liebe auf Glaube und Vertrauen beruht. Weil ich nicht mehr zweifeln wollte. Weil ich in seinen Armen lag und das alles war, was ich wollte. Er beobachtete mich, und als ich begann, ihn zu streicheln und zu berühren, atmete er tief ein und legte den Kopf in den Nacken. Ich schob den stützenden Ellenbogen weg und neigte mich über ihn, küßte ihn, atmete ihn und glitt schließlich über ihn.

Später, sehr viel später, stand er auf. Ich muß gehen, sagte er. Ich sah ihn an. »Mußt du wirklich? Oder willst du gehen? Du kannst auch hierbleiben, es wäre schön.« Er zögerte. Ich deutete auf den Platz neben mir und wartete ab, ich bot ihm nur an, zu bleiben, ich bat nicht. Ich muß um fünf Uhr aufstehen, bedeutete er, und ich nickte. Du wirst dann müde sein. Aber ich schüttelte den Kopf und wandte mich um, um das Telefon entsprechend zu programmieren. Mit einem Seufzer glitt er zurück ins Bett und zog mich an sich.

Ich schlief ein in seinem Arm, und es war mir vertraut, das Wissen, daß er über meinen Schlaf wachte.

Eine Stunde später schlug das Telefon an, und anstatt desorientiert und völlig übermüdet zu sein, war ich hellwach, aufgedreht, überdreht, befürchtete einen winzigen Moment, ich hätte geträumt und wurde mir dann des Armes bewußt, der quer über meinem Brustkorb lag. Ich hatte nicht geträumt. Er lag neben mir, die müden Augen seltsam verschleiert und verträumt. Die schlanken Finger, die meine Haare drapierten. Seine Erektion, die gegen meine Hüfte drängte. Ich grinste. Und dachte plötzlich, daß meine Wimperntusche jetzt doch irgendwie auf den Wangen hing. Absurde Gedanken. Hatten eigentlich alle Frauen solche Ideen? Sich nach einer Liebesnacht Gedanken über die Wimperntusche zu machen? Mit einer bedauernden, aber auch etwas ironischen Geste rückte er ein Stück von mir ab, sah an sich herunter und grinste, seufzte und stand auf. Er mußte zur Arbeit, er hatte keinen Urlaub. Ich döste wieder ein und wachte erst auf, als er sich frisch geduscht und mit geputzten Zähnen über mich beugte. Ich gehe jetzt, zeigte er, und ich nickte. Ich hätte ihm so gerne gesagt, daß ich ihn liebte, aber ich war mir nicht sicher, wie. Wie verabschiedet man einen Mann, der nichts hörte? Jäh war ich ein bißchen befangen. Er nicht. Er zauste mein Haar, küßte mich und ging. In der Tür drehte er sich um. Wirst du heute reiten? »Heute abend, wenn die Sonne untergegangen ist«, sagte ich und zeigte die sich neigende Sonne. Er nickte, und dann fiel die Tür hinter ihm ins Schloß, und ich sprang aus dem Bett und flitzte ins Bad. Meine Wimperntusche hing nicht auf den Wangen. Ich sah nicht aus wie eine von Draculas Töchtern. Nicht mal die schlaflose Nacht sah ich mir an, meine Haut war frisch und klar, meine Wangen rosig, und über die glänzenden Augen brauchte ich jetzt wohl nicht zu berichten.

Zwei Stunden Schlaf wollte ich mir noch gönnen und dann meine Bahnen im Pool schwimmen, heute würde es einfach nur schwimmen sein, ich brauchte keinen Frust abzureagieren, sondern einfach nur schwimmen.

Der alte Gärtner grinste und lüpfte den Hut, als ich vorbeiging, und ich hätte schwören können, er grinste anders als sonst, sein Gruß war fröhlicher, das Schwenken des Hutes beschwingter. Es konnte gut sein, daß er Farouk beim Verlassen meines Hauses gesehen hatte.

Ich pflügte durch den Pool und fühlte mich gut, zum ersten Mal seit langer Zeit einfach wieder gut, mit mir selbst und der Welt im reinen. Das Frühstück schmeckte wieder wie in alten Zeiten, und ich gestehe, ich hätte Helene gern an meiner Seite gehabt und mit ihr gelacht und geredet. Statt dessen ging ich allein an den Strand, ein Buch in meiner Tasche, und genoß aus vollem Herzen die Sonne, das Rauschen des Meeres und das Rufen der Volleyballer, die trainierten. Das Leben war wunderschön. Ich war verliebt. Ich liebte. Ich hätte die Welt umarmen mögen. Natürlich verschlief ich den halben Tag, jedesmal, wenn ich versuchte, mehr als drei Seiten zu lesen, schlief ich umgehend ein, aber das war irgendwie schon zu erklären.

Abends ging ich dann zur Ranch, das Licht wurde schon ein wenig blau, die Sonne stand tief, und der abendliche Friede hing in der Luft. Der Chef begrüßte mich.

»Hallo. Willst du reiten?« »Ja.« »Du reitest heute Volcan, nicht vergessen.« »Hab'ich nicht vergessen.« Er grinste und machte eine Kopfbewegung zu Mehdi, der umgehend den Sattelgurt des Braunen nachzog und ihn aus dem Unterstand führte, in dem er angebunden war. Ich nahm die Zügel und redete mit ihm, Mehdi entfernte sich. Ich streichelte die Stirn, die mir zutraulich zugewandt war und sah dann auf, einer Eingebung folgend. Farouk stand an die Wand des kleinen Gebäudes gelehnt und sah mich an. Er trug nur rote Shorts und ich spürte, wie mir die Hitze in die Wangen schoß angesichts seines fast nackten Körpers. Er musterte mich unter halbgesenkten Lidern, und die Luft schien sich statisch aufzuladen, knisterte. Ein schmales Band schwarzer Haare kroch aus dem Bund des Shorts bis zum Bauchnabel hoch. Ich schluckte. Er stieß sich ab mit einer nachlässigen sinnlichen Geste und ging in den Schuppen. Als er wiederkam, trug er ein Shirt und lange Hosen, und mein Blutdruck sank wieder in erträgliche Gefilde.

Zwei der Reiter saßen bereits auf ihren Pferden, ich begann, den Braunen davon zu überzeugen, daß er stillzustehen hatte und schwang mich dann kurzerhand in den Sattel. Hatte ich bis eben noch gewisse Bedenken gehegt, dieses Pferd zu reiten, so fühlte ich mich unversehens heimisch. Er war ein Araber, hatte denselben schmalen Körperbau wie Sheik-el-Scharim, und das war mir vertraut, ebenso wie die leichten, fließenden Bewegungen, den hoch aufgerichteten Hals und das nervöse Tänzeln. Ich blendete meine Umwelt aus und konzentrierte mich darauf, ruhig und schwer im Sattel zu sitzen, um ihm die Sicherheit zu vermitteln, die ich empfand. Es wirkte. Zwar nicht sofort, aber es dauerte nicht lange, und ich merkte, wie das Pferd unter mir sich entspannte und tatsächlich ruhig stehenblieb. Er sah sich um, neugierig zwar, aber nicht mehr so angespannt und nervös.

Farouk kam zu mir. Du mußt ihn festhalten, warnte er eindringlich, und ich nickte. »Es ist gut«, sagte ich fröhlich und legte eine Hand auf den kastanienbraunen Hals. Er sah zu mir auf, und ich sah die Besorgnis in seinen Augen, seiner Miene. Eine schlanke Hand legte sich auf meinen Schenkel, und ich tätschelte sie, unsere Finger verschränkten sich, und es war egal, wer es sehen mochte. »Kommst du mit?« fragte ich, und er verneinte. Mehdi würde mit uns rausgehen.

Dieser Ritt war ein Erlebnis der besonderen Art, und ich verliebte mich auf Anhieb in diesen wunderschönen braunen Hengst. Mehdi betrachtete uns am Anfang noch mit gewisser Skepsis, aber es dauerte gar nicht lange, da hob er anerkennend eine Hand und wandte sich wieder den anderen Reitern zu. Ich will nicht sagen, daß ich eine besonders gute Reiterin war, es war eher ein Verständnis zwischen mir und dem Tier, ein Verständnis, das schwer zu beschreiben ist und wohl auch nur von Menschen verstanden werden kann, die ähnliches erlebt hatten. Volcan war erst vier Jahre alt, und die Welt schien noch voller Gefahren, manchmal erschrak er vor einer Nichtigkeit, einem Auto oder einem knatternden Mofa und setzte sich auf die Hinterhand, das ganze Pferd sackte unter mir weg, scheinbar zu Tode erschrocken. Aber er bäumte sich nicht auf, und er machte keine Anstalten, durchzugehen. Wir verstanden uns. Ich legte oft eine Hand auf seinen Hals, um ihm zu zeigen, daß alles in Ordnung war, daß keiner in der Nähe war, der ihn bei lebendigem Leibe auffressen würde. Und ich redete mit ihm. Er richtete dann ein Ohr auf die vermeintliche Gefahrenquelle, und das andere zuckte nach hinten und lauschte auf meine Stimme, während er mit größtmöglichem Abstand um das Ungeheuer herumschlich. Ich fühlte mich einfach wohl auf diesem Pferd, und nichts, was er tat, konnte das ändern.

Bis Mehdi uns galoppieren ließ.

Ich war ja einiges gewohnt von Belel, der immer der Meinung war, er müßte gewinnen, und der mit Urgewalt losrannte, aber Volcan schlug Belel um Längen. Vor allem war er viel schneller als Belel. Und nicht gewillt, dieses Tempo auch nur ansatzweise zu mäßigen. Ich schwitzte. Aber ich schwitzte Blut und Wasser, während das Pferd mit irrwitzigem Tempo über den Sandweg raste, den Kopf hoch erhoben, die flatternde Mähne peitschte meine Unterarme, die Zügel gruben sich in meine Hände, während wir einen stummen Kampf fochten, der bestenfalls mit einem Überschlag enden konnte.

Ich haßte das Gefühl, keine Gewalt mehr über ihn zu haben, ihm ausgeliefert zu sein, hilflos, und zum ersten Mal fürchtete ich auch, ich könnte stürzen, wenn er sich in die nächste Kurve warf. Es blieb keine andere Möglichkeit, als das Gebiß von rechts nach links zu reißen, ihn zu riegeln, um mich wieder in Erinnerung zu bringen, eine Methode, die mir auch verhaßt war, die aber Wirkung zeigte. Er mäßigte sein Tempo, und schließlich fiel er in Trab und dann in Schritt. Ich wendete ihn, um den anderen entgegenzureiten, die weit zurückgeblieben waren und der Schweiß zog Rinnen durch den Staub, der sich auf meinem Gesicht, Hals und Brustansatz angesammelt hatte. Mehdi grinste breit, als er mich sah, und fragte höhnisch: »Und? War es denn schön?« »Sehr«, knirschte ich, und er grinste noch breiter.

Bei der nächsten Galoppade war ich vorbereitet, ich hielt seinen

Kopf gleich unten, damit er gar nicht erst ins Rennen kam und es wirkte. Wir waren immer noch zu schnell, aber nicht mehr außer Kontrolle.

Trotzdem war ich ganz glücklich, als wir die Ranch erreichten, mir taten die Hände erbärmlich weh.

Farouk kam uns entgegen, er fragte, ob alles okay sei, und musterte das muntere Pferd und mein verschwitztes Gesicht besorgt. Ja, sagte ich, alles okay. Er mußte meiner Miene angesehen haben, was passiert war, denn er grinste nur und zeigte an, daß Volcan in einen Korral kam. Ich nickte und glitt vom Pferd, um ihn zu seinem Nachtlager zu bringen. Diesmal hatte ich gar nichts von den schimmernden Lichtern an der Küste gesehen, ich war mit Volcan beschäftigt gewesen.

Der Hengst ging willig an meiner Seite und blieb dann stehen, damit ich den Gurt lösen und den Sattel abnehmen konnte. Ich murmelte mit ihm, und er wandte den Kopf. Als ich das Zaumzeug löste, schnupperte er höchst interessiert und auch freundlich an meiner Hand. Es war ein freundliches Pferd, im Gegensatz zu Belel, und ich wußte es zu schätzen.

Als ich mich abwandte stand Farouk an meiner Seite, leise wie ein Schatten, dicht bei mir. Er nahm mir den Sattel ab und berührte meinen Arm, strich genüßlich über meine Haut und grinste. Mein Herz machte unversehens einen mächtigen Satz, dann folgte ich ihm mit dem Zaumzeug. Sorgfältig verschloß er den Korral und brachte Sattel und Zaum weg, dann zog er mich ins Licht, das über dem Schreibtisch angebracht war und musterte ernsthaft meine Hände, die gerötet waren.

Hast du Schmerzen? »Ein bißchen«, gab ich zu. Er fragte etwas, das ich nicht verstand. Er versuchte es auf andere Weise und ich verstand immer noch nicht. Schließlich griff er kurzerhand nach meinem Shirt und stülpte es über seine Hand. Sein Handrücken berührte meinen Bauch und ich bekam eine Gänsehaut. »Handschuhe«, sagte ich, »du meinst Handschuhe … nein, keine Handschuhe.« Aber er nickte und zeigte mir, daß im Bord unter einem der Sättel welche lagen. »Okay. Aber ich glaube nicht, daß ich mit Handschuhen reiten kann.« Und wieder nickte er. Es ist besser.

Dann, unversehens: Er ist schnell, nicht wahr?, und seine Augen leuchteten. Ich grinste zurück. »Ja, er ist verteufelt schnell. Und gut zu reiten. Hat mir gut gefallen, wirklich.« Morgen wieder? Ich nickte. Volcan? »Ja, gerne. Er ist ein gutes Pferd.« Scheinbar zufrieden wandte er sich ab, und ich winkte zu Mehdi rüber, um mich zu verabschieden. Farouk würde ich im Laufe des Abends noch sehen, daran zweifelte ich jetzt nicht mehr.

Und ich sollte recht behalten. Auch mit dem merkwürdigen Gefühl, daß mich an so manchem Abend im Theater schon beschlichen hatte. Er stand hinter mir, bei den Beleuchtern, und musterte abwechselnd mich und das Geschehen auf der Bühne, welches er bestimmt schon auswendig kannte. An diesem Abend jedoch – Helene war von ihrer Reise zurück und hatte sich gleich nach dem Essen zurückgezogen, sie sagte, sie sei so müde, daß sie sich nicht auf den Beinen halten konnte – kam er die Treppen herunter, als die Vorstellung begonnen hatte, und setzte sich hinter mich. Ich wandte den Kopf, als ich die Bewegung hinter mir spürte, und lächelte, als ich ihn erkannte, lehnte mich zurück und spürte seine Schienbeine an meinem Rücken. Wenig später glitten seine Hände an meinen Armen hoch und kraulten vorsichtig meinen Nacken. Es war der Beginn einer neu definierten Beziehung, auch wenn ich es damals noch nicht realisierte. Es dauerte tatsächlich einige Zeit, bevor ich begriff, daß er sich geändert hatte, daß er erwachsen geworden war. Daß er sich nicht mehr für unwürdig hielt und mich nicht mehr als weise Frau betrachtete. Wir waren auf dem Weg, gleichberechtigte Partner zu werden.

Das alles liegt nun mittlerweile zehn Jahre zurück.
Zehn Jahre, in denen ich zwischen Norddeutschland und dem afrikanischen Kontinent hin- und herpendelte. So viel ist in der Zwischenzeit geschehen, aber eines hat sich nicht geändert: Meine

Beziehung zu Farouk. Oder seine zu mir, wie man es auch immer nennen will. Ich weiß nicht, ob er manchmal noch mit anderen Touristinnen geschlafen hat, ausschließen kann ich es natürlich nicht, aber mein Instinkt sagt nein, und ich weigere mich, ernsthaft darüber nachzudenken, ich würde mir das Leben zur Hölle machen. In meinem Leben gab es schon mal einen anderen Mann, aber selten, und nie hat mir einer der Männer, mit denen ich essen war oder im Kino oder im Theater oder sonstwo, ernsthaft etwas bedeutet. Ich hatte nie für möglich gehalten, mich so sehr zu verlieben und einen Mann so zu schätzen, daß ich ihm treu bleiben kann, zumindest, was man landläufig unter Treue versteht. Er ist acht Jahre jünger als ich, wir haben sehr gelacht, als wir es herausgefunden haben, er wollte mir nicht glauben, daß ich schon 35 Jahre alt war, immer wieder fragte er nach und zählte meine hochgehaltenen Finger und schüttelte ungläubig den Kopf. Arabische Frauen sehen mit 35 anders aus als ich, die ihr Leben lang Sport getrieben und nie Kinder in die Welt gesetzt hatte. Sehr zu Farouks Bedauern übrigens. Er hätte so gerne Kinder gehabt. Ich habe ihm nie erzählt, daß ich mich habe sterilisieren lassen, ich sagte nur, ich könne keine Kinder haben, und das mußte reichen.

Uns sind noch viele Dinge passiert, traurige, komische, wunderschöne. Im Grunde hat er mein ganzes Leben bestimmt, und ich habe es zugelassen und nie bereut.

Da war der Abend, an dem Helene so früh ins Bett gegangen war. Nach der Vorstellung erhob ich mich und griff nach hinten, ertastete seine Hand und wollte aus dem Theater gehen. Er zögerte, erstarrte gleichsam, hielt meine Hand und ließ sie dann los. Ich sah ihn an, ich wollte nicht drängen, fand aber, er stellte sich jetzt doch etwas mädchenhaft an. Vielleicht ist es auch frauenspezifisch, das eigene Glück der ganzen Welt mitteilen und zeigen zu wollen. Er folgte mir, als ich die Treppen hinabstieg, und kurz vor dem Ausgang, im größten Gedränge, faßte er nach meiner Hand und ließ sie nicht wieder los. Wir benutzten den Seitenausgang, und zum ersten Mal hielten wir einander an den Händen, während wir das Clubgelände überquerten. So viele kleine Schritte, die wir machten, so viele Unsicherheiten auf beiden Seiten.

Wir gingen an den Strand, es war eine warme, mondhelle Nacht, ein lauer Wind spielte in seinen Haaren, während wir uns ein Plätzchen in den Dünen suchten. Er spielte mit einem kleinen Stock, den er gefunden hatte, und fragte, ob ich ihn gesehen hätte auf dem Surfbrett. Ich nickte. Er senkte den Kopf, hob ihn wieder und starrte auf das Meer, blicklos, das wenige Licht sammelte sich in seinen Augen und ließ sie fremd erscheinen, unerreichbar. Du brauchst nicht mehr mit anderen Männern zu surfen, bedeutete er, und es dauerte etwas, eh ich den Sinn seiner Gesten verstand.

»Ich surfe nicht mit anderen Männern«, sagte ich erstaunt, aber er nickte düster. Und dann fiel mir mein kleiner Ausflug mit Allessandro ein im letzten Jahr.»Oh …«,machte ich, und er nickte wieder. Du bist mit ihm gesurft. Du hast auf seinem Brett gestanden, ganz dicht hat er dich gehalten. Ich hob die Schultern.»Naja, er wollte es mir halt zeigen.« Das war nicht richtig, erklärte er entschieden, jetzt kannst du mit mir auf einem Brett stehen. Ich sah ihn mit erhobenen Augenbrauen an, wir wollten ja nun nicht kleinlich werden oder päpstlicher als der Papst, Fesseln anlegen lassen würde ich mir nicht.

Er senkte schließlich den Kopf und kramte in den Taschen seiner Jeans nach Zigaretten. Auch das war etwas, an das ich mich noch gewöhnen mußte: Seine westliche Kleidung. Ich hatte immer den arabischen Umhang mit ihm in Einklang gebracht. Aber die Jeans stand ihm hervorragend, ich gab es ja zu. Er bot mir eine Zigarette an und sah mich an, beobachtete, wie ich sie entzündete und nahm sich selber keine. Hatte er dem Laster abgeschworen? Nein, ich hatte ihn gestern noch rauchen sehen. Und dann schaltete ich. Reichte ihm die angerauchte Zigarette und grinste. Er nicht. Er nahm sie mir ab und sah mich an mit einem tiefen, unbestimmbaren Blick. Du erinnerst dich? Ein Schauer überlief mich.

»Ja, ich erinnere mich. Wie könnte ich je vergessen ...?« Und jäh war ich von seiner feierlichen Stimmung angesteckt. Er gab mir eine weitere Zigarette und sah dann wieder aufs Meer hinaus, das ruhelos silbrige Wellen auf den Sand warf. Der Mond zeichnete eine deutliche Spur. Die Luft war süß und so voller Verheißung, daß mir der Brustkorb eng wurde. Wir hingen unseren Gedanken nach, Erinnerungen, die wir teilten, waren uns so sehr der Nähe des anderen bewußt, dieses kostbaren Moments, in dem die Welt zu verharren schien.

Dann legte er sehr vorsichtig seine Hand auf meine Schulter und drehte mich zu ihm um. Die schönen Augen waren dunkel und irgendwie verhangen, und ich ahnte, daß er mir etwas Wichtiges sagen würde.

Mein Herz ist bei dir, bedeutete er, es ist bei dir, seit ich dich gesehen habe. Ist dein Herz auch bei mir? Ich nickte und konnte meinen Blick nicht von seinem lösen. Er nahm meine beiden Hände in seine und legte sie auf sein Herz, sehr langsam, sehr bewußt, und ich dachte, das ist ein Versprechen, das ist sein Versprechen mir gegenüber. Und ich war in seinen Händen, spürte die Wärme und die Ernsthaftigkeit, die er gab und erwartete.

Er hat sein Versprechen nie gebrochen, all die Jahre nicht.

Er besuchte über Jahre im Winter eine Schule und lernte, unter anderem auch Lesen und Schreiben, sowohl arabische als auch lateinische Schrift, er lernte Arabisch und Französisch, Französisch ist die Handelssprache und somit wichtig. Sogar ich begann, in meiner kargen Freizeit Französisch zu lernen, um mit ihm mithalten zu können, und die wichtigsten Worte auf arabisch verstehe ich auch. Nur die Schrift werde ich wohl nie lernen, auch etwas, was ihn amüsiert: Er beherrscht eine Sprache, die ich nicht verstehe, er kann sie sogar schreiben und lesen, ich nicht. Er ist eben mein Beschützer, und das ist auch gut so.

Seine Welt ist unendlich viel größer geworden, und er erkundet sie mit dem Staunen und der Wißbegier eines Kindes. Jahrelang habe ich Bücher mit in den Süden geschleppt und ihm mit Hilfe von Atlanten das Sonnensystem erklärt, den Lauf der Gestirne, und wir haben Nächte am Strand gelegen und Sterne und Planeten bestimmt.

Auch die sexuelle Anziehungskraft hat nie nachgelassen, er ist ein guter Liebhaber, seine Instinkte sind viel stärker ausgeprägt als die eines Menschen, der hören kann, er spürt einfach, was mir gefällt, manchmal hat er Dinge mit mir angestellt, von denen ich vorher gar nicht wußte, daß sie mir eventuell gefallen könnten. Dem Alkohol steht er noch immer ablehnend gegenüber, natürlich, seine Religion verbietet es, wenn er auch ab und zu durchaus mal ein Bier trinkt. Niemals zu viel und nie etwas anderes. Ich habe nichts dagegen, solange er mich mein Glas Wein genießen läßt, ist es okay. Er hat seine Vorbehalte aufgegeben, als er merkte, daß ich nicht ausfallend werde, selbst wenn mein Atem nach Wein riecht. Soweit ich weiß, raucht er auch nicht Wasserpfeife, er verneint, wenn ich ihn danach frage, und ich selber habe es auch noch nie beobachtet. Er sagte einmal, er würde es nicht mögen, wenn sein Kopf sich dreht, und damit war das Thema beendet.

Schlimm war, als damals Volcan starb, der braune Hengst, den Farouk so oft geritten hatte und in den ich mich so haltlos verliebt hatte, soweit man sich denn in ein Pferd verlieben konnte, dieses schöne, elegante, hochbeinige Tier. Er wurde angefahren von einem LKW, dessen Fahrer betrunken war, was Farouk in seiner Meinung über Alkohol natürlich noch bestätigte. Ich war zu jener Zeit gerade auf einer Geschäftsreise in Süddeutschland, als Fethis Mail mich erreichte. Der Abschluß stand in Rekordzeit, ganz ehrlich, ich wußte gar nicht, daß man Verhandlungen so schnell vorantreiben kann, wenn es denn sein mußte. Und es mußte sein,

Farouk ging es schlecht, er hatte an dem Pferd gehangen, ich wußte es wohl, und Fethis Nachricht ließ keinen Zweifel über Farouks Gemütszustand aufkommen.

Farouk freute sich, als ich ankam, aber seine Freude war überschattet, und er erzählte sofort, was geschehen war: Der Hengst war angefahren worden und lag auf der Straße, und überall war Blut, und er hätte geweint, Farouk beschwor es, das Tier hätte geweint und geschrien, das habe er gesehen. Er hat den Kopf des Pferdes gehalten und ihn gestreichelt, bis endlich ein Mann kam und den Hengst erlöste. Er ist dann in seinen Armen gestorben. Farouk war verzweifelt. Es war ein so gutes Pferd, er hatte ein großes, gutes Herz und wäre so stark und schnell gewesen, und jetzt ist er weg. Immer wieder erzählte er davon, wie er den Hengst in den Armen gehalten hatte, als er starb. Es war nicht richtig. Der Mann hätte nicht trinken dürfen, und der LKW hätte nicht so schnell fahren dürfen.

Untröstlich schien mein Freund über den Verlust des Pferdes.

»Fethi«, sagte ich, als wir Abends bei einem Glas Wein zusammensaßen, »ich werde ihm ein neues Pferd kaufen. Es zerreißt mir das Herz, ihn so zu sehen. Ein junges Pferd, das nur ihm allein gehört.«»Das kannst du nicht«, wandte Fethi fast erschrocken ein. »Und warum nicht? Verstößt das jetzt wieder gegen einen Ehrenkodex?«»Das nicht, aber ...«»Dann kann ich es. Ich kann es mir leisten, ein Pferd zu kaufen, und ich kann für seine Unterbringung bezahlen, er soll nicht mit im Verleih gehen, er soll ganz alleine Farouk gehören. Wirst du mir helfen?«Er seufzte tief, nickte aber.»Wir werden Hamid mitnehmen müssen, er versteht viel von Pferden, und er kann handeln. Ihn werden sie nicht betrügen.«Ich nickte, und gleich am nächsten Morgen wurde ich bei Hamid vorstellig. Er hatte auch Bedenken, aber ich überzeugte ihn, daß ich für das Pferd bezahlen würde, nicht Farouk. Ich brauchte nun mal seine Hilfe, und ich nahm ihm das Versprechen ab, kein Wort zu Farouk oder Mehdi zu sagen, es sollte eine Überraschung werden.

Fethi konnte sich nicht immer freinehmen, und so fuhr ich meist allein mit Hamid auf Pferdemärkte und zu Züchtern. Natürlich überließ ich ihm das Reden, ich war eine Frau und dazu noch eine Ungläubige, ich guckte mit großen, erstaunten Kinderaugen in die Welt, lächelte und becircte, klinkte mich aber nie in die laufenden Verhandlungen ein. Farouk gefiel es überhaupt nicht, daß ich soviel Zeit mit seinem Boß verbrachte, er war eifersüchtig und ratlos, weil ich ihm nicht erzählte, wo wir tagsüber waren. Aber ich schwieg eisern, auch als er mir vorwarf, ich würde Hamid lieber mögen als ihn.

Hamid entschied sich schließlich für einen Schimmel, ein rein-weißes Tier, denn ich wollte keinen Braunen, ich wollte nicht, daß Farouk immer wieder an den Hengst erinnert werden würde. Während er mit dem Züchter palaverte, entdeckte ich das Pferd, das ich haben wollte: Ein Falbe. Wildfarben fast, mit dunkler, üppiger Mähne und hoch angesetztem Schweif, der fast an der Erde schleppte. Kein einziges weißes Abzeichen. Zutraulich kam er an den Zaun, um die dargebotene Hand zu beriechen und ließ sich streicheln, wirbelte aber plötzlich um die eigene Achse und galoppierte über die karge Wiese, und um mich war es geschehen. Dieses Pferd wollte ich für Farouk haben, kein anderes. Die langen Beine, die tief angesetzte, breite Brust, die edle, stolze Kopfhaltung, der raumgreifende Galopp, das Feuer in seinen Bewegungen und das Zutrauen in seinen Augen – das war das richtige Pferd.

Ich wußte nicht so recht, wie ich in die laufenden Verhandlungen eingreifen sollte, aber schließlich gelang es mir doch, Hamid auf den schönen Hengst aufmerksam zu machen. Der Züchter, der eben noch behauptet hatte, der Schimmel wäre sein bestes Pferd und eigentlich gar nicht zu verkaufen, sah seine Felle davonschwimmen und begann eifrig auf Hamid einzureden. Ich hörte nicht zu. Ich wollte dieses Pferd.

Verwöhnt, wie ich ja nun mal war, und auch daran gewöhnt, meinen Kopf durchzusetzen, harrte ich der zähen Verhandlungen, und dann war es soweit: Der Transporter mit Aladin fuhr schaukelnd und sehr vorsichtig durch das weit geöffnete Tor. Ich habe mir nie merken können, wie der richtige Name dieses schönen Hengstes lautete, für mich blieb er immer Aladin, weil ich an die Wunderlampe denken mußte und hoffte, statt eines Geistes würde Glück erscheinen und das Lächeln in Farouks Augen zurückbringen.

Die Männer waren von ihrem Morgenritt zurück, als der Transporter auf die Ranch einbog. Ich war nicht mitgeritten, und auch Hamid war auf dem Hof geblieben, was mir einen bösen, ja wütenden Blick von Farouk eintrug, den ich liebevoll lächelnd quittierte. »Was soll das?« fragte Mehdi mißtrauisch und beobachtete mit zusammengekniffenen Augen den großen Transporter, der jetzt in einiger Entfernung von den unruhig werdenden Pferden stehenblieb. »Ein Pferd«, sagte ich höflich und winkte Farouk heran. Er näherte sich mir langsam, mißtrauisch. Seine Bedenken wegen Hamid waren ihm auf die Stirn geschrieben. Aus dem Transporter drang schrilles Wiehern, das einige Unruhe unter den anderen Hengsten auslöste, Farouk warf mir einen raschen Blick zu, und ich nickte. Aladin schlug gegen die Wände, daß ich befürchtete, er würde sie zertrümmern, aber all das hörte Farouk nicht. Er bemerkte nur die Unruhe, die der Transporter auslöste, und mein glückliches Gesicht. Mehdi schob sich an seine Seite, die Männer hielten zusammen, der Fahrer öffnete die Rampe, und einen Moment herrschte Ruhe. Farouk sah in den Transporter und wandte sich mir zu. Alle Achtung, zeigte er, ein schönes Tier. »Hol ihn raus«, sagte ich mit der entsprechenden Geste. Farouk nickte, das war sein Beruf, er konnte mit Pferden umgehen. Der Falbe benahm sich wie ein arabischer Hengst, kein Vergleich zu den gut erzogenen Quarterhorses, die ich zu Hause zu reiten pflegte, aber das bedeutete für Farouk kein Problem. Er holte den Hengst aus dem Transporter und führte ihn spazieren, damit er die anderen Pferde sah und sich etwas beruhigte.

Seine ganze Konzentration war auf den Hengst gerichtet, und ich fühlte mich etwas vergessen.

»Was soll das?« fragte Mehdi mit gerunzelter Stirn. »Ein neues Pferd«, erwiderte ich harmlos. »Der Boß hat nichts davon gesagt …« »Nein. Es sollte ja auch eine Überraschung werden.« Und jetzt verstand er. Eines mußte man Mehdi lassen: Er war nicht dumm. »Für meinen Cousin?« fragte er, und ich nickte, glücklich, Farouk eine Freude machen zu können. »Sag ihm nichts, ich will es gerne selber machen, ja?« Er sah mich lange an, und ich vermochte seinen Blick nicht zu deuten, die schwarzen Augen konnten alle Gedanken verbergen. Dann aber legte er eine Hand auf meine Schulter und drückte sie fest, es war eine Anerkennung, wie er sie mir schon einmal hatte zuteil werden lassen.

Farouk kam mit dem Hengst zurück und blieb in geringer Entfernung stehen. Das Pferd sah mich an, und ich erkannte das Feuer und das Zutrauen in den schönen Augen wieder, das mich von Anfang an bezaubert hatte. Hier und heute sah er noch schöner aus als auf der Weide, er war geputzt und auf Hochglanz gebracht, Mähne und Schweif waren sauber gestutzt worden, die Beine mit Transportbandagen umwickelt, mit sauberen weißen Bandagen. Den kleinen Kopf trug er hoch erhoben, ebenso den üppigen Schweif, die Stirn war breit und die Nüstern so klein, daß meine Hand sie bedecken konnten. Er war ein reiner Araber und ein wirklich bildschönes Tier.

Er ist schön, sagte Farouk und hatte blanke Augen. »Er gehört dir«, sagte ich leise, und meine Stimme war belegt. Farouk reagierte zuerst gar nicht, es war viel zu unwahrscheinlich, was ich gerade gesagt hatte. Er sah mich an, und ich nickte, und sein Blick glitt hilfesuchend zu Mehdi, der einige rasche Gesten machte, die ich nicht ganz verstand, die beiden hatten ihre eigene Sprache, so eine Art Steno. Dann schloß er die Augen und schüttelte den Kopf, und einen Moment dachte ich, er würde ohnmächtig werden, aber so eine Blöße gibt sich ein Mann natürlich nicht. Mir? fragte er und sah mich an, ungläubig und irgendwie fassungslos. Ich nickte wieder und hatte jetzt Tränen in den Augen. »Er gehört ganz allein dir. Er wird nicht von Touristen geritten werden, sondern nur von dir«

Und Farouk tat das einzige, was ihm dazu einfiel: Er dankte mit einer traditionellen Geste, er dankte Allah und mir, die einzige Reaktion, die ihn sein Gesicht wahren ließ.

Die Papiere übernahm Fethi und sperrte sie in den Safe, sie lauteten auf meinen Namen, ich wollte sichergehen, daß kein Schindluder mit dem Pferd oder Farouk getrieben wurde.

Abends, als er es endlich wagte, sein Pferd allein zu lassen, kam er zu mir, er war so glücklich, daß es mich schmerzte. Ein komisches Gefühl, für einen anderen so glücklich zu sein, daß es schmerzt. Seine Augen leuchteten, strahlten, er erzählte ohne Unterlaß von dem Pferd, und er dankte mir. Und dann gestand er beschämt, er habe gedacht, ich hätte seinen Boß lieber als ihn und wäre deswegen so oft mit ihm gefahren. Ich schüttelte den Kopf und lächelte, während ich erzählte, daß wir tagelang nach dem Pferd gesucht hatten, nach einem Pferd, das meinem Herzen und meinem Auge gefiele. Ja, stimmte er aus voller Seele zu, seinem Herzen gefiele es auch sehr.

Er hat mich nie enttäuscht. Ich meine, ich habe es auch nicht anders erwartet, es war klar, daß dieses Tier sein Lebensinhalt werden würde. Und so war es auch. Aladin wurde gehegt und gepflegt und sah immer untadelig aus, aber so sahen die Pferde, die bei Mehdi und Farouk standen, sowieso alle aus.

Einer der Höhepunkte in Farouks Leben war zweifellos das Rennen, das er mit Aladin gewann, und zwar überlegen. Es war ein Rennen durch die Wüste, naja, durch einen Zipfel der Wüste, die Pferde mußten schnell sein, aber auch Steherqualitäten beweisen, und Aladin war lange und sorgfältig trainiert worden. Er gewann so überlegen, daß man versuchte, Farouk das Pferd für einen horrenden Preis abzukaufen, aber Farouk behauptete, nichts zu verstehen, schließlich sei er taub und stumm und das Pferd sein Leben, und Mehdi reagierte nur unwirsch auf die Kaufinteressenten, aber sie stellten noch lange Zeit nachts Wachen auf, weil sie Angst hatten, das Pferd würde gestohlen werden. Und Farouk war so unglaublich stolz. Er nahm noch öfter an einem Rennen teil, nicht sehr oft und nicht an professionellen, aber es reichte, um ihn und sein Pferd bekannt zu machen.

Bei einem dieser Rennen durfte ich zusehen, und ich schwöre, es kostete mich einige graue Haare – die ich natürlich sorgfältig übertönte.

Der Hengst stand noch im Winterquartier, als ich ankam, und Farouk gebärdete sich mächtig stolz und aufgeregt und gleichzeitig – er war erwachsen geworden, so schien es mir. Er war selbstbewußter und männlicher als früher. Er fand es nicht mehr unglaublich, daß ich mich in ihn verliebt hatte, er war stolz auf mich, und es kam heute schon mal vor, daß er mich im Club besuchte und sich mit mir sehen ließ. Natürlich, heute hatte er ein eigenes Pferd und war schon Rennen geritten, hatte sogar welche gewonnen, er war meiner würdig, und er zeigte es. Ein schöneres Kompliment hätte er mir nicht machen können.

Eines Morgen ritten wir im Morgengrauen los, beide auf Nasim, ich saß vor Farouk, er hatte einen Arm um mich geschlungen, und seine Wange rieb ab und zu an meiner, seine Lippen, die mir noch immer Gänsehaut verursachten, tasteten sich über meine Wange bis in meine Halskuhle, ich lachte und wand mich ein wenig, und er lächelte und drückte meine Hand und preßte sein Gesicht in mein Haar, das zu seinem Kummer etwas kürzer war als früher. Aber nur etwas, ich konnte mich einfach nicht von meiner Mähne trennen. Wir waren so vertraut miteinander, und das schon so lange Zeit, und ich war einfach nur dankbar für dieses Glück, das uns beschieden war.

Als ich Aladin gekauft hatte, war er noch jung, gerade drei Jahre alt, heute hingegen war er fünf und in der Blüte der Jugend, er strotzte vor Kraft. Auf den Fotos, die ich von früher hatte, hatte er fast noch ein Kindergesicht, und auch sein Gebäude war nicht so ausgeprägt wie heute. Der Hengst, den Farouk mir vorführte, begrüßte ihn wie einen lang vermißten Freund, ging artig am Halfter, ließ sich ohne Zicken aufzäumen und zeigte wunderbare Gänge, gleichmäßig, gut ausbalanciert. Und er hatte Kraft, ich konnte deutlich die Muskeln unter dem kurzen, glänzenden Fell arbeiten sehen. Farouk erzählte, er habe ihn den ganzen Winter über trainiert, wäre viel im tiefen Sand gelaufen, daher die Muskeln, es wäre gut für das Pferd gewesen. Ja, das konnte ich sehen. Mann und Pferd waren eine Einheit, ich hatte den Eindruck, als würde Aladin sich um Kopf und Kragen rennen, wenn Farouk es nur von ihm verlangt hätte.

Möchtest du ihn reiten? fragte Farouk, aber ich verneinte. Auf diesem Kraftpaket wollte ich nicht sitzen. Farouk lachte. Er ist ganz sanft. Wie ein kleines Tier. Zögernd trat ich auf den Hengst zu, der interessiert an mir roch und mich dann ohne Frage akzeptierte. Wie der Blaue damals. Die Tiere schienen zu glauben, daß nichts, was von Farouk kam, schlecht sein konnte. Das schwarze Leder des Zaumes war gepflegt und schimmerte matt, ansonsten trug das Pferd nur eine Decke. Er ist es gewöhnt, sagte Farouk und zuckte die Achseln, er ist ein Wüstenpferd. Klar, das erklärte natürlich alles. Farouk machte eine Räuberleiter, und ich legte meinen Fuß hinein, ich vertraute ihm im Grunde genauso fraglos, wie das Pferd es tat. Konnte ja nichts mehr schiefgehen, oder?

Ging auch nicht. Der Hengst war wirklich sanft. Ich ließ ihn schreiten und traben und dann sogar angaloppieren, solange ich die Zügel festhielt, versuchte er nicht, seinen berühmten Renngalopp zu zeigen. Er hatte wirklich so wunderbar runde, gleichmäßige Gänge, wie es aussah, und es war ein Genuß, dieses Pferd zu reiten. Er hatte Feuer, oh ja, ganz zweifellos, aber er ließ sich beherrschen.

Farouk zeigte noch einige Kunststücke, Aladin konnte sich so hoch aufbäumen, daß er fast senkrecht stand, und er konnte tatsächlich einen Moment so stehenbleiben, mir blieb fast das Herz stehen, ich sah ihn schon, sich überschlagend, Farouk unter sich begraben, aber Farouk lachte nur und winkte lässig ab. Natürlich konnte der Hengst seinen Herrn auch im Stehen tragen, kein Problem.

»Okay«, sagte ich schließlich, »es reicht. Du bist verrückt und das Pferd auch, und ich will es nicht mehr sehen.« Und er lachte und zog mich an sich, um mich zu küssen und mir zu versichern, daß ihm nichts geschehen würde.

Am Tag des Rennens schwang eine unterdrückte Erregung in der Luft, die fast alle ansteckte. Nur Farouk scheinbar nicht. Ein bißchen ernster als sonst sah er aus, das mochte wohl die Konzentration gewesen sein. Pferde und Reiter wirbelten umher, schrilles Wiehern hing in der stillen, staubigen Wüstenluft, Peitschen wurden geschwungen, Männer riefen sich etwas zu, unterdrücktes Gelächter, Flüche, Wetten. Ich klammerte mich an Fethis Arm, der zur Feier des Tages freigenommen hatte und betete, alles möge gutgehen, Farouk möge nicht stürzen, Aladin nicht verletzt werden. Zu meinem Entsetzen trug der Hengst – wie alle anderen übrigens auch – auch heute nur seine Decke, keinen Sattel, keine Steigbügel. Er war also praktisch halb nackt.

Es herrschte Volksfeststimmung. Picknickkörbe wurden ausgepackt, unglaublich dicke Frauen mit einer ganzen Schar von Kindern bevölkerten die Seite der Rennstrecke, Männer hingen in Trauben zusammen und fachsimpelten, Wasserpfeifen wurden geraucht. Und über allem der Geruch der Wüste, das Wiehern der Pferde, die jetzt langsam in ihre Startpositionen gingen, alles Hengste, einige versuchten, sich zu bekämpfen, und wurden grob von den Reitern zur Räson gebracht. Aladin stand unter Farouk am Rand und betrachtete interessiert die Szene, tat aber so, als würde ihn das alles nur am Rande etwas angehen. Ich hatte ein wirklich charakterfestes Pferd erstanden, und Farouk hatte mit der Erziehung ganze Arbeit geleistet.

Als er aber an die Startlinie gebracht wurde – Mehdi führte ihn –, ging eine Wandlung in ihm vor: Ich sah, wie er begann zu zittern. Sein schönes, falbes Fell wurde langsam dunkel vor Nässe, er schwitzte vor Aufregung und wohl auch vor Begierde, endlich laufen zu dürfen. Dafür sei er geschaffen worden, hatte Farouk mir erklärt: Um durch den Wüstensand zu stürmen, so schnell ihn seine Hufe trugen. Und das war verdammt schnell. Ein Schuß peitschte auf, und die Pferde rasten los, ich konnte überhaupt nichts mehr sehen, der Sand wirbelte auf, Staubwolken hingen in der Luft, und der Boden erbebte unter dem Ansturm der Tiere, 18 insgesamt, die hier ins Rennen geschickt wurden. Als der Staub sich legte, war das Feld immer noch dicht zusammen, viel zu dicht für mein Empfinden, aufgeregt beobachtete ich, wie die ersten Peitschen geschwungen wurden und dichtgedrängte Pferdeleiber in die Wüste hinausschossen.

Als sie wieder in Sichtweite kamen, lag Aladin auf dem dritten Platz, und hätte ich dieses Pferd nicht so gut gekannt – ich hätte es nicht erkannt. Er war dunkel vor Nässe und lief mit weit vorgestrecktem Kopf und geblecktem Gebiß, sein rasender Galopp war ganz flach, seine Nüstern leuchteten rot, und Schaum bedeckte den Hals und troff auf die Brust und die Vorderbeine. Ich wußte, daß Farouk keine Peitsche dabeihatte, und versuchte, ihn zu beobachten, ich wollte wissen, wie er das Äußerste aus seinem Pferd herausholte. Aber scheinbar brauchte Aladin keinen weiteren Ansporn, er war geboren, um zu siegen, er wußte es, und er kämpfte dafür. Sie kamen hart in Bedrängnis, als sie den Zweitplazierten überholten, der Braune scherte plötzlich aus in dem Bemühen, Aladin hinter sich zu halten und einen Moment sah es so aus, als würde Aladin aus dem Tritt kommen. Ein Raunen ging durch die Zuschauermenge, als Aladin elegant an dem Braunen vorbeiging und zur letzten Jagd, zum Endspurt, ansetzte. Ich ballte meine Fäuste, bis mir die Nägel in der Handfläche schmerzten, und hoffte, sie würden heil das Ziel erreichen, an einen Sieg vermochte ich nicht zu glauben. Aber die letzte Gerade war noch lang, und der Schimmel, der nur knapp eine Halslänge vor dem Braunen gelegen hatte, verfügte nicht mehr über die nötigen Reserven, und so kam es, daß Aladin sich langsam, aber unaufhaltsam an ihm vorbeischob und mit vollem Speed als Sieger ins Ziel lief.

Er keuchte und schnaufte und zitterte, und seine Nüstern leuchteten rot, und die Adern traten dick am Hals und Kopf hervor, sein Körper war mit Schaum bedeckt, und seine Flanken flogen. Aber als er später zur Siegerehrung geführt wurde, da hob er den Kopf und tänzelte schon wieder ein bißchen, jeder Zoll ein Sieger, er war sich sehr sicher, und er war äußerst selbstbewußt.

Ich war froh, daß Farouk nicht oft diese Rennen bestritt, es schien mir doch sehr an die Substanz des Pferdes zu gehen, und ich hatte immer Angst, Farouk könnte in dem da herrschenden Gedränge stürzen und sich verletzen. Aber ich war auch mächtig stolz auf die beiden, die da alles gegeben hatten.

Heute läuft Aladin natürlich keine Rennen mehr, aber er hat eine gewisse Berühmtheit erlangt, die selbst den bescheidenen Farouk stolz macht. Und an den Wänden des Bungalows hängen zahlreiche Photos von Aladin und Farouk in ihren Glanzzeiten.

Ich habe irgendwann den Bungalow gemietet, ganzjährig. Wenn ich da bin, zahle ich für mein Essen, wenn nicht, eben nur die Miete, und die ist nicht so hoch, daß sie mich ins Armenhaus bringen könnte. Farouk lebt dort, er arbeitet für sein Essen und für einen wirklich kargen Lohn, aber er lebt in meinem Bungalow. Es hat einige Zeit und Überredungskunst gebraucht, bevor ich ihn soweit hatte, er wollte keine Almosen, keine Geschenke, das war mit seinem Stolz nicht zu vereinbaren. Aber irgendwann – nun, er ist auch über 30 mittlerweile – hat wohl doch die Bequemlichkeit gesiegt. Und vielleicht auch die Intelligenz, denn warum soll der hübsche Bungalow leer stehen, wo ich doch sowieso für ihn bezahlte?

Eines Tages hatte er Pferde für uns gesattelt und mit Satteltaschen versehen, und wir sind in die Wüste geritten, er wollte mir seine Heimat zeigen, die Heimat, aus der seine Familie stammt – übrigens hat er eine nette, aber sehr große Familie, ich habe sie eines Tages kennengelernt. Wir sind einen ganzen Tag lang geritten und haben dann in einer Oase kampiert, und es war wohl das berauschendste Erlebnis, das ich je hatte. Die Wüste lebt, es stimmt wirklich, auch wenn unsereins Schwierigkeiten bei der Vorstellung hat. Und dennoch ist es ruhig und sehr friedlich dort. Und heiß, ich will es nicht verhehlen, ich bin eben doch Norddeutsche. Der Ritt strengte mich mächtig an, aber es hat sich gelohnt. Der Himmel, der sich über uns wölbte und das breite Band der Milchstraße, die absolute Klarheit, nicht verfälscht durch Lichter oder Smog. Das Lagerfeuer, das sein Gesicht beleuchtete und ihn fremd und stolz erscheinen ließ, so, wie ich ihn in meinen Träumen oft gesehen hatte. Still und in sich gekehrt, ein Besuch bei den Ahnen war es wohl, eine innere Heimkehr, verbunden mit einem tiefen Frieden. Und ich hütete mich, diesen Frieden zu unterbrechen. Er hat mich mitgenommen zu seinen Ahnen, und das war wohl eine großartige Liebeserklärung.

Ich selber bin mittlerweile Teilhaberin bei meinem ehemaligen – nein, eigentlich ja aktuellen Arbeitgeber – ,verdiene sehr viel Geld, habe mir eine eigene Wohnung gekauft und fliege bei jeder sich bietenden Gelegenheit zu Farouk. Es ist fast einfacher geworden, denn wir sind heute ja alle global players, weltweit vernetzt, und viele Dinge kann ich auch aus dem Süden regeln, einfach, weil mein PC und mein Telefon mich ständig begleiten.
Farouk hat es irgendwie geschafft, manchmal abends Zeit an einem der Computer zu bekommen, die in der Rezeption stehen, es hat Jahre gebraucht, bevor er sich daran gewagt hat, aber – er kann lesen und schreiben, und er wußte es anzuwenden. Die ersten E-Mails, die ich von ihm bekam, übersetzte ich mit Hilfe eines Sprachprogramms, dann aber packte mich der Ehrgeiz, ich wollte Französisch lernen, und ich lernte. Es war ein Erfolgserlebnis, als ich endlich mit ihm plaudern konnte, ohne das Programm zu Hilfe zu nehmen. Oft meldete er sich nicht, er tat sich schwer, mir über die Entfernung hinweg etwas mitzuteilen. Er brauchte meine Gegenwart, die Körpersprache und die Bestätigung, dann erst war er zufrieden. Aber wenigstens konnten wir so in Kontakt bleiben.

Fethi ist nicht mehr der zweite Chef, er hat einen eigenen Club bekommen. Ich bedauerte es, ich vermisse ihn so manches Mal, seine klugen Antworten und seine Gelassenheit. Jordan hat sich übrigens zu einem bildhübschen Jungen entwickelt, er ist von Fethis Familie traditionell erzogen, hat aber von Anfang an eine europäische Schule besucht und schon so manche Ferien bei mir verbracht. Zuerst war er sehr befremdet, nicht nur über das Wetter, sondern auch über unsere Hektik und ganz besonders über die Art, wie wir reiten (ich betrieb immer noch eifrig Westernreiten). Aber er gewöhnte sich schnell daran. Ebenso wie an den Autoverkehr, die blitzblanken Autos, die ihm ungeheuer gefielen, wenn er es auch seltsam fand, daß es Waschstraßen gab. Ein ganz großes Vergnügen war es für ihn, im Auto sitzen zu bleiben, während es durch die Waschstraße gezogen wurde. Er kreischte und lachte und gruselte sich und befürchtete, von den überdimensionalen Bürsten erfaßt zu werden. Ich hatte viel Spaß mit dem Jungen, der mich nie nach seiner Mutter fragte, wahrscheinlich wußte er nicht, in welchem Verhältnis ich mal zu ihr gestanden hatte. Und ich hütetet mich, auch nur den Hauch einer Andeutung ihm gegenüber zu machen.

Womit ich nun zu Sophie komme. Läßt sich ja leider nicht vermeiden, obwohl es mich immer noch schmerzt, nach so langer Zeit noch.

Sie war nach Deutschland gekommen, nachdem sie den ersten Entzug, die Entgiftung hinter sich gebracht hatte und begab sich wiederum in stationäre Behandlung in ein Krankenhaus in Süddeutschland. Die Klinik hatte einen sehr guten Ruf, wie ich herausfand, und Sophie würde clean und geheilt entlassen werden. Bis dahin verging allerdings einige Zeit, Zeit, in der ich mir ernsthafte Gedanken um sie machte.

Mir fiel ein, daß sie schon mal Probleme mit Tabletten gehabt hatte, Jahre ist es her, nach einem Autounfall, bei dem sie sich einen komplizierten Beinbruch zugezogen hatte. Sie bekam lange schmerzstillende Medikamente, und ich glaube, sie hatte ein Verhältnis mit einem der jungen Assistenzärzte, denn sie traf sich noch lange mit einem Mann, den sie mir nie so richtig vorgestellt hatte. Und sie war damals auf Tabletten, das wußte ich, das hatte sie mir mal erzählt, bei einem unserer vertraulichen Abende, an dem wir etwas zu viel getrunken hatten, was sich wiederum gar nicht mit den Tabletten vertrug, die sie nahm. Sie war damals zum Magenauspumpen ins Krankenhaus gekommen, wie hatte ich es nur vergessen können, es war höchst dramatisch, das Blaulicht, die heulenden Sirenen, meine Angst, gedämpft zuerst vom Alkohol, dann wurde ich jedoch schlagartig nüchtern. Die Prozedur im Krankenhaus war äußerst demütigend, man hatte uns behandelt wie zwei Säufer, die irgendwo aufgelesen worden waren. Sehr schnell wurde mir dann der Ernst der Lage bewußt, Sophie blieb damals schon einige Tag im Krankenhaus, und sie erzählte später, es wäre so bequem gewesen, die Tabletten halfen nicht nur gegen akute Schmerzen, sondern sie filterten die Umwelt und reduzierten sie auf ein sehr angenehm erträgliches Maß. Ich hatte sie damals schon nicht verstanden, wer wollte die aufregende Umwelt denn schon gefiltert haben, reduziert? Ich jedenfalls nicht. Aber ich war fast sieben Jahre jünger als Sophie, und meist nahm ich hin, was sie sagte und bewunderte sie auch noch dafür. Lange Zeit dachte ich, sie müßte ja klüger sein als ich, wenn sie soviel älter war. Die Ernüchterung kam spät, sehr spät, zu spät. Hätte ich mir nur mehr Gedanken um sie gemacht, vielleicht wäre all das nicht geschehen.

Aber jetzt war es zu spät, um sich in Selbstvorwürfen und – anklagen zu ergehen, jetzt konnte ich nur noch Schadensbegrenzung betreiben. Ich besuchte sie also in Süddeutschland, fand sie rank und schlank und recht munter vor, fragte an, ob sie bei mir wohnen wolle oder ob ich mir wieder eine eigene Wohnung suchen solle, aber sie winkte nur ab. Es gefalle ihr so gut hier, und sie habe auch schon recht nette Leute kennengelernt, und fürs erste wolle sie hier bleiben. Es wäre ja so nett, die Alpen direkt vor der Tür, und vielleicht könne sie im Winter Skilaufen lernen, das wollte sie schon immer mal.

Sophie. Meine unsportliche Sophie wollte schon immer mal Ski laufen. Naja gut, sei's drum. Sollte sie Ski laufen.

Sie fragte nicht einmal, nicht ein einziges Mal nach Fethi, nicht einmal nach ihrem Sohn. Sie tat vielmehr so, als wären die vergangenen Jahre eine Episode, die sie komplett aus ihrem Hirn getilgt hatte. Ein Arzt, von mir darauf angesprochen, hob die Schultern und wiegte wichtig den Schädel, während er mir weitschweifend erklärte, daß es ein Verdrängungsmechanismus war, der sie vor den entsetzlichen Erinnerungen schützte, die sie in den Tablettenmißbrauch gestürzt hatten. Welche entsetzlichen Erlebnisse? Hatte ich etwas nicht mitbekommen? Was verschwieg sie mir? Was war mir entgangen? Es dauerte dann noch wieder einige Zeit, bis ich bemerkte, daß Sophie nicht mir etwas verschwieg, sondern den Ärzten etwas erzählte. Sie verfügte über eine äußerst lebhafte Phantasie, hatte sie schon immer.

Ich zog dann in der Zeit irgendwann aus ihrer Wohnung aus, man hatte mir ein Angebot gemacht, dem ich nicht widerstehen konnte: Eine Wohnung mit Dachterrasse, für die ich wohl auch mein letztes Hemd gegeben hätte. Gar so dramatisch wurde es dann zum Glück doch nicht, mein Vater war der Meinung, es sei eine gute Investition und griff mir finanziell unter die Arme. Während ich allerhöchstens ein Darlehen akzeptieren wollte, beschied er, daß ich schließlich sowieso ihr Geld erben würde und auch das Haus, und da könnte ich doch ruhig jetzt schon die Abschlagszahlung nehmen. Sie würden jetzt sowieso erst mal auf Kreuzfahrt gehen und lange Zeit nicht zu besuchen sein, und da tat es gut, mich versorgt zu wissen. So ein Unsinn. Ich wäre sowieso versorgt gewesen, schließlich arbeitete ich für meinen Lebensunterhalt. Aber seine Argumentation hatte durchaus etwas für sich, und ich nahm das Geld an und kaufte mir die Wohnung, in der ich heute noch lebte. Dafür verzichtete ich immer auf ein eigenes

Pferd, es erschien mir nicht fair dem Tier gegenüber, wo ich doch so viel durch die Welt reiste.

Aber zurück zu Sophie.

Sie lernte also das Skilaufen und schrieb begeisterte Brief über knackige junge Männer, die ihr den Tag versüßten. Manchmal hörten diese Brief mittendrin auf, es gab kein Schlußwort, keinen Gruß, ja, sie endetet sogar mal mitten im Satz. Verblüffend, daß sie immer noch meine Anschrift hatte. Ich fuhr also mal wieder nach Süddeutschland, verlebte ein sehr angenehmes Wochenende in einem Alpenchalet, nur um zu erfahren, daß Sophie sich seit einiger Zeit in der Schweiz aufhielt. Davon hatte sie nichts geschrieben, und ich war es leid, sie zu suchen und mir Sorgen und Gedanken zu machen. Ich wußte, daß es ihr nicht gutging, aber ich sah meine Möglichkeiten ausgeschöpft. Sie ließ die schöne Wohnung einfach leer stehen, über Jahre, wenn ich richtig informiert bin, anstatt sie zu vermieten, und das sagte doch schon einiges über ihren Geisteszustand aus. Fehti erzählte mir, sie habe nie versucht, Kontakt zu ihm aufzunehmen, und sich nicht einmal nach Jordan erkundigt. Es war frustrierend. Vor allem, die eigene Hilflosigkeit zu bemerken. Aber Sophie war ein erwachsener Mensch, und ich konnte nicht auf sie aufpassen, wenn sie es nicht wollte.

Ich habe dann jahrelang nichts mehr von ihr gehört, bis vor kurzem ein Brief eintraf, auf billigem Papier, in dem sie fragte, ob sie bei mir wohnen könne, natürlich nur für kurze Zeit, sie habe derzeit kein Einkommen und auch keinen Mann und so dachte sie …

Lange habe ich überlegt, mich gefragt, ob ich es ihr schuldig sei, sie bei mir aufzunehmen. Aber dann habe ich den Brief nicht beantwortet. Er liegt auf meinem Sekretär, und ich lese ihn abends manchmal, habe ein schlechtes Gewissen und kann mich doch nicht dazu durchringen, noch etwas für sie zu tun. Nicht nach all den Jahren. Nicht nach all den Lügen, die sie erzählt und die sie gelebt hat. Sie ist jetzt Anfang 50, und sicher sieht man ihr das Alter an, sie hat in den letzten Jahren exzessiv gelebt, und ich vermute, sie betreibt noch immer Drogenmißbrauch. Nein, ich antwortete nicht auf diesen letzten Hilferuf. Vielleicht werde ich es mir eines Tages zum Vorwurf machen, aber ich habe mir schon so viele Vorwürfe ihretwegen gemacht – die letztendlich haltlos waren – ,daß es darauf nicht mehr ankommt. Jeder ist seines Glückes Schmied.

Oh – übrigens: Farouk bekommt die ersten grauen Haare. Silberne Fäden in seinem noch immer dichten, wenn auch jetzt kurzen Haarschopf. Es tut seiner Schönheit keinen Abbruch.